Jack Canfield · Mark Victor Hansen
Jeff Aubery · Mark und Chrissy Donnelly

Hühnersuppe für die Seele für Golfer

bombus

NUMMER 1 BESTSELLER DER NEW YORK TIMES

Jack Canfield · Mark Victor Hansen
Jeff Aubery · Mark und Chrissy Donnelly

Hühnersuppe für die Seele für Golfer

Mit Beiträgen von:
George Bush · Nick Price · Patty Berg
Davis Love III · Melissa Lehman
und vielen anderen

Geschichten über
Einsichten, Inspiration
und das Schmunzeln auf dem Golfplatz

bombus

Woher stammt der Name **„Bombus"**: Physiker und Wissenschaftler sprachen der gemeinen Erdhummel [**bombus** terrestris] die Fähigkeit zum Fliegen ab. Zu schlecht sei bei ihr das Verhältnis von Gewicht zur Spannweite. Daß sie es trotzdem könne, schrieben die Forscher dem sonnigen Naturell der Hummel zu – sie kümmert sich nicht um Aerodynamik und hebt stattdessen einfach ab. Aus genau diesem Stoff sind die Geschichten, die uns sowohl im Leben als auch in Büchern fesseln: Menschen, die sich über Widerstände hinwegsetzen, aus eigener Kraft, mit starkem Willen und mit einem ungebrochenen Glauben an ihre Fähigkeiten.
Wir nehmen's sportlich: www.bombus-verlag.de

Bibliografische Information Der Deutschen Bibliothek
Die Deutsche Bibliothek verzeichnet diese Publikation
in der Deutschen Nationalbibliografie; detaillierte bibliografische Daten
sind im Internet über ‹http://dnb.ddb.de› abrufbar

Übersetzung: Gerlinde Supplitt
Lektorat: Walter Henke, tippteufel.de
Cover-Gestaltung: Birgit Kohlhaas
Satz und Layout Hain-Team, Weimar
Druck und Bindung: Ebner und Spiegel, Ulm

ISBN-10: 3-936261-60-1
ISBN-13: 978-3-936261-60-8

www.bombus-verlag.de

Hühnersuppe für die Seele für Golfer steht den anderen Büchern aus der „Hühnersuppe …"-Serie in nichts nach. Es inspiriert, und genau das braucht mein Golfspiel: Inspiration und einen Caddie, der kein Wort über meine Punktwertung verliert.
Bob Hope, Golfspieler und Entertainer

Für alle, die sich auf dem Golfplatz wohl fühlen …

OB SIE IM GOLFSPIEL NEU SIND ODER EIN IN WIND UND WETTER GEHÄRteter Veteran: Diese Geschichtensammlung wird Sie unterhalten und inspirieren, denn sie erzählt von Triumphen, Prüfungen und Leiden auf dem Fairway.

Geschrieben wurden diese Geschichten von Golfspielern, Profis und Caddies, denen die Begeisterung für dieses Spiel gemeinsam ist, und sie vereinen unvergessliche und allgemeingültige Momente im Golf: Da geht es um die Spannung, wenn ein „unmöglicher" Schlag in der perfekten Position endet, um das Kameradschaftsgefühl, wenn in einer Golfrunde eine neue Freundschaft entsteht. Die Rede ist auch von dem Gefühl der Ruhe, wenn ein Tag auf dem Golfplatz Ihren Blick auf das Leben zurechtgerückt hat.

Mit seinen Geschichten über die Überwindung von Widrigkeiten, über sportliche Haltung und die Begeisterung für das Grün finden Sie in *Hühnersuppe für die Seele für Golfer* treffende Lektionen fürs Leben – auf und neben dem Fairway.

Golfspieler mit jedwedem Handicap werden dieses Buch aus dem Regal nehmen, so wie sie nach ihrem Lieblingsschläger greifen, wann immer sie Inspiration und Selbstvertrauen brauchen, um in ihrem Spiel ganz vorn zu sein.

Jack Canfield *und* **Mark Victor Hansen** sind Koautoren der Reihe „Hühnersuppe ..." und überaus populäre Autoren für die New York Times und USA Today. Sie haben es sich zum Beruf gemacht, Menschen zu fördern und ihnen ihre Stimme zu verleihen. **Jeff Aubery** ist Gründer und Präsident von Tornado Golf, einem Unternehmen, das Golftaschen herstellt. **Mark** und **Chrissy Donnelly** sind Koautoren des Nummer 1 Bestsellers der New York Times „Hühnersuppe für die Seele von Paaren".

Inhaltsverzeichnis

11 – Einführung
13 – Was Golf uns lehrt *(Rabbi Marc Gellman, Ph. D., und Monsignore Tom Hartman)*

1. Am ersten Tee

16 – Nur ein Einziger *(J. G. Nursall)*
21 – Verloren und wiedergefunden (*Greg R. Bernard)*
25 – Die US Open *(Bill Pelham)*
29 – In leuchtenden Farben *(Ernie Witham)*
32 – Der Golf-Fanatiker *(Stephen Leacock)*
35 – Ein Tag bei der „Tradition" *(Christine Clifford)*
37 – Ich hasse Golf – ich liebe Golf! *(George Bush)*
41 – Eine Kerze im Wind *(Peter Jacobsen und Jack Sheehan)*
47 – Die Uhr zurückstellen *(Betty Cuniberti)*

2. Aus Begeisterung für das Grün

52 – Plimpton nach vorn *(George Plimpton)*
57 – Im Team gilt kein „Ich" *(Dave Sheinin)*
60 – Magoos Gaunerstück *(Harvey Mackay)*
63 – Schlagt den Profi *(Susan D. Brandenburg)*
64 – Golfbälle *(Sam Murphy)*
65 – Walter verdient die Ehrung *(Frank J. Haller)*
68 – Die letzten Neun *(Rich Radford)*
73 – Er lebt seinen Traum *(Gary D'Amato)*
76 – Nachruf auf einen Milchmann *(Tom Callahan)*
79 – Golf und der Caddie im Royal Troon *(Jeff Kahler)*
82 – Der Tag, als Mr. 59 wie der Blitz einlochte *(Nick Seitz)*

3. Besondere Augenblicke

86 – All die guten Eigenschaften, die man haben sollte *(Nick Price und Mike Stachura)*

89 – Ike, Mamie, Spiro und ich *(Clint McCown)*

98 – Als ich den König traf *(Peter Jacobsen und Jack Sheehan)*

101 – Erfolg hat seinen Preis *(Terry Todd)*

102 – Mein bester Freund *(Andrew Galanopulos)*

104 – Karamellbonbons *(A. J. Daulerio)*

107 – Babe im Gebüsch *(Tom Turley)*

109 – Ein mondsüchtiger Golfschlag *(Alan Shephard im Gespräch mit Carol Mann)*

111 – Das besondere Geschenk *(Adel Guzzo)*

113 – Divots *(Don Wade)*

114 – Des Golfers bester Freund *(Bud Gardner)*

117 – Der brandneue Golfer *(Stan Reynolds)*

119 – Wie das Glück so spielt *(Tommy Ehrbar)*

122 – Slicker Sam *(Frank Christian)*

4. Was einen Golfer ausmacht

126 – Geraden Wegs über das Fairway *(Dave McIntosh)*

129 – Diese Lehre vergesse ich nie *(Davis Love III)*

131 – Eine Bagatelle *(Leonard Finkel)*

133 – Eine liebenswerte Gaunerin *(Bob Brust)*

137 – Wir spiel'n s'e alle *(William M. Bowen)*

139 – Ein wahrer Gentleman *(Hugh Baldwin)*

140 – Einmal habe ich geschummelt *(John Myers)*

143 – Putten auf Teufel komm raus *(Ken Robertson)*

147 – Der Unterschied zwischen Schotten und Amerikanern *(Don Wade)*

148 – Der mitfühlende Golfer *(Carla Muir)*

149 – Ein Sieg für die Golfratten *(Rabbi Marc Gellman, Ph. D.)*

151 – Eine Übungsrunde fürs Leben *(Debra Moss)*

5. Golf hält die Familie zusammen
156 – Die Kollekte *(Jan K. Collins)*
157 – Einfach da sein *(Don Didio)*
160 – Weit über Par *(Harrison Kelly)*
163 – Scheidung auf Golferart *(Gordon W. Youngs)*
165 – Das Ass *(Mitch Laurance)*
168 – Vorzeitiger Ruhestand *(Todd Behrendt)*
170 – Mom schlägt auf dem Golfplatz auf *(Adam Bruns)*
173 – Einer nach dem anderen *(Larry R. Pearson)*
177 – Der Vertretungscaddie *(Melissa Lehman)*
179 – Engelsflügel *(J. G. Nursall)*
185 – Vater und Sohn *(Alf McCreary)*
189 – Rückkehr nach Inwood *(Bradley S. Klein)*
193 – Ein Zeichen der Liebe *(Judy Walker)*
196 – Vaters magische Schläger *(John Keating)*
202 – Die Anwesenheit ihrer Mutter *(Tracy Hanson)*
204 – Das plötzliche Ende einer Liebesgeschichte *(Dave Kindred)*

6. Aus dem Rough heraus
210 – Nur noch ein Mal *(Giles Tippette)*
215 – Ein Drive wie ein Champion *(Jack Cavanaugh)*
221 – Auf den eigenen zwei Beinen *(Ken Bowden)*
225 – Fast ein Heimspiel *(Bob Phillips durch Phil Cannon)*
228 – Eine neue Perspektive *(Melissa Russell)*
230 – Mit Schwung gegen Stress *(Steve Densley durch Pam Jones)*
233 – Eine Umarmung in der bittersüßen Mitte *(Jimmy Roberts)*
236 – Ein neuer Flügel *(Jay Gearan)*
240 – Happy *(David Field)*
243 – Vom Vorteil, ein König zu sein *(Rich Mintzer und Peter Grossman)*
244 – Ein bescheidener Anfang *(Patty Berg)*

7. Das neunzehnte Loch

246 – Viellcicht brauche ich eine Kristallkugel *(Ernie Witham)*
249 – Der Mann mit dem geheimen Geheimnis *(Jerry Tarde)*
252 – Bürsten, bürsten! *(Steve Minnick)*
254 – Zen und die Kunst, das Wasserhindernis zu überwinden *(Micki McClelland)*
257 – Der Witzbold des Golfs *(John Feinstein)*
259 – Golfcarts haben keinen Vierradantrieb *(Ernie Witham)*
261 – 50 Tipps für mehr Freude am Golfen *(Mark und Chrissy Donnelly)*
264 – De Profundis, Homo (Einige tiefschürfende Einsichten, Mann) *(Frank J. Haller)*
266 – Er gäbe dir sein letztes Hemd *(Don Wade)*
267 – Das Geheimnis *(J. G. Nursall)*

271 – Danksagung
275 – Appetit auf mehr Hühnersuppe?
277 – Abdruckgenehmigungen

Einführung

GOLF SPIELEN, DAS IST DAS LEBEN EN MINIATURE, DAS WIRD JEDER bestätigen, der je an ein umlagertes erstes Tee getreten ist. Golf kann uns auf dem Umweg über unterhaltsame Geschichten einige der ganz wichtigen Lektionen im Leben erteilen, und genau aus diesem Grunde haben wir an *Hühnersuppe für die Seele für Golfer* gearbeitet. Beim Golfspiel können wir mehr aus dem machen, was wir sind, oder wir bekommen Gelegenheit, mit Veränderungen zu experimentieren.

Wir haben die Geschichten für *Hühnersuppe für die Seele für Golfer* zusammengestellt, weil wir hofften, dass sie das Erstaunliche und Wunderbare dieses Spiels einfangen können, dass sie inspirierend wirken, Ihnen Einsichten in das Spiel des Lebens geben und Sie das Golfspiel von einer ganz neuen Warte aus sehen und schätzen lassen. Dieses Buch ist für alle gedacht, die je an Golf ihre Freude hatten, vom Anfänger bis zum Gelegenheitsspieler, vom Profi auf der Tour bis zum Fan, der sich Turniere im Fernsehen ansieht.

Alle Geschichten in diesem Buch verfassten Menschen, deren Leben durch eine Erfahrung beim Golfspiel verändert wurde. Vielleicht vermitteln Ihnen einige dieser Geschichten eine neue Sichtweise auf die Möglichkeiten, mit den Widrigkeiten auf der Strecke umzugehen. Vielleicht inspiriert es Sie, wie andere trotz überwältigender körperlicher und emotionaler Hindernisse triumphierten. Andere Geschichten lassen Sie vielleicht in neuem Licht sehen, welches Maß an Integrität dieses Spiel verlangt, oder sie helfen Ihnen, in produktiverer Weise mit denjenigen umzugehen, die die Regeln nach ihrem Gutdünken beugen. Wieder andere Geschichten werden Sie daran erinnern, dass Golf jeden von uns zwar in unterschiedlichen Momenten auf die Probe stellt, dass wir jedoch in unserer ungetrübten Freude über das Spiel nie allein sind.

Durch Einsicht und Überzeugungskraft zeigen die Geschichten in diesem Buch, weshalb sich das Golfspiel so gut als Metapher für das Leben eignet. So offenbart sich das Leben manchmal in der Heiterkeit eines wundervollen Sonnenaufgangs über einem noch unberührten, von Tau glänzenden Rasen und lässt ein Gefühl der Einheit mit der Natur entstehen, das die gesamte Runde durchflutet. Manchmal macht der Adrenalinstoß bei einem perfekten Schlag in einem entscheidenden Moment klar, dass alles möglich ist. Manchmal bringt uns pure Frustration fast dazu, alles hinzuwerfen. Und doch kommen wir auf den Platz zurück, weil wir hoffen, dass es beim nächsten Mal wieder klappt. Bei anderer Gelegenheit schmiedet Golf Freunde oder eine Familie zusammen und bei wieder anderer Gelegenheit führt uns Golf auf eine Reise zu uns selbst.

Wie diese Geschichten zeigen, kann das Golfspiel ein überaus überzeugender Lehrer sein. Es lehrt uns, hinzunehmen, zu verzeihen, bescheiden zu sein. Es lehrt uns, wann Druck am Platz ist und wann man einfach nur entspannen und den Augenblick genießen sollte. Es lässt uns Tugenden entdecken und entfalten, etwa eine sportliche Haltung und Einstellung, Ehrlichkeit, Mut und Beständigkeit. Wenn wir dafür offen sind, kann das Golfspiel uns viele notwendige Lehren erteilen. Auf diese Weise formt Golf unseren Charakter noch lange, nachdem wir den Platz verlassen haben.

Wir übergeben Ihnen dieses Buch als unser Geschenk. Einige Geschichten werden Sie zum Lachen bringen, andere werden Sie unbeschreiblich bewegen. Alle diese Geschichten werden hoffentlich Ihr Herz öffnen und Ihnen Schwung geben, damit Sie im Golfspiel wie im Leben eine höhere Stufe erklimmen, und wir hoffen, dass dieses Buch Ihnen auf Ihrem Weg zu einem geschätzten Gefährten wird. Möge Ihnen das Golfspiel all das zurückgeben, was Sie hineingegeben haben.

Was Golf uns lehrt

- ☞ Golf lehrt uns, dass wir alle ein Handicap haben … und dass kaum jemand weiß, was das eigentlich ist.
- ☞ Golf lehrt uns, dass die besten Plätze diejenigen sind, an denen kaum verändert wurde, was Gott dort zu Beginn angelegt hatte.
- ☞ Golf lehrt uns, dass es nur wenige Menschen gibt, die beim Golfen ehrlich sind, aber im Leben schummeln, dass aber alle, die beim Golfen schummeln, auch im Leben unehrlich sind.
- ☞ Golf lehrt uns, dass wir strenge Spielregeln brauchen, aber auch einen Verhaltenskodex.
- ☞ Golf lehrt uns, dass auch Menschen in grünen Hosen einen Ort verdient haben, wohin sie gehen und sich ein wenig körperlich betätigen können, ohne dass man sie auslacht.
- ☞ Golf lehrt uns, dass wir wahrscheinlich keine Chance haben, der Beste zu sein, aber jede Chance, das Beste aus uns zu machen.
- ☞ Golf lehrt uns, dass Erfolg und Niederlagen vergänglich sind.
- ☞ Golf lehrt uns auch, dass der Erfolg viel schneller welkt.
- ☞ Golf lehrt uns, dass Übung uns zwar nicht unbedingt zum Meister macht, dass wir aber ohne Übung weniger als ein Lehrling sind.
- ☞ Golf lehrt uns, dass wir so gut sein können wie nur möglich und dass es trotzdem immer jemanden geben wird, der besser ist, und dass der uns auch auffindet und es uns wissen lässt.
- ☞ Golf lehrt uns, dass wir es anderen erzählen können, wenn wir gut sind – und dass sie es uns sagen, wenn wir großartig sind.
- ☞ Golf lehrt uns, dass Geduld wohl eine Tugend ist, langsames Spiel aber nicht.

☞ Golf lehrt uns, dass die besten Golfspieler gewiss die besten Chancen haben zu gewinnen – aber die anderen Golfer haben die größten Chancen, sich zu verbessern.

☞ Golf lehrt uns dies: An einem taufrischen Morgen oder goldenen Nachmittag wandern wir vielleicht durch eine improvisierte Wiese und merken, dass wir gar nicht den kleinen weißen Ball suchen, sondern den Moment, in dem Natur und Spiel miteinander verschmelzen. Und dann, in Tau und Sonnenschein, begreifen wir, dass wir einen perfekt weißen Ball herstellen können, aber dass nur Gott eine Wiese perfekt grün machen kann.

Rabbi Marc Gellman, Ph. D., und
Monsignore Tom Hartman

1.

AM ERSTEN TEE

Golf ist wahrscheinlich wirklich
ein universeller Sport.

George Low

Nur ein Einziger

IM SOMMER DES JAHRES 1941 WAR NORMA HALSTEAD EINE SCHLANKE Fünfzehnjährige. Ihr Vater Grant war Pro am neuen Fresno Municipal Course, der am Ufer des San Joaquin River angelegt worden war. Norma und ihre Eltern wohnten im zweiten Stock des Clubhauses, das auf einem Hügel stand, und von dem aus man den Fluss und das erste Fairway überblicken konnte. Es war eine unkomplizierte Zeit. Normas Leben war erfüllt, vor allem anderen aber stand ihre Liebe zum Golfspiel.

Sommertage in Fresno können gnadenlos heiß werden. Oft stand Norma vor Sonnenaufgang auf, erledigte, was sie zu tun hatte, und schleppte dann ihre Leinentasche zum ersten Tee, um ganz allein neun Löcher zu spielen. Am frühen Morgen stieg zarter Dunst vom Fluss auf. Das erste Loch, das am Abhang vor dem Clubhaus lag, schien dann wie in Milch getaucht. Norma spielte noch nicht lange, aber der Unterricht bei ihrem Vater war unverkennbar, wenn sie einen Drive vom ersten Tee abschlug und dem Ball nachsah, wie er weit hinaus flog und im Dunst über dem Fairway verschwand. Norma war mit Golf und ihrem Leben am Fluss glücklich.

An einem bestimmten Morgen im Juli begann Norma ihre Runde und hatte wenig mehr im Sinn als einen angenehmen Spaziergang durch die Landschaft. Als sie einen der drei Dunlop-Bälle auf dem Tee platzierte, erinnerte sie sich an die Ermahnung ihres Vaters: „Ein guter Golfer verliert nie einen Ball." Was ihr Vater zum Thema Golf sagte, war Gesetz. Es schauderte Norma bei dem Gedanken, ihn einmal um weitere Golfbälle bitten zu müssen. Doch an diesem Morgen trug ihr Drive den Ball durch den Dunst, und er landete weit unten auf dem ersten Fairway.

Billy Bell hatte den Golfplatz entworfen. Grant Halstead hatte die Stadtväter davon überzeugt, dass Bell der richtige Mann war, um den ersten öffentlichen Golfplatz zu bauen, und Bell hatte eine tadellose Arbeit abgeliefert. Man nannte sein Werk bald liebevoll den „Stadtplatz", und viele spannende Stadtmeisterschaften fanden dort ihren Austragungsort. Für Bell war die Anlage der ersten drei Löcher bei relativ beschränktem Platz eine echte Herausforderung gewesen. Das erste Loch war ein langes Par-4. Die Strecke führte vom Clubhaus aus hinab und am Ufer entlang. Das zweite Loch lag hinter einem Bunker, den Hügel aufwärts in einem flaschenartig geformten Grün. Das dritte Loch ähnelte dem ersten. Sein Grün war in die steile Uferböschung über dem Fluss eingelassen. Niemand hatte eine Anlage der ersten drei Löcher, wie sie sich jetzt in ihrer schlichten Eleganz zeigten, für möglich gehalten. Bells Talent für die einfache und doch elegante Lösung schlug sich im gesamten Golfplatz nieder.

Als Norma sich ihrem Ball auf dem ersten Fairway näherte, hörte sie in der Ferne den Pfiff eines frühen Frachtzuges. Die Gleise führten im Osten am Golfplatz vorbei und querten dann auf einer wuchtigen Brücke den Fluss. Bald würde der Zug am zweiten Loch vorbeirattern und nordwärts nach Modesto, Stockton und Sacramento fahren. Norma erreichte mit zwei kräftigen Schlägen das erste Grün und lochte mit zwei Putts ein – ihre persönliche Bestleistung.

Am zweiten Tee entschied sie sich für ein langes Eisen. Ihr Vater hatte sie gelehrt, vor keinem Schläger zurückzuscheuen, sie alle mit demselben Selbstvertrauen zu benutzen. Vor allem aber sagte er immer: „Vertraue deinem Schwung." Während sie einen Probeschwung ausführte, versuchte sie, die Eleganz ihres Vaters zu erreichen. Er sagte oft: „Stell dir vor, jemand will dich fotografieren. Du musst gut aussehen." Kein Problem für ein junges Mädchen.

Der Zug rumpelte hinter den hölzernen Pfosten vorbei, die den Rand des Golfplatzes absteckten. Es störte Norma nicht. Voll konzentriert schlug und traf sie den Ball und sah zu ihrer Freude, wie er auf der perfekten Linie zum runden Grün flog. Sie hoffte auf ein Par bei den kurzen Löchern und gab sich besondere Mühe, das Areal am Putting-Grün zu erreichen. Sie konnte gut putten und holte sich ein Loch oft in zwei Versuchen. Was sie da eben geschlagen hatte, sah gut aus. Der Ball musste am Rand des Grüns und in direkter Linie zum Flaggenstock niedergegangen sein.

An heißen Tagen ließen die Spieler es hinter dem zweiten Loch gern langsam angehen, denn dort standen zwei hohe Fichten und spendeten mit ihren ausladenden Ästen Schatten. In dem schüsselförmigen Grün kamen die Bälle gut an. Allerdings war der Bereich nicht weitläufig, und ein Abschlag, der um mehr als zehn Grad abwich, kullerte unweigerlich den Abhang hinunter. Genauigkeit wurde hier belohnt. Norma wusste, wie man dieses Loch angehen musste: Stark schlagen und – vertraue deinem Schwung.

Norma stieg den Hügel hinauf, aber auch von oben konnte sie ihren Ball nicht entdecken. Der Zug war inzwischen weitergefahren, überquerte die Brücke, und die Lokomotive pfiff dreimal laut. Norma ließ den Blick über das Grün schweifen. Irgendwo dort an der Grenze musste ihr Ball liegen. Er war nicht da. Sie stellte ihre Tasche ab und begann, den Grenzbereich zwischen Grün und Rough abzusuchen. Allmählich und nicht gerade zu ihrer Begeisterung musste sie sich eingestehen, dass sie ihren Ball wohl verloren hatte. Vor ihrem inneren Auge sah sie, wie ihr Vater ungläubig die Stirn runzelte und ihm die Worte fehlten, weil sein einziges Kind einen Ball verloren hatte.

Er muss doch irgendwo sein, dachte Norma. Sie suchte auch die Frontlinie des Grüns ab, falls der Ball doch nicht so weit geflogen war, wie sie angenommen hatte. Als sie am Loch vorbeiging, sah sie hinein und – da lag ihr Ball. Ein Hole-in-one!

Sie war im Golf erst Anfängerin, aber sie wusste, dass solch ein Schlag absolut ungewöhnlich war: Ein Grund zum Feiern. Sie war sicher, ihr Vater würde begeistert sein. Sie hatte sein Lächeln und seinen strahlenden Blick vor Augen, während sie den Ball aus dem Loch holte. Schade, dass ihr Vater das nicht gesehen hatte. Schade, dass ihre Mutter das nicht gesehen hatte. Schade – eigentlich hätten alle es sehen müssen.

Sie beendete ihre Neunerrunde und stieg die Treppen zum Clubhaus hinauf, umschmeichelt von den warmen Strahlen der Morgensonne. Auf der Veranda stand ihre Mutter. Norma wollte ihre Aufregung nicht verraten. Sie bemühte sich um einen eher zurückhaltenden Ton: „Oh Mom, heute hatte ich einen richtig guten Schlag." Seit dem Tag, an dem sie Grant kennen lernte, hatte Normas Mutter unzählige Golfgeschichten zu hören bekommen, und sie machte sich nun darauf gefasst, einer weiteren Erfolgsmeldung ihr geduldiges Ohr zu leihen.

In der sicheren Erwartung eines großen Komplimentes verkündete Norma: „Ja, ich habe vom zweiten Abschlag direkt ins Loch gespielt."

Ihre Mutter ließ den Blick zum Horizont schweifen und betrachtete das Grün, als müsste sie eine Inventur der frisch gepflanzten Bäume am Fairway vornehmen. Ihre Gedanken waren beim Kuchenbacken und Zubereiten von leckeren Kleinigkeiten für die Kunden, die im Verlauf des Tages kommen würden. Denn während Grant den Golfladen führte und Golfunterricht gab, betreute Normas Mutter die Kaffeebar: Nur hausgemachte Produkte vom selben Tag waren im Angebot.

Sie wandte den Kopf und betrachtete Normas schulterlange braune Locken und sah die Schweißperlen auf den Schläfen ihrer Tochter. „Das ist schön, Liebes. Das musst du deinem Vater erzählen. Jetzt komm aus der Sonne."

Norma war über diese Reaktion ein bisschen enttäuscht. Hätte da nicht etwas anderes kommen müssen? Vielleicht hatte sie nicht die richtigen Worte gewählt. Sie folgte ihrer Mutter in die Kaffeebar und versuchte es noch einmal. „Wirklich, Mom, ich habe den Ball mit einem Schlag ins Loch gebracht. Mit nur einem einzigen Schlag!"

Normas Mutter legte ihrer Tochter einen Arm um die Schultern, ging mit ihr durch die Kaffeebar und schob sie dann in Richtung Golfladen weiter. „Ja, mein Liebes, das ist schön", wiederholte sie. „Das musst du deinem Vater erzählen."

Doch Normas Frustration stieg noch, als sie ihrem Vater von ihrem außerordentlichen Erfolg berichtete. Sie waren allein im Golfladen. Die zierliche Fünfzehnjährige wirkte in Gegenwart des muskulösen Golfprofis wie ein Zwerg. Grants beeindruckendsten Merkmale waren seine großen, kräftigen Hände und sein kahler Schädel. Sein Blick war stetig und konnte streng sein, aber meist funkelte es vergnügt in seinen Augen.

In ernstem Ton sagte er: „Das ist sehr schön, Norma, aber du musst eines wissen: Es gehört sich nicht für einen Sportler zu behaupten, er habe ein Ass geschlagen, wenn er allein gespielt hat. Ohne Zeugen, weißt du … nun ja, wir hätten vermutlich täglich so einen Helden hier, der uns das Blaue vom Himmel erzählt." Dann nahm Grant seine Tochter in die Arme und drückte sie liebevoll. „Denk daran: Vertraue deinem Schwung, dann hast du auch Erfolg."

In späteren Zeiten hätten Eltern sich wohl den Kopf darüber zermartert, wie sehr eine derartige Reaktion die zarte Seele eines jungen Menschen verletzen könnte. Doch 1941 war eine rauere Ära, und die Eltern bemühten sich weniger, ihre Kinder vor den Stößen und Knüffen zu schützen, die das Leben austeilt. Ihnen lag mehr daran, sie auf eine Welt vorzubereiten, in der Gut und Böse Seite an Seite existieren.

Norma dachte nicht weiter über ihren Erfolg nach. Sie hatte begriffen, dass es neben den Regeln des Golfspiels, die sie von ihrem Vater lernte, noch andere Regeln gab, die man nur durch Erfahrung lernen konnte.

Zwei Wochen später traf eine Postkarte ein. Sie war einfach „an den Chef des Golfplatzes" adressiert. Grant nahm die Karte entgegen, und dann hörte man sein schallendes Lachen im ganzen Clubhaus. Auf der Karte stand: „Glückwunsch an die junge Dame, die am zweiten Loch ein Ass schlug. Ein grandioser Schlag". Unterschrieben hatte „J. C. Wade, Ingenieur der Southern Pacific Railroad".

Norma war in ihrem Zimmer. Als sie das Gelächter hörte, lief sie in den Golfladen und traf dort auf ihren Vater und vier Mitglieder des Herrenclubs. Mit tönender Stimme verkündete Grant Normas Erfolg, während sie ungläubig immer und immer wieder die Karte las. Dann zog ein strahlendes Lächeln über ihr Gesicht, und mit gebotener Bescheidenheit nahm sie den verdienten Lorbeer entgegen.

Sie wollte gerade wieder auf ihr Zimmer gehen, aber ihr Vater rief sie zurück: „Und jetzt, meine Liebe, geht es deinem Sparschwein ans Leben: Die nächste Runde geht auf dich."

Und Norma ahnte, dass sie gerade eine weitere der vielen ungeschriebenen Regeln im Golf lernte.

G. Nursall

Verloren und wiedergefunden

Man sagt, Golf spielen ist wie das Leben. Das stimmt nicht.
Golf ist viel komplizierter.
Gardner Dickinson

AUF MEINEM SCHREIBTISCH LAGEN VIERZIG NOCH NICHT ZENSIERTE Aufsätze und flüsterten mir grammatikalisch fehlerhaft zu, wie dringlich sie seien. Aber nachdem zwei Tage lang alle Schleusen des Himmels offen gestanden hatten, leuchtete die Sonne am Firmament und hüllte die Wiesen an diesem Sonntag in goldenes Licht. Ich duschte rasch und war schon unterwegs, um ganz allein eine Runde zu spielen, bevor ich meine Pitching Wedge mit dem sprichwörtlichen Rotstift vertauschen würde.

Der Diensthabende im Clubhaus grüßte mich mit schlecht verhohlenem Missmut. Früh aufstehen, um anderen Leuten beim Golfspielen zuzusehen, ist offenbar eine Herausforderung eigener Art. Der Anwesenheitsliste war zu entnehmen, dass sich nur noch ein weiterer Herr auf dem Platz befand. Umso besser. Ich hatte eine zügig gespielte, private und gelassene Runde vor mir.

Nachdem ich meinen Ehering abgezogen und in die Brusttasche gesteckt hatte (es gibt Blasen, wenn ich ihn beim Golfen trage), überraschte ich mich selbst mit meinem ersten Drive. Der Ball flog weit durch die Mitte des Fairways. Sorgsam stülpte ich die Haube wieder über meinen Driver.

Beim sechsten Loch wurde sogar mir mit meinen beschränkten mathematischen Fähigkeiten klar, dass ich die Runde meines Lebens spielte. Nicht dass Tiger Woods sich schon Sorgen machen musste, aber nach fünf Löchern war ich nur eins unter Par – nicht zuletzt, weil ich einmal aus rund acht Meter Entfernung einlochen konnte.

Während ich meinen Ball ansprach, überblickte ich das sechste Fairway, einen sehr gefällig angelegten Par-5, der sich um einen nierenförmigen Teich wand, dessen Rand mit blühenden Wasserpflanzen und Schilf bewachsen war. Und dort stöberte Mr. Früh herum – so hatte ich ihn getauft, weil ich seinen Namen in der Anwesenheitsliste, in die auch ich mich hastig eingetragen hatte, nicht entziffern konnte. Sein Haar war weißer als der sprichwörtliche frisch gefallene Schnee, und seine Haltung ließ vermuten, dass er schon in der Geburtsstunde des Golfspiels mit dabei gewesen war. In seine Suche vertieft, bemerkte er meine zunehmende Ungeduld nicht. Ich stand am Abschlag und wartete, bis ich mir schließlich sagte, ich spielte an diesem Morgen zu gut, als dass ich ihn treffen könnte (der Druck jener Aufsätze auf meinem Schreibtisch lastete immer spürbarer auf den wenigen freien Stunden meines Wochenendes). Ich verpasste meinem Ball einen Fehlschlag von einem Format, das Herrn Murphy mit seiner Gesetzessammlung stolz gemacht hätte.

Alter Banause, brummte ich in meinen Bart und nestelte die zu knapp sitzende Haube wieder über den Kopf meines Drivers. Ich wollte die Runde unbedingt allein spielen und nahm mir vor, kein Gespräch mit diesem mickerigen alten Kerl im Schilf anzufangen. Dummerweise hatte ich es in meinem Ärger über den Fehlschlag versäumt, die Flugbahn des Balls halbwegs genau zu verfolgen. Ich wusste nur, dass er irgendwo dort heruntergekommen sein musste, wo Mr. Früh immer noch suchte.

„Ein herrlicher Morgen, nicht wahr?“, sagte er, als ich mich näherte.

„Ja“, antwortete ich einsilbig und vermied jeden Blickkontakt. Alte Menschen sind wie Tiere, sagte ich mir. Sie erkennen deine Schwäche an deinen Augen.

„Wir scheinen uns hier irgendwo verfranst zu haben“, sagte er und wedelte mit seinem Retriever über den Pflanzen herum, in denen wir wateten.

Gerade als ich mir ausmalte, wie ich den Sonntagmorgen als Geleitschutz eines Altersheimbewohners auf dem Rasen verbrachte, entdeckte ich eine weiße Kugel mit Dellen im tiefen Rough.

„Da sind wir ja“, verkündete ich und streckte die Hand danach aus.

„Sind Sie sicher?“, erkundigte sich Mr. Früh. „Ich spiele einen Titleist.“

„Ich auch", behauptete ich und rollte mit den Augen. Oder war es ein Top-Flite? Spielt keine Rolle, beschloss ich. Der Ball gehört mir.

Und weg war ich.

Doch ich konnte nicht vergessen, wie der alte Mann mir nachgesehen hatte, als ich um den Teich herumstapfte. Das störte mich, und darunter litt mein Spiel. Ich wurde immer ungehaltener.

Nach einem weiteren verpatzten Drive stopfte ich den Driver in die Tasche und schwor mir, dieses Ding nie wieder anzurühren.

Auch meine Eisen versagten mir den Dienst – im wahren Sinne des Wortes! Am dreizehnten Loch ging ich zu meiner Tasche und wollte das 7er-Eisen holen. Es war nicht da. Ich stöhnte auf, denn sofort war mir klar, was mir bevorstand. Mr. Früh war hinter mir, und wahrscheinlich hatte er meinen Schläger.

Leider war er nicht mehr da. Vermutlich reichte ihm an diesem schönen Sonntagmorgen eine Neunerrunde. Wahrscheinlich hockt er sich jetzt in die Kirche, wütete ich in Gedanken, während ich zum Clubhaus zurückeilte. Meine Runde war unterbrochen.

Das Clubhaus war immer noch leer, als ich eintrat. Auch der Deckenventilator konnte mich nicht abkühlen. Der Diensthabende sah mich genau so schläfrig-gelangweilt an, wie er mich zuvor begrüßt hatte.

„Ist noch jemand hereingekommen?", erkundigte ich mich.

„So'n alter Typ? Ganz weißes Haar?", fragte er gähnend zurück.

„Genau. Hat er etwas hiergelassen?"

„Jau. Meinte, Sie würden danach fragen. Hat alles da in die Bar gelegt."

„Alles?"

„Sehen Sie nach. Es liegt auf dem Tresen. Mehr weiß ich nicht."

Ich ging zum Tresen hinüber. Die Spikes an meinen Schuhen machten einen unerträglichen Lärm. Dort auf dem Tresen lagen die Haube für meinen Driver, mein 7er-Eisen und ein Golfball. Ich griff nach ihm und spürte, wie mir das Blut ins Gesicht stieg. Top-Flite. Der Ball trug sogar meine persönliche Markierung: Drei Punkte, mit wasserfester roter Tinte aufgetragen. Dann bemerkte ich eine kleine Serviette und in deren Mitte, glänzend wie an dem Tag, als meine Frau ihn mir auf den Finger steckte, meinen Ehering. Er war mir irgendwo aus der Tasche gefallen. Es grenzte an ein Wunder, dass der alte Mann ihn gefunden hatte. Noch erstaunlicher war, dass er geahnt hatte, wer sein Besitzer war und ihn mir nun zusammen mit den anderen Sachen zurückgab. Meine Kehle war eng. Ich stürzte auf den Parkplatz hinaus.

Mr. Früh lenkte sein Auto gerade auf die Auffahrt, als ich vor sein Auto schlidderte. Er hielt an und ließ das Seitenfenster herunter.

„Meine Sachen", stammelte ich. „Sie haben meine Sachen zurückgegeben, obwohl … obwohl ich Ihren Ball genommen habe."

„Darf ich mal sehen?"

Ich hätte mir fast die Hose zerrissen, so hastig zerrte ich den Ball aus der Hosentasche. Aus bebenden Fingern ließ ich ihn in seine Hand fallen.

Er betrachtete den Ball von allen Seiten, drehte ihn in seinen knotigen Fingern und biss sich dabei auf die Lippe. Dann reichte er mir den Ball zurück.

„Nein, das ist nicht mein Ball. Ich habe einen Titleist 3 gespielt. Das hier ist ein Titleist 1. Behalten Sie ihn, mein Junge, Sie haben ihn gefunden."

Wie im Nebel nahm ich den Ball wieder an mich. „Aber meine Sachen", hakte ich nach. „Sie haben mir alle meine Sachen nachgetragen."

„Nicht alles", wehrte er schmunzelnd ab. „Nicht alles."

„Wie soll ich das verstehen?"

Er legte den Gang ein und ließ das Auto rollen. Während er das Seitenfenster heraufrollte, sagte er: „Sie haben etwas eingebüßt, das auch ich Ihnen nicht zurückgeben kann, mein Junge. Lesen Sie, was auf der Serviette steht."

Und damit fuhr er los.

Ich ging ins Clubhaus zurück, trat an den Tresen und las, in Mr. Frühs krakeliger Schrift geschrieben, die Worte:

IHRE HALTUNG

Greg R. Bernard

Die US Open

Möchten Sie die besten 143 Leute in dem Gewerbe treffen,
mit dem Sie sich den Lebensunterhalt verdienen?
Bruce Crampton

ALS ICH SIEBEN JAHRE ALT WAR, FÜHRTE MEIN VATER MICH INS GOLFspiel ein. Er fuhr mit mir zum Houston's Memorial Park Golf Course, damit ich dem sanften Riesen zusehen konnte, der dort über die Fairways des professionellen Golfs schlenderte. So lernte ich Arnold Palmer und seine verwegene Art des Golfspiels kennen. Sein Charisma schlug mich in Bann. Ich erklärte meinem Vater, ich wollte genau so werden wie dieser Mann! Mein Vater erkannte, dass ich gute Chancen hatte, meinen Vorsatz einzulösen, und zwanzig Jahre später hatte sich mein Traum erfüllt.

Aber so gut ich auch war, es reichte doch nie für den ganz großen Erfolg. Ich strengte mich an, ich war unermüdlich, aber immer wieder fehlten mir ein paar Punkte. Mein größter Wunsch war, einmal in einer wirklich wichtigen Meisterschaft zu spielen und zu erleben, wie das ist. Ich brauchte elf Anläufe und zehn Jahre voller Enttäuschungen, bis ich mich im Jahr 1979 zum ersten Mal für die US Open Championship qualifizieren konnte.

Die Qualifikation für das eigentliche Championat war streng. Man spielte an einem Tag 36 Löcher, normalerweise bei glühender Hitze, und nur wenige Spieler aus einem sehr starken Feld schafften es in die Meisterschaftsrunde. Für jeden Golfspieler, der je davon geträumt hatte, einmal gegen die Großen in diesem Sport anzutreten, war die Teilnahme an den US Open der Gipfel des Erfolgs.

Nach so vielen Fehlversuchen war schon die Qualifikation für ein Open ein kleines Wunder. Die Erwartungen schossen ins Kraut, und die Hoffnung stieg in den Himmel. Ich konnte es kaum erwarten, bis ich ins Flugzeug steigen, nach Toledo fliegen und von dort aus zum

Golfplatz fahren durfte. Als sich endlich die Tore des Inverness Country Club vor uns öffneten, trieben die Erleichterung und die emotionale Anspannung meiner Familie und mir die Tränen in die Augen.

In der Übungsphase spielte ich gut, aber kaum hatten die Meisterschaften begonnen, spürte ich den Druck, da kam ich aus dem Tritt. Ich hatte keinen guten Start, das Ende war sogar noch schlechter, und ich verpasste den 36-Löcher-Cut um zwei Schläge. Meine Frau und meine Eltern begleiteten mich Schritt für Schritt. In gewisser Weise vollzogen sie meinen Traum stellvertretend nach. Die Enttäuschung über meine knappe Niederlage war unermesslich. Wir wussten schließlich, dass ich vielleicht nie wieder die Chance bekommen würde, bei den US Open mitzuspielen.

Am Sonntag warteten wir im O'Hare-Flughafen von Chicago auf unseren Anschlussflug nach Hause, als auf ABC-TV die Eröffnungszeremonie übertragen wurde. Jim McMays Ansprache war bewegend. Meinem Vater traten die Tränen in die Augen. Fast ein wenig beschämt über seine Gefühlswallung wandte er sich zu mir um: „Nächstes Mal schenkst du mir den Cut zum Vatertag, bitte!" An diesem Sonntag war Vatertag. Traditionell wurden die US Open in dieser Zeit ausgetragen. „Nächstes Mal schaffe ich es, ich verspreche es, Dad", versicherte ich und hoffte gegen besseres Wissen, dass mir noch einmal die Chance geboten würde. Es würde eine Durststrecke sein bis dahin, das war mir klar.

Im folgenden Jahr zog ich mich zwar vom hauptberuflichen Turniersport zurück, trotzdem wurden meine Bitten 1981 erhört. Ich qualifizierte mich und konnte im Merion Golf Club in Ardmore, Pennsylvania, zum zweiten (und letzten) Mal bei den US Open antreten. Wieder begleitete mich meine Familie bei diesem besonderen Ereignis, und mein bester Freund, Sam Irwin, machte den Caddie für mich. Ich hatte keine großen Erwartungen. In erster Linie wollte ich gut spielen und ein großartiges Erlebnis genießen.

In seiner Ansprache beschrieb McKay den Platz von Merion als eine liebenswerte alte Dame. Es war ein traditioneller Platz, Anfang des 20. Jahrhunderts gebaut und nach heutigen Tourstandards relativ kurz, aber eingerahmt von dichtem Rough, mit tiefen Bunkern versehen, und auf dem Grün wurden die Bälle blitzschnell. Trotz seiner Kürze bot dieser Platz eine beachtliche Herausforderung, aber mich beeindruckte vor allem seine Geschichte. Hier waren schon andere Meisterschaften ausgetragen worden, so auch die US Amateur Championship. Damals hatte Bobby Jones Bobby Cruickshank besiegt und damit den letzten Teil des Grand Slam für sich entschieden.

Diesmal hatte ich einen guten Start. Ich kam mit 73 Schlägen über die Runde, trotz eines dreifachen Bogeys am fünften Loch und Bogeys an Loch 17 und 18. Mit dieser Wertung sollte der Cut zu schaffen sein, aber niemand von uns sprach das aus, um mich für das Spiel am folgenden Tag psychisch nicht zu belasten. Ich hatte seit annähernd neun Monaten kein Spiel zu Ende gebracht, und meine Nervenstärke und mein Selbstvertrauen waren zu leicht zu erschüttern. Außerdem machte mir das Spielen zum ersten Mal seit Jahren wieder Spaß, denn ich spielte aus Freude am Spiel und nicht, um unseren Lebensunterhalt zu sichern!

Auch die zweite Runde begann gut. Ich war an den ersten neun Löchern Par, bevor ich an 11 und 12 Bogeys schlug. Als ich die wirklich teuflischen letzten Löcher erreichte, war mir klar, dass mir die Prüfung meines Lebens bevorstand. Ich war nahe am Cut. Ein einziger Fehlschlag konnte alle Hoffnungen auf das Spiel am Wochenende zunichte machen. Bei Loch 14 und 15 erreichte ich problemlos das Par. An Loch 16 landete ich mit einem guten Drive und einem 6er-Eisen bei einem üblen 13-Meter-Putt und einem Break von mehr als 1,5 Meter. Ich wollte nur nahe genug herankommen, um mit zwei Schlägen zu putten und dann das nächste Loch in Angriff zu nehmen. Zu meiner Überraschung kullerte mein Putt über das Grün und geradewegs ins Loch. Ein Birdie! Selbst ein Bogey am schwierigen siebzehnten „Steinbruch-Loch“ brachte mich nicht aus dem Takt. Ich konnte mir ausrechnen, dass ich selbst mit einem Bogey am letzten Loch den 36er-Cut schaffen würde, den ich mir so sehnlich wünschte.

Ich ging das achtzehnte Loch, eine 411 Meter lange Par-4-Strecke, konservativer an als gewöhnlich. Zum Abschlag vom Tee benutzte ich ein 3er-Holz, um den Rand des Steinbruchs zu vermeiden und den Schlag so zu gestalten, dass ich bis zum Fairway kam. Ich brauchte dann jedoch ein Eisen und einen langen Schlag, um das Grün zu erreichen. Er geriet mir reichlich kurz. Mein Pitch landete Furcht einflößende knappe fünf Meter vor dem Loch. Ich musste jetzt nur noch mit zwei Putts ins Loch kommen, aber in Anbetracht des schnellen Grüns war Vorsicht geboten – sehr viel Vorsicht sogar. Beim Putt wusste ich sofort, dass ich zu stark geschlagen hatte. Das Herz klopfte mir bis zum Halse, als ich aufblickte und mich vergewisserte, wo der Ball gelandet war. Zu meiner grenzenlosen Erleichterung und Verwunderung schlug er gegen die Rückwand des Lochs und plumpste dann hinein: ein Par-4!

Ich ging wie auf Wolken zum Richterzelt und zeichnete meine Karte ab. Ich wusste, dass meine Wertung für den 36-Löcher-Cut reichte, aber meinem Vater war das wahrscheinlich nicht klar. Er wusste, dass ich gut gespielt hatte und dass es eng werden würde, aber er wollte sich keine falschen Hoffnungen machen. Zu oft in der Vergangenheit hatte ich einen Cut um ein oder zwei Schläge verpasst. Allen meinen Angehörigen fiel es schwer, dem Glück zu vertrauen.

Nachdem die Formalitäten erledigt waren und ich meinen Mitbewerbern die Hand geschüttelt hatte, verließ ich das Zelt und sah meinen Vater nicht weit entfernt stehen. Ich konnte ihm die Genugtuung über mein gutes Spiel ansehen. „Genau so muss man's machen, Punkin", sagte er anerkennend. „Punkin" war mein Kosename aus Kinderzeiten. Überwältigt umarmte ich ihn und drückte ihn so fest an mich wie seit langem nicht mehr. Nach all den Jahren, in denen er zu mir gehalten und mir Mut gemacht hatte, erntete er nun gerechten Lohn. „Alles Gute zum Vatertag, Dad", sagte ich stolz, wenngleich zwei Tage zu früh. Mehr brauchte ich nicht zu sagen. Sofort war es ihm klar: „Wir" hatten den Cut für die US Open geschafft.

Bill Pelham

In leuchtenden Farben

Nichts verbindet so wie das Lachen.
Robert Fulghum

ES WAR SONNABEND, UND ICH HATTE MEHRERE MÖGLICHKEITEN ZUR Auswahl: Ich konnte die Garage aufräumen, das Auto waschen oder in den Golfladen gehen und mir stundenlang Sachen ansehen, die für mich unerschwinglich waren.

Im Golfladen herrschte Hochbetrieb. Das mag ich gern. Die Verkäufer sind dann so beschäftigt, dass sie dich nicht ständig belästigen, und du kannst den ganzen Tag lang mit den Puttern herumspielen. Auf dem kleinen Teppichgrün im Laden habe ich schon manches Fantasieturnier gewonnen.

Ich schlug mich gerade in den vorderen Teil des Ladens durch, um im Behälter mit den „Golfbällen für Fortgeschrittene" zu wühlen, als drei vertraute Gestalten eintraten – meine Kinder. Erst dachte ich, meine Frau hätte einen Suchtrupp ausgeschickt und ich müsste die Garage nun doch aufräumen. Dann jedoch fiel mein Blick auf ein großes Schild über der Kasse: „Sonderangebote zum Vatertag". Sie wollten mir ein Geschenk kaufen! Diesmal keinen scheußlichen Schlips, keinen Wasch-Handschuh – die beste Erfindung zum Autowaschen außer Wasser –, sondern ein Golf-Geschenk. Cool.

Ich duckte mich hinter den Spiegel in der Schuhabteilung, als sie zum Regal mit den Golfbällen gingen. Wollten sie den Tour Edition Titleist kaufen? Dazu brauchten sie wohl finanzielle Unterstützung. Ich schlich den Gang hinunter und versteckte mich hinter einem Turm aus schimmernden roten und goldenen Schachteln.

„Wie findet ihr diese gelben Bälle?", fragte mein Jüngster gerade.

„Oder diese orangeroten?", setzte meine Tochter hinzu.

Ich spähte um meinen Sichtschutz herum, bis eine Schachtel mit Titleist-Bällen zu Boden ging.

„Mann, gleich kippt der ganze Stapel", warnte mein ältester Sohn.
„Ja. Lasst uns bloß abhauen. Gucken wir mal woanders."

Mist. Ich folgte ihnen geduckt und in einiger Entfernung, während sie zum Regal mit den Handschuhen schlenderten. Ausgezeichnet. So ein Paar zweilagige importierte Handschuhe mit angeheftetem Markierungsstift für den Ball. Sie gingen vorbei. Auch gut. Vielleicht greifen sie zu einem dieser elektronischen Distanzberechner oder einer Sechserhalterung. Sie gingen weiter.

Schließlich wanderten sie in die Textilabteilung und traten an ein Regal mit Ralph Lauren Polohemden. Bravo! Ich sah mich schon im Geiste: Ich stehe auf dem Fairway und erwäge, wie ich den Ball ansprechen soll, während meine Mitspieler halblaut meinen tadellosen Geschmack bewundern.

„Hey, seht mal hier!" Die Begeisterung in der Stimme meiner Tochter verriet, dass sie das perfekte Geschenk gefunden hatte. Ich hatte ein etwas schlechtes Gewissen, weil sie so viel Geld ausgeben wollten. Andererseits: Durfte ich über den Ausdruck ihrer unermesslichen Zuneigung für ihren Vater befinden?

„Super. Und billig sind sie auch noch."

Billig? Ich lugte zwischen zwei Stapeln Damenpullover hindurch. Meine Tochter hielt ein Paar Hosen aus Polyester in Pink hoch, die seit Beginn der Zeitrechnung im Sonderverkauf gelegen hatten.

„Hier, das passt dazu." Mein ältester Sohn hatte ein limonengrünes Netzhemd hervorgezogen.

Ich schnaufte hörbar. Sie blickten forschend in meine Richtung, deshalb zog ich mich rückwärts weiter in die Damenabteilung zurück und stieß mit dem Ladenmanager zusammen.

„Ich sehe mich nur um", flüsterte ich. Dann fiel mein Blick auf das, was ich in der Hand hielt: ein Paar Damenshorts in Übergröße und einen Sport-BH. Hinter mir tönte es im Ton absoluter Befriedigung: „Seht mal, das ist der ultimative Touch!"

Ich ließ mich auf Hände und Füße nieder und spähte um die Ecke. Mein jüngster Sohn hielt einen Hut in Händen. Die Aufschrift „Super-Golfer" hätte man noch auf 500 Meter Entfernung lesen können.

„Er ist aber rot", sagte mein älterer Sohn. „Macht das was?"

„Nee", versicherte meine Tochter. „Golfer ziehen sich immer komisch an."

Ich sah ihnen nach, wie sie zur Kasse gingen und wandte mich dann fragend an den Ladenmanager: „Könnte man vielleicht ausnahmsweise …?"

„Nein. Umtausch ausgeschlossen. Außerdem würde es ihnen das Herz brechen."

Am Sonntag schlief ich aus. Ungefähr um neun Uhr kamen die Kinder ins Schlafzimmer, setzten mir ein Paket auf die Brust und riefen im Chor: „Alles Gute zum Vatertag, Dad!"

Langsam öffnete ich das Paket und hoffte inständig, ich würde genügend Überraschung heucheln können, wenn ich den Hut hervorholte. Doch da war nur ein Zettel, auf dem stand: „Neben dir!"

Ich drehte mich auf die andere Seite, und da lag auf dem Kopfkissen einer meiner liebsten Putter aus dem Golfladen.

„Das verstehe ich nicht", sagte ich.

„Tja", antwortete mein älterer Sohn überlegen. „Wir wussten, dass du im Laden warst. Wir hatten dein Auto auf dem Parkplatz gesehen."

„Bist du enttäuscht?", erkundigte sich meine Tochter.

„Keinesfalls!" Liebevoll strich ich über den Putter. Dann musste ich lachen: „Also durftet ihr diese grässlichen Hosen in Pink doch zurückgeben?"

Wie auf ihr Stichwort kam in diesem Moment meine Frau herein. Sie brachte ein sorgfältig verpacktes Paket mit.

„Oh, nicht wirklich …"

Ernie Witham

Der Golf-Fanatiker

WIR NAHMEN AUF DER FAHRT ZUR ARBEIT HÄUFIG DENSELBEN ZUG, ER und ich, und so kamen wir dann auch irgendwann ins Gespräch.

„Ein herrlicher Morgen", sagte ich, nahm meinen Platz ein und schlug die Zeitung auf.

„Großartig", erwiderte er. „Der Rasen trocknet schnell ab. Bald ist das Grün wieder bespielbar."

„Ja", bestätigte ich. „Die Sonne steht schon wieder höher, und die Tage werden deutlich länger."

„Wenn man es genau nimmt", fuhr mein Reisegefährte fort, „könnte man leicht schon um sechs Uhr morgens spielen. Überhaupt frage ich mich oft, weshalb vor dem Frühstück so selten Golf gespielt wird. Ich sprach mit einigen Bekannten gerade gestern Abend über Golf – ich weiß nicht mehr, wie wir darauf kamen. Wir fanden alle, es ist schade, dass die besten Zeiten des Tages, etwa von fünf Uhr bis sieben Uhr dreißig, nie genutzt werden."

„Das ist wohl wahr", sagte ich. Um das Thema zu wechseln, deutete ich zum Fenster hinaus. „Hübsche Landschaft hier, finden Sie nicht auch?"

„Ganz bestimmt! Schade, dass sie so wenig genutzt wird: Ein paar Gemüsegärten, das ist schon alles. Auf dieser Strecke sieht man Kilometer um Kilometer nur Glas, Gewächshäuser, nehme ich an. Und dann gibt es Gemüsefelder ohne Ende. Daraus könnte man doch etwas machen. Erst kürzlich unterhielt ich mich mit einem Freund darüber. Ich meine, man könnte gut und gern einen 18-Loch-Platz anlegen."

„Glauben Sie?"

„Aber sicher! Der Boden hier ist leicht, wissen Sie. Den könnte man gut zu Bunkern zusammenschaufeln. Man könnte Hecken pflanzen und die eine oder andere Senke graben. Das Gelände ließe sich in jeder Hinsicht optimieren."

Ich warf einen Blick in meine Zeitung. „Sehen Sie sich das an", sagte ich und deutete auf eine Schlagzeile: „US-Marine erneut nach Nicaragua beordert. Das riecht nach Ärger, nicht wahr?"

„Haben Sie kürzlich gelesen, dass im Ausbildungszentrum der Marine in Annapolis Golf als Pflichtfach eingeführt werden soll? Wenn das nicht fortschrittlich ist! Wahrscheinlich müssen sie die Ausfahrten auf See kürzen. Überhaupt wird die Marine auf See weniger einsatzbereit sein, aber der Standard steigt bestimmt."

„Vermutlich", erwiderte ich. „Haben Sie diesen Artikel über den ungewöhnlichen Mordfall auf Long Island gelesen?"

„Nein, über Mordfälle lese ich nie. So etwas interessiert mich nicht. Meiner Meinung nach befasst man sich in diesem Land viel zu viel mit derartigen Themen."

„Ich stimme zu, aber dieser Fall hat eigenartige Züge."

„Ach, das haben sie doch alle", entgegnete mein Reisegenosse gelangweilt. „Die werden alle nur von der Presse aufgeblasen, um die Sensationsgier zu befriedigen."

„Sicher, aber hier wurde ein Mann anscheinend mit einem Golfschläger erschlagen."

„Was sagen Sie? Wie war das? Mit einem Golfschläger?"

„Ja, mit irgendeinem Golfschläger …"

„War das vielleicht ein Eisen? Darf ich mal Ihre Zeitung haben? Aber ich vermute, ein Schlag mit einem Holz würde auch reichen. Wo steht es? Ach so … aber da ist nur von einem Golfschläger die Rede. Zu dumm, dass die Zeitungen nie Einzelheiten schreiben."

„Spielen Sie schon lange Golf?" Ich hatte eingesehen, dass es wohl kein anderes Gesprächsthema gab.

„Nein, leider nicht. Ich habe spät angefangen, müssen Sie wissen. Ich spiele erst seit zwanzig Jahren – nun ja, im kommenden Mai sind es einundzwanzig Jahre. Ich frage mich, was ich vorher getan habe? Ich habe die Hälfte meines Lebens verplempert. Ich war schon über dreißig, als mich die Faszination dieses Spiels packte. Ich glaube, so geht es vielen: Wir blicken auf unser Leben zurück und erkennen, was wir versäumt haben."

„Und selbst jetzt", fuhr er fort, „komme ich nicht viel zum Spielen. Ich bringe es bestenfalls auf vier Nachmittage in der Woche, natürlich bleiben mir ein guter Teil des Sonnabends und der ganze Sonntag. Meinen Urlaub nehme ich im Sommer, aber das ist ja nichts, das ist nur ein

Monat. Im Winter kann ich gelegentlich für das eine oder andere Spielchen in den Süden ausweichen, und um Ostern herum ist auch mal etwas Zeit, aber nie mehr als eine Woche. Ich bin zu stark beschäftigt, das ist die bittere Wahrheit." Er seufzte. „Selten kann ich das Büro vor zwei Uhr nachmittags verlassen. Irgendetwas kommt immer noch auf den Tisch."

Und so ging es weiter. Er erzählte mir etwas über die Technik des Spiels, demonstrierte es mit einem Golfball auf dem Nebensitz, sprach über die besondere mentale Haltung, die man für einen Drive braucht, und über die schnelle Bewegung aus dem Handgelenk (auch das demonstrierte er) beim Unterschneiden des Balles, damit er gerade durch die Luft fliegt. Er erklärte mir, dass man mit einem Golfball fast alles machen kann, vorausgesetzt man ist absolut konzentriert, behält ein scharfes Auge und hat einen Körper, der funktioniert wie eine geölte Maschine.

Später am Tag traf ich in meinem Club einen Mann, der eine Autorität in Sachen Golf ist, und fragte ihn nach meinem Bekannten. „Ich bin im Zug mit Llewellyn Smith gefahren. Ist er nicht Mitglied in Ihrem Club? Er spielt vermutlich sehr gut?"

„Llewellyn Smith und sehr gut spielen?" Der Fachmann lachte hell auf. „Mit etwas Glück trifft er den Ball wenigstens. Außerdem spielt er erst ungefähr zwanzig Jahre."

Stephen Leacock

Ein Tag bei der „Tradition“

Selig ist, wer gelernt hat, über sich selbst zu lachen,
denn ihm wird es nie an Unterhaltung fehlen.
John Bowell

VOR EINIGEN JAHREN WURDE MIR DIE DIAGNOSE „KREBS“ GESTELLT. Das war die schwierigste Zeit in meinem Leben. Ich glaube, ich verdanke es nur meinem Sinn für Humor, dass ich nicht durchdrehte. Wie viele andere Menschen, die eine Chemotherapie über sich ergehen lassen müssen, verlor ich mein Haar. Mein Schädel war blank wie eine Billardkugel. Ich hatte schon immer gern Hüte getragen. Als mir meine Lockenpracht abhanden kam, bestellte ich einige Hüte, an denen bereits ein Perückenteil befestigt war. Das war bequem, und ich musste mich nie um meine Frisur kümmern.

Ich war schon immer vom Golf begeistert. Genau gesagt, ich habe dreiundzwanzig US Open in Serie mitverfolgt. An einem bestimmten Punkt während meiner Krebstherapie beschlossen mein Mann John und ich, dem kalten Minnesota den Rücken zu kehren und nach Scottsdale, Arizona, zu fahren. Dort sollte ein Turnier der Senior PGA Tour ausgetragen werden, unter dem Namen „Die Tradition“ bekannt. Es schien uns genau richtig, um meine Stimmung zu heben.

Am ersten Turniertag versammelte sich eine riesige Zuschauermenge. Es war ein wunderschöner Tag, und ich fühlte mich wie auf Wolken. Ich stand nahe am dritten Tee, direkt hinter der Absperrung am Fairway, und sah zu, wie meine drei Favoriten zum Abschlag gingen: Jack Nicklaus, Raymond Floyd und Tom Weiskopf.

Und gerade als sie eingetroffen waren, passierte das Unglaubliche: Aus dem Nichts kam eine Böe und blies mir Hut und Haar vom Kopf, mitten auf das Fairway hinaus. Die Umstehenden erstarrten in Schweigen. Alle Blicke richteten sich auf mich. Selbst meine Golfidole sahen zu mir herüber, als mein Haar sich ihnen in den Weg legte. Ich war wie versteinert. Aber so peinlich mir die Situation auch war, ich wusste, ich konnte nicht einfach so stehen bleiben. Irgendjemand musste etwas tun, damit Bewegung in die Sache kam.

Also holte ich tief Luft, tauchte unter der Absperrung durch, ging auf das Fairway, nahm Hut und Haar an mich und befestigte sie so gut es ging wieder auf meinem Kopf. Dann drehte ich mich zu den Golfspielern um und verkündete laut tönend: „Meine Herren, der Wind bläst von links nach rechts."

Das Gelächter war bis zum 19. Loch zu hören, sagt man.

Christine Clifford

Ich hasse Golf – ich liebe Golf!

Oft war ich dankbar für die heroischen Anstrengungen meiner Gegner, nicht über mich zu lachen.
Bernard Darwin

ICH WAR FRÜHER EIN GOLFER MIT HANDICAP 11. DAS WAR LANGE, BEVOR die „Hangneigung“ angezeigt wurde, bevor es „weiche Spikes“, ja sogar Golfcarts gab.

Heutzutage und technologisch auf dem neuesten Stand, habe ich Handicap 22 mit absteigender Tendenz.

In jenen längst verflossenen Tagen hatten meine Hölzer einen Schlägerkopf aus Holz – auch wenn das merkwürdig klingt. Der Schaft bestand aus glänzendem Metall. Kein Titan, kein Graphitinsert, keine ausgetüftelten Lofts.

Die Golfbälle pflegten zu lächeln, wenn ein Schlag mit der Wedge daneben ging oder wenn man sie mit dem Schlag eines 6er-Eisens zum Trudeln brachte. Ein Slice mit einem 4er-Eisen, und man konnte sich davon überzeugen, dass der Kern des Balls mit einem schier unendlichen Gummistreifen umwickelt war.

Damals konnte ich einen Ball aus unmöglichen Lagen schlagen. Ich kam aus Sandhindernissen wieder heraus und schaffte einen Zweierputt ab dem Grün. Das sind schöne Erinnerungen.

Im Jahr 1947 besiegte ich sogar Chad Brown, einen Freund, der im Postamt arbeitete. Im Turnier schlug ich ihn acht zu sieben. Den Ausschlag gab ein furchtloser Birdie-Putt über mehr als fünf Meter. Ich gebe zu, ich erwischte den lebensfrohen Chad in verkaterter Verfassung.

Damals kam ich auf etwas mehr als 70 Schläge.

Heute spiele ich zwar ziemlich viel, aber es sieht anders aus. Chad Brown würde mir an die Kehle gehen – so wie alle anderen.

Ich schlage einen Slice ab dem Tee und verliere dabei Distanz. Meine langen Eisen brennen mir in der Hand. Der Ball kommt selten wirklich in die Luft, chippen kann ich auch nicht. Und putten? Reden wir nicht davon!

An der Ausrüstung liegt es nicht, denn ich bin technologisch auf dem letzten Stand. Ich habe vier Tight Lies, aber meine ziehen steil nach oben. Ich besitze die großartigen Titleist DCI-Eisen, außerdem Black Cats. Ich besitze Cobras, die mir Hale Irwin höchstpersönlich geschenkt hat. Ich spiele mit einem großen 975 Titan Titleist Driver, einem Taylor Made Driver und dem größten Bertha, der je hergestellt wurde. Meine Hochleistungswedges zeigen alle Winkelstellungen: 65 Grad, 58 Grad, 60 Grad. Das habe ich alles. Ich besitze sogar einen „Alien".

Auch meine Golfbälle sind Hightech: Mit Zylin ummantelte XL, Tour Distance Wound 90er, Slazenger 420. Nennen Sie einen Ball: Ich habe ihn.

Manchmal tue ich mich mit einem Mann zusammen, der noch schlechter spielt als ich. Auch er ist ein technologisch hoch gerüsteter Golfer. Er gibt Sprüche von sich wie: „Diese neuen Balatas geben dir ein tolles Gefühl", „Dieses neue abgedämpfte 3er-Holz ist genau richtig für mich", „Der einzige Putter, der etwas taugt, ist der Scotty Cameron. Dieser Tel3 ist ein ehrliches Ding. Denken Sie nur an einen Center Cut. Ich liebe den Microstep und das Teryliuminsert."

Der arme Knabe hat bei seinen letzten drei Wettbewerben keinen einzigen Ball aus dem Bunker herausbekommen, und sein abgedämpftes 3er-Holz holt aus dem Fairway Grassoden von der Größe eines Ganzschädel-Toupets heraus. Einen Zweierputt hat er zuletzt geschafft, nachdem er den Ball 1,20 Meter vor das Loch geschlagen hatte.

Man hört ihn tönen: „Dieser neue Maxfli Multilayer Revolution landet sanft. Ich spüre den Unterschied bei meinen Wedgeschlägen – und auch beim Putten." Na, ganz bestimmt!

Hightech ist eine feine Sache, dass wir uns nicht missverstehen. Man sehe sich nur Davis an, Tiger und Freddie, aber mit aller Hightech bekomme ich meine Probleme nicht in den Griff.

Mein Hauptproblem ist die Übung. Ich hasse das. Ich bin allergisch dagegen. Ich bekomme Pickel, sobald ich Übungsbälle schlagen muss. Ich kann nichts dafür.

Putten ist der übelste Teil an meinem Spiel, eng gefolgt von Sandspiel und Chippen. Ein guter Freund, ein Mann, der mir während meiner Präsidentschaft zur Seite stand und sich damals sehr respektvoll verhielt, brachte es vergangene Woche auf den Punkt: „George, dein Spiel ist eine Zumutung."

Also gut, aber vor einigen Wochen spielte ich in Muirfield. Das ist ein Golfplatz, der für Spieler wie mich gesperrt sein müsste, und dort wurde meinetwegen die „Nicht-Lachen-Regel" eingeführt.

Meine Partner waren einverstanden: „Okay, es wird nicht gelacht."

Ich machte es ihnen nicht leicht. Aus einem Sandloch versuchte ich viermal vergeblich herauszukommen, bevor es endlich klappte. Ich spürte Bäche und Unebenheiten auf, von denen Jack Nicklaus nichts ahnte, als er diesen Monsterplatz anlegte.

Die Sache zog sich hin, und ich fragte mich: „Warum tue ich mir das an? Ich bin vierundsiebzig Jahre alt, ich habe ein Boot und eine nette Ehefrau – warum quäle ich mich hier?"

Aber dann, am 16. Loch, gelang mir mit dem 9er-Eisen ein langer, gerader Schlag mit viel Spin. Der Ball landete kaum zwei Meter vor dem Loch. Meine Partner jubelten: „Wie in alten Tagen!", „Großartiger Einsatz!", „Den hast du klein gekriegt!"

Dann allerdings musste ich putten. Ich gestehe, ich war nicht zuversichtlich, als ich mich positionierte, um den Hang abwärts zu putten. Der Ball wich nach links ab, wurde schneller und rauschte am Loch vorbei. Rund zwei Meter hinter dem Loch blieb er liegen. Noch ein Versuch.

Auch der ging daneben. Der Ball zog los wie eine Cruise-Missile. Die Richtung war perfekt, die Geschwindigkeit falsch. Der Ball traf den Rand des Loches und kam dadurch weit vom Kurs ab. Der nächste Putt ging über gut 1,20 Meter.

Wie erstarrt stand ich über dem Ball. Mein langer Putter wedelte wie der Stab eines Stabhochspringers in meinen Händen. Ich versuchte eine langsame Bewegung, aber als der Ball wie eine fehlgesteuerte Rakete nach rechts abdrehte, wurde die „Nicht-Lachen-Regel" durchbrochen. Meine Partner wollten mich nicht kränken. Über fünfzehn Löcher hatten sie um Selbstbeherrschung gerungen. Mein Partner gab dem Ball einen Schubs ins Loch. „Ein Selbstgänger", sagte er.

Wie schon verschiedentlich zuvor, beschloss ich in jenem Augenblick, nie wieder Golf zu spielen. Ich hasse es.

Aber nach einer zweiwöchigen Denkpause war ich wieder auf dem Platz.

Ich spielte mit Ken Raynor, unserem Pro von Cape Arundel, und das inspirierte mich.

Die ersten neun Löcher waren schlimm. Beim Chippen und Putten blieb ich auf der Strecke.

Dann geschah das Wunder. Am 11. Loch, einem Par-4, schlug ich einen guten Drive. Dann hatte ich mit meinem 5er-Holz einen Top, der den Ball bis gut fünfzig Meter ans Grün brachte.

Ich zog meinen 56 Grad Cleveland Classic 588 aus der Tasche. Mein Schwung war überraschend rund. Der „True Temper"-Schaft vermittelte dieses bewusste samtige Gefühl. Ich spürte den „Kontakt" mit meinem Tour Distance 90. Er glitt durch die Luft und landete wie ein Schmetterling auf dem Grün. Dann trudelte er noch fünf Meter weiter und kullerte ins Loch.

Golf? Ich hasse dieses Spiel, keine Frage. Und ich liebe es.

Morgen um 6 Uhr 50 stehe ich am ersten Tee.

George Bush

Eine Kerze im Wind

IM LEBEN EINES PROFESSIONELLEN GOLFERS GIBT ES VIEL FREUDE UND Vergnügliches, gar nicht zu reden von den Privilegien, die jene genießen, die in diesem Sport erfolgreich in den oberen Rängen spielen.

Aber man würde das Bild verfälschen, wollte man behaupten, die Menschen, die in der PGA Tour zum Wettkampf antreten, wären vor Kummer und Sorgen des alltäglichen Lebens gefeit. Wie alle anderen Spieler auch, werde ich von Zeit zu Zeit daran erinnert, dass unser tägliches Geschäft – das wir oft mit der Ernsthaftigkeit eines Herzchirurgen ausführen – doch nur ein Spiel ist. Das wirkliche Leben findet jenseits von Absperrungen, außerhalb der Scheinwerferkegel und des Blitzlichtgewitters statt. Die folgende Geschichte handelt von der realen Welt.

Peter und Paul: Diese beiden Namen sind seit biblischen Zeiten miteinander verknüpft. Wenn Brüder, deren Altersunterschied nur zwei Jahre beträgt, so genannt werden, sind Vergleiche fast unvermeidlich. So große Mühe Eltern sich auch geben mögen, jedes Mitglied einer kinderreichen Familie gleich zu behandeln, so können sie doch nicht garantieren, dass alle Kinder gebührende Zuwendung erfahren. In Pauls Fall war es schwierig, glaube ich, denn er hatte zwei sehr aktive ältere Brüder, denen er nacheifern sollte und mit denen er verglichen wurde. David und ich waren beide sportlich und betrieben Golf und andere Sportarten. Beide waren wir für die Sportseiten der Schulzeitung verantwortlich und waren an anderen schulischen Aktivitäten beteiligt. Wir waren kontaktfreudig und durchlebten eine weitgehend sorgenfreie Zeit.

Paul dagegen interessierte sich nicht besonders für Sport und war eher introvertiert. Ständig musste er sich von Mitschülern und Freunden fragen lassen: „Warum bist du nicht so wie deine Brüder?“

Als dem dritten Jungen in der Familie wurde von Paul viel abverlangt. Doch er konnte oder wollte den Erwartungen nicht entsprechen. Also ging er seinen eigenen Weg. Und wie es in diesen Zeiten so oft geschieht, geriet er irgendwann an Drogen.

Als wir älter wurden, löste sich unser Zusammenhalt. Wir waren uns immer noch brüderlich zugetan und hielten auch Kontakt. Von seinen Freunden erfuhr ich auch, wie stolz er auf meine beruflichen Erfolge war, aber es fiel ihm schwer, mir seine Gefühle direkt auszudrücken. Für Paul war es sehr wichtig, ein Eigenleben zu finden. Er wollte nicht in Portland bleiben und ständig mit Fragen nach seinem Bruder Peter belästigt werden. Er wollte nicht dazu Stellung nehmen, weshalb Peter den 1,5-Meter-Putt verpatzt hatte, wie im Fernsehen zu sehen gewesen war, noch zu all den anderen Fragen, mit denen David und Susie, meine Schwester, sich fortwährend abgeben mussten.

Also zog Paul nach Los Angeles, arbeitete als Graphiker und modelte gelegentlich. In Südkalifornien konnte er einfach Paul Jacobsen sein und sein eigenes Leben leben. Ich fand, das sei ein mutiger Schritt, und ich bewunderte ihn dafür.

Aber es blieb zwischen Paul und dem Rest der Familie eine gewisse Spannung bestehen, die sich nicht lösen wollte. Wenn meine Frau Jan und ich einmal im Jahr zu den L. A. Open nach Los Angeles kamen, hatte Paul immer gerade zu viel zu tun und konnte nicht zusehen, wenn ich spielte. Auf diese Weise ließ er mich wissen, dass sein Leben viel wichtiger war als der Besuch eines Golfturniers – und ich begriff. Wir telefonierten miteinander, wenn ich in der Stadt war, aber dabei blieb es auch.

Als Paul sechsundzwanzig Jahre alt war, brach es bei einem Telefongespräch aus ihm heraus: „Du weißt doch, dass ich schwul bin?"

Ich sagte, das wüsste ich natürlich und es spielte für mich keine Rolle. Es überraschte mich allerdings, dass er damit so unvermittelt herausplatzte. Andererseits freute ich mich für ihn, weil er die Sache damit vom Herzen hatte. Er bekam sein Leben also in den Griff und stand zu dem, was und wie er war.

Pauls Alkohol- und Drogenprobleme verschlimmerten sich im Verlauf der Jahre. Nicht selten rief er uns zwischen drei und vier Uhr morgens an. Er leitete die Gespräche meist mit einem forschen „Na, wie geht's denn so?" ein. Bald jedoch begann er, über all die Probleme in seinem Leben zu lamentieren. Er wurde ausfallend und beschimpfte uns. Er rief unsere Eltern an oder David oder Susie oder wen er sonst gerade erreichte. Tagsüber schnupfte er viel Kokain und trank abends Wodka, um seine Erregung zu dämpfen, und dann stürzte er sich in seine emotionale Achterbahn.

Ende 1987 wurde es so schlimm, dass wir seine Einweisung in die Betty-Ford-Klinik in Palm Springs erwirkten. Dank des Einsatzes der Mitarbeiter wurde Paul sauber. Er schien 1988 wieder gut in der Spur zu laufen, als ich den Anruf erhielt, der alles veränderte.

Es war am 24. August, einen Tag nach dem Fred Meyer Challenge. Mom rief an und sagte, Paul sei mit einer Lungenentzündung ins Krankenhaus eingeliefert worden. Jan und ich befürchteten sofort, Paul könnte AIDS haben. Ich rief Paul an. Er klang erschöpft. Er meinte, er habe die Kerze wohl an beiden Enden brennen lassen, er müsse langsamer treten und sich Ruhe gönnen. Er sprach sogar davon, wieder in den Nordwesten zu ziehen.

In der folgenden Woche spielte ich in Toronto bei den Canadian Open, und da trafen die schlechten Nachrichten ein. Paul hatte wirklich AIDS und lag auf der Intensivstation des Cedars Sinai Hospital. Was hatte ich in Kanada noch zu suchen? Nachdem ich die erste Runde mit 79 Schlägen gespielt hatte, gab ich auf. Nie stand mir der Sinn weniger nach Golf als an jenem Tag.

Ich kehrte nach Portland zurück. Dann nahmen Jan und ich den ersten Flug nach Los Angeles, um bei Paul zu sein.

Von Pauls Freunden wusste ich, dass er stark abgenommen hatte und seit längerem nicht bei guter Gesundheit gewesen war, aber sein Anblick im Krankenhaus war ein Schock. Ich hatte ihn nicht mehr gesehen, seit wir ihn acht Monate zuvor in das Betty Ford Center gebracht hatten. Kein Zweifel, sein Zustand war kritisch. Er war mager geworden, ja er wirkte völlig ausgezehrt. Im Nachhinein glaube ich, Paul wusste schon Monate vor dem Test, dass er ernsthaft krank war, aber seine Angst vor der Wahrheit hatte ihn daran gehindert, einen Arzt aufzusuchen. Als er sich endlich untersuchen ließ, hatte er bereits das AIDS-Vollbild entwickelt.

Trotz des Drogenkonsums hatte Paul früher regelmäßig trainiert und war in Form geblieben. Jetzt war er durchscheinend dünn und bleich. Früher war er schlank gewesen, aber nun hatte er mehr als 25 Pfund verloren. Es brach mir das Herz, ihn so zu sehen. Ich sagte Jan, wir sollten alle unsere Pläne auf Eis legen, um bei Paul bleiben zu können.

Besonders eindrücklich ist mir in Erinnerung, wie ich in sein Krankenzimmer kam, und er am Beatmungsgerät hing. Blankes Entsetzen stand in seinen Augen. Er kritzelte auf einen Zettel und schob ihn mir zu. „Peter", stand da. „Tu was du willst, aber das Ding soll weg."

Tränen traten mir in die Augen. Da legte Paul die Arme um mich und drückte mich so fest er konnte. Nie im Leben hatte ich mich so hilflos gefühlt. Da bat mich mein jüngerer Bruder, irgendetwas zu tun, und ich konnte ihm in gar keiner Weise helfen, wo er es doch so dringend brauchte. Ich fand keine Worte und begann zu weinen. Schließlich stieß ich hervor: „Paul, wir werden alles für dich tun, was möglich ist."

Der arme Kerl war so voller Angst und Verzweiflung. Den Ausdruck in seinen Augen werde ich nie vergessen.

Ich blieb jedes Mal stundenlang bei ihm. Wir wechselten uns an seinem Krankenbett ab. Dann gingen wir ins Hotel, schliefen kurz und kehrten zurück. Am dritten Tag nach unserer Ankunft verschlechterte sich Pauls Zustand dramatisch. Er hatte sich gegen das Beatmungsgerät gewehrt, das er natürlich brauchte, um überhaupt atmen zu können. Die Ärzte hatten ihm gerade ein Beruhigungsmittel gegeben, damit sein Körper sich entspannte und besser gegen die Lungenentzündung ankämpfen konnte. Plötzlich fiel Paul ins Koma.

Als wir an diesem Abend ins Hotel zurückkehrten, war uns klar, dass es zu Ende ging. Es war der 5. September, nur zwölf Tage, nachdem ich von Pauls Erkrankung erfahren hatte, und nur eine Woche nach der Diagnose. Um genau halb zwei Uhr morgens wachte ich plötzlich auf. In meinem Körper spürte ich eine flatternde Bewegung. Ich bat Jan, Licht zu machen und sagte, Paul sei bei uns.

„Er ist in mir", sagte ich.

„Ist alles in Ordnung?", fragte sie zurück.

Eine merkwürdige Ruhe überkam mich. Ich sagte ihr, Paul sei gekommen, um mir mitzuteilen, dass es ihm gut gehe. Ich wollte einen Moment lang einfach so liegen und den Geist meines Bruders spüren. Das war es nämlich: Pauls Geist war bei mir, und das war tröstlich.

Ich erinnere mich, dass die flatternde Bewegung anhielt. Irgendwann glitt ich in Schlaf. Am nächsten Morgen fragte Jan mich, ob ich mich daran erinnerte, dass ich nachts aufgewacht war. Ich erinnerte mich in allen Einzelheiten. Ich erzählte ihr, Paul habe uns besucht. Er leide keine Schmerzen mehr, aber er habe mir etwas hinterlassen.

An jenem Morgen rief ich eine seiner engen Freundinnen an, die auf einem Bauernhof im Staat Washington wohnt. Bevor ich von meinem Erlebnis erzählen konnte, berichtete sie, sie sei in der vergangenen Nacht aufgewacht, als eine Eule sich auf das Fensterbrett ihres offenen Schlafzimmerfensters gesetzt und ihren klagenden Ruf ausgestoßen hatte. Überall gilt die Eule als Künderin des Todes. Ich fragte, wann das passiert sei, und sie sagte, gegen halb zwei Uhr.

Im Verlauf des Tages unterhielt ich mich dann mit dem Mann, mit dem Paul die Wohnung geteilt hatte. Er erzählte, Hund und Katze hätten die ganze Woche hindurch verrückt gespielt, weil Paul nicht da war. Sie hätten ihn auch in der vergangenen Nacht kaum schlafen lassen, aber um halb zwei Uhr seien sie plötzlich ruhig geworden. Er sagte, er habe gespürt, dass Pauls Geist bei ihnen gewesen sei.

Es ist doch erstaunlich, dass drei verschiedene Menschen, die Paul eng verbunden gewesen waren und von denen einer tausend Kilometer entfernt lebte, zur gleichen Zeit seine Anwesenheit gespürt hatten.

Als wir ins Krankenhaus kamen, eröffnete uns eine seiner Krankenschwestern, um halb zwei Uhr seien Pauls Lebenszeichen deutlich schwächer geworden. „Ich glaube, er hat uns verlassen“, sagte sie.

Paul erwachte nicht mehr aus dem Koma. Im Verlauf des Tages starb er friedlich. Er war zweiunddreißig Jahre alt.

Der Kummer um seinen Tod wurde mir leichter, weil ich gewiss wusste, dass er mich besucht hatte. Paul sagte mir in jener Nacht etwas, woran ich mich wortwörtlich erinnere. „Peter, du bist in Ordnung, so wie du bist. Sei nett zu den Menschen und lass dich von nichts unterkriegen.“ Und dann sagte er noch: „Geh auf den Platz und gewinne. Geh einfach hinaus und gewinne.“

Nach Pauls Tod brauchte unsere Familie eine Weile, bis wir begriffen, was geschehen war. Ich wusste, ich würde seinem Andenken am besten gerecht, wenn ich seiner Botschaft treu blieb: Ich selbst bleiben, ins Leben hinaustreten und gewinnen.

Seit 1984 hatte ich auf der PGA Tour nicht mehr gewonnen, aber manchmal war ich dem Sieg nahe gewesen. Ungefähr siebenmal in den vergangenen fünf Jahren war es ganz eng gewesen. Dann, im November 1989, gewann ich den Isuzu Kapalua International und zwei Monate später den Bob Hope Chrysler Classic. Das war ein ganz besonderer Sieg, denn die letzte Runde wurde auf dem PGA West/Palmer Course ausgetragen, und genau auf diesem Platz hatte ich sechzehn Monate zuvor zum letzten Mal mit Paul zusammen gespielt. Auch mein Dad war damals dabei gewesen.

Während der letzten Runde ging mir immer die Erinnerung daran durch den Kopf. Ich spielte mit Steve Elkington und Mike Reid zusammen und war ihnen zwei Schläge voraus, aber die Erinnerung an das Spiel mit Paul und Dad auf dem Palmer Course lenkte mich ab. Doch immer, wenn meine Gedanken zu meinem Bruder abzugleiten drohten, hörte ich Paul sagen: „Mach dir keine Gedanken um mich. Mir geht es gut. Geh hinaus und gewinne." Dieser Gedanke begleitete mich durch den ganzen Tag.

Als ich am letzten Loch einen Birdie schlug und damit gewann, umarmte mich David ganz fest. Er war extra für eine Woche nach Palm Springs gekommen. Ich sagte: „Ich wollte, Dad und Paul hätten das miterlebt."

„Paul hat jeden Schlag gesehen", entgegnete er. „Ich bin sicher, er hat dir geholfen, das 3er-Eisen beim letzten Schlag richtig zu halten."

Peter Jacobsen und *Jack Sheehan*

Die Uhr zurückstellen

Golf räumt auf mit dem Mythos, die älteren Amerikaner seien weniger aktiv oder leistungsorientiert. Sagen Sie das mal einem Golfspieler in mittleren Jahren, dem ein Mann aus der Generation seines Vaters gezeigt hat, was Sache ist. Ich spreche aus Erfahrung. Auf dem Golfrasen bringt Jugend keinen Vorteil.

Dan Quayle

DER SCHRITT MEINES VATERS IST NICHT MEHR ELASTISCH. KRANKHEITEN haben seinem Körper und seinem Geist zugesetzt. Er ist achtzig Jahre alt. Trotzdem ist alles so plötzlich gekommen. Jetzt verstehe ich, wie sehr der Gedanke schmerzt: Könnte ich doch die Uhr zurückstellen! Mein Dad liebte seine Familie. Daneben war er immer für einen guten Scherz, die San Francisco 49er, Karten spielen und „ganz besonders" Golf zu haben. Sein Schwung zählt zu seinen besten Witzen: Ein Wunderwerk aus Fehlern, die bestens zusammenpassten. „Diesmal haben meine gebündelten Patzer wieder funktioniert", sagt er gern.

Im Dickicht von Alters- und Geschlechtsunterschieden erhaschen Väter und Töchter oft nur einen flüchtigen Blick aufeinander. Nicht so bei uns. An dem Morgen, als ich die Klavierstunden aufgab, tropften die Tränen meiner Mutter – sie war die Tochter eines Musiklehrers – in ihre Müslischüssel. Sie konnte nur zusehen, wie ich meinem Vater von Tag zu Tag ähnlicher wurde. Unsere Verwandten behaupten, ich trommle beim Kartenspielen sogar genau so wie er mit den Fingern auf dem Tisch. Als ich klein war, hatten wir „unser Lied", das wir lauthals schmetterten und uns dabei krümelig lachten:

„Wir sind ein Vereiiiin
zur gegenseitigen Bewunderung,
mein Kumpel und ich!"

Heute trennen uns tausend Meilen – geographisch, politisch und in vielen anderen Hinsichten. Aber Kumpel sind wir immer noch. Uns verbindet ein unzerreißbares Band.

Wir sind Golfkumpel.

Vor etwas mehr als einem Jahr musste mein Dad den ersten von vielen Rückschlägen in seinem Kampf gegen den Krebs hinnehmen. Wir alle fragten uns, ob sich das Ende ankündigte?

Wenig später flog ich nach San Francisco und überredete ihn, in aller Ruhe mit mir eine Runde im Olympic Club zu spielen. Ich dachte mir, allein ein Spaziergang auf dem Golfplatz würde ihm gut tun. Ich hatte auch noch einen anderen Grund: Ich spielte damals so gut Golf wie nie zuvor in meinem Leben. Gerade zwei Wochen zuvor war ich zum ersten Mal unter 90 geblieben.

Dad, der konstant zwischen 80 und 90 Schlägen brauchte, hatte mich nie so gut spielen sehen. Ich war ganz wild darauf, sein Geld zu gewinnen und seine Anerkennung zu finden. In unseren Adern kreist nämlich dasselbe Jägerblut, und deshalb spielten wir immer um Geld. Im Verlauf der Jahre habe ich ungefähr so viel Geld an ihn verloren, wie mich meine Collegeausbildung gekostet hat. Mein Dad provoziert gern mit den Worten: „Willst du 40 000 Dollar auf die harte Tour verdienen?"

Mit Vergnügen spielte er die Rolle meines Mentors und gleichzeitig meines unerbittlichen Gegners. Ich bin sicher, die letzten Worte, die er an mich richtet, werden sein: „Die linke Hand stärker nach unten ziehen!"

An diesem Tag auf dem Olympic wollte ich ihm Schläge zeigen! Das würde für uns beide ein stolzer Tag werden, dachte ich mir.

Nun ja, er war nicht ganz so begeistert, wie ich erwartet hatte. Unsere Verabredung zum Golf fiel auf seinen 79. Geburtstag. Aber weder dieser Umstand noch mein frisch erworbenes Handicap noch ein sonniger Tag in San Francisco konnten ein Lächeln auf seine Lippen zaubern. Wir begannen die Runde im Gespräch darüber, wie die Therapie ihm die Kraft aus den Knochen sog und wie es ihn ärgerte, dass er nie mehr unter 100 Schläge kam. Dann kam er langsam zur Sache, wie mir schien. Beim ersten Loch war er Par und puttete beim ersten Versuch, während ich es auf acht Schläge brachte. Danach lochte er ein, egal von wo er schlug. Ich habe ihn nie besser putten sehen.

Während meine Schlagzahl stieg, funktionierten seine Patzer immer besser. Immer wieder ließ er seinen Driver hoch in die Luft sausen, und sein Körper bebte wie Wackelpudding. Aber bevor mich der Anblick zum Schmunzeln brachte, sah er auf und lachte über sich selbst.

Er ging schon wieder zum Cart zurück und forderte mich auf, seinem Beispiel zu folgen, bevor ich noch recht durchgeschwungen hatte. „Wer nicht schlägt, locht nicht ein“, flötete er zum hunderttausendsten Mal, während ich auf 1 Meter einen Putt verschlug. Aus unbekannten Tiefen in mir stieg ein helles Lachen auf.

Das Endergebnis entzündete ein allzu bekanntes Leuchten in seinen Augen: Er hatte 96 Schläge, ich brachte es auf 114.

Es war genau wie vor zwanzig Jahren.

Später, über den Wolken, beim Rückflug nach Seattle, dachte ich über die nachlassende Gesundheit meines Vaters nach. Zum ersten Mal fragte ich mich, ob ich ihn je wiedersehen würde? Dann dachte ich an unser Spiel. Wie aberwitzig war es, dass er so gut und ich so erbärmlich gespielt hatte – und wie viel Spaß hatte es gemacht! Und plötzlich war es mir sonnenklar: Auf dem Golfplatz, an seinem 79. Geburtstag, hatten wir ein magisches Geschenk erhalten: Für einen Tag durften wir die Uhr zurückstellen.

Betty Cuniberti

2.

AUS BEGEISTERUNG FÜR DAS GRÜN

Ich hatte immer den Drang nach Perfektion,
und Golf ist ein Spiel, bei dem man Perfektion
eben gerade nicht erreicht.

Betsy Rawls

Plimpton nach vorn

ICH HÄTTE WISSEN MÜSSEN, DASS DIE WOCHE BEIM CROSBY-PRO-AM-Turnier eine harte Prüfung werden würde, als ich für den Flug nach Kalifornien eincheckte. Der Angestellte im Flughafen war sehr hilfsbereit. Er wickelte ein Band um die Schläger und stülpte dann eine feste Plastikhülle darüber. Aber als er die Golftasche auf den Kopf stellte, um zu prüfen, ob die Schläger wirklich fest staken, fiel das Mäusenest heraus.

Beide starrten wir auf das Häufchen aus Haaren und Bindfäden am Boden. „Ihre Tickets gehen über Monterey", sagte er schließlich. „Nehmen Sie am Crosby teil?"

„Ja", bestätigte ich. „Ich habe dort schon einmal gespielt, vor vierzehn Jahren. Jetzt will ich es wieder versuchen."

„Sie haben die Jahre anscheinend gut zur Vorbereitung genutzt", sagte er und beäugte das Mäusenest.

Als ich 1966 zum ersten Mal bei den Bing Crosby Pro-Am spielte, trug Abe meine Golftasche – ein kleiner, älterer Mann aus der Gegend. Er arbeitete gelegentlich als Caddie auf Pebble Beach, einem der Monterey-Peninsula-Plätze, auf denen das Turnier ausgetragen wurde. Zu meiner Überraschung erwartete Abe mich auch diesmal, als ich zur Anmeldung kam. Er hatte von meiner Teilnahme erfahren und hoffte, ich würde ihn wieder meine Tasche „schleppen" lassen. Ich willigte mit Vergnügen ein.

Abe meinte, es könnte nicht schaden, wenn wir über den Platz wanderten und uns „ins Gedächtnis riefen", wie die einzelnen Löcher lagen.

Wir begannen unsere Wanderung im Gefolge einer Vierergruppe, zu der auch Jack Lemmon gehörte. Golf-Stümper schätzen Lemmon besonders, weil er an den letzten Löchern von Pebble Beach so große Schwierigkeiten hatte, als er dort vor mehr als einem Jahrzehnt zum ersten Mal spielte. Das wurde damals in allen Einzelheiten von den

Fernsehkameras festgehalten. Ich erinnerte mich mit Vergnügen an Lemmons Versuch, einen Bunkerschlag einen steilen Hang hinauf auszuführen. Der Ball hüpfte flott den Hang hinauf. Aber oben angekommen, schien ihm nicht zu gefallen, was ihn erwartete, denn er drehte um und kullerte den Hang wieder hinunter. Im Fernsehen sahen wir nur Lemmons Kopf, wie er sich drehte, um den Ball erneut anzusprechen. Das Spiel wiederholte sich: Der Ball sprang bis nach oben und kullerte wieder hinunter. Von Lemmon war nicht viel zu sehen – im Bild war eigentlich nur der eigenwillige Golfball.

Während wir nun über den Platz gingen, erinnerte Lemmon sich an dieses Erlebnis. „Das ganze Theater begann, als unsere Gruppe zum ersten Mal von den Kameras erfasst wurde", erzählte er. „Man sollte meinen, ich sei an Kameras gewöhnt, aber beim Golfen gilt das nicht. Ich glaube, ich habe für diese letzten fünf Löcher je zehn Schläge gebraucht."

Am 18. Loch, erzählte er, hatte er schon zwölf Schläge gehabt, und der Ball lag immer noch mehr als zwölf Meter vom Loch entfernt. Sein Caddie damals war ein älterer Mann gewesen, dessen Golferwürde mit den Vorgängen anscheinend deutlich überfordert war, denn er drückte sich immer zur Seite. Lemmon, der kniend den Putt ausfindig zu machen versuchte, musste ihn aus der Zuschauermenge herbeizitieren, um seinen Rat zu erfragen. Widerstrebend trat der Caddie zu ihm. Als er endlich hinter Lemmon stand, fragte dieser: „In welche Richtung wird der Ball ausbrechen?" „Wen interessiert das schon", brummte der Caddie.

Jetzt waren wir wieder an diesem achtzehnten, dem berühmten Meeres-Loch. Lemmons Drive landete auf den glatten, vom Wasser ausgewaschenen Steinen am Fuß des Deiches, der sich an den Fairways entlang zieht. Der Ball war erstaunlich lange zu sehen. Er hüpfte und sprang hektisch von einem Stein zum nächsten. „Das Leben ist ein unwiederbringliches Divot", meinte Lemmon tiefsinnig, als er vom Abschlag zurücktrat.

Beim Crosby spielen von Anfang bis Ende jeweils ein Profi und ein Amateur als Partner zusammen. Das heißt, selbst ein blutiger Amateur spielt unter Umständen am Finaltag vor laufenden Kameras, vorausgesetzt, er und sein professioneller Partner haben den Cut geschafft.

Nicht viele Golfer setzen sich dem Stress aus, den ersten Drive bei einem Turnier vor einer großen Zuschauermenge zu schlagen. Es ist eine Sache, im Country Club beim Labor-Day-Turnier vor zwei Anwesenden abzuschlagen, die die Eisstückchen in ihren Plastikbechern mit Bloody Mary fröhlich kreisen lassen. Eine ganz andere Sache ist es, den Ball auf dem Tee abzulegen und zu wissen, dass dich fünfhundert Augenpaare dabei beobachten. Das Blut steigt dir zu Kopfe, der Ball fällt vom Tee, und du musst dir beinahe laut den Befehl „Los" geben, damit du zum Schwung ausholen kannst.

Mein erster Drive überraschte mich. Es war ein hoher Slice zum Fairway, der sogar innerhalb der Abgrenzung blieb. Ich eilte dem Ball nach. Ich spürte eine geradezu körperliche Erleichterung, als ich das erste Tee und die Zuschauer hinter mir lassen konnte. Nach der ersten Runde ging ich mit Abe auf die Übungsanlage, um etwas gegen meine erbärmliche Darbietung zu tun. Ich hatte kein einziges Par erreicht und meinem professionellen Partner, Jack Ferenz, in keiner Weise geholfen.

Meine zweite Runde spielte ich auf dem nahe gelegenen Cypress Point. Sie war nicht besser als die erste. Ich verbrachte viel Zeit damit, zusammen mit Abe nach meinen fehlgeschlagenen Bällen zu suchen. Ich hatte 36 Löcher gespielt und war noch kein Mal Par geblieben. Am folgenden Tag sollten wir auf Spyglass Hill spielen, einem der schwierigsten Plätze der Welt. Der Gedanke verfolgte mich, dass ich, der ich kein schlechter Sportler bin und der ich im Verlauf der Jahre mit Unterstützung einer Vielzahl von Profis an meinem Schwung gearbeitet habe, womöglich kein einziges Mal Par spielen sollte.

Die Runde auf Spyglass begann nicht ermutigend. Mein Drive erreichte das Fairway und hüpfte artig weiter, aber mit dem zweiten Schlag flog der Ball im spitzen Winkel aus der Bahn, traf erst einen, dann den nächsten Baum und rollte dann wieder auf mich zu. Nach einem Flug, der gute 180 Meter weit hätte sein können, lag der Ball damit kaum 2 Meter von mir entfernt. Ich starrte ihn an, als wäre er eine schmauchende Granate.

Beim nächsten Drive versuchte ich, die Dinge langsamer angehen zu lassen. Bernard Darwin, der große Golf-Schriftsteller, sagte einmal über den Schwung von Bobby Jones, er besitze „eine gewisse verschlafene Schönheit". Daran dachte ich, als ich am Abschlag stand und den Schläger langsam, zu langsam in den Rückschwung nahm. Unmerklich, wie ein Ozeanriese, der sich vom Kai löst, entfernte sich der Schlägerkopf vom Ball und erreichte allmählich den Wendepunkt der Schwungkurve. Aber genau dort lief alles aus dem Ruder. Der Schlägerkopf wackelte wie ein Papierflieger im Wind und fuhr dann wie ein Peitschenschlag zum Boden. Mir entfuhr ein Schrei, als er 30 Zentimeter hinter dem Tee auf den Boden krachte, abprallte und den Ball rund 17 Meter weit das Fairway hinunter schickte.

„Pfeilgerade", kommentierte Ferenz' Caddie aufmunternd.

Am 12. Loch schlug Matt Mitchell, der zweite Amateur in unserer Vierergruppe, seinen Ball ins Wasser. Unter all den Zumutungen, die der Mensch den unbelebten Objekten aufbürdet, ist es vielleicht am unseligsten, einen Golfball ins Wasser zu schlagen. Das Gewässer nimmt den Ball auf, seine Oberfläche kräuselt sich leicht, beruhigt sich fast sofort und liegt dann glatt und unauffällig da. „Ich glaube, der liegt da unten, bis er platzt", sagte ich aufmunternd zu Matt. Er bedachte mich mit einem vernichtenden Blick.

Als ob ich ihm Revanche bieten wollte, vollführte mein eigener Ball nach dem Schlag mit dem 8er-Eisen eine hohe parabolische Kurve, plumpste dann in das Wasserloch neben dem Grün und ließ einen kleinen Geysir aufspringen.

„Der platzt jetzt gleich", merkte Mitchell an.

Das Par-4 am 18. Loch war meine letzte Chance, in diesem Turnier ein Par zu schaffen. Ich legte einen gewaltigen Fehlschlag hin, der den Ball ins Geäst einer Baumgruppe beförderte. „Der ist weg", unkte Abe.

Ich erklärte, wir müssten den Ball finden, denn dann würde ich ihm einen perfekten Schlag verpassen, wie immer er auch läge. Der Ball würde in die glasklare Luft steigen, sanft über das Fairway segeln und nahe dem Grün landen. Von dort würde ich einen abgezirkelten Schlag mit der Wedge aufs Grün hinlegen und ihn mit einem Putt zum Par ins Loch rollen lassen. Dann würde ich einen Finger an meine Kappe legen und die Zuschauer grüßen. Aber der Ball blieb unauffindbar und meine letzte Chance vertan.

Als ich wieder zu Hause war, rief ich bei einer Einrichtung an, die außerhalb von New York liegt und sich Golf-O-Rama nennt. Es gibt dort Golfbahnen und Simulationen echter Golfplätze. Auf einem Bildschirm wird das Loch gezeigt, wie es in Natur existiert, und ein Computer berechnet die Flugbahn des Balls. Der Angestellte sagte, sie hätten auch den Pebble-Beach-Platz. Also buchte ich.

Norman Schaut, der Präsident des Golf-O-Rama, führte mich herum. Eine Seite der hangartigen Anlage wurde von „Golfbahnen“ eingenommen. Sie lagen nebeneinander, und jede hatte ein erhöhtes Tee. Der Golfer schlägt den Ball ungefähr sieben Meter in eine drei Quadratmeter große Projektionsfläche, auf der das betreffende Loch zu sehen ist.

Wir gingen zum Tee von Pebble Beach. „Wenn der Computer sagt, Sie haben den Ball ins Wasser geschlagen, hören Sie es platschen“, erklärte Schaut.

„Sie sollten auch das Geräusch der Brandung und das Seehundbellen vom Pazifik einspielen“, schlug ich vor.

Schaut schaltete die Anlage ein. Auf dem Schirm erschien das Bild des ersten Loches von Pebble Beach, einem Par-4 mit 440 Meter Länge. „Genau das ist es“, sagte ich. „Dogleg nach rechts.“ Ich erinnerte mich an die Namen der Teilnehmer, die der Spielleiter aufgerufen hatte, an den Beifall der Zuschauer am Tee und wie trocken mir der Mund gewesen war, als ich den Ball platzierte. Selbst jetzt waren meine Nerven zum Zerreißen gespannt, obgleich im Hintergrund Muzak „Deep Purple“ spielte.

Ich teete auf und schwang den Schläger. Dem Computer zufolge war es ein für meine Verhältnisse ausgezeichneter Drive von fast 190 Meter. Mein zweiter Schlag brachte mich auf 45 Meter an den Flaggenstock heran. Danach schlug ich einen feinen Wedge und hatte nur noch einen 1,80-Meter-Putt zum Par. Ich nahm meinen Putter und trat auf den AstroTurf. Ich starrte nach unten, nahm den Putter zurück, brachte ihn dann gezielt vor und sah zu, wie der Ball rollte und ins Loch fiel.

Am liebsten hätte ich meinen Putter in die Luft geschleudert. Ich drehte mich aber nur um und versuchte, ganz ungerührt auszusehen. Schaut eilte herbei. „Wollten Sie etwas sagen?“, fragte er mich, als sich ein zufriedenes Lächeln auf meinem Gesicht ausbreitete.

„Ein Stück Kuchen, bitte“, antwortete ich.

George Plimpton

Im Team gilt kein „Ich"

Immer eher „wir" als „ich".
Charles Garfield

BOB UND TINA ANDREWS ARBEITEN WIE DAS RÄDERWERK EINER GUT geschmierten Maschine. Sie führt ihn zum Tee und platziert den Ball. Dann tritt sie zurück, blickt das Fairway hinunter und ruft „Okay!" Er holt tief Luft, schwingt durch, und der Ball segelt über die linke Seite des ersten Fairways im Killearn Country Club in der Nähe von Tallahassee, Florida, wo die beiden wohnen.

Ihre Teamarbeit ist beeindruckend. Bob Andrews ist vollständig blind. Tina, seine Frau, ist sein „Coach". Sie sind eines der Spitzenteams der United States Blind Golf Association.

„Golf für Blinde ist ein Teamsport, das lernst du als Erstes", sagt Bob. Er ist einundfünfzig Jahre alt und verlor 1967 in Vietnam durch eine Granate sein Augenlicht. „So lange du keinen Coach hast, bist du kein blinder Golfer. Du bist einfach blind und besitzt ein paar Golfschläger."

Bob und Tina heirateten kurz nach Bobs Rückkehr aus Vietnam. Er begann mit dem Golfspielen zunächst nur, um etwas für sich zu tun. „Ich habe es erst mit Laufen versucht", erzählt er lachend. „Aber nach einer Weile bist du es leid, immer auf die Nase zu fallen."

Als Jugendlicher hatte er ein bisschen Golf gespielt. Ernst nahm er es aber erst, nachdem er erblindet war. Er trat der USBGA bei und wurde 1995 ihr Präsident.

Tina ist sein dritter Coach. Zunächst hatte Bobs Vater diese Aufgabe übernommen, aber sie wurde ihm bald zu viel. Daraufhin sprang sein Sohn ein, bis er aufs College ging und fortzog. Also blieb Tina. Tina ist keine Golferin. Bob meint, das sei ein Pluspunkt, denn sie überschüttet ihn nicht mit Informationen, sondern zeigt ihm lediglich die richtige Richtung.

Nachdem die beiden einige Löcher gespielt haben, glaubst du zu verstehen, wie sie zu Werke gehen. „Wollen Sie es auch mal versuchen?", fragt Bob.

Darauf warst du nicht gefasst, aber nach einer Schocksekunde stimmst du halbherzig zu: „Na klar."

Erst wenn du den Coach für einen blinden Golfer gemacht hast, kannst du beurteilen, wie schwierig es ist – und welch ein großartiges Gefühl, wenn alles klappt. Du stellst fest, dass du dich nie zuvor so intensiv für das Golfspiel eines anderen Menschen interessiert hast.

Bob hält den Schläger vor sich. Als Erstes setzt der Coach den Schläger direkt hinter dem Ball fest auf den Boden. Das ist wie ein Anker. Danach werden die Füße positioniert. Auch sie stehen, wie die Schlagfläche des Schlägerkopfes, rechtwinklig zum Ball. Schließlich werden die Schultern ausgerichtet. Wenn alles stimmt, braucht Bob nur ein schlichtes „okay".

Er schwingt durch und der Ball steigt in die Luft. „Kleiner Drall nach rechts, stimmt's?" Er beurteilt die Flugbahn nach dem Schlaggefühl.

„Genau. Er weicht ein bisschen nach rechts ab."

Einige Zeit später hat Andrews knapp 150 Meter vor sich, von denen wiederum knapp 130 Meter über Wasser führen. „Was gibt's jetzt?", erkundigt er sich.

„Ungefähr 150 Meter über Wasser", antwortest du.

„Oh Mann", sagt er. „Nehmen wir mal ein 7er-Holz." Nachdem er positioniert ist, nimmt sich Andrews zur Vorbereitung auf diesen Schlag etwas mehr Zeit. Er schlägt ein wenig zu steil, und der Ball fällt ins Wasser. Dein Herz sinkt. Mit Tina als Coach wäre das nicht passiert. „Ich hätte gar nichts von dem Wasser gesagt", erklärt sie. „Warum soll er sich auch darüber noch Gedanken machen? Man muss den Vorzug seiner Benachteiligung nutzen. Verstehen Sie?"

Andrews lässt den Ball fallen und schlägt dann einen feinen Pitching Wedge über das Wasser bis aufs Grün. Du führst ihn am Ellenbogen bis dorthin, wo der Ball gelandet ist, und von dort bis zum Flaggenstock. „Knappe 5 Meter", sagt er. „Ein bisschen von links nach rechts. Die Bahn steigt leicht an."

Andrews erkennt seine Putts, denn er spürt das Grün durch seine Schuhe hindurch. Du wunderst dich, aber wenn du dich hinter ihn stellst, siehst du, dass er Recht hat: Von links nach rechts und leicht aufwärts, das ist die Bahn.

Du positionierst ihn so, dass die Schlagfläche des Putters zum linken Lochrand zeigt.

„Wie sieht das aus?", fragt er.

„Perfekt", versicherst du, aber du drückst ihm die Daumen. Er puttet mit einem tadellosen, gleichmäßigen Pendelschlag. Mit seiner letzten Drehung rollt der Ball über den linken Rand ins Loch. Andrews hört den hohlen Ton, wenn der Ball hineinplumpst. Es klingt gut, wirklich!

Ihr wandert zum nächsten Tee, und du witzelst dabei: „Also, das Bogey, das du da hinten geschlagen hast, war einsame Klasse."

„Nein", widerspricht er. „Wir haben das Bogey geschlagen."

Dave Sheinin

Magoos Gaunerstück

Für manche Golfer ist Ehrlichkeit ein schweres Handicap.
Harvey Mackay

LANGE BEVOR DER FILM GEWISSE TRICKBETRÜGER UNSTERBLICH MACHTE, gab es Magoos Gaunerei. Das wurde nicht verfilmt.
Das hat seinen Grund:

Ich begann mit dem Golfspielen ungefähr zur gleichen Zeit wie Tiger Woods, ausgestattet mit Schlägern mit verkürztem Schaft und betreut von einem bemühten Vater, der meine spielerische Entwicklung überwachte. Als ich auf die Highschool kam, war ich sicher, ich würde als Golfprofi „der Sonne nachreisen" können.

Als ich mich dann an der Universität von Minnesota einschrieb, nahmen die Legende von Tiger und die Legende von Mackay bald unterschiedliche Wendungen. Während meines Sophomore-Jahres nahm ich an der NCAA-Golf-Meisterschaft an der Purdue University in West Lafayette, Indiana, teil. An jenem Wochenende begriff ich, dass auf jeden guten Golfer aus den Nordstaaten – der bestenfalls sechs Monate pro Jahr üben kann – ebenso viele begabte Südstaatler kommen – die praktisch das ganze Jahr hindurch üben können und doppelt so gut werden.

Also verabschiedete ich meinen Ehrgeiz und akzeptierte meine Rolle als achtbares, wenn nicht sogar herausragendes Mitglied meiner Collegemannschaft. Unser Coach liebte Spitznamen. Mich nannte er „Magoo" – eine Anspielung auf „Mackay" und auf die breitrandige Hornbrille, die ich trug. Ohne meine Brille konnte ich nicht erkennen, in welche Richtung der Ball das Tee verließ, so schlecht waren meine Augen.

In meinem Senior-Jahr wallfahrtete unsere achtköpfige Golfmannschaft während der Osterferien ins Warmwettermekka nach St. Louis. Wir wollten schon mal ein bisschen üben, bevor die kurze Golfsaison in Minnesota begann.

Nach der Eingangsrunde am ersten Tag saßen wir in einer Kneipe zusammen.

„Magoo“, begann ein Mitglied meiner aufgedrehten Vierergruppe. „Reden wir mal übers Geschäft. Wie stehen die Wetten für morgen? Wir erwarten ein interessantes Angebot.“

Üblicherweise setzten wir einen Vierteldollar pro Loch, aber ich hatte diesmal einen besonderen Vorschlag.

„Hört zu: Morgen spiele ich gegen euch alle um einen Dollar pro Loch: OHNE MEINE BRILLE! Ihr müsst mir nur achtzehn Schläge vorgeben – einen Schlag pro Loch – und mir zeigen, in welcher Richtung das Loch liegt.“

Ein Dollar pro Loch – das war damals viel Geld –, aber sie konnten die Münzen gar nicht schnell genug auf den Tisch legen.

Das Spiel kann beginnen.

Am folgenden Morgen machten wir aus zwei Vierern einen Achter. Das war kein Problem, denn da es ein wenig nieselte und recht windig war, hatten wir den Golfplatz für uns.

Am ersten Loch spielte ich Par. Unglaublich. Die Jungs johlten.

Ich war auch am zweiten Loch Par, und meine Kumpels hoben ab.

Ich erreichte auch am dritten Loch Par, und es brach Tumult aus.

Auf dem vierten Grün brauchte ich zwei Putts von drei Meter, dann hätte ich das vierte Par in Serie gehabt.

„Ihr fixiert mich wie ein Spielhallenboss in Las Vegas einen Spieler, der dreimal einen Pass hatte“, sagte ich und positionierte mich für meinen Putt.

In diesem Moment fegte eine Bö über den Platz, und ich schrie auf.

Der Wind hatte mir eine meiner Kontaktlinsen aus dem Auge geblasen.

Kontaktlinsen? Meine Mannschaftskameraden hatten noch nie davon gehört, denn so etwas war gerade erst in allerjüngster Zeit entwickelt worden. Ich als Magoo war natürlich der Erste weit und breit, der so etwas besaß.

Was denn! Ich hatte nur gesagt, ich würde ohne meine Brille spielen. Von Kontaktlinsen war nicht die Rede gewesen.

Keine Chance. Für Haarspaltereien waren sie nicht zu haben. Den Rest der Runde musste ich ohne Brille und ohne Kontaktlinsen spielen. Es wurde eine kostspielige Lektion.

Als alles vorbei war, leckte ich meine Wunden, zahlte meine Wette, und wir versammelten uns wieder in der Kneipe und ließen die Ereignisse des Tages Revue passieren.

„Magoo, du hattest Recht, du warst wie der Mann beim Würfeln", meinte einer meiner vergnügten Kollegen. „Weißt du, was dem passierte? Er wollte gerade seinen vierten Pass in Serie werfen, da rollten ihm drei Würfel aus dem Ärmel: alles Sechsen. Da griff der Spielhallenboss über den Tisch und steckte einen Würfel ein. ‚Los, würfeln', sagte er. ‚Es werden achtzehn.'"

Und so war's denn auch.

Harvey Mackay

Schlagt den Profi

Man sagt, Siege erzeugen Sieger. Niederlagen machen niemanden zum Sieger. Diese Leute haben gelernt, dass sie so etwas nicht mögen.
Tom Watson

SAM SNEAD BERICHTET ÜBER EINEN GOLFWETTBEWERB ZU WOHLTÄtigkeitszwecken, an dem er vor einigen Jahren teilnahm.

An jedem Loch stand ein Profi, und die Teilnehmer in Dreiergruppen wetteten einzeln gegen ihn. Sam stand an einem Par-3-Loch. Wer immer mit dem Abschlag vom Tee aufs Grün dem Flaggenstock am nächsten kam, hatte gewonnen.

Es kam eine Dreiergruppe, und der erste Mann sagte: „Hallo, Mr. Snead. Ich wette 500 Dollar, dass ich näher an die Flagge herankomme als Sie." Snead nahm die Wette an. Der Golfer schlug sehr gut aufs Grün, Snead schlug über das Grün hinaus und verlor die Wette.

Der zweite Golfer trat heran. „Ich freue mich, Sie kennen zu lernen, Mr. Snead. Ich möchte genau so wetten wie mein Freund: 500 Dollar darauf, dass ich den Ball näher an die Flagge schlage als Sie." Diesmal schlug Sam den Ball gut 18 Meter über das Loch hinaus und verlor wiederum seine Wette. Er lachte nur. Es handelte sich immerhin um eine Wohltätigkeitsveranstaltung. Sinn der Sache war, Geld zu sammeln und Spaß zu haben.

Der dritte Golfer schlenderte heran und verkündete in breitestem New-Jersey-Akzent: „Das war's ja wohl, Kumpel, was? Das Händchen will nicht mehr, hä? Ich wette 3500 Dollar, dass ich Sie schlagen kann." Sam lächelte nur und nahm die Wette kommentarlos an. Der selbstbewusste Golfer brachte den Ball mit einem Schlag bis auf 1,20 Meter ans Loch heran. „Das müssen Sie erst mal toppen, Kumpel", brüstete er sich. „Sie hätten die Schläger längst versteigern sollen." Auch jetzt lächelte Sam nur. Er beugte sich vor, platzierte den Ball, richtete sich auf und schwang seinen Schläger. Er erreichte ein Hole-in-one. „Viel Glück beim nächsten Mal", wünschte Slammin' Sammy Snead.

Susan D. Brandenburg

Golfbälle

VOR EINIGEN JAHREN FÜHRTE ICH ROY, EINEN KOLLEGEN, IN DAS GOLFspiel ein. Ich stattete ihn mit einem Satz meiner alten Schläger aus, einschließlich Haube für den Schlägerkopf, Tasche, Tees, Ballmarker, Gerätschaft für Divots und zwei Dutzend neuer Golfbälle. Ich stellte ihm sogar einen Visor und einen neuen Handschuh zur Verfügung. Er musste sich nur ein Paar Golfschuhe kaufen.

Nach einigen Unterrichtsstunden auf der Übungsbahn spielte er seine erste Runde bei einer von der Firma gesponserten Veranstaltung auf dem Bay Valley Inn in Bay City, Michigan. Dieser herrliche und anspruchsvolle 18-Loch-Platz hat Wasser an dreizehn Löchern, und ständig streicht der von der Saginaw Bay kommende Wind darüber. Für einen Golfanfänger ist das nicht gerade ein Platz der ersten Wahl, aber Roy war fest entschlossen, an dem besagten Ereignis teilzunehmen.

Nachdem Roy am ersten Loch horrende neun Schläge gebraucht hatte, wandte er sich zu mir: „Sam, ich habe keine Bälle mehr. Kann ich noch welche bekommen?“ Ich fand, ich sei schon über den üblichen Rahmen hinaus großzügig gewesen und entgegnete: „Roy, ist dir klar, was so ein Golfball kostet?“ Ungerührt erwiderte er: „Sam, wenn du dir das Spiel nicht leisten kannst, solltest du es bleiben lassen.“

Sam Murphy

Walter verdient die Ehrung

FALLS SIE JE DAS GEFÜHL HATTEN, IM GOLF GEBE ES ÜBERSINNLICHE Momente, wie es in dem berühmten Buch *Golf in the Kingdom* heißt, lassen Sie mich eine wahre Geschichte erzählen. Sie könnte Ihre Überzeugung festigen.

Im vergangenen Herbst eröffneten die Ärzte Walter Donoughe, einem meiner besten Freunde, sie könnten seinen Krebs der Bauchspeicheldrüse nicht heilen. Sie glaubten, die Behandlung könne sein Leben verlängern und ja, er dürfe gern und auch viel Golf spielen. Einige Tage nach dieser Prognose unterhielten wir uns lange darüber, während wir die ersten neun Löcher spielten. Während wir dann im Wagen sitzend darauf warteten, dass das achte Grün frei wurde, fragte ich Walter, was ihm lieber wäre: Drei Jahre länger Golf spielen oder mit Sicherheit die Ewigkeit im Himmel verbringen. Ohne zu zögern wählte er die Himmels-Garantie. Schmunzelnd setzte er hinzu, er hoffe, er dürfe im Himmel Golf statt Harfe spielen. Aus dem Vielen, was Walter mir im Verlauf des Winters und des nächsten Frühjahres erzählte, weiß ich, dass er sich fest vorgenommen hatte, Mitglied im besten Golfclub im Himmel zu werden.

Wir unterhielten uns auch oft über das Golfspiel und wie ein wirklich gelungener Schwung völlig mühelos beginnt, so als ob jemand anderer den Schläger nach hinten führt. Wie er dann in einer Ebene nach vorn kommt und man das Klicken mehr hört als fühlt, mit dem der Ball von der Schlagfläche abprallt. Wir verbrachten wunderbare Stunden damit, Bälle mit unseren 5er-Eisen in das Netz im Taschenraum zu schlagen. Wir vergaßen dabei die kalten winterlichen Temperaturen und suchten nach dem herrlichen Schwunggefühl.

Walter blieb dabei. Er kämpfte gegen den Krebs und hatte am Beginn des Frühjahres noch einen hübschen Schwung. Dann beschloss der Golfausschuss, im Juli das zweitägige Turnier auszurichten, bei dem jedes Mal Mitglieder geehrt wurden, die dem Club viel bedeuteten. Die

Wahl fiel auf Walter. Das war eine gute Wahl. Walter hatte viele, viele Jahre lang in allen Ausschüssen und Komitees des Clubs mitgewirkt. Zweimal hatte er die Handicap-Meisterschaft gewonnen, zahlreiche andere Meisterschaften und zweimal sogar das Gin-Turnier. Ein feiner Mann, ein guter Wettstreiter und ein wahrer Freund.

Beim Turnier am 5. und 6. Juli zu seinen Ehren hätten Walter und ich – wie immer bei solchen Gelegenheiten in unserem Club – als Partner spielen sollen, aber er starb am 5. Juni. Unser Clubchampion, Scott Arthur, lud mich ein, mit ihm zu spielen, was ich gern annahm. Scott spielte so gut, dass wir durchaus gewinnen konnten. Aber ich sorgte dafür, dass es nicht dazu kam: Ich rollte den Ball vom Tee, ich ließ kein Rough aus, ich brauchte drei und vier Schläge zum Putten und kam auf einen Bogey-Rekord.

Wir hatten noch zwei Löcher zu spielen. Auf dem Weg zum dreizehnten, einem Par-3, sagte ich Scott, aus diesem demütigenden Erlebnis gebe es wohl eine Lehre zu ziehen, aber ob es sich lohne, sich darüber Gedanken zu machen? Als wir zum 13. Tee kamen, kreiste hoch über dem Grün ein Falke. Scott erinnerte daran, dass wir hier unsere letzte Chance hätten, ein Hole-in-one zu schlagen und dass ihm das sehr gefallen würde, denn heute sei sein 40. Geburtstag. In all den Jahren seit er Golf spielte, habe er nur einmal jemanden ein Ass schlagen sehen. Das war Walter Donoughe gewesen, vor vielen Jahren, als Scott für ihn den Caddie machte.

Meine Begeisterung hatte ihren Tiefststand erreicht, als ich den Ball aufteete, um die Sache zum Ende zu bringen. Dann geschah etwas Seltsames. Mein 5er-Eisen schwang mühelos zurück, so als ob jemand anderer es nach hinten führte. Dann kam es in einer Ebene nach vorn, und ich hörte das Klicken mehr als ich es fühlte, als der Ball von der Schlagfläche abprallte. Mit meinen kurzsichtigen Augen konnte ich der Flugbahn nicht folgen, aber ich wusste, ich hatte diesen herrlichen Schwung ausgeführt, von dem Walter immer gesprochen hatte. Nur ganz selten hatte ich diesen Schwung gespürt, damals, als wir Schläge ins Netz übten und er mich anleitete.

Bill Kelley, Chris Vasiliades und Scott jubelten: „Feiner Schwung … Großartiger Schlag … Marsch, ins Loch!“ Dann war es plötzlich ganz still. Und dann kam ein Aufschrei: „Er ist drin! Er ist wirklich drin! Er ist im Loch!“ Chris riss mir den Hut vom Kopf und schleuderte ihn aufs Grün. Dann packte er mich und wirbelte mich herum. *Bitte, Chris, wirf mich nicht auch auf den Rasen*, dachte ich nur.

Die Jubelschreie wollten nicht enden, sie stiegen hoch in den Himmel, aber den Falken störten sie nicht. Unbeirrt, wie der Pilot, der Walter gewesen war, als er sich vor Jahren bei der Air Force seine Auszeichnungen verdiente, kreiste er unter dem Himmel. Was sich da tief unter ihm abspielte, erstaunte ihn nicht.

Also, ich weiß nicht, wie Walter den Allmächtigen dazu gebracht hat, zu meinen Gunsten zu intervenieren, aber ich bin sicher, es hat es getan. Vielleicht hat er gesagt, sein Kumpel da unten sei kurz davor, auszusteigen und gegen ein Gebot zu verstoßen: Du sollst nicht aufgeben! Deshalb ergriff er bei diesem Turnier die Initiative, und bevor es zu spät war, ließ er seinem Freund Frank eine Botschaft zukommen, die sagte, wie man ein Hole-in-one schafft. Danke Walter, dass du den Schläger für mich geschwungen hast. Geh in Frieden.

Frank J. Haller

Die letzten Neun

Mach' dir keinen Knoten in die Hosen. Es hilft nichts,
und du kannst dann nicht mehr richtig laufen.
Kathryn Carpenter

ALS ICH DAS ERSTE MAL GOLF SPIELTE – ICH MEINE RICHTIG GOLF, MIT Punkte zählen, Putten um jeden Preis und alles ganz wichtig nehmen –, war ich zehn Jahre alt und spielte in einem Vater-Sohn-Turnier. Ich erinnere mich, wie ich dachte, es würde klasse sein, mit dem Golfcart zu fahren. Wie Recht ich hatte! Oh ja, es machte Spaß, den Golfcart zu fahren. Erwähnte ich schon, dass ich damals zehn Jahre alt war? Wir brauchten ungefähr 65 Schläge für neun Löcher. Mehr spielten wir nicht, denn die Konzentration junger Golfer lässt eine komplette Runde kaum zu.

Der erste Golfplatz in meinem Leben im Meadowbrook Country Club hat eine Bahn von gut 550 Meter Länge, ein Par-5, das uns den Nerv zog. Ich glaube, wir brauchten 12 Schläge dafür. Immerhin war ich sehr stolz, weil ich keinen Schlag völlig verpatzte. Und außerdem saß ich von nun an am Haken: Mein Vater hatte mich in eine Sportart eingeführt, die von jetzt an Teil meines Lebens bleiben sollte.

Sie sollte auch die Belastbarkeit unserer Beziehung auf die Probe stellen.

Als der nächste Sommer kam, spielte ich bereits jeden Tag Golf. Das bedeutete, ich musste mich montags auf den Platz schleichen, denn montags war der Platz geschlossen. Dienstags musste ich mich beeilen, wenn ich drei der ersten neun Löcher spielen wollte, bevor der Schwarm der Spielerinnen am Damentag alles bis zum siebten Loch bevölkerte.

In jenem Sommer traf ich auf dem Golfplatz sogar unseren Familienhund. Eines Morgens spürte mich dort eine herrenlose Colliemischlingshündin auf und begleitete mich zu den ersten neun Löchern. Nachdem wir meine Wegzehrung geteilt hatten, gehörte sie mir.

Als das nächste Vater-Sohn-Turnier nahte, wäre ich in Tränen ausgebrochen, hätte ich 65 Schläge gebraucht, wenn ich allein spielte. Im kurzen Spiel war ich stark geworden, und ich erwartete, dass Dads lange Abschläge meine Mängel ausgleichen würden. Wenn er uns auf einem Par-4 bis auf 120 Meter voranbrachte, würde ich uns aufs Grün bringen. Zu den größten Vorzügen von Meadowbrook in der damaligen Zeit gehörte, dass es kaum Wasserhindernisse gab. Mit Ausnahme eines Par-3 musste man kein Wasser überwinden, um aufs Grün zu gelangen.

Wir brauchten 48 Schläge, und ich war sauer. Bei jedem Fehlschlag meines Dads rollte ich mit den Augen, und ich schnitt eine Grimasse, wenn meine Putts nicht ins Loch rollten. Ich stampfte auf den Rasen und knurrte mir meine Kommentare in den Bart. Es war abscheulich. Wir wurden Dritte. Ich fand, wir hätten gewinnen müssen.

An jenem Nachmittag und Abend schlich ich durchs Haus, als wäre das Ende der Welt angebrochen. So ging es jahrelang weiter, denn mein Vater und ich waren zwar erfolgreiche Einzelspieler, aber wenn wir gemeinsam antraten, ging alles schief. Als ich ungefähr fünfzehn Jahre alt war, gewann ich die Clubmeisterschaft der Junioren und brauchte für eine Runde beständig knapp über 70 Schläge. Die Mitglieder in unserem Club mussten damit leben, dass so ein Knilch von kaum 1,60 Meter in jenem Sommer an der regulären Clubmeisterschaft teilnahm, denn der Juniorenmeister war automatisch eingeladen.

Das Leben war ganz in Ordnung, außer wenn Dad und ich als Team aufteeten. Nicht selten beendeten wir am Sonnabend unsere Runden mit wenig mehr als 70 Schlägen – meiner Erinnerung nach hatten wir beide Handicap 6, als ich sechzehn Jahre alt war. Aber wenn wir dann am Sonntag gemeinsam antraten und abwechselnd schlugen, brachten wir es auf 85 Schläge, obgleich man jeweils den schlechteren der beiden Abschläge streichen konnte.

Einmal war ich so frustriert, dass ich an den letzten drei Löchern den Putt linkshändig ausführte. Während der Heimfahrt sprachen mein Vater und ich kein Wort miteinander. Das Verrückte an der Sache war, dass wir uns das zugemutet hatten, um das Tommy Galloway Vater-Sohn-Turnier im Hermitage Country Club zu spielen, ein ziemlich großes Ereignis. Wir hatten keinerlei Aussicht, in unserer Altersgruppe einen Preis zu erringen, denn irgendwann brachten wir bestimmt einen Siebener zustande. Wenn wir das 16. Tee erreichten, sagte einer von uns regelmäßig: „Schlimmer kann's kaum werden. Wenn wir 82 schlagen, streichen sie uns die beiden miesesten Schläge."

Einmal erreichten wir an einem Par-4, dem 17. Loch, sieben Schläge über Par, und es sah aus, als wenn wir unter 80 bleiben würden. Aber dann schlugen wir beide unsere Bälle in den See, der sich am rechten Rand des Fairways erstreckte. Das war die Krone der Misserfolge. Das Problem war, dass wir gegenseitig unsere Fehler nicht akzeptieren konnten. Mein Vater schlug seine Drives in die Quere und wählte oft einen ungeeigneten Schläger. Ich spielte damals ein Alles-oder-nichts-Golf. Mit sechzehn Jahren war ich in die Höhe geschossen und fand, ich müsste ein Par-5 auch in zwei Schlägen schaffen. Außerdem war ich ein grässlicher Putter geworden. Mein Vater ärgerte sich über meine Hakenschläge, und ich ärgerte mich, weil er auf Sicherheit spielte.

Als ich siebzehn Jahre alt war, akzeptierten wir schließlich, dass wir als Team nicht taugten. Wir hatten beide unsere Leistungsspitze erreicht. Meine Highschool-Mannschaft gewann 1981 im Bundesstaat die Meisterschaft und ich bekam ein Golf-Stipendium für die Virginia Commonwealth University. Dad spielte so beständig wie nie zuvor seine Runden mit etwas mehr als 70 Schlägen. Zusammen waren wir ein Desaster.

Dann ging ich aufs College und verlor mich in Büchern, Wissensdurst und dem Wunsch, Journalist zu werden. Dabei ging mein Interesse an Golf als Turniersport verloren. Zwei Saisons später war meine Zeit als College-Golfer vorbei. Ich spielte gelegentlich noch ansehnliche Runden, aber das kam zu selten und in zu großen Abständen.

Inzwischen waren wir aus den Altersgruppen der Vater-Sohn-Turniere herausgewachsen. Dann, vor einigen Jahren, rief Dad an und fragte, ob ich noch einmal an so einem Wettbewerb teilnehmen wollte? Man hatte das Turnier offenbar – politisch korrekt – in „Eltern-Kind-Turnier" umbenannt und eine Altersgruppe für die mehr als Achtzehnjährigen eingerichtet.

Wollten wir uns das alles wirklich noch einmal zumuten?

Ich spielte nur noch selten. Dad hatte Probleme mit der Schulter und spielte eher noch weniger.

„Klar“, antwortete ich. „Warum nicht?“

Merkwürdiges passiert, wenn man erwachsen wird. Mit einem Mal akzeptiert man die Fehler des Vaters, denn man ahnt, dass man selbst nicht fehlerfrei ist. Und warum, bitte, sollten ein paar Stunden Golf mit Dad stressig sein?

Zum Aufwärmen schlugen wir einen Eimer voller Bälle leer, und wenn wir beide insgesamt dreimal den Sweet Spot trafen, war das viel. Ich hätte die Übungsbahn an jenem Abend nicht gern abgesammelt. Aber anscheinend hatten wir bei diesen Übungen unsere schlechten Schläge verausgabt: Am ersten Loch hatten wir ein Birdie. Ich schlug ein Wedge auf 3 Meter heran, und Dad erledigte den Putt. Am vierten Loch, einem Par-5, schafften wir wieder ein Birdie: Dad schlug mit seinem 5er-Holz über 180 Meter bis an den Rand des Grüns, und wir konnten mit 2 Schlägen über 15 Meter putten. Insgesamt kamen wir in dieser Runde auf vier Birdies. Ein paar üble Patzer unterliefen uns auch, aber sie hielten sich noch im Rahmen. Erstaunlich war, wie sich verpatztes Loch an Birdie-Chance reihte. Ich weiß noch, wie ich lachen musste, während ich unsere Karte ausfüllte.

Da waren zwei Hacker, die zusammen nie gut gewesen waren, und nun spielten sie 4 über 75 mit abwechselnden Schlägen. Nicht wenige meiner Alterskameraden, die Dad und mich immer weit hinter sich gelassen hatten, waren an diesem Sonntag auch mit von der Partie. Ich warf einen Blick auf die Wertung für meine Altersgruppe: 81 – 77 – 85 – 76 – 82 – 90.

Hatten wir etwa gewonnen? Unfassbar! Auch Mom konnte es nicht glauben, als wir mit dem Pokal nach Hause kamen. Jahrelang hatte sie mit anhören müssen, wie wir uns nach einem Turnier gegenseitig Vorwürfe machten – diesmal hörte sie, wie wir uns brüsteten.

Plötzlich waren Dads Drives über 200 Meter ins leichte Rough einsame Klasse. Ebenso plötzlich war es Dad völlig egal, wie mein Putt aussah, solange der Ball ins Loch rollte. Wir amüsierten uns über seinen 40-Zentimeter-Putt, der am Loch vorbei rollte – etwas, was mir ständig passierte.

Zwei Löcher weiter schlug ich an einem Par-3 ein Airmail, was früher seine Spezialität gewesen war. Im folgenden Jahr brachten wir es auf 72

Schläge. Als wir die letzten neun Löcher erreicht hatten, fragten wir uns nicht mehr, ob wir unsere Mitbewerber besiegen konnten, sondern nur, ob wir unter Par bleiben würden.

All die negative Energie, die uns jahrelang zu schaffen gemacht hatte, hatte sich in positive Kraft umgewandelt. Jahrelang hatten wir immer wieder überlegen müssen, ob wir den einen Ball schlagen wollten, der sich im Gehölz versteckt hatte, oder den anderen, der am Rand des Bunkers verbuddelt war. Jetzt lautete die Alternative: Ein Putt 3 Meter Hang abwärts oder 4,50 Meter aufwärts zum Birdie?

Wir haben jetzt schon seit einer Weile nicht mehr bei dieser Art Turnieren gespielt. Dads Schulterbeschwerden hatten sich derart verschlechtert, dass er Golf aufgab und aus dem Club austrat. Kürzlich stieg ich auf den Boden meines Elternhauses, weil ich nach alten Batman-Comics für meinen Sohn suchte. Dabei stieß ich auf eine Schachtel mit Golf-Pokalen. Als Erstes zog ich einen ersten Preis für das Eltern-Kind-Turnier ohne Altersbegrenzung im Meadowbrook Country Club aus dem Jahr 1989 hervor. Als Nächstes den dritten Preis im Vater-Sohn-Turnier von 1973 für die Altersgruppe elf Jahre und jünger. Wir brauchten sechzehn Jahre, um die Dinge ins Lot zu bringen. Aber es hat geklappt.

Rich Radford

Er lebt seinen Traum

DER NAME SPRANG MIR AUS EINER WERTUNGSLISTE FÖRMLICH IN DIE Augen. Er stand in winzig kleiner Schrift in einer überregionalen Golfzeitschrift, und ich entdeckte ihn nur deshalb, weil ich gewohnheitsmäßig die Ergebnisse der kleinen Tour überfliege.

Sein Name war kursiv gedruckt. Ich hätte ihn nie an dieser Stelle erwartet und war wie gebannt. Dann lächelte ich gerührt.

Darryl Staszewski.

Ich starrte auf das Blatt, bis die Buchstaben vor meinen Augen tanzten. Wehmut beschlich mich, während ich mich an einen Freund aus Highschool-Zeiten erinnerte und daran dachte, welch unterschiedliche Wege wir genommen hatten. Ich bewunderte Darryl – vielleicht beneidete ich ihn auch ein wenig.

Staszewski, Absolvent der High School St. Francis (Wisconsin), Jahrgang 1974 – mein Schulfreund – hatte bei einem unbedeutenden Golfturnier irgendwo im Nordwesten den siebten Platz gemacht und 216 Dollar gewonnen.

Tolle Leistung, meinen Sie?

Doch, Sie würden zustimmen, wenn Sie Darryl fünfundzwanzig Jahre zuvor gekannt hätten. In der Freshman-Klasse war er kaum mehr als 1,50 Meter groß und wog, wenn es hoch kam, 40 Kilogramm. Als Senior hatte er es auf 1,65 Meter und 55 Kilogramm gebracht.

Natürlich wurde er mit seiner Größe aufgezogen, insbesondere seine Klassenkameraden ließen keine Gelegenheit für freche Sprüche aus. Er nahm es meist mit Humor, aber den einen Tag werde ich nie vergessen. Ich hatte mir seinen Führerschein geschnappt und verkündete laut und mit breitem Grinsen, Darryl dürfe nur mit einem Kissen auf dem Fahrersitz ein Auto führen, damit er über das Lenkrad sehen könne.

Gemessen an den üblichen Teenager-Sprüchen hatte ich damit einen 300-Meter-Drive geschlagen. Darryl stimmte in unser Gelächter ein, aber in seinen Augenwinkeln sah ich Tränen. Ich habe ihn seither nie wieder geneckt.

Darryl war ein recht guter Sportler, aber für Football natürlich viel zu leicht. In seinem Freshman-Jahr spielte er Basketball – auf dem Foto im Jahrbuch wirkte er unter seinen Mannschaftskameraden wie ein Zwerg zwischen Riesen –, aber als Sophomore kam er nicht mehr in die Mannschaft.

Also wandte er sich dem Golfspiel zu.

Er war Linkshänder, schwang den Schläger wie in Zeitlupe und schlug den Ball kaum weiter, als sein Schatten reichte. Unter dem Gewicht seiner Golftasche ging er beinahe zu Boden. Er schaffte es erst als Senior ins Varsity Team, und auch dann nur als Ersatzmann – wahrscheinlich als Lohn für seine Unbeirrbarkeit. Bei Turnieren kam er selten zum Spiel.

Damals träumten einige unter uns von einer Karriere als professioneller Golfer. Wir waren achtzehn Jahre alt und hatten den Kopf voller Rosinen. Dann gingen wir aufs College oder begannen zu arbeiten, heirateten und gründeten eine Familie. Schließlich erfüllte sich unser Golferschicksal: Wir wurden Wochenendspieler.

Das gilt für alle, bis auf Darryl Staszewski. Er besaß die Entschiedenheit, den Mut und die Konzentration, über die wir anderen nur redeten. Vielleicht hatten die vielen Neckereien ihn hart gemacht. Vielleicht war der Wunsch bei ihm nur stärker als bei uns. Vielleicht war er begabter als wir, und diese Begabung kam erst später ans Licht.

Bald nachdem wir die Highschool verlassen hatten, übersiedelte Darryl nach Kalifornien, um sich seinem Sport besser widmen zu können. Irgendwann bekam er eine Festanstellung in einem Club, und Mitte der 1970er Jahre verlor ich ihn aus den Augen.

Zwanzig Jahre später stand ich im Pressezelt bei den Greater Milwaukee Open. Jemand tippte mir auf die Schulter: Da stand Darryl Staszewski, ein hochgewachsener, schlanker Sportler.

Er lebte jetzt in Seattle, machte aber gerade Urlaub und hatte am Montag die Qualifikation für die GMO nur knapp verpasst. Wir plauderten eine Weile, dann gab er mir seine Telefonnummer und meinte, es wäre doch nett, gelegentlich eine Runde zu spielen, wenn ich in den Nordwesten käme.

Dann vergaß ich Darryl wieder, bis ich jetzt in einem Golfmagazin auf seinen Namen stieß. Es spielt wirklich keine Rolle, ob er 216 Dollar oder 216 000 Dollar gewonnen hatte, ob er bei der Cascade Tour Siebter oder bei den US Open Sieger geworden war.

Verstehen Sie? Darryl lebt seinen Traum.

Gary D'Amato

Nachruf auf einen Milchmann

Gott zieht die beim Golfspielen verbrachten Stunden nicht von der uns zugeteilten Zeit ab.
Gerald O'Gara

DIES IST DIE GESCHICHTE DES EHEMALIGEN MILCHMANNES EMIL KIJEK, der sein Leben in den Armen eines Freundes aushauchte, mitten auf dem Fairway an einem Donnerstagnachmittag.

Schauplatz ist der Südosten von Massachusetts, am Rand von Narragansett Bay, wo man sich mit derart unbedeutenden Geschichten normalerweise nicht abgibt. Lizzie Borden grüßte vom Fall River, der gleich nebenan liegt. Ismael und Ahab segelten von New Bedford ab, sozusagen eine Straße weiter.

Rehoboth als Schauplatz der Ereignisse hat nicht ganz diese Klasse.

Aber Rehoboth ist eine nette Kleinstadt. Wenn man durchfährt, könnte man meinen, man befände sich in einem Jagdgebiet – wenn John Pellegrino einen nicht eines Besseren belehrte: „Wenn Sie auf mein Wild schießen", poltert der Besitzer des Sun Valley Golf Club, „dann knalle ich Sie ab."

Pellegrinos Aktionsgebiet ist genauso wenig geleckt und geschniegelt wie diese Ankündigung. Angefangen beim Wegweiser an der Straße, könnte alles in Sun Valley ein bisschen Farbe gut gebrauchen. Auch das Dach könnte man richten. Das Clubhaus ist im Wesentlichen eine Bar. Aber die grauhaarigen Männer, die ihre Golftaschen kreuz und quer über den Rasen ziehen, sind zufrieden. Erwachsene zahlen 13 Dollar für 18 Löcher.

Ron Collett, Morris Dumont, Jack Alexander und Emil Kijek spielten an jenem Donnerstag als Team in einem Turnier. Collett und Dumont waren üblicherweise nicht Kijeks Partner, aber sie kannten „Ky", so wie jedermann im Ort. „Er hatte eine besondere Art", sagte Dumont, ein ehemaliger Klavierstimmer. „Ky war ein Mensch, für den ein Tag im Leben wichtiger war als Golf. Er nahm die guten und die schlechten

Schläge, wie sie kamen, und hoffte immer, der nächste würde perfekt sein."

Alexander dagegen war Kijeks ständiger Golfkumpel und sein bester Freund. Sie waren beide im Zweiten Weltkrieg auf Hawaii stationiert gewesen, aber das wurde ihnen erst später klar. Kijek war vor dem Krieg immer mal beim Militär gewesen und hatte dann wieder den Dienst quittiert. Als der Krieg ausbrach, wurde er Mitglied einer technischen Einheit und kam irgendwann nach Saipan.

Als sie beide auf Oahu stationiert waren, hörte Alexander von ihm. Kijek war damals Boxer im Mittelgewicht. Seine Auftritte am Freitagabend in der Kaserne Schofield waren immer ein Ereignis, und Kijek das beste Beispiel für den Widerspruch zwischen diesem Sport und der liebenswürdigen Sanftheit, die man so oft bei Boxern antrifft.

Sein Vater war der gleiche Typ. Damals in Warschau war Jacob Kijek Vorarbeiter in einer Weberei und besonders darauf bedacht, dass ein bestimmter Webstuhl gut funktionierte, nämlich der, an dem Caroline arbeitete. Sie verliebten sich, wanderten aus und führten in Pawtucket ihren einzigen Sohn in die Weberei ein. Emil wuchs heran, und auch er, der ein Einzelkind gewesen war, hatte später nur ein Kind, seine Tochter Sandra. Aus ihrer Kindheit erinnert sie sich an spontane Picknicks, Spazierfahrten am Sonntag und an einen Vater, für den ein liebevolles Miteinander das Wichtigste war.

In den früher 1960er Jahren begann er mit dem Golfspielen, nachdem die Frühdiagnose eines Kardiologen ihm zu vier Monaten Zwangsurlaub verholfen hatte. Nachdem er in Rente gegangen war – und insbesondere nach dem Tod seiner Frau Mabel –, wurde der Golfplatz für ihn zum zweiten Heim. Er war ein beständiger, ordentlicher Spieler mit Handicap 11 oder 12, das er auch hielt, nachdem seine Weitschläge kürzer wurden, da seine Putts sich ständig verbesserten. Unter professionellen Golfern ist dergleichen unbekannt, auf Plätzen wie Sun Valley kommt es dagegen häufiger vor.

Auch beim Kartenspiel stand Kijek seinen Mann. Für sein Gin-Spiel war er berühmt, nicht weniger dafür, wie er Trumpf und Stich ausspielte.

„Teil aus, Alter", forderte Alexander ihn auf. Dann lächelte Kijek wie ein wohlerzogenes Kind, und alle am Tisch lachten. Mit seinen siebenundfünfzig Jahren war Alexander nur vier Jahre jünger als Ky, aber in letzter Zeit machten sich die Jahre bemerkbar. Ky verlor beim Kartenspiel den Biss.

Putten konnte er immer noch. Am ersten Loch an jenem Tag gelang ihm ein 6-Meter-Putt zum Par. Beim vierten Loch wiederholte er diesen Erfolg. „Du rettest unser Spiel, Alter", lobte Alexander. Es versprach, ein guter Tag zu werden.

Das sechste Loch in Sun Valley ist ein Par-3 von etwas mehr als 140 Meter. Kijek wählte ein 3er-Holz.

„Das war ein bildschöner Schlag", sagte Dumont später. „Der Ball hatte diese sagenhafte Flugbahn."

„Emil, ich sehe den Ball nicht", brummte Alexander einen Augenblick später. „Ich glaube, er ist im Loch."

„Ach wo", wehrte Ky ab. Ein Hole-in-one hatte er noch nie geschlagen.

Sie erreichten das Grün, und Alexander rief: „Komm, alter Freund, nimm deinen Ball aus dem Loch!"

„Ky war richtig glücklich", erinnert Dumont sich. „Aber er machte keinen Aufstand darum. Er war so ein bescheidener Mensch."

Nach einem feinen Drive zum siebten Loch schwankte Kijek vor seinem zweiten Schlag. „Emil, lass' doch erst jemand anderen ran", schlug Alexander vor. „Nicht nötig, es geht schon", wehrte Ky ab.

Im nächsten Augenblick sank er in sich zusammen. Die Freunde fingen ihn auf und ließen ihn sanft auf den Rasen gleiten. Während die anderen um Hilfe liefen, sagte Alexander: „Emil, drück mir die Hand. Hör erst auf, wenn ich es sage." Aber Ky lächelte nur und gab auf.

Wer war er? Er war ein Mensch, dem der Tag wichtiger war als das Golfspiel, der gute Schläge und schlechte Schläge nahm, wie sie kamen, und der immer hoffte, der nächste würde perfekt sein.

Und so war es auch.

Tom Callahan

Golf und der Caddie im Royal Troon

Sollte ich jemals denken, jemand anderer sei besser als ich,
kann ich nie der Beste sein. Ich muss immer davon überzeugt sein,
dass ich der Beste bin.
Payne Stewart

MEINE FRAU UND ICH HATTEN UNSERE ERSTE REISE NACH SCHOTTLAND mehr als ein Jahr lang geplant. Die Reise wurde durch Scottish Golfing Holidays organisiert. Die Woche sollte auf dem Royal Troon beginnen. Es war geplant, dass ich am Morgen auf diesem Platz spielte, am Nachmittag zusammen mit meiner Frau sozusagen auf der anderen Straßenseite, auf dem Portland Course.

Es war der erste Vormittag des ersten Tages meines ersten Golf-Aufenthaltes in Schottland.

Dann folgten zwei Ereignisse, die ich im Leben nicht vergessen werde.

Erst einmal standen wir 15 Minuten lang herum und warteten, bis Payne Stewart und seine Gruppe auftauchten. In unübliche lange Hosen gekleidet und mit den üblichen Golfkappen auf dem Kopf erschienen sie schließlich und wurden zu den hinteren, auch „Medaillen-Tees" genannten Abschlagplätzen eskortiert, wo alle abschlugen. Zusammen mit Stewart spielten drei weitere Männer, deren bester sicherlich nicht mehr als Handicap 10 hatte. Man hatte mir nicht gestattet, von den hinteren Tees abzuschlagen, aber ich beschloss, noch einen Versuch zu wagen. Der Mitspieler, mit dem ich mich ausführlich unterhalten hatte, während wir auf Stewart und seine Gruppe warteten, meinte, das sei nur möglich, wenn der Clubsekretär einverstanden sei. Er bot sich an, diesem Herren mein Anliegen vorzutragen. Er nahm mein Empfehlungsschreiben des Inhalts, ich sei ein ehrenwertes Clubmitglied aus Nebraska und hätte bereits an verschiedenen USGA-Turnieren teilgenommen, einschließlich solcher für Amateure und fortgeschrittene Amateure (ich konnte mich nie qualifizieren, versuchte es jedoch immer wieder). Derzeit sei mein Index 2,4. Mit diesem Brief verschwand er im Clubhaus. Wenig später kam er zurück, begleitet von einem respektablen Herren in Schlips und Anzug. Colin Montgomerys Vater sah aus einer Höhe von gut 2 Meter auf meine 1,80 Meter herab, fixierte mich mit einem schottischen Blick, dem ich in der folgenden Woche noch häufiger ausgesetzt sein sollte, und fragte unumwunden: „Haben Sie einen übrig?“ Da ich mehr Golfbälle bei mir trug, als bequem in die Tasche passten, bestätigte ich.

„Schlagen Sie einen Drive über diesen kleinen Hügel“, forderte er mich auf und deutete auf eine Anhöhe zwischen erstem Tee und dem Meer. Meine Hände waren feucht, fünfundzwanzig oder mehr Golfer sahen zu, und mir gelang ein guter Schwung, mit dem ich meinen Ball über den Hügel schickte. Mr. Montgomery wandte sich dem Starter zu und erklärte mit laut tönender Stimme: „Mr. Kahler ist ein geübter Amateur aus den Staaten. Er darf ab den Medaillen-Tees spielen. Alle übrigen schlagen von den üblichen Tees ab.“ Damit drehte er sich um und schritt auf direktem Wege ins Clubhaus zurück. Und ich schlug auf dem Royal Troon von den Medaillen-Tees ab.

Das zweite Ereignis an diesem Tage betraf Payne Stewart. Als wir zum siebten Loch abschlugen, einem leicht dem Hügel abwärts gelegenen Dogleg nach rechts, setzten Regen und Wind gleichzeitig ein. Die Mitglieder aus Stewarts Gruppe hatten in zwei Unterständen neben dem Fairway am siebten Loch Schutz gesucht. Wir schlugen unsere Drives und beschlossen dann ebenfalls, uns unterzustellen, bis der Schauer vorüber war. Mein Drive war recht gut gewesen, und mein Ball lag nur wenig hinter dem eines Mannes aus der Gruppe, die vor uns spielte. Mein Partner und ich fanden in dem einen Unterstand Platz, während die Spieler aus Stewarts Gruppe sich im zweiten drängten. Wenig später kam Stewarts Caddie gerannt und wechselte einige Worte mit meinem Caddie, der sich daraufhin an mich wandte: „Mr. Stewart fragt, ob Sie an einer kleinen Wette Interesse hätten? Wer der Flagge am nächsten kommt, gewinnt ein Pfund.“ Ich willigte ein. Ich glaubte zwar nicht, dass ich meinen Ball näher an die Flagge heranbringen konnte als Stewart, aber ich würde eine feine Geschichte zu erzählen haben, und es kostete mich nur ein Pfund. Da wir nur zu zweit und außerdem eher bereit waren, uns Wind und Wetter auszusetzen als Stewarts Gruppe, boten sie uns an, schon weiter zu spielen, da Wind und Regen nachließen. Ich hatte einen gelungenen Schlag gegen den Wind, und der Ball landete drei Meter vor dem Loch. Als wir auf das Grün gingen, kam Stewarts Caddie gelaufen und drückte meinem Caddie eine Pfund-Münze in die Hand, die dieser an mich weiterreichte.

Ich weiß nicht, ob Stewart tatsächlich die Wette angeboten oder die Münze spendiert hat. So wie ich Caddies in Schottland inzwischen einschätze, hat der Caddie selbst vermutlich gewettet und die Wette bezahlt. Ich weiß auch nicht, wie nahe Payne Stewart seinen Ball ans Loch schlug. Wir waren schon zum achten, dem berüchtigten „Briefmarken"-Loch weitergegangen, bevor er und seine Gruppe das Spiel wieder aufnahmen. Ich markierte zwar die Stelle auf dem Grün, wo mein Ball vor Nummer 7 gelandet war, aber niemand forderte später das Pfund von mir zurück. Ich benutze die Münze noch heute, um eine Balllage zu markieren.

Jeff Kahler

Der Tag, als Mr. 59 wie ein Blitz einlochte

Wenn du einen richtigen Fehlschlag hattest, sag dir einfach, das Leben ist schön, und es macht Spaß, entspannt auf einem herrlichen Golfplatz spazieren zu gehen. Der nächste Schlag wird bestimmt besser.
Al Geiberger

HUNDERTE VON MÄNNERN SIND DIE MEILE IN WENIGER ALS VIER MINUten gelaufen, und nicht wenige stehen kurz vor diesem Erfolg, während wir hier reden. Wie viele dieser Sportler kennen Sie namentlich? Wer hält derzeit den Rekord?

Wir kennen Roger Bannister, dem es als Erstem gelang und der damit Geschichte machte. Wenn man über die Vier-Minuten-Grenze spricht, spricht man auch über Roger Bannister.

So ist es auch mit Al Geiberger. Er war der erste Golfer, der auf einer PGA Tour unter 60 Schlägen blieb. Bei den Memphis Classic im Jahr 1977 brachte er es auf unglaubliche 59. Sieben Golfer hatten 1977 auf der Tour 60 Schläge gehabt, darunter Sam Snead, aber vor diesem heißen Nachmittag in Memphis war noch niemand in den Fünfzigern geblieben. Auch seither ist es nur zwei Spielern gelungen, nämlich Chip Beck 1991 in Las Vegas und David Duvall 1999 in Palm Springs.

Der überaus bescheidene Geiberger ist „Mr. 59“, eine Bezeichnung, für die sein pfiffiger Agent sofort das Copyright reservierte. Er darf es sich in den Grabstein meißeln lassen. Falls Tiger Woods keine Ziele mehr hat, kann er sich immer noch die 59 vornehmen, die Geiberger auf dem mehr als 6600 Meter langen Par-72 Colonial Country Course schlug, den der *Golf Digest* zu den hundert besten Golfplätzen zählt.

Der Meister der Geschwindigkeit erreichte jedes Fairway und jedes Grün. Er schlug elf Birdies und einen Eagle und lochte mit einer Wedge über 27 Meter ein. Er brauchte nur 23 Putts. Der längste, am Anfang seiner Runde, ging über fast 14 Meter. Ein Freizeitmathematiker berechnete, dass Geiberger insgesamt fast 58 Meter Birdie-Putts schaffte.

Ich erinnere mich, wie Johnny Miller anschließend sagte, er hätte es nie für möglich gehalten, dass jemand auf diesem Grün so gute Putts hinlegt. „Das ist Bermudagrass, und das bedeutet, man muss kräftig und sehr genau schlagen", erläutert er. „Al war spät gestartet und deshalb war das Gras schon ziemlich strapaziert. Man schafft einfach keine zwölf Putts von mehr als drei Meter!"

Der nächstbeste Score war 65.

Ja, da gibt es einen Vorbehalt. Nach einem harten Winter waren die Fairways so stark aufgeweicht, dass die Spieler den Ball aufnehmen und säubern durften. Niemand weiß genau, wie oft Geiberger die Balllage verbesserte. Sein Spielpartner Dave Stockton erinnert sich, dass Geiberger den Ball bei mehreren Schlägen nicht zu berühren brauchte. Geiberger meint im Nachhinein, die Erleichterung vielleicht einmal in Anspruch genommen zu haben.

Den Wendepunkt brachte ein Imbiss.

Das Feld war aufgeteilt worden, und so begann Geiberger seine Runde beim 10. Loch. Beim vierzehnten wurde die Sache heiß – im wahrsten Sinne des Wortes: Auf einem nahe gelegenen Parkplatz war ein Feuer ausgebrochen. Autos brannten, Löschfahrzeuge fuhren mit Sirenengeheul heran, Menschen schrien. Dann brachte einer von Geibergers Freunden, der in der Nähe des Golfplatzes und auf Höhe des 14. Loches wohnte, ihm einige mit Erdnussbutter großzügig bestrichene Cracker. Geiberger, ein hoch aufgeschossener Mann, muss seinen oft niedrigen Blutzuckerspiegel mit eiweißhaltigen kleinen Zwischenmahlzeiten stabil halten, und Erdnussbutter ist sein Favorit.

„Die Hitze machte mich müde", erzählt er. „Ich brauchte einen Energieschub. Die Erdnussbutter kam gerade richtig. Die nächsten sieben Löcher spielte ich acht unter Par."

Nachdem er an den letzten vier Löchern seine ersten Birdies gespielt hatte, fiel Geiberger der Tourrekord für eine Birdieserie ein – er liegt bei acht. An 59 Schläge dachte er gar nicht, bis er auch am 15. Loch ein Birdie schlug und die rasch anwachsende Zuschauermenge skandierte „59! 59! 59!"

Dafür musste er an den letzten drei Löchern zwei Birdies schaffen.

An Nummer 7, einem Par-5, gelang ihm mit einem Pitch und 2,70-Meter-Putt ein Birdie, aber am 8. Loch blieb er Par, indem er mit zwei Schlägen aus 7 Meter putten konnte. Jetzt hing alles vom letzten Loch ab: Knapp 370 Meter, ein Dogleg nach links mit einem Bunker an der Biegung. Geiberger schlug seine Drives eher kurz und von links nach rechts. Doch die Menge spornte ihn an, und er ließ diesmal von seinem konservativen Angang ab. Er zielte auf den Bunker – und schlug den Ball darüber hinweg, was ihm noch nie passiert war. Nach dem anschließenden Schlag mit einem 9er-Eisen landete der Ball 2,40 Meter vor dem Loch.

Geiberger wollte den Ball, koste es, was es wolle, ins Loch bringen. Der Putt lag von links nach rechts und den Hügel aufwärts. So etwas schätzt man leicht falsch ein oder meint, es falsch einzuschätzen.

Geiberger drosch den Ball ins Loch.

Stockton, Geibergers enger Freund und mit ihm siegreicher Partner in den alten CBS Classics, sagte später: „So hatte ich ihn noch nie gesehen: Er war annähernd begeistert! Fast hätte er die Fäuste geballt."

Seit jenen 59 hat Geibergers Leben viele Wendungen genommen – manche zum Guten, manche zum Schlechten. Er wurde geschieden und heiratete erneut, er verlor ein Kind bei einem Unfall auf dem Wasser, er musste sich fast regelmäßig schwierigen Operationen unterziehen und hatte finanzielle Probleme. Er ist immer mitten in dem einen oder anderen Comeback, und doch hat er zehnmal in zehn Jahren in der Senior Tour gewonnen.

Wenn er heute 59 schlüge, würde er sein Alter einstellen. Von außen betrachtet, war sein Leben voller Härten, aber Geiberger versteht sich als jemanden, der im Leben Glück hatte. Erinnert Sie das an Lou Gehrig? Richtig. Mr. 59 ist aus demselben Holz geschnitzt.

Nick Seitz

3.

BESONDERE AUGENBLICKE

Dieses Spiel vermittelt ein sinnliches Vergnügen,
wenn dir ein perfekter Schwung gelingt und
du den Schlag ausführen kannst –
genau so, wie du ihn dir vorgestellt hattest.

Peter Alliss

All die guten Eigenschaften, die man haben sollte

Golf legt den Charakter eines Menschen auf den Amboss
und seine herausragenden Qualitäten – Geduld, Haltung,
Selbstbeherrschung – ins Feuer.
Billy Casper

EHRLICH, NICHT IM TRAUM WÄRE MIR EINGEFALLEN, DASS SQUEEK meine Tasche nie wieder tragen würde. Nicht eine Minute lang habe ich das geglaubt. Nicht bis zum Ende, als er so krank war, dass er die Augen nicht mehr öffnen konnte, um „Auf Wiedersehen" zu sagen. Wahrscheinlich ist das selbstsüchtig, aber so ist es eben, wenn man einen Freund verliert.

Er war sorgsam und zuverlässig, bescheiden, einfach und ehrlich und besaß all die guten Eigenschaften, die ein Mensch auf sich vereinen sollte.

Ich erinnere mich, wie oft ich ihn einladen musste, mit uns unseren Erfolg zu feiern, die Tasche mit den Schlägern kurz abzusetzen und mit uns ein Siegerbier im Umkleideraum zu trinken. „Mach dir keine Sorgen, Squeek, komm herein", forderte ich ihn auf. „Wenn es dafür ein Bußgeld gibt, übernehme ich es."

Oft aßen wir gemeinsam zu Abend, bei anderer Gelegenheit lehnte er höflich ab und sagte, er habe etwas vor. Ich wusste, das stimmte nicht. Das war einfach seine Art, sich zurückzuhalten, sich nicht aufzudrängen.

Unterwegs war er ganz entspannt und zufrieden, wenn er meine Kinder betreute und ihnen eine Pizza bestellen konnte. Er war gern mit ihnen zusammen und spielte mit ihnen, und sie hatten ihn herzlich gern. Sie begreifen nicht, warum er nicht mehr da ist – so wenig wie ich es begreife.

Er zog seinen ganz persönlichen Gewinn aus den Ereignissen. Es reichte ihm, wenn er nach einem Sieg den Flaggenstock aus dem 18. Loch nehmen und sich zu Hause an die Wand stellen konnte.

Seine Arbeit gut zu machen, gründlich zu machen, das war für Squeek das Wichtigste. In den sechs Jahren unserer Zusammenarbeit habe ich bestenfalls einmal seine Distanzschätzung angezweifelt – einmal, das ist unglaublich.

Er war kein Fachmann für Golfschwünge, aber er lernte, worauf er bei meinem Schwung achten sollte. „Pass' auf den rechten Ellenbogen auf", pflegte er zu sagen, wenn mich auf der Übungsbahn die Frustration packte.

Wenn wir ein Turnier spielten, fand er immer die richtigen Worte – auch wenn das bedeutete, nichts zu sagen. Er verstand die Feinheiten eines Wettbewerbs besser als jeder andere, dem ich begegnet bin. Er war immer über die Zähler der führenden Spieler informiert, und er erkannte es lange vor mir, wenn ein Spieler Probleme bekam.

„Er kommt unter Druck, Nick", sagte er, während wir zu den letzten Löchern gingen. Damit versicherte er mir, dass über das Turnier noch nicht entschieden war.

Er gestattete mir keine negative Haltung. In Turnberry, im Jahr 1994, hatte ich zwei Tage lang fürchterliche Übungsschläge hingelegt, aber er verlor das Vertrauen in mich nicht. Als ich stöhnte: „Oh, mein Schwung taugt nichts", entgegnete er: „Wie soll ich Rückendeckung geben, wenn du dir solche Gedanken erlaubst?"

Als ich Squeek Ende 1990 bat, für mich zu arbeiten, sagte er, Tom Watson habe ihn auch gerade gefragt. Nach einigen Tagen Bedenkzeit kam er dann und teilte mir mit, er habe sich für mich entschieden. Ich frage mich oft, wie sich die Dinge entwickelt hätten, wenn seine Entscheidung anders ausgefallen wäre.

Wir hatten es nicht immer leicht miteinander, das ist mir wohl klar. Ich hätte vielleicht auch ohne ihn gewonnen, aber wahrscheinlich nicht so oft, und bestimmt hätte es weniger Spaß gemacht.

Ganz klar habe ich noch den Moment vor Augen, als wir die Turnberry Open gewannen. Während der gesamten letzten Runde war Squeek an meiner Seite und machte mir Mut. Vor dem letzten Schlag, mit dem alles besiegelt werden musste, war Squeek so siegesgewiss wie nie zuvor. Er gab mir die Entfernung genau an und meinte, ich solle auf das große „D" in dem gelben Schild zielen, das man hinter dem 18. Loch sehen konnte. Ich folgte seinem Rat, schlug und ging dann auf das Grün. Es waren die Schritte eines Siegers, und die Zuschauer applaudierten begeistert. Squeek hielt Abstand – typisch für ihn: Er wollte sich nicht aufdrängen. Ich hielt an und drehte mich nach ihm um:

„Komm, Squeek", rief ich. „Das genießen wir jetzt gemeinsam. Wer weiß, wann wir das wieder erleben."

Und sollte ich nie wieder gewinnen: Diesen Gang zusammen mit einem Freund werde ich nicht vergessen.

Nick Price und Mike Stachura

Ike, Mamie, Spiro und ich

Ich war nie im Himmel, und wenn ich auf mein Leben zurückblicke,
glaube ich, ich werde wohl auch nicht dorthin kommen.
Weiter als bis zu einem Masters werde ich es kaum schaffen.
Fuzzy Zoeller

WIE ALLE SPIELER WISSEN, KÖNNEN SICH IN JEDER GOLFRUNDE KLEINE Wunder ereignen. Manchmal wird die Wahrscheinlichkeit in grandioser Weise auf den Kopf gestellt, und es passieren Dinge gegen alle Regeln.

Ich habe genügend solcher Wunder erlebt. Manche waren gut, andere eher nicht. Einmal gelang mir ein Hole-in-one auf einem fremden Platz. Ich trug Cowboystiefel, spielte mit geliehenen Schlägern und einem Übungsball. Ein andermal verpasste ich um wenige Zentimeter einen doppelten Eagle, als mein Ball die Drainageröhre an einem Wasserhindernis traf. Bei mindestens drei Gelegenheiten ging mein Putt ins Aus, zweimal rollte er in ein Wasserhindernis. Einmal habe ich beim Putten sogar einen Ball verloren – was ich noch immer als eine Sternstunde der statistischen Unwahrscheinlichkeit betrachte.

All das verblasst vor der astronomischen Unwahrscheinlichkeit meines aberwitzigsten Golferlebnisses, das nichts mit dem sprichwörtlichen Glück oder der Qualität eines Schlages zu tun hat. Als ich neunzehn Jahre alt war, wurde ich Nutznießer einer Serie von glücklichen Zufällen. Dabei ging es um Baumbeschneidung, den amerikanischen Bürgerkrieg und den US Secret Service. All dies fügte sich erstaunlicherweise so zusammen, dass ich 1971 vor den Masters zwei Runden auf dem Platz des Augusta National Golf Club spielen konnte.

Es begann im Frühling, als ich die Junior-Klasse meiner Highschool besuchte. Damals konnte ich meine vielen und gelegentlich ausgefallenen Joberfahrungen gegen eine bessere, verantwortungsvollere Tätigkeit eintauschen: Ich wurde Baumbeschneider für die Doppeldecker-Busfahrten in Gettysburg, Pennsylvania, dem Kulminationspunkt des Bürgerkriegstourismus in den USA. Ich war damit beauftragt, die fünfzehn Meilen lange Strecke auf dem Oberdeck mitzufahren und alle Zweige zurückzuschneiden, die dem Augenlicht eines Touristen hätten gefährlich werden können.

Einige Wochen später ergab sich sogar noch etwas Besseres: Man hatte dem Secret Service gestattet, eine Hilfskraft/einen Gärtner einzustellen, der auf der Farm des Generals Eisenhower den Rasen mähte und die Blumenbeete versorgte – und der sich um das Putting-Grün des Generals hinter dem Haus kümmerte.

General Dwight D. Eisenhower hatte sich nach Ablauf seiner Präsidentschaft nach Gettysburg zurückgezogen, zum einen, weil diese Stadt militärhistorisch hervorragte, aber auch aus Sentimentalität: Zu Beginn seiner Laufbahn war er in Camp Colt stationiert gewesen.

Damals kam es durchaus vor, dass man sich mit ihm zusammen im Golfladen oder am ersten Tee plaudernd wiederfand. Er war immer geistreich und aufgeschlossen und unterhielt sich gern mit Golfern über Golf. Zwei seiner Wachmänner vom Secret Service waren für diese Aufgabe sogar ausdrücklich deshalb ausgesucht worden, weil auch sie leidenschaftliche Golfer waren.

Nun, meiner Ansicht nach qualifizierten mich meine Erfahrungen als Baumbeschneider für die Gärtnerei, und wie ein Putting-Grün auszusehen hat, das wusste ich ganz bestimmt. In meinen Augen war ich für diesen Job geboren. Also stellte ich mich bei den Leuten vom Secret Service vor, und Herb Dixon, der Zuständige, stellte mich sofort ein. Er war von meinen Erfahrungen mit Entlaubungsaktionen auf höchster Ebene sichtlich beeindruckt.

Vielleicht hat es auch ein wenig geholfen, dass mein Vater zum Aufsichtsstab auf dem Besitz der Eisenhowers gehörte und der wichtigste Golfpartner des Generals war. Jedenfalls bekam ich den Job. Gezahlt wurden zwei Dollar die Stunde, und ich war im siebten Himmel.

Jeden Tag hatte ich ein bisschen Freizeit. Dann nahm ich meine Golfschläger und übte Chips auf dem Putting-Grün. Die Eisenhowers schien das nicht zu stören. An heißen Nachmittagen ließen sie mir sogar etwas zu trinken bringen.

An einem Vorfrühlingstag verstarb der General, aber ich blieb bis zum Ende des Sommers für den Garten zuständig. Der September brachte neue Schwerpunkte. Ich musste den Job auf der Farm aufgeben und ich mich auf die Schule konzentrieren. Mein Hauptinteresse war der Journalismus, aber letzten Endes spielten die akademischen Fächer dann bei meiner Entscheidung für ein College keine Rolle. Ich bewarb mich an der Wake Forest University, weil dort die beste Golf-Ausbildung vermittelt wurde, soweit ich wusste.

Im Umkreis des Campus war an Golfern kein Mangel, wie ich bald feststellen durfte. Man konnte kein 9er-Eisen schwingen, ohne irgendeinen Handicapper zu treffen. Lanny Wadkins war dort und Jim Simons, später auch Jay Haas, Scott Hoch, Curtis Strange und ein Dutzend anderer, die Golf spielten, wie ich es noch nie zuvor gesehen hatte. Jeder Einzelne schien unermesslich bessere Aussichten auf eine Einladung nach Augusta zu haben als ich.

Aber …

Der Anruf meines Vaters kam am Wochenende vor Beginn des Masters. Auch nach dem Tod des Generals hielt Mrs. Eisenhower an ihrer Jahreseinteilung fest. Zum Frühjahr gehörte ein Aufenthalt im Augusta National Golf Club, wo sie ein Haus in der Nähe des 18. Grüns bewohnte.

Mrs. Eisenhower interessierte sich nicht für Golf, aber sie erinnerte sich, dass ich gern spielte – wahrscheinlich waren ihr all die Soden unvergesslich, die ich aus dem Rasen in ihrem Garten gelöst hatte. Wie mein Vater berichtete, hatte sie den Einfall gehabt, ich würde vielleicht gern auf einige Tage vor Beginn des Turniers auf Besuch kommen. Sie hatte bemerkt, dass der Platz wenig benutzt war, deshalb gab es in ihren Augen keinen Grund, weshalb ich nicht vorbeikommen und ein paar Runden spielen sollte. Übernachten könnte ich bei den Leuten vom Secret Service im Kellergeschoss ihres Hauses, schlug sie vor.

Es gab da natürlich noch einiges zu berücksichtigen. Der Zeitpunkt war denkbar ungünstig. Wir befanden uns mitten im Trimester, es gab Tests in rauen Mengen, und ich musste Referate schreiben. Es blieb mir nichts anderes übrig, als die Einladung abzulehnen.

Na klar.

Zehn Minuten, nachdem ich den Hörer aufgelegt hatte, saß ich im Auto und war auf dem Weg nach Süden. Ich fuhr ohne Pause bis Augusta.

Ich traf an einem Sonntagnachmittag ein und wurde von einem Wachmann zum Haupttor eingelassen, der meinen Namen auf einer Liste entdeckt hatte. Auf dem Parkplatz nahe dem Clubhaus standen nur einige wenige Wagen, ohne Ausnahme blitzende Exemplare der Marken Jaguar, Mercedes und BMW, außerdem einige andere Exoten, die ich nicht einmal dem Namen nach kannte. Dort sah ich den ersten und einzigen Bentley meines Lebens, und den einzigen Aston-Martin – von einem James-Bond-Film abgesehen. Der einzige Ford Maverick, der dort stand, gehörte mir.

Nachdem ich meinen Vater und Mrs. Eisenhower begrüßt hatte, erkundigte ich mich, ob vor Einbruch der Dunkelheit eine schnelle Runde möglich sei? Ich erhielt eine Abfuhr: Hatte ich denn nicht bemerkt, dass es in Strömen regnete? Der Platz war an diesem Nachmittag gesperrt.

Regen oder nicht – irgendwo musste es Übungsbahnen geben, davon war ich überzeugt. Also schulterte ich meine Golftasche und machte mich auf die Suche.

Nur ein einziger Golfer war an diesem Tag ebenso spielversessen: Ein großer, stämmiger Mann, der in seiner Regenkleidung wie in einem Kokon daherging. Ich folgte ihm zu einem der Bunker. Zwanzig Minuten lang schlugen wir abwechselnd von dort zum Flaggenstock, Ball nach Ball, bis weißer Sand in einer schmalen Bahn das Grün überzog.

Er hörte vor mir auf, aber um der Etikette willen hielt auch ich an und half, die Bälle zu sortieren. Das war ziemlich einfach, denn seine Bälle lagen meist im engen Umkreis des Flaggenstocks.

„Sie sind richtig gut mit dem Sand Wedge“, sagte ich.

Er blickt auf und lächelte: „Danke!“

Es war Jack Nicklaus.

Ich versuchte natürlich, mir nichts anmerken zu lassen, aber es war sinnlos: Ich konnte in seiner Gegenwart nicht weiter Golfbälle schlagen, jedenfalls nicht, ohne mich total zu blamieren.

Ich entschied mich für eine einfachere Form der Blamage und nervte ihn mit belanglosem Geplauder, bis ich ihn von der Übungsbahn vertrieb. Jawohl, das gelang mir, wo Blitz und Donner versagt hatten.

In jener Nacht schlief ich sehr unruhig. Aber mit Sonnenaufgang war ich auf den Beinen – und zum Glück stand die Sonne wirklich hell am Himmel. Für diesen Morgen hatten sich nur zwei Spielergruppen vorgemerkt: Der ehemalige US-Amateurmeister Steve Melnyk sollte um 10 Uhr starten, mein Vater, ein weiterer Angehöriger des Secret Service und ich eine Viertelstunde später um 10:15 Uhr.

Um 9:45 Uhr hatte ich jedoch eines der bizarrsten Erlebnisse meines Lebens.

Ich wollte gerade zur hinteren Erdgeschosstür hinausgehen, als einer der jüngeren Wachleute mich aufhielt und mir sagte, Mrs. Eisenhower wünsche mich zu sprechen. Mein Zeitplan geriet in Gefahr. Aber hatte ich eine Wahl? Ich streifte meine Golfschuhe ab und ging die Treppe hinauf ins Wohnzimmer, aus dessen Fenster man das 18. Grün und in der Ferne das erste Tee sehen konnte.

Mrs. Eisenhower stand neben dem Fenster. Sie trug ein weites, geblümtes Kleid. Ein Herr im Anzug stand neben ihr und ließ den Blick durch das luxuriöse, leere Haus schweifen. Zögernd blieb ich an der Tür stehen. Sie bemerkte mich sofort und rief: „Komm herein, komm nur! Hier ist jemand, den du kennen lernen solltest."

Der Mann im formellen Anzug drehte sich lächelnd zu mir um und drückte mir fest die Hand.

„Das ist Mr. Agnew, mein Lieber", sagte sie. „Er ist der Vizepräsident."

An die folgende Unterhaltung erinnere ich mich nur undeutlich. Ich erinnere mich, dass ich mich entschuldigte, weil ich keine Schuhe trug. Ich erinnere mich auch, dass er sagte, unser Land brauche mehr junge Republikaner wie mich. Das fand ich sonderbar, denn ich war kein Republikaner. Ich meine, ich war politisch gar nichts. Ich war einfach ein Golfer.

Ich erinnere mich allerdings daran, dass er über den ernsten Zustand sprach, in dem sich die amerikanische Jugend befinde und was dagegen zu tun sei – ich glaube, er sprach von harter Arbeit und Respekt für die ältere Generation, weniger Beatles-Hits und einer weniger liberalen Presse. Das meiste habe ich allerdings vergessen, denn je länger er sprach, desto mehr fragte ich mich, weshalb er kein Wort über Golf verlor. War ihm denn nicht klar, wo er sich befand?

Dann kam der Augenblick, als ich meine Generation verriet.

„Wie sehen Sie das?", fragte Mr. Agnew schließlich.

Ich wollte, ich hätte etwas Gescheites sagen, vielleicht einen brillanten Einfall zur psychischen Verfassung der Amerikaner mitteilen können, der ihm neue Gedanken erschlossen hätte. Zumindest hätte ich ihm vorschlagen können, er solle sich doch noch mal die Verfassung ansehen, bevor er irgendwelche neuen Projekte auf den Weg brachte. Immerhin hatten wir Watergate ein Jahr hinter uns. Noch hätte man das Unheil abwenden können, noch musste niemand ins Gefängnis oder einen unehrenhaften Rückzug antreten. Doch in jenem Moment und beim Blick durch die Panoramascheibe sah ich nur, wie Steve Melnyk seinen Drive mit einem Hook in die Bäume links vom Fairway schlug.

„Bitte entschuldigen Sie mich, Mr. Vizepräsident", sagte ich. „Aber ich muss als Nächster abschlagen." Und bevor Melnyk seinen Ball gefunden und den nächsten Schlag zum Grün ausgeführt hatte, war ich wieder in meine Golfschuhe geschlüpft und schüttelte George, meinem Caddie, die Hand.

In Augusta war ein Caddie Vorschrift. Die Leute trugen Uniform und hatten Gürtel und Taschen um den Leib geschlungen, in denen sie Grassamen, Dünger und Mutterboden transportierten. In Augusta passt man Divots nicht einfach wieder in die Rasendecke ein. Oh nein, der Caddie betätigt sich nach jedem Schlag als Gartenarchitekt. Ich fand das einschüchternd, und ich bemühte mich, meine Bälle nur zu toppen, damit George nicht hinter mir aufräumen musste. George half mir durch diese Krise – und durch unzählige andere gleich mit. Er konnte mich nicht vor allen Schwierigkeiten bewahren – niemand hätte das gekonnt –, aber über 18 Löcher empfahl er mir kein einziges Mal einen falschen Schläger. Wenn die gesamte werktätige Bevölkerung so fähig und so gewissenhaft wäre, würden wir weltweit das Goldene Zeitalter erleben.

Natürlich war ich anfangs skeptisch. Nachdem ich meinen ersten Drive zum ersten Loch geschlagen hatte, reichte George mir ein 6er-Eisen, noch bevor ich vom Abschlag zurückgetreten war.

„Woher weißt du, dass ich ein 6er-Eisen brauche?", wollte ich wissen.

Er zuckte nur die Schultern und steckte meinen Driver in die Tasche. „Das sehe ich an deinem Schwung", antwortete er sachlich.

„Aber ich habe doch erst einmal geschlagen."

Wieder zuckte er nur die Schultern und ging mir voraus zum Fairway. Ich folgte ihm, und als wir meinen Ball erreicht hatten, war es klar: Ich brauchte wirklich ein 6er-Eisen.

Ich war so beeindruckt, dass ich begann, Fragen zu stellen – nicht nach meinen Schlägen, sondern nach ihm, George. Ich war neugierig, das ließ sich nun nicht ändern. George war ein echter Insider.

Er arbeitete schon seit fünfzehn Jahren in Augusta, wie er mir erzählte, und er hatte bei vierzehn Masters als Caddie gedient.

„Wer ist der beste Golfer, für den du bisher gearbeitet hast?", wollte ich wissen und hoffte auf ein paar saftige Geschichten.

„Schwer zu sagen", antwortete er. „Die Besten kommen und gehen. Zurzeit würde ich mein Geld auf Mr. Charles Coody setzen."

Charles Coody? Ich war enttäuscht. Charles Coody war doch nicht mehr als einer unter vielen.

„Ich habe letztes Jahr für Mr. Coody gearbeitet, und wir waren gut davor", fuhr George fort. „Wir hätten sogar gewinnen können, wenn er ein paar Mal getan hätte, wie ich ihm riet." Er schüttelte den Kopf und lächelte. „Aber dieses Jahr – pass mal auf. Ich und Mr. Coody, wir sind ein gutes Team."

Ich verzichtete auf eine Diskussion, obgleich ich problemlos eine lange Liste von Namen durchaus wahrscheinlicherer Kandidaten für den Sieg hätte herunterrattern können. Stattdessen fragte ich George, wie viele Schläge er einem Spieler wie mir auf diesem Platz geben würde.

„Untere 90", entgegnete er ohne zu zögern. „Mehr schaffe ich nicht."

„Aber ich habe Handicap 2", protestierte ich.

George nickte, als sei das in seine Berechnung bereits eingegangen.

„Ich muss unter 90 kommen." Darauf bestand ich.

„In der nächsten Runde vielleicht, aber nicht heute und nicht von den Meisterschafts-Tees aus. Ein paar gute Löcher sind drin, schätze ich. Vielleicht sogar ein paar Birdies."

Zu meinem Bedauern muss ich gestehen, dass ich mich an den größten Teil dieser Runde nicht mehr erinnere. Bestimmte Augenblicke allerdings sind mir noch ganz gegenwärtig. Das Grün war glatt wie gebohnertes Parkett, und also schlug ich jeden Putt weit übers Ziel hinaus. Am 185-Meter-Loch kam ich regulär aufs Grün, aber dann hatte ich einen dreifachen Bogey und brauchte fünf Versuche zum Putten. An anderen Löchern spielte ich Katastrophengolf. Am 12. Loch schlug ich den Ball in einen Bach, am 13. verlor ich zwei Bälle in den Blumenbeeten. Aber am 15. und 16. Loch war ich wieder in Form und schlug Birdies, und das war die Krone meiner Golferkarriere, auch ohne dass eine Fernsehkamera es festgehalten hätte.

Mein Score war 92.

Am folgenden Tag wagte ich mich noch einmal auf den Platz und brachte es auf 88 Schläge.

Trotz der hohen Scores waren es rundum idyllische Tage. In Gesellschaft von Phil Walil, dem Clubmanager, lungerte ich zufrieden beim Clubhaus herum. Ich ging Augustas Par-3-Bahnen ab, die General Eisenhower besonders gemocht hatte. Ich lernte Cliff Roberts mit dem strengen Gesichtsausdruck kennen, der zusammen mit Bobby Jones Augusta gegründet hatte und vor dem sich alle fürchteten. („Mit diesem Mann darfst du dich nicht anlegen“, hatte mich mein Vater gewarnt. „Er würde uns im Handumdrehen alle hinauswerfen.“)

Und dann endete alles so plötzlich, wie es begonnen hatte. Genau einen sonnigen Tag bevor die erste Runde der Masters in jenem Jahr begann, musste ich meine Sachen packen und abreisen. Mrs. Eisenhower, wie ich schon erwähnte, war an Golf nicht sonderlich interessiert. Für sie bedeutete das Turnier eine unwillkommene Unterbrechung ihres Alltags, eine Zeit, in der Touristen, Golfer und Kameraleute über ihren Rasen trampelten. Deshalb mussten ihre Leute vom Secret Service einpacken, und der ganze Tross zog nach Palm Springs weiter.

Mir blieb nichts übrig, als ein paar Souvenirs einzukaufen und mich auf den Weg zu machen. Es war von Anfang bis Ende ein wunderbares Erlebnis gewesen. Wie ich so neben meinem Auto stand und noch einen langen Blick auf das stattliche Clubhaus warf, wurde mir überdeutlich bewusst, dass ich auf diesem Platz nie wieder spielen würde, und wenn ich zweihundert Jahre alt werden sollte.

Ein Vierteljahrhundert lang hat sich an dieser Voraussage nichts geändert. Seltsamerweise bin ich in dieser Hinsicht inzwischen durchaus nicht mehr so pessimistisch. Was an jenem Wochenende passierte, als die Masters ausgetragen wurden, lehrte mich, dass alles möglich ist. Diese Erkenntnis überfiel mich, als ich in meinem Zimmer im College vor einem Schwarz-Weiß-Fernseher von 22 Zentimeter Bilddiagonale saß und die Finalrunde verfolgte. In jenem Jahr war die Golfgemeinde fassungslos – ich nicht minder –, denn es geschah wieder einmal ein Augusta-Wunder: Ein eher mittelmäßiger Pro spielte die Runden seines Lebens und holte sich den Titel.

Einige unter uns werden sich erinnern: Der Sieger im Masters in jenem Jahr war Mr. Charles Coody.

Clint McCown

Als ich den König traf

ICH WERDE NIEMALS VERGESSEN, WIE ICH IHN KENNEN LERNTE. ES WAR 1977, und ich war Anfänger. Der Zufall wollte, dass es bei einem Turnier geschah, das mir im Verlauf der Jahre ans Herz gewachsen ist, beim Bing Crosby Pro-Am. Damals verfuhr man noch nach der Montags-Qualifikation, und ich hatte die ersten beiden Gelegenheiten in Phoenix und in Tucson verpasst. Endlich brachte ich es zu meinem ersten offiziellen PGA-Ereignis beim Crosby und spielte gerade eine Trainingsrunde auf dem Platz des Monterey Peninsula Country Club, einem der Plätze, die damals abwechselnd benutzt wurden.

Es war am Dienstag vor Turnierbeginn, am Spätnachmittag. Ich hatte die ersten 9 Löcher gespielt und befand mich weiter hinten auf dem Platz, als ich in der Ferne eine große Staubwolke bemerkte. Es erinnerte mich an die alten Cowboyfilme, wenn eine Rinderherde heranstürmt oder der Gute mit seinen Mannen über die Bösen herfällt. Ich wusste, da bahnte sich etwas Wichtiges an. Aber ich kümmerte mich um meine Sachen, und da ich ahnte, dass mir für alle 18 Löcher zu wenig Zeit bleiben würde, nahm ich eine Abkürzung zum 16. Tee.

Ich spielte zum ersten Mal auf diesem Platz und wusste nicht genau, wo die Löcher lagen. Ich wusste nur, dass mir noch eine halbe Stunde mit Tageslicht blieb. Also schlug ich einige Drives vom 16. Tee ab. Plötzlich tauchte über dem Hügel und wie aus dem Nichts eine unglaubliche Menge an Zuschauern auf und postierte sich hinter dem Tee.

Das war wie im Film, als die gesamte bolivianische Armee Butch Cassidy und Sundance Kid einkreiste und ihre Gewehre auf sie richtete. Diese Leute dort waren natürlich weder gefährlich noch bewaffnet, aber sie betrachteten mich mit einem Blick, der deutlich sagte:

Wer ist denn das? Und was sucht der hier?

Und dann teilte sich das Rote Meer, und wer sonst sollte es durchqueren als der König selbst, Arnold Palmer. Er hätte nicht königlicher einherschreiten können, hätte er Hermelin und Zepter getragen.

Ich bekam eine Gänsehaut. Ich war wie vom Donner gerührt. Sie müssen wissen: Da kam der Held meiner Jugendtage, und ich war ihm quer über den Weg gelaufen und hatte trotzdem noch zwei Bälle geschlagen. Am liebsten wäre ich in die Ballwaschanlage gekrochen und verschwunden. Palmer jedoch, seinem Charakter treu, kam auf mich zu, schüttelte mir die Hand, stellte sich vor und fragte: „Wie geht's?"

„Danke, gut", brachte ich gerade noch hervor, obgleich das wirklich nicht stimmte. Er darauf: „Dürfen wir Ihnen Gesellschaft leisten?"

So lauteten seine ersten Worte an mich, und ich fand das fast blödsinnig komisch. Ich dachte nur: Ob *Sie mir* Gesellschaft leisten dürfen? Ich würde lieber fragen: Darf ich mich unter einem Stein verstecken und einen Tag dort liegen bleiben, weil ich Ihnen in den Weg getreten bin?

Aber ich gab mich natürlich überlegen – cool –, überlegte kurz und sagte dann: „Aber natürlich, gern", so als wäre nichts dabei.

Hier ging es ums Ganze, auch wenn kein Geld gesetzt war. Erstens begegnete ich meinem Helden zum ersten Mal von Angesicht zu Angesicht, und ich lernte Marc McCormack kennen, der Palmers Amateur-Partner war. McCormack war aber auch Vorsitzender der IMG, mit der ich vor kurzem einen Vertrag geschlossen hatte. Ich hatte allerdings keine Ahnung, ob er wusste, wer ich war.

Jedenfalls war ich finster entschlossen, mich durch die Situation nicht einschüchtern zu lassen oder mir Sorgen zu machen, ich könnte mich blamieren. Golf bedeutet Herausforderung, wie auch immer, und das hat mich von jeher gereizt. Also nahm ich dies als eine besondere Herausforderung und eine unüberbietbare Vorbereitung auf die bevorstehende Woche. Schließlich spielten wir hier nur eine Trainingsrunde. Was sollte ich mir über künftige Vertragserfüllung Gedanken machen oder darüber, welchen Eindruck ich bei diesen Leuten hinterließ? An diesem Punkt meiner Karriere ging es mir nur ums Überleben. Meine Ziele waren ein paar Cuts, ein paar Geldpreise und meine Spielberechtigung. Ich hatte vor kurzem geheiratet und wollte bis Weihnachten durchhalten und so viel Geld verdienen, dass ich meiner Frau etwas Hübsches schenken konnte.

Aber zurück zum 16. Loch. Arnold schlug einen netten Drive. Mit Genugtuung sah ich, dass meine Bälle näher am Grün lagen als seine.

Jedwede Überlegenheitsgefühle verflüchtigten sich jedoch augenblicklich, als ich mit meinem 7er-Eisen einen Hook in den Bunker schlug. Glücklicherweise kam ich sauber wieder raus, und glättete mein Nervenkostüm. Beim nächsten Tee fragte Arnold, mit welchen Bällen ich spielte. Ich antwortete, ich benutze einen Titleist.

„Sie sollten mal mit einem dieser guten Bälle spielen", erwiderte er und warf mir einen Palmer zu. Ich schlug ihn, und das gefiel mir. Da warf er mir ein Dreierpack zu: „Am Anfang Ihrer Karriere brauchen Sie gute Ausrüstung. Vielleicht können die Ihnen helfen." Er wollte mich wirklich nur unterstützen, es ging ihm nicht um die Anerkennung eines unbekannten jungen Mannes aus Oregon, der mit seinen Golfbällen spielte.

So unvermittelt wie das Golfspiel mit Arnold Palmer begonnen hatte, endete es auch. Nachdem er seinen Ball aus dem 18. Loch geholt hatte, bedankte Palmer sich, wünschte mir Glück für meine Berufslaufbahn und verschwand in der ihn begleitenden Menge. Als ich einige Sekunden, nachdem er mir die Hand geschüttelt hatte, wieder aufsah, waren alle verschwunden. Es war nichts und niemand mehr da. Weg war Arnies Heer, zurück blieb lediglich Peter Poltergeist. Ich fasste mir an den Kopf, aber es blieb dabei: Es hatte sich tatsächlich abgespielt.

Peter Jacobsen und *Jack Sheehan*

Erfolg hat seinen Preis

DER GOLF-PRO HARVEY PENICK HATTE ERST SPÄT IM LEBEN ERFOLG. SEIN erstes Golfbuch, *Harvey Penick's Little Red Book*, wurde mehr als eine Million Mal verkauft und damit zu einem der erfolgreichsten Sportbücher aller Zeiten. Sein zweites Buch, *And If You Play Golf, You're My Friend*, ist bereits mehr als eine Dreiviertelmillion Mal verkauft. Aber wer glaubt, Penick hätte diese Bücher geschrieben, um Geld zu verdienen, der kennt diesen Mann schlecht.

In den 1920er Jahren kaufte Penick sich ein rotes Ringbuch und notierte dort seine Beobachtungen über Golf. Niemand wusste von diesem Buch. Erst 1991 zeigte er es seinem Sohn und Bud Shrake, einem ortsansässigen Schriftsteller. Er fragte, ob man das veröffentlichen könne? Ja, sagte Shrake, nachdem er es gelesen hatte. Am folgenden Tag rief er an und ließ Penicks Frau wissen, der Verlag Simon & Schuster habe einer Vorauszahlung von 90 000 Dollar zugestimmt.

Als Shrake Penick später aufsuchte, wirkte der alte Herr bekümmert. Schließlich kam er zur Sache. Er müsse so viele Arztrechnungen bezahlen, sagte er. So viel Geld könne er dem Verlag keinesfalls vorstrecken. Shrake musste ihm erklären, dass er derjenige war, der die 90 000 Dollar erhalten sollte.

Terry Todd

Mein bester Freund

DIE AGONIE DER LETZTEN RUNDE BEGANN BEIM ERSTEN TEE. ES WAR nicht Sonntag. Es gab kein Turnier. Es ging nur um mich und Matt, meinen Golfpartner seit drei Jahren und nicht zuletzt meinen besten Freund, seit wir die dritte Klasse der Grundschule besuchten.

Wir waren noch Kinder gewesen, als wir uns in die Welt des Golfspiels gewagt hatten, ausgerüstet mit billigen Schlägern und inspiriert von den Geschichten unserer Väter, in denen es um Birdies, Drives von 270 Meter Weite und beinahe geschlagene Holes-in-one ging. Leider jedoch erwiesen sich diese Geschichten als Ausgeburt der Fantasie, als wir zu spielen begannen.

Matt und ich waren sicher gewesen, dass wir auf den Platz treten und brillieren würden. Entsprechend überrascht (um nicht zu sagen: verärgert) waren wir, als uns ein kleiner weißer Ball in die Schranken verwies. Im Laufe der Zeit jedoch wurden unsere Schwünge kontrollierter, wir hatten häufiger gelungene Schläge, die Scores sanken und unsere Freundschaft festigte sich.

In jenem Sommer meldeten wir uns für eine Junior Golf Tour an. Sehr bald begriffen wir, wie viel wir noch zu lernen hatten und wie heiß wir uns den Sieg wünschten. Wir spielten nun schon seit zwei Jahren Golf und meinten, es brauche nur noch ein paar Feinkorrekturen, um unserem Spiel das Nonplusultra zu verleihen.

Wir spielten fast täglich nach der Schule und hofften, die Anstrengung werde sich in Siegen bei der Tour im folgenden Sommer auszahlen. Dann kam die Nachricht.

„Andrew, mein Vater ist nach Charlotte versetzt worden. Wir ziehen gleich am Ende des Schuljahres um“, teilte Matt mir mit. Die Familie würde den Wohnort wechseln, sobald unser Freshman-Jahr an der Highschool vorüber war und unmittelbar vor Beginn der Golfsaison. Uns blieb nur noch ein Monat zusammen, und wir beschlossen, das Beste daraus zu machen. Nur beim Golfspielen hatten wir Spaß miteinander, ohne uns ständig mit Gedanken an die baldige Trennung plagen zu müssen. Was immer auch passiert, beim Golfen kann man es vergessen, weil das Spiel volle Konzentration verlangt – um den Spielgegner zu schlagen –, und das war uns genug.

Wir spielten und die Zeit flog vorbei. Bald begannen wir, was unsere letzte gemeinsame Golfpartie sein sollte. So lange hatten wir versucht, es zu ignorieren, und nun hing die Tatsache wie eine dunkle Wolke über unseren Köpfen. Wir konnten sie nur abschütteln, indem wir unsere achtzehn Löcher spielten.

Schließlich und endlich endete diese Runde. Unsere Scores waren mittelmäßig, Matt schlug mich um drei Punkte.

Matt musste früh zu Hause sein, damit er am nächsten Morgen zeitig aufstehen und aufbrechen konnte. Wir standen an der Übungsbahn und warteten auf seine Mutter, die ihn abholen wollte. Endlich kam sie.

„Es hat Spaß gemacht, mit dir zu spielen." Ich streckte die Hand aus. Er drückte sie, und dann nahm ich ihn etwas linkisch in den Arm, wie Jungen es tun, die erwachsen wirken wollen. Am nächsten Morgen winkte ich ihm nach.

Er spielte an seinem neuen Wohnort in einer Tour, und auch ich nahm an Wettbewerben teil. Eines Tages bekam ich Post. Der Briefumschlag enthielt eine Zählkarte und eine Kopie der Siegerliste. Matts Name stand ganz oben. Er hatte endlich gewonnen.

Im Verlauf der Jahre schickte er mir häufiger seine Scorekarte (leider häufiger als ich es konnte). Ich bewahrte sie als Talisman in meiner Golftasche auf.

Ich glaube, der Zauber des Golfspiels liegt nicht im Platz oder dem Schwung oder dem Ton, der bei einem sauberen Schlag mit dem 3er-Eisen entsteht. Es ist das Gefühl, wenn du im Spiel deinen besten Freund schlägst oder aber von ihm geschlagen wirst.

Und früher oder später begreifst du, dass ihr nicht jede Woche gespielt habt, weil ihr Golfer seid. Ihr habt gespielt, weil ihr Freunde seid.

Andrew Galanopulos

Karamellbonbons

Nicht die größten Freuden zählen am meisten. Es kommt darauf an, das meiste aus den kleinen zu machen.
Jean Webster

MEIN VATER BEGANN MIT DEM GOLFSPIEL ERST, ALS ER IN DEN SECHZigern war. Er übte das Putten in Plastiktassen und Kaffeebecher auf dem Wohnzimmerteppich, während er sonntags die Fernsehübertragungen von den Turnierplätzen verfolgte. Stolz erzählte er, er habe nacheinander fünfzehn solcher Putts versenkt. Ich beobachtete ihn bei diesen Übungen, sah, wie er sich konzentrierte und den Blick auf den Becher am anderen Ende des Zimmers fixierte, wie er zwei oder drei Übungsschläge ausführte. Sein Schwung erfolgte mit mechanischer Genauigkeit. Er musste ihn nur ganz wenig korrigieren, wenn der Ball einmal vom Becherrand abprallte. Ich habe durchaus drei oder vier erfolgreiche Putts nacheinander gesehen, fünfzehn davon allerdings leider nicht.

Mein Vater war nicht der rundum beste Golfspieler, aber er hatte ein gutes Auge fürs Putten. Hätte er in jüngeren Jahren mit dem Spiel begonnen, wäre er vielleicht insgesamt ein beachtlicher Spieler geworden. Er war gern im Freien und in der Sonne, er betrachtete die langen Wege als angenehmes Training, und er liebte den Wettstreit mit mir auf dem Platz. Aus all diesen Gründen schätzte er das Golfspiel. Und wenn er auch nur den geringsten Erfolg auf den Golfbahnen errungen hatte, belohnte er sich dafür mit einem Karamellbonbon. Damit belohnte er aber nicht nur sich selbst, sondern auch mich oder jeden anderen Mitspieler, der gut eingelocht hatte. Wenn jemand den üblen 3-Meter-Putt aus dem Rough versenkte oder auch nur den 1-Meter-Putt zum Sieg, drückte er mit diesem Bonbon seine Anerkennung aus: „Gut gemacht.“ Was immer ihm auf dem Golfplatz imponierte, wurde lobend mit einem Karamellbonbon bedacht.

Als mein Vater in die Siebziger kam, erkrankte er an Alzheimer. Plötzlich standen seine Welt und die meiner Familie Kopf. Sein Zeitgefühl löste sich auf, sein Gedächtnis funktionierte bestenfalls noch bruchstückhaft, und mit seinem unabhängigen Leben war es bald vorbei.

In den Anfängen der Krankheit ging er gelegentlich noch auf den Golfplatz. Damals ahnte ich nicht, womit ich zu rechnen hatte, und nahm die Gedächtnislücken und das mangelnde Raumgefühl als Anzeichen des Alterns. Durch die Frustrationen im Zuge der Krankheit einerseits und die Anforderungen des Spiels andererseits wurden es anstrengende Vormittage.

„Dad! Dad, hier entlang!" So habe ich unentwegt gerufen, wenn mein Vater in seiner Orientierungslosigkeit die Richtung verlor und die Löcher falsch herum anspielen wollte. An einigen Löchern musste ich ihn regelrecht packen und in die richtige Richtung drehen. Wenn ich die Hände um seine Taille legte und ihn herumdrehte, konnte ich spüren, wie verloren dieser Mann war und wie abhängig von mir. Manchmal hatte ich das Gefühl, mit einem kleinen Kind zu spielen, das noch nie zuvor einen Golfplatz betreten hatte.

Ich erinnere mich, wie er über den Platz ging – genau gesagt schlurfte – und halbherzig nach seinem Ball suchte, ohne auch nur zu ahnen, wo der liegen konnte. „Dad, hier ist er", rief ich dann und zeigte nach vorn, während eine andere Vierergruppe uns nachrückte.

Der Nachmittag zog sich in die Länge. Endlich waren wir am 15. Loch, ich erreichte das Grün in etwa sechs Schlägen und sollte putten. Für meinen Vater hatte ich einen Ball direkt vor dem Grün fallen lassen, um unser Spiel ein bisschen zu beschleunigen und damit er den Ball über das Grün schieben konnte. Ich stand hinter meinem Ball und wartete auf seinen Chip. Er machte drei vergebliche Ansätze, aber dann schoss sein Ball über das Grün und landete rund zehn Zentimeter vor meinem Ball! Ein kleines Lächeln leuchtete in seinem Gesicht, während er unbeholfen über das Grün schlurfte und auf meinen Putt wartete.

Sekundenlang standen wir voreinander und sahen uns an. Es war geradezu komisch. Dann verlor ich die Geduld. „Dad, du musst deinen Ball markieren", forderte ich ihn auf. Das Lächeln erlosch. Orientierungslos suchte er in seinen Taschen nach einem Markierungsstift. Er brachte alles Mögliche aus seinen Taschen hervor, Tees und Bälle, aber keinen Marker. Er spürte meine Frustration, und ich verbarg meine Ungeduld nicht.

Endlich zog er etwas aus der Tasche. Er beugte sich herab und tauschte seinen Ball gegen einen seiner Karamellbonbons aus. Er hatte nicht die geringste Ahnung, was er da gerade getan hatte. Der Bonbon lag direkt auf meiner Puttlinie, er war fast so groß wie der Ball. Das goldglänzende Zellophanpapier leuchtete in der Sonne und beanspruchte demonstrativ seinen Platz auf dem Grün.

Ich blickte zu meinem Vater hinüber, aber er sah mich gar nicht an. Er ließ den Blick über die Bäume und die anderen Golfer auf dem Platz schweifen. Ich lachte. Ich lachte laut, und da sah er zu mir herüber. Er sah mich an, er sah den Bonbon im Gras und lachte auch.

Die letzten drei Löcher, die wir an diesem Tag spielten, gehören zum Eindringlichsten, was ich beim Golfen je erlebt habe. Wir spielten beide miserabel, aber es machte uns Spaß, und wir hatten beide zwischendurch unsere lichten Momente. Einige Stunden lang lebte Dad ohne die Verwirrung und den Orientierungsverlust durch seine Krankheit, und ich war vom Zwang befreit, das Spiel allzu ernst zu nehmen.

Es sollte das letzte Golfspiel mit meinem Vater sein, aber es war unser bestes. Das Spiel wurde für mich wieder einfach und machte mir Spaß, und das verdanke ich ihm. Seither laufe ich nicht mehr Gefahr, den Schläger auf den Boden zu werfen oder zu fluchen oder nach einem Golfwochenende missgelaunt nach Hause zu kommen, weil ich „meinen Schwung verloren" habe. Seit jenem Tag nehme ich mir Zeit, und ich habe meinen Spaß – in allen Lebensdingen. Wenn ich Golf spiele, habe ich immer einen Karamellbonbon in der Tasche, und wenn ich merke, wie ich mich über das Spiel aufrege, greife ich nach dem Bonbon und erinnere mich an jenen Tag zusammen mit meinem Vater – und ich lache. Ich habe jetzt Freude am Golfspielen, und ich bin besser geworden. Ich bin ein ziemlich guter Putter geworden. Vor einigen Tagen habe ich fünfzehn Putts nacheinander in den Kaffeebecher versenkt. Ehrlich!

A. J. Daulerio

Babe im Gebüsch

Wenn ich nicht das Besondere eines jeden Tages feiere,
habe ich etwas Unwiederbringliches verloren.
Sally P. Karioth

ALS BABE RUTH IM SOMMER 1940 AUS DEM GOLFSHOP IN POLAND SPRINGS, Maine, geschlendert kam, hatte sich schon eine Menschenmenge am ersten Tee versammelt. Er war ein kräftig gebauter Mann mit tief gebräunter Haut, aufmerksamen, dunklen Augen und leicht hängenden Schultern. Er war tadellos gekleidet. Eine Spange, wie Damen sie tragen, hielt seine Stirnlocke aus dem Gesicht. Ich war ein Teenager und arbeitete als Caddie in dieser Freizeitstätte. Die meisten von uns kamen von den Straßen aus dem Süden von Boston. Babe hatte gerade an einem Golf-Wohltätigkeitsturnier in Boston teilgenommen und war nach Maine gekommen, um ein bisschen Zeit für sich zu haben. Ich war zu seinem Caddie bestimmt worden.

Er kam auf mich zu und reichte mir eine kleine, quadratische, mit einer braunen Flüssigkeit gefüllte Flasche. „Das ist Medizin", sagte er. „Pass gut drauf auf." Ich schob die Flasche zwischen saubere Wollsocken in die Golftasche, und dann machten wir uns auf zum ersten Tee.

Die Zuschauermenge und die Fotografen wichen zurück, und Babe schlug einen wuchtigen Drive bis fast auf das 270 Meter entfernte Grün. Während des gesamten Nachmittags schlug Babe, ein Linkshänder, von jedem Tee gewaltige Drives ab. Nach jedem Schlag folgte auch eine Serie von völlig unvorhersehbaren Flüchen und Schimpfwörtern. Er war wild. Völlig unbeherrscht. Wir verbrachten viel Zeit im Gebüsch und im Rough und suchten nach seinen fehlgelaufenen Raketen. Trotzdem verlor ich drei Bälle.

Beim 4. Loch brachen wir allein durchs Gebüsch, als er mich um seine Medizin bat. Ich reichte ihm die Flasche, und er nahm einen tiefen Zug. Ich schnüffelte: Es roch verdächtig nach Rum.

Beim Erfrischungsstand am 11. Loch erwartete uns sein Gefolge einschließlich Claire, seiner Frau. Sie tänzelte auf und ab, wedelte mit einer überlangen Zigarettenspitze und begrüßte Babe mit einer showreifen Umarmung. Ruth kaufte allen, auch den vier Caddies, ein alkoholfreies Erfrischungsgetränk. Er rief mich zu sich und mischte sich seine Medizin in die Cola.

Am 12. Loch stand ich neben seinem Drive im Rough und wartete auf die übrigen Spieler der Vierergruppe. Ruth sah zu den Bergen in der Ferne hinüber, ließ den Blick über den nahe gelegenen See und die Fahne auf dem Clubhaus schweifen. Sein breites Gesicht wurde weich. „Mann", flüsterte er mit seiner rauen Stimme. „Das ist schön. So ruhig und friedlich. Ist es nicht herrlich?"

Das war der letzte Ruheort. Am 13. Loch waren die Zuschauer wieder zur Stelle, und wir waren von Menschen umringt. Ich erinnere mich nicht mehr genau an Babes Score, ich glaube, er lag irgendwo in den Achtzigern, dank einiger „gewürgten" Putts. Ich weiß auch nicht mehr mit Sicherheit, was er mir für meine Caddiedienste zahlte. Üblich waren damals 75 Cent. Aber obgleich ich drei Bälle verloren hatte, gab er mir 5 Dollar Trinkgeld, eine Riesensumme. Dann winkte er mir kurz zum Abschied und verschwand im Clubhaus.

Eine Stunde später sah ich ihn auf einem Baseballplatz in der Nähe des Hotels, wo er mit einigen Spielern für die Kameras posierte. Die Menge im Hintergrund applaudierte, als das Blitzlichtgewitter zuckte. Auf seinem Gesicht lag ein kleines Lächeln. Das gewaltige Bambino war wieder auf der Bühne und gab eine Show für seine Verehrer. Der stille Moment, den wir beide am 12. Loch erlebt hatten, war weit weg und vergessen. Dann entdeckte er mich in der Menge und blinzelte mir zu.

Tom Turley

Ein mondsüchtiger Golfschlag

HABEN SIE SICH SCHON EINMAL ÜBERLEGT, WIE ES IST, EINEN DRIVE über 1400 Meter zu schlagen oder mit einem 6er-Eisen mehr als 800 Meter weit? Oder wie sich ein weißer Ball gegen einen schwarzen Himmel ausnimmt, der 25–30 Sekunden in der Luft bleibt? Oder welche aberwitzigen Traumvorstellungen Golfer sich überhaupt leisten?

Ich habe während des Flugs von *Apollo 14* im Jahr 1971 über dergleichen nachgedacht. Der Mond, müssen Sie wissen, hat ein Sechstel der Erdanziehungskraft. Das bedeutet, mit derselben Schlägergeschwindigkeit würde der Ball sechsmal so weit fliegen und sechsmal so lange in der Luft (beziehungsweise im Vakuum) bleiben!

Genau gesagt brachte Bob Hope mich auf den Einfall mit dem Golfspielen auf dem Mond, wenngleich er davon erst Monate nach dem Ende des Fluges erfuhr. Eines Tages besuchte er die NASA, und Deke Slayton und ich führten ihn herum. Er hielt einen alten Driver in der Hand und schwang ihn, während wir über das Gelände gingen. Wir schnallten ihn auf einen Moonwalker. Während er auf den Zehenspitzen sprang und hüpfte, benutzte er den Driver, um sich auszubalancieren. In diesem Moment nahm ich mir vor, auf dem Mond einen Golfball zu schlagen.

Die Menschen, die mich von der Erde aus im Fernsehen beobachteten, dachten vielleicht, das sei eine spontane Aktion gewesen. Durchaus nicht, es war sorgfältig geübt und mit den Zuständigen abgestimmt, bevor wir abhoben.

Ursprünglich wollte ich ein Teleskopgestänge benutzen, mit dem wir sonst Bodenproben nehmen, weil man sich in Druckanzügen wirklich nicht nach vorn beugen kann. Dann entwarf mir ein Golf-Pro einen Schlägerkopf, der sich an Stelle der kleinen Schaufel auf das Gestänge setzen ließ. Es war wie ein 6er-Eisen, denn das Gestänge war so lang wie der Schaft eines solchen Eisens. Ich wollte den Schlägerkopf und zwei Bälle in den Taschen meines Raumanzuges mitnehmen: Es würde den Steuerzahler nichts kosten!

Vor dem Flug übte ich einige Male in der Kleiderkammer, um sicher zu sein, dass ich im Raumanzug auch problemlos durchschwingen konnte. Der Druckanzug ist sperrig, und ich brachte nicht beide Hände an den Schläger, aber ein halber Schwung mit einer Hand war ausführbar. Schließlich besprach ich die Sache mit meinem „Chef“: Am Ende des Mondausflugs und nur, wenn bis dahin alles perfekt verlaufen war, wollte ich zwei Golfbälle schlagen. Er willigte ein.

Zwar gab es bei der Mission anfangs Probleme, aber als wir auf dem Mond waren, klappte alles reibungslos. Also machte ich mich zum Abschlag bereit, unmittelbar bevor ich die Leiter wieder ins Raumschiff hinaufsteigen sollte, um nach Hause zu fliegen. Ich ließ den ersten Ball fallen. Es dauerte ungefähr drei Sekunden, bis er den Boden berührte und dann noch ein paar Mal im Staub hüpfte. Ich verbesserte natürlich die Lage (Winterregel für den Februar!) und legte meinen besten einhändigen Zeitlupen-Halbschwung hin. Ein vollständiger Schwung ist in einem Druckanzug unmöglich auszuführen. Der Kontakt war gut, und der Ball, der auf der Erde vielleicht 27 Meter oder 37 Meter geflogen wäre, brachte es auf mehr als 180 Meter und flog mehr als 30 Sekunden lang unter dem schwarzen Himmel dahin. Ich war so begeistert, dass ich beim zweiten Versuch stärker schlug – der Ball landete in einem Mondkrater, fast 40 Meter entfernt. Ich fand, das sei ein Hole-in-one, auch wenn das Loch mehrere Meilen Durchmesser hatte.

Dann klappte ich meinen Schläger zusammen, um den Rückflug anzutreten. Die beiden Bälle sind noch immer dort. Sie können zurückgefordert und wieder benutzt werden. Immerhin waren sie neu. Der Schläger jedoch hat in den Räumen der US Golf Association in Far Hills, New Jersey, einen Ehrenplatz. Alle, die ihn dort betrachten, können sich so wie ich vorstellen, wie ein Abschlag vom Tee über fast 1400 Meter aussehen würde.

Alan Shephard im Gespräch mit *Carol Mann*

[Anmerkung des Herausgebers: Alan Shephard war der erste Amerikaner, der 1961 ins Weltall flog. Zehn Jahre später war er Kommandant von Apollo 14. *Als fünfter Mensch betrat er den Mond – und spielte als Erster dort Golf.]*

Das besondere Geschenk

SEAN WAR NUR EIN KLEINER JUNGE, UNGEFÄHR ACHT JAHRE ALT. ICH lernte ihn an einem Sommertag kennen. Er trug eine Mütze der Chicago Bulls und ausgebeulte Shorts, die mit Gürtel besser gesessen hätten. Er schleppte eine Tasche mit vier Schlägern und viele Bälle mit sich. Irgendwann nahm er seine Kappe ab, und da sah ich, dass sein Schädel kahl war. Er war sehr viel kleiner als die anderen Kinder in seinem Alter. Aber er schien immer zu lächeln, wenn ich ihn in Gesellschaft seiner Freunde sah, und er gab sich höllische Mühe, genauso weit zu schlagen wie sie.

Manchmal spielte ich auch mit Sean. Er erzählte mir, die besten Chancen habe er, wenn er ein Par-3 spiele, denn dann schaffe er es meist aufs Grün.

Es verging ein Jahr oder mehr, ohne dass ich Sean auf dem Golfplatz getroffen hatte. Wie ich hörte, setzte der Krebs ihm sehr zu, aber er habe sich vorgenommen, vor dem Herbst noch ein paar Runden zu spielen, berichteten seine Freunde.

Und wirklich, in der folgenden Woche war er wieder da. Meine Gruppe spielte direkt vor ihm. Mir fiel auf, dass einer seiner Freunde ihm die Tasche trug. „Passt mal auf", rief er. „Ich glaube, heute habe ich Glück."

Doch trotz seines Optimismus fiel es Sean sehr schwer, Drives zu schlagen. Er und seine Freunde kamen zum letzten Par-3. Seine Freunde hatten schon geschlagen, nun war Sean an der Reihe. Er schwang den Schläger zurück und schlug dann mit aller Kraft, die sein zerbrechlicher Körper aufbringen konnte. Der Ball flog zum Grün und außer Sichtweite. Einer seiner Freunde half Sean beim Aufstieg zum Grün. Das war anstrengend, denn es ging ständig aufwärts. Ich beobachtete, wie Sean nach seinem Ball suchte, während er stehen blieb und um Luft rang.

Seans Freunde suchten hinter dem Grün nach ihren Bällen. Aus den Augenwinkeln bemerkte ich, wie einer der Jungen Seans Ball aufhob und ins Loch fallen ließ. Dann sah er mich und blinzelte mir zu.

Als Sean endlich das Grün erreicht hatte, war er enttäuscht, denn er meinte, er habe zu weit geschlagen. Dann warf er einen Blick ins Loch. Sein Gesicht leuchtete auf. Die Jungen warfen sich vielsagende Blicke zu: „Du hast ein Hole-in-one geschlagen? Das glaub' ich nicht." – „Nie hast du den da reingekriegt!"

„Doch, ehrlich, guckt doch mal!" Alle Jungen taten erstaunt. Ich beobachtete die Szene und fand, Sean sähe aus wie das glücklichste Kind auf Erden. Seither habe ich ihn und seine Freunde nicht mehr getroffen. Aber damals lernte ich, wie man Golf spielen soll.

Es geht nicht um Zähler oder um die Weite eines Drives. Es geht darum, sich um die Freunde zu kümmern, mit denen man spielt, und sich an der gemeinsam verbrachten Zeit zu freuen.

Adel Guzzo

Divots

VOR ETLICHEN JAHREN WAREN DIE CADDIES AUF DER TOUR LÄNGST nicht so professionell wie heute. Genau gesagt, es waren oft Jungen aus dem Ort ohne viel Erfahrung oder Kenntnisse vom Spiel. Mit eben solch einem Jungen traf Julius Boros zusammen.

Nach seinem Annäherungsschlag zum ersten Loch deutete Boros auf das Divot und bat den Jungen, es aufzuheben. Im Verlauf der Runde blieb der Junge weiter und weiter zurück. Boros machte sich Sorgen und fragte ihn, ob alles in Ordnung sei?

„Ja, Sir“, antwortete der Caddie. „Aber ich weiß nicht, was ich damit machen soll.“ Er öffnete die Seite von Boros Golftasche: Sie war voller Divots.

Don Wade

Des Golfers bester Freund

Tiere sind so angenehme Freunde – sie stellen keine Fragen,
sie kritisieren nie.
George Eliot

ES MACHT VIEL MEHR SPASS, ZUSAMMEN MIT EINEM FREUND EINE RUNde Golf zu spielen als allein. Das lernte ich als Teenager, als ich in unserem Wohnort WaKeeney, Kansas, manche Golfrunden mit meinem Bruder Don und meinem Dad spielte. Doch dann, als Mitglied der Golfmannschaft der Fort Hays Kansas State University (Hays, Kansas) begriff ich eines schnell: Um gut zu werden, musste ich lange Stunden trainieren – allein! Deswegen freute ich mich auf die Auswärtsspiele unseres Teams, denn dabei war ich unter Freunden.

Nachdem ich meinen Abschluss von Fort Hays gemacht hatte, zog ich nach Russell, Kansas, dem Heimatort von Bob Dole. Ich sollte an der Russell High School Biologie unterrichten und als Coach arbeiten. Ich hatte mich unter anderem deshalb für den Lehrberuf entschieden, weil ich mich so im Sommer auf die Wettbewerbe im Amateur-Golf konzentrieren konnte. Und wieder verbrachte ich viele, viele Stunden allein beim Training und beim Spiel auf dem Golfplatz. Um ein bisschen Gesellschaft zu haben, beschloss ich, bei einigen Übungsrunden einen Freund mitzunehmen, nämlich Mike, meinen Boxerrüden.

Mike war ein erwachsener, kraftvoll gebauter, reinrassiger Boxer, ein fast 34 Kilogramm schweres Muskelpaket. Er sprühte vor Energie, war unberechenbar und spielerisch aggressiv. Er liebte Menschen und erschmeichelte sich auch von völlig Fremden Aufmerksamkeit. Nichts, was er tat, geschah sanft oder ruhig.

Als Welpe war er so ungeduldig und stürmisch gewesen, dass meine Frau und ich ihm beibrachten zu sitzen und zu warten, bis wir ihm seine Futterschüssel hingestellt hatten, denn sonst hätte er uns in seiner Gier umgerannt. Es war ein langer Kampf, aber endlich hatte er begriffen. Schmollend saß er fünf Minuten lang vor seinem Napf und wartete, bis ich sagte: „Okay, Mike." Dann stürzte er sich auf sein Futter wie ein wildes Tier.

Als er heranwuchs, disziplinierte ich ihn so weit, dass er zehn Minuten oder länger auf sein Futter wartete. Manchmal vergaß ich ihn sogar. Er rührte sein Futter nicht an, aber wenn es länger als zehn Minuten dauerte, brach er in ein klagendes Geheul aus, das dann sofort das erlösende „Okay, Mike" zur Folge hatte.

Oh, wie gern tobte und spielte er im Freien! Als Welpe an der Leine saß er brav und wartete, dass jemand ihm seine Aufmerksamkeit schenkte. Wenn das geschah, sprang er mindestens zehnmal senkrecht in die Luft und wand und krümmte seinen ganzen Körper vor Aufregung. So kam ich auf das „Spiel".

Ich ließ Mike „Platz" machen. Ich entfernte mich zehn Schritte, drehte mich zu ihm um und schlug mir auf die Schenkel: „Komm, Mike!" Er raste mit vollem Tempo los und sprang in die Luft. Ich machte einen Schritt zur Seite, streckte die Arme aus und fing ihn auf. Vor Begeisterung leckte er mich ab. Als er heranwuchs, brauchte ich alle meine Kraft, um ihn zu fangen und zu halten.

Dann kam mir ein großartiger Einfall. Ich konnte ihn doch auf den Golfplatz mitnehmen! Er konnte sich austoben, ich brauchte nicht extra mit ihm spazieren zu gehen und konnte noch eine Runde Golf spielen. Sechsmal klappte das ganz vorzüglich. Dann fragte mich eines Tages ein älterer Herr, ich schätze, er war ungefähr siebzig Jahre alt, ob er einige Löcher mit mir zusammen spielen könne. Fast hätte ich wegen Mike abgelehnt, aber da er mir ja gehorchte und brav sitzen blieb, während wir schlugen, willigte ich ein.

Am ersten Tee beorderte ich Mike hinter die Tee-Box und sagte streng: „Platz!" Er saß wie ein Fels, hoch aufgerichtet und voll steigender, ungeduldiger Spannung. Der alte Herr schlug als Erster, ich danach. Ich beschloss, Mike einige Minuten warten zu lassen. Er konnte dann so richtig rennen, wenn er uns einholte. Das war ein schon oft geübtes Ritual.

Nachdem mein Spielpartner seinen zweiten Schlag ausgeführt hatte, erreichten wir meinen Ball, der gute 200 Meter weiter auf dem Fairway lag. Ich wollte ihn gerade ansprechen, als mein Partner fragte: „Was ist eigentlich mit Ihrem Hund?" Oh je, ich hatte Mike in meiner Konzentration auf das Spiel völlig vergessen. Ich drehte mich um und brüllte: „Okayyyy Miiiike!“

Er bellte einmal auf und jagte dann den Hügel herab auf uns zu. Ich bewunderte seine Eleganz, Kraft, sein Tempo und seine Rennlust. Als er vielleicht noch 70 Meter von uns entfernt war, machte ich einen Schritt zur Seite, damit er sich nicht verletzte, wenn er womöglich zwischen die Schläger sprang. Ich wusste, er dachte, ich würde ihn so wie sonst auffangen. Das hatte ich aber längst aufgegeben. Wenn er über den Golfplatz gerannt kam, trat ich einen Schritt zur Seite, streckte die Arme aus, zog sie aber im letzten Moment wieder zurück, und er segelte an mir vorbei. Er hat nie verstanden, weshalb ich die Spielregeln so einfach verändern konnte.

Mike war jetzt nur noch knapp 20 Meter entfernt und raste direkt auf mich zu. Und dann passierte das Unerwartete. Der alte Herr war von dem Schauspiel ganz hingerissen, schlug sich mit beiden Händen auf die Schenkel und rief: „Hierher, Junge, komm!“

„Nein!“, brüllte ich, denn Mike wechselte sofort die Richtung. Fünf Meter vor dem alten Herren sprang er ab und erwartete, aufgefangen zu werden. Er sprang ihm direkt gegen die Brust und warf ihn um. Glücklich leckte er ihm das Gesicht, als ich den Schauplatz des Ereignisses erreichte. Der alte Herr lag reglos. Er war bestimmt tot.

Ich befahl Mike „Platz“ zu machen und untersuchte meinen benommenen Partner. Nach einigen Minuten öffnete er die Augen. „Alles in Ordnung?“, erkundigte ich mich besorgt. Ich befürchtete das Schlimmste.

„Es geht schon.“ Er blinzelte zu Mike hinüber: „Der hat aber Temperament!“

„Ja“, sagte ich erleichtert. „Er ist ein überschwänglicher Golfpartner.“

„Jedenfalls verlieren Sie kein Lochspiel, wenn der mit von der Partie ist“, sagte er gedehnt und schmunzelte.

Glücklicherweise trug mein leicht gerupfter Partner von dieser Attacke keine bleibenden Schäden davon. In diesem Punkt bin ich mir sicher, denn wir haben seither noch manche Runde zusammen gespielt – aber immer *sans* Mike.

Bud Gardner

Der brandneue Golfer

Das sieht nach einem sehr guten Training aus.
Aber wozu ist der kleine weiße Ball da?
Ulysses S. Grant

DAS ERSTE LOCH, DAS AUF DEM MUNICIPAL GOLF COURSE IN MOBILE, Alabama, an diesem herrlichen Frühlingsmorgen geschlagen werden musste, hatte es in sich. Das Tee krönte einen kleinen Hügel, ein schmales Fairway schloss sich an. Die Bahn endete in einem briefmarkengroßen Grün, dessen gesamte Rückseite ans Wasser grenzte. Es war die Sorte Loch, die einem unaufmerksamen oder unerfahrenen Golfer nichts verzeiht.

Es war Sonnabendvormittag. Meine Vierergruppe und verschiedene andere warteten auf den ersten Abschlag. Als die Gruppe vor uns zum Tee ging, fiel mir ein Mann besonders auf. Er war Anfang dreißig, ein bisschen füllig und trug ein blütenweißes Hemd, Hosen, Schuhe und alle anderen Golfaccessoires, die man sich für teures Geld kaufen kann. Selbst seine Golfschläger, die Tasche und der Trolley funkelten förmlich, so neu waren sie.

Wir sahen zu, wie die drei anderen Männer recht ordentliche Abschläge machten. Dann trat der vierte, der brandneue Golfer vor und teete auf. Er blickte das Fairway hinab, sprach seinen Ball sorgsam an, machte den Rückschwung und verfehlte den Ball beim Abschwung vollständig. Sein Gesicht rötete sich ein wenig, aber er blickte nicht hoch, bevor er den Ball erneut ansprach. Sein zweiter Schwung machte viel und geräuschvollen Wind, aber er verfehlte den Ball noch gründlicher. Niemand gab einen Kommentar von sich. Seine drei Spielpartner sahen peinlich berührt weg und räusperten sich.

Zum dritten Mal sprach der Mann den Ball an. Bedächtig platzierte er die Füße und korrigierte den Griff. Er wedelte einige Male mit dem Schläger. Sein Rückschwung war sorgfältig und extrem langsam. Sein Abschwung kam wie der Blitz, aber er streifte den Ball nur knapp. Der fiel vom Tee und kullerte ein paar Zentimeter weiter. Einen Augenblick lang stand der Mann völlig reglos, das gerötete Gesicht zum Boden gesenkt. Schließlich hob er den Kopf und sah zu der wartenden Menge hinüber. Mit völlig unbewegter Miene erklärte er: „Das ist das schwierigste Loch, das ich je gespielt habe."

Nie habe ich zuvor oder später so sehr gelacht, nie ein derartiges Gelächter auf dem Golfplatz gehört wie damals.

Stan Reynolds

Wie das Glück so spielt

WIE DAS GLÜCK SO SPIELT. DIESER SATZ BESCHWÖRT IN DER SPRACHE DER Golfer das Karma des Fairways, den glücklichen Erfolg auf der Bahn. Ein verpatzter Schlag prallt vom Baum ab und auf das Grün – rollt auf den Flaggenstock zu – und ins Loch. *Plonk.* Oder aber ein tadelloser Drive verschwindet im Rough den Abhang hinunter – auf ein Wasserhindernis zu – und hinein ins Wasser. *Platsch.* Wie das Glück so spielt. Ich bin mit den Kapricen der Götter des Golfs bestens vertraut, mit den unerwarteten Wundern und den niederschmetternden Ereignissen. Meine eindringlichsten Erinnerungen beziehen sich nicht auf meine Errungenschaften als Spieler, sondern auf meine Tätigkeit als Caddie und darauf, wie dies Leben zu einem erstaunlichen Ende kam.

Der Schauplatz: Acacia Country Club in der Nähe von Cleveland, Ohio. Die Zeit: Sommer 1965. Der Protagonist: Ich, ein Junge im Highschool-Alter.

Acacia führte alle Caddies in einer A- oder B-Liste auf. Die Einstufung folgte einem Ritual, nicht weniger kompliziert als das Menuett: Es zählte die Dauer des Arbeitsverhältnisses, auch die Regelmäßigkeit, mit der man sich vor Sonnenaufgang im Caddieraum einschrieb, auch die Beurteilung, die ein Golfer nach Abschluss seiner Runde auf eine Karte schrieb. Außerdem war das Schicksal eines Caddies unlösbar mit den Launen des Caddiemasters verwoben.

Unser Caddiemaster war ein rothaariger Besserwisser Anfang zwanzig. Ich machte immer einen weiten Bogen um ihn, wurde andererseits nie kriecherisch. Im Sommer 1965, meinem fünften Jahr in Acacia, hatte ich annähernd die Spitze der A-Liste erreicht: A-5. Früh zur Stelle und oft zur Stelle war mein Motto. An guten Tagen konnte ich dreimal arbeiten. Ich war beliebt bei den Spielern, denn ich gab weise Golftipps und erhielt dafür großzügige Trinkgelder.

Dann spielte das Glück einmal für mich. An einem frühen Morgen stieg ich den steilen Hügel zu dem Häuschen hinauf, wo die Caddies sich aufhielten. Ich war in Gedanken sonst wo. Plötzlich hörte ich, wie

Glas zerbrach, und anschließend wüste Flüche. Eilig lief ich heran und fand Scherben einer Whiskeyflasche auf dem Boden vor dem Haus. Ohne das Geringste zu ahnen, sammelte ich einige der Scherben auf und fand mich unvermittelt Auge in Auge mit dem Caddiemaster. Er qualmte förmlich vor Wut. Ich hatte zwar mit der Flasche nichts zu tun, aber während des einminütigen Verhörs, das er veranstaltete, redete ich wirres Zeug. Der Schuldspruch: schuldig. Die Strafe: Degradierung von der Spitze der A-Liste zum Bodensatz der B-Liste. Ich war wie ein Golfball, der unaufhaltsam einen Hügel hinabrollt: Auf dem Weg in die Versenkung.

In jenem Sommer hatte ich mehr Freizeit, als mir lieb war, während ich darauf wartete, am frühen Abend doch noch arbeiten zu dürfen. Ich stürzte mich auf die Literatur, und in Anbetracht meiner nihilistischen Verfassung wandte ich mich den französischen Existenzialisten zu, Camus, Sartre. Im Acacia Country Club war ich der Fremde bei geschlossenen Türen.

Es kam der September und mit ihm die Clubmeisterschaft, und ich wurde aus dem Fegefeuer für Caddies entlassen. Mrs. Silverman bestand darauf, dass ich ihre Schlägertasche trug. Dem konnte sich der Caddiemaster schlecht widersetzen, zumal Mrs. Silverman geradezu überirdisch reich war.

Auf verblüffende Weise ähnelte Mrs. Silverman Eleanor Roosevelt. Stets trug sie die unpassendste Golfkleidung, zum Beispiel geblümte Blusen und dunkle orthopädische Schuhe. Aber sie war eine begeisterungsfähige Frau und durchaus keine schlechte Golfspielerin, wenngleich nicht gerade eine Kandidatin für den Sieg.

Das Turnier begann mit uns als dem grandiosen Team: Eleanor Roosevelt und der mickerigste Caddie im Club. Man höre und staune: Mrs. Silverman spielte beständig und das beste Golf ihres Lebens. Ihr Selbstvertrauen war unerschütterlich. Sie jagte ihre Drives über das Fairway, sie schlug präzise und ihre Putts waren makellos. Wir rauschten mit fliegenden Fahnen unter die letzten Vier und in die Finalrunde der Meisterschaft.

Nach 18 Löchern stand die Partie um den Titel unentschieden, und es wurde der „Sudden Death“ ausgespielt. Über das erste Fairway blies ein frischer Wind, deshalb schlug ich Mrs. Silverman vor: „Mit einem 6er-Eisen kommen Sie klar. Schlagen Sie kräftig zu.“ Sie schlug perfekt, kam aber ein wenig kurz, und der Ball landete in einem Bunker. Ich verfluchte meine Fehleinschätzung und hatte das Gefühl, die Pechsträhne des Sommers sei unendlich.

Dann zückte Mrs. Silverman ihre Sand Wedge, der Ball schoss hoch und gegen den Flaggenstock und versank im Loch. Plonk. Clubmeisterschaft.

Nach der Siegesfeier reichte Mrs. Silverman mir mein Trinkgeld: Ein dickes Bündel Einhundert-Dollar-Noten. „Fürs College“, sagte sie. Im Sommer 1965 verließ ich Acacia für immer. Mein Existenzialismus war über Bord, meine Karriere als Caddie beendet, meine Zukunft lag leuchtend vor mir, als ich das Notenbündel in die Hosentasche stopfte. Nett hatte es gespielt, das Glück.

Tommy Ehrbar

Slicker Sam

Freigiebigkeit ist nie gradlinig – sie bewegt sich immer in Kreisen.
Robert Schuller

VOR ZWANZIG JAHREN KAM PHIL WAHL, DER LANGJÄHRIGE MANAGER des Augusta National Golf Club, bei einem Autounfall ums Leben. Er hinterließ seine Frau Janice und neun Kinder. Phils Freunde wollten helfen.

Als Clubfotograf war ich mit Phil Wahl recht gut bekannt gewesen. Mir gefiel der Einfall, mit einem Golfturnier Geld für Phils Hinterbliebene zu sammeln, deshalb rief ich eine Reihe von Bekannten an und war von den Reaktionen überwältigt.

Das eintägige Turnier sollte in West Lake stattfinden, einem beliebten Country Club von Augusta, der seinen Platz für den guten Zweck zur Verfügung stellte. Die Gebühr wurde mit 1000 Dollar pro Spieler angesetzt. Ein Problem war, dass viele von Phils Freunden diese Summe nicht aufbringen konnten, aber ihre Hilfsbereitschaft zeigen wollten. Ich grübelte noch über diesem Dilemma, als mich ein Mitglied des Nationalverbandes anrief, der ungenannt bleiben wollte. Er bot an, die Platzgebühr für alle zu übernehmen, die sie sich nicht leisten konnten. Damit war das Turnier gerettet!

Es kamen 55 Spieler zusammen, darunter Persönlichkeiten wie Jack Nicklaus, Ken Venturi, David Graham, Chris Schenkel und Ed Sneed. Als einer der Ersten schrieb sich Slicker Sam aus Chicago ein, ein international bekannter Golfer, der normalerweise für viel Geld spielte – und gewann. Alle seine Bekannten fanden, er sei als nationale Kostbarkeit zu betrachten. Ich erwähne dies wegen seines Rufes als Wohltäter.

Nach dem Turnier versammelten wir uns im Speisesaal, wo die Preise vergeben werden sollten. Unter den Trophäen, die für den geringsten Abstand zum Flaggenstock vergeben wurden oder den weitesten Drive, stach als wirklich wertvoller Preis ein luxuriöser Cadillac hervor, der von einem örtlichen Autohändler gespendet worden war. Alle Augen richteten sich auf die glänzenden Autoschlüssel, die der Zeremonienmeister Ken Venturi in die Höhe hielt. Er machte eine lange Spannungspause und sagte dann schmunzelnd: „Komm, Slicker Sam, hol' dir deinen Preis."

Es war lautlos still im Raum, als Slicker Sam nach vorn ging. Er war ein echter Champion. Ken reichte ihm die Schlüssel.

Slicker Sam war unter 70 Schlägen geblieben und hatte sich damit den Preis verdient, aber in jenem Moment begriffen wir, weshalb er so viel Einsatz gezeigt hatte.

„Ich habe schon ein Auto", sagte er und gab Venturi die Schlüssel zurück. „Bitte übergebt diesen Cadillac der Familie von Phil Wahl."

Die Anwesenden spendeten Sam eine Ovation.

Das war klasse, das war Slickers Stil!

Für den folgenden Tag hatten Slicker und Doug Sanders geplant, ernstlich um Geld zu spielen. Doug hatte den Sänger Andy Williams als Partner, ich war der Vierte im Bunde. Wir spielten in Aiken, South Carolina, rund 14 Meilen östlich von Augusta gelegen, im Houndslake Golf Club. Als wir auf dem ersten Fairway waren, fiel mir ein, dass meine Nachbarn mir einige Lose für die Tombola der Adas-Yeshurun-Synagoge in Augusta mitgegeben hatten. Sie kosteten 100 Dollar pro Stück, und man konnte damit einen neuen Cadillac gewinnen. Nach dem ersten Putt zog ich die Lose aus der Tasche. Doug und Andy kauften jeweils eins davon. Wir tauschten gerade Geld gegen Lose, als Sam herankam. Als er hörte, was als Hauptgewinn ausgesetzt war, leuchteten seine Augen, und er zog ein Bündel Banknoten aus der Tasche.

Einige Wochen später nahm ich an einem Galaessen teil, bei dem die Lose gezogen und die Gewinner ermittelt wurden. Im Verlauf des Abends schieden alle Kandidaten aus bis auf zwei, und einer davon war Slicker Sam. Dann wurde ein anderer Name aufgerufen, und mein Herz sank, denn ich dachte, Sam hätte verloren – aber nein, im Gegenteil, er war der Gewinner!

Ich rief ihn an und teilte ihm die gute Nachricht mit. „Ich wusste, dass ich gewinnen würde", sagte er.

Ich glaube, manchmal greifen höhere Mächte ein. Eines weiß ich ganz sicher: Sam war für seine Großzügigkeit belohnt worden. Als ich an jenem Abend zu Bett ging, hatte ich Phil Wahl vor Augen. In der ihm eigenen liebenswerten Art wandte er sich an Slicker Sam:

„Danke, Partner", sagte er.

Zufrieden schlief ich ein.

Frank Christian

4.

WAS EINEN GOLFER AUSMACHT

Golfspieler sollten nie vergessen, dass dies ein Spiel
mit langer Tradition ist und ein hohes Ideal
an Sportlichkeit gesetzt hat, ein Spiel,
bei dem die Regeltreue allerhöchsten Wert besitzt.

Francis Ouimet

Geraden Wegs über das Fairway

Dieses Spiel ist so faszinierend, weil Golfer nicht nur
gegen einen Gegner spielen, sondern außerdem gegen den Platz,
gegen das Par und zuallererst gegen sich selbst.
Arnold Palmer

JASPER PARK LODGE IN ALBERTA IM JAHRE 1940 WAR EIN ORT FÜR DIE Reichen. An meinem ersten Tag als Caddie dort begleitete ich einen alten Herren mit Mütze und Pfeife, ein recht guter Golfer, der mir zudem 2,50 Dollar für 18 Löcher zahlte. Als ich fragte, ob ich regelmäßig sein Caddie sein dürfe, stimmte er zu. Ich erkundigte mich bei Vic, unserem Vize-Pro, wie lange der alte Herr wohl unser Gast sein werde.

„Den ganzen Sommer lang", antwortete Vic. „Er heißt William D. Mitchell. Er kommt jedes Jahr, bleibt den ganzen Sommer lang und spielt sieben Tage die Woche. Er war Mitglied im Kabinett von Herbert Hoover, ich glaube, er war Justizminister."

Oh Mann, oh Mann, 2,50 am Tag, tagtäglich, und das zehn Wochen lang, das macht – in meinem Kopf ratterte die Kasse –, das macht 175 Dollar, abzüglich vielleicht 25 Dollar für Regentage oder wenn der alte Kauz gelegentlich unpässlich war. Aber das war nie der Fall, und nur das allerübelste Wetter hielt ihn vom Platz fern.

Ich arbeitete dann fast ausschließlich für Mr. Mitchell. Er spielte sehr konzentriert und redete fast gar nicht. Er kannte meinen Vornamen, aber mehr wollte er über mich nicht wissen. Als wir eines Tages auf dem Platz waren, fragte ich vorsichtig nach den Senatoren von Vermont (meine Heimatstadt Quebec grenzt an diesen Bundesstaat). Er entgegnete nur: „Gib mir bitte das 5er-Eisen, David." Und das war's dann.

Mr. Mitchell hatte sich in den Kopf gesetzt, in diesem Sommer unter 80 Schlägen zu bleiben. Ich wurde zum Gefährten bei diesem schweigsamen Unternehmen. Es war einfach, für ihn zu arbeiten. Er schlug den Ball nicht sehr weit, selten ins Rough, und seine Putts waren gut.

Gelegentlich toppte er einen Drive oder der Ball kullerte nur vom Tee. Er beschwerte sich nie und ließ mich nie den Ball zurückholen, damit er einen zweiten Versuch unternehmen konnte, auch dann nicht, wenn er allein spielte. Er ging die wenigen Schritte bis zum Ball vor dem Tee und sagte nur: „Das 2er-Eisen bitte, David."

Der Sommer schritt voran, und der Score meines Kunden sank. Selten verbuchte er mehr als 85 oder 86 Schläge. Mitte August schlug er 81, und danach zweimal 80.

Eines Tages schaffte er am 16. Loch, einem Par-4, einen langen Birdie-Putt. Ich sah, dass er 79 erreichen würde, wenn er an den letzten beiden Löchern Par blieb.

„Die Chancen sind gut, Sir", sagte ich.

„Red' nicht drüber, das bringt Pech. Man soll ja auch nicht im 8. Inning von einem 0-Treffer reden." Aber seine Augen funkelten.

Er spielte an diesem Tag zusammen mit einem anderen alten Herren, der auch nicht gerade redselig war. Mein Kunde schlug am 17. Loch, einem Par-4, geraden Wegs über das Fairway. Der Ball flog über eine kleine Erhebung und war außer Sicht. Auch sein Partner kam mit einem guten Abschlag über diese Erhebung.

Während Mr. Mitchell stehen blieb und seine Pfeife wieder anzündete, ging ich voraus. Von der Anhöhe aus sah ich den Ball. Ich stellte mich und die Tasche daneben und wartete, dass er sein Eisen wählte. Er nahm ein 6er-Eisen und erreichte das Grün. Das wird lässig ein Par, dachte ich, und malte mir ein großzügiges Trinkgeld aus. Sein Partner erreichte das Grün ebenfalls in zwei Schlägen, war ihm aber voraus. Sein Ball lag näher, und er konnte sofort putten. Mr. Mitchell schlug ein bisschen zu stark, schaffte dann aber einen 1,50-Meter-Putt und blieb Par. Ich holte den Ball aus dem Loch und stellte den Flaggenstock zurück.

Ich bemerkte sofort, dass es nicht sein Ball, sondern der seines Partners war. Ich hatte mich nicht vergewissert, als ich über die Anhöhe gegangen war, sondern einfach angenommen, der erste Ball sei seiner. Ich wünschte mir nichts sehnlicher als ein 100 Meter tiefes Loch, um darin zu verschwinden.

„Ich will nur rasch den Ball säubern", sagte ich und wollte zum 18. Loch laufen. Ich hoffte, ich könnte dort die Bälle tauschen. Mit einem

Handzeichen forderte ich meinen Caddie-Kollegen auf, rasch zu mir zu kommen.

„Nein, David, mach' das nicht", wehrte Mr. Mitchell ab. „Das unterbricht womöglich meine Glückssträhne."

So gleichmütig wie möglich reichte ich ihm den Ball und sah ihn dabei nicht an. Insgeheim schickte ich ein Stoßgebet zum Himmel. Doch als er sich vornüber beugte und den Ball auf das Tee legte, erkannte er die Verwechslung.

„Ich glaube, das ist nicht mein Ball", sagte er betroffen.

Sein Partner betrachtete nun den Ball, den er in der Hand hielt. „Sie haben Recht", bestätigte er.

„Darauf stehen zwei Strafschläge. Damit bin ich bei sechs", sagte Mr. Mitchell.

„Ach, lassen Sie's gut sein", wehrte sein Partner ab. „Wir spielen doch zum Spaß."

„Das wäre nicht in Ordnung. Regel ist Regel." Ich bin sicher, so hätte er auch entschieden, wäre er nicht der ehemalige Justizminister gewesen.

Jetzt musste er einen Zweier-Eagle am letzten Loch schlagen, wenn er unter 80 bleiben wollte. Ich betete um ein Bogey 5, damit er gar nicht in Reichweite der 79 gekommen wäre. Er wirkte so erschöpft und enttäuscht. Aber nein, er schaffte ein Par-4.

„Es tut mir so leid, Sir", entschuldigte ich mich, fast unter Tränen. „Das ist alles meine Schuld."

„Nein, nein, David, das stimmt nicht. Ich hätte mich vergewissern sollen. Bis morgen dann."

Er spielte danach noch fünf Runden, aber sein bestes Ergebnis war 82. Über die vertauschten Bälle verlor er kein Wort.

„Dann vielleicht bis zum nächsten Sommer", sagte er zum Abschied.
„Hoffentlich, Sir!"

Dave McIntosh

Diese Lehre vergesse ich nie

Der Alltag ist das Feuer, das den Charakter härtet.
Es sind die beliebigen Stunden ohne besondere Ereignisse,
in denen der Kampf gewonnen oder verloren wird.
Mattie D. Babcock

DIE WAHRSCHEINLICH WICHTIGSTE LEHRE MEINES LEBENS ERTEILTE mir mein Vater, kurz bevor wir nach St. Simons umzogen. Damals begriff ich, was Golf meinem Dad bedeutete, und wie Golf gespielt werden sollte. Wahrscheinlich wurde damals der Weg geebnet für alles, was er und ich in den folgenden Jahren miteinander unternahmen.

Ich war zwölf Jahre alt, mein dreizehnter Geburtstag stand kurz bevor. Die Familie aß gemeinsam zu Abend, so wie immer. Mein Vater fragte mich, wie ich nachmittags nach der Schule gespielt hätte.

„Och, ich habe sechsunddreißig geschlagen", antwortete ich.

Mein Vater sah mich eindringlich an: „Sechsunddreißig? Absolutes Par? Das ist ein beachtlicher Score. Soweit ich weiß, bist du bisher noch nie auf solch eine Punktzahl gekommen."

Ich hatte sechsunddreißig Schläge für acht Löcher gebraucht. Unser Haus stand in der Nähe des achten Loches am Platz des Atlanta Country Club. Ich hatte das neunte Loch gar nicht gespielt, weil ich faul gewesen war und keine Lust gehabt hatte, den langen Weg vom neunten Grün zu uns nach Hause zum Abendessen zu gehen. Nach acht Löchern und sechsunddreißig Schlägen hatte ich aufgehört.

„Das ist doch richtig, nicht wahr, Davis?"

Ich sagte nichts.

Am folgenden Tag erzählte er den Leuten im Pro-Shop in meiner Gegenwart, dass ich zum ersten Mal für neun Löcher absolutes Par erreicht hatte. Mir drehte sich der Magen um. Nie wieder habe ich meinen Score geschönt. Nie wieder habe ich meinen Vater angelogen. Damals war mir nicht klar, wovon ich heute überzeugt bin: Natürlich wusste mein Vater, dass ich nicht für neun Löcher sechsunddreißig Schläge gebraucht hatte. Bei einem derartigen Erfolg wäre ich vom neunten Grün nach Hause gerannt, um ihm die Neuigkeit mitzuteilen, daran gab es keinen Zweifel. Ein anderer Vater hätte vielleicht gesagt: „Sagst du die Wahrheit? War das wirklich dein Score?" Nichts dagegen einzuwenden. Mein Vater jedoch wählte einen anderen Weg. Ich begriff seine Lehre sofort, und sie wird ein Leben lang halten.

Davis Love III

Eine Bagatelle

Wir werden nicht glücklich, wenn es einen Unterschied gibt zwischen dem, woran wir glauben, und dem, was wir tun.
Freya Stark

WIE DIE GROSSE MEHRHEIT DER GOLFER, SO BEHERRSCHTE AUCH MICH die Vorstellung, es müsse gerecht zugehen. Meine Selbstwertvorstellung war ein Spiegelbild meines Golfscores. Als ich mit dem Spielen begann, bewegte ich den Ball, um die Lage zu verbessern oder um Hindernisse auszuräumen.

Je besser ich spielte, desto seltener musste ich den Ball bewegen, außer wenn diese Vorstellung von Gerechtigkeit ins Spiel kam: Wenn der Ball gut getroffen durch die Luft und auf sein vorbestimmtes Ziel zu saust, haben wir eine Belohnung verdient. Dieser Ball, der da mitten auf dem Fairway gelandet ist, verdient eine gute Lage, nicht in einem Grassoden oder an sonst einer unerfreulichen Stelle.

Gute Schläge VERDIENEN Belohnung. Also heben wir den Ball auf, das verlangt die Gerechtigkeit. Ich, wie die meisten anderen Golfer – die nach den Winterregeln spielen –, habe ihn aufgenommen.

Im Verlauf der Zeit und angeleitet durch den weisen Harvey Penick, setzte eine tief greifende Veränderung ein und machte mich frei.

Beim Golf geht es nicht um Gerechtigkeit. Der Ball wird gespielt, wie er liegt. Dieser Grundsatz hat seine Vorzüge, sagte Mr. Penick, und ich gab mir Mühe, das zu verstehen. Beim Golf wie im Leben stellen sich uns Hindernisse in den Weg. Wir erzielen unsere größten Triumphe, indem wir sie überwinden. Wenn wir die Balllage verändern, betrügen wir uns nur um diese Chance.

Es gibt keine gute oder schlechte Balllage, sondern nur die vorgefundene. Wenn wir die Dinge sehen, wie sie sind, öffnen wir uns einen Weg für unsere bestmögliche Leistung. Diese Einstellung ist kein Garant für Erfolg, wohl aber für den besten Versuch. Meine Sichtweise hat sich ganz allmählich verändert. Anfangs stand ich unter dem Einfluss dieser Vorstellung von Gerechtigkeit, und dann empfand ich eine Balllage unter Umständen als zutiefst unfair. Meist waren die nächsten Schläge schwach. In dem Maße, indem ich mich von vorgefassten Urteilen befreite, erzielte ich bessere Ergebnisse. Ich fasste eine Situation ins Auge und schätzte sie objektiv ein und hatte so die besten Erfolgsaussichten.

Dabei fällt mir immer eine Anekdote ein. Ich hatte einen fremden Mitspieler zum Partner. Wir spielten ein Par-5, das oft seine Tücken hatte. Mir gelangen zwei perfekte Schläge, der Ball lag rund 90 Meter vor dem Flaggenstock – meine Lieblingsdistanz –, aber in einer flachen Senke. Ich dachte an eine ähnliche Situation, die sich am Wochenbeginn ergeben hatte. Damals war mein Schlägerkopf durch das Divot abgelenkt worden, und ich hatte den Ball ins Gebüsch geschlagen. Ich erinnerte mich, dass ich trotz des dürftigen Ergebnisses auf mein Verhalten stolz gewesen war. Dann konzentrierte ich mich wieder auf die aktuelle Situation und entschied, wie ich verfahren wollte. Ich nahm mir vor: „Ich nehme es, wie es ist und mache ein Birdie." Kurz bevor ich zum Schwung ansetzte, warf ich einen Blick auf meinen Partner. Seine Miene schien zu sagen: „Warum denn so? Nehmen Sie den Ball doch aus dem Loch."

Ich schlug den Ball bis auf 60 Zentimeter vor den Flaggenstock und schaffte ein Birdie. Ich lächelte innerlich wie äußerlich. Als wir das Grün verließen, fragte er mich, weshalb ich den Ball nicht aufgenommen hätte. Immerhin hätte der Ball in einem Bodenloch auf dem Fairway gelegen. „So spielt man nicht Golf", antwortete ich.

Leonard Finkel

Eine liebenswerte Gaunerin

IM JUNI 1952 WURDE HAL BRUCE NACH BOISE, IDAHO, VERSETZT. OHNE Weiteres fand er eine bezahlbare Wohnung. Einen Golfplatz zu finden, erwies sich dagegen als gar nicht einfach. Im Telefonbuch waren nur zwei Plätze verzeichnet, einer davon ein Privatplatz. Daher rief er beim städtischen Platz an und bat um eine Startzeit am Sonntagmorgen.

„Am besten kommen Sie irgendwann vor neun Uhr", riet ihm eine freundliche Stimme. „Bevor der Gottesdienst zu Ende ist."

Er war um 8:30 Uhr da, und wirklich war niemand auf den Bahnen, mit Ausnahme einer älteren Dame, vielleicht in den Siebzigern, die ihre Bälle auf das Putting-Grün chippte. Hal zahlte und machte sich auf den Weg zum ersten Tee. Als er zu der alten Dame hinübersah, winkte sie und kam dann leicht hinkend zu ihm.

„Hallo, mein Freund", begrüßte sie ihn. Ihre Stimme hatte einen sonderbaren Akzent. „Es ist doch schade, an so einem schönen Morgen allein zu spielen. Darf ich mich Ihnen anschließen? Ich bin Mary O'Leary."

„Guten Morgen. Ich bin Hal Bruce." Sie schüttelten sich die Hand.

„Hal, ich habe ständig Rückenschmerzen", sagte Mary. „Für mehr als neun Löcher reicht es bei mir nicht. Wie ist eigentlich Ihr Handicap?"

„Ich spiele heute zum ersten Mal auf diesem Platz", antwortete Hal. „Normalerweise habe ich Handicap 10."

„Fein. Da Sie den Platz nicht kennen, gebe ich Ihnen ein paar Schläge Vorsprung, dann macht das Spiel mehr Spaß."

Hal fand das unangemessen: „Das kann ich nicht annehmen", wehrte er ab. „Schließlich spielen wir aus Freude an der Sache. Es steht nichts auf dem Spiel."

Mary wirkte ein bisschen enttäuscht: „Schade. Ich spiele immer besser, wenn ich unter Druck bin."

Ihr Rückschwung war nicht ganz rund, und sie erreichte auch keine großen Weiten, aber alle Schläge landeten sauber in der Bahnmitte. Das

Putten machte ihr die meisten Schwierigkeiten. Andererseits chippte sie ihren Ball einige Male vom Rand des Putting-Grüns ins Loch und konnte damit ihren Score ausgleichen. Als sie zum neunten Loch kamen, einem Par-4, hatten beide Spieler mit 38 Punkten Gleichstand.

Mary bat um eine kurze Pause. Sie setzten sich auf eine Bank, und nachdem Mary Hal nach Beruf und Familienleben gefragt hatte, sagte sie: „Eigentlich spiele ich beim Golfen nie um Geld, aber heute habe ich eine Glückssträhne, glaube ich. Ich habe vorhin mein Portemonnaie auf dem Küchentisch liegen lassen, aber Mike hat die Platzgebühr auf meine Rechnung gesetzt. Nur so aus Spaß: Ich setze meine Rechnung auf das letzte Loch. Wenn ich verliere, zahle ich beim nächsten Mal für uns beide."

Hal fand es eigentlich nicht in Ordnung, diese nette alte und inzwischen offensichtlich ermüdete Dame zu übervorteilen, aber er willigte ein. Am neunten Loch gab es ein von Fröschen frequentiertes Wasserhindernis zu überwinden. Es lag in gerader Richtung rund 160 Meter entfernt. Mary wählte ein 3er-Eisen und brachte ihren Ball mit einem Schlag rechts davon sicher auf das Fairway. Hal benutzte ebenfalls ein 3er-Eisen und schlug den Ball mitten ins Wasser. Mary kam mit ihrem zweiten Schlag nahe ans Grün, chippte sich weiter heran und war schließlich Par. Damit war sie besser als Hal mit seinem Bogey. Zum Abschied schüttelte sie Hal nochmals die Hand: „Es hat Spaß gemacht, mit Ihnen zu spielen, Hal. Wollen wir das nächsten Sonntag wiederholen?"

„Gern", erwiderte er eifrig. „Bis nächste Woche dann." Mary ging zum Parkplatz und Hal in das bescheidene Golfgeschäft.

Mike stand hinter dem Tresen. Er grinste, als Hal ihm sagte, er wolle Marys Rechnung übernehmen: „Lassen Sie mal sehen. Also: Mary muss zweimal Platzgebühren bezahlen, Bälle und einen Beutel Tees. Macht zusammen 15,10 Dollar. 15 Dollar glatt sind genug."

Auf der Heimfahrt sagte Hal sich, das solle ihm nicht noch einmal passieren. Nicht noch einmal werde eine alte Frau, die seine Großmutter sein könnte, ihm ein Match abnehmen. Die ganze Woche hindurch spielte er täglich nach der Arbeit, verbesserte sein kurzes Spiel und nahm sogar Unterricht.

Wie erwartet bot Mary ihm am Sonntag Revanche an. „Spielen wir um meine Rechnung vom vergangenen Sonntag", schlug sie vor. „Ich gebe Ihnen wieder zwei Schläge Vorsprung."

„Das nehme ich an", sagte Hal bestimmt.

Am neunten Loch war Hal mit zwei Schlägen im Rückstand. Er bedankte sich anschließend für das Spiel, und nachdem Mary abgefahren war, ging er in den Golfladen und legte wiederum 15 Dollar auf den Tresen. Er fand, er hätte ein Bier verdient und setzte sich damit an den Tisch zu einem älteren Herren, offenbar einem Stammgast.

„Na, mein Lieber", begann der Mann. „Sie haben mit der alten Mary gespielt, wie ich gesehen habe. Wie viel hat sie Ihnen denn abgenommen?"

„Ungefähr einen Tageslohn. Woher wissen Sie Bescheid?"

Sein Gegenüber nahm einen Schluck aus seinem Glas, zündete sich seine Zigarre erneut an und sagte: „Mary ist hier bekannt. Ich lernte sie vor einigen Jahren kennen, als ich von Kalifornien hierher umgezogen war. Ich machte meine Erfahrungen mit ihr und stellte ein paar Nachforschungen an. Sie war aus Irland eingewandert, wie ich herausfand. In Europa war sie eine recht berühmte Golferin gewesen, bevor sie nach Amerika kam und hier Profisportlerin wurde. Jetzt verdient sie sich ihren Lebensunterhalt als Kellnerin in einem Country Club. Ein- oder zweimal die Woche kommt sie hierher und spielt mit Neulingen, mit jedem, der sie nicht kennt. Im Winter übersiedelt sie nach Arizona und geht dort genauso vor. Sie macht nichts Unerlaubtes, sie sorgt nur dafür, dass ihre Rechnungen beglichen werden, und deshalb lässt man sie einfach in Ruhe."

Ungefähr einen Monat später klingelte es an der Wohnungstür, gerade als Hal sein Abendessen in den Ofen schieben wollte. Im Flur stand eine Frau.

„Sind Sie Hal Bruce?", erkundigte sie sich.

Er bestätigte das und bat sie herein. Sie bedankte sich, lehnte aber ab:

„Entschuldigen Sie, aber ich bin in Eile. Sie stehen als Letzter auf meiner Liste. Sie waren ein Freund von Mary O'Leary?"

„Nun, wir haben uns einige Male auf dem Golfplatz getroffen."

„Ich bin Megan O'Leary", erklärte die junge Frau. „Mary war meine Großmutter. Sie ist vor zwei Wochen im Bezirkskrankenhaus verstorben. Ich soll Ihnen das hier geben." Sie reichte Hal einen Umschlag.

Hal verstand nicht, weshalb eine Frau, die er nur zweimal gesehen hatte, ihm etwas zukommen lassen sollte, aber nachdem er den Umschlag geöffnet hatte, begriff er: Es war eine Rechnung vom Golfplatz.

„Ihre Rechnungen waren hoch geworden", erläuterte Megan. „Kurz vor ihrem Tod schrieb sie die Namen aller Leute auf, die ihr noch ein Spiel schuldeten."

Hal stand reglos und starrte auf das Stück Papier. Dann begriff er, was Megan – genauer gesagt, was Mary ihm da mitteilte: Er sollte für ein Spiel zahlen, das er nie gespielt hatte.

Megan betrachtete ihn forschend: „Mary meinte, wenn jemand ärgerlich würde, sollte ich das Papier wieder mitnehmen." Sie streckte die Hand aus.

„Nein, nein", wehrte Hal ab. „Ich übernehme das." Dann lachte er: „Mary hatte ganz Recht: Das Ergebnis wäre bestimmt so ausgefallen!"

Bob Brust

Wir spiel'n s'e alle

AN EINEM DIESER ANGENEHMEN VORFRÜHLINGSTAGE IN SOUTH CAROlina machte sich unsere übliche Zwölfergruppe am ersten Tee für das Dienstagvormittag-Match bereit. Wie gewöhnlich verursachten Henrys gewagte Witze ein bisschen Unruhe, was Bob in Wallung brachte, während er ausloste, wer in den Vierergruppen zusammen spielen und um den stolzen Gewinn von zwei Dollar pro Loch wetteifern würde. Angeben erlaubt.

Als unsere letzte Gruppe abschlug, hatte der Wind ein wenig aufgefrischt und trieb die Drives ein bisschen weiter über den Fairway als sonst. Das Spiel ließ sich für uns alle gut an. Dicks kurzes Spiel kam wie bestellt, Rich schlug förmlich die Ummantelung vom Ball, Henry produzierte einen perfekten Slice, und mein Putter tat, wie ich wollte, sodass ich besser war, als mein Handicap 24 annehmen ließ.

Nachdem wir ungefähr vier Löcher gespielt hatten, bemerkten wir zwei Personen, die unserer Gruppe immer näher kamen. Bevor wir ihnen bedeuten konnte, wir wollten ihnen gern den Vortritt lassen, blieben sie wieder zurück, nur um uns an den Löchern 8 und 9 wieder näher zu kommen. Wir dachten, sie würden uns vielleicht überholen, während wir wenig später eine Erfrischungspause einlegten. Das geschah jedoch nicht, aber bei Nummer 12 waren sie wieder da. Ich halte viel von Höflichkeit auf dem Golfplatz, deshalb nutzte ich die Gelegenheit, als Henry einen Slice ins Gebüsch geschlagen hatte. Ich ging zu den beiden Spielern und bot ihnen an, ihnen den Vortritt zu geben:

„Entschuldigen Sie, dass wir Sie aufgehalten haben. Bitte spielen Sie doch einfach weiter."

„Danke für das Angebot, aber wir sind so ganz zufrieden. Wir haben es nicht mehr eilig. Es reicht uns, dass wir gemeinsam hier draußen sein dürfen, dass wir uns aneinander freuen und dieses Spiel und Gottes herrliche Natur genießen dürfen … Sehen Sie, mein Freund Joel ist einundneunzig Jahre alt, ich bin neunundachtzig, da ziept und kneift es überall. Deshalb spielen wir nur die Bahnen, auf denen es nach unten geht."

William M. Bowen

Ein wahrer Gentleman

Falls es Ihnen schwer fällt, Menschen kennen zu lernen,
heben Sie mal den falschen Golfball auf.
Jack Lemmon

VOR EINIGEN JAHREN ERHIELT DER GOLFER WILLIAM REYNDERS VON seiner Familie ein Dutzend Golfbälle der Marke Titleist als Weihnachtsgeschenk, in die „Billy Reynders" eingeprägt war. Wenig später spielte Reynders auf dem städtischen Golfplatz von Sacramento und schlug einen Drive versehentlich auf eine benachbarte Bahn. Er kam gerade hinzu, als eine Dame eben diesen Ball schlagen wollte. Er machte sie darauf aufmerksam, dass sie vielleicht den falschen Ball zu schlagen im Begriff war. Sie hob den Ball auf, betrachtete ihn und erklärte kühl: „Nein, dieser Ball gehört mir. Ich spiele immer mit Billy-Reynders-Bällen." Als wahrer Gentleman widersprach Reynders ihr nicht.

Hugh Baldwin

Einmal habe ich geschummelt

Golf ist wie Solitär: Wer mogelt, bemogelt nur sich selbst.
Tony Lema

GOLF WAR SCHON IMMER MEIN LIEBSTES SPIEL. ICH LIEBE DIE KÖRPERliche ebenso wie die mentale Herausforderung. Mich begeistert die Fähigkeit, einen Schlag aus der Tiefe meiner Persönlichkeit heraus zu führen, wenn das Damoklesschwert eines doppelten Bogeys über mir schwebt. Golf ist eindeutig, und so spiele ich es auch. Mit einer einzigen Ausnahme, die sich vor einigen Jahren zutrug.

Zum ersten und einzigen Mal habe ich damals bei einem Golfmatch geschummelt, und diese Tatsache verfolgt mich bis zum heutigen Tag. Ich spielte damals gegen meinen besten Golffreund Frank. Das Erlebnis hat mich als Mensch und als Golfer verändert. Bis auf den heutigen Tag.

Bis zu jenem hitzigen Wettstreit an einem Sonntagnachmittag hatte ich noch nie eine Golfregel absichtlich gebrochen oder auch nur umgangen. Niemals.

Wie bei so vielen anderen Gelegenheiten zuvor, war unser Spiel an jenem Tag ausgeglichen. Wir nahmen das 18. Loch in Angriff, ein Par-5. Wenn man hier nicht Par blieb, hatte man das Loch verloren. Wir hatten, wie üblich, die enorme Summe von 3 Dollar gesetzt. Ich schlug meinen Ball vom Tee in die Büsche. Frank – Spitzname „der beständige Eddy“ – kam wie üblich mitten auf das Fairway.

Ich suchte kurz allein nach dem Ball und fand ihn zwischen zwei Baumwurzeln eingeklemmt. Er war unspielbar.

Durch das Geäst hindurch sah ich, wie Frank auf den Punkt zu ging, wo sein Abschlag vom Tee gelandet war. Ich ließ meinen Ball zwei Schläger weit vom Fundort fallen und schlug ihn mit einem 3er-Eisen durch eine Lücke zwischen den Baumstämmen. Frank applaudierte, als ich aus dem Wald kam, und das aus gutem Grund, denn mein Ball war 160 Meter weit über den Fairway geflogen und lag nun in perfekter Position.

Einige Minuten später versenkte auch Frank seinen Ball zum Par.

„Feines Spiel", sagte er und schüttelte mir die Hand. „Ohne alle Krisen."

Ich hielt den Mund. Ich weiß nicht, wieso. Ich habe oft über diesen Tag nachgedacht, aber ich finde keine Antwort.

Ich erinnere mich, wie ich nach dieser Runde im Badezimmer des Clubhauses stand und mein Gesicht in kaltes Wasser tauchte. Dann starrte ich mein Spiegelbild an und ließ das Wasser ins Becken tropfen.

Frank hatte offensichtlich nicht bemerkt, wie ich den Ball im Wald aufgehoben hatte. Er ging davon aus, dass ich es zum Par geschafft hatte, während es in Wirklichkeit ein Bogey war. Ich verlor an diesem Tag also keine drei Dollar.

Am folgenden Morgen inspizierte ich mich lange und eingehend. Ich fragte mich, wer dieser Schwindler war und wie lange er sich noch in meiner Nähe herumtreiben würde. Es schmerzte mich, dass ich geschummelt hatte. Ich erinnere mich, wie miserabel ich mich fühlte. Vor allem aber rufe ich mir ins Gedächtnis, welch gutes Gefühl es ist, wenn man vom Grün geht und ein echtes Par erreicht hat oder sogar nach harten Mühen ein Bogey, das ganz nach einem doppelten Bogey ausgesehen hatte. Ich sage mir, am besten fühlen sich Schläge an – das sind die, an die man sich noch am 19. Loch und auf dem Heimweg gern erinnert –, die man aus einer unmöglichen Lage heraus geschlagen hat, wenn ein dicker Erdklumpen am Ball hängt. Ich sage mir, dass meine Spielpartner – meine Freunde – niemals Grund haben sollen, meine Integrität auf dem Platz in Frage zu stellen, wie erstaunlich auch immer ein „Rettungsschlag" ausfallen mag.

Bei einer Reise nach Irland im vergangenen Jahr erhielt ich Bestätigung für die bedeutsame Beziehung zwischen Integrität und dem Golfspiel. „Hören Sie", sagte der Einheimische, mit dem ich eine Runde spielte. „Bei uns wird der Ball pro Bahn nur zweimal berührt: Beim Aufteen und wenn wir ihn aus dem Loch holen."

Mehr als alles andere ist es die Erinnerung an die Männer und Frauen, mit denen ich in Irland und Schottland die Ehre hatte, eine Runde zu spielen, die mich zur Wahrhaftigkeit auf dem Golfplatz verpflichtet. Es scheint, als hätte sich jedem dieser Spieler der Geist des Old Tom Morris eingepflanzt. So wenig sie verstehen, weshalb Amerikaner in einem „Buggy" über den Golfplatz fahren, wo es doch selbstverständlich ist, dass man beim Golfen zu Fuß geht, so wenig können sie nachvollziehen, wie jemand etwas so Törichtes und Herabwürdigendes fertig bringt wie beim Golfspiel zu mogeln.

Auf den zum Vereinigten Königreich gehörenden Inseln wird Golf nach Regeln gespielt, und nicht nach „Winterregeln".

In unserem Land bricht die Mehrheit der Spieler an jedem Wochenende die Regeln oder ignoriert sie schlicht. Und sie begreifen einfach nicht, dass sie sich selbst dabei jedes Mal klein machen. Gibt es eine zutreffendere Aussage als die, dass wir alles über den Charakter eines Menschen erfahren, indem wir mit ihm oder ihr eine Runde Golf spielen? Wenn Ihr Spielpartner beobachtet, wie Sie Ihren Ball auf das Fairway schubsen – glauben Sie nicht, das beeinflusst sein Gesamtbild von Ihnen?

Ich frage mich nur, was Frank von mir denkt.

John Myers

Putten auf Teufel komm raus

DRUCK GEHÖRT ZUM GOLFEN. ER ENTSTEHT, WENN EINEM GOLFER EIN normalerweise problemloser Schlag misslingt, weil er sich zu sehr anstrengt. Wer kein Golf spielt, versteht das nicht, wenn er zusieht, wie Freddie Couples lässig einen 5-Meter-Putt versenkt.

Alle Golfer haben Druck erlebt. Noch schwieriger zu verstehen ist vielleicht der zusätzliche Druck, der dann entsteht, wenn man Golf nicht allein, sondern als Mannschaftssport betreibt. Dann spielt die Sorge, die Mannschaftskameraden im Stich zu lassen, die ganz entscheidende Rolle.

Ob die Golfer nun im Ryder Cup oder in der Border League spielen, sie müssen diesen Druck aushalten. In unserem Land setzt sich die Border League aus einer Reihe von Golf- und Country-Clubs zusammen, die an der Grenze zwischen den Bundesstaaten New York und dem östlichen Ontario liegen. Jedes Jahr spielen sie einen Mannschaftswettkampf aus: Medaillenspiel, Mannschaften aus acht Personen aus jedem Club, der Gesamtscore wird gewertet.

Ein solcher Wettbewerb wurde im Prescott Club in Ontario ausgetragen, der einen netten Platz mit Blick auf den St.-Lorenz-Strom unterhält. Ich spielte im Team aus Cornwall, Ontario. Die meisten Zuschauer stimmten darin überein, dass wir voraussichtlich erfolgreich sein würden, wenn überhaupt jemand die Heimmannschaft besiegen konnte. Im Verlauf des Tages bestätigte sich diese Annahme: Prescott und Cornwall hatten erheblichen Vorsprung vor den anderen Mannschaften. Sieben unserer acht Spieler hatten schon abgeschlossen, warteten und entspannten sich am 19. Loch, wie Golfer es gern tun. Unser achter Mann war am 18. Tee. Reggie Evans mit Handicap 8, im Beruf Schulleiter, war ein forscher, aber gelegentlich sprunghafter Spieler. Wir anderen waren natürlich müde, warteten aber gespannt auf das Endergebnis. Irgendjemand meinte: „Kenny, jetzt bist du dran. Geh doch mal und sieh, wie es steht." Ich machte mich auf den Weg und stellte fest, dass sieben Mitglieder aus allen Mannschaften fertig waren. Am schwarzen Brett standen die Mannschaftsergebnisse. Der Punktrichter, wer immer das war, hatte keine Zwischenergebnisse aufgeführt, deshalb ließ ich sie mir rasch geben, machte eine Überschlagsrechnung und ging zu meinen Teamkameraden zurück.

„Leute, das Ding haben wir im Sack. Wir liegen elf Schläge vor Prescott, und Reggie hat nach neun Löchern einen Schlag Vorsprung vor seinem Verfolger. Solch einen Vorsprung kann er auf den letzten neun Löchern gar nicht verspielen."

Die Aufregung und die Stimmung stiegen. Dann schlug jemand vor: „Kommt, wir gehen zum Grün und feuern Reggie an."

„Guter Einfall!"

Zu diesem Zeitpunkt hatte Reggie mit dem zweiten Schlag das Grün erreicht, der Ball lag rund sechs Meter rechts vom Flaggenstock.

„Jetzt machen wir uns einen Spaß", sagte ich. „Wir erzählen Reggie, dass er diesen Putt versenken muss."

Alex mahnte zur Vorsicht: „Lasst uns erst prüfen, wie groß sein Vorsprung ist. Wir wollen doch nicht unseren ersten Platz aufs Spiel setzen."

„Einverstanden."

Als die Spieler sich dem Grün näherten, mischten wir uns unter die Zuschauer. Der Spieler von Prescott chippte und schaffte allem Anschein nach ein Par mit dem nächsten Schlag, und die beiden anderen Spieler hatten das Grün erreicht, als Reggie zu der Stelle kam, wo ich mich strategisch positioniert hatte.

„Na, wie geht's, Reg?", erkundigte ich mich.

„Ganz fein, Kenny. Mit einem Zweierputt hier bleibe ich unter achtzig."

„Und der Spieler von Prescott?"

„Lass mich nachdenken. Er wird hier Par schaffen, dann liegt er einen Schlag vor mir. Wie steht das Team?"

Die Szene war bereit. Bestens bereit sogar.

„Pass auf, Reggie: Wir sind einen Schlag vor Prescott. Du musst diesen Putt versenken."

„Ein Schlag Vorsprung?" Reg betonte jedes Wort. Er biss die Zähne zusammen. „Keine leichte Aufgabe."

„Immer ran, Reg. Hau ihn rein, und wir gewinnen. Aber mach bloß keinen Dreierputt draus."

Reg war jetzt auf dem Grün, hielt den Putter in der Hand, hockte sich hinter den Ball und prüfte.

„Nicht zu kurz, Reggie", flötete Joe von der Seite.

„Pst, lenk ihn nicht ab", mahnte Alex.

Reg ließ sich auch gar nicht ablenken. Er war so vollständig konzentriert, wie ich ihn nie zuvor gesehen hatte. Alles lief bestens. Er prüfte die Ideallinie von beiden Seiten und vergewisserte sich, dass nichts dem Ball im Weg lag. Dann trat er wieder hinter den Ball.

Meine Mannschaftskameraden standen erwartungsvoll am Rand. Einige grinsten vielsagend. Wir waren auf alles gefasst, aber insgeheim hofften wir, er werde den Putt versenken.

Reggie führte einige Probeschwünge aus, um einen runden Bewegungsablauf herzustellen, und positionierte sich dann wieder über dem Ball. Pause. Da kam er. Der Ball prallte von der Schlagfläche ab, ruckelte ein bisschen von rechts nach links – viel Tempo –, wurde dann langsamer und verschwand.

„Er ist drin! Sauber gemacht, Reggie! Mann, du hast es geschafft!"

Jubel und Glückwünsche von den Teammitgliedern, dann rasch wieder Schweigen, damit auch die anderen Spieler putten konnten. Allgemeines Händeschütteln und ein triumphaler Rückzug ins Clubhaus, um unseren Sieg zu feiern.

Reg sank in einen Sessel. In seinem Gesicht malten sich Erleichterung und Freude über den Erfolg. Und dann ließ Joe die Katze aus dem Sack: „Es wäre gar nicht nötig gewesen, dass du den Putt versenkst, Reg. Wir haben mit elf Schlägen Vorsprung gewonnen. Wir wollten es nur ein bisschen spannend machen."

„Oh, ihr Kerle", stöhnte Reg. „Wisst ihr eigentlich, unter welchen Druck ihr mich gesetzt habt?"

„Wir wollten nur sehen, wie gut du wirklich bist", behauptete ich unschuldig. Das Geplänkel ging noch eine Weile weiter, bis die Durchsage durch den Lautsprecher kam:

„Meine Damen und Herren, hier sind die Ergebnisse des heutigen Turniers. Erster Platz Cornwall mit insgesamt …"

„Juhuuu!“

„Zweiter Platz Prescott mit einem Schlag Rückstand …“

„Ein Schlag?“

„Ein Schlag! Kenny, wo hast du das Addieren gelernt?“, spottete Alex.

„Kommt, kommt, Leute“, wiegelte ich ab. „Ich habe Reggie vorhin nur die Wahrheit gesagt. Habt ihr erwartet, ich würde ihn anlügen?“

Ken Robertson

Der Unterschied zwischen Schotten und Amerikanern

Ich würde das Golfen aufgeben, aber ich habe so viele Golfpullover.
Bob Hope

DIE SCHOTTEN HABEN EIN SEHR VIEL SCHLICHTERES, BEINAHE EHRERbietiges Verhältnis zum Golf als die Amerikaner. Die machen das Spiel nämlich kompliziert, indem sie nachahmen, was sie bei den Profis im Fernsehen sehen. Das verbessert ihre Leistung nicht, aber es verzögert ihr Spiel.

Nehmen Sie die Geschichte von dem Amerikaner, der in St. Andrews auftauchte, ausgestattet mit einer riesigen, schweren Tasche, Hightech-Schlägern und topmodischer Kleidung.

Bevor er seinen ersten Drive schlagen sollte, bückte er sich, riss einige Grashalme aus und warf sie in die Luft, um den Wind zu prüfen.

„Was halten Sie davon?“, fragte er seinen Caddie.

Der Caddie ahmte den Spieler nach und warf ebenfalls ein paar Halme in die Luft.

„Ich glaube, es ist Wind aufgekommen, Chef“, sagte er dann. „Sie sollten Ihren Pullover herausholen.“

Don Wade

Der mitfühlende Golfer

TIEF IM SÜDEN, WOHIN SCHNEEFLOCKEN SICH NUR SELTEN VERIRREN, lebte ein älterer Herr, der ein ausgezeichneter Golfspieler war. Er war schon in den Siebzigern, konnte aber immer noch die meisten selbstbewussten jüngeren Mitspieler besiegen. Nicht selten entsprach sein Score seinem Alter. Als er zweiundsiebzig Jahre alt wurde, spielte er acht Runden unter seiner Jahreszahl. Im Verlauf der Jahre war er oft gefragt worden, weshalb er nicht in den professionellen Golfsport gehe. Er gab immer dieselbe Antwort. Begleitet von einem verschmitzten Lächeln flüsterte er: „Ich verrate Ihnen ein Geheimnis. Bei meinem Beruf komme ich sicherlich so oft wie die Profis zum Golfspielen, und wahrscheinlich macht es mir mehr Spaß."

Viele leidenschaftliche Golfer baten ihn um ein Spiel, und er willigte gern ein. Von Zeit zu Zeit wurde er von einem eigentlich unterlegenen Golfer geschlagen. In den etwas mehr als vierzig Jahren, die er nun schon Mitglied seines Clubs war, hatte das noch niemand verstanden. Wie war es möglich, dass er heute den Club Pro schlug und morgen gegen einen mittelmäßigen Gastspieler verlor? Man fand die Erklärung, er sei eben kein harter Leistungssportler. Seine Frau jedoch wusste es besser.

Immer wenn ihr Mann nach Hause kam, nachdem er den Tag auf dem Golfplatz verbracht hatte, begrüßte sie ihn mit einem Kuss und der Frage: „Brauchte dein Spielpartner eine Portion Selbstvertrauen?" Wenn er mit „Ja" antwortete, schloss sich die Frage an: „Und wie hoch hast du ihn gewinnen lassen?"

Carla Muir

Ein Sieg für die Golfratten

ES GIBT ZWEI SPORTARTEN, DIE SICH GOLF NENNEN. GEMEINSAM HABEN sie aber nur die kleinen weißen Bälle. Das eine Spiel ist das Club-Golf, das andere will ich „Ratten-Golf" nennen.

Beim Club-Golf treffen die Spieler ein, wann es ihnen passt, und sie spielen, wann es ihnen passt. Sie gehen zu Fuß oder fahren ein Fahrzeug und warten selten. In den sorgfältig geharkten Bunkern haben sie niemals eine ungünstige Balllage, auch nicht auf den sorgsam manikürten Fairways. Sie sind nie hungrig oder durstig, denn an jeder Biegung gibt es etwas zu essen oder zu trinken. Nach einer vierstündigen Runde haben ihre Golfschuhe kaum den Teppich im Umkleideraum betreten, da eilt ein Angestellter herbei, putzt und poliert sie und verstaut sie in der Golftasche. Eine heiße Dusche oder ein Dampfbad und ein Drink an der Bar beenden einen entspannten Tag beim Club-Golf.

Beim Golf der Golfratten fallen die Spieler morgens vor Sonnenaufgang aus dem Bett, fahren zum städtischen Golfplatz, damit sie sich dort in eine lange Warteschlange einreihen können. Sie trinken schlecht schmeckenden Kaffee aus Plastiktassen und hoffen auf eine Startzeit innerhalb der nächsten drei Stunden. Wenn sie dann wirklich zum Spielen kommen, schicken sie Stoßgebete gen Himmel, die Vierergruppe vor ihnen möge das Grün verlassen, bevor die nächste hinter ihnen sie mit ihren Drives bombardiert. Sie hauen sich aus Bunkern heraus, die eher wie eine Mondlandschaft aussehen, und über Fairways mit Divots von Kratergröße. Sie stillen ihren Hunger mit den kalten belegten Broten und angeschmolzenen Schokoladenriegeln, die sie in ihre abgewetzten Golftaschen gequetscht haben. Aber vor allem warten sie, warten und warten. Nach fünfeinhalb oder sechs Stunden stolpern die Golfratten zu ihren Autos zurück, verstauen ihre nassen, schmutzigen Golfschuhe im Kofferraum und fahren zu ihren Familien zurück, die schon befürchteten, sie seien entführt worden.

Fast alle Plätze, die wir im Fernsehen betrachten dürfen und auf denen Turniere ausgetragen werden, sind die Domäne des Club-Golfs. Die Ränge jedoch, auf denen sich die Zuschauer drängen, sind die Domäne der Golfratten. Als wir in Bethpage zusammenkamen und ankündigten, die US Open würden im Jahre 2002 auf dem Black Course ausgetragen, waren die Golfratten zugegen. Sie standen hinter dem Zaun am ersten Tee, beobachteten, nickten stumm und warteten auf den Tag, an dem die besten Golfer der Welt auf ihrem Platz spielen würden. Ihnen war klar, dass die Entscheidung, die US Open zum ersten Mal auf einem öffentlichen Platz austragen zu lassen, nicht nur ein Sieg für den städtischen Großraum war, für Long Island, für die Politiker und die angrenzende Geschäftswelt. Diese Entscheidung, das wussten sie, war in der Geschichte des Golfs der größte Sieg für die nicht in Clubs organisierten Golfer, für die Golfratten.

Es ist ein Sieg, weil es die öffentlichen Plätze würdigt, die all denen einen der wenigen und kostbaren Fluchtpunkte vor der Hässlichkeit des Stadtlebens schenken, die nicht das Geld besitzen, sich in Gegenden einen privaten Schutzraum zu kaufen, die den Betuchten wohl bekannt sind.

Es ist ein Sieg, denn es erinnert daran, dass Golf ursprünglich nicht auf manikürtem Rasen gespielt wurde, sondern auf schlichten Wiesen mit Fahrspuren und Senken und – ja sogar mit Kuhfladen. Und obgleich auf den Fairways des Black Course vermutlich eher wenig Dung liegen wird, so hoffe ich doch, dass er ein bisschen ursprünglich, ein wenig wild, ein wenig öffentlich sein wird.

Vor allem aber ist es ein Sieg, weil in sechs Jahren ein Vater, der hart arbeitet und materiell nicht viel zu bieten hat, ein Mann wie mein Dad, im Gespräch mit seinem Sohn oder seiner Tochter sagen kann: „Ja, die US Open spielen sie in diesem Jahr auf dem Black Course. Den habe ich auch schon gespielt."

Rabbi Marc Gellman, Ph. D.

Eine Übungsrunde fürs Leben

DER BALL SAUSTE IN WEITEM BOGEN VON SEINEM PLATZ AUF DEM DAmen-Tee ohne nach rechts oder links abzuweichen durch die Luft und landete mit einem satten Plumps auf dem Rasen. Er lag zu weit weg, ich konnte nicht erkennen, dass er kaum 30 Zentimeter Abstand vom 18. Loch hatte. Ein breites Lächeln überzog das Gesicht meines Vaters. „Nächste Woche stehst du wieder hier“, prophezeite er.

Als Kind hat man das Gefühl, die Eltern wiederholen Tag für Tag dieselben Weisheiten: Wasch’ dir die Hände, iss das Gemüse auf. Meinem Vater bot das gemeinsame Golfspiel mit mir Gelegenheit, ein Bündel von Maximen aus einem langen Leben abzuladen. Wie oft hatte ich gehört, „Wer nicht anfängt, bringt nichts zu Ende“, wenn wir schließlich am 19. Loch waren! Ich war mir nie ganz sicher, ob dieser Satz sich nur auf Golf bezog oder ganz allgemein lebensrelevante Dinge meinte. Immerhin war ich erst vierunddreißig Jahre alt und hatte noch eine Menge zu lernen.

„Kommt nicht in Frage, Dad“, beschied ich ihn. „Ich hasse dieses Spiel.“

Diesen Satz hatte nun wiederum er schon einige Male gehört. Er überging ihn, wenngleich er vielleicht wusste, dass es mir Ernst war.

Das stimmte auch, jedenfalls fast. Ich war eine viel beschäftigte, karriereorientierte, aufstrebende Investmentkauffrau, auf bestem Wege an die Spitze dieses hektischen Tätigkeitsgebietes. Ein Nachmittag auf dem Golfplatz war in meinen Augen unsinnige Zeitvergeudung. Nun war das allerdings die Lieblingsbeschäftigung meines Vaters, seit er altersbedingt nicht mehr so Tennis spielen konnte, wie er es als professioneller Tennislehrer gewohnt gewesen war. Nun spielte er also in Gesellschaft seiner alten Kumpel mit Begeisterung Golf. Noch mehr Spaß machte es ihm allerdings, wenn nur wir beide gemeinsam über die Bahnen zogen.

Ich war, wie gesagt, stark beschäftigt, aber ich liebte meinen Vater und quetschte die Zeit für eine Runde mit ihm in meinen vollgestopften Stundenplan, wann immer es sich machen ließ.

Ich steuerte das Wägelchen an Palmen und Pinien vorbei, die das Fairway säumten. Es war einer dieser wundervollen Nachmittage in Florida. Vom Meer wehte eine leichte Brise, und die Vögel sangen in Stereo. Mein Vater hätte nicht glücklicher sein können. Das Lächeln auf seinem Gesicht mochte gar nicht mehr verlöschen. Ich glaube, es war Jahre, bevor der Ausdruck „Lebensqualität" geprägt wurde, aber genau das erlebten wir an jenem Tag. Seit ich auf der Welt war, hatte mein Vater jede nur mögliche Minute genutzt, etwas mit mir zusammen zu unternehmen. Wir hatten natürlich Tennis gespielt, aber wir gingen auch zum Surfen, wir spielten Basketball, wir liefen auf unseren Skates, wir bauten Sandburgen, arbeiteten im Garten oder verbummelten einfach gemeinsam die Zeit. Was immer wir taten, wir vergeudeten keine Sekunde, denn die Erinnerung daran leuchtete wie geschmolzenes Gold. Das zumindest war ich ihm schuldig.

Als wir uns meinem Ball näherten, klopfte er mir anerkennend auf die Schulter: „Du spielst richtig gut."

„Na klar. Und was ist mit den vorigen siebzehn Löchern?" Ich hatte miserabel gespielt, aber die Liebe eines Vaters zu seiner Tochter gehorcht weder Verstand noch Logik. Dad sah grundsätzlich das Gute in den Menschen und im Leben, und jede Runde Golf war einfach gut.

„Vergiss, was gewesen ist", sagte er gern. „Wichtig ist nur das nächste Loch." Auch dies war ein Schatz an Weisheit, den ich ignorierte, der sich aber trotzdem und vermutlich auf dem Weg der Osmose in mein Leben eingefügt hat.

Obgleich mein Ball nur Zentimeter vom Loch entfernt lag, verpatzte ich den Putt, denn ich dachte an das Glas Bier im Clubhaus und konzentrierte mich nicht. Ich rammte meinen Schlägerkopf ins Grün, obgleich ich wusste, wie unangenehm meinem Vater solche Unbeherrschtheit war, der als überzeugter Sportler im Spiel keinerlei Emotionen zeigte.

Er überging meinen Ausbruch, als hätte er sich nie ereignet. Sein Schlag vom Rand des Grüns aus beförderte den Ball stracks ins Loch. Der zufriedene Plumps setzte den Schlusspunkt. Wir verglichen unsere Punkte: Er hatte mich um 15 Schläge besiegt.

Ich war meinem Vater nie in irgendeiner Beziehung überlegen gewesen, schon gar nicht im Golf. Er war der geborene Sportler, und seine Konzentrationsfähigkeit war unübertrefflich. Teilweise ging es darum, dass ich eine Frau war und deshalb nicht so gut spielte. Wenn mich die Frustration gelegentlich zu überwältigen drohte, sagte er geduldig: „Dass du eine Frau bist, solltest du nie als Entschuldigung benutzen." Wenn das nicht wirkte, folgte der bewährte Satz: „Morgen geht alles besser." Diesen Spruch liebte ich. Außerdem stimmte er auch.

Als bei meinem Dad Krebs diagnostiziert wurde und der Arzt keinerlei Zweifel daran ließ, dass er nicht genesen würde, nahm ich Urlaub. Das war Jahre, bevor das einschlägige Gesetz so etwas akzeptabel machte und rechtlich absicherte. Ich wusste nicht, wie lange er noch zu leben hatte. Es war mir egal, ob ich meinen Arbeitsplatz verlieren würde und damit all die Anstrengungen vergeblich waren, so weit zu kommen. Plötzlich gewannen die Sprüche und kleinen Weisheiten, die ich in irgendwelchen Hinterkämmerchen meiner Seele verwahrt hatte, an leuchtender Klarheit. Ich wollte seine Weisheit, sein Verständnis, seine Geduld und all die anderen Qualitäten in mich aufsaugen, um die ich mich in meiner Umtriebigkeit nicht gekümmert hatte, bevor sie für immer verloren waren. Anderen kam es so vor, als opferte ich mich für ihn auf. In Wahrheit brauchte ich ihn gerade in jenen Momenten, obgleich er ein Leben lang für mich da gewesen war. Wir spielten Golf so lange es ging, bis es ihm nicht mehr möglich war, und ich sog seine Einsichten auf wie eine Frau, die in der Wüste des Lebens ohne Wasser gewesen war.

Als er starb, kamen alle seine Golffreunde, die ich größtenteils gar nicht kannte, zur Beerdigung. Bedauernd erkannte ich, wie wenig ich über sein Leben wusste, das er jenseits unserer Beziehung geführt hatte. An der unterschiedlichen Weise, in der diese Menschen ihren Respekt bezeugten, erkannte ich auch, wie er mich als Golferin herausgestrichen hatte. Ich versuchte, das ein bisschen zu glätten, aber mir war klar, dass sich daran und über seinen Tod hinaus spiegelte, wie sehr er mich geliebt und mir vertraut hatte.

Ich will damit nicht sagen, mein Dad sei perfekt gewesen. Er war manchmal ein bisschen unberechenbar. Trotzdem würde ich heute, zehn Jahre später, Haus, Auto und all meinen Besitz für eine Runde

Golf mit ihm aufgeben – einfach für das Vergnügen, seine vielen kleinen Sprüche wieder zu hören: „Entspann' dich, es ist nur ein Spiel" oder bei anderer Gelegenheit: „Golf ist viel mehr als ein Spiel, mein Schatz. Golf ist eine Übungsrunde fürs Leben!"

Debra Moss

5.

GOLF HÄLT DIE FAMILIE ZUSAMMEN

Die Familie ist eines der Meisterstücke der Natur.

George Santayana

Die Kollekte

MEINE MUTTER WAR DIE GROSSE LEIDENSCHAFT IM LEBEN MEINES VATERS. Zu meinen schönsten Kindheitserinnerungen gehört es, wie mein Vater jeden Morgen das Radio anstellte, bevor er zur Arbeit fuhr, und meine Mutter in einem fröhlichen Tanz durch die Küche wirbelte.

An zweiter Stelle in Sachen Leidenschaft kam das Golfspiel. Meinem Vater Cy Collins, einem Zahnarzt aus Michigan, ging das Spiel über alles. Er war ein geschickter Spieler und brauchte regelmäßig knapp über 70 Schläge für 18 Löcher. Er spielte, wann und wo immer er konnte, sei es zu Hause oder im Urlaub auf Hawaii, in Schottland oder an anderen Orten. Das Golfspiel war sein Manna.

Anfang der 1980er Jahre bemerkten wir die ersten Anzeichen der Alzheimer Krankheit bei ihm, die ihm schließlich auch das Leben nahm. Dad wurde verwirrt und vergesslich. Jahrzehntelang hatte er die Buchführung der Familie erledigt, jetzt konnte er nicht mehr mit Zahlen umgehen. Einmal unternahm er im Auto der Familie eine kleine Ausfahrt und verirrte sich. Er hielt erst an, als er viele Meilen von zu Hause entfernt kein Benzin mehr hatte. Dads Liebe zum Golf jedoch hielt unvermindert an. An vieles erinnerte er sich nicht mehr, aber wie man Golf spielt, das vergaß er nie. Seine Drives und Putts waren so gut wie eh und je.

Und hier verschmelzen Dads Liebe zum Golfspiel und seine Großzügigkeit in bewegender Weise. Einige Jahre vor seinem Tod besuchten Mom und Dad in der kleinen Stadt im Norden von Michigan, wo ihr Sommerhaus stand, wie üblich am Sonntag den Gottesdienst. Dad lächelte und schüttelte Nachbarn und Bekannten die Hand, dann lauschte er aufmerksam der Predigt. Als der Klingelbeutel umging, griff Dad in seine Tasche und legte das Kostbarste hinein, das ihm in den Sinn kam: drei Golfbälle.

Jan K. Collins

Einfach da sein

Erachte das Kleine als wichtig,
schöpfe das Unbedeutende aus.
Laotse

DAS 9. LOCH IM CALEDONIA GOLF COURSE IST EIN PAR-3. ES SCHMIEGT sich in die Hügel im südlichen Kernland von Pennsylvania. Das Tee steht knappe 70 Meter oberhalb des winzigen Grüns, das von einem künstlichen Wall umgeben ist. Bäume lassen gerade eine schmale Öffnung frei, durch die man zum Flaggenstock kommt. Es ist nicht mehr als eine Brezel in einer Waldlichtung, rund 140 Meter entfernt, die den Spieler einlädt zuzubeißen. Ich erinnere mich gut daran.

Zuletzt habe ich dieses Loch gesehen, als ich zum ersten Mal mit meinem Vater Golf spielte. Ich war vierzehn Jahre alt. Er schwang ein 9er-Eisen und ließ den Ball bis an den rechten hinteren Rand des Grüns segeln. Dort drehte er ab und rollte bis fast an den Rand des Loches.

Fasziniert beobachtete ich Kraft und Geschicklichkeit meines Vaters und hoffte wider alle Vernunft, ich könnte es ihm gleich tun.

Er reichte mir ein 5er-Holz. „Also, Don, genau so: Kopf nach unten, und dann locker durchschwingen."

Ich folgte seinen Anweisungen, aber der Ball hielt sich nicht an meine. Er schlug einen verwegenen Haken und landete irgendwo im Wald. Dad verlor kein Wort darüber und warf mir den nächsten Ball zu … dann einen weiteren … und so fort. Sechs Wilsons später schaffte ich es schließlich, dass der Ball vom Tee hüpfte, den Hügel herunterkullerte und vor dem Wall liegen blieb, der das Grün umgab.

Gemeinsam gingen wir den Hügel hinab. Ich konnte nur bewundernd zu dem Mann aufsehen, der mir einen weiteren Grund zur Verehrung gegeben hatte. Er war der beste Golfspieler, den ich je gesehen hatte – besser als Palmer oder dieser neue Stern am Golfhimmel, Jack Ich-weiß-nicht-wie.

Ich weiß nicht mehr, wie viele Schläge ich brauchte, bis der Ball schließlich in Caledonias Loch Nummer 9 verschwand. Ich erinnere aber noch genau, was mein Vater sagte, als es endlich geschafft war: „Das wird schon, mein Sohn. Weiter so." Er bestätigte mich, machte sich nicht lustig über mich, und ich liebte ihn dafür noch mehr.

Das ist nun dreißig Jahre her. Dad starb sechs Jahre später. In diesen sechs Jahren haben wir so manche Runde Golf zusammen gespielt, aber an sein Können bin ich nie herangekommen. Andere Dinge beschäftigten mich viel zu sehr: Mädchen, Friedensdemonstrationen, Ereignisse in der Schule und wieder Mädchen. Dad jedoch blieb ein geduldiger Lehrer und sah mir meine Unstetigkeit nach. Er führte mich über die Golfbahnen und durch das Labyrinth der Adoleszenz.

Aber dieses Loch in Caledonia hat sich mir ins Gedächtnis gebrannt. Ich habe dieses besondere Par-3 oft beschrieben, ohne zu fragen, ob es meine Gesprächspartner interessierte. Ich beschrieb nicht nur ein perfekt angelegtes Golfloch. Ich erzählte von einem unvergesslichen Tag, von einem perfekten Schlag und einem perfekten Vater.

Heute, zum ersten Mal nach dreißig Jahren, stand ich wieder auf diesem Hügel hinter diesem Tee. Es hat sich nicht viel geändert. Die Bäume, die Anhöhe, das Grün weit unten sind gleich geblieben, nur ich habe mich verändert. Ich dachte nicht an Menschen, Politik oder Arbeit. Ich dachte nur an meinen Vater und dass ein Hole-in-one seinem Gedenken würdig und ehrenvoll wäre. Ich zog mein 9er-Eisen aus der Tasche.

Wieder hörte ich im Geist seine Anweisungen, die er mir so oft gegeben hatte: Kopf nach unten … Füße schulterbreit auseinander … langsamer Rückschwung … Ball im Blick behalten … und durchziehen …!

So angeleitet teete ich auf und betete um Erlösung. Mein Leben hat sich anders entwickelt, als er oder ich gehofft hatten. So manches Mal haben Bäume, Hindernisse und Hemmnisse mir erfolgreich den Weg verstellt. Trotzdem bin ich durchgekommen und jetzt, das kann ich zum Glück sagen, befinde ich mich wieder auf dem Fairway. Mit diesem Schlag jedoch, mit diesem Ball und dieser Erinnerung konnte ich meine Verfehlungen gutmachen.

Langsam nahm ich den Schläger zurück und schickte ein Stoßgebet zum Himmel. Kopf nach unten, Ball im Blick, durchziehen. Der Schläger traf gut und der Ball sauste durch die frische Bergluft. Ich hätte geschworen, dass er in einem Strahlenkranz flog.

„Das war's, Mann!", brüllte mein Partner, als mein Ball geradewegs auf den Flaggenstock tief unten zu flog, wo das Fähnchen im Wind flatterte. Lächelnd verfolgte ich den kleinen weißen Fleck mit den Augen, bis er in der Ferne unkenntlich wurde.

Die Brise in den Bergen und der Dunst am frühen Morgen verwirren nicht nur den Flug des Balls, sondern auch die Augen der Spieler. Was nach einem perfekten Schlag ausgesehen hatte, verkehrte sich plötzlich ins Gegenteil. „Weiter, Schätzchen! Dreh dich! Weiter! Da hin!" feuerte ich meinen Ball an. Der hörte natürlich nichts und kümmerte sich um nichts. Er landete zu kurz und grub sich in den rechten Wall. Er hatte keine Chance gehabt.

Anstatt mich über einen zu groß angelegten Schlag zu grämen, lachte ich und erinnerte mich an Dads wichtigste Lehre: „Die kleinen Dinge im Leben sind entscheidend, mein Junge!"

Einfach da sein, das war genug. Ich brauchte kein Hole-in-one, ich musste den Ball nicht einmal aufs Grün schlagen, um den ersehnten Frieden und die Erleichterung zu finden. Das hatte Dad mir schon gewährt. Er hatte mir schon vor Jahren die Kraft, die Ausdauer und den Willen mitgegeben, damit ich Schwierigkeiten bewältigen konnte. Immer wenn ich ihn wirklich brauchte, war er auch da. Er ist immer noch da.

Danke, Dad.

Don Didio

Weit über Par

EINES NACHMITTAGS WAR ICH MIT FREUNDEN AUF EINE KURZE RUNDE über neun Löcher verabredet. Wir sollten am folgenden Wochenende als Mannschaft bei einem Turnier starten, das unsere Kirchengemeinde ausrichtete, und wir hatten die Übung bitter nötig. Während der Fahrt dachte ich über meine Ehe nach. Nach sieben Ehejahren war bei uns zu viel Routine eingetreten. Wir steckten nicht in einer Krise, aber es gab durch die Kinder etliche Verwerfungen und Störungen. Kinder, Hypothek, die üblichen Rechnungen, die Arbeit natürlich – all das wollte bewältigt und bezahlt werden, und das hatte unsere Beziehung in ein Sandloch befördert.

Als wir noch das College besuchten, schienen sich alle Freuden des Lebens auf uns zu vereinen. Unsere Bekannten sagten immer, wenn wir kämen, ginge das Licht an. Inzwischen, so kam es mir vor, hatten wir verlernt, den Schalter umzulegen.

Mit dem Golfspielen entkamen wir dem Alltag. Ich scheuchte den blöden weißen Ball über die Bahnen und wurde trotzdem kein besserer Spieler. Meine Frau fuhr das elektrische Golfwägelchen. Sie trug dabei immer Shorts und ein ärmelloses Top, eine dunkle Sonnenbrille und eine Schirmmütze. Aus zehn Metern in jeder Richtung roch man den unverkennbaren Duft von Kakaobutter. Sie kam nur auf den Golfplatz, um sich zu bräunen.

Ehrlich gesagt ging ich nur auf den Golfplatz, um sie zu bewundern.

Eines Nachmittags beobachtete sie meinen Golfschwung aufmerksamer als gewöhnlich. Am 17. Loch war es dann so weit:

„Lass es mich auch mal versuchen."

Großartiger Einfall, dachte ich zunächst, aber dann stutzte ich. Golf war ein Sport für Männer, meinte ich jedenfalls. „Du? Du kannst doch keinen Golfball schlagen. Du bist eine Frau."

„Schön, dass du das merkst. Trotzdem kann ich Golfbälle wahrscheinlich genauso gut verlieren wie du."

Eine sehr realistische Annahme.

Ich gab ihr mein 3er-Holz und steckte das Tee in den harten Lehmboden. Sie machte nicht einmal einen Probeschwung, sondern schlug den Ball direkt auf das Fairway. Wie sich zeigte, als wir bei unseren Bällen angekommen waren, lag ihr Drive fast zwei Meter vor meinem. Seither spielte sie Golf.

Manche der schönsten Stunden am Anfang unserer Ehe verbrachten wir gemeinsam auf dem Golfplatz. Wir fuhren am Vormittag hinaus, bevor es heiß wurde. Diese Stunden, in denen wir unter freiem Himmel lachten und uns neckten, festigten unsere Beziehung. Als ich vor dem Clubhaus parkte, war mir bewusst geworden, wie sehr ich sie auf dem Golfplatz vermisste.

Alle männlichen Mitglieder der Kirchengemeinde freuten sich auf das jährliche Turnier. Mike und Danny, ebenfalls Gemeindemitglieder, sollten in meinem Team spielen, zusammen mit einem noch nicht benannten Partner. Ich hoffte, dieser Jemand würde Drives schlagen und putten und damit unsere Schwächen ausgleichen können.

Alle Mannschaften luden Spieler von außerhalb ein. Das war sozusagen erweiterte Gemeindearbeit. Ich staunte immer wieder, wie diese Fremden mit ihren Drives den Bällen förmlich die Schale vom Kern schlugen und immer in die Mitte der Fairways trafen. Keine Frage, bei einem Golfturnier der Kirchengemeinde erlebt man mehr Überraschungen als auf einer Neujahrsparty.

Als ich zur Übungsbahn kam, packten Danny und seine Frau Beth gerade Dannys Schläger aus. Eine zweite Golftasche stand in Reichweite.

„Wem gehören diese Schläger?“, fragte ich und erwartete als Antwort, sie gehörten dem kooptierten Mitspieler, der noch rasch ins Clubhaus gegangen war.

„Na, mir natürlich“, antwortete stattdessen Beth und warf sich die Tasche über die Schulter.

„Jawohl, sie ist heute meine Geheimwaffe“, bestätigte Danny vergnügt. „Sie schlägt vom Damentee ab. Mit ihren Drives haben wir Aussicht auf einen ordentlichen Platz in der Wertung.“

Die Vorstellung von einer Golf spielenden Frau irritierte mich ein wenig. Dann streifte mich ein Hauch von Kakaobutter.

Zu dritt jagten wir an diesem Nachmittag die Bälle über den Rasen, brachten mit den Eisen schauderhafte Schläge zustande und verpatzten so ziemlich jeden Putt. Danny und Beth störte das gar nicht. Sie hatten einen Spaß an dem gemeinsamen Spiel, an den ich mich plötzlich wieder sehr gut erinnerte.

Nicht gemeinsam gewinnen, sondern gemeinsam verlieren zählt.

Bevor wir uns auf den Heimweg machten, kam das Gespräch auf das Turnier am folgenden Wochenende. „Glaubst du, du findest einen Partner?", fragte Danny.

„Kein Problem. Vorhin beim Spielen fiel mir der perfekte Partner ein."

Als ich nach Hause kam, stand meine Frau in der Küche. Sie begrüßte mich lächelnd: „Hast du gut gespielt?"

„Nix da. Hoffnungslos wie immer."

„Und die anderen?"

„Genauso. Wir brauchen für das Turnier einen vierten Partner. Ich glaube, ich habe ihn gefunden."

Sie sah mich aus ihren strahlenden Augen an: „Ach ja? Wen denn?"

„Du."

„Ich?" Sie war völlig überrascht. „Ich habe seit Jahren nicht mehr Golf gespielt. Ich kann euch nicht helfen zu gewinnen."

„Du kannst uns auch nicht helfen, nicht zu verlieren. Aber es wäre nett, dich mal wieder auf dem Golfplatz zu haben."

Am folgenden Sonnabend wurde uns einer der schönsten Golf-Frühlingstage beschert, an die ich mich erinnere. Wir lachten und neckten uns während des gesamten Wettbewerbs und leisteten uns einen Fehlschlag nach dem anderen. Am letzten Loch hatten wir einen Score von 79, lagen 7 Schläge über Par und auf dem letzten Platz.

Später wurden die Preise vergeben. Wir erhielten den Preis für die mühevollste Arbeit, was ein netter Ausdruck für „verlieren" ist. Jeder für uns erhielt für die harte Arbeit eine kleine Packung mit glänzend rosa Golfbällen. Ich legte meiner Frau einen Arm um die Schultern und flüsterte: „Die haben keine Ahnung, wer hier die Gewinner sind."

Harrison Kelly

Scheidung auf Golferart

WIE JEDERMANN WEISS, DER SEINEM SPIEL AUF ÖFFENTLICHEN PLÄTZEN nachgeht, ist es keineswegs ungewöhnlich, dass eine Runde am Wochenende fünf bis sechs Stunden dauert – vorausgesetzt, man bekommt überhaupt eine Startzeit auf dem frequentierten örtlichen Platz. Die Anzahl der Menschen, die während der Woche nicht spielen können, plus denen, die sich vor Haus- und Gartenarbeit oder dem Ehepartner drücken wollen, spült eine Woge an potenziellen Spielern an jede verfügbare Startzeit. Es wird langsam gespielt, da Wochenendgolfer nun einmal unterschiedliches Geschick aufbringen. Infolgedessen wird allenthalben gemeckert, und nicht eben selten hört man es „Weiter!" über den Platz schallen, während frustrierte Spieler hinter jedem Tee warten.

An einem bestimmten Wochenende reihte ich mich in dieses Bild ein und spielte in einer Dreiergruppe, die einer Gruppe auch nicht mehr ganz junger Frauen folgte. Meine Spielpartner waren alle männlich, ein wenig grauhaariger als ich und ungewöhnlich bestrebt, dieser Frauengruppe auf den Fersen zu bleiben. Sie machten halblaute Kommentare, wenn die Frauen aufteeten, sie brummten sich in den Bart, wenn sie warten mussten, bis das Fairway frei war, sie hörten nicht auf zu brummen, bis sie das Grün erreichten. Ich fing nur hier und da ein Wort auf. Meist ging es um langsames Spiel.

Nachdem wir mehrere Löcher gespielt hatten, was eine Ewigkeit dauerte, fragte einer der Männer mich, ob ich verheiratet sei (bin ich), und ob meine Frau auch Golf spiele (tut sie nicht). Ich setzte die Unterhaltung fort, indem ich die Fragen zurückgab.

Der erste Herr winkte abschätzig mit der Hand: „Nicht mehr. Dem Himmel sei Dank." Ich war mir nicht sicher, welche der beiden Fragen er damit beantwortete.

Der zweite Mann sagte lächelnd: „Geschieden. Sie spielt." Ich lächelte zurück.

Der dritte Mann blickte eindringlich über das Fairway zu der Frauengruppe vor uns. Dann drehte er sich um: „Ich war mit der Frau in den blauen Hosen verheiratet. George war mit der Frau in Gelb verheiratet, und Dave mit der in Weiß. Meine Frau schlug den Ball weiter als ich, und sie war auch beim Putten besser. Nach siebenunddreißig Ehejahren schlug ich ihr vergangenes Jahr die Scheidung vor."

„Ist es Zufall, dass Sie jetzt hinter diesen Damen spielen?", fragte ich.

„Nein, durchaus nicht", antwortete der Dritte (an dessen Namen ich mich nicht mehr erinnere). „Wir machen das seit zwei Jahren an jedem Wochenende so."

„Soll das heißen, Sie arrangieren das, obgleich Sie wegen des Golfspiels geschieden sind? Warum machen Sie das, wenn es Sie frustriert?"

„Uns frustrieren? Wie meinen Sie das?", fragte George.

„Nun ja, Sie schimpfen an jedem Loch, weil das Spiel so langsam ist. Warum spielen Sie dann nach diesen Frauen?"

Sie lächelten sich an, dann wandten sie sich wieder an mich. „Mein Bester", begann George. „Wir sind nicht frustriert. Wir haben neue Schläger, wir sind bei guter Gesundheit für unser Alter, und wir haben jedes Wochenende ein nettes Spiel."

„Sie müssen das verstehen", fuhr der dritte Mann fort. „Unser Golfspiel ließ die Frauen allein zu Haus. Nachdem Georges Frau sich vor drei Jahren scheiden ließ und danach auch Daves Frau, begannen die beiden, zusammen mit meiner Ex Golf zu spielen. Es machte ihnen einen Riesenspaß, und es veränderte sie von Grund auf. Sie wurden geradezu wieder jung. George und Dave verabreden sich seither regelmäßig mit ihnen."

„Aber Sie sagten, Sie hätten sich vergangenes Jahr scheiden lassen."

„Stimmt. Das Sexleben von George und Dave wurde dadurch viel besser. Also überzeugte ich meine Frau davon, dass wir uns trennen sollten, damit wir in denselben Genuss kämen. Es hat geklappt. Wir könnten nicht glücklicher sein."

„Und was bedeutet das fortwährende Gemecker?"

George und Dave schmunzelten: „Langsames Spiel! Je schneller wir hier fertig werden, desto eher kommen wir zu unserer Abendverabredung."

Gordon W. Youngs

Das Ass

ICH DARF MICH ALS EINEN ÜBERAUS GLÜCKLICHEN MENSCHEN SCHÄTzen: Ich führe ein wunderbares, spannendes, abwechslungsreiches Leben, ich habe eine bemerkenswerte Ehefrau und Lebenspartnerin, eine großartige und wirklich einzigartige Stieftochter Nikki, mein Zwilling und meine Mutter sind eine Wonne, und dank eines geradezu märchenhaften Golfabenteuers bereichert ein zauberhafter Hund unser aller Leben.

Die Charlotte Golf Links sind von Könnerhand in der leicht hügeligen Landschaft außerhalb von Charlotte, North Carolina, angelegt. An Spätnachmittagen kann man dort in aller Ruhe spazieren gehen, und man kann sogar bei Dämmerung noch neun Löcher spielen. Dies sowie seine Verbindung zu den Wurzeln des Spiels macht den Platz zu einem Ort, wo man manchmal die tiefere, spirituelle Ebene der Dinge spürt. Auf das, was sich eines ereignisreichen Morgens abspielte, waren wir allerdings nicht gefasst.

An einem klaren, strahlenden Donnerstag hatten Ewa (mit der ich fast alles im Leben teile, so auch die Leidenschaft für das Golfspiel) und ich eine frühe Tee-Zeit verabredet. Als wir uns aufwärmten, war ich ganz gelöst. Überraschend hatte ich ein Bild von meinem Schwung vor Augen – und konnte es mir auch erhalten –, das mich besser schlagen ließ als seit langem. Ich hoffte, dieses Bild würde mir bleiben.

Es waren kaum Menschen auf dem Platz – eine Seltenheit heutzutage und insbesondere an solch einem traumhaften Morgen. Wir begannen die Runde entspannt und ohne Eile. Wie so oft waren wir dankbar für Lebensumstände, die es uns erlaubten, gemeinsam über den Platz zu wandern.

Nach sechs Löchern zählte ich für mich plus 1 (nicht schlecht bei Handicap 10). Ewa und ich zogen in bester Laune zum siebten Loch, einem lang gezogenen Par-3, dessen Tee von hohem, heideartigem Gras umringt ist, das sich sanft im Wind wiegt. Wir durchquerten das hohe Gras, und da, direkt neben dem Tee, stand ein kleiner Hund und sah uns erwartungsvoll entgegen. Eine Sekunde lang sahen wir drei uns an. Da wir aufrichtige Hundefreunde sind, begrüßten wir diesen kleinen, verspielten Burschen mit dem rötlich schimmernden Fell. Es war eine Mischung aus Dackel und Fuchs (ohne Schwanz). Er warf sich auf den Rücken, leckte uns die Hand und stand dann artig abseits, während wir abschlugen.

Wir sagten: „Bis später!" und setzten unseren Weg zum Grün fort. Bevor wir dort eintrafen, überholte uns der kleine Hund, schnappte sich meinen Ball und erwartete uns mit einem verschmitzten Ausdruck im Hundegesicht. Wir lachten so sehr, dass wir beide ein Bogey schlugen. Gerade als wir das Grün verlassen wollten, war der Kleine da und versenkte seine Schnauze im Loch, offensichtlich auf der Suche nach der tieferen Bedeutung dieses Spiels.

Wir gingen zum nächsten Tee weiter, gefolgt von – Sie wissen schon. Er sprang in unseren Wagen (leider muss man dort früh am Morgen ein Cart benutzen) und machte es sich auf Ewas Schoß bequem. Das achte Loch ist ein Par-5 Dogleg (natürlich) links herum. Ich schlug meinen Drive in die Bäume links vom Fairway und sah meinen guten Zähler schwinden. Da ich nicht hörte, wie der Ball einen Baumstamm traf, nahm ich an, er sei ins Aus geflogen. Ich teete nochmals auf und schlug einen provisorischen Ball und versuchte, nicht an die verlorenen Punkte in einer anfänglich so guten Runde zu denken. Als ich zu unserem Wagen zurückkam, lag der kleine Hund friedlich schlafend auf dem Schoß meiner Frau. Ich amüsierte mich über unseren sonderbaren neuen Golfpartner.

Nachdem auch Ewa abgeschlagen hatte, fuhren wir zum Fairway weiter und siehe da: Ungefähr 180 Meter weiter und genau in der Mitte lag mein erster Ball. *Unglaublich*, dachte ich und wandte mich zu Ewa um: „Das geht auf das Konto des Hundes. Er bringt Glück. Der Ball hat keinen Baum getroffen." Ich machte mit einem 3er-Holz weiter, kam mit einem 8er-Eisen bis auf 1,50 Meter ans Loch heran und schaffte ein Birdie-Putt. Damit war ich wieder bei plus 1 und in Hochstimmung.

Das neunte Loch ist ein Par-3 in etwas mehr als 155 Meter Entfernung auf einer sanften Anhöhe. Ich warf einen Blick auf meinen immer noch friedlich schlafenden Talisman, und plötzlich hatte ich wieder das innere Bild von meinem Schwung, das mir am Beginn der Runde so dienlich gewesen war. Ich schlug mit einem 5er-Eisen in Richtung auf den Flaggenstock, dessen Fuß im Gras verborgen war. Ich beobachtete die Flugbahn und rief meinem Ball nach: „Geh rein!" oder was unsereiner nach einem guten Schlag sonst so an Geistvollem von sich gibt. Während wir zum Wagen zurückgingen, machte Ewa eine Bemerkung darüber, wie locker ich an diesem Morgen spielte. Wir betrachteten den Hund auf den Sitzen. „Wenn der Ball im Loch ist, bleibt der Hund bei uns", sagte ich spontan.

Nachdem auch Ewa abgeschlagen hatte und wir auf dem Grün angelangt waren, entdeckten wir nur einen Ball. Spaßeshalber bat ich Ewa, meinen Ball aus dem Loch zu nehmen und setzte mich in den Wagen zu einem nun hellwachen, aufmerksam dreinblickenden Fellgesicht. Gerade rechtzeitig blickte ich auf, sodass ich sehen konnte, wie Ewa um das Loch herum hüpfte und über das ganze Gesicht strahlte. „Ja, ja, ja!" Ich lief zu ihr, gefolgt von unserem neuen Bekannten, wie Sie sich denken können. Beinahe wie im Traum nahm ich den Ball aus dem Loch: Zum ersten Mal seit achtzehn Jahren ein Hole-in-one!

Danach hatten wir eigentlich keine Wahl mehr. Wir nannten unseren neuen Vierbeiner natürlich Ass. Zusammen mit unseren beiden anderen Hunden Stella und Raquette ist er nun fester Bestandteil unseres Heims und verkörpert, wie ich finde, wieso Golf solch ein großartiges Spiel ist: Er bereitet uns Freude und immer wieder Überraschungen. Oft ist er frustrierend und schwierig, aber wenn wir offen für ihn sind, können wir von ihm lernen, und er belohnt uns mit dauerhaften Gaben.

Mitch Laurance

Vorzeitiger Ruhestand

MEINE VERLOBTE LAUREN UND ICH WAREN IN IHRE HEIMATSTADT Philadelphia gekommen, wo ihre Tante die Brautparty ausrichtete. Die Planung sah im Wesentlichen vor, dass ich mich möglichst aus dem Wege halten sollte, bis ich zum Ende der Party engeren Freunden der Familie vorgestellt werden würde.

Milt, mein künftiger Schwiegervater, hatte erst vor kurzem mit dem Golfspielen begonnen und dachte sich, die beste Einführung in den engeren Kreis ergäbe sich bei einer Golfpartie mit ihm, mir und einem Freund der Familie, dessen Frau zur Brautparty eingeladen war.

Nun hatte ich zwar seit Monaten keinen Golfschläger mehr angefasst, aber da ich Milt nicht enttäuschen wollte (und mir daran gelegen war, bei der Brautparty nicht zu erscheinen), willigte ich ein.

Wie es sich ergab, waren wir zeitlich recht knapp am ersten Abschlag und konnten uns nicht mehr einschlagen, wie ich gehofft hatte. Am ersten Tee gab es außerdem einen kleinen Stau. Um den nachrückenden Golfern Platz zu machen, hatte Milt unseren Wagen ein wenig weiter in Richtung auf das Fairway abgestellt, als es das Sicherheitsreglement vorsah. Erst wollte ich ihn darauf hinweisen, aber da er links vom Abschlag stand und ich den Ball normalerweise so weit nach rechts schlage, dass Spieler auf den benachbarten Fairways gelegentlich in Deckung gehen müssen, nahm ich an, die Position sei ungefährlich. Ich irrte.

Ich berührte den Ball mit der Ferse meines Drivers und schlug ihn direkt in die rechte Hand meines künftigen Schwiegervaters. Bis dahin war meine Beziehung zu Milt freundlich aber distanziert gewesen. In diesem Moment war ich sicher, das würde sich ändern, und ich war mir nicht mehr sicher, ob er meiner Hochzeit mit seiner jüngsten Tochter seinen Segen geben würde.

Weiterhin war ich davon überzeugt, dass ich meinen künftigen Schwiegervater mit einem Schlag dem vorzeitigen Ruhestand ein Stück näher gebracht hatte. Milt ist Hals-, Nasen-, Ohrenarzt und muss in seiner Praxis bestimmte chirurgische Eingriffe vornehmen.

Panik packte mich ob dieses Vorfalls. Ich begann derartig zu zittern, dass an ein Spiel nicht mehr zu denken war. Also nahm ich meinen Ball auf, holte ein Kühlpack für Milt und übernahm das Steuer unseres Wagens, während Milt tapfer versuchte, weiterzuspielen. Als wir beim zweiten Loch waren, hatte er es fertiggebracht, dass ich über den Vorfall lachte.

„Todd, du hast mich nicht hart genug getroffen", belehrte er mich. Wenn ich ihn ernstlich verletzt hätte, so fuhr er fort, hätte er Grund gehabt, in den Ruhestand zu treten (was er ohnehin erwog) und gleichzeitig eine hübsche Versicherungsprämie einstreichen können, da er sich gerade gegen Verletzungen beim Golfspiel unter Mitwirkung von künftigen Schwiegersöhnen hatte versichern lassen.

Ich erwiderte schmunzelnd: „Wir haben ja noch siebzehn Löcher vor uns. Ich will sehen, was sich machen lässt."

Zum ersten Mal war ich in seiner Gegenwart ganz entspannt. Mehr als durch alles andere während Laurens und meiner Verlobungszeit durfte ich mich dank seines kultivierten, gutmütigen Verhaltens bei diesem Vorfall als Teil der Familie fühlen. Wem sonst, wenn nicht einem Familienmitglied, hätte er so etwas nachsehen können?

Milt beendete die Runde, besuchte die Brautparty, und dann erst suchte er einen Arzt auf. Wie sich herausstellte, hatte er sich in der Tat einen Handknochen gebrochen. Das jedoch verschwieg er mir bis lange nach der Hochzeit, damit ich mich nicht unwohler fühlen musste, als es ohnehin der Fall war.

Jetzt, da ich es weiß, fühle ich mich sogar noch besser.

Todd Behrendt

Mom schlägt auf dem Golfplatz auf

Das Alter ist nur wichtig, wenn du ein Käse bist.
Helen Hayes

EINES ABENDS TELEFONIERTE ICH MIT MEINER MUTTER. SIE WAR GERADE von ihrem ersten Golflehrgang zurückgekommen, bei dem sie auch ihr erstes Golfspiel absolvierte.

„Ich finde Golf großartig", sprudelte sie hervor.

Sie müssen wissen, meine Schwester, mein Bruder samt Freundin und ich hatten Mom im vergangenen Jahr zu Weihnachten ein Anfängerset Golfschläger geschenkt. Sie ist selbstständige Versicherungsmaklerin im Sportbereich, und ihre Geschäftsreisen führen sie auch an Orte wie Doral und Pebble Beach. Als Einzige aus der Familie spielte sie jedoch nicht Golf. Daher bekamen wir häufiger zu hören: „Ich hätte durchaus Zeit für eine Runde gehabt, wenn ich denn Golf spielen könnte. Aber ich bin mit Vergnügen über den Platz gefahren. Ihr wisst ja, wie sehr ich das Meeresrauschen liebe."

Natürlich konnten wir Stadtplatzhacker dergleichen nicht unbegrenzt hinnehmen. Also wagten wir es und schenkten ihr die Schläger. Wir nahmen an, sie würde sich gut machen, denn wir hatten sie einmal beobachtet, wie sie auf einer Übungsbahn Schwünge ausführte. Sie ist zwar eigentlich Linkshänderin, schien aber mit dem rechtshändigen Schwung gut zurecht zu kommen, und sie hatte damals den Ball förmlich aus der Schale geschlagen. Außerdem, so fanden wir, sei das ein gutes Training für sie, da sie am Beginn einer neuen Lebensphase stand.

Sie war ganz aufgeregt, aber da sie fast gar nichts über das Spiel und die Spielweise wusste, fürchtete sie, sich zu blamieren.

„Geh einfach eine Weile auf die Übungsbahn, Mom", riet ich ihr. „Dann versuchst du es mit ein paar Löchern, und arbeitest dich langsam vor, bis du eine ganze Runde schaffst."

In den ersten Monaten ging sie nur selten auf die Übungsbahn, aber es machte ihr Spaß, sich einzukleiden.

„Ich habe mir heute neue Golfkleidung zugelegt", verkündete sie. „Und jetzt habe ich auch richtige Golfschuhe."

„Und was macht dein Schwung? Hast du in letzter Zeit Bälle geschlagen?"

„Nein, aber wenn die Zeit der Golflehrgänge kommt, bin ich bereit."

Wir Geschwister hielten Rat und einigten uns darauf, ihr unabhängig voneinander Tipps zu geben, wie sie einige Wochen vor der Reise nach Pine Needles schon einmal ihre Muskeln dehnen konnte. Dann lehnten wir uns zurück und warteten ab.

Die ganze Woche lang hörte ich nichts von ihr. Am Schlusstag des Lehrgangs rief ich sie an, kaum dass sie zu Hause angekommen sein konnte.

„Oh, es hat so viel Spaß gemacht", wiederholte sie. „Und stell' dir vor, gestern habe ich meine erste Runde gespielt."

„Wow. Volle achtzehn Löcher?"

„Na ja, es war eine Neunerrunde. Aber mein Team hat gewonnen! Sie sagten, es sei ein ‚bestes Spiel' gewesen. An einem Loch kam ich direkt bis aufs Grün, und wir spielten mit meinem Ball weiter."

„Was heißt das? War es ein Par-3 oder ein Par-4?"

„Keine Ahnung."

„Das ist die richtige Einstellung, Mom." Das war nicht einmal übertrieben.

„Ich versuche einfach, den Ball mit so wenig Schlägen wie möglich ins Loch zu bringen", fuhr sie fort. „Die Bälle der anderen Damen lagen viel weiter hinten, und eine Mitspielerin sagte nur: Du meine Güte, Sallys Ball liegt auf dem Grün."

Ich ahnte, dass wir eine dieser denkwürdigen Unterhaltungen führten, die es nur einmal im Leben gibt. Mom sprudelte weiter:

„Später habe ich dann noch einmal neun Löcher gespielt und – du wirst es nicht glauben – ich hatte 46 Schläge!"

„Alle Achtung! Dann musst du irgendwo sogar Par gewesen sein."

„Ja, genau, das war ich einige Male. Ich bin sogar unter Par geblieben."

„Ein Birdie? Du hast ein Birdie geschlagen? Das ist unglaublich. War es ein Par-5?"

„Weiß ich nicht mehr. Jedenfalls habe ich dem Barkeeper davon erzählt, und der war ganz überrascht. Er sagte: ‚Sally, wenn Sie diesen Score auf achtzehn Löcher umrechnen, dann wären Sie unter 100 geblieben. Das ist fantastisch!' Das finde ich eigentlich gar nicht, es ist ja über Par."

Darauf sagte ich erst einmal nichts, das wollte verdaut sein.

„Nochmals vielen Dank für die Schläger, Adam. Ach, übrigens, sagst du mir, wo ihr sie gekauft habt? Ich brauche nämlich eine Sand Wedge und eine Pitching Wedge."

„Na klar. Wir haben dir ja auch nur das Anfängerset geschenkt. Wahrscheinlich brauchst du auch einige geradzahlige Schläger."

„Um Himmels willen, nein, noch nicht! Aber ich habe schon gelernt, mit welchen Schlägern man welche Distanzen schlägt. Wahrscheinlich mache ich jetzt zunächst wieder Rückschritte, aber ich liebe dieses Spiel, das steht fest."

Die Dinge hatten eine merkwürdige Wendung genommen. Da war ich, der Sohn, und staunte über die selbstverständliche, unschuldige Art, in der meine Mutter Zugang zum Golfspielen gefunden hatte. Ohne großes Getue entdeckte sie die Freuden dieses Spiels, schlug dem Ball die Schale vom Kern und genoss jeden Augenblick. Experiment gelungen. Mutter auf dem Weg in eine späte, aber glänzende Golferkarriere. Vielleicht wird sie sich nie um ihren Score kümmern – bis sie Par erreicht, heißt das.

Für mich und jeden anderen, der versucht, die Techniken und Visualisierungen in den Hintergrund zu drängen und wieder einfach nur den Ball zu schlagen, ist das eine Lehre in Sachen Wiederentdeckung. Wahrscheinlich lieben auch wir dieses Spiel. Und ich kann zum ungezählten, aber bestimmt nicht zum letzten Mal sagen … Danke, Mom!

Adam Bruns

Einer nach dem anderen

ICH ERHIELT MEINE EINFÜHRUNG IN DAS GOLFSPIEL, ALS ICH IN EINEM vornehmen Club in der Nähe unseres Hauses als Teenage-Caddie arbeitete. Wir erhielten für 18 Löcher 3,50 Dollar, wenn wir eine Tasche trugen und 5,75 Dollar bei zwei Taschen. Für meinen ersten Job außerhalb der Familie war das ein willkommenes Gehalt. Ich stamme aus einer Arbeiterfamilie, die sich die Mitgliedschaft in solch einem Club niemals hätte leisten können. So öffnete mir mein Arbeitsplatz auch Tore, an denen wir so oft vorbeifuhren. Montag war „Caddietag“, das heißt, wir durften auf dem Platz spielen, ohne zu zahlen.

Ich war immer ein überdurchschnittlicher Sportler gewesen und nahm daher an, ich würde auch mit Golf problemlos zurechtkommen. Aber da ich nie auch nur eine einzige Unterrichtsstunde genommen hatte, war mein Übergang vom Baseballschläger auf den Golfschläger nicht hübsch anzusehen und meine Fähigkeit, dies hinzunehmen, noch weniger. Oft gingen meine Schläge ins Aus oder hoppelten kaum weiter als zehn Meter auf das Fairway, gefolgt von einer Serie von wüsten Flüchen und Beschimpfungen. Mehr als ein Golfschläger zierte das Geäst der Bäume am Rand, voller Wut so hoch geschleudert, dass sie unerreichbar waren. Mit achtzehn Jahren war dann auch ich so reif zu begreifen, dass ich entweder Unterricht nehmen oder das Golfspielen aufgeben sollte. Wenig später ging ich aufs College und hatte nur noch wenig Zeit zu spielen. Ein neuer Arbeitsplatz bedeutete, dass ich von nun an eine Platzgebühr bezahlen musste. Mein „Vergnügen“ am Golf machte mir den Verzicht nicht schwer.

Im Alter von fünfunddreißig Jahren war ich Vater von zwei Söhnen, der eine acht, der zweite zehn Jahre alt. Alle ihre Freunde in unserem Wohngebiet in Iowa spielten Golf. Also nahmen unsere Jungen eines Sommers auf einem öffentlichen Platz in der Nähe Unterricht. Das Spiel packte sie sofort. Der Unterricht und anschließend ein Angebot „Den ganzen Tag für fünf Dollar pro Kind“ sorgten für einen gelungenen Sommer. Gerade damals war ich an meinem neuen Arbeitsplatz stark eingespannt, und meine Frau schlug vor, ich solle mit den Kindern Golf spielen, damit wir uns überhaupt zu Gesicht bekämen. Ich gestand ihr, welch „dunkle Vergangenheit" ich in diesem Punkte hatte und dass ich das Spiel heute kaum mehr schätzen würde als damals. Am Ende siegten ihre mütterliche Fürsorge und die weibliche Überredungskunst. Die Anzeige „Kostenloser Unterricht bei jedem Kauf eines neuen Schlägersets" weckte meine Aufmerksamkeit. Bewaffnet mit meiner Kreditkarte begab ich mich in den Golfladen.

Zu meiner Überraschung war diesmal alles anders. Die grundlegenden Anweisungen hatten sich nicht geändert: Griff ... Haltung ... Stand ... Rückschwung ... durchziehen – all das half mir, mich auf den Ablauf und nicht auf das Ergebnis zu konzentrieren. Nach vielen Stunden auf der Übungsbahn war ich immer noch nicht unter 100, aber es machte mir Spaß, etwas Neues zu lernen. Außerdem holte mich das Spiel aus meinem Büro und brachte mich an die frische Luft im Kernland von Iowa. Vor allem verbrachte ich auf diese Weise mehr Zeit mit meinen beiden Jungen. Ich fand es interessant zu beobachten, wie ihre Ungeduld und mangelnde Reife ihnen im Weg standen. Die Schwankungen zwischen guten und schlechten Phasen bestimmten, wie unsere Ausflüge auf den Golfplatz ausfielen. Beide Jungen hatten meine Leistungsorientierung geerbt. Nach jedem gespielten Loch diskutierten sie, ob der Score vom Bruder richtig notiert worden war. Ich war jetzt zwar älter und geduldiger als bei meiner ersten Begegnung mit dem Golfspiel, aber auch ich steuerte meinen Teil zu Missstimmungen bei, indem ich mich über verlorene Bälle und langsames Spiel ärgerte, das die nächste Vierergruppe hinter uns aufhielt. Wenn wir wieder zu Hause waren, begrüßte meine Frau mich regelmäßig mit einem ahnungsvollen: „Na, wie ist es heute gelaufen?"

Es machte mir Sorgen, dass unsere Stunden auf dem Golfplatz nicht die Vater-Sohn-Bindung festigten, wie meine Frau und ich es uns vorgestellt hatten. In früheren Zeiten wäre ich vielleicht entmutigt gewesen und hätte beschlossen, nie mehr mit den Jungen auf den Golfplatz zu gehen. Aber Aufgeben ist selten die Lösung. Dann fiel mir ein, wie mein Vater, der ein begeisterter Sportler gewesen war, mir die Liebe zum Spiel eingepflanzt hatte, indem er mit mir spielte. Es sind solche Momente, in denen ein alter Traum aufleben kann, wenn es uns gelingt, uns nicht entmutigen zu lassen und stattdessen nach neuen Möglichkeiten zu suchen.

Ich beschloss, mit den Jungen einzeln auf den Platz zu gehen. Ich nahm mir vor, mich zu entspannen und sie in ihrem Tempo spielen zu lassen und über das Ergebnis nicht nachzudenken. Wenn sie einen Ball verlieren, kaufen wir eben einen neuen. Wenn sie mir ihre Punktzahl sagen, schreibe ich sie auf. Immerhin ist es ihr Score, nicht meiner. Ich nahm mir sogar gelegentlich halbe Tage frei, damit wir zu Zeiten spielen konnten, in denen der Platz fast leer war und unser Tempo niemanden störte. Vor allem aber nahm ich mir vor: Mut machen, nicht nörgeln, nicht kritisieren. Die gemeinsam verbrachte Zeit sind unser Ziel und unser Lohn. Es klappte! Ich habe wundervolle Erinnerungen an Stunden, die ich mit den Jungen auf dem Golfplatz verbrachte. Mein schönstes Vatertagsgeschenk machte mir mein ältester Sohn, als er mich zu einer kostenlosen Runde auf dem Golfplatz einlud, auf dem er inzwischen arbeitete.

Ich bin jetzt siebenundvierzig Jahre alt. Mein Score ist nicht viel niedriger als früher, aber ich kann den ganzen Tag lang spielen, und es stört mich nicht. Was also hat sich geändert – seit dem ersten Satz Schläger und der Frustration jener Tage? Durch Golf habe ich viel über das Leben gelernt, und das Leben hat mich viel über Golf gelehrt:

1. Entspann dich. Je gelöster du schwingst, desto weiter fliegt der Ball. Ein Griff, dass die Handknöchel weiß werden, und ein mit Macht ausgetragener Schwung erhöhen wahrscheinlich die Spannung und bremsen den Spaß an der Sache – mit dürftigem Ergebnis.
2. Lass dich von Fachleuten in die Grundlagen einführen. Besser noch: Such dir einen Mentor und nimm dir vor, zuzuhören und lernbereit zu sein.
3. Konzentriere dich auf die Menschen. Nimm dir Leute zu Spielpartnern, die du magst, die dich anregen. Geh manchmal auch allein zum Üben auf den Platz, und zeige Interesse an jedem, dem du an diesem Tag begegnest. Versuche, ihnen an diesem Tag Anregung und Ermutigung zu geben.

4. Schaffe dir Erholung, indem du etwas Neues lernst. Neue Erfahrungen halten jung, wecken deine Aufmerksamkeit, deine Lebenskraft und deine Lebensfreude. Suche dir einen Partner, der auch gern Neues lernt und neue Erfahrungen macht.
5. Suche in jeder Herausforderung die positiven Möglichkeiten. Sehr selten bist du völlig chancenlos. Und selbst wenn, kannst du den Ball immer noch aufnehmen, wieder fallen lassen und erneut ins Spiel einsteigen. Versuch es.
6. Mach dir klar, dass es im Leben wie beim Golfen Höhen und Tiefen gibt, Bunker und Fairways. Geh hindurch. Hinter jedem Bunker liegt ein gepflegtes Fairway oder das Grün. Du brauchst nur einen einzigen Schlag und bist wieder im Spiel.
7. Bau dein „inneres Spiel" auf. Ein runder, entspannter Schwung – wie ein harmonisches, entspanntes Leben – nimmt in Kopf und Herz seinen Anfang. Lerne, das Menschliche zu wecken und wach zu halten, indem du gelegentlich an den „Rosen am Wege" schnupperst. Hol tief Luft, schau dich um, nimm die Schönheit des Platzes wahr und schöpfe dieses Erlebnis aus.
8. Tempo ist wichtig. Besinne dich auf deine Empfindungen. Ein guter Schwung vermittelt ein ganz bestimmtes und befriedigendes Gefühl. Ein Gefühl für das Spiel zu entwickeln, ist ebenso wichtig wie die Technik.
9. Vor allem aber soll es dir Spaß machen: Freue dich am Weg und am Ablauf und überlass die Ergebnisse sich selbst.

Larry R. Pearson

Der Vertretungscaddie

BEI DEN LOS ANGELES OPEN KAM ES ZU EINEM UNGEWÖHNLICHEN VORfall. Damals brach ich meinen Ruhestand ab, um als Caddie zu arbeiten, denn Andrew Martinez, der langjährige Caddie meines Mannes Tom Lehman, hatte sich am Tag vor dem Turnier verletzt. Tom hatte mich gebeten, einzuspringen. Ich willigte unter der Bedingung ein, dass ich Toms Taylor-Made-Tasche nicht zu tragen brauchte, die nämlich riesig ist. Wir einigten uns, und man besorgte mir eine viel kleinere Tasche.

Meine erste Aufgabe als Caddie bestand darin, mit Tom auf die Übungsbahn zu gehen, damit er sich aufwärmen konnte. Andere Spieler und Caddies waren verblüfft, als ich dort auftauchte. Ich tat meine Arbeit wie jeder andere Caddie: Ich markierte Bälle, reinigte Schlägerköpfe und sorgte für ein feuchtes Handtuch.

Alles ging glatt, und Tom spielte ganz ordentlich. Amüsant waren nur die geflüsterten Kommentare aus den Reihen der Zuschauer, an denen wir vorbeigingen. Lediglich am Sonntag am 16. Loch wurde es spannend. Was das Golfspiel betraf, hatte Tom einen – sagen wir – anstrengenden Tag hinter sich. Ich war stolz auf ihn, denn er verlor in keinem Moment die Selbstbeherrschung.

Als Tom mit einem Dreierputt ein Bogey hinnehmen musste, entdeckte ich plötzlich seinen Putter: Er segelte durch die Luft und landete mitten in einem Wasserhindernis. Die Zuschauer hielten den Atem an und warteten auf meine Reaktion. Ich lächelte nur und ging mit Tom zum nächsten Tee weiter.

„Prima", flüsterte ich dabei. „Immerhin hast du nicht geflucht. Aber jetzt muss mir einfallen, mit welchem Schläger du die letzten Putts hinbekommen kannst." Tom schwieg dazu.

Das 17. Loch ging Tom mit einem Drive bis auf das Fairway an. Der nächste Schlag brachte den Ball knapp aufs Grün. Tom wählte eine Sand Wedge, und der Ball lag knapp zwei Meter vor dem Loch. Ich riet ihm, zum Putten denselben Schläger zu benutzen. Die Zuschauer waren begeistert, vor allem als es klappte.

Beim 18. Loch, einem Par-5, schlug Tom seinen Drive wieder gerade über das Fairway und kam mit dem zweiten Schlag in eine sehr günstige Position. Ich reichte ihm die Wedge, die er schon zuvor erfolgreich als Putter benutzt hatte. Fast hätte er den Ball ins Loch befördert (womit das Putter-Problem gelöst gewesen wäre), aber der Ball blieb 1,80 Meter vorher liegen.

Um der Show willen reichte ich Tom seinen Driver. Als den Zuschauern klar wurde, dass er keinen Putter mehr hatte, erwarteten sie gespannt ein mit dem Driver geschlagenes Birdie. Er verfehlte es knapp. Letzten Endes hatte er zweimal Par erreicht und auch noch seine Lektion gelernt.

Melissa Lehmann

Engelsflügel

„VORSICHT!“

Instinktiv duckte ich mich und schützte meinen Kopf mit beiden Armen. Ein Golfball sauste an mir vorbei und landete knapp fünf Meter neben meinem bebenden Körper. Er torkelte über eine kleine Anhöhe, rollte den Pfad für die Golfcarts hinunter und verschwand – *platsch* – im angrenzenden Wasserhindernis.

„Zum Donner …“ Mit funkensprühenden Augen wandte ich mich in die Richtung, aus der der Schuldige kommen musste. Und da kam auch eine Gestalt über das Fairway. Mit dem strahlendsten Lächeln näherte sich eine junge Frau von so unerhörter Schönheit, dass ich es bis heute nicht fassen kann. Feuerrotes Haar umwehte ihre Schläfen, ihr federnder Gang versetzte meine Sinne in Aufruhr. Es war die Art Schock, die jeder Mann gern erlebt.

„Oh, es tut mir wirklich leid“, sagte sie und lugte zum trüben Wasser des Teiches hinüber. Dann richteten sich ihre übergroßen, grünen Augen wieder auf mich: „Habe ich Sie erschreckt?“

Ich stotterte irgendetwas. Natürlich war ich erschrocken, aber eher wegen dieser hinreißenden Schönheit. Geduldig wartete sie ab und ließ den Blick von mir zum Teich und wieder zurück schweifen. Schließlich brachte ich einen verständlichen Satz heraus:

„Nein, das geht schon in Ordnung. Das kann bei diesem Spiel passieren. Golfbälle kommen eben mal vorbeigeflogen.“

Wieder sah sie zum Teich hinüber und sagte dann: „Ich werde der Distanzangabe auf diesen Zählkarten nie wieder glauben. Ich dachte, es wären mindestens neunzig Meter bis zum Flaggenstock.“ Sie runzelte die Stirn, dann sah sie mir direkt in die Augen.

„Na ja, dies ist auch ein schwieriges Loch“, lenkte ich ein. „Das Siebte ist dafür bekannt. Man täuscht sich leicht.“

„Das Siebte? Ach, du meine Güte!“ Sie wühlte in den Taschen ihrer vorzüglich geschnittenen Windjacke und zog schließlich eine zerknitterte Zählkarte hervor. „Ich dachte, ich spiele das Sechste.“

Sie lächelte und sah mich verlegen an, so als erwarte sie ein amüsiertes Schmunzeln über ihren Fehler. Ich jedoch stand reglos und gab keinen Kommentar von mir. Nach einem Augenblick streckte sie die Hand aus:

„Entschuldigen Sie, ich habe mich noch gar nicht vorgestellt. Ich bin Clarice McGraw."

Ihre Hand war warm für so einen kühlen Herbstmorgen, und sie lag wie eine Feder in meiner Hand. Ihre Stimme hatte einen leichten Südstaatenakzent. Ihre Schönheit überwältigte mich, und ich stand wie erstarrt.

Ich spielte an meiner Golftasche herum und hatte das Gefühl, mein Pullover würde sich aufrebbeln. Endlich ahmte ich ihre höfliche Geste nach: „Ach ja … angenehm … ich bin Jimmy Olden."

Während wir die Hände schüttelten, sah ich ihr in die Augen und wurde immer unsicherer. *Solche Begegnungen hat sie oft*, dachte ich. Doch sie drückte meine Hand noch einmal und erstaunlich kräftig und ließ sie dann los. Irgendetwas sagte mir, dass ich nicht so schnell in der Ablage verschwinden würde.

Allmählich fing ich mich wieder, und es kam zu einer Unterhaltung. Da wir beide bisher allein auf dem Platz gewesen waren, spielten wir die ersten neun Löcher zu Ende. Sie musste dann gehen, weil sie einen Termin hatte, und ich spielte die letzten neun Löcher allein. Bevor sie sich verabschiedete, hatte ich erfahren, dass sie in der Gegend neu war, in der Hauptstraße der Stadt eine Boutique für Damenbekleidung eröffnet hatte und gern am frühen Morgen Golf spielte. Ich erzählte ein bisschen von mir und setzte hinzu, es wäre nett, wenn wir uns bald wieder träfen. Sie schenkte mir ein warmes Lächeln.

Die folgende Nacht verbrachte ich schlaflos. Es war noch dunkel, als ich die Auffahrt zum Golfclub hinauffuhr. Ich konnte hören, wie sich in der Ferne die Rasensprenger mit leisem Klicken drehten. Ich parkte, stellte die Scheinwerfer ab. Es war dunkel, bis auf ein einsames Licht über der Tür zum Clubhaus.

Reglos saß ich in meinem Autositz und umklammerte mit den Händen einen Becher mit koffeinfreiem Kaffee. Die ersten Sonnenstrahlen huschten durch die Zweige der Eukalyptusbäume am Rand des Platzes.

Ich fragte mich, ob ich nicht vielleicht einen Fehler machte? *Was ist, wenn es zwischen uns funkt? Was ist, wenn meine Träume wahr werden? Halte ich den Druck aus, jeden Tag meines Lebens in Bestform zu sein? Wie überstehe ich das Leben an der Seite solch einer Schönheit?*

Die Sonnenstrahlen wurden kräftiger, eine wohlige Wärme breitete sich in meinem Auto aus. Ich reckte und streckte mich in dem engen Raum und hätte mir fast den Hals verrenkt. Nach einer Weile öffnete der Assistent unseres Pro den Laden und machte Licht. Als Nächstes würde er dunklen, starken Kaffee kochen und alles für einen arbeitsreichen Tag vorbereiten. Er hieß Ted, aber wir nannten ihn „Go Ball!". Er war voller Überschwang, der Spitzname passte.

Und dann kam die Erleuchtung. Es gab einen Weg, mich mit Clarice zu verständigen, und das war das Golfspiel. Nichts ist so unkompliziert und selbstverständlich wie das Band zwischen zwei Golfspielern, die Spaß an ihren gemeinsamen Runden haben. Ich brauchte nur eine Runde Golf mit ihr zu spielen. Mir fiel ein, wie oft ich in einer Gruppe mit drei Fremden aufgeteet hatte, die wenig später meine Freunde waren. Genau gesagt hatte ich meine langjährigsten und engsten Freunde auf dem Golfplatz kennen gelernt.

Clarice fuhr ihren Volvo auf den Parkplatz und hielt direkt neben meinem alten Fiat Spider. Ich war erst eine Stunde zuvor eingetroffen und stieg nun lässig von meinem rostigen Pferd.

„Hallo!", grüßte ich mit meiner schönsten Gary-Cooper-Stimme.

„Oh, guten Morgen Jimmy. Nett, Sie wiederzusehen. Wollen Sie eine Runde spielen?" Mit ihren wundervollen Augen betrachtete sie mich prüfend.

Fast hätte es mir wieder die Sprache verschlagen, aber ich fing mich rechtzeitig: „Klar. Leisten Sie mir Gesellschaft?"

„Sie denken wohl: Besser mit ihr als vor ihr."

Ich musste lachen.

Wir gingen zum Abschlag und wanderten dann über das Fairway und unterhielten uns über Themen, wie sie Golfer interessieren.

Als wir die ersten neun Löcher gespielt hatten, kannten wir einander gut genug, um zu sagen, wir seien Freunde. Wir amüsierten uns über fehlgegangene Schläge oder beklagten sie, wir gewährten großzügig Putts. Ich fasste Mut, als sie mich fragte, ob ich auch die letzten neun Löcher mit ihr spielen würde. Als wir das 18. Fairway erreicht hatten, begannen wir beide auf unsere Weise, Pläne zu schmieden. Ich fragte, ob sie mit mir zu Abend essen würde.

Sie tat, als müsse sie nachdenken und im Geiste ihren übervollen Terminkalender wälzen. Dann lud sie mich mit einem schalkhaften Lächeln zu sich nach Hause ein, auf „Falschen Hasen“ und Kartoffelpüree.

Unsere Freundschaft war geboren. In den verbleibenden Herbsttagen trafen wir uns regelmäßig und spielten Golf. In den Wintermonaten machten wir ganz neue Golferfahrungen, als ein frostiger Schleier auf dem Grün lag. Zu Weihnachten schenkte sie mir einen Driver und ich ihr einen Putter. Wir wurden mehr als nur Freunde und reisten in wärmere Gefilde, um uns auf die Probe zu stellen. Im Frühling bat ich sie um ihre Hand.

Getraut wurden wir in der Kirche, die an der Straße hinter dem 10. Grün steht. Als wir durch das Tor schritten, grüßte uns eine Gruppe unserer Golferfreunde mit hoch erhobenen Schlägern und bewarf uns mit Grassamen. Anfangs hatten wir alles dem Spiel überlassen, aber bald erfüllte Liebe unser Herz. Es war alles so selbstverständlich und entspannt. Und mir machte es allmählich Freude, für Clarice immer in Bestform zu sein.

In unserem neuen gemeinsamen Leben verbrachten wir so viel Zeit wie möglich zusammen auf den Golfbahnen. Im Urlaub reisten wir durch das Land und spielten auf den schönsten Plätzen.

In einem Jahr jubelte ich Clarice zu, als sie fast die Clubmeisterschaft der Damen gewonnen hätte. Ich kaufte eine Flasche Champagner, mit der wir ihren dritten Platz feierten und ihre Enttäuschung ertränkten. Die Champagnerperlen stiegen uns zu Kopf, und ich bekannte, die Meisterschaft über mein Herz habe sie mit der linken Hand gewonnen. Für mich war sie die Beste aller Meisterschaften. Den Flug der Engel hatte sie für sich entschieden.

Zwölf Jahre lang schenkte uns das Spiel Freude und gab uns die Möglichkeit, einander in einer Weise zu erleben, die uns sonst wohl verschlossen geblieben wäre. Unser Leben war angefüllt mit reichen Erfahrungen. Die Menschen, die Orte und unsere Liebe für dieses Spiel, das uns zusammengeführt hatte, waren eng miteinander verwoben. Es fühlte sich wie eine kuschelig warme Decke an, und meine Erinnerungen daran werden niemals verblassen.

Doch eines Tages kam meine Clarice nach einer Vorsorgeuntersuchung nach Hause und berichtete, man habe Brustkrebs diagnostiziert. Eine Ewigkeit saßen wir nur da und sahen uns in die Augen. Beide wollten wir im Angesicht dieses Schicksals keine Schwäche zeigen. Gleich nach Weihnachten erlebte sie ihre letzten Tage im Krankenhaus. Als sie zum letzten Mal zu Hause gewesen war, hatten wir uns unsere Weihnachtsgeschenke überreicht. Sie schenkte mir einen neuen Driver, den unser Pro ausgesucht hatte. Meine Gabe war ein roter Pullover mit aufgestickten fallenden Blättern, der mich an den Tag erinnerte, als wir uns begegnet waren.

Meine Clarice starb am ersten Dienstag im Januar.

Ich ging auf eine lange Reise, aber ich nahm die Golfschläger nicht mit. Als ich im Vorfrühling zurückkehrte, hatte ich spontan das Bedürfnis, den Club aufzusuchen. Alle unsere lieben Freunde begrüßten mich herzlich. Ich beschloss, auf der Übungsbahn meine verspannten Rückenmuskeln zu lockern. Nach einer Weile schlug ich ziemlich gut, wie ich fand, und deshalb wollte ich für mich allein einige Löcher spielen. Als ich meine Tasche neben dem ersten Tee abstellte, fiel mir ein, dass dies die erste Gelegenheit war, meinen neuen Driver auszuprobieren. Er war wunderschön, und mir gelang ein langer Schlag, weit das Fairway hinauf. Von der Tür des Golfladens tönte es: „Go Ball!". Das war Ted. Ich lächelte und winkte ihm zu.

Natürlich war ich in Gedanken bei Clarice. Die ersten Knospen öffneten sich, das Gras leuchtete in einem tiefen, satten Grün. An der Schönheit des Frühlings hatten wir uns immer besonders gefreut.

Dafür, dass ich so lange pausiert hatte, spielte ich recht gut. Mit einem feinen Schlag kam ich aufs siebte Grün. Mein Ball lag direkt am Rand, deshalb nahm ich mein 7er-Eisen und chippte bis direkt vor das Loch.

Während ich zum Flaggenstock ging, kam eine leichte Brise auf und ließ meinen Ball ins Loch rollen. Mir wurde warm ums Herz. Ich blickte zum Himmel auf und flüsterte: „Bist du bei mir, mein Engel?"

Ich holte gerade den Ball aus dem Loch, als ich aus der Ferne eine Stimme hörte. Sie klang beinahe wie …

„Vorsicht!“

Mit einem dumpfen Plumps landete ein Golfball keine sechs Meter von mir entfernt. Zu spät hob ich einen Arm, um meinen Kopf zu schützen. Dann wandte ich mich nach dem Schuldigen um. Über das Fairway kam, halbwegs im Galopp, ein rothaariger junger Mann. Die Golftasche über seinem Rücken war fast so groß wie er selbst.

„Entschuldigen Sie bitte, ich hatte nicht erwartet, dass ich bis zu diesem Grün kommen würde!“

Wie er so vor mir stand, musste ich an jemand anderen denken, die auch nicht erwartet hatte, sie würde dieses Grün erreichen. Ich blickte dem jungen Mann in seine grünen Augen und antwortete: „Das geht schon in Ordnung, mein Junge. Das kann bei diesem Spiel passieren. Bälle kommen nun einmal vorbeigeflogen.“

Wir gingen zusammen weiter und unterhielten uns über Themen, für die Golfer sich interessieren.

An diesem Abend setzte ich mich mit einem Glas Wein an unseren Kamin. Die glühenden Scheite tauchten den Raum in ein orangefarbenes Licht. Ich dachte an die zurückliegenden Jahre und wie das Golfspiel mein Leben bereichert hatte. Ich dachte an Clarice, wie wir uns durch das Golfspiel kennen gelernt hatten, wie es erst unserer Freundschaft, dann unserer Liebe den Weg bereitet hatte. Ich ahnte, dass Clarice immer bei mir sein würde, wenn ich auf dem Golfplatz stand. Und vielleicht würde sie manchmal mit einem sanften Flügelschlag meinen Ball ins Loch wehen.

J. G. Nursall

Vater und Sohn

Golf ist ein „einsamer" Sport. Du bis mit jeder nur denkbaren Möglichkeit, dich selbst zu besiegen, absolut allein. Golf bringt alle deine Vorzüge und Neigungen ans Tageslicht. Je länger du spielst, mit desto größerer Gewissheit weißt du, dass alles, was jemand zustande bringt, nur die äußere Erscheinung dessen ist, wofür er sich im Innersten selber hält.

Hale Irwin

SCHRIFTSTELLEREI, MALEN ODER MUSIZIEREN FÄNGT OFT DEN GLANZ des Besten im Leben ein, aber gelegentlich spiegelt auch das Leben die Kunst wider. Das wurde mir kürzlich durch ein bestimmtes Erlebnis klar. Unser Sohn Mark, er ist Student, und ich genossen gemeinsam eine Runde Golf an der Küste nahe dem Giant's Causeway in Nordirland – eine der schönsten Küsten der Welt.

Ich schreibe nicht als guter Golfer im technischen Sinne, sondern als jemand, der hoffentlich als „guter" Golfer seine Freude an einer Runde in Begleitung von Angehörigen oder Freunden hat, der sich bemüht zu gewinnen, jedoch gegen bessere Spieler auch verlieren kann. Leider wird diese Art von „guten" Golfern in unserer leistungsorientierten Welt selten.

Mark und mir ging es in erster Linie darum, einen angenehmen Tag miteinander zu verbringen, eine dieser seltenen Gelegenheiten, bei der Vater und Sohn sich dem anderen ganz ohne Störung widmen können. Mark war gerade von einem Ferienjob aus Deutschland zurückgekehrt, wo er in einer Gewürzfabrik Currypulver in Säcke geschaufelt hatte. Bald sollte er an die Universität von Manchester in England zurückkehren, und mich rief mein vollgepackter Schreibtisch zum folgenden Tag in die Queen's University nach Belfast zurück. Das Golfspiel am Meer war für uns beide ein Atemholen.

Wer nichts vom Golfspiel versteht, sollte trotzdem weiterlesen. Ich selbst bin nicht sicher, ob ich Golf verstehe oder warum erwachsene Männer und Frauen so viel Zeit, Geld und Energie verausgaben – und sich dafür so viel Pein einhandeln –, nur um einen kleinen weißen Ball in ein winziges Loch zu schubsen, und sich dazu eines unhandlichen Gerätes zu bedienen, das sie so selten wie möglich einsetzen wollen. Es ist mehr als ein Spiel, es ist eine Lektion fürs Leben. Ich habe reife Männer kreidebleich werden sehen, wenn sie den letzten 90-Zentimeter-Putt ausführen sollten, mit dem sie einen Wettbewerb gewinnen konnten. Schlimmer jedoch, ich kenne Männer, die nicht mit Würde gegen ihre besten Freunde oder gegen den eigenen Sohn verlieren konnten. Manchmal sind solche Gewinner in Wirklichkeit die Verlierer.

Trotz all dieser Ängste schafft es eine geradezu irrationale Befriedigung – es kann sogar ein Vergnügen daraus werden –, wenn der Golfschwung gut gelingt und der kleine weiße Ball über das Fairway saust, als hätte Nicklaus höchstpersönlich ihn geschlagen. Wir erlebten solche unerwarteten Golferfolge, als Mark und ich über die Fairways wanderten, an denen sich der malerische River Bush entlang zieht. Auf diesem Platz spielte ich schon seit mehr als zwanzig Jahren, aber gerade an diesem Morgen wurde mir klar, dass Mark erwachsen wurde und seinen Vater zum ersten Mal nach allen Regeln der Kunst besiegte.

Während wir so gingen und uns unterhielten, schweiften meine Gedanken immer wieder zum Thema ‚das Leben spiegelt die Kunst' ab. Vor allem dachte ich an die Kunst des großen, viel geliebten englischen Dichters Sir John Betjeman, der in seinen Versen den Zauber des „Seaside Golf" einfing:

How straight it flew, how long it flew,
It cleared the rutty track,
And soaring, disappeared from view
Beyond the bunker's back –
A glorious, sailing, bounding drive
That made me glad I was alive.

Während wir die üblichen 18 Löcher spielten, wurde offensichtlich, dass Dad, der für seine Verhältnisse recht gut spielte, sich alle Mühe geben musste, um nicht abgehängt zu werden. Am letzten, dem 18. Loch, versuchte Mark, ein freundlicher Hüne von einem jungen Mann, mit nicht übergroßer Zuversicht den gewinnbringenden kurzen Putt zu versenken. Wie er da so stand und sich konzentrierte, wünschte ich ihm den Putt und Gewinn, aber ich war auch bereit, einen „Sudden Death" auszuspielen. Mit äußerster Anspannung schlug er den Ball, und der – rollte friedlich ins Loch. Freude leuchtete in Marks Gesicht, und ich dachte nur: „Das ist mein Junge!" Dann fielen mir die Zeilen von Betjeman ein:

It lay content
Two paces from the pin:
A steady putt and then it went
Oh, most securely in.
The very turf rejoiced to see
That quite unprecedented three.

Anschließend verzehrten wir im Clubhaus ein einfaches, aber köstliches Mittagessen und überblickten dabei eben das Grün, auf dem Mark seinen erinnerungswerten Sieg errungen hatte. Im Gespräch gingen wir noch einmal jeden Schlag durch. Wir sprachen über Sport und wir philosophierten über das Leben. Zum ungezählten Male deutete ich auf das leuchtend weiße Hotel im Binnenland, wo seine Mutter und ich ein Vierteljahrhundert zuvor unseren Hochzeitsempfang gegeben hatten, und ich erzählte, auch nicht zum ersten Mal, von meinen mühevollen ersten Versuchen, gerade auf diesem Platz das Golfspiel zu erlernen. Einmal war ich so frustriert gewesen, dass ich den Ball in die Hosentasche schob, anstatt ihn zu spielen, und mit meinem Partner zum nächsten Loch ging. Mein Lektor, der davon in der Kolumne las, die ich für die Belfaster Zeitung schrieb, gab ihr die Schlagzeile: „Vier Löcher ohne einen Schlag".

Mark lauschte diesen Familiengeschichten aufmerksam und wohlwollend. Auch er besitzt ein Auge für Schönheit und ein Ohr für Poesie. Er ist, möchte ich sagen, ein hoch geschätzter Sohn, ein Partner, eine Vertrauensperson aus eigener Kraft, und sein Triumph auf dem Golfplatz hatte seine Reife und wachsende Unabhängigkeit unterstrichen. Mit solch einem Sohn, gegen den ich technisch ein Spiel verloren hatte, war ich in einem viel tieferen Sinne auf lange Sicht der glückliche Gewinner, wie ich wohl wusste.

An jenem Abend las ich Mark die letzten Zeilen aus dem Gedicht vor, das so treffend in Worte fasst, welche Privilegien und welche Freude wir genießen.

Ah, Seaweed smells from sandy caves
And thyme and mist in whiffs,
In-coming tide, Atlantic waves
Slapping the sunny cliffs,
Lark song and sea sounds in the air,
And splendor everywhere.

Wie treffend. Jener Tag hatte so viel Glanz und Wärme in die Herzen von Vater und Sohn getragen – es würde ein Leben lang reichen.

Alf McCreary

Rückkehr nach Inwood

Was für ein wunderbarer Ort ist der Golfplatz. Vom dürftigsten Wiesenstück auf dem Land bis zu den Pebble Beaches und St. Andrews der Welt: Ein Golfplatz ist für mich heiliger Grund. Ich spüre die Anwesenheit Gottes in den Bäumen, dem Gras und in den Blumen, in den Kaninchen, Vögeln und Eichhörnchen. Ich spüre ihn im Wasser und im Himmel. Und ich spüre, dass ich zu Hause bin.

Harvey Penick

WENN WIR IN UNSEREM STUDEBAKER VON 1957 UND SPÄTER IM DODGE Dart von 1963 zur Rockaway Beach fuhren, kamen wir an einem wunderschönen Golfplatz vorbei. Ich renkte mir immer fast den Hals aus, um ihn durch das rückwärtige Fenster zu sehen. Es war der Inwood Country Club.

Nirgendwo sonst hatte ich so einen schönen Flecken Land gesehen. Ein schmiedeeiserner Zaun umgab das Gelände und trennte es von den etwas heruntergekommenen Einfamilienhäusern in der Umgebung. Der Verkehr brauste vorbei und ließ das stattliche Anwesen nur noch geheimnisvoller erscheinen. An einem schönen Sommermorgen, ich war ungefähr neun Jahre alt, nahm ich mein Fahrrad und fuhr zum Tor. Ich kam mir vor wie im Film oder, besser noch, wie auf dem Umschlag eines dieser Bücher, die in meinem Regal standen: Ich vor diesem Eingangstor aus massivem Stein und im Hintergrund das geisterhafte alte Clubhaus. Auf einer Metallplatte war eingraviert: „Inwood Country Club", und darunter stand: „Privat: Nur für Mitglieder."

All dies war viel zu einladend, als dass ich jetzt umkehren konnte. Ich ließ mich lediglich darauf ein, mein Fahrrad über den Privatweg zu schieben.

In der Ferne standen verschiedene Personengruppen zusammen – Golfer in Begleitung ihrer Caddies. Dichte grüne Schatten lagen über allem, der Rasen wurde von schlanken Bäumen, lieblichen Büschen und Blumenbeeten gesäumt. Alles stand in einem unglaublichen Kontrast zu der Welt, aus der ich eingedrungen war. Ich sagte mir, dem Clubhaus sollte ich möglichst fern bleiben, denn ich hätte auf gar keinen Fall meine Anwesenheit erklären können, hätte eines der Mitglieder mich danach gefragt. Kurz bevor die Auffahrt die Anhöhe zum Clubhaus hinaufführte, bog ich nach rechts ab und stellte mein Fahrrad am Parkplatz hinter einigen Büschen unverschlossen ab.

Auf der einen Seite des Geländes erstreckten sich die Sümpfe der Jamaica Bay, und jenseits des Wassers waren die Start- und Landebahnen von Idlewild Airport (später John F. Kennedy Airport) zu erkennen. Zu meiner Rechten stand eine Hecke, vor der sich ein weitläufiges Gelände mit Rasen und Bäumen ausbreitete. Wir hatten zu Hause nur einen Schwarz-Weiß-Fernseher, und das einzige andere Mal, dass ich überwältigt gewesen war wie in diesem Augenblick, war, als ich im Farbfernseher unserer Nachbarn ein Baseballspiel ansehen durfte. Nicht allein die Größe der Anlage vor mir machte mich sprachlos, es war auch die Intensität der Farben, all die Schatten und Farbabstufungen und die Art, wie die Äste und Zweige sich liebevoll über allem ausbreiteten. Ich ging über ein Putting-Grün, überquerte auf einer kleinen Steinbrücke einen mit Lilien umrandeten Teich und ging dann an einem Fairway entlang auf eine Gruppe von Golfern zu.

Weit in der Ferne sah ich jemanden einen Schwung ausführen. Der metallene Schaft blinkte, der Ball stieg auf in den blauen Himmel, und dann hörte ich so eine Art „klick", als der Ball direkt auf mich zu kam. Er war langsam in die Luft gestiegen und flog dann auf einer Höhe – wie mir schien unendlich lange – durch die Luft. Als er sacht wie ein Schmetterling auf dem Rasen vor mir landete, hatte ich mich in dieses Spiel verliebt.

Mehr als zwanzig Jahre später kehrte ich nach Inwood CC zurück, diesmal in Begleitung unserer elfjährigen Tochter Cory. Ich hielt sie an der Hand, um ihr den Ort zu zeigen, an dem meine Golffaszination ihren Anfang genommen hatte. Wie ihr Vater einst, so hatte auch sie meinem Interesse geschmeichelt, ja irgendwann sogar zu spielen begonnen, damit wir Zeit miteinander verbringen konnten. Sie sah sich sogar mit mir zusammen Golfturniere im Fernsehen an und merkte sich allmählich bestimmte Spieler. Deshalb fand ich, es sei ein guter Einfall, da wir gerade meine Eltern besuchten, uns an einem Morgen auf den Golfplatz zu stehlen.

Wenn es um eine Verschwörung ging, war Cory sofort mit von der Partie. Also stiegen wir in meinen 90er Toyota Tercel und fuhren los.

Diesmal schien die Fahrt längst nicht so lange zu dauern. Seltsam, wie im Alter die Entfernungen schrumpfen. Die Gebäude an den Straßen waren kleiner, als ich sie in Erinnerung hatte. Da drängten sich mehr billige Geschäfte und aufdringliche Neonreklamen. Man hatte das Gefühl, in einem Niemandsland zu sein, so wie es für unsere uniforme Stadtkultur typisch geworden ist. Aber dann bog ich rechts vom Sheridan Boulevard ab, und alles war wieder wie damals, einschließlich der freien Fläche vor dem Country Club und der Tafel, die mir sagte, ich gehörte nicht hierher.

Diesmal jedoch hatte ich nichts zu verbergen. Man hat den Schlüssel zur amerikanischen Gesellschaft in der Hand, so habe ich gelernt, wenn man so tut, als gehörte man dazu. Die Leute werden das mitmachen. Man muss sich nur den Anschein geben, als gehörte man dazu. Diesmal parkte ich in der Nähe des Clubhauses, winkte dem Mann an der Tür freundlich zu und ging dann mit Cory in den Golfladen, wo wir uns dem Pro des Hauses vorstellten. Er hieß Tommy Thomas. Ich hatte ihn viele Sommer zuvor während meiner Zeit als Caddie auf der PGA Tour flüchtig kennen gelernt. Er war einer der vielen Golfreisenden gewesen, die es mit dem großen Leben versuchen und dann aus unterschiedlichen Gründen feststellen, dass sie bei diesem Leben nicht mithalten können oder dass ihnen dieses Leben zu anspruchsvoll ist. Jedenfalls erinnerte ich mich an ihn nicht wegen seiner Erfolge – im Gegenteil –, sondern wegen einer bestimmten Golfballmarke, die er bevorzugt hatte. Man hatte ihn den „Molitor-Mann" genannt. Jetzt, zwölf Jahre später, dachte ich schmunzelnd an diesen Spitznamen. Auf der Tour bleibt einem ein Spitzname nicht erspart.

Wir plauderten ein wenig und teilten unsere begrenzten gemeinsamen Tour-Erinnerungen mit. „Dürfte ich einmal zum 18. Loch gehen?", fragte ich dann. „Ich möchte Cory zeigen, wo ich ... nun ja, wo ich das Golfspiel entdeckte." „Selbstverständlich", erwiderte er. „Seien Sie nur vorsichtig und kommen Sie den Spielern nicht in den Weg. Wir haben einige Frühaufsteher unter unseren Mitgliedern. Sie wollten nur die letzten Löcher spielen und dürften gerade fertig werden."

Diesmal hatte das Gelände für mich eine Bedeutung, die mir in meiner Kindheit verschlossen geblieben war. Immerhin war der Inwood Country Club zweimal Austragungsort großer Golfereignisse gewesen: 1921 der PGS und 1923 der US Open. Die Steinbrücke am Grün war eine Kopie des berühmten Originals am 18. Loch des Old Course in St. Andrews. Das erzählte ich Cory, während wir das 18. Fairway entlang schlenderten. Es war ein wunderschöner Tag. Die Luft erwärmte sich und war klar, und keines dieser lärmenden Flugzeuge störte die morgendliche Stille. Als wir dann genau die Stelle erreicht hatten, wo vor so vielen Jahren meine enge Beziehung zum Golf begonnen hatte, drehte ich mich um und entdeckte einen historischen Markstein, der, wie ich dann erfuhr, erst vor kurzem aufgerichtet worden war.

„Im Jahr 1923 errang Bobby Jones den ersten seiner vier US-Open-Titel, indem er im Ausscheidungsspiel gegen Bobby Cruickshank seinen Ball mit einem 2er-Eisen bis sechs Fuß vor das Loch schlug." Das war dort zu lesen.

Cory las laut vor, ohne zu verstehen. Sie begriff jedoch, was dieser Augenblick mir bedeutete. Diese Elfjährige, die normalerweise stundenlang plaudern konnte, ohne Luft zu holen, stand minutenlang schweigend an meiner Seite, während ich alle die Gefühle meines ersten Besuches noch einmal erlebte.

Dann blickte sie zu mir auf. In ihren grauen Augen stand großer Ernst. „Cool", sagte sie.

Bradley S. Klein

Ein Zeichen der Liebe

ES WAR AM NACHMITTAG DES WEIHNACHTSABENDS, UND ICH HATTE gerade das letzte Geschenk eingepackt, als Greg, mein sechszehnjähriger Sohn, von einem Einkaufsbummel mit seinem Vater zurückkommend ins Schlafzimmer trat.

„Mom, du wirst staunen, was Dad dir zu Weihnachten schenkt", erklärte er. „Es zeigt, wie sehr er dich liebt." Sofort dachte ich an einen Diamantring oder ein wundervolles Armband. Ohne zu verraten, was ich mir unter einem „Geschenk der Liebe" vorstellte, fragte ich zurück: „Glaubst du, ich habe für Dad zu Weihnachten genug?" Greg überlegte einige Minuten lang: „Ehrlich, Mom, das weiß ich nicht. Vielleicht kaufst du ihm doch noch den Werkzeugkasten, den er sich so wünscht. Gegen sein Geschenk ist allerdings schwer anzukommen."

Mit einem derartigen Floh im Ohr fand ich in dieser Nacht wenig Schlaf, ganz als wäre ich noch ein Kind. Bilder von Ringen und Armbändern tanzten durch meine Träume. Am Morgen war ich als Erste auf den Beinen. Ich weckte Greg und seinen Bruder Jeff und dann meinen Mann Randy und rief zum Geschenkauspacken.

Der Reihe nach machten wir uns an diese willkommene Arbeit, wir riefen Oh! und Ah! über die Auswahl, die unsere Lieben getroffen hatten, um uns ihre Zuneigung zu zeigen. Ich hatte mich bereit erklärt, meine Geschenke zuletzt zu öffnen, denn ich wollte den Moment hinauszögern, an dem ich das Zeichen der Liebe erkennen sollte. Endlich war ich an der Reihe. Das erste Geschenk war ein Mixer. Als Nächstes packte ich einen Satz Töpfe und Pfannen aus. Ich nahm jedes Stück einzeln aus der Schachtel. Aufmerksam betrachtete ich es von innen und außen, untersuchte selbst die Verpackung, um keinesfalls etwas zu übersehen, was einem Schmuckstück ähnelte. Mein nächstes Geschenk war eine Flasche Eau de Toilette meiner Lieblingsmarke. Noch immer hatte ich keinen Schimmer des spektakulären Geschenks erhascht, auf das ich vorbereitet worden war und von dem ich überwältigt sein sollte.

Das letzte Geschenk meines Mannes war ein hübsches, goldfarbenes Nachtkleid mit einem dazu passenden Morgenmantel (in der falschen Größe). Ich verbarg meine Enttäuschung, bedankte mich bei Randy und gab ihm einen Kuss. Im Geiste versuchte ich zu erraten, welches seiner Geschenke nach Meinung eines Sechzehnjährigen die Einstufung verdient, es zeige mir Randys Liebe. Vermutlich meint er die Töpfe und Pfannen, dachte ich.

Wir räumten den Berg von Geschenkpapier, Bändern, Schleifen und Schachteln zusammen. Randy trat von hinten an mich heran, als ich gerade alles in einen Müllsack stopfte, legte einen Arm um meine Taille und führte mich ins Wohnzimmer, wo ein weiterer Tannenbaum stand. Meine gedämpfte Stimmung besserte sich augenblicklich, denn ich erwartete, einen Ring oder ein Armband auf den Zweigen drapiert zu sehen. Randy jedoch führte mich an den Baum und deutete dahinter. Dort stand eine Golftasche mit glänzend neuen Schlägern.

Es fiel mir schwer, mir vorzustellen, wie ein Satz Golfschläger in Randys Augen ein Ausdruck seiner Liebe sein sollte. Ich wusste natürlich, wie gern er Golf spielte, davon brauchte er mich nicht zu überzeugen. Meine Söhne sagten einstimmig: „Sie mag sie nicht, Dad."

Randy zweifelte nicht. „Macht euch keine Sorgen, Jungs. Ich wusste, dass sie so reagieren würde. Es dauert ein bisschen, bis sie das Spiel gelernt hat. Dann wird sie es genauso mögen wie ich."

„Das sind nicht deine Schläger? Die gehören nicht dir?", fragte ich verblüfft. „Die sind für mich?" Jetzt wurde ich geradezu ungehalten: „Wie kommst du darauf, dass ich allein Golf spielen würde!"

Randy ist ein hervorragender Golfer, der beständig nur etwas über 70 Schläge braucht, und dem die Zuschauer selbst auf der Übungsbahn gern zusehen. Oft hatte er abträglich über Golfspielerinnen geredet, die das Spiel langsam machten, weil sie es nicht beherrschten. Ich, eine ganz und gar unsportliche Frau, hatte nur ein- oder zweimal einen Schläger geschwungen. Selbst wenn man den Begriff bis an die Grenze des Erlaubten dehnte, wäre ich nicht einmal in die Kategorie „nicht besonders gute Spielerin" gefallen.

Randy ließ sich durch meine wenig enthusiastische Reaktion nicht beirren. „Ich dachte mir, das könnten wir gemeinsam tun. Wenn die

Jungen und wir beide auf den Platz gehen, sind wir eine nette Vierergruppe. Ich weiß, du wirst das Spiel genauso mögen wie wir.“

„Es ist dir ernst“, sagte ich ungläubig. Allmählich jedoch machten die Dinge Sinn. Dass er mich auf den Golfplatz mitnehmen wollte, war für Randy wirklich ein Zeichen seiner Liebe. Mit mir, einer Frau, die von Golf nicht den Schatten einer Ahnung hatte, gemeinsam spielen zu wollen, zeigte in der Tat, wie sehr er mich liebte. Und in den folgenden Monaten erwies sich an seiner Geduld und der Ausdauer, mit der er mich auf die Übungsbahn mitnahm und mir Unterricht gab, dass sein Geschenk ein echtes Zeichen der Liebe gewesen war und nicht etwa eine Laune oder ein Einkauf in letzter Minute.

Da wir beide Lehrer sind, verbringen wir die Sommermonate am Strand von St. Clemente, Kalifornien, campen dort, und nun spielen wir auch Golf. Unsere Söhne sind herangewachsen und mit ihrem eigenen Leben beschäftigt, und so haben wir als Paar etwas gemeinsam, das uns aktiv und jung erhält. Randy spielt immer noch gern in Wettbewerben und ist dabei fürchterlich. Gleichzeitig aber nimmt er sich Zeit und bringt die Geduld auf, mir zu helfen und mich zu ermutigen, mich zu motivieren, damit ich dieser herausfordernden und verführerischen Beschäftigung treu bleibe.

Greg, der mich als Sechzehnjähriger auf das Geschenk der Liebe zu Weihnachten vorbereitet hatte, hat kürzlich geheiratet. Ich gab ihm einen kleinen weiblichen Rat bezüglich des Schenkens mit in die Ehe. Ich sah ihm in die Augen und sagte: „Mein Sohn, wenn du Sarah zeigen willst, wie sehr du sie liebst, schenke ihr in den ersten fünf Jahren ein Armband oder einen Diamantring. Spare dir die Golfschläger für spätere Zeiten auf, wenn sie würdigen kann, wie sich daran deine Liebe zeigt.“

Judy Walker

Vaters magische Schläger

MEIN VATER VERSTARB IM VERGANGENEN MONAT. ER IST SECHSUNDACHTzig Jahre alt geworden, war bei schlechter Gesundheit, und sein Tod kam nicht unerwartet. Sein Begräbnis zeichnete sich durch eine Welle der Zuneigung und Bezeichnungen hoher Ehrerbietung aus. Wenn Andachten, Messen und Predigten irgendetwas bedeuten, dann dürfte Dad jetzt Berater von Petrus sein. Ironischerweise konnten seine Kinder diese Verehrung nur schwer nachvollziehen.

Mein Vater war Arzt, und allem Anschein nach sogar ein sehr guter. Seine Spezialität war die Geburtshilfe, und die leistete er gern. Er entstammte einer Ärztegeneration, die davon überzeugt war, der Arzt, der eine werdende Mutter während ihrer Schwangerschaft betreut hatte, sollte auch bei der Geburt zugegen sein. Mancher Strandausflug, mancher Urlaub und manche besondere Gelegenheit zögerte sich hinaus, musste verschoben oder gekürzt werden, weil das Baby von Frau Soundso jeden Augenblick kommen konnte.

Ich habe mich immer darüber gewundert, wie viele Eltern ihren Sohn nach meinem Vater „Joseph" nannten. Die Patienten liebten ihn. Er verstand es, jedem einzelnen das Gefühl zu geben, er sei in der Welt besonders wichtig. Er war auch ein Mann für die Menschen außerhalb von Praxis und Krankenhaus. Sein irisches Erbe, auf das er außerordentlich stolz war, seine Liebe zur Dichtung und sein Sinn für Humor machten ihn zum viel gefragten Redner bei öffentlichen und privaten Anlässen. Kurz, er war ein charmanter Mann. Leider fanden seine Kinder, dass er diesen Charme Abend für Abend eben dort zurückließ, wo er sein Auto geparkt hatte.

Dad war ein strenger und fordernder Vater. Er war in wirtschaftlich harten Zeiten das älteste von fünf Kindern gewesen, seine Kindheit war kurz, hart und zweckorientiert. Daher verlangte er nun von seinen eigenen Kindern, zu denken und zu handeln wie Erwachsene. Unser Esstisch war nicht immer ein Ort des Frohsinns.

Nach dieser Vorrede ist zu sagen, dass mein Vater mich in das Golfspiel einführte. In den späten 1940er und frühen 1950er Jahren war Sport für einen männlichen Teenager gleichbedeutend mit Baseball, Football und Basketball. Kein anderer meiner Altersgenossen spielte Golf. Mein Freund Frank Costello und ich wurden als Caddies für Dad und seine Freunde angeworben. Die Taschen waren schwer, die Bezahlung erbärmlich, und man erwartete von uns, Bälle an Orten aufzutreiben, in die sich kein Golfball und schon gar kein Mensch verirren sollten. Frank und ich fanden bald heraus, wie sinnvoll es war, wenn wir mittwochs und sonntags anderweitig beschäftigt waren.

Als Caddie lernte ich, Punktwertungen einzuschätzen. Ich wusste, dass jemand ein guter Golfer war, der regelmäßig weniger als 100 Schläge brauchte. Lag der Score in den Achtzigern, handelte es sich um einen ausgezeichneten Golfer. Nie kam ich auf den Einfall, ein Amateur könnte zwischen 70 und 80 Schlägen benötigen.

Dann schloss sich mein Vater einem Golfclub an, dem Upper Montclair Country Club, einer Anlage mit 27 Löchern, ein Dutzend Meilen westlich von New York City gelegen. Wir erwarben eine Familienmitgliedschaft, und mir wurde nahegelegt, zu spielen. Ich kam dem nach, denn der Golfplatz war ein Zufluchtsort. Normalerweise spielte ich allein und nur 9 Löcher. Selten kam ich unter 50 Schläge, und auch das nur mit der Hilfe einer gewissen Verfahrensgroßzügigkeit.

Wenn ich mit meinem Vater spielte, kam mir die lateinische Grammatik im Vergleich einfach vor. Durch ihn erwarb ich so gut wie keine Spielfertigkeit, aber ich lernte alles über das Golfspiel. Meine erste Lektion betraf das richtige Tempo: Langsames Spiel war eine Sünde. Bis zum heutigen Tage ist es mir unangenehm, wenn Gruppen hinter uns warten müssen, selbst wenn wir die Verzögerung gar nicht verursachen.

Ein Golfer tritt niemals ohne zumindest zwei Bälle in der Tasche ans Tee. Es zeugt von schlechtem Benehmen, wenn du einen zweiten Ball schlagen musst und alle anderen warten lässt, weil du zu deiner Tasche zurückgehst. Dad war bei den Präliminarien pedantisch: Du musst ausreichend Tees bei dir haben und wissen, wo dein Markierer ist. Über den Zustand der Golfschuhe meines Sohnes wäre er entsetzt. Seine

Schuhe waren immer sauber und poliert. Ich vermute, dass ich mit meinen dreiundsechzig Jahren zu den wenigen Menschen gehöre, die ihre Golfschuhe regelmäßig mit Bürste und Schuhcreme bearbeiten.

Dad verabscheute Übungsschwünge, und seine Meinung zu Winterregeln war klar: nur für Mogler. Im Verlauf der Jahre habe ich mit Generälen, Admirälen und Politikern gespielt. Viele von ihnen können großartig über Ehre, Pflicht und Vaterland reden, aber sie denken sich nichts dabei, den Golfball quer über den Platz zu bewegen.

Dad war äußerst genau, was seine Zählkarte betraf. Später, als sein Gedächtnis nachließ, bat er seine Mitspieler, seine Zählung zu überprüfen. Für ihn war der Unterschied zwischen sieben und acht enorm. Ich lernte, dass es die langweiligsten Menschen der Welt sind, die am Ende einer Runde jeden einzelnen Schlag nachvollziehen müssen. Dad sagte: „Was war, ist vorbei, und wenn die meisten Golfer sich über ihre schlechten Schläge verbreiten – wen interessiert das?"

Dad wettete immer, wenngleich mit geringem Einsatz. Für ihn waren Wettbewerb und Überleben Synonyme. All dies lernte ich lange, bevor ich Golf spielen konnte.

Nach der Graduierung vom College ging ich zur Luftwaffe und machte dort Karriere. Recht früh wurde ich vom Golffieber gepackt. Dank Onkel Sam hatte ich Gelegenheit, in den gesamten Vereinigten Staaten und einmal um die Welt zu spielen. Dank Dad gab es niemals Fragen zu den Spielregeln. Als mein Handicap in den unteren Zehnern lag, wandte ich alle Golfregeln an, die ich von meinem Vater gelernt hatte. In jenen Jahren spielte ich selten mit ihm. Abgesehen von meiner letzten Stationierung lagen unsere Wohnorte selten weniger als 1000 Meilen voneinander entfernt, und bei unseren Besuchen in New Jersey war das Wetter oft nicht golfgerecht.

Im Alter von achtunddreißig Jahren gab ich Golf für neun Jahre auf. Meine Frau und ich waren mit sieben gesunden, aktiven Kindern gesegnet, und da blieb für Golf kein Raum. Als dann mein ältester Sohn Michael von sich aus zum Golfspielen kam, geriet auch ich wieder in den Sog dieses Spiels. Diesmal packte es mich bös. 1984 kaufte ich meinen ersten Satz Semi-Custom-Fit-Schläger – Ping-Hölzer und Ping-Eye-2-Eisen, das Modell mit dem blauen Punkt. Neue Schläger, eine Rückenoperation und der von daher rührende kompaktere Schwung brachten mehr Kraft in mein Spiel und senkten das Handicap. Und so kam ich auch wieder dazu, mit meinem Vater zu spielen.

Wir wohnten in Virginia, und von dort konnte ich regelmäßig nach New Jersey fahren. Dad war jetzt Mitte siebzig, und sein Spiel wurde schwächer. In seiner besten Zeit war er über weniger als 100 Schläge begeistert gewesen, weniger als 90 waren es nur einmal in seinem Leben. Aber sein Enthusiasmus für das Spiel nahm nie ab. Wir wetteten immer. Wegen seines Handicap 36 bekam er stets Bonusschläge und gewann immer. Trotz meines Handicap 5 spielte ich auf dem Upper Montclair nie besonders gut. Ich akzeptierte es, gegen meinen Vater zu verlieren, aber Upper Montclair war etwas anderes. Es spielte keine Rolle, in wie guter Form ich war, ich kam nicht unter 80 Schläge. Es war kein Problem, 80 oder 81 zu schlagen, aber die Schallmauer konnte ich nicht durchbrechen.

Im Spätsommer 1991 fuhr ich nach Norden zu meinen, wie sich herausstellte, letzten Runden auf dem UMCC. Bei dieser glorreichen Gelegenheit kam ich auf 76 und 74 Schläge. Ich war hell begeistert. Am meisten erstaunte mich die Freude, mit der mein Vater meine Leistung zur Kenntnis nahm. Im Alter von achtzig Jahren machte er darum größeren Wirbel, als ich es je getan hätte. Für mich war dieses Wochenende der Höhepunkt einer vierzigjährigen Golfodyssee – vom desinteressierten Teenager zu einem recht annehmbaren Amateurgolfer.

Wenig später zog sich mein Vater ganz aus seiner Arztpraxis zurück und übersiedelte nach Hilton Head in Südkalifornien. Wir spielten einige Male auf dem Moss Creek, doch wegen seiner sich verschlechternden Gesundheit erlebten wir nie wieder den Zauber jenes Tages in Upper Montclair. Im Verlauf der Jahre wurde mir klar, dass mein Vater Golf in einer Weise liebte, die nur wenige Menschen verstanden haben.

Für ihn ging es beim Golf nicht nur darum, 18 Löcher zu spielen, es ging um ein ganzheitliches Erlebnis: Die Vorbereitung, die Wetten, die guten Löcher und die schlechten, das gelegentliche Par, die traditionelle kalte Kartoffelsuppe und das Bier im Anschluss, die Diskussion über Weltereignisse, die heiße Dusche und die saubere Kleidung. All dies war integraler Bestandteil, und jedes einzelne Teil wollte rundum genossen sein. Punkte waren wichtig, aber nur kurzfristig und nur als kleiner Teil des Ganzen.

Nach jenem Wochenende 1991 verbesserte sich mein Spiel weiter. Ende 1992 nahm ich mich selbst ernst. Ein bescheidener Erfolg bei verschiedenen eintägigen Veranstaltungen für Senioren ließ mich glauben, ich würde in meinen spätreifen Jahren Golftrophäen einsammeln.

Und dann wurde ich gierig. Ich fand, mein Handicap 5 müsse reduziert werden, und ich wurde ein Opfer der modernen Technologie. Es spielte keine Rolle mehr, dass ich mit meinen zuverlässigen Pings das beste Golf meiner achtundfünfzig Jahre spielte. Ich wollte mich verbessern. Ich schenkte die Schläger meinem Sohn John, der jetzt das beste Golf seines Lebens damit spielt.

Die Technologie war für mich ein Wunderwerk. Nach fünf Jahren und fünf Schlägersätzen habe ich jetzt Handicap14 und einen mechanischen Hackschwung.

Und dann starb mein Vater. Nach der Beisetzung blieb ich noch einige Tage in Hilton Head, um seiner Frau beim Ordnen seiner Angelegenheiten zu helfen. Unsere Mutter war viele Jahre zuvor ganz plötzlich verstorben. Wir hatten Louise, Dads zweite Frau, ins Herz geschlossen. Sie bot ihm die Liebe und Fürsorge, die nur wenige Männer einmal im Leben erfahren, schon gar nicht zweimal.

Zu meinen Aufgaben gehörte es, etwas mit der Golfausrüstung anzufangen. Die Garage war mit allen möglichen Utensilien vollgestopft: ungeöffnete Kataloge, Werbegeschenke in Form von „magischen" Puttern und Wedges. Noch mit fünfundachtzig Jahren hatte Dad nach einem Schläger gesucht, mit dem er Par blieb. Alle diese Schläger wurden einer Junior-Golf-Organisation vermacht – mit einer Ausnahme. Das letzte Schlägerset, mit dem Dad nur wenig gespielt hatte, waren Ping Eye 2, das Modell mit dem blauen Punkt. Ich nahm sie mit nach Virginia, obgleich ich keine Ahnung hatte, was ich mit ihnen anfangen sollte.

Kurz nach meiner Rückkehr nahm ich an einem dreitägigen Turnier teil. Mein Spiel war nicht besonders gut, und ich verpasste am dritten Tag den Cut. In der folgenden Woche und enttäuscht vom Golf spielte ich mit den Schlägern meines Vaters. Was dann passierte, gehört eigentlich in das Reich der Fabel: In einem Zeitraum von elf Tagen schlug ich 76, 75, 73, 75, 74 und 75 Schläge. Der gesunde Menschenverstand sagt, dass ein Mann mit Handicap 14 diese Art von Golf nicht spielen kann. Die nächsten Runden waren nicht ganz so beeindruckend, aber zweifellos hat mein Spiel eine erstaunliche Wendung genommen. Mein Handicap fällt in den Keller, mein Schwung ist entspannter und flüssiger als seit vielen Jahren.

Golf macht wieder Spaß. Warum? Mir fällt dazu nur eines ein: Sein ganzes Leben lang galt mein Vater als hinreißend charmanter Mensch. Solange er lebte, bekam ich davon wenig zu spüren. Durch seine Schläger gab er mir meinen Anteil.

John Keating

Die Anwesenheit ihrer Mutter

FREITAG DER 20. MAI 1998 WAR IN PHOENIX, ARIZONA, EIN STRAHLEND schöner Tag. Ich bereitete mich auf meinen Abschlag am Nachmittag bei der Standard Register Ping LPGA Championship vor. Meine Schwester wohnte in Scottsdale, und meine Eltern waren in der Stadt. Ich freute mich, dass sie auf dem Platz sein und den Tag genießen würden. Vor allem meine Mutter war gern bei ihren beiden Töchtern in Phoenix. Was wir jedoch nicht wussten, war, dass diese Reise nach Arizona ihre letzte sein sollte, und dass es auch das letzte Golfturnier sein würde, bei dem sie mir zusah.

Mom war eine meiner glühendsten Anhängerinnen, war gern bei der Tour, sah mir zu und feuerte mich an. Sie verpasste keinen Schlag. Sie sah alles vom ersten Abschlag bis zum letzten Putt. Man kannte sie und ihre hohen Jubelschreie, wenn ich ein Birdie geschlagen hatte. Gern blickte ich in die Menge und suchte ihr strahlendes Lächeln. Mom nutzte jede Gelegenheit, um Zeit mit mir zu verbringen.

Im September 1997 veränderte sich unser gesamtes Familienleben auf einen Schlag. Mom erlitt einen leichten Schlaganfall, und dann fanden die Ärzte multiple Hirntumoren. Es folgten zwei Operationen, und die endgültige Diagnose lautete: Krebs. Sechs Monate später, als die Krankheit begann, ihren Körper zu zerstören, musste Mom die Ereignisse auf dem Golfplatz von einem elektrisch betriebenen Rollstuhl aus beobachten. Jetzt erlebte ich nicht mehr ihr Lächeln und ihre Freudenschreie. Ich sah ein müdes, ein erschöpftes, leeres Gesicht. Aus ihrer Richtung hörte ich nur noch das Summen des Rollstuhlmotors.

An jenem Freitag im März gewährte Gott mir eine großartige Runde. Ich kam auf 64 Schläge, einen meiner niedrigsten Scores in jenem Jahr. Das Golfspiel war erfreulich, das Ergebnis großartig. Vor allem aber freute es mich, dass Mom mir zusehen konnte. Den ganzen Tag hindurch war ich mit der Aufmerksamkeit weniger beim Spiel als bei ihr. Mir schien, sie musste sich sehr konzentrieren, um ihren Rollstuhl ohne Zusammenstöße zu manövrieren. Ich hätte so gern verstanden, wie sie sich damit fühlte, dass sie nun eine Maschine brauchte, um von einem Ort zum nächsten zu kommen, aber dazu gab es keine Gelegenheit. Mein Herz schmerzte, als ich sah, wie die tödliche Krankheit ihren Körper und ihren Geist aufzehrte.

Es war ein Tag der überwältigenden Gefühle. Freude, Lachen, Trauer und Tränen überschwemmten mich zur gleichen Zeit. Ich ahnte, ich würde meine Sicht auf das Leben einer Realitätsprüfung unterziehen müssen. Vierundsechzig Schläge, die Chance, ein Turnier zu gewinnen und einen Beruf daraus zu machen, dass man über das Fairway wandert, darum kann es im Leben nicht gehen. Die Erinnerung an Mom als eine meiner Zuschauerinnen ist ein größerer Schatz als diese 64 Schläge. Gott erwartet von uns, dass wir Schätze im Himmel anhäufen, Werte, die durch menschliche Hände nicht zerstört werden können, denn „wo deine Schätze sind, da wird auch dein Herz sein". Im Leben geht es darum, Zeit mit Angehörigen und Freunden zu genießen. Im Leben geht es um Liebe – um Liebe zu Gott, um Liebe zu den Menschen um uns herum!

Mom starb am 31. Mai 1998 an Krebs. Nur zwei Monate später.

Ich werde diese Etappe der Tour nie vergessen, das letzte Turnier, das Mom sehen konnte. Unter dem Summen des Rollstuhlmotors hörte mein Herz ihren Freudenschrei bei jedem Birdie. Mom ist nicht mehr, und sie fehlt mir sehr. Es tröstet mich, dass ich sie im Himmel weiß und dort wiedersehen werde. Ich setze mein Leben fort – beim Golfspiel und auch jenseits des Golfs – und Mom ist immer bei mir. Ich höre immer noch ihre liebe Stimme und wie sie mich anfeuert.

Tracy Hanson

Das plötzliche Ende einer Liebesgeschichte

IN ALLEN LIEBESGESCHICHTEN SOLLTE EIN AUGENBLICK VORKOMMEN, wenn die Heldin ihr 2er-Eisen zur Reparatur gibt. In dieser Geschichte ist es so.

Renay Whites Schläge mit dem 2er-Eisen flogen nur bis zur Bauchnabelhöhe eines Kängurus. Also fand der australische Teenager, der Schläger brauche einen neuen Schaft. Ihr Coach gab ihn einem anderen jungen Spieler, Stuart Appleby, einem Jungen vom Land, der auf einer Milchfarm im Outback aufgewachsen war und der sich mit der Reparatur von Schlägern ein bisschen zusätzliches Geld verdiente.

Wie der Zufall es wollte, hatte Appleby zuvor eine kleine, drahtige Gestalt bewundert, die mit erstaunlicher Großartigkeit durch sein Gesichtsfeld marschiert war. Er fragte: „Wer ist das?" „Renay White", lautete die Antwort von Ross Herbert, ihrem Coach.

„Hat sie einen Freund?"

„Nein."

So lernte Appleby White im Sommer 1992 als gescheites, lustiges, hübsches Mädchen kennen – und als einen zu großen Flirt.

Sie erwiderte seine Einschätzung, indem sie ihn als durch und durch klasse bezeichnete, mit seinen großen blauen Augen – und als einen Snob.

Ach, junge Liebe, süße Liebe. Sie war neunzehn Jahre alt, er einundzwanzig, und sie waren beide durcheinander.

Ihm war sofort klar, dass er ihr 2er-Eisen reparieren wollte. Nach kürzester Zeit gab er dem Coach den Schläger zurück. „Stuart wollte unbedingt gute Arbeit abliefern. Er und Renay benutzten Golf, um miteinander ins Gespräch zu kommen", sagte der Coach später.

Worte hatten versagt, denn sie missverstanden das Auftreten als Charakter … Renay war laut, lachte und war frech. Stuart war ruhig, zurückhaltend und ernsthaft.

Aber recht bald verstanden sie einander. Sie war kein Flirt, sie war nur lebensfroh. Er war kein Snob, er war auf die Arbeit konzentriert. Sie ergänzten sich in ihrer Persönlichkeit. Ganz selbstverständlich waren Renay und Stuart im Mixed bei der Australian Tour der US College Teams in jenem Herbst Spielpartner.

Von da an waren sie immer Partner – erst Freunde und Liebhaber, dann Eheleute, die nach einer der besten Lebensregeln lebten: *Tanze, als ob niemand dir zusähe, liebe, als ob es niemals schmerzen würde.*

Die Geschichte beginnt eigentlich an einem Strand. Nach den Spielen in Amerika wusste Appleby, dass er Golf und Renay wollte. Das eine hatte er, das andere nicht. Dann fragte sie ihn: „Warum besuchst du mich nicht mal zu Hause?"

Man fährt fünf Stunden lang von seinem Wohnort zu ihrem an der Südostküste Australiens.

Appleby schaffte es in, sagen wir, fünf Minuten. Sie verbrachten den Tag zusammen, dann fuhr er wieder zurück. Seine Mutter sagte bald: „Stuart, du hängst nur herum. Du bist nicht zu gebrauchen. Geh zurück zu Renay."

Beim nächsten Besuch schwammen Stuart und Renay, sonnten sich, saßen am Strand, und dort sagte er am Ende der Woche Worte, die ganz leicht und anscheinend unvermeidbar über seine Lippen kamen:

„Ich habe immer gehofft, jemanden wie dich zu treffen. Ich möchte den Rest meines Lebens mit dir verbringen." Und sie antwortete: „Ich möchte mit dir sein." Und sie dachte: *Großer Gott, das ist es.*

Sie erzählte ihrer Schwester Duean, dass sie diesen Mann kennen gelernt hatte, dass sie ihn anhimmelte, dass sie einander von ihren Gedanken erzählten, dass er sie zum Lachen brächte und mit ihr lachte.

Renay war seit ihrem zwölften Lebensjahr eine vielversprechende Golferin gewesen, eine Zeitgenossin von Karrie Webb, die auf der amerikanischen Tour eine Sensation hervorrief. Doch so talentiert Renay auch war, es interessierte sie nicht mehr. Sie wusste, ihre Leidenschaft für Golf lag gegenüber ihrer Leidenschaft für Stuart weit abgeschlagen auf dem zweiten Platz. Sie war lieber mit ihm zusammen als sonst irgendwo auf der Welt. Stundenlang saß sie am Rand von Übungsbahnen zwischen Melbourne und Orlando, sah ihrem Mann zu, wartete, unterhielt sich mit anderen Zuschauern. Manchmal rollte sie sich sogar abends im Gras zusammen und schlief. Gelegentlich gab sie für ihn den Caddie.

Sie träumten großartige Träume zusammen. Später sagte er: „Diese Träume hatten sich zu einem hohen Grad erfüllt, als sie uns verließ."

Von unterwegs schrieb sie Briefe an ihre Eltern. Sie hatte immer einen Laptop bei sich und füllte den Cyberspace mit lustigen E-Mails. Was immer geschah, alle neuen Witze, alle Eingebungen leitete sie telefonisch an Duean weiter, denn sie wollte ihrer Schwester innerhalb von fünf Sekunden alle Neuigkeiten mitteilen. Wenn Stuart zum Golfplatz fuhr, sagte Renay ihm, wo er abbiegen musste. Wenn er trödelte, verlangte sie: „Stuart, beweg dein Hinterteil." Das tat er und lachte. Was bei anderen Paaren in einen zweistündigen Streit ausgeartet wäre, kostete sie nur zwei Sekunden.

Wenn er knurrte: „Ich putte so schlecht", ließ sie seine Augen wieder leuchten, denn sie entgegnete: „Schlecht? Du puttest miserabel! Und übrigens: Ich liebe dich."

Wenn Stuart spielte, wanderte sie die Abgrenzung entlang, trug Shorts, ein T-Shirt und Turnschuhe wie ein Schulmädchen, dazu eine lustige Kappe und einen Rucksack.

Nachdem er Anfang 1998 bei neun Turnieren siebenmal den Cut verpasst hatte, schickte sie seinem Coach Steve Bann eine E-Mail: „Stuart spielt so gut, er wird gewinnen." Und er gewann die Klemper Open.

Mit siebenundzwanzig Jahren war er ein Star. Während zweieinhalb Spielzeiten auf der PGA Tour hatte er zweimal gewonnen und rund zwei Millionen Dollar verdient. Er und Renay kauften sich ein Haus in Isleworth, einer Siedlung bei Orlando, wo auch Tiger Woods wohnt, Mark O'Meara und der Tennisprofi Todd Woodbridge, dessen Frau Natasha Renays beste Freundin geworden war.

Renay gewann Tash mit ihrem Lachen für sich. Solch eine glückliche Frau! Todd Woodbridge kam auf den Einfall, den Golfern Tennis beizubringen. Renay stöhnte: „Warum bleibt dieser Ball nie ruhig liegen?"

Eines Abends bat Tash um ein Glas für Rotwein.

„Nimm das Kristallglas", sagte Renay.

„Aber wir gehen doch aufs Boot."

„Na und?“

Also fand das Kristallglas, das dem Gewinner der Honda Classics 1997 überreicht worden war, Verwendung bei einem Picknick auf dem Wasser.

In diesem Juni saß Renay auf ihrer Veranda. Sie hatte mit dem australischen Pro Jody Adams gespielt, zum ersten Mal seit Monaten. Ihre 75 Schläge hatten ihn so beeindruckt, dass er sie ermunterte, es doch auf der Tour zu versuchen.

„Danke, Jody, kein Bedarf“, lehnte sie ab. „Ich bin mit meinem Leben ganz und gar glücklich.“

Sie und Stuart strichen die Schlafzimmer, möblierten ein Fernsehzimmer und stellten einen Esszimmertisch mit zwölf Plätzen auf, der aus australischem Holz getischlert war. An die Wände in den Zimmern hängten sie Kunstwerke der Aborigines, auf den Tischen standen Schalen aus australischen Bäumen. Nachdem die Arbeiter eine Arbeitsfläche in der Küche zerstört hatten, orderte Renay eine neue. Verzückt strich sie mit den Händen darüber. Sie war aus schwarzem italienischem Marmor.

Sie wünschten sich Kinder. „Sie wäre eine großartige Mutter geworden, so liebevoll, so geduldig“, glaubt Stuart.

Einmal flüsterte Tash Woodbridge Renay zu: „Vielleicht bin ich schwanger.“ Renay boxte sie: „Nein, das geht nicht. Wir werden zur gleichen Zeit schwanger!“ Als dann der Test negativ ausfiel, so erzählt Tash, „sind wir im Zimmer herumgehüpft wie zwei kleine Mädchen“. Sie waren so glücklich, weil sie nun doch noch gemeinsam Mutter werden konnten.

Als sie sich zum letzten Mal unterhielten, hörte Tash Glück in Renays Stimme. Renay und Stuart verbrachten zweite Flitterwochen. Von London aus wollten sie mit dem Zug nach Paris fahren. Deshalb rief Renay an und fragte nach Paris: Wo man gut essen könne, wo die Kirchen lägen, welche Museen man besuchen solle.

Sie sprachen vierundfünfzig Minuten lang über eine transatlantische Verbindung. Dann forderte Tashs Ehemann, sie sollten endlich auflegen. „Morgen ist auch noch ein Tag.“

Am nächsten Tag starb sie. Sie wurde von einem zurücksetzenden Auto erfasst, als sie zusammen mit Stuart an der hektischen Waterloo-

Station ihr Taxi verlassen wollten, Renay Appleby starb, bevor sie das Krankenhaus erreichte. Die Uhr, die sie an jenem Tag trug und die Stuart immer noch in der Tasche hat, zeigt die Londoner Zeit an. Sie trug immer eine Kette mit ihrem eingravierten Namen. Stuart trägt sie seither. An seinem Visor steckt ihr Namensschild für Ehefrauen auf der PGA Tour. Er legt die Hand auf ihre Pyjamas, er betrachtet die Zugfahrkarten von London nach Paris und sagt: „Das ist das Ende der Geschichte."

Das Licht der Freude schwindet. Leere und Dunkelheit breiten sich aus. Stuart Appleby war leer, als er vier Tage, nachdem er die letzten Blumen auf Renays Grab gelegt hatte, zur PGA Championship kam. Er bat um eine Pressekonferenz. Er kam zum Termin wie ein verfolgter Mann – unrasiert, gebeugt, weinend und tapfer. Er nannte Renay den „ersten Preis in der Tombola des Lebens". Er sprach über ihr Lachen, über ihre Freunde. Er wird weiter über sie sprechen, er wird von seinen Erinnerungen sprechen. Eines Tages, wenn er sie braucht, wird sie da sein, ein Quell der Stärke.

Es sind die kleinen Dinge, die man vermisst: Ein Kuss zur Nacht, Orangensaft zum Frühstück, eine kurze Unterhaltung. „Daraus besteht das Leben", sagte er.

Stuart bestellte einen Grabstein für Renay aus dem schwarzen italienischen Marmor, den sie in ihrer Küche so gern gehabt hatte. Ihre Familie und Stuart einigten sich auf eine Inschrift. Die letzten Zeilen schrieb er:

In glücklicher, liebevoller Erinnerung an Renay Appleby

Könnten wir doch deine guten Eigenschaften all denen weitergeben, denen wir begegnen.

Wir sind gesegnet, weil du Teil unseres Lebens warst.

Du hast uns Erinnerungen geschenkt, die für immer bleiben.

Geliebte Frau von Stuart

„Für immer mein bester Freund".

Dave Kindred

6.

AUS DEM ROUGH HERAUS

Die andauernde, unsterbliche Hoffnung
auf Verbesserung macht es wert, Golf zu spielen.

Bernard Darwin

Nur noch ein Mal

VIELLEICHT ERLEBEN ALLE MÄNNER SO ETWAS, VIELLEICHT NUR EHEmalige Sportler. Ich nenne es das „Nur-noch-ein-Mal-Syndrom": Noch ein Touchdown, noch einmal den Stier reiten, noch einen Homerun schlagen. Aber wenn du fünfundvierzig Jahre alt bis und deine Taille mehr misst als dein Brustkorb, dann ist es gar nicht so einfach, dieses Nur-noch-ein-Mal zu finden.

Ich lebe in der Kleinstadt Mason (2153 Einwohner) in Texas. Da wir keinen Golfplatz haben, spiele ich auf dem Platz in Brady, das achtundzwanzig Meilen weiter nördlich liegt. Eines Tages stand ich in Bill O'Banions Laden, als er sagte: „Die Benefizveranstaltung für das Krankenhaus ist auch bald wieder fällig."

„Mich kannst du aufschreiben, ich bin dabei."

„Ich hatte einen Einfall, der uns diesmal vielleicht etwas mehr Geld einbringt. Ich dachte, wir könnten einen Golfball vom Rathaus in Mason bis zum neunten Loch auf dem Platz von Brady treiben – wir schlagen abwechselnd. Irgendjemand soll Par festsetzen, und dann sollen die Leute wetten, wie viel wir unter Par bleiben."

„Wann willst du das machen?"

Bill sah mich prüfend an: „Am 11. Juni. Und im Übrigen mache nicht ich das, sondern wir beide."

„Tut mir leid, aber das wird nichts. Zwischen Mason und Brady gibt es keine Motels."

„Wir müssen auch nicht zu Fuß gehen, das erwartet niemand. Wir lassen uns eine Art Golfwagen basteln."

„Davon abgesehen", fuhr ich fort, „wenn ich normalerweise meine 90 Schläge hingelegt habe, bin ich alle. Ich müsste aber mindestens dreihundert Mal schlagen, bis wir in Brady sind, und *jeder* dieser Schläge dürfte hart werden."

„Es wird schon klappen, mach dir keine Sorgen."

„Bill, wir reden hier über hohes Gras an beiden Seiten der Strecke. Wir reden über Wiesen mit Kühen und Stieren. Wir reden über jede Menge Hügel."

Das war im Mai, als es noch kühl war, und schließlich willigte ich ein. Es sah ganz so aus, als hätte ich mein „Nur-noch-ein-Mal" gefunden.

Dann wurde in den Lokalzeitungen darüber geschrieben, und die Radiostation von Brady wollte vom Tee bis zum Grün dabei sein. Sicher, ich hatte mir ein Nur-noch-ein-Mal gewünscht, aber doch nicht vor vollem Haus!

Der 11. Juni und der Sommer brachen gleichzeitig an. Wir sollten pünktlich um 10 Uhr vormittags vor dem Rathaus in Mason abschlagen. Um 9:30 Uhr hatten wir bereits 30 Grad. Par war mit 688 Schlägen berechnet. Fragen Sie mich nicht, auf welcher Grundlage.

Bill brachte uns mit seinem ersten Schlag mit einem 7er-Eisen sicher an den Fenstern der Handelsbank vorbei. Danach war ich an der Reihe, und ich schlug den Ball in einen Hinterhof, in dem landwirtschaftliche Fahrzeuge abgestellt waren.

Bill durfte sich an einem Ball versuchen, der unter einem Heuwender lag. Er schlug ihn in die Servicebucht der örtlichen Tankstelle. Wir brauchten 6 Schläge, bis wir wieder draußen waren.

Von da an wurde es übler.

Bill schlug den Ball quer über die Straße und unter einen Lastwagen von Eckert Equipment. Ich versuchte auf dem Bauch liegend, den Ball herauszufegen, damit wir uns keinen Strafschlag einhandelten. Die Hälfte der Einwohner von Mason war uns auf den Fersen. Wie ich so unter dem Wagen lag, dachte ich daran, dass ich einmal Rekordhalter im Hürdenlauf im Schuldistrikt gewesen war. Ob das einer der Zuschauer wusste? Oder dass ich mir ein Jahr lang beim Bullen-Rodeo meinen Lebensunterhalt verdient hatte? Mit Hilfe meines Putters schubste ich den Ball 14 Meter weiter.

Bills nächster Schlag brachte uns immerhin aus dem gefährlichen Gelände mit Schaufensterscheiben heraus. Wir näherten uns dem Stadtrand. Da beförderte ich den Ball mit meinem 4er-Eisen auf den Friedhof. Als wir ihn wieder in Richtung Brady gebracht hatten, standen wir am Fuß von Mason Mountain und hatten 6 Schläge mehr als geplant.

Wir sprechen von „Mason Mountain", obgleich es sich nur um einen Hügel von knapp 300 Meter Höhe handelt. Aber spielen Sie mal einen Golfball über solch eine Anhöhe!

Bill schlug den Ball mit einem 5er-Eisen den halben Weg hinauf. Er traf auf der Straße auf, prallte ab, rollte zurück und kam 100 Meter hinter der Stelle zum Liegen, von der Bill abgeschlagen hatte. Wir hatten keine Wahl, wir mussten den Ball im Gras neben der Straße halten. Also hackten wir uns die Anhöhe hinauf. Manchmal schafften wir mit einem Schlag 100 Meter, meist mussten wir uns mit weniger begnügen. Als wir schließlich oben angekommen waren, lagen wir mindestens 26 Schläge über Par.

Dann begann es zu regnen.

Wir wurden von einem ziemlich umfangreichen Tross begleitet, von den Zuschauern gar nicht zu reden. Da war der Krankenwagen, besetzt mit Dr. Jim Pettit. Ein Polizist aus Mason, Jack Boring, war befugt, den Verkehr unseretwegen aufzuhalten. Vor und hinter uns fuhren Lastwagen mit Schildern, die einen „Golfathon" ankündigten. Vor allem aber war Brock Grosse, unser Caddiemaster, mit dabei. Er hatte an sein dreirädriges Motorrad einen Anhänger gehängt, auf dem eine Couch stand. Dort konnten Bill und ich uns zwischen den Schlägen ausruhen.

Es regnete fast eine Stunde lang. Unsere Handschuhe wurden nass, die Schlägergriffe natürlich auch. Es war schon schwierig genug, bei Schlägen aus dem hohen Gras den Schlägerkopf richtig zu positionieren. Wenn sich der Schläger auch noch in der Hand drehte, war das Problem kaum noch zu bewältigen. Ich leistete mir einmal einen fast rechtwinkligen Schlag. Ich hätte so etwas nie für möglich gehalten.

Wir hatten die Strecke zwischen den Stacheldrahtzäunen auf beiden Seiten zum Fairway erklärt. Alles, was jenseits der Zäune lag, galt als Rough. Der Ball wurde gespielt, wie er lag, wir konnten ihn aber bewegen und dafür einen Strafschlag hinnehmen. Wir waren also wirklich im Rough, als er einmal in einer Kuhherde landete.

Wir kletterten über den Zaun, und da kamen sie auch schon, umringten uns, rieben sich an uns, muhten und traten auf den Golfball.

Schließlich sprang unser Polizist über den Zaun und schoss einmal in die Luft. Die Rinder zogen sich zurück, aber sie hatten den Ball so tief in den Boden getreten, dass er kaum noch zu sehen war. Bürgermeister Willard Aubrey aus Mason, unser Platzrichter, erklärte gelassen: „Ihr seid im Rough. Ihr spielt den Ball, wie er liegt, oder es gibt einen Strafschlag."

„Wie bitte?", fragte Bill. „Wo in den PGA-Regeln steht etwas über Kühe, die auf einem Golfball herumtrampeln?"

Der Bürgermeister ließ sich nicht erweichen. Also wählten wir den Strafschlag.

Wir holten jetzt gegenüber dem Par auf, aber dafür bekamen wir ein Zeitproblem. Um den Golfplatz von Brady zu erreichen, mussten wir die Stadt durchqueren, beim Rathaus links abbiegen und dann noch drei Meilen dem Highway 87 folgen. Ich hatte mit der Polizei von Brady verabredet, dass sie den Verkehr anhalten oder umleiten würde, weil wir andernfalls den Ball über den Bürgersteig kullern müssten. Das hätte uns alle Chancen gekostet, unter Par zu bleiben, und wir hätten kein Geld für das Krankenhaus eingenommen. In meiner Naivität hatte ich gesagt, wir würden den Stadtrand von Brady gegen 15 Uhr erreichen. Die Polizisten wollten uns dort erwarten.

Zur vereinbarten Zeit waren wir noch fünfzehn Meilen von Brady entfernt. Ich war sehr müde und stolperte einen Abhang hinunter zu der Stelle, wo laut unseren Caddies der Ball lag. Da hörte ich ein trockenes Rasseln. Aus dem Stand wendete ich um 180 Grad und trat den Rückzug an. Es gibt verschiedene Dinge, die ich mehr fürchte als eine Klapperschlange, aber ich vergesse, was das ist. Erst nachdem Jack Boring und eine Frau das Tier verscheucht hatten, führte Bill seinen Schlag aus.

Fünf Meilen von Brady entfernt waren wir meiner Schätzung nach 50 Schläge unter Par. Es war aber so spät geworden, dass die Polizisten vermutlich längst beim Essen saßen.

Wir machten weiter. Ich versuchte gerade, den Ball in eine Position zu bringen, aus der Bill ihn einige 100 Meter weiter schlagen konnte, da riet mir Dr. Pettit, ich solle mich im Krankenwagen ausruhen.

„Mache ich", versicherte ich. „Aber erst nach den nächsten Schlägen." Aber ich gönnte mir keine Pause, und bald hatten wir den Stadtrand erreicht. Die Polizisten waren noch da und hielten uns den Weg frei. Wir waren jetzt 70 unter Par.

Dann passierte etwas Merkwürdiges. Auf den Straßen drängten sich nicht gerade die Massen, aber es warteten Leute auf uns. Menschen, die unseren Weg am Radio verfolgt hatten, kamen an die Strecke und hupten.

Ich weiß nicht, ob es das Adrenalin oder der Stolz oder ein besonderes Hormon war, aber meine Müdigkeit verflog. Plötzlich begriff ich, dass dies wirklich mein „Nur-noch-ein-Mal“ war.

Wir benutzten Bills „Chipper“, einen schwergewichtigen Schläger mit einer Schlagfläche wie ein 5er-Eisen. Ohne auf Schaufensterscheiben Rücksicht zu nehmen, schlug ich besser als den ganzen Tag zuvor. Der Ball flog die Straße hinunter und rollte noch ein gutes Stück weiter.

Mit 5 Schlägen hatten wir das Rathaus erreicht und nahmen die Abzweigung, die zum Golfplatz führte. Wir waren knapp 140 Meter vom neunten Loch entfernt, als Bill mit einem wunderschönen Schlag seines 9er-Eisens den Ball bis 3 Meter ans Grün heranbrachte.

Um das Grün drängten sich ungefähr 200 Zuschauer. Nie zuvor hatte ich einen Golfball vor so viel Publikum geschlagen. Mein Chip aufs Grün war miserabel. Ich überließ Bill einen 14-Meter-Putt. Den schaffte er nicht, der Ball blieb 1 Meter vor dem Loch liegen.

Das war ein Selbstgänger. „Jetzt nimm dich um alles in der Welt zusammen“, sagte ich mir, während ich über das Grün ging. Dann beförderte ich den Ball ins Loch, und Bill und ich schüttelten uns die Hände.

Man sagt, anschließend wurde gefeiert. Man sagt, wir seien zum Essen gegangen. Ich erinnere mich an nichts. Nach diesem Putt versank alles im Nebel. Ich wusste nur:

Wir waren 108 Schläge unter Par geblieben.

Wir hatten 5500 Dollar für das Krankenhaus eingenommen.

Ich hatte mein Nur-noch-ein-Mal erreicht.

Giles Tippette

Ein Drive wie ein Champion

IM ALTER VON ZEHN JAHREN HATTE LARRY ALFORD ZUM ERSTEN MAL an einem Golfturnier teilgenommen und seither eine hübsche Anzahl Trophäen nach Hause gebracht. Mit sechzehn Jahren war er einer der aussichtsreichsten jungen Golfer im Land geworden. Er brauchte etwas mehr als 70 Schläge und wurde als Sophomore und als Junior zum „wertvollsten Golfspieler" des McCullough High School Teams gewählt. Nach seinem Junior-Jahr trat er gegen vierundsiebzig der besten Junioren beim Mission Hills Desert Junior Tournament in Rancho Mirage in Kalifornien an. Punktgleich mit einem Mitstreiter ging er in die Finalrunde, nachdem er zuvor 72 und 71 Schläge gebraucht hatte. In der Finalrunde jedoch kam er auf 78 Schläge und damit auf den zweiten Platz, 5 Schläge hinter dem Sieger – Tiger Woods.

Alfords Leistung weckte das Interesse der Trainer einiger der besten College-Golfteams des Landes, darunter Arizone State, Arizona State, Stanford, und Oklahoma State. Da Alford sich nicht weit von zu Hause entfernen wollte, nahm er ein Stipendium für die Universität von Houston an.

„Stell dir vor, Mom, es ist alles abgedeckt, ich bin nicht weit weg, und mein Collegestudium kostet dich keinen Cent", teilte er seiner Mutter Missy mit. „Und dann kann ich auch noch für eines der besten Collegeteams spielen."

Mit Tränen in den Augen umarmte Missy Alford ihren Sohn. Sie wusste, wie hart er für ein Stipendium gearbeitet hatte, damit er es ihr leichter machen konnte. „Das ist wunderbar, Larry. Ich freue mich so sehr für dich", sagte sie.

In jenem Sommer arbeitete Alford härter als je zuvor an seinem Golfspiel. Täglich schlug er Hunderte von Bällen und arbeitete zusätzlich in der Golfcart-Werkstatt des Woodlands Country Club. Abends stiegen er und Brendan, einer seiner besten Freunde, in die Wasserhindernisse nahe gelegener Plätze und sammelten Golfbälle ein. Sie brachten es pro Nacht auf bis zu 2000, die sie dann für 18 Cent pro Stück verkauften. Damit verdiente Larry sich das Geld für weitere Golfstunden. Was er mit seinem Golfjob verdiente, gab er seiner Mutter, einer Kunsterzieherin, die auch Dekorationsmaterial und Tapeten entwarf. „So ist Larry", sagte sein Vater, Larry Alford senior. „Erst siegt er beim wichtigsten Junior-Golfturnier des Jahres, und dann watet er durch Wasserhindernisse, um Golfbälle herauszufischen. Der Erfolg hat ihn nicht verändert."

Gegen Ende des Sommers bat ein Kollege aus dem Golfteam ihn um einen Gefallen: Er sollte das Auto seines Vaters, eine Corvette, zum Haus von Verwandten fahren. Er wollte Larry dann wieder zurückbringen. Larry war einverstanden, und es ging los. Kurz nach sechs Uhr abends, es war noch ganz hell, verlor Larry auf dem Interstate 45 die Kontrolle über das Auto. Der Wagen überschlug sich dreimal und schleuderte Larry durch das geöffnete Dach auf die Straße. Alfords Freund konnte sein Auto abbremsen und sah, wie sein Teamkamerad reglos und aus Kopf, Gesicht und linkem Arm blutend auf der Straße lag.

In der Notaufnahme im Hermann Hospital in Houston kam einer der Ärzte zu Larrys Eltern und bat sie herein. *Großer Gott!* schrie Missy Alford innerlich auf, als sie ihren Sohn sah. Eisgrau im Gesicht und mit einem Kopf so groß wie ein Basketball lag er da. Aus den Augenwinkeln glaubte sie blankes Entsetzen auf dem Gesicht eines der Ärzte zu erkennen. „Ich hatte das Gefühl, sie wollten, dass wir Larry noch ein Mal, vielleicht zum letzten Mal sehen", erinnert sie sich. Als sie und Larry senior hinausgingen, betete sie im Stillen, *Lieber Gott, bitte rette ihn.*

Vom Augenblick der Einlieferung an wusste Dr. James „Red" Duke, der Chefarzt der traumautologischen Abteilung, dass Larrys linker Arm nicht zu retten war. Viel wichtiger war jedoch die lebensbedrohliche Kopfverletzung. Außerdem hatte Larry noch andere Verletzungen: Das Jochbein war gebrochen und drängte ein Auge halb aus seiner Höhle, der Kiefer war gebrochen, Sprunggelenk und Schulter waren verrenkt, es lagen ein Pneumothorax und schwere Verletzungen am rechten Arm vor. „Es tut mir leid, aber wir mussten den linken Arm Ihres Sohnes unterhalb des Ellenbogens amputieren", teilte Dr. John Burns, ein Orthopäde, Larrys Eltern mit.

„Wird er durchkommen?“, fragte Missy Alford.

„Wir wissen es nicht“, lautete die Antwort.

Neben Missy stand Jay Hall, ein enger Freund, der sich fragte, wie Larry auf den Verlust seines linken Arms reagieren würde, falls er überlebte. *Wie wird Larry ohne Golf weiterleben?* überlegte Hall. Aber dann verbot er sich solche Gedanken. Es gab schließlich Wichtigeres als eine Golfkarriere. *Sie müssen Larry retten,* sagte er sich. *Nur das zählt im Moment.*

Fast neunzig Tage lang blieb Larry Alford bewusstlos. Sein Zustand war kritisch. Dann allmählich erholte er sich und war bald nicht mehr in Lebensgefahr. Aber seine Eltern wussten, dass schwierige Tage vor ihm lagen, denn er musste irgendwann begreifen, dass seine linke Hand verloren war.

Eines Abends wachte Larry auf und bemerkte, dass seine linke Hand fehlte. Er rief nach einer Krankenschwester. Sie kam sofort und sagte: „Es tut mir so leid, Larry. Die Ärzte mussten deine Hand amputieren.“ Inzwischen hatte man seinen Vater verständigt. Der eilte sofort ins Krankenhaus.

„Dad, wie soll ich je wieder Golf spielen?“, fragte Larry.

„Mach dir darüber keine Gedanken“, antwortete sein Vater. „Du wirst wieder spielen, und du wirst gut spielen.“

Der junge Alford versank nicht in Depressionen. „Mom, ich habe es selbst zu verantworten“, sagte er eines Tages im Gespräch mit seiner Mutter. „Ich bin schuld, Gott hat mir das Leben gerettet, also habe ich Glück gehabt.“

Einige Wochen später, als er sich mit seinem Vater über Golf unterhielt, fragte Larry unvermittelt: „Dad, hast du meine Schläger bei dir?“

„Ja, die liegen im Kofferraum.“

„Gut. Kannst du meine Pitching Wedge holen? Vielleicht können wir draußen ein paar Bälle chippen.“

Wenig später standen Larry und sein Vater auf dem Rasen vor dem Del Oro Institute in Houston, wohin Larry zur Rehabilitation verlegt worden war. Er hatte 18 Kilogramm verloren und war schwach, aber er begann, mit der rechten Hand zu chippen. Der Ball flog in schönen Bögen durch die Luft. Vater und Sohn freuten sich.

„Dad, sieh dir diese Schläge an." Begeistert schwang Larry den Schläger.

„Du machst das prima, einfach prima", bestätigte sein Vater. Larrys Freude machte ihm Mut.

Eine Woche später schlug der junge Larry vor, auf einem der vier Plätze des Woodland Country Club eine Runde zu spielen. Verständlicherweise war sein Vater gleichzeitig froh und besorgt. *Oh Gott, hoffentlich geht alles gut. Hoffentlich regt er sich nicht auf*, dachte Mr. Alford.

Larry Alford senior brauchte sich keine Sorgen zu machen. Sein Sohn war zwar geschwächt und ohne Ausdauer, aber er schlug während dieses ersten Ausfluges sauber und akkurat. Beim Chippen und Putten war er hervorragend. „Mann, Dad, das ist großartig", sagte er irgendwann, als er neben seinem Vater über das Fairway ging.

Larry brachte es über 18 Löcher auf 86 Schläge, 10 mehr, als er vor seinem Unfall durchschnittlich gebraucht hatte – eine außerordentliche Leistung für einen einhändigen Golfer. Als sie zum Clubhaus zurückgingen, fragte Larry, der über sein Spiel offensichtlich in Hochstimmung war: „Dad, glaubst du, ich schaffe es trotzdem auf die PGA Tour?"

Larry senior war auf diese Frage vorbereitet.

„Ja, das glaube ich", erwiderte er. „Aber ich meine, wir sollten von einem Tag zum nächsten denken."

Daraufhin und ohne dass Larry davon wusste, rief Jay Hall verschiedene Prothesenhersteller an und erkundigte sich, ob es so etwas wie eine künstliche Golferhand gebe, mit der Larry in Wettbewerben spielen konnte. So etwas gab es nicht. Also beschloss Hall, solch eine Hand für Larry zu entwickeln.

„Zunächst überlegte ich, was die linke Hand bei einem rechtshändigen Golfschwung zu tun hat", berichtete Hall, von Beruf Psychologe und selbst ein guter Golfer. „Die Antwort ist einfach: Die linke Hand hält den Schläger mit drei Fingern und dreht ihn oder stellt ihn steiler. Außer diesen beiden Aufgaben hat sie eigentlich nichts zu tun."

Von größter Bedeutung war, wie Hall wusste, dass die Hand den Schläger fest genug hielt, damit der Griff sich beim Schwung nicht verdrehte. Um das zu gewährleisten, wollte er die Handfläche mit aufblasbaren Luftkissen polstern. Als Handgelenk dachte er sich eine Kugel mit Pfanne, die die Funktion eines Gelenks übernehmen konnte.

Mit seinem Entwurf ging Hall zu Ted Muilenburg, dem Besitzer einer Prothesenfabrik in Houston. „Jay hatte so wenig Ahnung von Prothetik wie ich von Golf", sagte Muilenburg. „Aber ich muss sagen, der Entwurf beeindruckte mich – so sehr, dass wir die „Halford-Hand" fertigten." Unter diesem Namen, der sich aus Larrys und Jays Nachnamen zusammensetzt, wurde sie bekannt. Muilenburg verwendete eine Knieprothese aus Aluminium für ein Kind als Ersatz des Handgelenks und einige Luftposter, die aufgeblasen den Griff der Golferhand fixieren wie menschliche Finger. Eine Manschette aus Silikon, die über den Ellenbogen gezogen wird, sichert die Hand.

Als Missy dieses Konstrukt zum ersten Mal sah, kamen ihr die Tränen, denn sie stellte sich vor, wie ihr Sohn darauf reagieren würde, wenn sie es ihm zu Weihnachten überreichte. „Es funktioniert", sagte Hall, nachdem er sich das Konstrukt angesehen hatte. „Ich bin sicher, es funktioniert."

Als Larry das letzte Weihnachtspäckchen öffnete, war er völlig überrascht. „Eine Hand – meine Golferhand!", rief er dann aus.

„Das war Jays Idee. Er hat sie sogar entworfen", sagte Missy.

Überwältigt von Glück umarmte Larry Jay und dankte ihm.

Die Halford-Hand wurde zum Erfolg, wenngleich im Verlauf der Jahre etliche Abänderungen vorgenommen wurden. „Wenn Golfer sehen, wie gut meine Hand funktioniert, sagen manche, sie würden gern mit mir tauschen, aber ich sage nur: Das kommt nicht in Frage!"

Mit seiner neuen Hand erreichte Alford seinen bisher niedrigsten Score: 69 Schläge. Er schaffte sogar sein erstes Hole-in-one und spielte drei Jahre lang im Varsity Golf der Sam Houston University. Seit seiner Graduierung im Jahr 1997 arbeitet Larry als zweiter Golf Pro beim Woodlands Country Club. Er unterstützte eine Reihe von Wohltätigkeitsveranstaltungen, indem er Golfspieler herausforderte, den Ball bei Par-3-Löchern näher an den Flaggenstock zu schlagen als er. „Das gelingt nicht oft", sagt Alford, der in den Siebzigern schlägt und mit seinen Abschlägen mehr als 230 Meter erreicht.

„Mein Unfall war segensreich für mich", sagt Alford, der in der Umgebung von Houston eindringlich zu jungen Menschen in Schulen und Kirchengemeinden spricht. „Es hatte schon seinen Grund. Ich danke Gott dafür, dass er mir das Leben rettete, dass er mir solch eine positive Einstellung ermöglichte und mir eine zweite Chance als Golfer gewährte. Und was das Spiel mit nur einer richtigen Hand betrifft: Ich sage den Leuten, Golf ist schon mit zwei Händen schwierig, also kann es mit einer Hand auch nicht schwerer sein."

Jack Cavanaugh

Auf den eigenen zwei Beinen

Einer der faszinierendsten Aspekte beim Golf ist, wie es das Leben spiegelt. Wie immer dein Score auch war, am nächsten Tag trittst du wieder beim ersten Tee an, alles beginnt von vorn, und du musst aus dir etwas machen.

Peter Jacobsen

BOB HULLENDER ERZÄHLT SEINE LEBENSGESCHICHTE UND KANN PLÖTZlich nicht mehr weitersprechen. Die Erinnerungen an das, was er zweimal durchmachte, überwältigen ihn, sie sind einfach zu traumatisch. Seine Stimme bricht, Tränen treten ihm in die Augen, und der Mann, der als Mitglied der Luftwaffe in einer F-4 Phantom 221 Einsätze über Vietnam flog, bittet um eine Pause.

Wie fast alles im Zusammenhang mit Golf, so erleben auch die Amateurturniere für Senioren in Amerika eine Blüte. Sofern sie über genügend Zeit, Energie, Dollars und ausreichend Spielerfahrung verfügen, können Golfer im Alter von fünfundfünfzig Jahren und mehr beinahe wöchentlich ein Turnier spielen. Hullender ist einer von ihnen. Bei den meisten Wettbewerben muss man Par sein oder besser, um zu gewinnen. Die Verbände, von denen die meisten dieser sehr strikt durchgeführten Ereignisse über 54 und 72 Löcher organisiert werden, können sich über Mitgliedermangel nicht beschweren. An der US Senior Amateur Championship beteiligen sich nicht mehr nur wenige Hundert, wie zu Beginn, sondern mehr als Zweitausend – Tendenz steigend. Und vielleicht zwanzigmal mehr Graubärte sind ausreichend spielfähig, um höher als auf Clubebene zu spielen.

Hullender steht in dieser aufstrebenden Welt ganz oben. Wie er dorthin kam, ist eine Geschichte vom Sieg des Willens über alle Widrigkeiten.

Hullender wurde im März 1937 in Ringgold, Georgia, geboren und wuchs auf einer Farm auf. Er liebte alle Sportarten, die etwas mit einem Ball zu tun hatten. Nach Abschluss der Highschool studierte er im

Kontaktstudium an der Georgia Tech: drei Monate Studium, drei Monate Arbeit für die Tennessee Valley Authority. Viel Zeit zum Golfen blieb da nicht.

Im Jahr 1959 wäre er eingezogen worden, aber Hullender ging freiwillig zur Air Force. Im Rahmen des Aviation Cadet Program machte er dort Karriere. Er begann als Leutnant und verließ die Air Force als General. Mit Ausnahme der vierzehn Monate in Vietnam reichte ihm die freie Zeit, um sich zu einem rasanten Softball-Pitcher zu mausern, der mit seinem besten Wurf bis zu 170 km/h erreichte, was knapp unter dem Weltrekord liegt. Im Winter spielte er damals Golf und hatte ein niedriges Handicap, aber die sommerlichen Sportarten waren ihm wichtiger.

Das änderte sich, als er älter wurde. Seit 1987 und seinem 50. Geburtstag hat er in drei Senior Open gespielt und zweimal den Cut geschafft. Außerdem qualifizierte er sich für jedes Senior-Amateur-Turnier, seit er mit 55 Jahren erstmalig dabei antreten durfte, und hatte 1994 seine beste Saison. Seine Altersgenossen sind sicher, dass es nur eine Frage der Zeit ist, bis er den Titel gewinnt. Das liegt einerseits an den erstaunlichen Weiten, die er schlägt, vor allem aber an seinem Ehrgeiz, seiner Entschlossenheit und dem Biss, die ihn zu dem Spieler gemacht haben, der er heute ist.

Sie müssen wissen, er hat zwei künstliche Hüftgelenke.

Neulinge in der Gemeinschaft der Seniorgolfer erfahren das in der Regel nicht von ihm selbst, denn er spricht nicht ungefragt darüber – das übernehmen seine Freunde. Die meisten Leute, die mit oder gegen ihn spielen, können nicht glauben, dass ein Mann, der so oft in den Händen der Ärzte gewesen ist, so kraftvoll und so erfolgreich golfen kann.

Als Hullender 45 Jahre alt war, machte sich eine Osteoarthritis der Hüftgelenke bemerkbar. Eine Sportart nach der anderen, darunter auch das geliebte Softball, wurde unausführbar, weil Schmerzen und verminderte Beweglichkeit es ihm verboten, die nötigen Schritte vor dem Wurf auszuführen. Erst musste die rechte Hüfte operiert werden, dann die linke.

Anfang der 1980er Jahre waren Hüftplastiken noch kein Routineeingriff, aber schließlich fand Hullender einen Orthopäden, der sich auf eine bestimmte Methode spezialisiert hatte. Hierbei wird nicht zementiert, sondern der Knochen haftet an der porösen Außenhaut der Prothese, die mit Druck in die Hüft- und Oberschenkelknochen eingepasst wird.

Die rechte Hüfte wurde 1986 erneuert. Es gab eine wunderbare Überraschung: Aufgrund seines Schwunges, den er vor allem mit Händen und Armen ausführte, wirkte sich die neue Hüfte nicht hinderlich aus, je weiter die Rehabilitation voranschritt. Diese Entdeckung feuerte ihn an, er arbeitete hart und spielte nach einem Jahr wieder Par.

Im Herbst 1992 war der Verschleiß am linken Hüftgelenk so weit fortgeschritten, dass Schmerzen und eingeschränkte Beweglichkeit es ihm sogar unmöglich machten, sich die Schuhe zuzubinden. Wieder legte er sich auf den OP-Tisch.

„Ich hatte gelernt, was ich in der Rehabilitation tun muss, deshalb war das zweite Mal weniger traumatisch als das erste Mal. Außerdem konnte ich dadurch meine Einstellung ändern. Wenn irgendetwas so schlimm ist wie diese Hüftgelenke und sich von Tag zu Tag verschlechtert, dann sinkt die Hoffnung ..." An dieser Stelle kommen ihm die Tränen, und er bittet um eine Pause. Es ist schwer, darüber zu sprechen.

„Entscheidend ist die Rehabilitation. Anfangs ist es hart, aber man muss mit geradezu religiösem Eifer dabei bleiben. Schummeln gilt nicht. Im Krankenhaus holen sie dich am Tag nach der Operation hoch und lassen dich das Bein isometrisch bewegen. Es folgen sechs Wochen, in denen das Bein durch Übungen zunehmend beweglich gemacht und gekräftigt wird. Erst findet das im Wasser statt, danach in der Turnhalle. Man benutzt Gehhilfen, bis alle Strukturen voll belastbar sind, und du musst so viel wie möglich gehen. Ich bin Kilometer um Kilometer durch meine Nachbarschaft gewandert, und das tue ich bis heute, jeden Morgen."

„Es motiviert zu wissen, dass der Körper fortschreitend kräftiger und funktionsfähiger wird, wenn du an ihm arbeitest. Ziemlich bald nach der zweiten Operation habe ich acht Stunden pro Tag geübt. In erster Linie trainierte ich Hüfte und Bein, aber im Hinblick auf mein Golfspiel auch Hände, Arme und den Oberkörper. Ich wusste, ich würde wieder spielen können, und das hielt mich bei der Stange. Ich wollte mein bestes Spiel spielen."

Innerhalb von zwölf Wochen konnte Hullender wieder alle seine Schläger ohne Einschränkung einsetzen, und ein Jahr später zählte er zu Amerikas zehn besten Senioren im Amateur-Golf. Im Jahr 1995 errang er zum ersten Mal den Titel, dann auch 1996 und 1997. Er meint, es gehe noch aufwärts, denn er arbeitet weiter an seinem Spiel.

„Aber wenn man Sie in den Operationssaal rollt, denken Sie nicht an Golf. Sie fragen sich nur, ob sie je wieder in der Lage sein werden, einen Fuß vor den anderen zu setzen, ob Sie sich wieder aus eigener Kraft werden bewegen können. Gutes Spiel oder schlechtes, gewinnen oder verlieren – ich kann deshalb nur von Glück sagen, dass ich überhaupt wieder auf dem Platz stehen darf."

Ken Bowden

Fast ein Heimspiel

Die Freundlichkeit, mit der wir uns anderen Menschen
in der Stunde ihrer Schwäche zuwenden, begegnet uns wieder,
wenn wir sie am meisten brauchen.
Harriet Johns

IHRE LIEBSTE WOCHE IM JAHR, DIE WOCHE, IN DER DIE FEDEX ST. JUDE Classic ausgetragen werden, feierten Bob und Nancy Mills seit sechs Jahren zusammen in einem Haus voller Freunde und Klienten. Vom Haus der Mills aus überblickte man das 18. Loch des Southwind-Platzes, der dem Tournament Players Club gehörte. Das passte genau zu diesen Golfliebhabern, die seit fünfzehn Jahren an diesem Turnier teilnahmen.

Doch eine Woche nach den Classics von 1997 verließ Nancy ihr Haus durch die Hintertür und nicht, um an einer Party teilzunehmen, sondern um einen Augenblick lang allein sein zu können, denn sie musste mit dem Albtraum aller Eltern fertig werden. Einige Stunden zuvor hatten die Ärzte den Mills mitgeteilt, ihre fünfjährige Tochter Ali litte an Krebs. Fassungslos starrte Nancy auf die Wertungstafel, auf der jetzt keine Scores, sondern die Worte standen, „Die Kinder von St. Jude danken euch." Ali gehörte jetzt zu eben diesen Kindern. Das Turnier, das die Mills so liebten und an dem sie seit Jahren teilgenommen hatten, war jetzt enger mit ihrem Leben verbunden, als sie je für möglich gehalten hätten – denn es nutzte auch ihrer Ali.

Während der vorangegangenen Turnierwoche hatte Alis Bein plötzlich geschmerzt, sie hatte keinen Appetit und wurde sehr blass. Instinktiv wusste Nancy, das etwas nicht stimmte, und sie hatte Recht: Alis Blutwerte waren schlecht, und der Arzt tastete etwas in ihrem Bauch. Sie wurde ins Krankenhaus St. Jude überwiesen, und schon am gleichen Nachmittag wusste die Familie, dass sie es mit Krebs zu tun hatte. Durch eine Reihe von überaus unangenehmen Tests in den folgenden Tagen bestätigte es sich: Ali litt an einem sehr seltenen festen Tumor mit ungünstiger Prognose, als Neuroblastom bezeichnet. Der Tumor zog sich vom Bauchraum bis zum Hals und hatte sich bereits ins Knochenmark ausgebreitet und damit ein sehr fortgeschrittenes Stadium erreicht. Die Mills standen unter Schock.

„Immer wieder habe ich mich gefragt: Wie konntest du das übersehen?", erzählt Nancy. „Wir waren wie betäubt. Wir konnten nicht denken. Man weiß, dass es im Leben der Kinder zu üblen Erfahrungen kommen kann, aber an Krebs hatten wir nie gedacht. Anfangs brachte ich noch nicht einmal das Wort ‚Krebs' über die Lippen."

Die Ärzte von St. Jude verloren keine Zeit und begannen die Behandlung sofort, denn Alis Zustand war ernst. Schon abends nach der Diagnosestellung leiteten sie die Chemotherapie ein. Ali war sediert worden, damit sie die Tests besser überstand. Als sie am nächsten Morgen noch ganz zerschlagen aufwachte, erfuhr sie, dass sie krebskrank war.

„Sie war ganz ruhig, was gar nicht typisch für sie ist", berichtet Nancy. „Wir erzählten ihr, dass sie einen Tumor habe. Wir haben ihr nichts verheimlicht. Sie nahm es erstaunlich gefasst auf. Sie hatte sich gerade erst das Haar wachsen lassen, aber der Haarausfall durch die Chemotherapie kränkte sie nicht. Bei der zweiten Behandlungsphase zog sie es sich selbst aus und verwahrte es in einer Plastiktüte. Sie wollte es den Vögeln schenken, damit sie ihre Nester damit polstern konnten."

Es waren schwere Zeiten für die Mills, während die Ärzte sich um eine Remission des Krebses bemühten, bis eine Knochenmarkstransplantation möglich war – Alis einzige Heilungschance. Doch auch nach einem Jahr scharfer Chemotherapie und einer Operation, bei der der Primärtumor entfernt wurde, war Alis Knochenmark krank. Schließlich jedoch kam die wundervolle Nachricht: Zum ersten Mal war Alis Knochenmark frei von Krebszellen.

Die Knochenmarkentnahme fand in der Woche der FedEx St. Jude Classic statt.

„Es ist schwer erträglich zuzusehen, wie ein Kind so etwas durchmacht, und zu wissen, wie gefährlich es ist", sagt Nancy. „Man will das Kind ja nicht leiden sehen, man will nicht, dass es ausgeschlossen bleibt oder dass es angestarrt wird. Wir versuchen, ein normales Leben zu führen."

Ali stand alle Behandlungen tapfer durch. Als äußeres Zeichen ihrer Krankheit blieb ihr nur die Glatze. Auf der Kinderstation war sie ein gern gesehener, quirliger Patient, und sie unterhielt Krankenschwestern und Ärzte mit Liedern und Witzen. „Bei allem, was sie durchmachen musste, hat sie ihren Frohsinn nicht verloren", sagt Nancy.

Im März fuhren die Eltern mit Ali nach New York und sahen sich „König der Löwen" an. Ihr kahler Kopf erregte die Aufmerksamkeit eines anderen Kindes, das vor ihnen saß. „Er hat keine Haare", sagte das kleine Mädchen. Ali tippte ihr auf die Schultern und klärte sie auf: „A) Ich bin ein Mädchen, B) man nennt das Krebs und C) das kommt von den Medikamenten." Dann beugte sie ihren Kopf vor und fragte freundlich: „Willst du mal anfassen?"

So ist Ali. Mit ihrem Lieblingslied rührt sie das Personal von St. Jude zu Tränen. Da heißt es: „Gott sieht die Menschen anders. Die Menschen sehen nur die Oberfläche, Gott aber sieht in das Herz."

Alis schönes, mutiges Herz gibt den FedEx St. Jude Classic ihre Bedeutung. Die Mills wissen das wohl, und ihre Treue zu diesem Turnier hilft nun mit, das Leben ihrer Tochter zu retten.

Bob Phillips und *Phil Cannon*

Eine neue Perspektive

Für das Heute und was es mir schenkt,
bin ich der Welt Dank schuldig.
Clarence E. Hodges

WIEDER FLOG DER BALL IM BOGEN NACH RECHTS. ES KRACHTE WIE EIN Gewehrschuss, dann fiel ein Ast mitten auf das Fairway. Mein Sohn hämmerte mit seinem Driver auf den Boden und schrie: „Deshalb hasse ich dies Spiel!"

Seit drei Wochen schlug Trey, ein Linkshänder, den Bäumen auf Golfplätzen im gesamten Bezirk die Zweige ab. Jetzt stand das letzte Schulturnier vor den Distriktmeisterschaften vor der Tür, und er wusste immer noch nicht, was er falsch machte.

Ich saß mit verschränkten Armen im Golfcart und bedauerte es, dass ich in einem unbedachten Moment angeboten hatte, meinen Sohn zu einer Übungsrunde auf diesen Platz zu bringen. Seine egozentrische Einstellung gefiel mir nicht. Im Geist rechnete ich all die Urlaubstage nach, die mein Mann und ich geopfert hatten, um ihn zu irgendwelchen Auswärtsturnieren zu fahren, all das Geld, das wir für maßgefertigte Schläger und Privatstunden ausgegeben hatten. Wie viel Mühe hatte ich mir gegeben, damit er nach dem Motto „Wer zuerst kommt, mahlt zuerst" für alle wichtige Ereignisse gemeldet war!

Allmählich hatte auch ich vom Golf genug, aber ich schwieg aus Furcht vor dem, was mir womöglich entschlüpfen würde.

Trey spielte als Freshman im Varsity Team, und kämpfte um Anschluss an vier Seniors, die eine Welt gemeinsam hatten. Anders als sie, hatte mein Sohn noch keinen Führerschein, keine Freundin und nicht das Selbstvertrauen, den Ball von den blauen Tees aus so weit zu schlagen, wie es ihm ab den weißen Tees gelungen war. Er hatte sich daran gewöhnt, beim Abschlag von den weißen Tees in den Siebzigern zu liegen, aber seit er in dieses Team aufgenommen worden war, brauchte er durchschnittlich 83 Schläge.

Mein Sohn erlebte seinen ersten Durchhänger.

Vielleicht hat seine unwirsche Art etwas mit seiner Niedergeschlagenheit zu tun, dachte ich. Ich versuchte, ihn zu trösten. Ich versuchte, ihn in seinen dunklen Selbstzweifeln aufzuhellen. Ich versicherte ihm, auch diese verzweiflungsvollen Tage würden vorübergehen.

Aber mein Sohn vergrub sich weiterhin in seine Zweifel – bis er beim nächsten Turnier etwas mit anhörte.

Die große Welt des Turniergolfs für Jungen und Mädchen ist in Wahrheit ein kleiner Kreis aus Spielern und Eltern, die sich bei allen Turnieren wieder begegnen. Deshalb wusste Trey auch sofort über die Frau Bescheid, die seiner Vierergruppe folgte. Sie war die Mutter eines Spielers, der vor wenigen Monaten auf dem Weg zum Training mit dem Auto tödlich verunglückt war. Auf regenglatter, steil abfallender Fahrbahn hatte ein Mannschaftskamerad die Kontrolle über den Wagen verloren. Alle überlebten, nur ihr Kind nicht. Diese Frau erkannte, wie orientierungslos sein Team war. Trotz ihres eigenen Kummers kam sie auf den Platz, um den Freunden ihres Sohnes Mut zu machen.

Diese Mutter redete nicht nur dem eigenen Team gut zu, sondern fand auch Worte für einen Gegenspieler, der sich über seine miserable Runde beschwerte. Trey hörte, wie sie sagte: „Du bist ein talentierter Golfer. Freue dich, dass du überhaupt Golf spielen kannst."

Vier Tage später bei der Distriktmeisterschaft brauchte mein Sohn für zwei glänzende Runden zwischen 70 und 80 Schlägen. Die Mannschaft kam auf den ersten Platz, und Trey wurde ins First Team All-District berufen. Sein Coach sagte einem Reporter: „Der Junge hat den Durchbruch geschafft."

Mein Sohn und ich wussten, was den Durchbruch bewirkt hatte: Es waren die Worte einer trauernden Mutter, die dankbar war für die Stunden, die sie mit ihrem Sohn hatte erleben dürfen und die nichts mehr für selbstverständlich nahm.

Melissa Russell

Mit Schwung gegen Stress

Ganz und gar verloren ist der Tag, an dem du nicht gelacht hast.
Nicolas Chamfort

IN DER GESCHÄFTSWELT WIRD GOLF ALS GUTES MITTEL GEGEN STRESS im Beruf gehandelt. Dabei kommt man zu den großen Abschlüssen und findet Freunde.

In einer Welt, die vor Informationen aus den Nähten platzt und von Veränderungen gebeutelt wird, ist es keine einfache Aufgabe, nicht verdrahtet und ausgebrannt zu werden. Viel zu viele Menschen haben im Alltagsstress die Fähigkeit verloren, ihr Bestes zu geben, in Bestform zu sein und sich am Alltag zu freuen.

Führen Sie sich Folgendes vor Augen: Jährlich erleiden eine Million Amerikaner einen Herzanfall. Jährlich werden rund 13 Milliarden Dosen Beruhigungsmittel, Schlaftabletten und Amphetamine verschrieben. Mehr als 8 Millionen Amerikaner haben ein Magengeschwür. Auf Stress gehen jährlich schätzungsweise 50 000 Selbsttötungen zurück. Und das ist nur die Spitze des Eisbergs. Die vorliegenden Berichte lassen darauf schließen, dass 80 Prozent der in diesem Land behandelten Krankheitsfälle emotionale Störungen zu Grunde liegen.

Vor gar nicht langer Zeit spielte ich Golf mit einigen Geschäftsfreunden, die wirklich lebensfroh sind. Wir nennen uns liebevoll die „Golfengel", weil wir uns selbst nicht so wichtig nehmen. Einer der Männer hat die von uns bevorzugte Spielweise „Flog" (Golf von hinten nach vorn gelesen) genannt. Wir haben das traditionelle Regelwerk ein bisschen erweitert. Eine der ersten Regeln lautet: Es muss gelacht werden, wenn etwas Lustiges passiert. Wenn jemand den Ball beim Abschlagen verfehlt, muss gelacht werden. Niemand nimmt das übel. Bei unserem Spiel Flog gibt es nur einen ernsten Regelverstoß, nämlich keinen Spaß an der Sache zu haben. Eines der promovierten Flog-Teammitglieder hat berechnet, dass man 613 200 Stunden auf diesem Planeten gelebt hat, wenn man siebzig Jahre alt geworden ist. So viel Zeit darf man nicht im Stress und ohne Vergnügen verbringen. Spaß und Freude stellen Abweichungen von der Norm dar, die uns aus der „Ödnis-Falle" heraushelfen, die uns der Lebensstress so gern stellt.

Einer weiteren Regel zufolge werden keine Punkte gezählt. Unserer Beobachtung nach schummeln die meisten Leute ohnehin. Wer dennoch Punkte zählen will, muss sie auf der Karte notieren, bevor er abschlägt. Wer nahe genug am Grün ist, kann den Ball auch werfen, falls er das wünscht. Meine Lieblingsregel lautet: Du kannst den Ball aufteen, wo immer auf dem Fairway du dich befindest. Einer der Flog-Engel findet besonderes Vergnügen dabei, Bälle auf dem Fairway aufzusammeln und aufzuteen. Er versteckt sich dann hinter den Bäumen und beobachtet die Reaktionen. Die Leute sehen sich meist ungläubig um. Einige zucken nur die Schultern und schlagen den Ball vom Tee. Wenn wir uns von anderen Spielern überholen lassen, applaudieren wir. Wir sind eine Hacker-Gruppe und haben einfach unseren Spaß.

Eines Tages wollten wir gerade abschlagen, als eine weitere Vierergruppe herankam. Es war sofort klar, wie ernst sie es mit dem Spiel meinten, denn sie fuhren ihre eigenen Golfcarts, auf denen ihre Namen gut leserlich angebracht waren. Diese Leute konnten nicht lächeln, dafür aber pöbeln. Von einem Loch zum nächsten hörten wir, wie sie sich oder ihre Putter anschrien. Der Sand flog und es wurden Divots ausgegraben. Am letzten Loch, um das sich ein Wasserhindernis zog, verpatzte ein ganz besonders ehrgeiziger Knabe seinen letzten Putt um wenige Zentimeter. Er nahm seine Golftasche mit allen darin befindlichen Schlägern. In seiner unbeschreiblichen Frustration warf er die Tasche so weit er konnte ins Wasser, dann stampfte er zu seinem Auto. Auf dem Parkplatz suchte er in der Hosentasche nach dem Autoschlüssel. Wütend schleuderte er seinen Hut auf den Boden, als ihm klar wurde, wo die steckten. Er rannte zum Wasserhindernis und fischte nach seiner versinkenden Golftasche, zog den Reißverschluss auf, holte die Schüssel heraus und warf die Tasche anschließend noch weiter hinaus ins Wasser. An diesem Punkt kugelten wir uns förmlich vor Lachen und konnten unsere Bälle nur noch aufs Grün werfen. Unser Team erntet natürlich erstaunte Blicke auf dem Fairway, aber wir haben jedenfalls unseren Spaß.

Eines Tages im Spätfrühling beschwerte sich jemand beim Pro über unser unkonventionelles Verhalten. Der Pro betrachtete den Mann lächelnd: „Machen Sie sich keine Gedanken über diese Leute, die sind in der offenen Therapie.“

Steve Densley durch *Pam Jones*

Eine Umarmung in der bittersüßen Mitte

ZUERST DACHTE ICH, ICH MUSS DIES ALLES AUFSCHREIBEN, DAMIT ICH es nicht vergesse. Aber wenn ich es jetzt im Rückblick betrachte, weiß ich, dass ich es nie vergessen kann. Es waren besondere Momente ... eine Erfahrung jenseits des Alltäglichen. Ich habe da etwas erlebt, und ich weiß nicht, ob ich es angemessen wiedergeben kann.

Mark O'Meara und ich hatten uns gerade zu einem Programmpunkt zusammengesetzt, der zum Ritual geworden ist, seit Paul Azinger 1993 die PGA gewonnen hat, nämlich zur „Sunday Conversation" vom SportsCenter mit dem Gewinner eines wichtigen Golfturniers. Die Kameraleute nahmen noch die letzten Lichteinstellungen vor, als die Tür aufflog und Ian Baker-Finch hereinkam.

Baker-Finch hatte während der Turnierwoche seine eigene Geschichte durchlebt. Er hatte 1991 die British Open gewonnen, als sie zuletzt auf dem Royal Birkdale gespielt wurde. Damals brauchte er für seine Runden 64 und 66 Schläge, und der Sonntag gehörte ihm. Einige Jahre später verlor er auf mysteriöse Weise sein Spiel. Zwei Jahre lang schaffte er keinen einzigen Cut und brauchte mehr als 80 Schläge. Irgendwann sagte er, seine Drives seien so unberechenbar, dass er keine Ahnung hatte, in welche Richtung der Ball fliegen werde, wenn er ans Tee trat. Bei den Open in Troon im vorausgegangenen Sommer zählte er 92 Schläge und gab auf. Er fand, es sei Zeit für eine Pause und eine Bestandsaufnahme. Dann zog er sich vom Turniergolf zurück.

Baker-Finch war als Kommentator für die TV-Sender ABC und ESPN nach Royal Birkdale zurückgekehrt.

Ich weiß nicht, ob ich das an seiner Stelle über mich gebracht hätte. Die Rückkehr an den Ort seines größten Triumphes erinnerte nicht nur an seine einstige Fähigkeit, sondern auch daran, dass er alles verloren hatte. Da waren seine Kollegen, seine Freunde, die einstigen Teamkameraden und tummelten sich auf einem Platz, der einmal fast sein Eigentum gewesen war. Jetzt war er siebenunddreißig Jahre alt, und statt eines Golfschlägers hielt er ein Mikrofon in der Hand.

Und nun stand er da also an der Tür. Er hatte mich zuvor gebeten, O'Meara und seiner Frau Alicia seine Glückwünsche zu übermitteln. Bei seinem Sieg im Jahr 1991 war O'Meara am letzten Sonntag sein Partner gewesen. Sie wohnten beide in Orlando und waren Freunde geworden.

Bevor jemand etwas sagen konnte, lagen die beiden Männer sich in den Armen. Der Raum wimmelte von Offiziellen, Produzenten und Technikern und Angehörigen, aber die beiden störten sich nicht daran. Sie umarmten sich stumm und weinten und erlebten diesen Moment, als wären sie allein auf der Welt. Der eine Spieler stand auf der Höhe seiner Leistung, war voller Vertrauen in seine Leistung, der andere hatte den tiefsten Punkt erreicht, war fassungslos und resigniert. Sie trafen sich in der bittersüßen Mitte, wo Freude und Trauer nahtlos ineinander übergehen.

Später gingen Baker-Finch und ich gemeinsam zum Studio von SportsCenter zurück, um die weitere Abendsendung herzustellen. Wir überquerten das jetzt menschenleere 18. Grün. Die Sonne versank in der Irischen See. Er blieb stehen und betrachtete die leeren Tribünen.

„Wo lag damals das Loch?" Ich erinnerte mich nicht mehr genau an die Anlage von 1991, aber ich war sicher, dass er es nicht vergessen hatte.

„Da drüben", sagte er leise und deutete auf eine Fläche rechts hinter dem Putting-Grün.

„Und wo war der letzte Putt?" Ich kannte die Antwort schon.

Schweigend ging er zu der Stelle und führte pantomimisch den Siegschwung aus. Mit einem Mal waren die Tribünen wieder besetzt, die Menge jubelte und Baker-Finch war wieder der „Golfer des Jahres", den der Sekretär alljährlich bei der Preisübergabe bekannt gibt.

Einen Moment lang lächelte er, dann wurde sein Gesichtsausdruck leer. Er sagte nichts, aber es war deutlich, was er sah, nämlich den enormen Abstand zwischen der Position, die er damals eingenommen hatte, und seinem jetzigen Platz. Er schien zu erschrecken.

„Die ganze Woche lang habe ich es zurückgehalten", flüsterte er dann. „Ich habe es weggesteckt, aber jetzt geht es nicht mehr." Seine Augen waren gerötet, Tränen strömten ihm über die Wangen.

Ich stammelte, dass niemand ihm den großen Augenblick nehmen könne, aber die Worte schmeckten schal in meinem Mund. Schweigend gingen wir eine Weile weiter, bis ich meinte, er wolle vielleicht ein bisschen allein sein.

Ich ging fort. Irgendwann drehte ich mich um. Da stand ein ehemaliger Champion und sog noch einmal in sich auf, wie gut alles gewesen war. Dann drehte er sich um und schritt in sein neues Leben.

Jimmy Roberts

Ein neuer Flügel

Mir wurde so viel geschenkt – ich habe keine Zeit,
darüber zu grübeln, was mir versagt blieb.
Helen Keller

AUF ALLEN GOLFPLÄTZEN HERRSCHT AM ERSTEN TEE FÜR GEWÖHNLICH respektvolles Schweigen.

Wenn allerdings Bob Cox sich auf den ersten Abschlag vorbereitet, hört er die Zuschauer oft wispern:

„Sieh mal, der hat nur einen Arm."

Wenn Cox dann einen langen Schlag gerade über das Fairway jagt, hört er oft:

„Mann, so weit schlage ich nicht mit zwei Armen."

Cox, der seinen linken Arm vor zweiundzwanzig Jahren bei einem Motorradunfall verlor, verfügt über ein bemerkenswertes Spiel. In dieser Sportart, in der die meisten körperlich uneingeschränkten Spieler nicht unter 90 Schläge für 18 Löcher kommen, gelingt ihm so einiges.

„Ich bin sehr leistungsorientiert", sagte Cox neulich. „Ich spiele richtig gern, wenn man mir dabei zusieht."

Als Mitglied der Golf-Männerliga, die wöchentlich ihre Spiele im Winchendon Country Club in Winchendon, Massachusetts, austrägt, braucht er für 9 Löcher beständig 45 oder weniger Schläge.

Sein Rekord für 18 Löcher sind 88 Schläge (44 – 44) auf dem Par-71 Gardner Municipal Golf Course.

„Es macht mir Spaß, zusammen mit Freunden zu spielen und zu gewinnen. Ich liebe dieses Spiel", sagt er. Cox, der jetzt einundvierzig Jahre alt ist, war nicht immer ein begeisterter Golfer. Als Teenager spielte er vor allem Hockey, aber das war natürlich vor dem Unfall.

In einem schicksalhaften Augenblick am 9. Juni 1976 änderte sich sein Leben für immer.

Er fuhr mit seiner Suzuki 250 die Elm Street in Gardner entlang und kollidierte mit einem Auto. Bei diesem Zusammenstoß wurde ihm der linke Arm nur wenige Zentimeter unterhalb der Schulter abgerissen. Cox und sein Motorrad stürzten zu Boden, der Arm lag 10 Meter entfernt.

„Man erzählte mir später, es sei gar nicht viel Blut geflossen", erzählte Cox. „Ich kann mich an nichts erinnern, ich stand unter Schock."

Eilig wurde Cox in das örtliche Krankenhaus gebracht und von dort gleich nach Boston geflogen. Cox erinnert sich, wie er im Massachusetts General Hospital aufwachte und die Ärzte fragte, wie schwer sein linker Arm verletzt sei.

Er war erst achtzehn Jahre alt, als man ihm die schreckliche Wahrheit sagte. Der Versuch, den Arm wieder anzunähen, wäre aussichtslos gewesen.

Es war viel Geduld nötig und die Bereitschaft, die Dinge hinzunehmen, damit er sich mit einem einarmigen Leben arrangieren konnte. „Die einfachen Tätigkeiten sind am übelsten", erzählt Cox. „Zum Beispiel, Zahnpasta aus der Tube auf die Zahnbürste drücken, einen Schlips binden oder die Schuhe zubinden. Na ja, und Hockey, das vermisste ich wirklich. Ich konnte den Puck nicht mehr schlagen."

Selbstmitleid oder die Frage „Warum gerade ich?" kamen bei Cox jedoch nicht vor. „Das führt zu nichts", sagt er. „Natürlich wäre ich froh, wenn es nie passiert wäre, aber man muss nach vorn blicken."

Also machte Cox weiter und blieb sportlich aktiv, indem er Golfer wurde.

Er reißt sogar Witze über seine Situation. Wenn ein Spielpartner ihn nach seinem Handicap fragt, lässt er die Antwort bedeutungsvoll in der Schwebe. Wenn man ihn fragt, weshalb er keine Handschuhe trägt, antwortet er: „Wie soll ich die anziehen?"

Schon vor dem Unfall hatte Cox gelegentlich Golf gespielt. Als er Anfang zwanzig war, beschloss er, sich dem Spiel ernsthaft zu widmen.

Einige Golflehrer rieten ihm, den Schwung von links auszuführen, also sozusagen eine Rückhand zu schlagen und mit dem rechten Arm durchzuziehen."

„Das ging einfach nicht", erinnert Cox sich. „Ich hatte nicht genug Kraft." Aber er fand zu einem soliden Schwung von rechts, zu einem Schwung, auf den er sich verlassen kann.

Er stellt sich so, dass er den Ball mitten vor sich hat und fasst den Griff mit seinem muskulösen Arm tief, bis kurz vor dem Metallschaft. Dann konzentriert er sich auf den Ball.

„Den Kopf still zu halten, das ist mir am schwersten gefallen", erinnert er sich. „Mit den Eisen bin ich wahrscheinlich besser als mit den Hölzern. Ich schlage große Divots."

Am flüssigsten ist sein Spiel auf dem Grün, wo er mit einer harmonischen Bewegung puttet. Er führt den Schläger durch eine präzise Schlagbewegung.

Durch jahrelange Praxis hat Cox zu einer soliden Spielweise gefunden, wobei er den rechten Arm benutzt, um den Schläger zurückzunehmen. Dann verlagert er das Gewicht und führt einen kräftigen Schwung gegen den Ball aus.

Seit einundzwanzig Jahren arbeitet Cox im Kundendienst der Bell Atlantic. Er ist aktives Mitglied der Bell Atlantic Pioneers, einer Freiwilligenorganisation, deren Präsident er auch schon einmal war.

Cox arbeitet in der Verwaltung und Organisation der Paralympics von Massachusetts mit.

An Wochenenden steigen Cox und seine Frau Becky auf ihr 12,5-Meter-Boot und befahren Lake Winnipesaukee, wo sie ihr Sommerdomizil haben.

Im Winter fährt Cox mit seinem Schneemobil.

Jedes Jahr, wenn der 9. Juni naht, hält Cox inne und denkt über den Unfall nach.

„Wenn der Termin heranrückt, sehe ich auf den Kalender und erinnere mich. Ich denke an die Uhrzeit, als es passierte. Das steckt fest in meinem Gedächtnis." Doch meist blickt Cox nach vorn. Er hilft Menschen im Rahmen seines Berufes oder als Freiwilliger bei den Bell Atlantic Pioneers, er findet Entspannung am See oder spielt mit Freunden Golf.

Sein Leben erinnert an ein Gedicht der rumänischen Dichterin Nina Cassian. In ihrem Gedicht „Ein Mann" schreibt sie von einem Soldaten, der im Kampf für sein Land einen Arm verlor. Nach kurzer Trauer setzt der Soldat sein Leben voller Hoffnung fort.

Cassian schließt ihr Gedicht mit den Zeilen:

„Von diesem Augenblick an nahm er sich vor, alles mit der doppelten Begeisterung zu tun.

Und wo der Arm gewesen war, wuchs ihm ein Flügel."

Jay Gearan

Happy

ICH ERINNERE MICH NOCH AN DAS GOLFSPIELEN IN DER „CART-FREIEN" Zeit. Als Caddie zu arbeiten, war eine klasse Art, Geld zu verdienen. Ich lernte dabei auch das eine oder andere über die menschliche Natur und wie ein Akt der Freundlichkeit das Leben eines Menschen verändern kann.

Ich war Caddiemaster in einem viel besuchten Club. Eines Morgens fragte mich ein Herr, ob ich für einen weiteren Caddie Verwendung hätte. Er habe einen neunzehnjährigen, geistig zurückgebliebenen Sohn, der kräftig und gesund sei. „Der Junge hat vom Golf keine Ahnung, aber ich bin sicher, er lernt, was er als Caddie zu tun hat."

Happy, wie der Sohn dieses Herren hieß, hatte nie eine Schule besucht und war auch sonst nicht außerhalb des Elternhauses betreut worden (damals gab es noch keine Sonderschulerziehung). Er hatte zwar einen Sprachfehler, konnte sich aber trotzdem recht gut verständlich machen. Bald lernte er das Wichtigste, und die anderen Caddies nahmen ihn bereitwillig in ihren Kreis auf.

Happy hatte seinen Namen verdient, denn er war ein liebenswerter, freundlicher junger Mann. Manchmal jedoch saß er allein im Caddieraum und schien vor sich hin zu grübeln. Es sah aus, als dächte er über seinen Zustand nach und weshalb er anders sei als andere Menschen.

Natürlich lehnten einige Leute Happy als Caddie ab, und oft bekam er keinen Arbeitsauftrag. Ich sprach so taktvoll wie möglich mit seinem Vater darüber, doch der war froh, dass Happy überhaupt einen Job gefunden hatte, mit dem er sich einige Dollars verdienen konnte und der ihn in den Kreis normaler Menschen brachte. Ich jedoch wollte nicht aufgeben.

Dann lud eine Gruppe von Damen, die regelmäßig bei uns spielten, eine andere zu sich ein. Mrs. Wentworth, wie sie hieß, war in den Vierzigern und eine ausgezeichnete Golferin.

An diesem Tag war viel Betrieb auf dem Platz, es waren nur noch vier Caddies frei, darunter Happy, und der wurde Mrs. Wentworth zugewiesen. Als die Damen ihre Runde beendet hatten, ließ Mrs. Wentworth mich wissen, sie sei mit Happy sehr zufrieden. Er habe angenehme Umgangsformen, bleibe mit den Augen immer beim Ball, halte den Mund und tue überhaupt alles, was man von einem guten Caddie erwarten könne. Sie setzte hinzu, sie werde nun häufiger kommen und bat darum, ihr Happy als Caddie zu reservieren.

Als ich Happy davon berichtete, war er überglücklich!

Tagtäglich hielt er sich im Aufenthaltsbereich der Caddies neben dem Parkplatz auf und beobachtete die eintreffenden Autos. Sobald er Mrs. Wentworths Wagen sah, wurde er vor Freude ganz aufgeregt. „Da kommt meine Dame!“, sagte er den anderen Caddies.

Während meiner ganzen Zeit als Caddiemaster in diesem Club arbeitete nur Happy für Mrs. Wentworth. Sie gab ihm immer 25 Cent Trinkgeld, was damals eine beträchtliche Summe war.

Ich habe mich oft gefragt, weshalb Mrs. Wentworth diesen jungen Mann so herzlich annahm. Sie gab ihm das Gefühl, wichtig zu sein, seinen Job genauso gut zu machen wie die anderen Caddies. Ich glaube, sie erkannte etwas in ihm, was den anderen entgangen war.

Im Sommer ging ich zum Militär und verlor den Kontakt zu Mrs. Wentworth, Happy und den anderen Caddies. Vier Jahre später kehrte ich in meine Heimatstadt zurück und besuchte den Club. Der Pro hatte nicht gewechselt. Er erzählte, der junge Mann habe immer weiter und mit nie versiegender Begeisterung für Mrs. Wentworth gearbeitet. „Ich muss dir aber etwas sagen“, schloss er.

Happy war keine einundzwanzig Jahre alt geworden. Er starb an einer Erkrankung der Atemwege. Seine besondere Grunderkrankung brachte ein genetisches Risiko mit sich, gegen das man damals machtlos war.

Der Pro erzählte, nicht nur sein Vater habe um Happy getrauert. Sein Tod riss eine Lücke im Leben von Mrs. Wentworth und vielen anderen im Club. Mrs. Wentworth spielte zwar weiterhin in unserem Club, aber sie sagte oft, einen zweiten Happy werde es nicht geben.

Das ist alles lange her, aber ich werde Happy und seine Dame nie vergessen. Ich denke daran, wie er seinen Job mit Herz und Seele ausführte. Vielleicht hatte Mrs. Wentworth nur nett sein wollen. Aber vielleicht erkannte sie in ihm auch jenen menschlichen Geist, der sich einfach entfalten muss, wenn man ihm Gelegenheit dazu gibt.

David Field

Vom Vorteil, ein König zu sein

KÖNIG HASSAN II VON MAROKKO LIEBTE DAS GOLFSPIEL UND LIESS SICH eine eigene private Anlage bauen. Dieser Platz hatte 9 Löcher und 43 Bunker, in deren Mehrheit der Ball des Königs unweigerlich landete. Er rief professionelle Golflehrer zu sich, die mit Sand besonders gut zurecht kamen und ihm helfen sollten, sein Spiel zu verbessern. Als auch dies vergeblich war, tat er, was jeder König täte: Er ließ den Platz umbauen und alle 43 Bunker mit Grassoden auffüllen. Das beweist einmal mehr, wie vorteilhaft es ist, ein König zu sein.

Rich Mintzer und *Peter Grossmann*
Auszug aus The Everything Golf Book

Ein bescheidener Anfang

IM JAHR 1933 SPIELTE ICH MEIN ERSTES GOLFTURNIER, DIE MINNEAPOLIS Ladies Championship. Ich war fünfzehn Jahre alt und hatte mich mit einem Score von 122 für das zehnte und allerletzte Flight qualifiziert. Das war für mich gar kein so schlechtes Ergebnis, denn normalerweise brauchte ich 140 Schläge. In der ersten Runde war eine ältere Frau meine Gegenspielerin, die sich mit 121 Punkten qualifiziert hatte. Es bestand also keine Gefahr, dass eine von uns beiden den Bahnrekord brechen würde. Trotzdem schlug mich meine Gegnerin nach allen Regeln der Kunst. Ich verlor jedes Loch und insgesamt mit einem Verhältnis von zehn zu acht.

Als ich nach Hause kam, fragte mein Vater, wie es gelaufen sei. „Nicht gut", antwortete ich. „Ich wurde zehn zu acht geschlagen."

„Oh", erwiderte er. „Dann habt ihr sechsunddreißig Löcher gespielt?"

„Nein, nur achtzehn."

„Dann hast du wirklich nicht gut gespielt. Hast du denn irgendetwas gut hinbekommen?"

„Ja", antwortete ich. „Ich habe den Caddie bezahlt."

Diese Niederlage, die ich damals als überaus demütigend empfand, spornte mich an zu arbeiten – hart an meinem Spiel zu arbeiten. Das Resultat: Im folgenden Jahr qualifizierte ich mich für das Meisterschafts-Flight und gewann das Turnier.

Patty Berg

7.

DAS NEUNZEHNTE LOCH

Jeder Golfer, aus welchem Land er auch stammen mag,
wird nach einer guten Runde bestätigen,
dass wahrscheinlich nie
ein besseres Spiel erfunden wurde.

Herbert Warren Wind

Vielleicht brauche ich eine Kristallkugel

BEVOR ICH MIT DEM GOLFSPIELEN ANFING, DACHTE ICH, EINE WEIN probe sei das verwirrendste Geschäft meines Lebens. Menschen mit Namen wie Higgins verbreiten sich ausführlich über Restzucker und Tannin und beschreiben jeden Schluck mit Ausdrücken wie „voller Körper, aber nicht aufdringlich". Ich konnte mir nie merken, ob ein Wein nun altern sollte, ob ich ihn gekühlt trinken musste oder zu Fisch bei Vollmond. Als ich mich schon großartig fand, weil ich den Unterschied zwischen Cabernet und Cabaret kannte, betrat ich einen Golfladen, um Bälle zu kaufen.

„Welche sollen es denn sein?", fragte der Pro.

„Keine Ahnung. Weiß, vermutlich."

Er rieb sich die Hände und ließ den Blick über sein Drei-Etagen-Regal schweifen. „Wollen Sie einen 2-Piece-Ball?"

Das hielt ich natürlich für einen Witz. „Nein, ich ziehe für den Anfang einen aus einem Stück vor. Er fällt mir sonst auseinander, wenn ich draufhaue."

Nicht der Funke eines Lächelns erhellte sein Gesicht. „Oh, Sie sind ein starker Schläger, wie ich höre. Dann brauchen Sie einen Weitflugball."

Er reichte mir eine glänzende, mit Goldlettern bedruckte Schachtel. Das Preisschild verzeichnete eine Summe, die höher war als das, was ich am vergangenen Abend für ein gemeinsames Abendessen mit meiner Frau ausgegeben hatte.

„Diese Bälle haben eine computergenerierte Oberfläche und werden mit einem komplexen Injektionssystem gearbeitet. Sie erreichen phänomenale Distanzen."

„Perfekt", sagte ich. „Aber damit schlage ich bestimmt über jedes Loch hinaus, das nicht mindestens 350 Meter weit entfernt ist."

Er lächelte immer noch nicht, nahm mir nur die Schachtel aus der Hand und murmelte: „Aha. Verhaltenes Spiel muss möglich sein." Er schob mir eine weitere bunte Schachtel über den Ladentisch und sah mir bedeutungsvoll in die Augen: „Lithium Surlyn."

Ich streckte meine Hand aus: „Angenehm. Ernie Witham."

„Nein." Er schüttelte den Kopf. „Die Schale. Die Schale ist aus Lithium Surlyn. Sie wissen, was das bedeutet?"

„Ist sie radioaktiv?"

„Sie ist weich. Sie wurde nach einer neuen Formel gefertigt und bringt jetzt mehr Gefühl. Die Aerodynamik wurde auch verbessert, sodass die Flugbahn jetzt niedriger ausfällt. Wollten Sie eine niedrige Flugbahn?"

„Na klar, damit komme ich doch besser geradeaus."

„Oh, oh, Richtungsprobleme, ja? Was ist es denn? Slice oder Hook?"

„Ja, ja, durchaus."

Er ging bis ans Ende des Regals und kam mit einer weiteren Schachtel zurück: „Diese hier haben weniger seitlichen Spin, aber sie sind auch zwei Prozent größer als andere Bälle."

„Mann, zwei Prozent. Dann brauche ich wohl eine größere Tasche." Ich warf einen Blick auf meine Uhr. „Du meine Güte, meine Tee-Zeit!"

Anscheinend hatte er mich nicht gehört, denn er nahm weitere Schachteln aus dem Regal. „Wie wär's mit einem Balata? Dieser hier hat einen Spin von mehr als 11 000 Umdrehungen pro Minute und hält die Kompression. Dieser andere Balata fliegt 240 Meter weit. Es ist ein evolutionärer Durchbruch bei den Balata-Bällen."

„Ich … äh …"

„Sie wollen keinen Balata? Diese Marke hier verbindet fünf verschiedene Dimple-Tiefen und erlaubt dadurch große Nettolängen und eine punktgenaue Kontrolle. Diese Marke hier ist für Schwunggeschwindigkeiten über 180 km/h ausgelegt."

„Ich … äh …"

„Und dieser Ball hier geht wie eine Rakete von der Schlagfläche ab. Er erreicht schnell den Höhepunkt und sinkt dann in einer flachen Kurve ab. Dieser hier ist windstabil. Dieser hier rollt weiter. Dieser ist mit Trilyn, und dieser mit Zylin gefertigt. Dieser dagegen …"

„Ich … ich glaube, ich nehme die hier." Ich klaubte zwei gelbe und einen rosa Ball vom Regal mit den gebrauchten Bällen und warf einen

5-Dollar-Schein auf den Ladentisch. Es war mir ein bisschen peinlich, aber meine Vierergruppe hatte bereits das erste Loch gespielt.

Er seufzte, holte tief Luft und wollte eben alle die glänzenden Schachteln wegräumen, als die Ladenglocke schellte.

„Ich brauche Golfbälle, aber ich weiß nicht, welche", sagte die junge Frau.

„Wollen Sie einen 2-Piece?" hörte ich ihn fragen, während ich den Laden verließ und im Laufschritt ans zweite Tee eilte.

Ernie Witham

Der Mann mit dem geheimen Geheimnis

ER KAM IN EINEM KUHDORF ZUR WELT, WO ES KEINEN GOLFPLATZ GAB.

Seine Eltern spielten nicht Golf und sahen ihn auch nicht gern spielen.

Er war so klein, dass die anderen Kinder sich über ihn lustig machten. Er hatte nur einen Linkshänderschläger, obgleich er Rechtshänder war.

Als er neun Jahre alt war, erschoss sich sein Vater mit einem Revolver Kaliber 38.

Er verließ die Highschool ohne Abschluss und gewann kein einziges Amateurturnier.

Mit siebzehn Jahren wurde er professioneller Spieler und ging auf die Tour. Doch dann fehlte ihm das Geld, und er musste als Versager nach Hause zurückkehren.

Mit dreiundzwanzig Jahren spielte er die ersten US Open und verpasste den Cut.

Als er sechsundzwanzig Jahre alt war, besaß er gerade noch acht Dollar. Man stahl ihm alle vier Reifen von seinem Auto, und er blieb an der Straße liegen.

Bei seinen ersten vier Versuchen bei den US Open war sein bestes Ergebnis ein Gleichstand mit 62 Punkten.

Während beinahe neun Jahren als professioneller Golfer gewann er kein einziges Turnier.

Mit dreißig Jahren, normalerweise die beste Zeit für professionelle Golfer, wurde er zum Militär eingezogen.

Mit sechsunddreißig zog er sich bei einem Autounfall einen Becken- und einen Schlüsselbeinbruch zu. Die Ärzte eröffneten ihm, er werde nie wieder Golf spielen können.

Er wurde nie Fernsehkommentator, er spielte nie auf der Senior Tour und trug nie ein Logo an seiner Mütze. Er hatte nie einen Lehrer, einen Manager oder einen Sportpsychologen an seiner Seite. Die Gewinnsumme seiner gesamten Laufbahn lag unter 210 000 Dollar.

Trotzdem hatte Ben Hogan zu dem Zeitpunkt, als er in Ruhestand ging, 64 Turniere gewonnen und einen Ruf als Ballschläger erworben wie niemand vor ihm.

Im Jahr 1954 schrieb er für das Magazin *Life* eine Reihe von Artikeln, die vorgeblich „Das Geheimnis" lüften sollten. Seither wurde gemunkelt, Hogan habe einen wichtigen Bestandteil des Geheimnisses verschwiegen, ihn aber im Laufe der Jahre einigen Freunden und Bekannten mitgeteilt. Verschiedene Profis behaupteten, Bescheid zu wissen, Hogan habe sich ihnen aber unter dem Siegel der Verschwiegenheit anvertraut. Einmal zog Hogan einen Besucher in die Küche des Shady Oakes Country Club in Fort Worth und flüsterte ihm gerade zu, das Geheimnis liege in der „Gewichtsübertragung". Da kam ein Kellner mit einem Geschirrtablett herein, und der Augenblick ging vorbei.

Kurz vor seinem Tod vereinbarte der ehemalige Präsident der Hogan Company mit dem Autor dieses Beitrags einen Termin. Er wolle ihm das echte Geheimnis mitteilen, ließ er wissen. Doch wenige Stunden vor dem verabredeten Termin sagte Hogan ihn ab.

Tom Kite, auf dessen Visor Hogans Name steht, meint, Hogan habe nie ein Geheimnis verborgen, jedenfalls habe er Tom nie ein Geheimnis anvertraut.

„Er hatte nichts zu gewinnen. Es geht ihm nicht mehr ums Gewinnen", sagt Kite. Seiner Meinung nach war Hogans Geheimnis, dass er nie aufgehört hat zu lernen und besser zu werden.

„Er war immer auf der Jagd nach Information. Spieler nach ihm würden verbessern, was er herausgefunden hatte, davon war er überzeugt. Er gab bereitwillig zu, dass die heutigen Golfer besser spielen, als vor zwanzig Jahren gespielt wurde. Er widmete sein ganzes Leben der Aufgabe, Neues über das Golfspiel zu lernen. Die meisten Golfer wollen Turniere gewinnen, er dagegen wollte lernen. Für ihn war der Weg wichtiger als das Ziel."

Die Lehre, die man aus Hogans Erfolgen ziehen kann, ist im Sport selten, aber durchaus nicht unbekannt. Duffy Daugherty, der alte Football-Coach aus Michigan, hat sie wahrscheinlich am treffendsten ausgedrückt. Wer erfolgreich sein will, sagte Daugherty, braucht drei Knochen: Ein Wunschbein für die Träume, ein Rückgrat, um schlechte

Zeiten durchzustehen, und ein Witzbein, um über alles Komische lachen zu können, was einem so begegnet.

Dass Hogan träumen konnte, hat nie jemand bezweifelt. Seine Kraft und sein Mut stehen außer Frage.

Was den Humor betrifft – das ist sein Geheimnis geblieben.

Jerry Tarde

Bürsten, bürsten!

Ich mag Golf, denn man kann miserabel spielen
und sieht trotzdem nicht dümmer aus als andere auch.
Dave Barry

VOR SIEBEN JAHREN, IM ALTER VON VIERUNDDREISSIG JAHREN, NAHM ich als blutiger Golfanfänger an einem von einem Verkäufer gesponserten Wettbewerb um den „besten Schlag" teil. Ein Freund hatte mich einen Monat zuvor angemeldet, und ich hatte diesen Monat genutzt, um beim örtlichen Golflehrer Stunden zu nehmen. Der Verkäufer hatte Johnny Miller angeheuert, mit dem sich die Teilnehmer fotografieren lassen konnten. Als ich zum Par-3 kam, wo Mr. Miller und sein Tross sich niedergelassen hatten, war ich mehr als nur ein bisschen nervös. Ich hatte bislang gerade drei „richtige" Löcher Golf gespielt, und das war nicht eben beeindruckend ausgefallen (ich glaube, nur einer meiner Schläge war brauchbar gewesen).

Ich stand neben Johnny Miller und ließ mich fotografieren. Dann fragte er mich, wie es mit meinem Spiel gehe. „Für einen Anfänger gar nicht so schlecht", antwortete ich. Er bedeutete mir, das Tee sei frei. Die Tee-Box lag ein wenig höher, das briefmarkengroße Grün weit unten im Beifuß von Utah, meilenweit entfernt, wie mir schien. Ich nahm ein 4er-Eisen, aber Miller hielt mich auf. „Warten Sie." Er kam zu mir und flüsterte: „Nehmen Sie lieber ein 8er-Eisen." Also ging ich zu meinem Wagen und holte das 8er-Eisen. Ich konzentrierte mich 45 Sekunden lang auf den Ball. Dann holte ich rasch zum Schwung aus und fegte ihn vom Tee. Er hüpfte in den Beifuß.

Ich trat rasch beiseite und wollte der kleinen Zuschauergruppe schnellstmöglich aus den Augen kommen. Johnny Miller war aufgestanden, nahm mir den Schläger aus der Hand und sagte, zur Gruppe gewandt: „Also, das war gerade ein Beispiel für das, was ich vorhin ausgeführt hatte." Dann erklärte er einiges Grundsätzliche über den Schwung. „Denken Sie daran: bürsten. Einfach das Gras bürsten." Er schlug den Ball mit meinem 8er-Eisen bis knapp vor das Loch. Dann reichte er mir den Schläger: „Versuchen Sie es noch einmal. Ich glaube, Sie können mich schlagen."

Meine Hände zitterten, und ich brauchte eine Weile, bis der Ball auf dem Tee lag. Ich trat einen Schritt zurück und blickte zu einem Grün hinüber, das ich in Millionen Jahren nicht vergessen werde. Johnny kam heran: „Vergessen Sie alles. Bürsten Sie. Bürsten Sie einfach." Damit drehte er sich um und ging fort.

Mich überkam eine ungewohnte Ruhe. Ich fühlte mich wie unter Wasser, wo die Töne gedämpft sind und das Licht vom Seegras gefiltert ist. Ich hörte den Wind, und sonst nichts. Als ich den Schläger in den Rückschwung nahm, spürte ich eine sonderbare neue Kraft im ganzen Körper, und gleichzeitig war ich so durchlässig, so entspannt – man hätte mich zusammenfalten und in einer Golftasche verstauen können.

Der Schlägerkopf senkte sich und „bürstete" den Ball vom Tee. Als er in die Luft stieg, bemerkte ich, dass ich in meiner Nervosität hinter dem silberglänzenden Eisenball aufgeteet hatte, der die Abgrenzungen der Tee-Box kennzeichnet. Niemand hatte dazu etwas gesagt.

Mein Schlag traf genau diese Markierung: Klong! Der Ball prallte ab und direkt in den Wagen, in dem Johnny Miller und der Organisator des Turniers saßen. Beide konnten sich noch rechtzeitig ducken. Bis man ihnen wieder auf die Füße geholfen und den Staub aus den Kleidern geklopft hatte, war ich weit fort, auf dem Weg zum nächsten Loch.

Seither habe ich eine Reihe von Leuten zu begeisterten Golfern gemacht. Ich unterrichte nicht. Ich empfehle nur, sich anfangs Stunden bei einem Pro zu nehmen. Gelegentlich spreche ich über das „Bürsten". Dann ducke ich mich und warte ab.

Steve Minnick

Zen und die Kunst, das Wasserhindernis zu überwinden

Golf ist ein spirituelles Spiel. Es ist wie Zen.
Man muss sich vom Geist führen lassen.
Amy Alcott

MEIN SCHWAGER HÄTTE ES AUF DIE TOUR SCHAFFEN KÖNNEN, WENN Glück und Schicksal ihn in diese Richtung geschoben hätten. Er jedoch heiratete meine Schwester und wurde ein Wochenendgolfer, der samstags und sonntags in einem Club mit Namen „Paradies" in Fayetteville, Arkansas, spielte.

„Paradies" ist kein himmlischer Ort. Es ist ein bescheidener Platz, angelegt von jemandem, dessen Fantasie nie auf den Prüfstand gestellt worden war. Der Club hat keinen Grillraum mit Eichenpaneel, der die Sportler nach einer 18er-Runde empfängt. Die Mitglieder müssen sich in der Snackbar mit Hotdog und Bier begnügen. Raul wacht trotzdem an jedem Morgen auf und ist überzeugt, der beste aller denkbaren Tage sei auf dem besten Fleckchen Erde angebrochen. Wenn sein Beruf es erlaubt und er früh genug frei ist, kann er vielleicht vor Einbruch der Dunkelheit drei Löcher im Paradies spielen.

Raul ist ein vergnügter Optimist. Er gehört zu den Leuten, in deren Augen es immer blitzt, sofern er sie nicht zum Schlafen geschlossen hat – selbst dann blitzen sie vielleicht noch. Raul erzählt Witze. Er erzählt Witze, die er selbst erfunden hat. Die meisten sind sogar ziemlich lustig. Er singt gern, aber nicht als Solist. Er ermutigt die ganze Familie, mit ihm zu singen, und erlebt in dieser musikalischen Gemeinsamkeit offenbar großes Vergnügen.

Vor einigen Jahren passierte etwas, was das Licht in Rauls Augen erlöschen ließ. Die Witze entschwanden, die Musik verklang. Er war in einer Krise. Meine Schwester begriff es nicht und konnte ihm nicht entlocken, was los war. Wochenlang hing er herum, und wenn diese Haltung nicht so ganz im Gegensatz zu seiner sonstigen Natur gestanden, ihr sozusagen 180 Grad entgegengesetzt, wenn er nicht so ganz anders geworden wäre als der Raul, den wir kannten und liebten, hätte das vielleicht unbegrenzt angehalten. Wir aber beschlossen, ihm als Familie entgegenzutreten. Wir wollten herausfinden, was schief gegangen war und ihm dann sofort einzeln und gemeinsam unsere Hilfe anbieten.

Im Familienkreis fühlte er sich zur Antwort verpflichtet: „Ich habe mein Spiel verloren", bekannte er. Wir mussten eine Weile nachbohren, dann erfuhren wir mehr: „Ich habe mir angewöhnt, meine Schläger ins Wasser zu werfen." Das stimmte. Meine Schwester schlich sich verkleidet und abgeschirmt auf den Golfplatz und observierte ihn mit eigenen Augen. Sie sah, wie er seine Golfschläger ertränkte. „Er benahm sich wie ein schlechter Sportler", berichtete sie mit Tränen in den Augen.

Er hatte wie immer in einer Vierergruppe gespielt. Seine drei Spielpartner beobachteten, wie er die Kontrolle über sich verlor. Sie boten ihm ihre Hölzer, Eisen oder Putter nicht an. Stattdessen fuhren sie jeder in seinem Cart zum nächsten Loch und hielten ihre Golftasche zwischen den Knien. „Es war ein hässlicher Anblick und ein trauriger dazu", sagte meine Schwester.

Später an jenem Tag gab Raul zu, es sei geradezu eine Sucht geworden, die Schläger ins Wasser zu werfen. Er musste dafür nicht einmal ärgerlich werden, er warf sie auch grundlos hinein. Es war, als hätte er die Kontrolle nicht nur über sein Spiel, sondern auch über seinen Verstand verloren.

Er war ein gebrochener Mann – ein gebrochener Mann mit nur noch zwei Schlägern in der Tasche.

Nun haben wir in unserer Familie einige Personen mit mystischen Tendenzen. Sie haben sich so weit der spirituellen Erleuchtung zugewandt, dass sie die Welt auf ihrer Seite wissen und die Wahrheit ihnen eröffnet ist. Einer von ihnen ist ein Anhänger des Zen. Er lächelt wohlwollend, was, wie ich feststellen konnte, zu den Grundvoraussetzungen dieser Disziplin gehört. Er nahm unseren Raul beiseite. Anderthalb Stunden lang sprach er mit ihm. Nach dieser Sitzung kehrte Raul in den Kreis der Familie zurück. Zu unserer Überraschung lag ein Lächeln auf seinem Gesicht, das Ausgeglichenheit und Frieden signalisierte.

Leider musste sie auf allen vieren durch das Rough kriechen, um unerkannt zu bleiben, aber meine Schwester folgte Raul am nächsten Tag auf den Golfplatz. Am ersten Wasserhindernis hielt sie den Atem an.

Selbst aus der Ferne spürte sie die Ruhe, die ihr Mann ausstrahlte. Sie sah, wie er den Kopf wandte und seinen Spielpartnern etwas zurief. Und sie sah, wie die drei lachten. Sie lachten, warfen den Kopf zurück und lachten so laut, dass andere Spieler, die in der Nähe zu putten versuchten, zischten und um Ruhe baten.

Meine Schwester atmete tief und setzte sich im Rough auf. Raul hatte einen Witz gerissen. War er von seiner Golf-Depression geheilt, die sein Alltagsleben und sein sonniges Gemüt verdunkelt hatte? Die Hoffnung blühte. Dann hielt sie wieder den Atem an, denn ihr Mann war ins Wasser gestiegen. Bekleidet mit Golfschuhen, Bermudas, einem regelgerechten Hemd und einer Mütze, deren Aufschrift bewies, dass er einmal in St. Andrews gespielt hatte, watete Raul durch das mit Schlangen verseuchte Wasser. Der besagte Ort liegt im Nordwesten von Arkansas. Im Sommer sind Schlangen dort nicht nur häufig. Es gibt sie massenhaft. Sie liegen in Knäueln am Ufer und gleiten nach Belieben ins Wasser.

Plötzlich verschwand Raul unter der Wasseroberfläche. Schreiend rannte meine Schwester aus dem Rough. Sie trat zusammengerollte Vipern zur Seite und stand dann am Ufer und rang die Hände. Und da tauchte er wieder auf. Triumphierend entstieg er dem Wasser wie ein Täufling und hielt sein 9er-Eisen hoch.

Wenn sie diese Geschichte erzählt, dramatisiert meine Schwester ein wenig. „Es war, als erschiene König Arthur mit Excalibur", sagt sie.

Wir haben nie herausgefunden, was unser dem Zen anhängender Cousin mit Raul gesprochen hat. Eines der eher prosaischen Familienmitglieder vermutet, der dem Mystizismus zugeneigte Cousin habe Raul einfach vorgeschlagen, sich zusammenzunehmen und seine Schläger aus dem Wasser zu fischen. Aber was immer die Gezeiten gewendet hat: Seither bleiben Rauls Schläger sakrosankt, poliert und mit Haube versehen sicher in ihrer Tasche.

Micki McClelland

Der Witzbold des Golfs

Ein Mann ohne Sinn für Humor ist wie ein ungefederter Wagen:
Er holpert unangenehm über jedes Steinchen auf dem Weg.
Henry Ward Beecher

PRO-AM-TURNIERE GIBT ES IN ZWEI AUSFÜHRUNGEN. DA IST EINMAL DAS übliche, sich Woche für Woche wiederholende Ereignis. Hierbei schaufeln örtliche Geschäftsleute das Platzgeld über den Tresen, um mit Leuten wie Greg Norman oder Nick Price oder mit weniger berühmten Spielern, mit denen es oft genauso viel Spaß macht, eine Runde zu spielen. Dann gibt es noch die Pro-Ams mit Berühmtheiten, bei denen Geschäftsleute mit Schauspielern, Politikern und Sportlern aus anderen Disziplinen spielen. Sie arten gewöhnlich in eine Riesengaudi aus, in den letzten Jahren personifiziert durch Bill Murray, der in Pebble Beach die dominante Figur ist.

Vor etlichen Jahren war Jeff Sluman in Murrays Vierergruppe. Sluman freute sich darauf, denn er war ein Fan von Murray. Es war für Sluman eine bemerkenswerte Woche gewesen, jedoch nicht ohne Schwierigkeiten, wie er zugibt. „Am ersten Tag brauchte ich für drei der ersten neun Löcher drei Schläge zum Putten. Ich hatte mit dem kurzen Spiel kein Glück. Dann kamen wir zum 11. Loch (in Poppy Hills), und ich machte meinen Abschlag bis vierzehn Meter über den Flaggenstock hinaus. Als wir vom Tee weggingen, hörte ich, wie Bill zu seinem Spielpartner Scott Simpson sagte: ‚Jetzt werden wir sehen, was in ihm steckt.' Da wusste ich, ich hatte ein Problem."

Slumans erster Putt war um knapp zwei Meter zu kurz. Er konzentrierte sich auf den Ball und wollte gerade schlagen, da sagte Murray: „Meine Damen, dieser Mann braucht unsere Zuneigung. Sagen sie jetzt sofort ‚Wir lieben dich'!"

Sluman trat einen Schritt zurück. Die Menge, dirigiert von Murray, brüllte: „Jeff, wir lieben dich!" Sluman legte sich zum Zeichen der Rührung eine Hand aufs Herz. Dann positionierte er sich wieder für den

Putt. Aber wiederum forderte Murray: „Der Mann braucht mehr Liebe, viel mehr. Lasst es mich hören, Leute!"

Simpson war zu diesem Zeitpunkt am Rand des Grüns schon fast vor Lachen zusammengebrochen. Als die Zuneigungsbezeugung diesmal über ihn schwappte, tat Sluman, als müsste er weinen. Beim dritten Puttversuch griff Murray zu seinem Erstaunen nicht ein – und zu Slumans Erstaunen ging der Putt ins Loch. „Ich glaube, ich habe damals mehr Applaus bekommen als am 18. Loch, nachdem ich das PGA-Championat gewonnen hatte", meint er.

Er hat ihn verdient.

John Feinstein

Golfcarts haben keinen Vierradantrieb

DIE ERKENNTNIS, DASS GOLFCARTS KEINEN VIERRADANTRIEB HABEN, kam mir eines Morgens, als ich im Matsch nach meinem Ball suchte. Es stellte sich dann heraus, dass ich mich gar nicht mehr auf dem Golfplatz befand, sondern auf einem Baustellenareal, anderthalb Blocks außerhalb des Platzes. Ich hatte wohl die Markierung übersehen, als ich den Freeway überquerte. Das war eine weitere Lektion aus der komplexen Welt des Golfs.

Ich erinnere mich an mein erstes Spiel. Meine Zweiergruppe tat sich mit einer anderen zusammen. Nachdem mein erster Abschlag ein wenig daneben gegangen und auf dem Dach des Clubhauses gelandet war, fragte einer der Mitspieler, ob ich ein Handicap hätte? Ich fand diesen Witz geschmacklos und drohte ihm mit meinem 9er-Eisen. Inzwischen ist mir natürlich klar, dass ein Handicap eine gute Sache ist, selbst wenn es 52 beträgt.

Es ist elementar, Regeln und Sprache des Golfs zu beherrschen. Das unterscheidet den offensichtlichen Anfänger von jemandem, der einfach nur einen schlechten Tag hat. Deshalb habe ich einige aus der Erfahrung gewonnene Lehren zusammengetragen, die anderen Novizen hilfreich sein können.

Wenn der Golflehrer Sie auffordert, den Ball anzusprechen, beugen Sie sich nicht herab und flüstern ihm zu „Aufs Grün!“

Stellen Sie sich im Sommer möglichst nicht in Ihren Golfschuhen auf Asphalt, es sei denn, Sie wären in Begleitung eines ausgesprochen kräftigen Freundes.

Sie finden einen verlorenen Golfball am einfachsten, wenn Sie einen Spieler fragen, der über das angrenzende Fairway humpelt.

Bestehen Sie niemals darauf, dass Ihr Ehepartner/Ihre Ehepartnerin ebenfalls Golf spielt. Zweierlei Konsequenzen sind denkbar: Sie/Er spielt richtig schlecht, beschwert sich vier Stunden lang und verdirbt Ihnen den ganzen Tag. Oder: Er/Sie spielt richtig gut, macht Ihnen vier Stunden lang Vorschläge, wie Sie besser spielen können, und verdirbt Ihnen den ganzen Tag.

Ein doppeltes Bogey ist kein starker Drink, wie er im Film *Casablanca* serviert wird. Der Ausdruck bedeutet „zwei über Par“, und das ist durchaus kein schlechter Score. Man sollte es eher einen guten Score nennen. Für fünfzehn über Par gibt es keine Bezeichnung.

Ein Chip ist nicht etwas, was eine grasende Kuh zurücklässt. Das ist ein Fladen. Ein Chip ist vielmehr ein sorgfältig angelegter Halbschwung, der manchmal weiter fliegt als Ihr Drive.

Ein Divot ist ein Grassoden, der dort hoch fliegt, wo vorher der Golfball gelegen hatte. Ein Dammichnochmal ist ein Grassoden, der Ihnen ins Gesicht fliegt, weil Sie 60 Zentimeter hinter dem Ball den Boden getroffen haben.

Ein Slice ist ein Ball, der eine Kurve nach rechts fliegt. Ein übler Slice landet hinter Ihnen.

Eine schwere Lage – dieser Ausdruck besitzt doppelte Bedeutung. Erstens: Wenn Sie zum xy-ten Male eine Ausrede dafür finden müssen, weshalb sie für neun Löcher sechs Stunden gebraucht haben und weshalb sie nach Nacho-Chips und Bier riechen. Der Ausdruck bezieht sich außerdem auf eine schwierige Stelle, von der aus Sie den Ball schlagen müssen. Das kann das Wurzelwerk eines Baumes sein, eine Astgabel im Baum oder die oberen Äste im Baum.

Mit schwerem Rough wird ein Gelände am Rand des Fairways bezeichnet, kurz bevor der Ball den Regeln zufolge im Aus ist. Über den Daumen gepeilt kann man sagen: Wenn der Typ neben Ihnen beim Grillen ist, dann sind Sie wahrscheinlich im Aus.

Und schließlich besagen die Clubregeln, dass man für bewegliche Hemmnisse auf dem Fairway keine Strafschläge bezieht. Wenn Sie also einen Touristen mit Ihrem Drive umnageln, dürfen Sie ihren Ball aufnehmen und einen Schläger weit vom Körper auf dem Fairway fallen lassen.

Da Sie jetzt einige der Grundregeln kennen, sollten Sie das Spiel besser würdigen können. Nun dürfen Sie sich auf einige der etwas komplizierteren Rätsel des Golfs einlassen, zum Beispiel auf die Frage, weshalb man von einem 3er-Holz spricht, wo es doch vollständig aus Metall besteht.

Ernie Witham

50 Tipps für mehr Freude am Golfen

1. Kommen Sie rechtzeitig, damit Sie entspannt sind.
2. Lassen Sie alle Sorgen im Auto.
3. Nehmen Sie Ihre Uhr ab.
4. Stellen Sie das Handy ab.
5. Nehmen Sie sich vor, dass nichts Sie 18 Löcher lang stören kann.
6. Spielen Sie, als wäre es das erste Mal.
7. Spielen Sie, als wäre es das letzte Mal.
8. Schlagen Sie mit Ihrem Lieblingsschläger vom ersten Tee ab.
9. Lächeln Sie, besser noch: Lachen Sie nach einem schlechten Schlag.
10. Spielen Sie mit jemandem, der Sie zum Lachen bringt.
11. Machen Sie Ihrem Partner jedes Mal ein Kompliment, wenn er oder sie gut geschlagen hat.
12. Stellen Sie die Ballmarke auf jedem Grün wieder her.
13. Lassen Sie sich von der Gruppe überholen, vor der Sie so angestrengt gespielt haben.
14. Werden Sie der größte Fan Ihres Partners.
15. Gehen Sie zur Abwechslung zu Fuß – oder fahren Sie zur Abwechslung.
16. Spielen Sie den Ball, wie er liegt.
17. Spielen Sie Golf mit Ihrem Partner/Ihrer Partnerin und sehen Sie nur ihre/seine besten Qualitäten.
18. Geben Sie nur Ratschläge, wenn Sie darum gebeten werden, insbesondere Ihrem Ehepartner/Ihrer Ehepartnerin.
19. Gehen Sie mit Ihrem Kind an einem Wochentag Golf spielen.
20. Nehmen Sie die Schönheit um sich herum wahr und genießen Sie sie.
21. Versuchen Sie es immer wieder, bis Sie über das Wasserhindernis gekommen sind.
22. Schlagen Sie mal absichtlich einen Slice.

23. Tun Sie so, als ob es darum ginge, an jedem Loch in den Sand zu kommen. Schaffen Sie das an allen 18 Löchern?
24. Hören Sie damit auf, das Spiel und sich selbst – so ernst zu nehmen.
25. Denken Sie daran: Sie spielen vielleicht Golf unter Geschäftsleuten, aber es ist nicht Arbeit.
26. Akzeptieren Sie, dass Sie vielleicht einfach ins Büro zurückgehen sollten, wenn Golf Sie zu sehr stresst.
27. Lesen Sie ein gutes Buch über Golf.
28. Schreiben Sie Ihre besonderen Erfolge und besonderen Erlebnisse auf dem Platz auf.
29. Geben Sie für einen Freund bei einer Runde den Caddie.
30. Spielen Sie auf dem Platz Ihrer Träume mit einem lieben Menschen.
31. Spielen Sie eine Runde in Begleitung Ihres Hundes.
32. Spielen Sie häufiger.
33. Lösen Sie die Verknüpfung mit dem Ergebnis, die in Ihrem Kopf steckt.
34. Feiern Sie das Gleichgewicht zwischen erfolgreich sein und einfach da sein – im Golf wie im gesamten Leben.
35. Spielen Sie barfuß.
36. Spielen Sie eine Runde, als wären Sie wieder acht Jahre alt.
37. Wenn Sie das nächste Mal einen Key Putt versenken, reagieren Sie, als hätten Sie eben die US Open gewonnen.
38. Denken Sie daran: Beim Golfen wie im Leben bekommen Sie, worauf Sie sich konzentrieren. Konzentrieren Sie sich auf die besten Teile von beidem.
39. Begegnen Sie anderen Golfern mit Respekt.
40. Spielen Sie bei jeder sich bietenden Gelegenheit Golf mit Fremden – Sie gewinnen auf diese Weise neue Freunde.
41. Bemühen Sie sich, auf dem Platz die beste Version Ihrer selbst zu sein.
42. Spielen Sie eine Runde mit dem Menschen, der Sie in dieses Spiel eingeführt hat.
43. Tun Sie etwas, damit Golf jedem zugänglich wird.

44. Führen Sie ein Kind in das Spiel ein.
45. Überlegen Sie, welche zehn Angehörigen oder Freunde von diesem Spiel so profitieren würden wie Sie. Dann machen Sie es sich zur Aufgabe, diese Personen in das Spiel einzuführen.
46. Schenken Sie einem neuen Golfer Ihre alten Schläger.
47. Spielen Sie eine Rekordrunde nur im Geist.
48. Nehmen Sie sich einen Moment, um Sonnenaufgang oder Sonnenuntergang wirklich wahrzunehmen, die Sie sonst als selbstverständlich hinnehmen.
49. Stellen Sie sich vor, was für eine großartige Welt es wäre, wenn alle Menschen Golf spielten.
50. Danken Sie Gott dafür, dass es dieses wunderbare Spiel gibt und dass Sie es spielen können!

Mark und Chrissy Donnelly

De Profundis, Homo
(Einige tiefschürfende Einsichten, Mann)

Es ist keine Frage von Leben oder Tod. So wichtig ist es nicht,
aber es ist ein Spiegel des Lebens, und deshalb ist dieses Spiel ein Rätsel,
verpackt in ein Geheimnis und in eine Scherzfrage gekleidet.
Peter Alliss

DIE PHILOSOPHEN ALLER ZEITALTER HABEN VORSTELLUNGEN ENTWICKELT, die unsere gegenwärtigen Regierungen, unsere Gesellschaften und unsere Lebensweise prägen. Ist es da nicht erstaunlich, dass die Gelben Seiten Hunderte von Golflehrern, Golfläden und Golfplätzen verzeichnen, aber nicht einen einzigen Golfphilosophen? So etwas findet man nicht: nichts, null zero, nada. Eine Totalität von Nichts, manifestiert in einer positiven universellen Abwesenheit, wie ein Philosoph vielleicht sagen würde. Ich glaube, Philosophen wären heutzutage mehr gefragt, wenn nur bekannt wäre, wer sich zu Fragen der Metaphysik des Golfs in der Vergangenheit geäußert hat. Ich habe dieses Thema recherchiert (ohne staatliches Stipendium) und bin dabei auf tiefgründige Weisheiten gestoßen. Grundlegend war wahrscheinlich der Philosoph Ronnie Da Carte mit seinem berühmten Ausspruch „Ich golfe, also bin ich". Da Carte wollte einen Ausgangspunkt setzen, eine Grundlinie der Wahrheit definieren, auf die er eine Philosophie gründen konnte, die alle Existenz erfasste. Seine Ausgangsprämisse kollabierte, als er von dem mexikanischen Philosophen und Spieler auf öffentlichen Plätzen, Manuel Cant, herausgefordert wurde. Cant sagte, wenn im Golf die grundlegende Wahrheit über die Existenz läge, müsste schlechtes Golf eine dürftige Existenz beweisen. Cant wusste, wie falsch das war, denn er hatte als Caddie für viele reiche Gringos gearbeitet, die sehr unzureichend Golf spielten, aber recht angenehm existierten.

Während der Monate, in denen wir nicht auf den Golfplatz gehen können und jeder mit den existenziellen Mysterien des Golfs ringt, lässt sich der Geist gut mit einigen nachstehenden, klassischen Golf-Philosophie-Fragen üben:

„Wenn ein Baum mitten im Wald umstürzt und niemand zugegen ist, zählt das als freier Fall, wenn er auf einen Golfball fällt?“ Ja, aber niemand wird davon erfahren.

„Wenn eine unwiderstehliche Kraft auf ein unbewegliches Hindernis stößt, erhält man dann Sichtlinienerleichterung?“ Nein, denn Einstein bewies, dass das Licht sich beugt. Auf Golfregeln trifft das nicht zu. Und da das Licht sich beugt, muss sich die Sichtlinie um das Hindernis biegen.

„Was ist für die Entwicklung eines Slice entscheidend, Anlage oder Umwelt?“ Eine Prädisposition für das Slicen ist genetisch bedingt. Sie prägt sich jedoch besonders aus, wenn die Umwelt aus Bäumen, Wasser oder dem Aus in Richtung des Slice besteht.

„Wie viele Engel können auf der Spitze des Flaggenstocks tanzen?“ Engel tanzen nicht auf dem Flaggenstock. Sie überwachen das Grün und notieren verbale Ausraster. Es gibt andere geflügelte Wesen, die sich auf einigen Grüns herumtreiben und die Ursache für einige verbale Ausrutscher sind. In diesem Sinne äußerte der große indische Naturalist/Philosoph Washadurtee Ultrabalata: „Tierrechte sollten nur solchen Tieren gewährt werden, die toilettengängig sind.“

„Wie klingt ein Händeklatschen mit einer Hand?“ Mein Freund Al Van Dine löste dieses Zen-Rätsel: Der Ton, wenn eine Hand klatscht, sei der freudige Ausbruch des Schweigens von Ihrem Gegenspieler, wenn Sie einen kurzen Putt verpatzen. Er hat außerdem einiges über Dimpleness des Balls geschrieben. Dimples haben die Philosophen viel beschäftigt, denn sie stellen nicht-Ball dar und gelten doch als Teil des Balls, dessen Abwesenheit ihre Existenz definiert. Wie wahr. Abschließend eine Frage, die alle englischsprachigen Kinder stellen: „Why is the sky blue?“ Die Antwort: Weil er selbst an den schönsten Tagen nicht Golf spielen kann. Gehe hin in Frieden.

Frank J. Haller

Er gäbe dir sein letztes Hemd

ALS CADDIE ZU ARBEITEN, WAR LANGE EINE BELIEBTE WEISE, MIT DER Einwanderer in dieses Land sich Geld verdienten, insbesondere in den großen Stadtgebieten an der Ostküste.

Der Winged Foot Golf Club außerhalb von New York City gehörte zu den Clubs, die von der großen Gruppe der Neubürger dieses Landes profitierten. Sie hatten vielleicht vom Spiel nicht viel Ahnung, aber sie waren bereit, hart zu arbeiten, und sie hielten sich lieber im Freien auf als in einer Fabrik.

Eines Tages wanderte ein neuer Caddie über das Fairway des West-Platzes. Als sie sich dem Grün näherten, bat der Golfspieler um seine Sand Wedge. Der Caddie schien ihn nicht zu hören und marschierte weiter, den Kopf gesenkt. Der Spieler wiederholte seine Bitte um seine Sand Wedge, aber wieder ohne Reaktion. Als die Bitte ein drittes Mal kam, blieb der Caddie stehen, legte die Tasche ab und griff in eine der Seitentaschen. Er zog ein braunes Päckchen heraus.

„Also gut", sagte er in seinem Englisch mit starkem Akzent, während er ein Sandwich auswickelte. „Aber nur die Hälfte. Ich muss auch etwas essen."

Don Wade

Das Geheimnis

Es ist zu schade,
dass weder Aristoteles noch Shakespeare Golf gespielt haben.
Kein anderes Spiel legt die Seele so gnadenlos bloß.
Horace Hutchinson

ES WAR EIN WUNDERVOLLER TAG IM MAI, DIE LUFT WAR VOLL VOM DUFT Tausender Blüten. Ich war von Anblick und Geräuschen des Frühlings hingerissen, während ich langsam zur Übungsbahn ging.

Ich stand auf der Übungsbahn, um mich auf mein übliches Sonnabendmatch vorzubereiten, vor allem aber, um ein Gegenmittel gegen den Slice zu finden, der seit kurzem mein Spiel beeinträchtigte.

Ich begann mein Übungsprogramm mit der Sand Wedge und schlug zur roten Flagge. Allmählich arbeitete ich mich zum 7er-Eisen vor und schlug ziemlich gleichmäßig zu einer anderen Flagge. Selbst unter Berücksichtigung meiner besonderen synaptischen Verbindungen spielte ich recht ordentlich – das heißt, solange ich den Ball nicht weiter als 140 Meter schlagen musste. Dann ergab sich plötzlich die Frage, wie weit nach links ich zielen sollte.

Ich führte einige ganz annehmbare Schwünge mit dem 7er-Eisen aus, bevor es geschah. Es kam schnell und war auch schnell wieder aus meinem Bewusstsein geschwunden. Woran hatte ich eben gedacht? Ich versuchte, die letzten fünf Minuten bewussten Nachdenkens zu rekonstruieren. Das war nicht einfach. Aber da war etwas, und plötzlich spürte ich, wie etwas meinen rechten Arm hinauf wanderte, während ich einen anderen, gewaltigen Schlag tat. Das fühlte sich gut an. Was passierte da?

Im Geiste hörte ich eine Stimme. Sie klang schwach und sanft. Ich folgte ihr in Gedanken und hörte den leisen Ton immer und immer wieder: Supination, Supination, Supination.

Wie bitte? Dann verstand ich. Es war schwer zu glauben, aber im Geiste hörte ich Ben Hogans berühmte Worte. Das war besonders ärgerlich, da ich es doch vor langer Zeit aufgegeben hatte, mich um Supination zu bemühen. Hier stand ich nun, mein Leben lang mit kurzen Schlägen geplagt, die von rechts nach rechts gingen. Ich brauchte wirklich nicht zu wissen, wie ich mein linkes Handgelenk supinieren musste. Ich wollte einfach nur gerade mit der optimalen Treffzone des Schlägerblattes treffen.

Ich schlug einmal mit dem 7er-Eisen und beobachtete erstaunt, wie der Ball aufstieg und weit hinter der weißen Flagge landete. Ich spürte, dass mein Körper anders auf den Schläger reagierte. Irgendetwas hatte sich verändert – aber was?

Ich nahm mir einen weiteren Ball. Dann bemerkte ich, was für mich geradezu eine Enthüllung war: Ich stand wie eine Ente. Mein rechter Fuß zeigte nicht im rechten Winkel auf die Linie, sondern vom Ball weg. Ich führte einige Rückschwünge aus. Ich spürte einen Unterschied in meiner rechten Hüfte. Ich fühlte mich versammelt und gut positioniert hinter dem Ball. Als ich durchschwang, war da eine enorme Hebelkraft, als könnte ich den Ball so stark schlagen, wie ich wollte. Da war es endlich, mein Geheimnis. Ich schlug noch einige Dutzend Bälle mehr. Irgendwann sah ich zwei lächelnde, faltige Gesichter hinter mir. „Da haben sie etwas Feines, mein Junge", sagte der eine Mann schließlich. „Wie der Blitz in der Flasche. Freuen Sie sich!"

Das tat ich, aber gleichzeitig war ich erschrocken und hatte Angst, das 7er-Eisen aus der Hand zu legen. Ich musste aber herausfinden, ob der Zauber auch bei den anderen Schlägern wirkte. Also nahm ich ein 4er-Eisen. Ich übte meinen Schwung, und der Schläger fegte über den Rasen. Ich übte auch meine Enttäuschung, indem ich mich auf meine Fehler vorbereitete. Mir war klar, worum es jetzt ging: Ich musste das Gefühl eines richtigen Durchschwungs internalisieren. Also ließ ich alles laufen. Der Ball flog weiter als je zuvor. Ich versuchte es immer wieder. Nach zwanzig weiteren Schlägen, ich übertreibe nicht, lagen alle Bälle so nahe beieinander, dass man sie mit einem Tischtuch hätte abdecken können.

Ich nahm das 3er-Eisen, dann das 2er-Eisen, und plötzlich fand ich mich in nicht mehr aufbereitetem Gelände: Ich schlug den Ball bis an den hinteren Zaun. Ich beendete meine Übungen, indem ich mit dem

9er-Eisen bis drei Meter vor das Schild mit der Angabe „135" zielte. Ich glaube, ich traf dieses Schild fünf- oder sechsmal.

Kurz bevor unser Match beginnen sollte, traf ich mich mit Ted im Umkleideraum. Ich erzählte ihm, ich wollte einige neue Strategien ausprobieren. „Das solltest du wirklich tun", bestätigte er und begegnete meinem Lächeln mit einem anzüglichen Grinsen.

Am ersten Loch schlug Ted als Erster und schlug seinen Drive auf die rechte Seite des Fairways. Ich bestätigte meine Absicht, etwas Neues auszuprobieren, aber dann nahm ich doch das 5er-Eisen, mit dem mir ein wunderschöner Schlag gelang. Er landete nur zehn Meter hinter Teds Drive. Er registrierte das mit einem „Guter Schlag".

Mit einer Wedge kam ich bis 2,50 Meter vor den Flaggenstock, und wieder konnte Ted einen guten Schlag loben. Auch ihm gelang mit einem Zweierputt ein Par.

Wir befanden uns rund 215 Meter vor dem Grün am zweiten Loch, einem Par-5 von mittlerer Länge. Ich zog ein 2er-Eisen aus der Tasche, positionierte mich, zielte leicht nach links vom Flaggenstock und schlug. Der Ball sauste über das Fairway, landete sanft auf dem Grün und rollte noch ein Stück weiter: Eagle!

Ted sagte gar nichts. Ich schaffte den Putt nicht, aber es wurde doch noch ein Birdie. Ich ging zum dritten Tee weiter. Von diesem Moment an ließ Teds Spiel deutlich nach, sodass ich eigentlich nur noch gegen den Platz spielte.

Alles war irgendwie verzerrt. Ich schlug den Ball so weit, dass ich Mühe hatte, den richtigen Schläger zu wählen. Schließlich nahm ich zwei bis drei Nummern weniger als normalerweise. Das war wohl richtig, denn ich landete bei unglaublichen 30. Die 33 von den ersten Neun mitgerechnet, hielt ich plötzlich den Bahnrekord, was in Anbetracht meiner üblichen Schlagzahl geradezu schockierend war.

Ich war außer mir. Ich wusste nicht, was ich davon halten sollte. Ich spielte in jener Woche noch einige Runden und blieb immer in den Sechzigern. Jemand legte eine Hogan-Kappe und einen Zettel auf meinen Schrank. „Freu dich dran, solange es anhält" stand darauf. Das war erstaunlich, aber nicht halb so erstaunlich wie mein neues Spiel.

Etwa zwei Wochen später schlug ich meinen ersten Slice. Wiederum drei Wochen später spielte ich wieder in den Achtzigern. Ted hänselte mich und nannte mich „den größten Golfer, den es nie gegeben hat". Mir fiel keine Entgegnung ein. So unvermittelt der Zauber sich eingestellt hatte, so unvermittelt war er auch verflogen.

Im September erhielt ich einen Brief. Es war ein schlichter weißer Umschlag mit dem Absender „The Hogan Company, Fort Worth, Texas". Ungläubig öffnete ich und las eine handschriftliche Notiz von Mr. Hogan selbst: „Ich möchte Ihnen zu Ihrem Erfolg gratulieren, da Sie kürzlich meinen Bahnrekord gebrochen haben. Nie werde ich die Runde vergessen, die ich 1953 dort spielte. Mein Score von 64 wurde all die Jahre hindurch nicht unterboten und ist eines meiner besten Ergebnisse. Ich kann mir vorstellen, wie gut Sie gespielt haben, um darunter zu bleiben. Alles Gute, und freuen Sie sich daran, solange es anhält."

Ich war sprachlos. Der Mann, der das „Geheimnis" besaß, wusste auch, wie schnell es sich verflüchtigte. Er wusste, dass ich es wieder verlieren würde, dass es vergänglich war. Meine Frau hat gerade mit dem Golfen begonnen. Seit Jahren möchte ich sie gern in das Spiel einführen, aber ich wollte nichts erzwingen. Vielleicht hängt ihre neue Begeisterung damit zusammen, dass sie mich in meiner niederschmetternden Entwicklung als Spieler unterstützen möchte. Sie bat mich, mir ihre Erfolge auf der Übungsbahn anzusehen. Sie sagte, es mache ihr in letzter Zeit richtig Spaß, den Ball zu schlagen, und führte ihren Erfolg auf ein Video zurück, anhand dessen sie sich den Schwung beigebracht hatte. Sie schlug mit einem mittleren Eisen und meinte nur: „Das Video habe ich neulich mal aufgenommen, als du hier geübt hast."

J. G. Nursall

Danksagung

HÜHNERSUPPE FÜR DIE SEELE DES GOLFERS WAR FÜR UNS EIN ERFRISCHENDES neues Erlebnis. Wie immer, wenn man sich an etwas Neues wagt, erhielten wir unterwegs Unterstützung von vielen lieben Menschen. Experten auf ihrem Gebiet, die von diesem Sport mehr verstehen, als wir für uns je erträumen können, gaben uns Rat, vor allem aber erhielten wir Anteilnahme und Rückhalt, was bei einem Projekt diesen Umfangs so wichtig ist. Wir möchten uns bei den nachstehend genannten Personen bedanken, denn ohne sie wäre dieses Buch nie fertig geworden.

Patty Aubery: Dank für deine unermüdliche Unterstützung und für dein Verständnis. Du hattest die Rolle unseres wichtigsten Caddies übernommen, hast uns an allen Fallstricken vorbeigeführt und darauf geachtet, dass wir unserem Vorsatz treu blieben.

Bob und Jan Donnelly: Eure nie erlahmende Zuwendung und Unterstützung waren für uns wichtiger, als euch bewusst ist. Was ihr angestoßen habt, setzt sich immer weiter fort.

Nat C. Rosasco und die Leute bei Northwestern ProSelect Golf Co: Wir danken euch für die Unterstützung, die ihr diesem Buch vom allerersten Tag an gegeben habt.

Jeanne Neale: Danke, dass du immer da warst! Deine Anrufe kamen immer zur richtigen Zeit, und was du zu sagen hattest, baute uns auf und half uns durch einige der schwierigsten Phasen.

Patty Hansen: Du bist ein Leuchtfeuer der Freundschaft, Zuneigung und Ermutigung. Danke für das *Hühnersuppe*-Vorbild, das du gegeben hast. Dank auch an Elisabeth und Melanie für eure Freundschaft und Gastfreundschaft.

Georgia Noble: Danke für die offenen Türen und die Unterstützung! Wir haben dich in unser Herz geschlossen. Danke, Christopher, für die Inspiration durch deine unbeschwerte Art, mit dem Leben umzugehen.

Bob Carney: Deine Kenntnisse und deine Freundschaft haben mit dazu beigetragen, dass wir Grenzen einhielten und im Spiel blieben.

Danke, dass du an uns geglaubt und das Potenzial gesehen hast. Du verkörperst, worum es in diesem Buch geht.

Liz Comte Reisman von Golf Digest Woman: Unser zufälliges Zusammentreffen auf dem Platz zog wunderbare und ganz unerwartete Folgen nach sich. Danke für deine Hilfe und Beständigkeit.

Jerry Tarde und das hervorragende Golf-Digest-Team: Euer Engagement und eure Begeisterung verdienen großen Dank.

Melanie Hauser und Golf Writer's Association of America: Die Beiträge eurer Mitglieder waren nach Form und Inhalt eine unschätzbare Bereicherung.

Scott Medlock, Wally Buchleitner und eure Teams: Danke für eure Kreativität und die Stellar Cover Art. Es ist ein Vergnügen, gemeinsam mit euch zu arbeiten.

Jim Ritts: Dank für das Zutrauen in das Projekt vom ersten Tage an.

Leslie King und Mitarbeiter in der Abteilung für Kommunikation bei LPGA: Dank für eure Unterstützung und euren effizienten Arbeitseinsatz.

Lorne Rubenstein: Die schicksalhafte Begegnung im Buchladen und deine nachfolgende Unterstützung waren ein Geschenk. Danke!

Len Stachitis von First Tee: Dein fester Glaube und deine Hilfe haben dem Buch unermesslich geholfen. Kurt Knop von CaP Cure: Danke für elf Stunden Kreativität am Tag. Steve Cohen von Shivas Irons Society: Danke fürs Zupacken in letzter Minute.

Heather McNamara: Mit deinem Blick fürs Detail und dein unglaubliches Wissen über alles zwischen Tee und Grün warst du ein echter Teamspieler.

Nancy Mitchell Autio: Dank für deine Unterstützung in Fragen der Rechte. Wir wissen es zu schätzen, dass du uns immer noch zur Seite stehst.

Leslie Forbes, Ro Miller, Veronica Romero, Teresa Esparza und Robin Yerian von Self-Esteem Seminars: Danke, dass ihr uns unterstützt und damit die Möglichkeit gegeben habt, uns auf ein solches Projekt zu konzentrieren. Ihr bleibt zwar in den Kulissen, aber eure Leistung wird gewürdigt.

Laurie Hartman von MVH & Associates: Danke, dass du dich um all die wichtigen Kleinigkeiten gekümmert hast, sodass wir das Gesamtbild im Auge behalten konnten.

Peter Vegso: Wir danken dir und schätzen dich für deinen von Herzen kommenden Wunsch, in der Welt den positiven Unterschied zu setzen. Du machst die Erde zu einem besseren Ort.

Terry Burke: Durch den Beitrag deines Teams und deine persönliche Begeisterung für die *Seele des Golfers* hat es besonders viel Spaß gemacht, an diesem Projekt zu arbeiten. Danke für alles.

Allison Janse: Wir wissen deine Genauigkeit und dein Expertentum bei der Fahnenkorrektur mehr zu würdigen, als dir vermutlich klar ist. Es ist beruhigend, dass du am anderen Ende der Strippe mit uns ziehst.

Bob Land: Danke für die exzellente Herausgebertätigkeit! Deine Einsichten und deine Verbesserungsvorschläge haben dieses Buch vorangebracht.

Larissa Hise und Lisa Camp: Durch euch wurde unser Buch schöner!

Kim Weiss und Larry Getlen: Danke für die Spannung, die ihr schaffen könnt. Eure Überzeugung und euer Engagement werden deutlich, wann immer ihr euch zu Wort meldet.

An das gesamte Health-Communications-Team: Eure Professionalität, eure Hingabe an die Arbeit und eure Teamarbeit haben uns inspiriert und bleiben unvergessen.

Einen ganz besonderen Dank möchten wir den vielen Menschen sagen, die unzählige Stunden darauf verwendet haben, die in die engere Wahl genommenen Geschichten zu lesen und einzustufen. Eure Kommentare und Vorschläge waren unschätzbar: Diane Aubery, Bon Carney, Christine Clifford, Bob Donnelly, Bud Gardner, Rose Greenman, Amy Fanelli, Brad Halfon, Tom Hazard, Paul Holcomb, Leslie King, Barbara Lamonico, Linda Mitchell, Todd Mielke, Jeanne Neale, Bob Polivka und Liz Comte Reisman.

Bedanken möchten wir uns außerdem bei Ihnen allen, die Sie uns Tausende von Geschichten, Briefen, Gedichten und Zitaten einsandten und die wir sichteten, um sie vielleicht ins Buch zu übernehmen.

Wir konnten sie nicht alle unterbringen, aber wir lasen sie alle, und sie berührten uns. Ihre Geschichten haben uns immer wieder davon überzeugt, dass wir auf dem richtigen Weg waren, und sie zeigten uns, wie wir die Saiten in der Seele der Golfer am besten anschlagen könnten.

Dieses Projekt war sehr umfangreich und erstreckte sich über einen langen Zeitraum. Vielleicht haben wir jemanden nicht erwähnt, der uns auf dem langen Weg eine Stütze gewesen war. Falls das passiert ist, entschuldigen Sie uns bitte und glauben Sie uns, dass wir Ihre Mitarbeit zu würdigen wissen.

Schließlich sei allen, die am Abschluss dieses Projektes beteiligt gewesen sind, unsere dankbare Zuneigung ausgesprochen: Ohne euch hätten wir es nicht geschafft!

Appetit auf mehr Hühnersuppe?

VIELE DER GESCHICHTEN UND GEDICHTE IN DIESEM BAND WURDEN VON Lesern wie Ihnen beigesteuert, die andere Bücher aus der Reihe kannten. Wir planen, jährlich fünf oder sechs Bücher der Reihe *Hühnersuppe für die Seele* herauszugeben. Sie sind eingeladen, Ihren Beitrag zu leisten.

Die Geschichten dürfen bis zu 12 000 Wörter umfassen und sollen den Leser inspirieren oder aufbauen. Sie können einen Originaltext oder auch etwas einsenden, was Sie in einer Zeitung, einer Zeitschrift, einem Kirchenblatt oder einer Betriebszeitung gefunden haben. Es kann auch ein Zitat sein, das an Ihrer Pinnwand hängt, weil es Ihnen so gut gefällt, oder ein persönliches Erlebnis, das Sie berührt hat.

Sie können unsere Publikationsleitlinien und eine Liste der geplanten Ausgaben von *Hühnersuppe* per Post, Fax oder im Internet anfordern:

☞ Hühnersuppe für die Seele
P. O. Box 30880 Santa Barbara, CA 93130
Fax: 805-563-2945
www.chickensoup.com

Schicken Sie uns Ihren Beitrag einfach an eine der genannten Adressen zu und geben Sie an, für welche Ausgabe Sie den Text vorgesehen haben.

Wir werden dafür sorgen, dass Sie und der Verfasser erwähnt werden.

Bitte wenden Sie sich direkt an die einzelnen Autoren, falls Sie sie kontaktieren wollen, desgleichen wegen Videotapes, Workshops und Fortbildungsprogrammen.

Besuchen Sie auch die Website von *Chicken Soup for the Soul* bei America Online unter dem Stichwort: chickensoup.

Oder Sie melden sich unter: www.bombus-verlag.de

Abdruckgenehmigungen

WIR DANKEN DEN HERAUSGEBERN UND AUTOREN FÜR DIE ERLAUBNIS, DAS FOLGENDE Material nachzudrucken. (Anmerkung: Die Geschichten, die anonym verfasst sind, für die das Copyright abgelaufen ist oder die von Jack Canfield, Mark Viktor Hansen, Mark Donelly, Chrissy Donelly oder Jeff Aubery geschrieben wurden, sind nicht in diesem Verzeichnis enthalten):

- *Nur ein einziger.* Nachgedruckt mit Genehmigung von J. G. Nursall. © 1998 J. G. Nursall. Erster Abdruck im Golf Journal / USA.
- *Verloren und wiedergefunden.* Nachgedruckt mit Genehmigung von Greg R. Bernard. © 1998 Greg R. Bernard.
- *Die US Open.* Nachgedruckt mit Genehmigung von Bill Pelham. © 1998 Bill Pelham.
- *In leuchtenden Farben.* Nachgedruckt mit Genehmigung von Ernie Witham. © 1998 Ernie Witham.
- *Der Golf Fanatiker.* Nachgedruckt mit Genehmigung von Nancy N. Winthrop (für Stephen Leacock). © 1998 Nancy N. Winthrop.
- *Ein Tag auf der Tradition.* Nachgedruckt mit Genehmigung von Christine Clifford. © 1998 Christine Clifford.
- *Ich hasse Golf – ich liebe Golf!* Nachgedruckt mit Genehmigung von George Bush. © 1998 George Bush.
- *Eine Kerze im Wind.* Nachgedruckt mit Genehmigung von Jack Sheehan. © 1998 Jack Sheehan und Peter Jacobsen.
- *Die Uhr zurückstellen.* Nachgedruckt mit Genehmigung von Betty Cuniberti. © 1998 Betty Cuniberti. Erster Abdruck in Golf Digest Woman / USA.
- *Plimpton nach vorn.* Nachgedruckt mit Genehmigung von George Plimpton. © 1998 George Plimpton.
- *Im Team gilt kein „Ich“.* Nachgedruckt mit Genehmigung von Dave Sheinin. © 1998 Dave Sheinin. Erster Abdruck im Golf Journal / USA.
- *Das Magoo-Gaunerstück.* Nachgedruckt mit Genehmigung von Harvey Mackay. © 1998 Harvey Mackay.
- *Schlagt den Profi.* Nachgedruckt mit Genehmigung von Susan D. Brandenburg. © 1998 Susan D. Brandenburg.

- *Golfbälle.* Nachgedruckt mit Genehmigung von Sam Murphy. © 1998 Sam Murphy.
- *Walter verdient die Ehrung.* Nachgedruckt mit Genehmigung von Frank J. Haller. © 1998 Frank J. Haller.
- *Die letzten neuen.* Nachgedruckt mit Genehmigung von Rich Radford. © 1998 Rich Radford.
- *Er lebt seinen Traum.* Nachgedruckt mit Genehmigung von Gary D'Amato. © 1998 Gary D'Amato.
- *Nachruf auf einen Milchmann.* Nachgedruckt mit Genehmigung von Tom Callahan. © 1998 Tom Callahan. Erster Abdruck in Golf Digest.
- *Golf und der Caddie im Royal Troon.* Nachgedruckt mit Genehmigung von Jeff Kahler. © 1999 Jeff Kahler.
- *Der Tag, als Mr. 59 wie der Blitz einlochte.* Nachgedruckt mit Genehmigung von Nick Seitz. © 1997 New York Times Company, Inc. Alle Rechte vorbehalten.
- *All die guten Eigenschaften, die man haben sollte.* Nachgedruckt mit Genehmigung der Nick Price Gruppe, Inc. © 1998 Nick Price. Erster Abdruck in Golf Digest.
- *Ike, Mamie, Spiro und ich.* Nachgedruckt mit Genehmigung von Clint McCown. © 1997 Clint McCown. Erster Abdruck in Golf Digest.
- *Als ich den König traf.* Nachgedruckt mit Genehmigung von Jack Sheehan. © 1998 Jack Sheehan und Peter Jacobsen.
- *Erfolg hat seinen Preis.* Nachgedruckt mit Genehmigung von Terry Todd. © 1998 Terry Todd.
- *Mein bester Freund.* Nachgedruckt mit Genehmigung von Andrew Galanopulos. © 1998 Andrew Galanopulos.
- *Karamellbonbons.* Nachgedruckt mit Genehmigung von A. J. Daulerio. © 1998 A. J. Daulerio.
- *Babe im Gebüsch.* Nachgedruckt mit Genehmigung von Tom Turley. © 1998 Tom Turley.
- *Ein mondsüchtiger Golfschlag.* Nachgedruckt mit Genehmigung von Laura Chrchley. © 1998 Laura Chruchley.
- *Das besondere Geschenk.* Nachgedruckt mit Genehmigung von Adel Guzzo. © 1998 Adel Guzzo.
- *Divots.* Nachgedruckt mit Genehmigung von Don Wade. © 1991 Don Wade.
- *Des Golfers bester Freund.* Nachgedruckt mit Genehmigung von Bud Gardner. © 1998 Bud Gardner.
- *Der brandneue Golfer.* Nachgedruckt mit Genehmigung von Stan Reynolds. © 1998 Stan Reynolds.

- *Wie das Glück so spielt.* Nachgedruckt mit Genehmigung von Tommy Ehrbar. © 1998 Tommy Ehrbar.
- *Slicker Sam.* Nachgedruckt mit Genehmigung von Frank Christian. © 1998 Frank Christian.
- *Geraden Wegs über das Fairway.* Nachgedruckt mit Genehmigung von Dave McIntosh. © 1990 Dave McIntosh.
- *Diese Lehre vergesse ich nie.* Nachgedruckt mit Genehmigung von Simon & Schuster, USA. © 1997 by Davis Love III und Michael Bamberger.
- *Eine Bagatelle.* Nachgedruckt mit Genehmigung von Leonard Finkel. © 1998 Leonard Finkel.
- *Eine liebenswerte Gaunerin.* Nachgedruckt mit Genehmigung von Bob Brust. © 1998 Bob Brust.
- *Wie spiel'n sie alle.* Nachgedruckt mit Genehmigung von William Bowen. © 1998 William Bowen.
- *Ein wahrer Gentleman.* Nachgedruckt mit Genehmigung von Hugh Baldwin. © 1998 Hugh Baldwin.
- *Einmal habe ich geschummelt.* Nachgedruckt mit Genehmigung von John Meyers. © 1998 John Meyers.
- *Putten auf Teufelkommraus.* Nachgedruckt mit Genehmigung von Ken Robertson. © 1998 Ken Robertson
- *Der Unterschied zwischen Schotten und Amerikanern.* Nachgedruckt mit Genehmigung von Don Wade. © 1991 Don Wade
- *Der mitfühlende Golfer.* Nachgedruckt mit Genehmigung von Carla Muir. © 1998 Carla Muir.
- *Ein Sieg für die Golfratten.* Nachgedruckt mit Genehmigung von Rabbi marc Gellman. © 1998 Rabbi Marc Gellman.
- *Eine Übungsrunde fürs Leben.* Nachgedruckt mit Genehmigung von Debra Moss. © 1998 Debra Moss.
- *Die Kollekte.* Nachgedruckt mit Genehmigung von Jan K. Collins. © 1998 Jan K. Collins.
- *Einfach da sein.* Nachgedruckt mit Genehmigung von Don Didio. © 1998 Don Didio.
- *Weit über Par.* Nachgedruckt mit Genehmigung von Harrsion Kelly. © 1998 Harrison Kelly.
- *Scheidung auf Golferart.* Nachgedruckt mit Genehmigung von Gordon W. Youngs. © 1998 Gordon W. Youngs.
- *Das Ass.* Nachgedruckt mit Genehmigung von Mitch Laurance. © 1998 Mitch Laurance.
- *Vorzeitiger Ruhestand.* Nachgedruckt mit Genehmigung von Todd Behrendt. © 1998 Todd Behrendt.

- *Mom schlägt auf dem Golfplatz auf.* Nachgedruckt mit Genehmigung von Adam Bruns. © 1998 Adam Bruns.
- *Einer nach dem anderen.* Nachgedruckt mit Genehmigung von Larry R. Pearson. © 1998 Larry R. Pearson.
- *Der Vertretungscaddie.* Nachgedruckt mit Genehmigung von Melissa Lehmann. Aus: Arizona Republic. © 1998 Melissa Lehman.
- *Engelsflügel.* Nachgedruckt mit Genehmigung von J. G. Nursall. © 1998 J. G. Nursall.
- *Vater und Sohn.* Nachgedruckt mit Genehmigung von Alf McCreary. © 1993 Alf McCreary
- *Rückkehr nach Inwood.* Nachgedruckt mit Genehmigung von Sleaping Bear Press. © 1997 Sleaping Bear Press.
- *Ein Zeichen der Liebe.* Nachgedruckt mit Genehmigung von Judy Walker. © 1998 Judy Walker.
- *Vaters magische Schläger.* Nachgedruckt mit Genehmigung von John Keating. © 1998 John Leating.
- *Die Anwesenheit ihrer Mutter.* Nachgedruckt mit Genehmigung von Tracy Hanson. © 1998 Tracy Hanson.
- *Das plötzliche Ende einer Liebesgeschichte.* Nachgedruckt mit Genehmigung von David Kindred. © 1998 David Kindred
- *Nur noch ein Mal.* Nachgedruckt mit Genehmigung von Giles Tippette, © 1998 Gildes Tippette.
- *Mit dem Drive des Meisters.* Nachgedruckt mit Genehmigung von Jack Cavanaugh. © 1998 Jack Cavanaugh.
- *Auf den eigenen zwei Beinen.* Nachgedruckt mit Genehmigung von Ken Bowden. © 1998 Ken Bowden.
- *Fast ein Heimspiel.* Nachgedruckt mit Genehmigung von Bob Phillips. © 1998 Bob Phillips.
- *Eine neue Perspektive.* Nachgedruckt mit Genehmigung von Melissa Russell. © 1998 Melissa Russel.
- *Mit Schwung gegen Stress.* Nachgedruckt mit Genehmigung von Steve Densley. © 1998 Steve Densley.
- *Eine Umarmung in der bittersüßen Mitte.* Nachgedruckt mit Genehmigung von Jimmy Roberts, aus: ESPN.com, 20.7.1998. © 1998 Jimmy Roberts.
- *Ein neuer Flügel.* Nachgedruckt mit Genehmigung von Jay Gearan. © 1998 Jay Gearan.
- *Happy.* Nachgedruckt mit Genehmigung von David Field. © 1998 David Field
- *Vom Vorteil, König zu sein.* Nachgedruckt mit Genehmigung von Rich Mintzer. © 1998 Rich Mintzer und Peter Grossman.

- *Ein bescheidener Anfang.* Nachgedruckt mit Genehmigung von William H. Grace für Patty Berg. © 1998 Patty Berg.
- *Vielleicht brauche ich eine Kristallkugel.* Nachgedruckt mit Genehmigung von Ernie Witham, © 1998 Ernie Witham.
- *Der Mann mit dem geheimen Geheimnis.* Nachgedruckt mit Genehmigung von Jerry Tarde © 1993 The Times Company Group, Inc. Alle Rechte vorbehalten.
- *Bürsten, bürsten!* Nachgedruckt mit Genehmigung von Steve Minnick. © 1998 Steve Minnick.
- *Zen und die Kunst, das Wasserhindernis zu überwinden.* Nachgedruckt mit Genehmigung von Micki McClelland. © 1998 Micki McClelland.
- *Der Witzbold des Golf.* Nachgedruckt mit Genehmigung von John Feinstein. © 1998 John Feinstein.
- *Golfcarts haben keinen Vierradantrieb.* Nachgedruckt mit Genehmigung von Ernie Witham. © 1998 Ernie Witham.
- *De profundis, homo (tiefschürfende Einsichten, Mann).* Nachgedruckt mit Genehmigung von Frank Haller. © 1998 Frank Haller.
- *Er gäbe dir sein letztes Hemd.* Nachgedruckt mit Genehmigung von Don Wade. © 1991 Don Wade
- *Das Geheimnis.* Nachgedruckt mit Genehmigung von J. G. Nursall. © 1998 J. G. Nursall.

GOLDMANN

Buch

Thorn ist Aussteiger und Einsiedler. Zusammen mit der Privatdetektivin Darcy Richards genießt er an der Südküste Floridas das einfache Leben als Fischer und Taucher. Aber die Idylle währt nicht lange: Darcy ertrinkt auf rätselhafte Weise in den Korallenriffen vor der Küste. Was zunächst wie ein Tauchunfall aussieht, stellt sich schnell als heimtückischer Mord heraus. Thorn hat nur einen Gedanken: den Mörder zu finden. Sein einziger Hinweis ist die geheimnisvolle Fischart der Roten Tilapia, die Darcy erwähnt hat. Dabei handelt es sich um eine Neuzüchtung, deren Vorzüge ihr ungeheuer schnelles Wachstum und ihre enorme Vermehrungsrate sind. Es könnte ein unermeßliches Geschäft für die Fischindustrie werden – aber die extreme Gefräßigkeit dieser Tierart birgt auch das Risiko, die Weltmeere in ökologische Wüsten zu verwandeln. In den Händen des psychopathischen Ex-CIA-Agenten Harden Winchester wird die Rote Tilapia zur teuflischen Waffe. Thorn nimmt den ungleichen Kampf an und gerät in einen Strudel aus Korruption und Mord, Rache und perverser Liebe.

Ein atemberaubender Thriller um einen gerissenen Profi-Killer und eine drohende Umwelt-Katastrophe inmitten der paradiesischen Küstenlandschaft Key Largos.

»Dichte Atmosphäre, packende Handlung und gespickt mit faszinierenden Charakteren: Hall fesselt den Leser auf jeder Seite bis zum spannungsgeladenen Höhepunkt.« Clive Cussler

Autor

James W. Hall stammt aus Hopkinsville, Kentucky, und ist Autor von bisher fünf Romanen, die in Amerika ausnahmslos zu Bestsellern wurden. Daneben veröffentlichte er Gedichtbände und eine Kurzgeschichtensammlung. Hall lebt zusammen mit seiner Frau in Südflorida.

JAMES W HALL

ABGE-
TAUCHT

ROMAN

Deutsch von
Michael Kubiak

GOLDMANN VERLAG

Die amerikanische Originalausgabe
erschien 1994 unter dem Titel
»Mean high tide« bei Delacorte Press, New York

Umwelthinweis:
Alle bedruckten Materialien dieses Taschenbuches
sind chlorfrei und umweltschonend.

Der Goldmann Verlag
ist ein Unternehmen der Verlagsgruppe Bertelsmann

Deutsche Erstveröffentlichung 10/95

Umschlaggestaltung: Design Team München
Umschlagmotiv: Phil Rose
Satz: IBV Satz- und Datentechnik GmbH, Berlin
Druck: Graph. Großbetriebe Pößneck
Verlagsnummer: 42946
Redaktion: Stefanie Wewetzer
T.T. · Herstellung: Stefan Hansen
Made in Germany
ISBN 3-442-42946-3

1 3 5 7 9 10 8 6 4 2

Für Evelyn,
mit meiner ganzen Liebe

Dank an Mike Picchietti für seine großzügige Unterstützung in bezug auf Informationen über Tilapien und Fischzucht und an Dr. Jeffrey Rosen für seine nützlichen medizinischen Hinweise und an Dennis Lehane dafür, daß er mir die richtige Richtung gewiesen hat.

Das Wasser wimmle von lebendigen Wesen.

Genesis

Wenn ihr von diesem Unheil Kunde gebt,
Sprecht von mir, wie ich bin; beschönigt nichts,
Noch setzt in Bosheit zu. Dann müßt ihr melden
von einem, der nicht klug, doch zu sehr liebte,
Nicht leicht argwöhnte, doch, einmal erregt,
Unendlich raste: von einem, dessen Hand,
Dem niedern Inder gleich, die Perle wegwarf,
Mehr wert, als all sein Volk.

Othello

Kapitel 1

Es war ein klarer, heißer Augustmorgen, voller Weite und Unbeschwertheit, einer jener Tage, an denen nichts Schlimmes passieren konnte. Der Atlantik war so ruhig und lauwarm wie tagaltes Badewasser. All diese Stille wurde durch einen Hochdruckkeil ausgelöst, sagte Darcy, der über den Florida Keys lag und wie ein Deckel auf einem Marmeladenglas wirkte. Kein Hauch von einer Brise, nichts als die gleiche Luft, die auch schon in der vergangenen Woche und in der Woche davor dagewesen war. Sie wurde vielleicht ein wenig trübe, aber für Thorn war es noch immer gute Luft. Verdammt gute Sommerluft. Luft mit Körper, mit Gewicht.

Der Himmel war makellos wie frisch emailliert. Es war ein sattes Blau, die Farbe von Venenblut. Weit draußen am östlichen Horizont boten die Möwen und Fischreiher, die Fregattvögel und sogar die Tanker, die durch die Fahrrinnen dampften, einen einzigartigen Anblick. Nur ein paar faserige Wolken standen reglos im Westen wie Adern im Marmor.

Es war Sonnabend. Sechs Meilen vor Key Largo ankerten Thorn und Darcy über einer flachen Sandbank ein paar Bootslängen östlich des Broken Conch Reef und nur ein paar Minuten südlich der Grenze des Pennecamp State Park. Es war noch nicht ganz Mittag, aber sie hatten bereits drei ansehnliche Hummer im Kühlbehälter. Zweimal hatte Darcy einen Riesen gesichtet, aber sie war nicht nahe genug herangekommen, um ihn einzufangen. Nun machten sie eine Pause, um wieder zu Atem zu kommen. Thorn stand am Ruder und schaute Darcy dabei zu, wie sie ihre Tauchmaske säuberte.

»Möchtest du schon essen?«

»Nein«, sagte sie. »Aber laß dich dadurch nicht abhalten.«

Sie lächelte ihn an und konzentrierte sich wieder auf ihre Maske. Thorn suchte mit der Hüfte an der Ruderkonsole eine bequeme Stelle, lehnte sich dann mit seinem ganzen Gewicht dagegen und verfolgte, wie sie die Glasscheibe der Maske mit dem Zipfel eines Badetuchs polierte.

Während der vergangenen beiden Jahre hatte er verdammt viel Zeit damit verbracht, Darcy Richards zu beobachten. Zu verfolgen, wie sie irgendwelche unbedeutenden Dinge tat oder überhaupt nichts. Wie sie schlief oder las, die Wäsche zum Trocknen aufhängte oder sich das Haar bürstete. Er hatte mitangesehen, wie sie das zähe Fleisch unzähliger Muscheln kleinhackte und dann die panierten Bällchen in siedendes Öl legte. Er hatte tausendmal gesehen, wie sie ihre Angel auswarf, und sie dabei beobachtet, wie sie wartete, während der Köder versank, hatte den erwartungsvollen Ausdruck ihrer Augen gesehen, und so gut wie jeden Tag hatte er ihr dabei zugeschaut, wie sie sich unter der Außendusche abseifte, hatte verfolgt, wie sie sich abtrocknete, sich dann in das Badetuch wickelte und in einen der Adirondacksessel fallen ließ und ihr feuchtes Haar nach vorne über den Kopf warf und es der Sonne darbot. In den zwei Jahren, die sie nun schon zusammenlebten, hatte er sie einige tausend Dinge tun sehen, und sie hatte niemals nachgelassen, ihn zu faszinieren.

Seit kurzem war sie dazu übergegangen, sich die Haare so zu schneiden und zu frisieren, wie sie es in der High-School getan hatte. Die Dauerwelle aus ihrer Zeit als Wettertante bei einem Fernsehsender in Miami war vollkommen herausgewachsen, und nun hing ihr Haar schlicht und glatt bis auf ihre Schultern herab, und die Ponyfransen berührten beinahe ihre Augenbrauen. Der Staub der Stadt war vom Inselwind nahezu vollständig weggeblasen worden.

Ihr Haar hatte einen honiggelben Farbton mit rötlichem

Schimmer. Es war eine jener seltenen Sonnenuntergangsfarben. Die Augen leuchteten in einem satten Avocadogrün, aber manchmal, wenn Thorn ihnen ganz nahe kam, schienen sie mit dem Licht zu spielen und ein ganz persönliches Farbspektrum zu durchlaufen. Plötzlich zeigten sie ein Dampfgrau oder auch ein kräftiges Aquamarin.

»Woher kennst du diese Stelle überhaupt?« fragte er. »Und woher weißt du, daß es hier so viele Hummer gibt?«

Sie sah kurz zu ihm hoch, dann widmete sie sich wieder ihrer Tauchmaske.

»Du weißt, daß ich meine Informationsquellen nicht verraten darf, Thorn«, sagte sie.

»Ja«, sagte er. »Das ist eins der sechshundert Dinge, die ich an dir liebe. Integrität. Vertraulichkeit.«

»Nur sechshundert?« fragte sie. »Mehr nicht?«

»Sechshundert hoch zehn«, sagte er. »Danach multipliziert mit dem Wiederholungsfaktor vier.«

»Was zum Teufel ist ein Wiederholungsfaktor vier?«

Thorn zuckte die Achseln.

»Ich hab's mal irgendwo gehört. Ich hab' keine Ahnung. Vielleicht habe ich es erfunden.«

»Na schön«, sagte sie, ihr Schmollmund entspannte sich und zeigte dann ein Lächeln. »Das ist besser als sechshundert.«

Er bückte sich und wühlte sich durch den Kühlbehälter, bis er die seiner Meinung nach kälteste Dose Budweiser südlich von Anchorage gefunden hatte. Thorn trug seine Jeans mit den abgeschnittenen Beinen, ein T-Shirt, dessen Aufschrift für den örtlichen Angelladen warb, und seine Polarisationssonnenbrille. Seine nackten Füße und alles übrige nackte Fleisch zeigte ein dunkles Kastanienbraun. Seit Darcy ihm das letzte Mal vor zwei Monaten die Haare geschnitten hatte, wucherte es mittlerweile wieder bis über seinen Kragen. Es war von einem sommerlichen Blond, so trocken und brüchig wie Heu.

»Hast du je daran gedacht«, sagte er, »daß, wenn die Langustenpopulation im gleichen Tempo abnimmt wie bisher, der heutige Tag vielleicht der letzte ist, an dem wir überhaupt noch welche finden? Im nächsten Sommer schon könnten die einzigen Überlebenden nur noch die Arten sein, die in ein paar hundert Metern Tiefe leben. Ist dir so ein Gedanke schon mal gekommen?«

»Ich verdränge ihn dann immer ganz schnell.«

Ihre Stimme klang ausdruckslos, und sie sah ihn nicht an, hauchte nur auf die Glasscheibe ihrer Tauchmaske und polierte an einem weiteren Fleck.

Thorn sah sie noch für ein paar weitere Sekunden an, und als sie nicht aufblickte, seufzte er und streckte seine Schultern. Dann schaute er hinab ins klare Wasser.

Es war an dieser Stelle sechs Meter tief, aber es war klar genug, so daß er die wogenden Hornkorallen, einen kleinen umherflitzenden Schwarm Demoisellen in vier Metern Tiefe und zwei Soldatenfische dicht unter der Oberfläche erkennen konnte. Auf dem Riff herrschte der übliche Alltagsbetrieb. Ein ständiges Kommen und Gehen von Tausenden irisierender Elritzen, die an den lebendigen Korallenfelsen knabberten, Wolken von Purpurochsenblutrot und Karmesinrot, die das Wasser kurzzeitig mit ihrem Glitzern färbten. Ein buntes Wandgemälde, das niemals stillhielt.

Thorn schaute über das diamantblaue Wasser, suchte das stille Meer ab. Es herrschte kaum nennenswerter Bootsverkehr. Ein einzelnes offenes Angelboot lag in einer halben Meile Entfernung und glitt langsam auf sie zu. Sah aus wie ein Grady-White-Modell.

Ein einziges Boot, wo vor nur zwei Wochen Hunderte, vielleicht sogar Tausende waren. Alle voller Freizeittaucher, die für ein verlängertes Wochenende heruntergekommen waren, um wie jedes Jahr den Beginn der Hummersaison zu feiern. Es war eine viertägige Horrorshow, ein wütender Ansturm von Tausenden von Fremden, die die schmalen Inseln überfüllten und ihre Netze und Angeln und Bierkästen und lauten Radios mitschleppten, eine Armada von Touristen, die sich in einer einzigen Schlange heller Mietwagen die U.S. 1 hinunterwälzten.

Mit ihren leuchtenden Sonnenbränden und ausstaffiert mit T-Shirts mit aufgedruckten Bildern von Hummern und lustigen Sprüchen überschwemmten sie abends die Restaurants, okkupierten die Bars und Motels. Für vier Tage mieteten sie sämtliche verfügbaren Boote, verstopften die Yachthäfen, Anlegestege und Tauchläden, und jeden Morgen eilten sie gruppenweise hinaus aufs Meer, um jeden Quadratzentimeter Meeresboden abzusuchen, den sie finden konnten.

Die meisten der örtlichen Kaufleute liebten das Wochenende und betrieben intensive Werbung im Staat und in den Nachbarstaaten, um mehr und mehr von ihnen anzulocken. Aber für Thorn war es eine qualvolle Zeit. Vier Tage lang waren überall, egal wohin er schaute, Fremde in Scharen, sie alle in einem wahren Jagdrausch, in dem sie jeden Winkel ausräumten, Felsen abbrachen, dicht am Ufer durch die empfindlichen Schwammkolonien stampften und alles harpunierten, einsammelten und aufscheuchten, was auf ihrem Weg lag.

Und wie üblich schnappte die Küstenwache ein paar Gesetzesübertreter. Zwei Männer aus Georgia, die ihre täglich genehmigte Hummermenge von sechs Stück um mehrere tausend überschritten hatten. Sie waren mit ihrem Lastwagen voll zu kleiner Langusten in Eiskisten und ein paar hundert Pfund Hornkorallen, die sie abgebrochen hatten, um sie als Souvenirs zu verkaufen, unterwegs nach Valdosta.

Aber das lag zwei Wochen zurück. Nun herrschte wieder Ruhe im Wasser, und die überlebenden Hummer gehörten aufs neue den Männern und Frauen, die sich ihren Lebensunterhalt damit verdienten, sie in Holzkästen und -körben zu fangen und sie an die Restaurants zu verkaufen, sowie den wenigen Anwohnern, die geduldig genug waren, den ein oder anderen Einzelgänger zu fangen, um sich daraus eine Mahlzeit zu bereiten.

Der August war zur Hälfte vorbei, Labor Day stand kurz bevor, und eine weitere kleine Invasion von Touristen würde an diesem Wochenende erneut die Insel überfallen. Danach würde es wieder ruhig in den Keys, sie würden für einige Monate nur noch von den Eingeborenen bevölkert, bis die Wintersaison anfing und die reichen Yankees wieder erschienen. So war das nun mal in den Keys. Erst ein Heuschreckenschwarm, dann der nächste. Nachdem sie Tage oder Monate umhergeschwärmt waren, verschlangen sie jeden saftigen Rest, den der letzte Schwarm zurückgelassen hatte, um dann, auf ein geheimnisvolles Signal hin, in einer einzigen gefräßigen Wolke zu verschwinden und sich auf den nächsten fruchtbaren Acker zu stürzen, der ihren Appetit weckte.

Thorn war es leid, und es wurde jedes Jahr schlimmer. Er hatte keine Ahnung, was er tun sollte. Er war kein politischer Mensch. Er konnte keine Reden halten oder die Eingeborenen dazu aufrufen, gegen die drohende Plünderung dessen zu demonstrieren, was eigentlich ihnen gehörte. Seit kurzem spielte er mit der Idee, die Insel zu verlassen, weit hinaus in die Karibische See zu fahren, wo die Menschenschwärme nicht so umfangreich oder gierig sein mochten.

Aber ob es ihm nun gefiel oder nicht, Key Largo war sein Zuhause, war der Ort, wo er die ganzen zweiundvierzig Jahre seines bisherigen Lebens verbracht hatte. Seine Heimat, zum Untergang verurteilt durch ihre Bereitschaft, sich selbst zu verkaufen, die Beine im Stunden- oder gar Wochentakt breit zu machen. Ihre Seele feilzubieten. Dies war sein Zuhause. Und da er diesen Ort nicht retten konnte, tat er, was er konnte, um sich selbst zu retten. Er ging in Deckung. Und als das nicht funktionierte, verkroch er sich noch mehr.

Thorn öffnete den Kühlbehälter und holte eines der Thunfisch-Cheddar-Sandwiches heraus, die sie bereits vor Sonnenaufgang an diesem Morgen zubereitet hatten. Viel Senf mit ein oder zwei Salatblättern und einer zwei Zentimeter dicken Tomatenscheibe. Er kletterte auf die Aussichtsplattform über der Maschine, schlug das Wachspapier auseinander und begann zu essen.

Heute waren sie in seinem Achtzehn-Fuß-Boot rausgefahren, seinem Hewes Tarpon-Fänger mit einem Tiefgang von nur fünfzehn Zentimetern. Das Boot war dafür gebaut, über Tau und spiegelglattes Wasser dahinzujagen, nicht jedoch für die mächtigen Brecher des Atlantiks. Gewöhnlich hätte er so weit vom Land entfernt das Dreißig-Fuß-Chris Craft genommen, das alte Boote aus Teak und Mahagoni, das er geerbt hatte. Aber da das Wasser so glatt war und der Horizont so klar und deutlich wie ein mit der Schlagschnur erzeugter Kreidestrich, verdammt, da hätten er und Darcy heute mit einem Kajak rauspaddeln können, hätten sogar weiterpaddeln können, wenn ihnen danach gewesen wäre, bis über den Golfstrom, und hätten es bis Nassau in einer gemütlichen Stunde geschafft.

Er beobachtete, wie das offene Angelboot näher trieb. Der Lenker schaltete die Motoren in vierhundert Metern Entfernung aus und ging nach vorne, warf den Anker über Bord und setzte anschließend eine rote Taucherflagge auf einer weißen Boje aus.

»Wie ist das Gelände da drüben?« Thorn deutete auf das Grady White. »Weißt du das?«

»Ziemlich viele Felsen«, sagte sie. »Sonst nichts.«

»Vielleicht weiß der Typ etwas mehr darüber.«

»Nicht sehr wahrscheinlich.«

Darcy beobachtete das Boot mit zusammengekniffenen Augen, sagte aber nichts. Ein oder zwei Sekunden später schaute sie nach unten, spuckte in ihre Maske, verrieb den Speichel auf dem Glas, und richtete, während sie rieb, den Blick wieder auf das Boot.

»Hast du schon mal jemanden hergebracht?« fragte er.

Sie sah zu ihm hinüber, legte die Tauchmaske beiseite, faltete die Hände im Schoß und schüttelte den Kopf.

»Das ist mein geheimer Platz«, sagte sie. »Du bist der erste, der davon erfährt. Und du mußt darüber schweigen.«

»Tatsächlich?« fragte er. »Niemand kennt ihn? Nicht mal dieser Roger Sowieso? Dein Partner beim Abschlußball der High-School?«

Sie bedachte ihn mit einem leicht sarkastischen Blick.

»Darf ich wenigstens Sugarman davon erzählen?« fragte er.

»Sugarman weiß schon Bescheid.«

»Ich dachte, ich sei der erste.«

»Das bist du auch.«

Ein Lächeln spielte um ihre Lippen.

»Was ist das? Ein Rätsel?«

Sie sagte: »Sugarman hat Gaeton und mich hierhergebracht. Allerdings glaube ich kaum, daß er sich noch daran erinnert, es ist schon so lange her.«

Sie lehnte sich gegen das Dollbord, streckte den Arm aus, ließ ihn über Bord hängen, so daß die Finger durch das Wasser strichen.

»Ich war zehn Jahre alt, vielleicht auch schon elf«, erzählte sie. »Dadurch waren Sugar und du und Gaeton fast so was wie meine älteren Brüder. Die beiden hatten an diesem Tag nichts Besonderes vor, fuhren einfach durch die Gegend, um sich umzusehen. Sie wollten Barsche angeln, soweit ich mich erinnere. Ich weiß nicht, wo du warst, vermutlich zu Hause beim Fliegenwickeln oder so. Aber ich erinnere mich, daß Gaeton und Sugar nichts fingen, daher nehme ich an, daß sie sich die Stelle nicht gemerkt haben. Aber ich habe an diesem Morgen dort ein wenig geschnorchelt, und ich habe die Stelle niemals vergessen.

Die Hummer dort waren riesig. Ich hab' ihnen nicht verraten, was ich gesehen hatte. Ich habe den Mund gehalten und mein Pokergesicht aufgesetzt, aber ich bin danach jedes Jahr, wenn ich es irgendwie schaffte, wieder dorthin zurückgekehrt. Ich habe niemandem etwas erzählt. Meinem Bruder nicht, Sugar nicht, eben niemandem.«

»Bis heute.«

»Ja«, sagte sie. »Bis heute.«

»Und warum ausgerechnet jetzt?«

»Ich dachte, es sei an der Zeit«, sagte sie. »Man weiß ja nie, vielleicht gibt es einen Asteroiden mit meinem Namen darauf oder einen Greyhound Bus, der die U.S. 1 runtergerast kommt. Dinge, mit denen man nicht rechnet. Ich möchte nicht sterben und eine Menge wertvoller Geheimnisse mitnehmen.«

Sie sah ihn lange an, während die letzten Worte noch in der Luft hingen. Thorn erwiderte ihren Blick, wartete darauf, daß sie lachte, und hoffte es sogar inständig. Aber ohne irgendeinen Hinweis darauf, daß sie nur einen Scherz gemacht hatte, senkte sie den Blick und ließ ihre Finger wieder durchs Wasser gleiten.

Sie sagte in letzter Zeit immer wieder solche Dinge. Mitten in einer scherzhaften Diskussion verfiel sie in einen unheilvollen Tonfall. Er kannte sie schon sein ganzes Leben lang, ihr älterer Bruder Gaeton war Thorns bester Freund gewesen, und während der letzten zwei Jahre hatte er sein Haus und sein Bett mit ihr geteilt. Aber in all diesen Jahren war es erst im vergangenen Monat geschehen, daß bei Darcy Richards derartige Stimmungsumschwünge stattfanden. Wie bei einem Sopran, der plötzlich in einen heiseren Baß umschlägt.

Thorn dachte, daß es vielleicht etwas Biologisches sei, vielleicht die Trauer über ihre Kinderlosigkeit, die tief in ihrem Innern aufbrach und sie wehmütig stimmte. Vielleicht war es aber auch nur ihr Alter, die Tatsache, daß die Dreißiger sich dem Ende entgegenneigten und die Vierziger bereits drohend am

Horizont lauerten. Eines Morgens erwacht sie, der Kalender ist über Nacht um eine Seite weitergerückt, und schon entsteht eine bohrende Angst in ihren Eingeweiden und sucht sich einen Weg nach draußen.

Er aß sein Sandwich und beobachtete sie. Als er damit fertig war, stieg er von der Plattform herunter, warf das Wachspapier in den Abfalleimer, ging zu ihr hinüber und setzte sich. Sie starrte in die Ferne.

»Wer war es, der dich im Hafen versetzt hat?«

Ihre Augen kehrten aus der Ferne zurück, und obgleich sie lächelte und seinem prüfenden Blick standhielt, regte sich etwas in ihren Augen, irgendeine schattenhafte Erscheinung, die sich davonstahl, um sich hinter ihrem strahlenden Lächeln zu verstecken.

»Jemand, den ich dir vorstellen wollte.«

Vorher, als sie in der Snake Creek Marina getankt hatten, war Darcy auf dem Pier auf und ab gegangen und hatte nach irgend jemand Ausschau gehalten. Sie hatte Thorn gebeten, noch zehn Minuten zu warten, nachdem der Tank gefüllt war. Schließlich hatte sie aufgegeben, und sie waren zum Riff hinausgefahren.

»Erzähl schon, Darcy. Was ist los?«

Sie senkte den Blick, studierte ihren Handrücken.

»Wovon soll ich dir erzählen?«

»Du weißt genau, was ich meine. Dein Verhalten in letzter Zeit. Trübsinnig, still. Diese Sache mit dem Asteroiden, mit dem Greyhound Bus.«

»Trübsinnig? Ich?«

»Ist es irgendwas Medizinisches?«

Ein widerstrebendes Lächeln erschien um ihre Lippen. Sie sah ihn an, schüttelte den Kopf, und Thorn spürte, wie das Blut, das sich in seiner Kehle angesammelt hatte, allmählich verlief. Wenigstens war es nicht das. Gott sei Dank.

Sie holte langsam Luft, atmete aus und sagte: »Ach, ich weiß nicht. Es ist eigentlich nichts.«

»Weshalb kannst du nicht darüber reden?«

Sie lehnte sich über die Reling, schaute ins Wasser. Ein einzelner Finger berührte die Wasseroberfläche, bewegte sich über die durchsichtige Haut, als wolle sie irgend etwas daraufschreiben.

Sie trug einen gelben Bikini mit grünen Punkten. Ihr Haar war zu einem Pferdeschwanz zusammengebunden. Ihre Haut glänzte von verdunstendem Meerwasser und hervortretendem Schweiß. Ein ständiger Salzkreislauf.

Er räusperte sich, sprach ihren Namen aus. Aber sie konzentrierte ihren Blick auf die Botschaft, die sie schrieb.

»Ach, ich bin während meiner Arbeit auf etwas gestoßen«, sagte sie. »Ich weiß nicht genau, was ich davon halten soll, deshalb habe ich ein wenig auf eigene Faust herumgestochert, um eine Erklärung dafür zu finden.«

»Und was genau?«

»Ich will nicht darüber reden.«

Sie wandte den Blick ab, beobachtete einen Kormoran, der von Osten heranschwebte, niedrig über ihnen hinwegsegelte und dann ein paar Meter entfernt im Wasser landete. Er tanzte auf den Wellen und drehte sich dann zu ihnen um und wartete auf etwas Freßbares.

»Weißt du, Thorn«, sagte sie. Sie holte tief Luft und atmete wieder aus, konzentrierte sich offenbar auf den Kormoran, der näher kam. »Ich mag die Art und Weise, wie wir zusammen sind. Ich mag unsere speziellen Rituale. Alle. Ganz bestimmt. Die Angelei, den Wein. Kein Telefon, keine Zeitung. Früh am Morgen aus dem Bett, jeden Tag mit dem Boot draußen. Das ganze schöne Leben. Die Unkompliziertheit.«

Sie seufzte, schob eine feuchte Haarsträhne an ihrer Schläfe nach hinten. Sie schaute über Thorns rechte Schulter, blickte konzentriert, als schliche sich irgend etwas von hinten an ihn an. Thorn drehte sich um, aber da war nichts außer glattem blauem Wasser.

Als er wieder in ihre Richtung schaute, starrte sie auf das Deck.

»Aber sieh mal, es ist im Grunde dein Leben, das wir führen, Thorn. Genauso hast du auch schon gelebt, ehe ich da war. Ich habe mich an deine Gewohnheiten, deinen Zeitplan angepaßt, habe deine Interessen zu meinen gemacht. Aber in letzter Zeit hatte ich ab und zu das Gefühl, daß ich wieder etwas Eigenes haben möchte. Mehr nicht. So einfach ist das.«

Thorn stellte seine Bierdose hin. Suchte nach Worten, erfolglos.

Sie hob den Blick, sah ihn an.

»Das ist keine Kritik, Thorn. Unser gemeinsames Leben ist ganz in Ordnung.«

»Aber du möchtest mehr. Und zwar einiges.«

Sie seufzte. »Oh, Thorn, jetzt bist du verletzt.«

»Ein wenig«, gab er zu. »Was hast du erwartet?«

»Ich meine doch nur etwas, das mir alleine gehört. Du hast es. Dinge, die du für dich behältst. Sorgen. Phantasien, eben Dinge, über die du mit niemandem sprichst.«

»Nein, die habe ich nicht.«

»Sag die Wahrheit.«

Er dachte nach, beobachtete, daß der Kormoran mit ihnen die Geduld verlor, sich in die Luft schwang und zu dem Grady White hinüberflatterte.

»Ich denke schon, daß es Dinge gibt, von denen ich dir nichts erzähle. Nichts Wichtiges.«

»Nun, genau das ist es, Thorn. Nichts Wichtiges. Ein kleines Problem, das ich alleine lösen möchte. Mehr nicht. Okay? So wie du es mit deinen Tarpon-Fliegen hältst. Deinen eigenen Schöpfungen.«

»Ich verstehe«, sagte er.

Er verfolgte, wie der Kormoran dicht neben dem Grady White landete. Er konnte niemanden an Bord sehen.

»Thorn«, sagte sie, stand nun auf und kam zu ihm herüber. Schweiß glänzte auf ihren Schultern und auf dem Ansatz ihrer Brüste. »Ich liebe dich, so wie du bist. Und ich werde dich lieben, wenn wir neunzig Jahre alt sind, auf der Veranda in unseren Schaukelstühlen sitzen, zusehen, wie die Sonne im Blackwater Sound untergeht, uns gegen die Moskitos wehren und Weißwein trinken. Ich möchte bei dir sein, bis ich sterbe. Hast du das verstanden? War das deutlich genug für dich?«

Er stand auf. Darcy Richards streckte eine Hand aus und strich mit einem Finger über den Grat seines Schlüsselbeins.

»Nur eins noch«, sagte er.

»Ja?«

»Muß es immer Weißwein sein? Können wir nicht ab und zu auch mal ein Glas Roten trinken?«

Sie lächelte und schmiegte sich in seine Arme. Er konnte das Meersalz auf ihren Lippen schmecken und spürte die Hitze und den Hunger, der in den Jahren, die sie sich küßten, niemals nachgelassen hatte. Die Augen waren geschlossen, und in Thorns Kopf entstand eine angenehme Dunkelheit, als hätten seine Augen sich nach hinten gedreht, um für immer und ewig in dieser Stellung zu verharren.

Als sie den Kuß beendeten, trat sie zurück und lächelte träge. Thorn griff nach ihr, aber sie schüttelte den Kopf.

»Nicht jetzt«, sagte sie. »Wenn wir wieder zurück sind. Okay? Im Augenblick möchte ich mir diesen Hummer holen, ehe er das Weite sucht.«

»Na klar«, sagte er. »Aber beeil dich.«

Sie bückte sich, hob ihre Schwimmflossen hoch und begann sie anzuziehen. Thorn ging zum Kühlbehälter, holte sich eine frische Dose Bier. Er bemerkte, wie ein fliegender Fisch aus dem Wasser schoß und über den Bug ihres Bootes segelte. Er blieb etwa dreißig Meter weit in der Luft, ehe er wieder ins Wasser tauchte.

Darcy setzte sich mit dem Rücken zum Wasser auf das breite Dollbord und sagte: »Ich wollte dich schon die ganze Zeit etwas fragen, Thorn. Hast du schon mal von einem Fisch gehört, der Rote Tilapie genannt wird?«

Er öffnete die Bierdose und steckte sie in den Isolierbecher.

»Da klingelt nichts bei mir«, sagte er. »Weshalb?«

»Ach, ich war nur neugierig. Es ist bedeutungslos. Jemand hat vor kurzem den Namen erwähnt, und ich dachte, du hättest schon mal davon gehört. Du bist doch so ein Fischkenner.«

»Ist es das, was dich so sehr beschäftigt? Eine Fischart?«

Darcy lächelte entwaffnend.

»Thorn«, sagte sie. »Laß es lieber.«

Ehe er darauf etwas erwidern konnte, preßte sie eine Hand auf die Maske, winkte ihm mit der anderen zu und ließ sich nach hinten ins Wasser fallen.

Es war kurz nach eins, und in der letzten Stunde, während Darcy über den Horn- und den Hirnkorallen umherschnorchelte, immer noch auf der Suche nach ihrem Riesenhummer, angelte Thorn auf der anderen Seite. Dazu hatte er eine Zwölfer-Fliegenrute mit 850er Wurfkopf und Fünfzehn-Pfund-Haarschnur. Dazu eine Tarpon-Fliege, die er kürzlich konstruiert hatte. Roter Mylarfaden in sorgfältigen Achterschlingen um ein Büschel Eberhaar gewickelt. Ein schmaler roter Saum über den Haaren und als Kopf ein Perlmuttknopf von einem seiner verschlissenen Cowboyhemden.

Die Fellhaare hatte er aus einem ausgestopften Eberschädel gezupft, den Sugarmans Frau, Jeanne, aus einer Laune heraus auf einem Trödelmarkt erstanden hatte. Als sie das Ding nach Hause schafften, war es so riesig, daß jede Wand des Hauses dahinter winzig klein wirkte, deshalb hatte Sugarman den Eberkopf wieder in seinen Wagen gepackt und war damit zu Thorn rübergefahren und hatte ihm das Ungetüm angeboten.

Und sicher, warum nicht? Thorn benutzte gerne alle möglichen seltsamen Materialien. Zum Beispiel eine Kombination aus hundert Jahre altem Tierfell mit Plastikband aus der Raumfahrt. Und was für eine Überraschung, eine Woche nachdem Thorn sein erstes Dutzend verkauft hatte, kam einer seiner Freunde, ein Tarpon-Führer unten in Lower Matecumbe, zu ihm, um Thorn zu berichten, daß die Eberkopffliege ihm eine ganze Menge Tarpons und gelegentlich auch einen Pompano beschert hatte. Deshalb hatte Thorn beschlossen, sie heute selbst mal zu testen.

Er war niemals ein ausgebuffter Fliegenspezialist gewesen. Die Kenner glaubten, daß Fische nur nach den Nachbildungen von Insekten schnappten, die in der jeweiligen Jahreszeit zu schlüpfen pflegten. Sie waren überzeugt, daß Fische darauf programmiert waren, alles in ihrem biologischen Almanach zu meiden, das nicht in die Jahreszeit gehörte. Es machte sie scheu, wenn es nicht in den Plan paßte.

Aber für Thorn kam es beim Fliegenwickeln nicht auf Naturtreue an. Zum Teufel, in Wirklichkeit war er gar nicht daran interessiert, einen Fisch ohne Einsatz von Phantasie zu fangen. Wenn man ihn fragte, war der einzige Fisch, der sich zu fangen lohnte, derjenige, der bereit war, nach etwas zu schnappen, das er noch nie zuvor gesehen hatte. Der bereit war, das Risiko einzugehen, seinem Impuls zu gehorchen und blind auf seine eigenen Fähigkeiten zu vertrauen.

Er warf einen Blick auf Darcy, die auf dem Bauch trieb und ins Wasser hinunterschaute. Er konnte ihren Atem im Schnorchel hören, kurze, pfeifende Atemzüge, als sie herumpaddelte, um sich einen besseren Überblick zu verschaffen.

Okay, demnach fand Thorns stille Zurückgezogenheit nicht

mehr Darcys volle Zustimmung. Sie hatte natürlich recht. Thorns tägliches Drehbuch war unverändert. Und das schon seit Jahren. Vormittags wickelte er Tarpon-Fliegen, um den nackten Lebensunterhalt zu sichern, ein Nickerchen in der Hängematte nach dem Mittagessen, dann mit dem Boot hinaus, um Goldschwanz, Barsch, Forelle fürs Abendessen zu fangen. Die Abenddämmerung war reserviert für ein paar Gläser Wein, fürs Anzünden des Grills, für das Studium des Vogelflugs, und die Nacht gehörte der Lektüre von Romanen oder der Beobachtung der langen, trägen Wanderung von Mond und Sternen. Hinzu kamen gelegentliche Abstecher in ein Restaurant in Key Largo.

Für Thorn hatten all diese Rituale nichts von ihrer Lebendigkeit verloren. Er tat, was er tat, tat es am nächsten Tag wieder, aber es kam ihm niemals monoton vor. Stets erschien es ihm gleichzeitig vertraut und doch wieder neu. Es war ein ständig wachsendes Vergnügen. Er betrachtete seine Routine als einen Prozeß des ständigen Perfektionierens von etwas, das bereits sehr, sehr gut war.

Er beobachtete, wie Darcy ins stille Wasser tauchte. Sah, wie ihre Schwimmflossen für einen kurzen Moment in die Luft ragten, während ihr Körper versank. Er hörte wieder, was sie kurz vorher gesagt hatte. Daß sie sich ihren eigenen Bereich, ihre eigenen Herausforderungen wünschte. Er hatte sich innerlich gekrümmt, als sie es ausgesprochen hatte. Es hatte geklungen wie die Einleitung einer Abschiedsrede. Aber nun fühlte er sich gut. Das hatte ihr Kuß bewirkt. In diesem Kuß lag nichts Zweifelndes. Kein Unbehagen. Überhaupt nichts Störendes.

Thorn wandte sich ab und warf erneut den Köder aus, plazierte ihn vorsichtig genau vor einem großen Schatten. Er verfolgte, wie die Fliege langsam durch die Oberfläche des klaren Wassers brach. Er sah den Schatten herankommen, Gestalt und Form annehmen und silbrig glitzern, ein Tarpon, ein kapitaler

Fisch, der am Köder, dann am Bug des Bootes vorbeiglitt und den Weg hinaus aufs Meer nahm.

Er beobachtete, wie er davonschwamm, dann langsam nach rechts schwenkte, zehn Meter vor dem Boot seinen Kurs verließ und einen weiten Bogen beschrieb. Und allmählich vorsichtig zurückkam.

Offenbar hatte Thorns Fliege irgend etwas in dem großen Fisch erregt, einen winzigen Impuls Neugier. Einen schwachen Hunger. Der zunahm, während der Fisch wendete, während er gegen sein Mißtrauen ankämpfte, wobei der Drang sich verstärkte, sich vielleicht zu etwas anderem steigerte, zu einem Bohren, einer Gier, die nur befriedigt werden konnte, indem er dieses Objekt seiner Faszination, diese helle, quälend verlokkende Pelzflocke mit ihrem glänzenden, versteckten Haken verschlang.

Kapitel 2

Darcy trieb auf dem Wasser und beobachtete, wie die Antennen des Hummers zitterten. Er saß am Fuß eines großen Hügels von Hirnkorallen. Knapp sieben Meter freies Wasser befanden sich zwischen ihr und dem Tier. In dieser Tiefe hätte sie etwa dreißig Sekunden Zeit, den Hummer aus seiner Höhle zu treiben und in den Sack zu stecken, ehe ihr die Luft ausging und sie zur Oberfläche zurückkehren müßte.

Sie schien sich an eine Zeit zu erinnern, als sie es länger als eine Minute da unten ausgehalten hatte, damals, vor zwanzig Jahren, als fünfzehnjähriges Mädchen. Sie hatte viele Nachmittage wie diesen verbracht, draußen auf dem Riff zusammen mit Thorn und Sugarman und ihrem Bruder Gaeton, als jeder mit einem Atemzug so lange unten blieb, daß es einem stundenlang vorkam. Aber das war zweifellos ein Schabernack, den die Erinnerung spielte. Die Nostalgie verlieh den Dingen einen ganz besonderen Glanz.

In Wahrheit hatte sie niemals die Luft lange genug anhalten können, um die raffiniertesten Hummer zu fangen. Zwei Griffe waren in etwa alles, was sie zustande brachte, dann mußte sie schon wieder nach oben, um zu atmen. Mit Thorn war es allerdings etwas anderes. Wenn er tauchte, schien er niemals besonders tief einzuatmen, sondern er drückte lässig seinen Kopf nach unten und tauchte und blieb unten und blieb immer noch unten und schließlich noch ein wenig. Darcy stieg dann hoch zur Oberfläche, machte ein paar keuchende Atemzüge, holte dann tief Luft und kam wieder runter, und dieser verdammte Thorn war noch immer mit seinem ersten Atemzug da unten, schob seinen Arm tief in irgendein Loch und holte ihn mit einer Languste in der Hand wieder hervor.

Sie würde so etwas niemals schaffen, aber Sugarman oder Gaeton auch nicht. Thorn hatte etwas Besonderes an sich, eine Gabe, irgendeine biologische Besonderheit, dank derer er länger unter Wasser bleiben konnte als jeder andere, den sie je kennengelernt hatte. Keiner von ihnen hatte seine Zeit jemals gestoppt, aber sie schätzte, daß er ungefähr zwei Minuten schaffte wie diese Perlentaucher in Japan oder wer weiß wo.

Wenn sie ihn deswegen neckten, zuckte Thorn nur die Achseln. Und gab irgendeine alberne Erklärung ab. Einmal behauptete Sugarman, Thorn brauche seinen Atem gar nicht anzuhalten wie normale Menschen, weil er so viel Fisch gegessen hätte, daß er sich in einen verwandelt hatte und Kiemen unter den Armen besaß. Er mache einen Schwimmzug, hole sich den Sauerstoff aus dem Wasser, mache den nächsten Zug und bekäme die nächste Ladung. Hey, Thorn, heb mal die Arme hoch und laß uns nachsehen. Und Darcy konnte es sich deutlich vorstellen. Sie waren alle auf Gaetons Boot, umringten Thorn, während er langsam, theatralisch die Arme hochreckte, und sie kamen näher, und Sugarman stocherte in seinen Achselhaaren herum. Dann hielt Gaeton die Luft an. Heilige Scheiße, es stimmt, seht doch! schrie Darcy, und alle brachen in wieherndes Gelächter aus.

Als sie sich wieder beruhigt hatten, sagte Thorn: »Okay, wenn ihr es unbedingt wissen wollt. Das Geheimnis, um so lange unter Wasser zu bleiben, besteht darin, daß man einfach nicht daran denkt. Tut es, aber vergeßt es.«

Sobald er es ausgesprochen hatte, wußte Darcy, daß dies die Antwort war. Und nun verstand sie Thorn um einiges besser. Sie erkannte, daß es noch eine Menge anderer Dinge gab, über die Thorn nicht nachdachte, und gewöhnlich waren es genau die Dinge, in denen er gut war. Manchmal sogar schrecklich gut. Eine Fähigkeit, die er besaß und die sie niemals gehabt hatte, bestand darin, das Denken total einzustellen und mit einem totenstillen Geist etwas zu tun.

Vielleicht sollte sie es in diesem Moment probieren, einfach durch das sieben Meter tiefe Wasser gleiten, lässig diesen verdammten Hummer vom Boden schnappen, das Tier, das ihr mit den Antennen zuwinkte und sie herunterlockte, und ganz gleich, wie lange es dauern würde, sie würde nicht ein einziges Mal an den Druck denken, an das brennende Gefühl in ihren Lungen.

Sie hob den Kopf und schaute zu Thorn auf dem Boot hinüber. Er warf seine Fliege auf der anderen Seite aus. Und verlieh ihr diesen Flugstil, dieses elegante kreisende Tanzen, indem er die Angel hin und her schwang, als ließe er eine Bullenpeitsche im Zeitlupentempo knallen, um dann die Fliege auf dem ruhigen Wasser aufzusetzen, und obgleich sie es von ihrer Position aus nicht sehen konnte, hätte sie gewettet, daß die Schnur so sanft niedersank, daß sie auch nicht die geringste Unruhe verursachte.

Er drehte sich halb und bemerkte, daß sie ihn beobachtete, und rief ihr etwas zu. Er fragte, ob sie im Wasser irgend etwas entdeckt hätte.

»Diese fette Bestie schon wieder«, antwortete sie. »Sie versteckt sich in einer Höhle unter einer Hirnkoralle.«

»Nun, worauf wartest du?«

Sie schob sich die Maske vors Gesicht und sah immer noch zu ihm hinüber.

Er hob seinen Arm und beschrieb eine ausholende Geste in Richtung Horizont und freute sich offensichtlich über den wunderschönen Tag. Sie nickte als Zeichen, daß auch sie es so empfand, dann steckte sie sich den Schnorchel in den Mund, biß auf das Mundstück, schaute noch einmal nach unten ins Wasser, um sich zu orientieren.

Es herrschte eine kaum nennenswerte Gezeitenströmung, so daß sie sich nicht vom Fleck gerührt hatte und immer noch über demselben Gebilde aus Hirnkoralle hing. Von rechts näherte sich ihr ein Schwarm violetter Papageienfische, zehntausend knapp drei Zentimeter lange Fische, die sich in einer einzigen sich schlängelnden Wolke dahinbewegten. Sie schwammen auf sie zu, teilten sich und färbten das Wasser lila und flitzten vorbei. Sie spürte im Wasser die Unruhe, als sie vorbeischwammen.

Allmächtiger Gott, egal wie oft sie hierherkam, jeder Tag brachte ein neues Wunder, ständig neue Erscheinungen. Tausende von Farbflecken, die ständig umherwogten und sich neu ordneten. Dazu das Licht, das über die gesamte Helligkeitsskala spielte. Für immer einzigartig, ein bunter Tanz aus Schattierungen und Formen, statischer Ruhe und verwirrendem Tempo. Eine winkende Fächerkoralle, die Schwärme von Engelsfischen, Schmetterlingsfischen und Barschen, ein einsamer Hai, der vorbeizog, die goldenen und gelben Verästelungen von Horn- und Feuerkoralle und ein Korbschwamm.

Für die Millionen und Abermillionen Fische in diesem warmen, klaren Wasser waren diese hundert Meilen Riff Paarungsort und Futterstelle und Jagdgebiet, ein Ort der Liebe und Gefahr und nie versiegender Energie. Natürlich, heute wußte jeder, daß das Riff im Sterben lag. Darcy beobachtete seinen Verfall jetzt seit drei Jahrzehnten, das Verblassen seiner lebhaften Farben, die Tatsache, daß die Fischpopulation nicht mehr annähernd so dicht und vielfältig war. Das Wasser wurde trüber. Es gab hier zuviel Verkehr, Idioten, die ihre Anker auf die zerbrechlichen Korallen fallen ließen, weitere Idioten, die in einer Sekunde abbrachen, was Jahrhunderte gebraucht hatte, um zu wachsen, zuviel Abwässer, die das Wachstum von Algen förderten, zu viele Menschen, die sich am Ufer drängten und ihre Öle und Fette in die Buchten und Kanäle und Wasserarme gossen, die aufs Meer hinausführten.

Sie trieb auf dem Bauch und beobachtete das Wiegen der Antennen, sah einen kleinen Schwarm Stachelmakrelen und Gelbmakrelen, einen mittelgroßen Ammenhai, einen Leopardenrochen, der über die Sandfläche unter ihr segelte, und außerdem Engelsfische und Schweinsfische und Schwarzbarsche – und tatsächlich, es stimmte, das Riff schien völlig in Ordnung zu sein. In Augenblicken wie diesen, wenn sie dem Rasseln ihres eigenen Atems im Schnorchel lauschte und die Millionen Farbtupfer betrachtete, erschien ihr die Möglichkeit, das Riff zu verlieren, wie eine unbegründete, unendlich weit entfernte Sorge. Etwa genauso wahrscheinlich wie der Tod der Sonne.

Das war das Problem. Es geschah so langsam, daß man es kaum bemerkte. Hier brach ein Korallenast ab, und Monate später verfärbte sich an einer anderen Stelle ein gelber Röhrenschwamm weiß und zerfiel, und einige Zeit später sank die Gorgone, eine weiche Verwandte der Koralle, die sich ernährte, indem sie Plankton aus dem Meerwasser herausfilterte, in sich zusammen, und ihre tausend feinen Tentakeln lösten sich langsam ab.

Man mußte über Jahre jeden Tag herkommen. Man mußte ein gutes Gedächtnis und ein Auge für Kleinigkeiten haben; man mußte ständig die Gegenwart mit der Vergangenheit vergleichen. Daher gab es für einen Tauchtouristen, der an einem Nachmittag mal für eine Stunde hinunterging, kaum eine Möglichkeit, irgendwelche Verluste wahrzunehmen und die unendliche Katastrophe zu erahnen, die dort stattfand. Für sie erschien alles wundervoll, bunt und üppig.

Sie hob den Kopf und blickte zurück zu Thorn, der immer noch angelte und offensichtlich zufrieden war. Dann, als sie wieder auf den Hummer hinabsah, spürte sie, daß irgend etwas an ihr vorbeiglitt, irgendein großes Gebilde knapp außerhalb ihres eingeengten Gesichtskreises. Sie drehte den Kopf schnell nach rechts, dann nach links, suchte das Wasser in ihrer Umgebung ab, entdeckte jedoch nichts.

Indem sie Luft in einem heftigen Stoß ausblies, drehte sie sich auf den Rücken, leerte ihren Schnorchel und ließ sich für einen kurzen Moment reglos treiben, um sich zu beruhigen. Denn etwas Derartiges war schon früher geschehen. Tatsächlich erlitt sie in letzter Zeit jedesmal, wenn sie zum Riff kam, einen leichten Panikanfall. Vielleicht war auch das ein Begleitumstand ihres Älterwerdens, irgendeine neue Neigung, sich vorzustellen, daß man von hinten von einem vier Meter langen weißen Hai belauert wurde. Ein flossenbewehrter Streitwagen der Zeit. Ganz gleich, woher er kam, er störte sie. Es paßte nicht zu ihr, sich erschrecken zu lassen. Oder auf dem Riff etwas anderes zu empfinden als totalen Frieden.

Sie schob die Tauchmaske wieder an Ort und Stelle, nahm den Schnorchel in den Mund und wälzte sich wieder auf den Bauch. Sie suchte die Hummerantennen, und dann senkte Darcy, ohne vorher einige schnelle Atemzüge zu machen, wie sie es gewöhnlich tat, einfach ihr Gesicht ins Wasser, indem sie Thorn imitierte, um festzustellen, ob es irgendeine Wirkung hatte. Danach glitt sie im Wasser abwärts, angetrieben vom leichten Schlag ihrer Schwimmflossen.

Sie hatte sich ein Nylonnetz um den Bauch gebunden. Daran war eine Maßtabelle befestigt. Sie trug dicke gewebte gelbe Handschuhe an beiden Händen. Als Werkzeug hatte sie den Stöberstock bei sich, den sie während der letzten Hummerjagden benutzt hatte, eine knapp einen Meter lange Aluminiumstange, die am Ende leicht gebogen war. Und wie immer hatte sie sich das zwanzig Zentimeter lange Medlonmesser in seiner Plastikscheide an den Unterschenkel geschnallt. Sie hatte sich im Laufe der Jahre wegen des Messers einigen Spott anhören müssen: Darcy, die Kampfschwimmerin der Marine, unterwegs, um die ein oder andere Kehle aufzuschlitzen. Aber sie konnte die Gelegenheiten nicht mehr zählen, bei denen es sich als praktisch erwiesen hatte. Vor allem waren diese gleichen Leute plötzlich froh und dankbar, daß sie es bei sich hatte. Sie hatte es benutzt, um tonnenweise Angelschnüre abzuschneiden, die sich um Antriebsschrauben gewickelt hatten, oder um Ankertaue aus scharfkantigen Felsen zu lösen. Sie hatte damit Angelhaken von Mangrovenästen entfernt und zahlreiche kleinere Bordreparaturen ausgeführt. Vom Öffnen zahlloser Bierflaschen ganz zu schweigen.

Während sie nun nach unten schwamm, behielt sie die beiden langen Antennen im Auge, die unter der Hirnkoralle hervorragten. Wenn es derselbe Riese war, den sie an diesem Vormittag schon zweimal gesichtet hatte, dann war er nun um einiges mehr exponiert als vorher. Vielleicht fühlte er sich zu sicher. Wollte den Helden spielen.

Das Ding war groß genug, es konnte an die zehn bis fünfzehn Jahre alt sein. Was bedeutete, daß es sich um ein besonders listiges Tier handelte – es hatte lange um sein Leben kämpfen, hatte den Horden von Tauchern und all diesen großen Hummertöpfen entgehen müssen. Der Hummer kannte alle Tricks, wußte, welche Bewegung im Wasser ungefährlich, welche tödlich war. Darcy war überzeugt, daß sie nicht die erste war, die ihn entdeckt hatte und nun versuchte, ihn aus seiner Unterwasserwelt zu reißen.

Während sie den sandigen Grund erreichte, hielt sie sich die Nase zu und stellte in ihren Ohren den Druckausgleich her. Danach vollführte sie zwei schnelle Flossenschläge und befand sich genau über den Antennen. Ihre Flossen wirbelten ein wenig Sand hoch, ließen das Wasser ein wenig milchig werden. Aber das Tier schien sein vorheriges Mißtrauen verloren zu haben. Vielleicht schlief es und verdaute die letzte Beute, die es verschlungen hatte.

Zur Sicherheit wartete sie nicht, bis das Tier sie bemerkte, sondern berührte mit dem Aluminiumstock das Vorderende des Hummers und schob ihre freie Hand hinter das Tier. Sie stieß mit dem Stock leicht zu, und genauso wie geplant wich es rückwärts aus, genau in ihre Hand. Sie packte zu, doch genauso schnell befreite der Hummer sich.

Sie stieß sich vom Felsen ab. Ihre Brust begann zu schmerzen. Sie drehte sich und bewegte sich gegen den Auftrieb weiter abwärts, um unter die Koralle zu blicken. Der Hummer hockte dort. Er hatte sich so weit wie möglich in die schmale Felsspalte zurückgezogen. Seine Antennen bewegten sich jetzt sehr lebhaft, schwangen hin und her wie ein Paar Fechtstöcke.

Sie ließ sich vom Auftrieb hochtragen, vollführte einen Flossenschlag. Sie hatte es nicht eilig, aber als sie durch die Oberfläche brach, blies sie den Schnorchel aus und machte einen langen, tiefen Atemzug, dann einen zweiten. Das war in etwa alles, was sie noch schaffte, weniger als eine Minute. Sie schob sich die Maske auf die Stirn, verharrte wassertretend auf der Stelle und wartete, daß ihr Atem sich beruhigte. Sie blickte zu Thorn, der ihr den Rücken zuwandte. Er hatte offenbar etwas Großes an der Angel. Schön für ihn.

Sie justierte die Tauchmaske wieder vor ihrem Gesicht, schnappte nach dem Schnorchelmundstück, fand den richtigen Biß. Diesmal wendete sie ihre eigene Methode an. Sie vollführte drei kontrollierte Atemzüge, preßte alle Luft aus den Lungen und atmete tief ein, ließ sich abrupt abwärts kippen und schwamm durch das seidige Wasser zu der Kalksteinmauer neben der Hirnkoralle.

Die Mauer war durchsetzt mit dunklen Öffnungen, und es dauerte einige Sekunden, ehe sie den Spalt lokalisierte, den der Hummer sich ausgesucht hatte. Während eine Schwadron Engelsfische vorbeiglitt, vollführte sie einige harte Flossenschläge und schob die rechte Hand in das Hummerloch, einen engen, gezackten Schlitz im Gestein, der ihren Arm bis zum Ellbogen verschluckte.

Und sie erwischte ihn. Diesmal griff sie fester zu, gab ihn trotz seiner Gegenwehr nicht frei und begann ihn herauszuziehen. Aber das Loch war zu eng. Er paßte nicht hindurch. Der Hummer wußte, wie man hineingelangte, aber es waren einige Verrenkungen notwendig, um die schmale Öffnung zu überwinden. Das Tier bäumte sich in ihrer Hand auf, während sie es hin und her drehte. Die Haut an ihrem Handgelenk brannte jedesmal, wenn sie mit dem Arm am Lochrand entlangscheuerte.

Es war genauso, als versuchte man, einen verklemmten Schlüssel aus einem Schloß zu lösen. Es gab sicherlich einen Trick, dessen war sie sich sicher, aber sie war nicht besonders gut in der Lösung solcher Probleme. Im Laufe der Jahre hatte sie einige Male kapitulieren und dem Mann den Vortritt lassen müssen. Sie ärgerte sich darüber, aber sie hatte dieses Geschick nun mal nicht.

Darcy spürte, wie der Druck in ihrer Brust zunahm. Sie versuchte noch zweimal, das Tier herauszuziehen, aber es klappte nicht. Und nun war auch noch eine große Muräne aus ihrer Höhle erschienen, ragte knapp einen Meter weit heraus und fletschte die Zähne. Wahrscheinlich eine reine Drohgebärde. Sie pumpte sich auf, um diesen Eindringling aus der anderen Welt abzuschrecken, dieses Wesen, das den Grund aufwühlte.

Darcy ließ den Hummer los. Und begann den Arm aus dem Spalt zu ziehen, doch ihre Hand blieb hängen. Sie hielt inne, unterdrückte eine aufkeimende Panik. Zwang sich dazu, sich völlig zu entspannen. Fleisch und Muskeln schlaff werden zu lassen, um die Hand aus dem Steingefängnis zu befreien. Denn schließlich war sie auch eingedrungen. Ihre Hand schien auf die doppelte Größe angeschwollen zu sein. Sie fand keine Lücke.

So etwas war Gaeton einmal passiert, als er noch ein Kind gewesen war. Seine Hand hatte sich in einem Felsspalt verklemmt. Er hatte sich die Haut abgerissen, aber er hatte sich befreien können. Nachher erzählte er, der Trick bestehe darin, sich so schlaff wie möglich zu machen.

Daher versuchte sie es ebenfalls und entspannte sämtliche Muskeln. Der Schmerz in ihrer Brust nahm zu. Sie versuchte jede Drehung, jede Handhaltung und jeden Druck, aber ihre Hand saß in der Falle, wurde jetzt taub, und eine dunkle Wolke stieg aus dem Hummerloch auf. Es war ihr eigenes Blut, das sich im Wasser verteilte.

Sie war nun schon länger als eine Minute unten, wahrscheinlich sogar schon fast zwei. Sie kämpfte das Entsetzen nieder, das sie zu verschlingen drohte, drehte sich, stemmte die Füße gegen den Fels, suchte sich einen sicheren Halt, versuchte, die Beine zu strecken, ihre Hand herauszureißen, aber die Ränder ihres Gesichtskreises schoben sich zusammen und verdunkelten sich vor Schmerz.

Sie ließ die letzte Luftblase aus ihren Lungen und blickte hilflos zur hellen Wasseroberfläche empor. Ein kleiner Hammerhai schwebte über sie hinweg, wobei seine Augen sich hin und her drehten. Er verharrte für einen kurzen Moment, kostete ihr Blut und verschwand dann eilig.

Darcy beugte sich nach vorne, griff mit der linken Hand an ihr rechtes Bein und zog das Messer aus der Scheide. Erneut versuchte sie, sich zu beruhigen, ihre Schulter nach unten zu drücken und zu versuchen, einen Blick in die Felsöffnung zu werfen, in der ihre Hand gefangen war. Ihr Blut stieg nun in dunkleren, massiveren Wolken aus dem Loch auf. Und ihre Hand war völlig gefühllos. Ihr blieb keine Zeit mehr.

Sie hackte mit dem Messer auf das Gestein um ihr Handgelenk ein, brach dabei kleine Steinchen los. Sie zog kraftvoll, aber sie hing noch immer fest. Sie hielt inne. Zwang sich, ruhig zu werden. Brachte ihr Gesicht dicht an den Felsen, in dem ihr Arm steckte. Lugte in die Öffnung und fiel fast in Ohnmacht bei dem Anblick, der sich ihr bot.

Eine weiß behandschuhte Hand hatte ihre Finger gepackt und hielt sie mit einem seltsamen Griff fest. Dicht darüber gewahrte sie die dünne Blasenkette aus einem Preßlufttank, die auf der anderen Seite des Hummerlochs nach oben stieg.

Indem sie nun wie wild mit den Flossen schlug, versuchte sie erneut, sich aus diesem Griff zu befreien. Aber ihre Hand rührte sich nicht. Und in einer Aufwallung namenloser Panik stemmte sie ihre Füße wieder gegen den Fels und stieß sich mit aller Kraft nach oben ab und wollte die Beine strecken. Noch einmal brachte sie ihr Gesicht dicht an die Öffnung. Indem sie die weiße Hand fixierte, hob sie die Messerklinge und stieß zu. Schnitt damit quer über die Knöchel des Handschuhs und setzte eine Blutwolke frei. Aber sie war sich nicht sicher, es konnte genausogut ihr eigenes Blut sein.

Eine große Blasenwolke tanzte auf der anderen Seite des Felsens hoch, und der Taucher zerrte Darcys Arm noch tiefer in den Spalt.

Das Licht begann bereits zu verblassen. Und Darcy empfand

plötzlich eine seltsame Ruhe. Ihre Muskeln entspannten sich. Über sich gewahrte sie einen Schweinsfisch, der mit schmatzenden Lippen durch ihr Blut schwamm. Sie blickte durch sieben Meter Wasser nach oben zur leuchtenden Wasserfläche, und sie sah einen großen Tarpon an Thorns Angelschnur, die sich vom Boot ins Wasser spannte. Der Fisch wuchtete sich in die Luft und tauchte fast genau über ihr wieder mit lautem Klatschen ins Meer.

Sie verschluckte den Schmerz in ihrer Brust, konzentrierte ihren Blick auf die Helligkeit über ihr. Sie formte in Gedanken ein kurzes, wortloses Gebet und betrachtete noch einmal die strahlenden Farben ringsum, die feinen, verschlungenen Korallen.

Mit aller Kraft wehrte sie sich gegen den Griff, strengte sich so sehr an, daß sie unwillkürlich einatmete. Und würgte. Und es war, als sei die Sonne schlagartig hinter einem Wolkengebirge verschwunden. Das Wasser verdunkelte sich und kühlte sich schlagartig ab. Alles verlangsamte sich, während ihr Körper seinen Kampf einstellte und nach und nach erschlaffte. Und lange leere Sekunden vertickten, bis sie plötzlich begriff, daß sie frei war.

Frei von der engen Klammer, frei von allem. Ihre Lungen füllten sich mit reinem, kalten Meerwasser. Und während sie aufstieg, versammelten sich Goldschwanzbarsche, Soldatenfische, Engelsfische und Spatenfische und Glasbarsche um sie herum. Und dann schwärmte eine Traube seltsamer roter Fische vorbei, die sie noch nie zuvor gesehen hatte. Das Wasser füllte sich mit Fischen. Jede Farbe, Form und Größe wogte vor und zurück, eine erstaunliche Menge von ihnen. Ihre Augen beobachteten sie, während sie durch die Luftblasen hochschwebte, durch einen hellen Nebel aus glasartigen Elritzen nach oben trieb, Millionen und Abermillionen. Das Meer wimmelte von Fischen, und überall waren Augen, durchsichtig wie

Bläschen in blauem Wasser, Augen, die ihren Aufstieg verfolgten, die Zeuge wurden, wie Darcy Richards dem unendlich fernen Himmel entgegentrieb.

Kapitel 3

Im Westen beschrieb das Grady White einen langsamen weiten Kreis, dann hob es sich und hielt auf das Ufer zu. Thorn beobachtete seine Abfahrt, sah, wie die Heckwelle sich ausbreitete und sich in trägen, flachen Kreisen in ihre Richtung verlief. Das Boot geriet leicht ins Schaukeln. Das Eis im Kühlbehälter klapperte leise.

Dann riet ihm eine innere Stimme, über die Schulter zu blikken. Irgendeine vage Ahnung, daß irgend etwas nicht in Ordnung war. Der Tarpon unternahm in diesem Moment einen weiteren Fluchtversuch, zog fast die ganze Schnur hinter sich her, wobei die Kugellager seiner Angelrolle heißliefen. Dann schoß er explosionsartig aus dem ruhigen Wasser, eine silberne Spirale, begleitet von einer Wolke glitzernden Wassers. Der Fisch stand für einen kurzen, außergewöhnlichen Augenblick auf seinem Schwanz, und in diesem Moment löste Thorn seinen Blick von dem Prachtexemplar eines Fisches, der in der Luft stillzustehen schien, und sah hinter sich Darcy auf dem Rücken im Wasser, die Maske vor ihrem Gesicht verrutscht. Es war eindeutig, daß sie sich nicht nach einem langen Tauchgang in der Sonne wärmte.

Während der Tarpon wieder ins Wasser eintauchte, ließ er die Angel fallen. Der Fisch raste davon, spannte die Schnur, und die Angelrute hüpfte klappernd über das Deck, schlug gegen die Reling und flog über Bord, um von dem großen Fisch in die Tiefe gezogen zu werden. Thorn starrte auf Darcy, wartete darauf, daß sie den Kopf hob, daß sie anfing, Wasser zu treten, ihn anlächelte, und hoffte dabei, daß es nicht das war, wonach es aussah. Aber nichts von alledem geschah, gar nichts, und Thorn holte scharf Luft, machte einen schnellen Schritt und hechtete über die Reling hinunter zu ihrem Körper, hinein in die sich ausbreitende rote Wolke, in der sie trieb.

Er legte ihren Körper auf das Bugdeck, bog den Kopf nach hinten, zog ihren Unterkiefer nach unten und schaute in ihren Mund auf der Suche nach irgendwelchen Hindernissen. Dann kniff er ihre Nase zu, preßte seine Lippen auf ihre und blies so kräftig in sie hinein, wie er es vermochte. Während er blies, versuchte er sich zu beruhigen, darauf zu achten, daß es richtig geschah, so wie er es schon mal gesehen hatte. Dann stützte er sich mit seinem ganzen Gewicht auf ihren Brustkorb, damit das Herz Blut ausstieß, und er wiederholte diesen Vorgang, wiederholte ihn wieder und wieder, fand dabei nach und nach einen Rhythmus, gelangte zu einer zunehmend natürlichen Bewegungsfolge. Er kniete neben ihr, wo das Blut aus den Wunden an ihren Handgelenken sich auf dem Deck ausbreitete.

Während er sich um sie bemühte und das Gefühl der Panik abwehrte, stellte er sich aus irgendeinem absurden Grund vor, wie der Tarpon davonschwamm, sein Angelgerät mitschleppte, es Meile um Meile durch den friedlichen Ozean zog, wie das Wasser die Kiemen des großen Fisches umspülte, wie Sauerstoffbläschen hinter ihm aufstiegen und zerplatzten, während der Fisch abtauchte, in dunkle Tiefen vordrang, dabei Thorns Graphitrute mitnahm, dieses von Menschenhand geschaffene Ding, dieses unnatürliche, absurde Ungetüm, das den Fisch tiefer ins kalte Wasser, in die grundlosen Gräben des Meeres trieb. Thorn verfolgte den Weg des Tarpons in seinem Kopf, während er in Darcy Richards hineinatmete und der Fisch in immer dunkleres Wasser gelangte und dabei versuchte, das schreckliche Gewicht abzuschütteln, das er nachzog. Und die ganze Zeit atmete der Fisch Wasser. Bekam er Luft.

Und irgend etwas geschah in Darcys Kehle, ein Zucken, dann ein mattes Husten. Thorn richtete sich gerade noch rechtzeitig auf, und sie würgte einen Schwall Meerwasser hervor. Und als nichts mehr kam, beugte er sich wieder über sie, verschloß ihren Mund mit seinem, atmete in sie hinein, stützte sich mit beiden Händen auf ihr Brustbein und drückte kraftvoll auf ihre Brust. Er förderte ein weiteres Wasserrinnsal aus ihrem Mund zutage, und sie begann aus eigener Kraft zu atmen. Ein mühsamer, matter Rhythmus. Aber sie schaffte es selbst.

Er wartete ein paar Sekunden, beobachtete, wie sie ihre zittrigen Atemzüge fortsetzte. Als er sich einigermaßen sicher war, daß sie ihn nicht mehr brauchte, eilte er zum Armaturenbrett, schaltete das Funkgerät auf Kanal sechzehn und sendete einen Notruf. Nach einer halben Minute erhielt er Antwort von einem Charterkapitän und schilderte ihm in knappen Worten die Situation und bat darum, einen Krankenwagen zum Pier der Snake Creek Marina, der nächsten Anlegestelle, zu bestellen. Danach ließ er das Mikrofon achtlos fallen und kehrte wieder zu ihrem Körper zurück.

Ihre Brust rührte sich nicht mehr. Und Thorn sank auf die Knie und atmete wieder in sie hinein. Mund auf Mund, sorgfältig, so als liebkoste er das dahinschwindende Leben in ihr, als könnte er mit jedem vorsichtigen Atemzug eine müde flakkernde Flamme löschen. Zuviel Wind würde sie ausblasen, bei zu wenig Wind würde sie ersticken. So versuchte er den glühenden Docht in Gang zu halten, ihn wieder zu entflammen.

Fünf Minuten, zehn. Benommen, heftig schwitzend, hörte er auf, tastete an ihrem Hals nach dem Puls. Beobachtete ihre Brust, hielt Ausschau nach einer Bewegung. Aber die gab es nicht. Ihre Lungen wollten ihre Arbeit nicht wiederaufnehmen, ihr Herz schwieg.

Er drückte heftig auf ihren Brustkorb und rief ihren Namen, streichelte ihre Wange, aber sie zeigte durch keine Reaktion, daß sie ihn gehört hatte. Ihre Augen waren geschlossen, die Muskeln in ihrem Gesicht erschlafft, als lausche sie aufmerksam auf irgendeine glückselige innere Musik. Musik, die verlockender war als alles, was diese Welt zu bieten hatte. Fast lag ein Lächeln auf ihren Lippen.

In Thorns Kehle hatte sich eine heiße Schwellung gebildet, als wüchse auf seinem Kehlkopf eine riesige Blase. Sein Kopf war schwer, und er fühlte sich, als habe er tagelang nicht geschlafen. Er rief erneut ihren Namen, suchte nach dem Tonfall, den er früher angeschlagen hatte, um sie aus ihren Alpträumen zu wecken. Darcy. Darcy.

Aber es hatte keine Wirkung. Überhaupt keine.

In der Snake Creek Marina saßen Sylvie und ihr Vater, Harden, gemütlich an einem steinernen Picknicktisch vor dem Freiluftgrill. Es war einer jener Betriebe, wo es Fischbrötchen, Krautsalat, Pommes frites und Bier vom Faß in Plastikbechern gab. Sie trugen beide Badekleidung, Sylvie einen schwarzen Einteiler, Harden eine dunkelgrüne weitgeschnittene Shorts. Ein Fernglas lag auf dem Tisch. Sylvie hatte sich auf der Bank umgedreht, lehnte sich gegen den Tisch und beobachtete das aufgeregte Treiben.

Den Krankenwagen mit dem Rotlicht, die Tragbahre, die beiden jungen Sanitäter und den hochgewachsenen, sehnigen blonden Mann, der hinter den Rettungsmännern herrannte, während sie die Bahre vom Boot des blonden Mannes zum Krankenwagen rollten. Sylvie nahm einen Schluck Bier und verfolgte, wie die Männer die Bahre in den Krankenwagen luden.

Der blonde Mann sah auf eine rauhe und handfeste Art gut aus. Zerzaustes Prinz Eisenherz-Haar, sonnengebräunt. Er hatte eine fließende, athletische Art zu gehen, lebhaft und federnd. Und bei diesen Farben hatte er wahrscheinlich blaue Augen, obgleich Sylvie das aus einer solchen Entfernung nicht erkennen konnte.

»Tragödien«, sagte sie. »Ihnen kann man nie entgehen. Sie sind überall. Man kann sich nicht einmal hinsetzen und ein Bier trinken, ohne daß irgendwann der Tod vorbeifährt.«

Sylvic verfolgte, wie der blonde Mann in den Krankenwagen stieg und sich neben die Bahre kniete.

Ihr Vater sah sie an, trank einen weiteren Schluck Bier und stellte den Becher hin. Er griff nach dem Fernglas, setzte es an die Augen und richtete es auf den einstöckigen Betonbau auf der anderen Seite des Kanals.

Nachdem der Krankenwagen abgefahren war, drehte Sylvie sich auf der Bank wieder herum und folgte Hardens Blick über den Snake Creek. Auf diese Entfernung konnte sie nur das Kommen und Gehen der Fischkutter beobachten, große, bauchige schmutzige Gebilde, und Männer, die Transportwagen auf einer Betonrampe hin und her schoben, während ein kleiner Kran ständig Kisten voller Hummer und Fische aus den Schiffen hievte und auf den Pier schwenkte. Über der doppelflügeligen Tür auf der Rückseite des Gebäudes hing ein Schild. In wuchtigen schwarzen Blockbuchstaben stand darauf zu lesen: ALBRIGHT'S FISH HOUSE. DELIKATESSEN AUS DEM MEER.

»Und du«, sagte Sylvie. »Du bist auch so eine Tragödie. Ein erwachsener Mann, so besessen. Es ist peinlich. Und so verdammt traurig.«

Er setzte das Fernglas für einen kurzen Moment ab und betrachtete sie mit einem langen, leeren Blick.

»Eines Tages hast du vielleicht das Glück, jemanden so intensiv zu lieben, wie ich sie liebe.«

»So nennst du das? Liebe? Verdammt, für mich sieht es eher nach so etwas wie Heroinentzug aus.«

Sylvie war fünfundzwanzig Jahre alt, obgleich viele Leute sie regelmäßig sieben oder acht Jahre jünger schätzten. Sie hatte schwarzes Haar, das sie alle ein oder zwei Wochen mit einer Zickzackschere stutzte. Kurz wie bei einem Jungen oder bei Mia Farrow in den alten Zeiten. Es sah so aus, als steckte sie den Kopf in eine Küchenmaschine, die sie dann auf Pürieren einstellte.

Eine normale Frau würde mit ihren Haaren so etwas niemals tun. Aber dafür war Sylvie auch keine Frau, weder normal noch anders. Sie achtete nicht auf ihre Fingernägel. Interessierte sich nicht für Kostüme oder Röcke, überhaupt für Kleider. Meistens trug sie das, was Harden abgelegt hatte. Allerdings schlüpfte sie manchmal abends in Kleider, die ihre Freunde ihr schenkten, und machte ihre Runde durch die Bars. Es war ihre Bummelkluft. Sie war auch keine Köchin oder Putzfrau. Sie sehnte sich nicht nach einem Baby, hatte ganz bestimmt keine Lust auf einen Ehemann, ein männliches Wesen, das für den Rest ihres Lebens jede Nacht neben ihr im Bett lag und schnarchte. Lippenstift, Lidschatten, Mascara, zum Teufel, sie konnte kaum eins vom anderen unterscheiden. Sie spielte nicht mit Puppen, hatte niemals den Wunsch gehabt, ein Pferd zu reiten.

Andererseits war sie aber auch kein verkappter Junge. Nein, sie hatte wirklich nicht das Bedürfnis, ein Mann zu sein, ein Rotz ausblasender, versoffener Urwaldaffe. Sylvie Winchester betrachtete sich als ein völlig neues Erzeugnis der Evolution. Sylvie, das missing link, das Frühstadium dessen, was als nächstes kommen würde. Das keinem der beiden Geschlechter angehörte. Das geschlechtslos war.

Sie hatte noch nicht einmal eine Periode gehabt. Die Jahre, in denen all das hätte einsetzen müssen, waren viel zu anstrengend gewesen. Ihr Körper schien zu wissen, daß sie sich mit keinem weiteren Problem mehr auseinandersetzen konnte. Daher bildete sich kein Fett, schwollen ihre Brüste nicht an, blieben ihre Hüften schmal. Sylvie, das Girl ohne Sex. Dennoch fanden gewisse Männer sie unwiderstehlich. Sylvie konnte sie richtig in Fahrt bringen. Konnte dafür sorgen, daß ihnen der Geifer aus den Mundwinkeln rann. Gott allein wußte, weshalb.

Harden hatte genug sexuelle Energie für sie beide. Er verzehrte sich noch immer nach der einen Frau, die er vor Jahren gekannt hatte. Zwischen ihnen war mal etwas gewesen, etwas Heißes und Gefährliches, aber am Ende war sie weggegangen. Doch das schien für Harden keinerlei Bedeutung zu haben. Da saß er, fünfzehn Jahre später, und sehnte sich von weitem immer noch nach ihr. Zweimal im Monat unternahm er die einhundert Meilen weite Reise von der Golfküste nach Key Largo, um in diesem Bootshafen zu sitzen oder an der Straße, wo ihr Haus stand, und darauf zu warten, daß er sie kurz zu sehen bekam. Geradezu tragisch.

Harden sah sehr gut aus, er hätte fast jede Frau auf der Welt haben können. Für einundsechzig hielt er sich in verdammt guter Form. Sein teilweise kahler Schädel war so dunkel und glänzend wie eine Kaffeebohne und hatte einen Kranz grauer Haare, die er stets bürstenkurz schneiden ließ. Knapp über einsachtzig groß, schlank, breite Schultern. Wenn er arbeitete, traten die Muskelstränge an seinen Armen und seinem Bauch hervor und erinnerten an Schlangen, die umherkrochen auf der Suche nach Schutz, hart und sehnig.

Zu Hause auf der Farm lief er den ganzen Tag ohne Hemd umher, arbeitete draußen, und seine Schultern und sein Rücken waren kupferbraun. Er ließ seinen Bart gerade so lang wachsen, daß er nicht unrasiert aussah. Er hatte die gleiche silbergraue Tönung wie die Haare auf seiner Brust und an seinen Armen. In seinen schottischen grauen Augen lag ständig ein Glitzern, und er hatte ein dreistes Grinsen, mit dem er, wie Sylvie oft genug hatte miterleben können, Frauen quer durch eine vollbesetzte Bar nervös machen konnte. Er war der Typ Mann, der genau wußte, wie man eine Frau anzufassen hatte, wie lange und wo. Sylvie wußte das, denn sie hatte all diese Frauen am Morgen aus Hardens Schlafzimmer kommen und in die Küche schweben sehen, hatte den weichen Ausdruck auf ihren Gesichtern wahrgenommen und die trägen, verträumten Stimmen gehört, mit denen sie redeten, ein Verhalten, das häufig genau das Gegenteil von dem war, das sie noch am Abend zuvor gezeigt hatten.

Ihr Vater behauptete, er interessiere sich eigentlich gar nicht für diese Frauen. »In der Übung bleiben«, nannte er das, was er mit ihnen tat. Seine Klinge schärfen, seine Technik auf dem neuesten Stand halten, ständig bereit sein für Doris Albright.

Ob verheiratet, ledig, reich, arm – er schaffte es allein mit Worten, daß sie sich innerhalb einer Miami-Minute für ihn auszogen. Er konnte primitiv oder ein Gentleman sein, je nachdem, was gewünscht wurde. Und es gab wahrscheinlich tausend Frauen, die freudig Doris Albrights Platz eingenommen hätten. Aber nein, das wollte Harden nicht.

»Sie trägt heute Rosa. In Rosa hat sie schon früher immer gut ausgesehen.«

Sylvie stöhnte.

»Sie hat ihr Haar hochgesteckt«, sagte Harden. »So wie sie es immer getragen hatte, wenn ich Urlaub hatte und nach Hause kam.«

»Siehst du da drüben irgendwo ihren Mann?«

Harden setzte das Fernglas an und musterte sie wütend.

Sylvie stand auf, fuhr sich mit der Hand über ihr gestutztes Haar.

»Ich möchte jetzt am liebsten ins Motel zurück. Ich bin müde.«

Harden nahm wieder das Fernglas hoch, stützte die Ellbogen auf den Steintisch und beobachtete die Fischhalle.

»Rosafarbene Shorts und ein rosafarbenes Polooberteil«, sagte er. »Rosa ist eindeutig ihre Farbe. Weich, feminin.«

»Rosa«, sagte Sylvie. »Die Farbe offener Wunden.«

»Rede nicht so.«

»Was du siehst, ist ein Geist, Daddy. Ein rosafarbener Geist.«

Harden ignorierte sie, hielt das Fernglas auf die Fischhalle gerichtet. Sein Atem veränderte sich nun, wurde langsamer, tiefer, und ein schwaches Vibrieren erfüllte die Luft um ihn herum.

»Möchtest du einmal hindurchsehen, Sylvie? Deine Mutter betrachten?«

»Vielleicht ein anderes Mal. In ungefähr neunzig Jahren.«

Sylvie trank ihr restliches Bier, sah sich auf dem Pier um, suchte etwas, das sie interessieren könnte. Ein ständiges Hin und Her von Touristen, von Leuten, die Boote mieteten, die Motoren starteten und zum Riff hinausfuhren. Zwei Nichtstuer mit zu Pferdeschwänzen gerafften Haaren saßen auf der Ufermauer, tranken Bier aus der Dose und begafften die hübschen Touristengirls. Einer von ihnen blickte in ihre Richtung. Gott helfe diesem armen Teufel.

Sie sah wieder zu ihrem Vater, der noch immer die Frau in Rosa beobachtete. Sein Körper pulsierte wie eine angerissene Instrumentensaite. Um ihn herum füllte sich die Luft mit einem Summen wie von einer Hochspannungsleitung.

Wenn so die Liebe aussah, dann wollte Sylvie nichts davon wissen. Sie würde sich dann lieber etwas weniger Gefährliches suchen, etwas, das das Blut nicht zum Sieden brachte. Liebe wäre also auch eins der Dinge, die ihr entgingen, eine weitere wichtige Lebenserfahrung, ohne die sie würde auskommen müssen. Wie ein Paradies, über das jeder sich begeistert äußerte, das jedoch auf ihrer inneren Landkarte für immer ein weißer Fleck bleiben würde.

»Ich gehe jetzt«, sagte sie. »Kommst du mit?«

Sylvie stand auf und schlenderte über den Parkplatz zu dem roten 83er Oldsmobile hinüber und stieg ein. Und obgleich das Thermometer um die fünfunddreißig Grad zeigte und die Luftfeuchtigkeit nahezu neunzig Prozent betrug, ließ sie die Fenster hochgedreht. Sie hatte nichts gegen Schwitzen. Es vermittelte ein reinigendes Gefühl, zeigte an, daß der Körper alle unnützen Säfte ausstieß.

Vielleicht wenn ihr Vater sehr lange brauchte, um zum Wagen zu kommen, könnte sie völlig wegschwitzen, wie ein Eis am Stiel, das in der Sonne liegt. Vielleicht war das möglich. Tod durch Schwitzen. Harden kommt zum Wagen, und Sylvie ist nicht da. Keine Spur von ihr. Nur eine kleine ölige Pfütze auf der Fußmatte. Verdammt noch mal, wenn sie eingehend darüber nachdachte, alle anderen Möglichkeiten durchging, schien es gar nicht mal ein so übler Tod zu sein. Einfach zerschmelzen und verdunsten. Sich in eine Wolke verwandeln.

Das war wirklich eine gute Idee. Eine Wolke. Alle paar Sekunden könnte Sylvie eine neue Form annehmen. Und überall auf der Welt würden Menschen auf den Wiesen liegen und zum Himmel blicken, während Sylvie vorbeisegelte, und jeder sähe alle paar Sekunden etwas völlig Neues. Seht doch, jetzt ist es ein Alligator und jetzt ein Elch, jetzt sogar der Weihnachtsmann und nun ein Raumschiff.

Ja, das war gut. Sylvie, die Wolke.

Sylvie, der Kumulus.

Kapitel 4

»Du solltest etwas essen, Thorn. Du brauchst Fett im Bauch, damit wenigstens ein Teil von dem Tequila aufgesogen wird.«

Sugarman schob ihm den Teller mit fritierten Muschelbällchen hin.

Thorn betrachtete eine Sekunde lang den Teller, die acht runden teigigen von Öl glänzenden Kugeln, den kleinen Pappbecher Cocktailsauce, einen zweiten Becher mit Senf und alles säuberlich auf einem Salatbett angerichtet. Thorn hob langsam die Hand, erregte die Aufmerksamkeit der Barkeeperin und vollführte mit dem Zeigefinger eine kreisende Bewegung in der Luft. Sie kam herüber. Eine junge Frau, Ende Zwanzig, schwarzes Haar bis auf den Rücken.

»Noch einen, bitte, Ma'am.«

Als die Barkeeperin sich entfernt hatte, ließ Thorn seinen Kopf nach links pendeln, drückte die Nase gegen seine Schulter und schniefte. Er würgte ein Husten hervor und spürte, wie sein Magen sich leerte. Er richtete sich abrupt auf, hielt sich an der Bar fest, straffte seine Wirbelsäule und schickte seinen Mageninhalt mit reiner Willenskraft zurück.

»Bist du okay?«

Thorn schluckte, sah Sugarman an.

»Ich rieche nicht nach mir.«

»Du siehst auch nicht nach dir aus und benimmst dich auch nicht so.«

Thorn drückte die Nase erneut gegen seine Schulter.

»Ich stinke«, sagte er, »also bin ich.«

Sugarman klopfte ihm auf die Schulter.

»Laß es gut sein, Thorn. Komm, verschwinden wir von hier.«

»Hey, paß gut auf, Sugarman. Wenn du das einzige in deinem Leben verloren hast, das dir etwas bedeutet hat, dann kannst du mir vielleicht irgend etwas sagen. Okay? Aber nicht vorher. Bis es soweit ist, laß mich verdammt noch mal in Ruhe.«

Es war Sonntagnachmittag. Thorn trank seit zwei Uhr am Vortag, kurz nachdem Darcy im Mariner's Hospital offiziell für tot erklärt worden war. Er trank im Lorelei in Islamorada, trank den Nachmittag hindurch, den ganzen Abend, trank und schlief mit dem Kopf auf der Theke ein. Niemand störte ihn. Am Morgen wachte er bei Sonnenaufgang auf. Zwei andere Typen schliefen auf einem Picknicktisch in der Nähe. Vielleicht war auch deren große Liebe ihres Lebens ertrunken.

Als die Bar um acht öffnete, spülte Thorn sich den Mund mit einem frisch gezapften Bier aus, dann machte er mit Cuervo Gold weiter. Er hatte keine Eile, nach Hause zurückzukehren, wo Darcys Kleider in seinem Schrank hingen, wo ihre persönlichen Dinge sich zwischen den seinen befanden.

Sugarman starrte in sein Bier, schüttelte traurig den Kopf. Er trug an diesem Morgen ein pfefferminzgrün gestreiftes Seersuckerhemd mit kurzen Ärmeln, eine braune Hose, Sandalen. Er trug nicht mehr die Uniform des Monroe County Sheriff's Department; Sugar war auf eigene Rechnung unterwegs und traf zum erstenmal nach langer Zeit selbst die Kleiderauswahl. Allerdings war er darin noch nicht sehr gut.

Er war ein attraktiver Mann. Manchmal, aus der richtigen Perspektive betrachtet, war der Bursche fast schön zu nennen. Sein Vater war Jamaikaner und seine Mutter Norwegerin. Thorn hatte den Vater nie kennengelernt, aber er erinnerte sich deutlich an Sugars Mutter, eine schlanke Frau mit dünnem blondem Haar und blasser, fast durchscheinender Haut. Sie hatte Sugarman zu seinem feingeschnittenen Gesicht und den langen Wimpern verholfen. Die Farbe seiner Haut lag ziemlich genau zwischen der seines Vaters und der seiner Mutter. Eine goldene Toffeefarbe. Im direkten Sonnenschein, Arm an Arm, war Thorns Haut dunkler als Sugars.

Da saß er also, Thorns Freund, dieser schlanke, exotische, simple Mann, und trank in seinem Seersuckerhemd Bier in der Lorelei Bar, am hellichten Tag, mitten im August. Und versuchte seinen untröstlichen Freund zu trösten. Seinen Freund seit mehr als dreißig Jahren. Und in diesem Moment wehrte Thorn sich gegen den Impuls, seinen alten Freund nach hinten vom Barhocker zu stoßen. Ihn auf den Boden zu schleudern, auf seine Brust zu springen und mit seinen Fäusten Sugars Körper zu bearbeiten, seinen alten Freund, seinen wunderbaren Kumpel zu zwingen, sich zu wehren, ihn zu schlagen, bis Blut floß, ihn zu prügeln und zu boxen, bis Knochen brachen, Fleisch aufplatzte, bis Thorns Körper wieder etwas zu empfinden begann.

Zwei Teenager in knappen Badeanzügen gingen vorbei. Thorn drehte sich um und sah ihnen nach. Eine der beiden hatte rotes Haar, beinahe Darcys Farbton, zu einem Pferdeschwanz gebunden und mit einem Pony bis dicht über die Augen. Thorn wollte ihr eine Warnung zurufen, bleib immer dicht am Ufer, schwimm nicht alleine, steck deinen Arm in keine Öffnung. Du kannst mit dem Arm darin hängenbleiben und ertrinken. Er wollte ihr folgen, wollte sie beschützen. Mann o Mann, er konnte sich gerade noch zurückhalten.

Sugarmans Hand lag auf seiner Schulter.

»Okay, Thorn. Komm jetzt, laß uns nach Hause fahren, Kumpel. Okay? Bist du bereit? Dann los.«

Sugarman stand auf und versuchte Thorn von seinem Hocker zu ziehen.

Die Barkeeperin stellte ein weiteres Glas vor ihn hin, warf Sugarman einen hilflosen Blick zu und entfernte sich. Thorn schüttelte Sugars Hand ab, setzte das Glas an die Lippen und trank einen Schluck, wischte sich den Mund mit dem Hemdärmel ab und stellte das Glas behutsam zurück auf die Theke.

»Ich habe geangelt.« Thorn schloß die Augen, sah alles aufs neue, den fliehenden Tarpon, den eleganten silbernen Fisch. »Ich hab' mir mit der Angel wieder mal einen runtergeholt, hab's mit diesem verdammten Fisch getrieben, während Darcy unten war und wer weiß welches Grauen erlebt hat.«

»Komm schon, Mann. Du hast dich lange genug in Selbstvorwürfen ergangen. Mach endlich ein Ende damit.«

»Einen Tag? Ist das alle Zeit, die ich bekomme, um zu trauern, mir Vorwürfe zu machen? Ein verdammter Tag?«

Thorn kippte den Rest Tequila und stellte das Glas mit einem Knall auf die Bar.

Sugarman wandte den Blick ab und nahm einen kräftigen Schluck von seinem Bier, stellte das Glas hin und tupfte sich den Mund mit einer Serviette ab. Er drehte sich auf dem Barhocker um und fixierte Thorn.

»Ich wollte es dir eigentlich nicht jetzt erzählen. Nicht hier.«

Thorn schlug zweimal mit dem Glas auf die Theke und hielt Ausschau nach der Barkeeperin.

»Irgend etwas stimmt nicht mit ihrer rechten Hand.«

Thorn zögerte für einen Moment, spielte in Gedanken die Worte noch einmal ab, dann stellte er abrupt das Glas hin, streckte die Hand aus und raffte Sugarmans Hemd zusammen und zog ihn zu sich heran. Er murmelte etwas, wußte eigentlich gar nicht richtig, was er sagen sollte. Und Sugarman packte Thorns Handgelenk, benutzte einen seiner Polizeitricks und verdrehte es. Thorns Hand löste sich, und seine Augen tränten vor Schmerz.

Sugarman blickte auf die Vorderfront seines Seersuckerhemds und strich die Knitterfalten glatt. Er holte tief Luft und atmete langsam aus.

»Die Schäden an Darcys Hand«, sagte Sugarman. »Sie passen

nicht dazu, daß sie sich eingeklemmt hat. Es paßt nicht zusammen.«

Thorn starrte ihn an, versuchte seine Augen auf ihn einzustellen, erhielt jedoch nur ein Doppelbild. Er blinzelte, sah aber nur eine verschwommene Version von Sugarman.

»Sie passen nicht zusammen? Womit passen sie nicht zusammen?«

»Nun, es waren nicht nur Kratzer. An ihren Fingern und an ihrem Handgelenk befanden sich auch Blutergüsse. Außerdem Messerwunden. Und zwei Knochenbrüche.«

»Tu das nicht, Sugar. Mach es nicht noch schwerer.«

»Ich erzähle dir nur, was ich gesehen habe.«

»Sieh mal, sie war auf Hummerjagd«, sagte Thorn. »Sie hat ihre Hand in einer Felsspalte eingeklemmt. In einem verdammten Hummerloch. So etwas passiert. Zur Hölle, sie geriet in Panik, sie kämpfte um ihr Leben. Natürlich gibt es Blutergüsse und Schnitte und Risse an der ganzen Hand.«

»Schon möglich«, sagte Sugarman. »Aber wenn man seine Hand zwischen Felsen einklemmt, dann kommt es viel eher zu einer Handschuh-Avulsion. Zumindest stellenweise.«

»Zu einer was?«

»Einer Handschuh-Avulsion. Das gleiche passiert, wenn jemand mit seiner Hand in das Getriebe einer Maschine gerät. Dann zieht er so heftig daran, daß das Fleisch aufreißt. Es löst sich in einem Stück, wie ein Handschuh, und zurück bleibt das Skelett der Hand, mehr nicht, vielleicht noch ein paar Bänder oder Sehnen.«

Thorn sagte nichts. Er schluckte und hielt seinen Blick auf Sugarmans Augen gerichtet.

»Das gleiche geschieht mit Trauringen. Man sieht es ständig, jemand springt von einem Pier in sein Boot, und der Ring bleibt an irgendeinem Nagel hängen. Der Körper steht im Boot, aber der Finger ist noch immer oben auf dem Pier. Er streift glatt das ganze Fleisch ab. Am Ende ragt nur noch der Knochen raus. Deshalb tragen viele Sanitäter auch keine Trauringe.«

»Was zum Teufel soll das, Sugar?«

»Ich wollte sagen, wenn ihre Hand zwischen zwei Felsen festhing, so sehr eingeklemmt war, daß sie deswegen ertrank, findet man andere Verletzungen als die, mit denen wir es zu tun haben. Diese Verletzungen sehen ganz anders aus. Und zwar wie etwas, das man, wenn man bei der Polizei ist, verhältnismäßig regelmäßig zu sehen bekommt.«

»Nun sag schon, Mann.«

»Wie die Hände von einigen Schweinekerlen, die ich früher dingfest gemacht habe. Vor allem die, bei denen ich Gewalt anwenden mußte. Mit einem speziellen Griff an ihren Fingern, die dabei nach hinten gebogen werden. Die Verletzungen sind die gleichen. Gebrochene Finger, an zwei Stellen. Überhaupt nicht das, was man erwartet, wenn jemand mit der Hand in einer Felsspalte hängenbleibt.«

Thorn schüttelte den Kopf, versuchte seine Augen zu klären.

»Laß uns ein Stück gehen«, bat er. »Ich brauche frische Luft.«

Sie schlenderten am Restaurant und am Yachthafen vorbei. Thorn ging voraus, hatte den Kopf gesenkt, spürte das schlaffe Herabhängen seiner Schultern, das Gewicht der Stunden, die er trinkend verbracht hatte, das sich dort festsetzte. Er ging bis zu dem kleinen, armseligen Strand. Nach jedem kräftigeren Sturm mußten ein paar Tonnen schmutzigen Sandes nachgeschüttet werden.

Zwei Jet Skis wühlten das ruhige Wasser jenseits eines abgetrennten Schwimmbereichs auf. Ein paar Teenager planschten im seichten Wasser herum.

»Ich hasse diese verdammten Dinger«, sagte Thorn und starrte wütend auf die Jet Skis.

»Ich nenne sie Arschloch-Maschinen«, sagte Sugarman.

»Entweder bist du schon ein Arschloch, dann ist das der Grund, weshalb du so ein Ding haben willst, oder sobald du deinen Hintern darauf setzt, wirst du ein Arschloch.«

Thorn trat in den Schatten einer Palme, lehnte den Rücken dagegen und rutschte daran herab, bis er im Sand saß. Sugarman kauerte sich neben ihn. Er schöpfte eine Handvoll Sand auf und ließ ihn zwischen den Fingern hindurchrieseln.

»Willst du mir damit sagen«, fragte Thorn, »daß jemand sie festgehalten hat? Daß jemand Darcy ertränkt hat?«

»Waren da draußen auch noch andere Boote? Hast du welche bemerkt?«

Thorn dachte nach, versuchte sich die Szene zu vergegenwärtigen.

»Eins«, sagte er. »Ein paar hundert Meter weit weg. Besonders genau habe ich es nicht gesehen. Ein Grady White. Zwanzig, vielleicht zweiundzwanzig Fuß. Ein offenes Fischerboot.«

Sugarman nickte.

»Hör zu, Thorn. Möglich, daß ich total verkehrt liege, ich weiß es nicht. Aber ich erkläre dir, nach was das Ganze für mich aussieht. Dabei stütze ich mich ausschließlich auf ihre Hand. Und ich könnte mich natürlich gründlich irren.«

Thorn schloß die Augen und lauschte dem Heulen der Jet Skis, der Reggaemusik in der Tikihütte, einem alten Beatlessong, der aus einem Radio am Strand drang. Jemand schrie im Wasser, ein gesunder, lustvoller Schrei. Jemand, der von jemand anderem erregt wurde. Jemand, der jemand anderen ins Wasser stieß. Jene Art von Schrei, die Thorn in der nächsten Zeit besonders weh tun sollte.

Vor Darcy hatte Thorn keine Zufriedenheit an der Seite einer Frau gekannt. Wäre sie nicht gewesen, hätte er wahrscheinlich niemals dieses seltsame, vertrackte Gefühl kennengelernt, wenn jeder Körperteil, jeder Knochen und jeder Muskel und jedes Organ gleichzeitig locker und angespannt ist. Eine Intimität ohne Spielerei, ohne Taktik, alles völlig offen. Ein süßes, erotisches Nirwana.

Das war es, was sie für ihn geschaffen hatte. Zwei wunderbare Jahre mit ihr. Die uneingeschränkte Ehrlichkeit, die genußvolle Lässigkeit im Bett, die Hitze, das makellose Zusammenpassen von Körper und Timing. Ihre gemeinsame Vorliebe für Fische und Meer. Ihre langen Gespräche auf der oberen Veranda, während sie Wein tranken. Die angenehmen Schweigephasen. Eine Berührung im Nacken, eine Hand, die durchs Haar fuhr. Alles, was ihm vor ihr gefehlt hatte, würde er jetzt wieder vermissen.

»Wir sollten zusehen, daß wir nüchtern werden und zur Leichenhalle fahren«, sagte Sugarman. »Wir sind dort gegen zwei mit Ralph Mellon verabredet.«

»Ralph wer?«

»Dr. Ralph Mellon. Der Typ sitzt im Büro des medizinischen Leichenbeschauers in Broward County. Er und seine Familie haben zufälligerweise in diesem Monat ihren Urlaub in Big Pine verbracht. Er ist offenbar ein alter Freund von Sheriff Rinks. Als ich Rinks heute morgen anrief und ihm von meinem Verdacht erzählte, dachte er kurz nach und versprach dann, sich mit jemandem in Verbindung zu setzen, den er kenne. Zehn Minuten später rief er wieder zurück, sagte, dieser Mellon interessiere sich für die Angelegenheit und habe sich bereit erklärt, uns zu helfen. Laut Rinks ist Mellon einer der führenden Pathologen des Staates. Er sagte, wenn es jemanden gibt, der uns erschöpfende Auskunft über die Hand geben kann, dann ist es Dr. Ralph Mellon.«

»Dann los.«

»Bist du sicher, daß du es durchstehst?«

»Ich bin nur ein wenig besoffen, mehr nicht.«

»Schön, reiß dich zusammen, Thorn, das wird nicht leicht.«

»Sugar«, sagte er. »Ich glaube nicht, daß überhaupt auch nur ein gottverdammtes Ding leicht sein wird. Jedenfalls für lange Zeit nicht.«

Kapitel 5

Dr. Ralph Mellon war an die zwei Meter groß und wog über dreihundert Pfund. Er war knapp über fünfzig, hatte nur noch wenige von seinen blonden Locken übrigbehalten, doch sein Bart war immer noch ziemlich üppig. Ein verfilztes Gestrüpp, das lang genug war, um seinen Krawattenknoten zu verdecken, wenn er eine Krawatte und nicht das glänzende geblümte Hemd getragen hätte, das bis zum Bauch aufgeknöpft war. Grell pinkfarbene Hibiskusblüten bedeckten das grüne Hemd und die farblich darauf abgestimmten Shorts. Und als er den dämmrigen Vorraum der Leichenhalle betrat, wohin seine große Frau, die identisch gekleidet war, ihm folgte, schien in dem Raum plötzlich eine billige Neonreklame zu erstrahlen.

Sugarman übernahm die gegenseitige Vorstellung. Sally Spencer, die langjährige Inhaberin des Begräbnisunternehmens, war hochgewachsen, blond. Ihr Gesicht war düster und eingefallen. Heute trug sie ein weißes Sommerkleid und pinkfarbene Sandalen. Als Thorn an die Reihe kam, streckte er seine Hand aus, und Ralph Mellon verschlang sie mit seiner mächtigen, weichen Baseballpranke.

»Ich bin wirklich froh, daß ich aushelfen kann«, sagte er mit einem breiten und trägen Mississippi-Akzent. Er trat zurück und sah nacheinander Sally, Thorn und Sugarman an, als nähme er bei ihnen Maß, als katalogisiere er jeden nach einem persönlichen Bewertungssystem. »Na schön«, sagte er, als er damit fertig war. »Sandy Rinks hat mir erzählt, daß jemand in diesem Fall den Verdacht hat, daß etwas nicht mit rechten Dingen zugegangen ist.«

»Mit der Hand des Opfers stimmt etwas nicht«, sagte Sugarman.

»Oh, mit ihrer Hand stimmt etwas nicht.« Der Arzt lächelte seine Frau an. Ein gönnerhaftes Grinsen für diese laienhaft ungenaue Ausdrucksweise. Die beiden standen da in ihrer lächerlichen geblümten Kluft, Sachen, die die Frau wahrscheinlich eigens für diesen Sommerurlaub über ihre Nähmaschine gejagt hatte.

»Na schön. Sehen wir sie uns einmal an, okay?« sagte der Doktor und kraulte sich den Bart.

Sally führte sie durch einen düsteren Flur und stieß an seinem Ende eine Tür auf. Thorn war schon früher dort gewesen. Im kleinen Operationssaal herrschte dank der Leuchtstoffröhren eine geradezu schmerzhafte Helligkeit. Das Licht übergoß glänzende weiße Wände, Regale, in deren Fächern die verschiedenen Substanzen zum Einbalsamieren der Leichen säuberlich aufgereiht waren. Der erstickende Geruch von Antiseptika und exotischen Substanzen verlieh der sehr kühlen Luft eine chemische Schärfe. Und dann war da natürlich noch der verchromte Operationstisch mit der zugedeckten Leiche darauf.

Während die Gruppe an den Tisch trat, blieb Thorn hinter dem breiten Rücken des Doktors und hielt seinen Blick ständig auf Sugarman gerichtet. Sugars Mund hatte einen harten Zug, seine Augen glitzerten feucht, als er auf Darcy blickte, während der Arzt das Laken wegzog.

Eine unbehagliche Pause entstand, dann sagte der Doktor: »Eine hübsche Frau.«

»Ralph«, sagte seine Frau vorwurfsvoll und ermahnend. Der Doktor räusperte sich und murmelte eine halbherzige Entschuldigung.

Er hob Darcys rechte Hand ans Licht, betrachtete sie eingehend von allen Seiten. Er bewegte ihre Finger, murmelte vor sich hin. Thorn hielt sich zurück, schützte sich durch den breiten Rücken des Mannes vor dem Anblick von Darcys Gesicht. Aber er sah die Hand. Deren Rücken war zerkratzt und mit gelblich-blauen Flecken übersät. Fünf oder sechs weiße Punkte befanden sich am Handgelenk. Blutlose Risse, wo sie offensichtlich versucht hatte, sich gewaltsam zu befreien.

Er spürte, wie sein Magen revoltierte.

»So«, sagte der Arzt. »Soso.«

»Was ist?« Thorn trat neben den Mann und starrte plötzlich in Darcys Antlitz. Es war ausdruckslos und weiß, als ob ihre Haut so heftig abgeschrubbt worden sei, daß alle Spuren von Persönlichkeit davon entfernt worden waren.

Der Doktor beschäftigte sich noch für ein paar Sekunden mit ihrer Hand, massierte sie nachdenklich, tastete die Strukturen unter dem Fleisch ab. Dann legte er sie zurück, bedeckte den Körper der Toten mit dem Laken, wandte sich um und ging zur Tür.

»Wo, zum Teufel, gehen Sie hin?« Thorn eilte hinter ihm her und legte eine Hand auf die fleischige Schulter des Mannes.

Der Arzt wandte den Kopf, sah ihm in die Augen. Trotz der Kälte in dem Raum war das Gesicht des Arztes verschwitzt. Eine feuchte blonde Haarlocke klebte auf seiner Stirn.

»Ich denke, ich gebe Sheriff Rinks meinen Bericht.«

»Was haben Sie gesehen, Doc?« fragte Thorn leise.

Vielleicht war es der Tonfall seiner Stimme, jene träge, unechte Gleichgültigkeit des gefährlichen Irren. Vielleicht entdeckte der gute Doktor auch etwas in Thorns Augen, ein Aufblitzen, das ihm zu gelten schien. Was immer es war, es ließ den Arzt für einen kurzen Moment unsicher werden.

»Was haben Sie gesehen?« wiederholte Thorn seine Frage. Diesmal flüsterte er beinahe.

»Sir«, erwiderte der Arzt, während Schweißtropfen sich wie

ein feuchter Schnurrbart auf seiner Oberlippe sammelten. »Es gibt Frakturen in den condyloiden Gelenken und den Phalanxen ihrer beiden Mittelfinger. Multiple Frakturen sowie erhebliche Schäden an den Gelenkpfannen. Können Sie damit etwas anfangen?«

»Könnte sie sich das selbst zugefügt haben? Als ihre Hand in einem zu engen Loch festklemmte?«

Der Doktor studierte Thorn für einen Moment, als suche er nach einem noch so vagen Hinweis auf Intelligenz, dann hob er die Hand und bedeutete ihnen mit einer Geste, ihm zu folgen. Die Gruppe wanderte hinter ihm her durch den schmalen Korridor in den Vorraum. Als sie dort angelangt waren, schlug Sally Spencer vor, sie sollten sich doch in ihr Büro setzen.

»Macht es Ihnen etwas aus, meine Damen«, sagte der Doktor, »uns Männer für ein paar Sekunden allein zu lassen?«

Als die Männer die Tür hinter sich geschlossen hatten, nahm der Arzt auf der breiten Ledercouch gegenüber Sallys Schreibtisch Platz und deutete einladend auf zwei Sessel, aber weder Thorn noch Sugarman machten Anstalten, sich hinzusetzen. Der Doktor schwitzte noch immer. Auch seine Gesichtsfarbe hatte sich verändert. Was immer er gesehen hatte, verursachte bei ihm offensichtlich Durchblutungsstörungen. Seine Augen waren blaßblau und schienen während des Gangs durch den Flur unsicher und ausdruckslos geworden zu sein.

Mellon kämmte mit den Fingern seinen Bart und richtete seine leeren blauen Augen auf Thorn.

»Waren Sie beide im Krieg? Kennen Sie die Dschungel Asiens?«

Keiner sagte etwas. Thorn bedachte den Arzt mit dem ausdruckslosesten Blick, den er zustande brachte. Sollte Ralph Mellon aus dieser Reaktion jeden Schluß ziehen, den er wollte. Thorn war diese verschlüsselte Erkennungsfrage schon früher gestellt worden, von Männern, die die Antwort darauf als alleiniges Maß für den Wert einer Persönlichkeit gelten ließen. War auch er einer von denen, die bis in die Tiefen der Hölle hinabgestiegen waren und in dem Dreck und der Fäulnis ihre Taufe erhalten hatten? Denn falls er nicht so einer war, wäre er nicht einen Tropfen ihrer Pisse wert.

Thorn versuchte nie seinen nicht abgeleisteten Militärdienst zu rechtfertigen. Er hatte genügend Vietnamveteranen kennengelernt, um zu begreifen, daß er den richtigen Krieg versäumt hatte. Wenn es nach ihm ging, hatten diejenigen, die nach Kanada geflohen waren oder ihre Einberufungsbescheide verbrannt hatten, mindestens ebenso wie die anderen ein Denkmal in Washington verdient. Was Thorn betraf, so hatte er nicht einmal etwas von diesem Krieg gewußt, bis er fast zu Ende war. Er hatte damals genauso gelebt wie immer, dem Wetter und den Jahreszeiten ausgesetzt, ausschließlich interessiert an den Wanderungen von Fischen und Vögeln, aber nicht im mindesten in Kenntnis der vielfältigen nationalen Belange und Vorgänge. Derart zurückgezogen war er, daß er noch nicht einmal den Namen des fernen Landes gehört hatte, bis er eines Abends aus einer Musikbox in einer Bar in Islamorada herausdröhnte: One, two, three, four, I don't give a damn. Next stop, Vietnam.

Sie waren natürlich völlig auf dem Holzweg, diese Veteranen, die an die Heiligkeit dessen glaubten, was sie in 'Nam gelernt hatten. Zur Hölle, Thorn hatte an keinem Krieg teilgenommen, aber er wußte mehr als genug über den zivilen Überlebenskampf, die Erniedrigung, die Brutalität, die Menschen einander zufügten. Er kannte Verrat und Verlust, er hatte den Blutrausch kennengelernt. Er hatte gegen einen Feind gekämpft, den er nicht hatte sehen können, hatte dies auf Schlachtfeldern ohne klare Frontlinien getan, wo jeder ohne Uniform agierte. Er hatte sich in die Feuerlinie geworfen. Hatte die zerfetzende Wirkung des heißen Bleis in seinem eigenen Fleisch gespürt. Hatte menschliches Leben zerstört.

Und er war auf nichts davon stolz, protzte nicht damit herum oder konfrontierte andere mit dem schrecklichen Wissen, das er so erworben hatte, um sie zu prüfen. Und einer Sache war er sich absolut sicher – der Kontakt mit Gewalt jeglicher Art erzeugte kein bißchen Weisheit.

Dr. Ralph Mellon veränderte seine Haltung auf der Couch.

»Soll ich Ihrem Schweigen entnehmen, daß Sie vom Militärdienst keine besonders hohe Meinung haben?«

Sugarman zog einen der Kundenstühle von Sallys Schreibtisch weg, drehte ihn mit der Rückenlehne nach vorne und setzte sich rittlings darauf. Thorn ging zur Bürotür und verriegelte sie.

»Hast du heute nachmittag noch irgend etwas Wichtiges vor?« wollte er von Sugar wissen.

»Nichts Dringendes.«

»Seht mal, Leute...«

Thorn unterbrach ihn. »Ich glaube, bis nächste Woche habe ich keine Verabredung mehr.«

»Ich auch nicht«, schloß Sugar sich an.

»Jetzt hören Sie aber auf. Es reicht.«

»Was haben Sie gesehen?« fragte Sugar. Mit jener Cop-Stimme, die er immer noch hervorholen konnte. Ausdruckslos, leer, aber mit einem gewissen verborgenen Nachdruck, einem Knistern, das an das Geräusch einer brennenden Lunte erinnerte.

»Ich hab's euch doch erklärt, Leute, ich muß über diese Sache mit Sheriff Rinks reden.«

Sally Spencer klopfte an die Bürotür. Sie rief ihre Namen, aber niemand antwortete ihr. Ralph Mellons Ehefrau meldete sich ebenfalls und rief seinen Namen mit deutlicher Sorge, und der Arzt antwortete, mit ihm sei alles in Ordnung, es dauere nur noch ein oder zwei Minuten. Dabei blickte er Thorn mit einem Ausdruck von Bitterkeit an.

Fünf Minuten später klopfte Sally erneut. Aber keiner rührte sich. Ein paar Minuten danach erschien Mellons Frau draußen vor dem Bürofenster und trommelte heftig gegen die Glasscheibe, drückte ihre Nase daran platt. Aber Thorn ging hin und drehte an der dünnen Stange der Jalousien, und damit verschwand Mrs. Mellon.

Ein oder zwei Minuten später erhob der Doktor sich von der Couch, und Sugarman stand ebenfalls auf, und er und Thorn versperrten die Tür. Mellon schüttelte hilflos den Kopf und nahm wieder seinen Platz ein. Dabei äußerte er, daß, bei Gott, der Sheriff von dieser Sache in Kenntnis gesetzt würde. Freiheitsberaubung, Kidnapping. Er werde ihnen die Hölle heiß machen, wenn sie nicht auf der Stelle die Tür öffneten. Aber Thorn sah zu Sugar, und Sugar erwiderte seinen Blick.

»Machst du dir in die Hose?«

»Noch nicht«, antwortete Sugarman. »Du etwa?«

»Ich bin knochentrocken«, sagte Thorn.

Mellon hüstelte, schob seinen breiten Hintern auf der Couch hin und her und schien es sich häuslich einzurichten. Er war bereit, die Herausforderung anzunehmen.

Es war drei Uhr achtunddreißig auf Sallys Kuckucksuhr, als sie sich festfuhren. Thorn parkte in ihrem grünen Lederdrehsessel, lehnte sich nach hinten, legte die Füße auf den Schreibtisch, verschränkte die Hände hinter dem Kopf und fixierte Dr. Ralph Mellon. Dann begann er seine bestens kultivierte Kunst des geduldigen Abwartens zu praktizieren.

Seit über dreißig Jahren beschäftigte er sich auf die ein oder andere Art mit Fischen. Er hatte dabei das Warten gelernt. Er wußte, wie man seinen Geist befreite, wie man sich durch ein Meer von Gedanken treiben ließ, sich in eine Art halbwachen Zustand versetzte, während ein Teil des Bewußtseins weiterhin angespannt und wachsam blieb. Er wußte, welche Haltung man einnehmen, wo man seine Hände hinlegen mußte, wußte, wann man in seine Erinnerung eintauchen oder sich den intensiveren Anregungen seiner Phantasie hingeben mußte, um das Gehirn daran zu hindern, sich völlig auszuschalten.

Während der ersten Minuten stellte er sich verschiedene Getränke vor. Danach lauschte er für eine Weile dem Verkehr draußen auf der U.S. 1. Er trommelte mit den Fingern auf seinem Oberschenkel den Rhythmus verschiedener Songs, die in seinem Kopf erklangen. Er beobachtete unverwandt den Doktor, diesen großen Mann, der auf den Teppich starrte und ab und zu unbehaglich auf der Couch hin und her rutschte. Und schließlich dachte Thorn an Darcy Richards. An ihren Körper, der zwanzig Meter entfernt in jenem hellen, kalten Raum lag. An ihr leeres Gesicht.

Ohne ein bestimmtes Ziel anzusteuern, wanderte er durch die Zeit, die er sie gekannt hatte, ehe sie ein Liebespaar wurden, zurück zu dem Punkt, als sie lediglich die kleine Schwester seines besten Freundes war. Einigermaßen geschickt im Umgang mit der Angelrute und halbwegs gewieft, wenn es darum ging, Fische zu orten, war Darcy viele Jahre ein Teil seines Lebens gewesen, ehe sie seine fleischlichen Gelüste geweckt hatte. Er hatte sie als Schwester geliebt, ehe seine Liebe zu ihr eine andere Qualität bekam.

Um vier Uhr fünfzehn erschien Sally wieder an der Tür. Sie jammerte, daß in einer halben Stunde eine Beerdigung stattfinden solle und daß sie unbedingt in ihr Büro müsse, um alles Notwendige vorzubereiten. Sugarman stand auf, streckte sich und vollführte ein paar Rumpfbeugen. Der Doktor rief Sally zu, er werde als Geisel festgehalten und sie solle den Sheriff benachrichtigen, damit er Hilfe schickte. Als er verstummte, erklärte Sugarman ihr, sie solle den letzten Auftrag streichen.

Sie stand draußen und schwieg.

»Hörst du mich, Sally?«

Sie zögerte kurz, dann antwortete sie: »Ich höre dich, Sugar.«

»Wir müssen so verfahren. Und jetzt hilf uns dabei, okay? Sei ganz ruhig.«

»Okay«, sagte sie. »Okay, Sugar.«

Und Dr. Ralph Mellon verschränkte die Arme vor seiner mächtigen Brust und sah plötzlich aus wie ein Teenager, der sich in seinen Schmollwinkel zurückgezogen hat.

Als wieder Stille einsetzte, dachte Thorn weiter an Darcy Richards. Er tastete sich durch die letzten Wochen, ging die Stunden durch, versuchte den Tag festzulegen und sich so genau wie möglich an den Moment zu erinnern, in dem das erste Mal ein Ausdruck der Sorge hinter ihrem Lächeln erschien und es ersterben ließ. Zuerst verwechselte er die Tage, dann, nach einiger Mühe, brachte er die Dinge für eine Weile in eine annähernd genaue chronologische Ordnung. Aber draußen auf dem Highway ertönte plötzlich eine Polizeisirene, und Thorns Konzentration ließ nach, und die Momente verschmolzen zu einem undurchdringlichen Knoten. Schließlich ging er methodisch und voller Konzentration die letzten beiden Wochen durch, Tag für Tag, grenzte den Zeitraum ein, faßte ihn enger und enger, bis er am Ende bei einem bestimmten Wochenende ankam.

Ja, ein Wochenende. An dem sie sehr still gewesen war. Kaum ansprechbar. Thorn hatte es bemerkt, aber sich nicht dazu geäußert. Das erste Augustwochenende. Es war das Hummerwochenende, als ringsum der Wahnsinn ausbrach, als die Invasion der Touristen einsetzte, die allgemeine Völlerei, die Freßorgie. Thorn hatte ziemlich schlechte Laune gehabt. Er hatte sich geweigert, das Haus zu verlassen, ehe alles vorbei war. Ja. Das war es, dieses Wochenende.

Thorn atmete tief ein. Er sah, daß Dr. Mellon schwitzte. Er sah, wie die Jalousien vibrierten. Hörte die großen Trucks auf dem Highway vorbeidonnern und ihre schweren Ladungen über jene hundert Meilen Highway und Brücken nach Key West tragen.

Das erste Augustwochenende. Darcys Augen waren ohne Glanz gewesen, sie hatte den Kopf unmerklich hängen lassen. Sie war still und fahrig gewesen. Sie hatte eine Weile gelesen, dann das Buch beiseite gelegt. Sie war auf die Veranda hinausgegangen, hatte in die Ferne geblickt, als ob sie etwas suchte. Thorn hatte sich mit seinen Fliegen beschäftigt, hatte Schlingen gewickelt, die hellen Fäden verknotet, hatte Pelzflocken und Federn um die Schenkel von Stahlhaken drapiert. Nichts Ungewöhnliches.

Darcy war durchs Haus gelaufen, hatte wieder nach ihrem Buch gegriffen, sich dann hingelegt und die Decke angestarrt. Es stand in ihrem Gesicht. Sie sagte nichts, doch dieser Schatten über ihren Augen, die nervöse Stille, all das war unverkennbar. So verdammt klar, nun da er es sich wieder ins Gedächtnis rief. Er hätte in diesem Moment etwas sagen sollen, hätte der Sache den Kopf abschneiden sollen, ehe sie immer größer wurde und am Ende ihrem Leben die Luft abdrückte.

Aber nein, Thorn hatte nichts gesagt. Er hatte das Problem gemieden. Er hatte in seinem Leben genügend Probleme und Verdruß gehabt, und er hatte es nicht eilig, sich eine neue Last aufzubürden. Und das wußte Darcy. Sie wußte, daß er sich wieder zurückgezogen hatte. Vielleicht hatte sie zu dem Problem nicht nur deshalb geschwiegen, weil sie es alleine lösen wollte. Sicher, auch das war zum Teil ein Grund gewesen. Aber sie hatte auch Thorn verschonen wollen. Damit er seine gute Laune behielt.

Um fünf vor halb sechs, als aus der Kapelle Orgelmusik und Gesang und aus dem Vorraum Stimmengemurmel zu ihnen drang, machte Ralph Mellon einen lauten Atemzug, seufzte und erhob sich wie ein grellbuntes Phantasiewesen.

»Okay«, sagte er. »Genug ist genug.«

»Was war mit ihrer Hand?« fragte Thorn und hob die Füße vom Tisch herunter.

»Sie beide«, sagte der Doktor. »Sie sind verrückt. Alle beide.«

»Gut beobachtet«, sagte Thorn. »Meinst du nicht auch, Sugar? Wir sind hier unten in den Keys wirklich ein wenig verrückt.«

Mellon trat in die Mitte des Raums. Er schien in den drei Stunden, die er auf der Couch gesessen hatte, weich geworden zu sein. Er hatte etwas von seiner Größe verloren, war schwammiger geworden, und die Nerven spielten nicht mehr richtig mit.

»Okay, verdammt noch mal.«

»Dann erzählen Sie uns mal, was Sie gesehen haben, Doc. An ihrer Hand.«

»Schon gut, schon gut«, sagte er, und an seinen Schläfen traten die Venen hervor. »Nun, zum einen war der Angreifer Ihrer Freundin nicht irgendein ordinärer Mörder.«

»Wie meinen Sie das?« fragte Sugarman. Interessiert, aber nicht zu drängend. Er wollte ihn nicht so sehr erschrecken, daß er weitere drei Stunden schmollte.

»Dieser spezielle Handgriff«, sagte der Arzt. »Ich glaube, er ist ein Hinweis auf jemanden, der eine Ausbildung genossen hat.«

»Reden Sie weiter«, sagte Thorn.

»Der Mörder hat die Finger Ihrer Freundin sorgfältig über Kreuz gelegt, und zwar die beiden Mittelfinger. Dann wurde Druck ausgeübt, wahrscheinlich mit dem Daumen des Mörders, auf die Gelenkpfanne zwischen den scaphoiden und den semilunaren Knochen.«

Der Doktor deutete auf Thorns Hand, und Thorn ging zu ihm hin und streckte sie ihm entgegen. Mellon ergriff sie sanft und drückte mit dem Daumen auf einen weichen Fleischwulst dicht hinter den Knöcheln, und Thorn krümmte sich, als ein blitzartiger Schmerz an seinem Arm hinaufraste.

»Ja«, sagte der Doktor. »Etwa so, nehme ich an, aber kraftvoller und präziser ausgeführt. All das hat die Hauptnervenbahnen schwer geschädigt, vor allem die motorischen Nerven, die die Muskeln in der Hand und im Arm steuern. Mit anderen Worten, Gentlemen, der Mörder hat sehr wirkungsvoll ihren rechten Arm gelähmt.«

Thorn schaute zu Sugarman, fing seinen Blick ein. Er war sich bei diesem Kerl nicht sicher. Genauso wie Thorn schien Sugar nicht entscheiden zu können, wie nahe der Doktor sich in diesem Fall an die Wahrheit hielt.

»Mit was haben wir es denn nun zu tun?« erkundigte Sugarman sich. »Mit einem Profi? Wollen Sie das andeuten?«

»Mehr als ein Profi«, sagte Dr. Mellon und schnalzte mit der Zunge. Thorn befreite seine Hand aus Mellons Griff. Seine Finger waren taub, kribbelten. »Das ist hochmodern. Etwas derart Raffiniertes wird nur in den besten Schulen gelehrt. Und damit meine ich nicht Harvard.«

Er versuchte sein Glück mit einem gewinnenden Lächeln, aber es kam bei keinem von ihnen an und verdorrte auf Mellons Lippen.

»Dann verraten Sie uns doch mal eins, Ralph, wie kommt es, daß Sie so verdammt viel über moderne Tötungsarten wissen?« sagte Thorn. »Haben Sie in Fort Lauderdale soviel damit zu tun? Bringen die alten Knacker sich mehr und mehr gegenseitig mit solchen Spezialgriffen um?«

Der Doktor machte einige langsame Atemzüge, als wolle er vorher die Luft kosten, und ließ seinen Blick zwischen Sugarman und Thorn hin und her wandern. Dann richtete er ihn sehnsüchtig auf die Tür. So stand er da, schwankte kurz, schwitzte nun heftig. Sein Strandanzug begann allmählich nach dem durch Synthetikstoff erzeugten Schweiß zu stinken.

»Sagen wir einfach, es ist mein Hobby, das Studium von Kampftechniken und ihrer physiologischen Besonderheiten.«

Thorn lächelte düster.

»Nach einem langen Tag in der Leichenhalle kommen Sie nach Hause, mixen sich einen Martini und genießen den Feierabend mit einem guten Buch über raffinierte Mordtechniken.«

Thorn schaute zu Sugarman und schüttelte staunend den Kopf. Dann richtete er den Blick wieder auf den Doktor.

»Über wen reden wir im Augenblick, die CIA?«

Der Doktor preßte die Lippen zusammen und warf einen kurzen Blick zur Tür. Er schüttelte mehrmals den Kopf. Er wurde von Verrückten festgehalten. Und murmelte etwas vor sich hin.

»Oder vielleicht von der NSA, dem FBI«, sagte Sugarman, ganz der hilfsbereite Polizist. »Oder von einer der weniger bekannten Abkürzungen?«

Thorn machte einen Schritt, näherte sich dem Doktor bis auf Reichweite für einen kurzen rechten Hieb.

»Ist es das, was Sie tun, Mellon? Arbeiten Sie für diese Leute? Zeigen Sie unseren Jungs, wo die richtigen Druckpunkte sind? Bringen Sie ihnen bei, wie man es schnell und still erledigt? Erfinden Sie auch mal neue Tricks?«

»Ich wurde ein- oder zweimal zu Rate gezogen«, sagte er. »Damals in den Sechziger Jahren. Das ist schon fast dreißig Jahre her. Das war alles, sonst gab es nichts mehr.«

»Sie mieses Schwein.«

»Vorsicht, Thorn«, warnte Sugarman. Seine Stimme klang hypnotisch ruhig, als versuchte er, eine Kobra in ihren Korb zurückzutreiben. »Der Doktor hilft uns. Er hat seinen Urlaub für ein paar Stunden unterbrochen, um uns seine wissenschaftlichen Kenntnisse zur Verfügung zu stellen.«

»Dieses Arschloch hat Leute ausgebildet, Sugar. Durchaus

möglich, daß er diesen kleinen Fingertrick ausgerechnet dem Burschen beigebracht hat, der Darcy ermordete.«

»Das trifft nicht zu«, wehrte sich der Arzt. »Ich habe ganz bestimmt niemandem diesen Griff gezeigt.«

Er schob sich an Thorn vorbei und ging zur Tür. Einsneunzig, dreihundert Pfund Hibiskusblüten. Thorn wollte ihm folgen, aber Sugarman legte ihm schwer eine Hand auf die Schulter und hielt ihn zurück.

Der Doktor entriegelte die Tür, öffnete sie. Dann wandte er sich um, sein Gesicht nahm allmählich wieder Farbe an. Der Mann demonstrierte eine Reihe nervöser Ticks, als müsse er schnellstens all jene Manierismen der Überheblichkeit und Aufgeblasenheit neu programmieren, auf die er in den letzten paar Stunden verzichtet hatte.

»Ich habe diesen Griff noch nie zuvor gesehen«, sagte er. »Weil wir ihn nicht gelehrt haben. So raffiniert waren wir nicht. Seit damals haben die Dinge sich weiterentwickelt. Offensichtlich sogar ganz erheblich.«

»Verschwinden Sie«, sagte Thorn. »Ich kann Sie nicht mehr sehen.«

Der große Mann schnaubte, schmeckte wieder die Freiheit, die alte Ordnung, und er trat durch die Tür und zog sie hinter sich ins Schloß. Thorn beförderte sie mit einem Fußtritt vollends ins Schloß, drehte sich um, ging zu einem der Sessel und ließ sich hineinfallen. Er schaute zu Sugarman hoch.

»Ist er voll Scheiße oder was?«

Sugarman zuckte die Achseln.

»Rinks behauptet, er sei der beste von allen. Eine absolute Kapazität für alle postmortalen Fälle. Und zur Hölle, es ist doch bekannt, daß die Regierung auch Mediziner für ihre Zwecke eingesetzt hat. Das ist doch wirklich nicht überraschend.«

»Am liebsten würde ich diesem Arschloch zu einer eigenen Leichenbeschau verhelfen.«

»Nun, einstweilen«, sagte Sugarman, »müssen wir dich irgendwie nach Hause bringen und einigermaßen nüchtern bekommen und dich säubern. Die Totenwache beginnt um halb neun. Es sei denn, du möchtest das Ganze abblasen.«

»Nein«, sagte er. »Ich komme damit schon zurecht. Ich brauche nur ein oder zwei Drinks. Dann bin ich wieder auf dem Damm.«

In diesem Moment schwoll die Orgelmusik an, drang durch die dünnen Wände des Bestattungsunternehmens. Sie sahen einander an und hörten zu. Ein Requiem, das Thorn nicht erkannte. Eine langsame, düstere Hymne in Moll. Eine Melodie, die ein Meister vor einem Jahrhundert für einen Tag wie diesen komponiert hatte.

Kapitel 6

Es war Sonntagabend, halb zehn, und Sylvie trug eins ihrer beiden Barkostüme, das Key Largo-Modell. Ein rotes Spandexkleid. Der Saum bis zum halben Oberschenkel. So eng, daß es aussah, als sei sie in warmes Blut getaucht worden. Dazu einen Fünf-Gallonen-Stetson mit türkisblauem Band, schwarze Cowboystiefel mit roten Schneckenverzierungen und Ohrringe aus grünen Steinen, die wie Kandelaber von ihren Ohren herabhingen und jedesmal klickten, wenn sie den Kopf drehte. Sie sah scharf aus. Eine Rodeoreiterin. Ein Girl, das sich festhalten und, wenn sich die Gelegenheit bot, auch die Sporen einsetzen konnte.

Die Countryband beendete gerade ein Set, als sie bei Snappers erschien, einer Blockhüttenbar mit Fischspezialitäten auf der Speisekarte, zwei Meilen nördlich von Tavernier direkt am Meer. Während sie über die leere Tanzfläche stolzierte, drehten Köpfe sich in ihre Richtung, männliche Stimmen flüsterten in einem angespannt heiseren Tonfall, die ihre Bereitwilligkeit, ihre Bettfähigkeiten abschätzten. Und gelangten zu positiven Ergebnissen, wie Sylvie zu hören meinte.

Sie wanderte an der Bar entlang, betrachtete ihre Hände, bis sie fand, wonach sie suchte. Vor zwei muskulösen Burschen in T-Shirts und mit Sonnenbrand blieb sie stehen und erkundigte sich, ob der Hocker zwischen ihnen besetzt sei. Sie machten ihr Platz.

Die beiden hatten identische Sonnenbrillen, die an Lederriemen um ihre Hälse hingen, und jede Brille hatte an den Seiten diese Blenden. Leichte Beute. Zwei Angelskipper, die den Abend in einer dunklen Bar verbrachten, um ihre Augen von dem grellen Sonnenschein zu erholen.

Sylvie schwang sich auf den Holzhocker und betrachtete ihr Spiegelbild in den Fenstern hinter der Bar. Sie schob ihren Cowboyhut ein wenig nach links. Lächelte.

Die Barkeeperin erschien vor ihr, warf den Fischern einen vielsagenden Blick zu und verlangte dann Sylvies Ausweis.

»Ich bin siebenundzwanzig.«

»Ich muß es mit eigenen Augen sehen, Schätzchen.«

»Zeig mir deinen, dann zeige ich dir meinen.«

»Ja«, sagte einer der Fischer. »Laß mal sehen, Sharon.«

»Ich werde im Oktober fünfundzwanzig«, sagte Sylvie. »Am zwölften.«

»Sie ist okay, Sharon. Mach der Lady keine Schwierigkeiten.«

Der blonde Fischer stützte sich mit einem Arm auf die Theke und machte der Bardame schöne Augen.

»Einen Kurzen und ein Bier«, sagte Sylvie. »Budweiser, Wild Turkey.«

Die Barkeeperin betrachtete sie einen Moment nachdenklich, beugte sich vor und guckte sie sich genauer an, als wollte sie sich vergewissern, ob Sylvie Brüste hatte, was nicht der Fall war, obgleich der Spandexstoff ihr zusätzliches Brustfleisch in die Büstenhalterschalen hätte drücken sollen. Doch auch damit wurde nicht genug Masse geschaffen, die man als Brüste hätte bezeichnen können.

Am anderen Ende der Bar begann eine Serviererin Bestellungen zu rufen, und die Barmaid verzog ungehalten das Gesicht und entfernte sich.

»Hast du das Ding nur für heute abend abgenommen oder für immer?«

»Wie bitte?« fragte der Blonde.

Sylvie tippte mit dem Fingernagel gegen den Ringfinger des Mannes. Ein weißer, fleischfarbener Streifen, wo sein Trauring gesessen hatte, war dort zu sehen. Die kleine Delle, die der Ring hinterlassen hatte, war noch vorhanden.

»Ach das«, sagte der blonde Bursche. »Der ist für immer weg.«

»Verdammt richtig«, sagte sein Kumpel. »Scheiß auf die Schlampe. Die ist für immer abgehakt.«

»Was hast du getan?« fragte Sylvie. »Mit anderen Frauen rumgemacht? Sie verscheucht?«

Die beiden Angelführer warfen sich kurze Blicke zu; der dunkelhaarige schüttelte den Kopf und schickte seinem Kumpel eine Art warnenden Blick. Dann murmelte der blonde eine Antwort, die Sylvie nicht verstehen konnte, und sein dunkelhaariger Freund trank den Rest seines Biers, sah seinen Begleiter kopfschüttelnd an, warf Sylvie noch einen kurzen Blick zu und verzog sich die Bar hinunter zu einer Gruppe lärmender Typen, die vor einer Dartscheibe standen.

»Frank Witty«, sagte der Fischer.

»Und ich bin Sylvie«, stellte sie sich vor.

Frank streckte seine Hand aus, und sie ergriff und schüttelte sie.

»Und wie wild bist du wirklich, Frank?«

»Nicht sehr«, sagte er.

»Das ist gut«, sagte Sylvie. »Ich bin nämlich am liebsten die Wilde.«

Er betrachtete sie, und in seinen Augen entstand eine leichte Hitze. Ihre Kluft begann zu wirken, ihre Augen fixierten ihn. Sylvie öffnete die Lippen einen Spalt. Bewegte ihre Zunge ein wenig im Mund, betastete damit ihre Zähne. Der Typ atmete etwas heftiger.

»Kommst du hier aus der Gegend?«

»Nein«, sagte sie. »Ich komme von nirgendwo.«

»Ich hab' dich ganz sicher noch nie in diesem Laden gesehen.«

»Bis heute bin ich auch noch nicht so tief gesunken.«

Frank lächelte, und Sylvie erwiderte das Lächeln.

Die Barlady stellte Sylvies Whiskyglas und Bierkrug vor ihr auf die Theke, und der Fischer griff in seine Brieftasche und zog ein paar Scheine heraus, gab sie ihr, und sie verzog sich.

»Also warum hat sie dich verlassen?« fragte Sylvie. »Warst du untreu?«

»Hey, ich hab' dich gerade erst kennengelernt. Das ist ziemlich persönlich.«

»Ich spring' sofort an die Kehle«, sagte Sylvie. »Wenn dich das stört, dann solltest du vielleicht mit deinen Spezis Darts spielen.«

Der blonde Mann schaute kurz zu seinen Freunden hinüber. Dann drehte er sich wieder um und sah ihr direkt in die Augen und sagte: »Sie hat einen anderen gefunden.«

»Tut weh, so was zuzugeben, nicht wahr?«

»Und wie, verdammt noch mal.«

»Hast du irgendwas mit dem Typ gemacht? Ihn verprügelt oder so was Ähnliches?«

»Das habe ich tatsächlich.«

Sylvie gab einen Laut der Anerkennung von sich.

»Hast du es ihm besorgt?«

»Nicht sehr, nein.«

»Hat er dir eins verpaßt, Frank?«

»Ein blaues Auge. Und einen Zahn abgebrochen.«

»Laß mal sehen.«

Frank zog mit einem dicken Finger die Lippe zurück und zeigte ihr einen Schneidezahn, dem die Spitze fehlte. Sie trank einen Schluck von ihrem Bier.

»Er muß sich ziemlich schlimm an dem Zahn geschnitten haben.«

»Ja, ich glaube, trotz allem hat er doch einiges mitgekriegt.«

Sie lächelten beide. Verstanden einander. Sprachen eine Sprache.

»Was macht dir besonderen Spaß, Frank Witty?«

»Was soll das heißen?«

»Du weißt, was es heißt. Was tust du am liebsten in deinem geheimen Leben?«

Er dachte kurz nach, dann meinte er sehr leise: »Was? Meinst du im Schlafzimmer?«

»In jedem Zimmer. Es muß nicht nur das Schlafzimmer sein. Du kannst im ganzen Haus eine ganze Menge schöner Dinge tun. Sogar draußen. Hast du es noch nie mit einer Frau im Gras getrieben?«

Frank Witty sagte nichts. Überlastet. Das Gehirn im Eimer. Die Augen trübe.

»Also was macht dir besonderen Spaß, Frank? Komm schon, verrat's Miss Sylvie.«

»Ich mag viele Dinge.«

»Zum Beispiel was?«

Er trank erneut von seinem Bier. Schaute nach links, dann nach rechts. Senkte seine Stimme.

»Etwas, das ich mit ihr tue oder was sie mit mir tut?«

»Etwas, das sie mit dir tut. Was keine andere mit dir tun würde.«

Er nahm den nächsten Schluck Bier, schaute zu seinen Freunden hinüber, dann wieder zu Sylvie und lehnte sich zu ihr.

»Wieviel kostet es?«

Sylvie atmete ein, seufzte geduldig.

»Frank, Frank, Frank. Geht es dir so schlecht? Daß du für ein wenig Liebe und Zuneigung bezahlen willst?«

»Tut mir leid.«

»Das sollte es auch.«

»Ich komme mir vor wie ein Idiot.«

»Dann erzähl schon, Frank. Was wünschst du dir von ihr, was sie tun soll?«

Frank strich mit dem Finger über den Rand seines Bierglases. Er verschluckte einen kleinen Rülpser.

»Nun«, sagte Frank, »sie könnte ihren Finger... Du weißt schon. Und ihn dann hin und her bewegen.«

Sylvie musterte ihn ein paar Sekunden lang. Der Mann versuchte zu lächeln.

»Einen Finger in den Hintern stecken, das magst du?«

Er schluckte. Alles ging für Frank Witty viel zu schnell, aber für Sylvie war es genau das richtige Tempo. Zwei Tage, drei vielleicht, mehr würde sie für diesen Typ nicht brauchen.

»Das macht dich wild, nicht wahr?« sagte sie.

Frank Witty duckte sich und sah sich verstohlen um, wollte sich vergewissern, ob jemand mitgehört hatte. Offenbar nicht, denn er lehnte sich wieder zu ihr hinüber, schob sich in Sylvies Atemstrom. Indem sie ihren Blick von seinen Augen löste, streckte sie die Hand aus, ergriff ihr Glas Wild Turkey, nahm einen Schluck und trank danach von ihrem Bier. Schnalzte mit der Zunge. Drehte sich wieder um und lächelte ihm ins Gesicht.

»Müssen wir uns hier darüber unterhalten?« fragte er. Sein Gesicht bekam nun etwas mehr Farbe. Schweiß perlte auf seiner Stirn.

»Aber wir sind jetzt hier, Frank. Wir können uns wohl kaum woanders darüber unterhalten, denn zufälligerweise halten unsere Körper sich hier und nirgendwo anders auf. Ich glaube, das ist ein physikalisches Gesetz.«

»Ich habe gemeint, möchtest du nicht woanders hingehen? Irgendwohin, wo wir... Du weißt schon, uns ungestört unterhalten können.«

»Ist es das, was du möchtest, Frank? Du bist ein großer Redner, nicht wahr?«

»Ich kann sehr gut reden. Ich kann auch andere Dinge tun.«

»Das kann ich mir vorstellen. Ein toller Kerl wie du.«

»Und wie ich das kann, verdammt noch mal.«

»Ist sie deshalb mit dem anderen Kerl durchgebrannt? Kann er besser reden als du?«

Frank kniff die Augen zusammen.

Sylvie nahm den Cowboyhut mit beiden Händen ab und legte ihn auf die Bar.

Frank Witty starrte für einen Moment auf ihr Haar, dann sagte er: »Was ist denn mit dir passiert?«

»Nichts ist passiert. Das ist mein Stil. Gefällt es dir nicht?« Sie fuhr sich mit der Hand durch die Haare.

»Es ist ungewöhnlich. Anders.«

Franks Freunde sahen jetzt zu ihnen herüber, und Sylvie lehnte sich zurück, schaute an Frank vorbei, imitierte mit beiden Händen Pistolen und feuerte ein halbes Dutzend Schüsse in ihre Richtung. Die Männer sahen weg.

Auf der Bühne begann die Countryband wieder zu spielen.

Ein paar Takte Banjomusik, dann folgten Gitarre und Baß. Schließlich eine Fiedel. Die Lautstärke nahm zu.

»So, Frank, jetzt hast du beschlossen, daß du Sylvie nicht mehr magst, weil sie einen ungewöhnlichen Haarschnitt hat?«

»Das habe ich nicht gesagt. Es ist nur so, daß ich so eine Frisur noch nie gesehen habe.«

»Ich habe nun mal einen eigenen Stil«, sagte sie. »Es ist kein Allerweltslook.«

»Nein, das ist er nicht.«

»Wie magst du denn das Haar am liebsten, Frank? Lang, glatt? Kurz, lockig? Rot, schwarz, blond? Wie gefällt es dir am besten?«

»Die Farbe ist egal.«

»Ist schwarz okay? So wie meins?«

»Schwarz ist gut. Ganz prima.«

»Und die Länge? Wie sieht deine Traumfrau aus?«

Er dachte für einen Moment darüber nach, konzentrierte sich kurzzeitig nicht mehr auf seine Augen. Dann wandte er seine Aufmerksamkeit wieder ihr zu, sah sie an und sagte: »Vorne einen Pony und ganz lang und glatt, wie es bei den Hippies Mode ist, bis zum Hintern. Das mag ich am liebsten.«

»Schon wieder diese Sache mit dem Hintern. Du bist ja richtig scharf auf Hintern, Frank Witty, bist du einer von der Sorte? Ein kleiner Analer?«

Frank griff hastig nach seinem Bier und leerte das Glas. Er stellte es zurück auf die Theke und massierte seine Nase, als müsse er sie von irgend etwas säubern.

»Wenn Sylvie sich die Haare bis zum Hintern wachsen lassen würde, würde dir das gefallen? Würde dich das richtig antörnen?«

»Du würdest ganz schön lange dafür brauchen.«

»Ach, ich bin jung. Ich habe viele Jahre Zeit, mein Haar so lang wachsen zu lassen, wie ich möchte. So lange würde es gar nicht dauern, bis es mir auf den Hintern reicht. Ein paar Jahre vielleicht. Es wächst schnell. Magst du schnelles Haar, Frank?«

»Du machst dich über mich lustig«, sagte Frank. »Du hast mich gefragt, welche Frisur mir gefällt, und ich hab's dir erklärt, und jetzt drehst du alles um und nennst mich ein Arschloch. Und verarschst mich.«

Sylvie legte ihre linke Hand auf seine Rechte.

»Diskutieren wir miteinander, Frank? Haben wir schon jetzt unseren ersten großen Streit?«

»Vielleicht sollte ich wirklich Darts werfen gehen.«

Aber er zog seine Hand nicht unter Sylvies weg.

»Wie wär's, wenn wir irgendwohin verschwinden würden, Frank? Du und ich und mein Finger? Irgendwohin, wo es dunkel ist?«

»Du tust es schon wieder, machst dich lustig über mich.«

»Ich frage dich, ob du mit mir mitkommen willst. Hinaus in die Nacht. Willst du? Ins Gras.«

»Ja, okay«, sagte er. »Ich glaube schon.«

»Okay? Du glaubst es?« Sylvie schüttelte den Kopf. »Du bist ja richtig leidenschaftlich, Frank, oder? Ein richtig heißblütiger Typ.«

Sylvies Hand lag noch immer auf Franks.

»Ich kann leidenschaftlich sein.«

»Sicher, Frank, wie du meinst. Du bist schließlich der Fachmann, wenn es um Frank Witty geht. Ich lerne noch.«

»Ich mag keinen Sarkasmus«, sagte er. »Meine Frau war sarkastisch, und das hat mich wahnsinnig gemacht. Ich wußte nie genau, ob sie auch meinte, was sie sagte. Dieses Luder.«

Sylvie schob ihren Zeigefinger zwischen Franks Finger. Zog ihn wieder heraus, schob ihn zurück, rieb damit über die Falte zwischen seinen Fingern.

»Okay, dann tu' ich's nie wieder. Ich bin nicht sarkastisch zu dir. Ich respektiere deine Wünsche. So ein tolles Girl bin ich.

Wenn du mir verrätst, was du magst und was nicht, kann ich mich entsprechend ändern. So wie eine Wolke, Frank. Wie ein Kumulus. Dein ganz persönlicher Kumulus.«

Frank sah ihr in die Augen, ließ seine Blicke an dem roten Spandex abwärts wandern, kehrte dann zurück. Die Zweifel verflüchtigten sich allmählich. Keine Kurven an Sylvie, nur eine Bohnenstange von einem Körper. Aber das übte auf Frank Witty eine Wirkung aus.

Er schaute zum Fenster, das auf den kleinen Yachthafen hinausging. Er schien ihr Spiegelbild dort zu betrachten. Dann sprach er laut ihren Namen aus. Sylvie. Er sagte es, als wolle er seinen Mund an das Wort gewöhnen. Und machte Anstalten, noch viel mehr zu sagen.

»Aber ehe wir weitermachen«, sagte sie, »solltest du von Anfang an eines wissen.«

Frank drehte den Kopf, sah sie fragend an. Und furchtsam. Wahrscheinlich dachte er, sie wolle ihm erklären, sie sei krank. Die Countryband legte jetzt etwas mehr Tempo vor und wurde lauter. Deshalb beugte Sylvie sich zu Franks Ohr hinüber und sagte: »Ich habe einen Vater.«

Er wich zurück, unsicher.

»Und?«

»Ich dachte, das sollte ich dir sagen.«

»Einen Vater?«

Sylvie nickte düster. Schob ihren Finger zwischen Frank Wittys Fingern hin und her, steigerte das Tempo.

»Jeder Mensch hat einen Vater.«

»Aber nicht so einen wie ich.«

»Ist er mit dir besonders streng?«

»Streng«, wiederholte sie. »Ja, so könnte man es ausdrücken. Streng ist eine gute Bezeichnung dafür.«

»Scheiß auf ihn«, sagte Frank. »Du bist erwachsen. Du kannst verdammt noch mal tun und lassen, was du willst.«

Sylvie nahm ihre Hand weg. Zwei Tage, höchstens drei. Dieser Typ war vielleicht sogar bereit, es gleich heute zu tun. Aber nein, zum Teufel, sie überstürzte ungerne etwas. Zuerst Sex, und wenn der Typ dann müde und satt war, würde sie ihm mehr von ihrem Daddy erzählen.

»Weißt du, wie du das am besten los wirst?« Sylvie klopfte auf den weißen Streifen, wo Frank seinen Trauring getragen hatte. »Es gibt nur eine einzige todsichere Methode.«

»Und wie?«

»Man muß daran lutschen«, sagte Sylvie. »Sie soll an diesem Finger lutschen und saugen, bis er wieder glatt ist.«

Er sah sie lange an und wagte nicht zu atmen.

»Laß uns von hier verschwinden.«

»Licht, Kamera, Action.« Sie lächelte fröhlich, rutschte von ihrem Hocker, ging zu Frank auf Distanz. Sie imitierte mit der linken Faust eine Filmkamera, lugte durch die Öffnung in der Mitte und tat mit der rechten Hand so, als würde sie eine Kurbel bewegen. Sie richtete die Kamera auf Frank Witty. Er löste sich von der Bar, schaute direkt in ihr Objektiv, dann warf er einen nervösen Blick zu seinen Kumpels hinüber.

»Kommst du oder was?«

»O nein, ich komme noch nicht, Frank«, erwiderte Sylvie, immer noch kurbelnd und ihn durch die Faust anblinzelnd. »Aber glaub mir, wenn wir erst einmal angefangen haben, dann braucht Miss Sylvie nicht lange.«

Sie öffnete die Hände und ließ die Kamera verschwinden. Dann setzte sie wieder ihren Cowgirlhut auf und folgte Frank Witty über die Tanzfläche und hinaus über den mit Schotter bestreuten Parkplatz zu seinem blauen Ford Bronco. Licht, Kamera.

Action.

Kapitel 7

Als Thorn am Montagmorgen erwachte, steckte sein Kleinhirn in einem fremden Schädel. Er war viel zu eng. Und sein Bett war zur Seite gekippt, so daß Thorn beinahe auf den Fußboden rutschte, als er sich aufrichtete, um sich im Zimmer umzusehen. Zu viel Sonnenschein, zu heiß, nichts zu erkennen. Er biß die Zähne zusammen und ließ sich wieder auf die Matratze sinken. Sein Kopfkissen war mit Ziegelsteinbrocken gefüllt, und über ihm schwitzten die Deckenbalken dunkle Insekten aus. Sein Mund fühlte sich an, als sei er mit Lehmklumpen und Eisenspänen verstopft, und seine Zunge war paniert und zu lange der Sonne ausgesetzt gewesen.

Ächzend rollte er sich auf die Seite, schlug vorsichtig die Augen auf. Direkt vor ihm, hinter dem Fenster nach Norden, saß eine Spottdrossel auf dem Ast einer Seetraube. Sie hüpfte auf der Stelle auf und nieder und stieß zornige Rufe aus. Sie bemerkte, daß Thorn sie beobachtete, wandte sich um, klammerte sich am Ast fest, beugte sich zu Thorn vor und kreischte wie die rostigen Bremsen einer Lokomotive.

Thorn setzte sich auf, schob die Beine über die Bettkante. Er lehnte sich nach vorne, legte den Kopf in die Hände. Er war nackt, seine Kleider lagen in einem Haufen unweit der Tür. Um ihn herum waren die Laken schweißgetränkt und rochen so muffig wie alte Leichenhemden. Sein Haar war klebrig. Und nun erschien ein Hubschrauber in seinem Schädel und versuchte mit einer viel zu schweren Last zu starten, wobei seine Rotorflügel herumpeitschten und an Knochen schlugen.

Er massierte seine Schläfen und wünschte mit der stillen Inbrunst eines Gebets den Helikopter hinweg. Er atmete konzentriert, verhielt sich ganz still und sprach in Gedanken eine

Litanei des Selbsthasses. Und als er dachte, er habe alles wieder geordnet und an seinen alten Platz gelegt, stand er auf.

Im Schlafzimmer waren ihre Besitztümer ordentlich ausgebreitet. Sie lagen noch genauso, wie sie beide sie am Samstagmorgen zurückgelassen hatten. Ein Bücherregal, Angelzeug, Kleider auf Bügeln, Lampen mit nautischen Schirmen, eine Pferdemuschel, die sie als Türstopper benutzt hatten.

Er betrachtete alles, während er zur Toilette tappte. Alles lag dort, wo es hingehörte, aber heute war alles Leben daraus gewichen.

Hinter ihm schrie die Spottdrossel noch einmal und startete rasant, um einen anderen Langschläfer zu quälen. Der Hubschrauber, dessen Rotorgeräusche schwächer wurden, entschwand ebenfalls in die lautlose Ferne.

Im Badezimmer stand er schwankend vor dem Spiegel und betrachtete sein Gegenüber. Die Augen waren blutunterlaufen und verquollen. Tiefe Furchen durchzogen seine Wangen, das Fleisch war aufgedunsen und hatte einen ungesunden Farbton. Sein Haar war zerzaust und klebte zusammen, als habe er es seit Wochen nicht mehr mit einem Kamm angerührt. Er sah erbärmlich und krank aus, aber immer noch besser, als er sich fühlte.

Seine Hände legten sich zitternd auf den Rand des Waschbeckens, um sich abzustützen, dabei stieß er einen Plastikbecher um. Indem er sich auf die Ablage konzentrierte, auf der seine fleckigen, bleichen Hände ruhten, schaffte Thorn es unter Mühen, den Becher wieder hinzustellen.

Und neben dem Becher befanden sich ihr Deo-Roller, ihr Glasaschenbecher mit den Wattestäbchen sowie ein durchsichtiger Plastikbehälter mit ihrem Lippenstift und ihren Schminkutensilien. Und neben der Zahnbürste steckte ihre Haarbürste mit einem Schildpattgriff und dunklen Borsten.

Er starrte sie für einen Moment an. Und als er sie ergriff und hochhob und Darcys Bürste vor seine Augen hielt, wehte ein kalter Hauch durch seine Eingeweide. Er spürte die Stille im Haus, ihren Druck auf seinen Trommelfellen, als sei er plötzlich in den Tiefen eines düsteren Meeres versunken.

Verschlungen zwischen den Borsten befanden sich drei Fäden ihres honigroten Haars. Während er sie eingehend betrachtete, wurde das Gefühl der Kälte intensiver. Nach einem weiteren Moment zupfte Thorn mit tauben Fingern eines der Haare heraus. Er legte die Bürste wieder hin, faßte jedes Haarende zwischen Daumen und Zeigefinger und spannte es. Er hielt es hoch ins Licht, das durch das Oberlicht hereindrang. Das Haar war so fein, als bestünde es aus Glas. Fein, aber kräftig.

Er wickelte es zwei-, drei-, viermal um seinen Zeigefinger, zog es dabei so stramm wie möglich. Dann schloß er die Augen, rieb mit dem Finger an seiner Wange und versuchte sich eine Empfindung von ihr ins Gedächtnis zu rufen, den Klang ihrer Stimme neben ihm im Bett, einen Schnappschuß von ihrem häufig lächelnden Gesicht. Aber zu viele Momente vermischten sich miteinander, zu viele Tagesanfänge, als er warm neben ihr im Morgengrauen erwachte, zu viele Nachmittage weit weg vom Land, wo das Wasser sich funkelnd in alle Richtungen ausdehnte, und viel zu viele Abende, wenn sie ihren Fang grillten, auf der Veranda Wein tranken, im Bett lasen, ihre Schultern einander berührten, während sie lasen, und später so viele Abende, wenn die Bücher auf den Fußboden rutschten. Und dort bis zum Morgen liegenblieben.

Er wickelte das Haar von seinem Finger ab und legte es behutsam auf die Ablage. Er griff wieder nach ihrer Bürste und führte sie vorsichtig durch sein widerspenstiges Haar. Seine Augen wurden feucht und fingen an zu brennen, und sofort war er wieder im Boot an jenem heißen Mittag vor zwei Tagen, kämpfte mit dem Tarpon, erhitzt vor Vergnügen über einen schwierigen Fang, drehte sich um und sah sie, fünfzehn Meter östlich des Bootes, Darcy auf dem Rücken, leblos im Wasser treibend.

Es war nicht das erste Mal, daß Thorn mit dem Tod in Berührung kam. O nein. Offenbar war er unter einem unglücklichen Stern geboren. An dem Tag, an dem er auf die Welt kam, wurden seine Eltern von einem Betrunkenen von der Straße abgedrängt und ertranken im Lake Surprise. Das Baby, Thorn, überlebte den Unfall. Und dann, es war nur ein paar Jahre her, wurde seine Adoptivmutter, Kate Truman, von einer Bande ermordet, die die letzten hundert Morgen Wildnis in Key Largo roden wollte. Kate setzte sich heftig gegen sie zur Wehr und verlor ihr Leben. Thorn jagte sie, brachte sie zur Strecke und nahm blutige Rache.

Und dann, erst vor zwei Jahren, wurde Darcys Bruder, Gaeton, getötet. Thorns ältester Freund wurde erst gefoltert und dann erschossen, während er als Undercoveragent für das FBI arbeitete. Auch diesmal stürzte Thorn sich in ein Gewirr aus Korruption und Wahnsinn. Das einzig Gute an diesem Zwischenfall war die Tatsache, daß er sich in Darcy Richards verliebt hatte. Und sie erwiderte diese Liebe.

Sein Leben war nichts anderes als eine lange Folge von gewaltträchtigen Episoden, und jede hatte Thorn aus seinem Pfahlbau herausgetrieben und ihn zurückgeworfen in die wilde und chaotische Welt. Mehr Gewalt, als er oder jeder andere ertragen konnte. Dennoch hatte die eine Tragödie ihn nicht gegen die nächste immun gemacht. Heute war er noch immer genauso anfällig, genauso unvorbereitet, wie er es in jedem vorherigen Fall gewesen war. Er war kein Experte für Schmerzen, war immer noch ein verdammter Amateur, der wild um sich schlug, während er hilflos in einen Strudel aus Wut und Verzweiflung gezerrt wurde.

Thorn starrte sich im Spiegel an und bürstete seinen Schädel, bis er heiß und wund war, bis zum erstenmal nach Jahren ein Würgen der Qual, zu mächtig für ihn, um sich dagegen zu wehren, in ihm aufstieg und sich in seiner Kehle ausbreitete. Seine Augen brannten, aber er biß die Zähne aufeinander und schluckte es wieder herunter, während sein Gesicht zu einer eisernen Maske wurde.

Es war einmal zu oft geschehen. Er hatte es ein weiteres Mal zugelassen, Liebe zu empfinden, er war weich und verletzlich geworden. Aber das würde nie mehr geschehen. Wenn diese Sache erledigt war, würde er in sein Haus klettern und die Tür zunageln. Und, bei Gott, er würde seine alte Smith & Wesson ölen und durchladen, und dabei wäre sein Herz so kalt und undurchdringlich wie Marmor.

»Sie sehen wie Scheiße aus, Thorn. Wie wochenalte Scheiße.«

Thorn trank einen Schluck aus der Flasche Selterswasser, die er mitgenommen hatte, und sah den jungen Andy Stutmeyer ausdruckslos an. Vor Monaten hatte Jeanne gemeint, wenn Sugarman unbedingt eine Sekretärin einstellen müsse, dann solle es verdammt noch mal ein Mann sein. Und der einzige Mann, der sich auf die Annonce gemeldet hatte, war Stutmeyer gewesen, ein schlaksiger Junge Anfang Zwanzig, der aber meistens genauso frech war wie ein Junge, der nur halb so alt war.

»Ich habe Unfallopfer nach Achtzig-Meilen-Frontalzusammenstößen gesehen, die weitaus mehr hermachten als Sie«, sagte Andy.

In den ersten beiden Jahren nach seinem High-School-Abgang war Andy als Helfer in einem Abschleppwagen von Weaton's Texaco mitgefahren. Nun betrachtete er diese Zeit und all das Leid und das Blut, das er gesehen hatte, als eine Art Prüfstein. Es war seine Version von Kriegserfahrung.

Andy hatte vor sich auf dem Tisch eine aufgeschlagene Illustrierte liegen. Schwarzweißfotos von Heavy Metal-Stars.

Hagere Burschen mit abschreckend bemalten Gesichtern. Für einen kurzen Moment blinzelte Andy zu Thorn hoch, schüttelte den Kopf über den Anblick, der sich ihm bot, dann trommelte er mit den Fingern auf der Schreibtischplatte und vertiefte sich wieder in sein Magazin.

»Ist Sugar da?«

»Er hat Besuch.« Andy schlug zur nächsten Seite um.

»Sagen Sie ihm Bescheid, daß ich hier bin.«

»Er hat mich angewiesen, ihn nicht zu stören, wenn er sich mit einem Klienten unterhält, es sei denn, es ist dringend.«

Andy musterte ihn finster über die Illustrierte hinweg, und Thorn spürte, wie die Kopfschmerzen wieder heftiger wurden, wie seine Augen auf den Schmerz reagierten und sich trübten. Andys Schreibtisch stand genau vor Sugars Bürotür. Der Junge war kräftig genug, und Thorn war in diesem Moment ausreichend angeschlagen, so daß sie in etwa gleich stark waren.

»Tun Sie mir einen Gefallen, Andy, ja? Betätigen Sie den Summer, sagen Sie ihm, daß ich hier bin, und lassen Sie ihn entscheiden, ob es dringend ist.«

Andy studierte gerade eine Anzeige für Punkutensilien: Stachelarmbänder, mit Nieten besetzte Hosenträger, Nasen- und Brustwarzenringe. Er schlug die nächste Seite auf.

»So läuft es nicht«, sagte er, ohne hochzuschauen. »Sie müssen mir schon verraten, um was es geht, und dann entscheide ich, ob es dringend ist oder nicht.«

Thorn trat einen Schritt zurück, sah sich in dem billig möblierten Büro um. Eine grüne Ledercouch gegenüber Andys Schreibtisch, alte Ausgaben des *Florida Sportsman* auf einem Tisch daneben. An der Wand hingen drei Unterwasserfotos sowie Sugarmans High-School-Diplom und seine Urkunde vom Junior College. Zwei Polizeibelobigungen, einige Fotografien von Präsidenten, die ihren Urlaub in den Keys verbrachten, sowie Fotografien von einigen Kriegshelden. Sugarmans Bürgersinn-Kollektion.

Als das Einkaufszentrum gerade fertiggestellt war, hatte in diesen Räumen zuerst ein Geldverleiher gesessen, dann wurde ein Tauchladen daraus, anschließend die Filiale einer Verbraucherbank. Vor zwei Jahren waren die Räume Teil eines Schönheitssalons, der sich immer noch nebenan befand. Etwa zur gleichen Zeit, als das Geschäft mit der Schönheit abflaute, suchte Sugarman nach Büroräumen. So war er hier gelandet, eingezwängt zwischen dem Salon und einem Laden, der aufblasbare exotische Plastiktiere verkaufte.

Quidnunc Enterprises. Diesen Namen hatte Sugarman sich für seine private Ermittlungsagentur ausgedacht. Ein quidnunc war, wie Sugarman erklärte, ein Naseweis, eine Schnüffelnase, jemand, der stets alles wissen mußte, was vor sich ging. Sugarman gefiel das Wort, er liebte seinen Klang, seitdem er in einem seiner Wörterbücher darauf gestoßen war. Thorn sagte damals, daß niemand wüßte, was zum Teufel es bedeutet. Vor allem nicht in den Keys, wo der durchschnittliche Wortschatz bei ungefähr zwanzig Begriffen lag, von denen die meisten nur mit Fischen, Sex oder Alkohol zu tun hatten. Ich will etwas Einzigartiges, hatte Sugarman gesagt. Etwas mit Biß. Ich will nicht nur irgendein simpler Privatdetektiv sein. Dann schon lieber ein Quidnunc? fragte Thorn. Und Sugarman, der allmählich unwirsch wurde, sagte, ja, verdammt noch mal, genau das ist es. Quidnunc Enterprises. So und nicht anders.

Sugar und Darcy waren Geschäftspartner gewesen. Sugarman hatte nach zehn Jahren Zugehörigkeit zum Monroe County Sheriff's Department den Dienst quittiert und mit Quidnunc angefangen. Etwa zur gleichen Zeit war Darcy aus ihrem Job als Metereologin bei Channel Six in Miami ausgeschieden. Sie war eine Fernseh-Wettertante gewesen. Sie war nach Key Largo zurückgekehrt, hatte sich in Thorn verliebt und war bei ihm eingezogen. Aber sie stellte fest, daß die stille Routine ihres Lebens sie nicht ausfüllte. Früh aus dem Bett, Thorn vormittags mit seinen Fliegen, Angeln am Nachmittag und nachts beim Laternenschein Lesen. Ausführliche Himmelsbeobachtungen, Wolkenmeditationen. Hängemattenzeit. Ein gelegentlicher Vorstoß in die Keys, um neue Fischgründe zu testen. Darcy hatte es für eine Weile gutgetan, aber eines Tages informierte sie Thorn, daß sie Action, Lärm, eben etwas brauchte, das wieder mal ihren Blutdruck in die Höhe trieb. Sie war bei Sugarman eingestiegen und hatte während der letzten paar Monate eine Menge Zeit damit verbracht, mit ihrem Wagen kreuz und quer durch die Keys zu fahren und ihre Dienste kleinen Unternehmen anzubieten. Weniger als ein Jahr hatte sie diese Arbeit gemacht, aber Thorn hatte in ihr einen neuen Eifer wahrgenommen. Eine verbesserte Grundeinstellung. Sie war in die Welt zurückgekehrt, und ihr Blut pulsierte wieder. Bis dieses Problem auftrat. Etwas, das sie alleine regeln wollte.

Andy Stutmeyer beugte sich tief über seine Illustrierte und bewegte den Kopf im Takt zu den Rock 'n' Roll-Klängen, die er in seiner Kehle erzeugte.

Thorn schaute auf das Unterwasserfoto, einer von Sugarmans Weitwinkelversuchen, das Carysfort Reef an einem sonnigen Tag einzufangen. Ein Schwarm Lippenbarsche, einige Papageienfische, der Schatten eines Barrakudas, der im Hintergrund neben einem Korallenhügel lauerte.

Thorn ging leicht in die Knie, packte die untere Kante von Andys Eichenschreibtisch. Er sammelte sich, atmete tief ein und wieder aus, dann kam er hoch und nahm die Vorderfront des Tisches mit. Andys Schreibstifte, sein Radio und die Illustrierte rutschten auf den Fußboden. Thorn hob den Schreibtisch mit so viel Schwung wie möglich hoch und wuchtete das Möbel gegen die billigen holzgetäfelten Wände. Der Tisch taumelte nach rechts und drückte beinahe das Fenster in der Seitenwand ein. Er kam mit heraushängenden Schubladen auf der Seite zur Ruhe.

»Scheiße, Thorn. Sehen Sie sich an, was Sie verdammt noch mal getan haben.«

Mit einem wilden, verstörten Blick lag Andy ausgestreckt vor Sugars Bürotür. Ehe er weiterreden konnte, schwang die Bürotür auf, stieß gegen seinen Hinterkopf, und eine Frau kam heraus. Anfang Vierzig, atemberaubende Figur. Sie schaute auf Andy hinunter, dann richtete sie ihre großen blauen Augen auf Thorn. Weißblondes Haar, milchige, durchscheinende Haut. Die Augenbrauen kräftig und dunkler als ihr Haar mit einem leichten Bogen über dem rechten Auge, was ihr einen skeptischen, aber zugleich amüsierten Gesichtsausdruck verlieh. So als habe sie gerade eine unerhörte Lüge gehört, die nichtsdestotrotz charmant und clever war.

Sie trug eine dunkelorangefarbene ärmellose Bluse mit Holzknöpfen. Einen farblich dazu passenden Plisseerock, der kurz genug war, um ihre wie aus Marmor gemeißelten Beine und schlanken Fesseln zu entblößen. Die Beine einer Tänzerin und ein straffer, kräftiger Körper. Eine Frau, die aussah, als könne sie in die Luft springen und sich dort so lange halten, wie es ihr gefiel.

Sie stand einen Moment lang da, zwei Meter von Thorn entfernt, dann schenkte sie ihm ein sparsames Lächeln und ging durch die Tür hinaus.

»Junge, Junge«, sagte Sugarman, als die Tür zugefallen war. »Das ist eine Frau, die alle Annehmlichkeiten des Lebens verdient.«

»Ja«, pflichtete Thorn ihm bei. »Es sieht so aus, als habe sie ein oder zwei davon bereits ausgekostet.«

Immer noch die Tür anstarrend, die sich hinter ihr geschlossen hatte, sagte Sugar: »Das ist Doris Albright. Von Albright Seafood.«

Dann blickte Sugar auf Stutmeyer.

»Hey, Andy. Könnte ich Sie vielleicht dazu bringen, an Ihrem Arbeitsplatz etwas mehr Ordnung zu halten? Es hinterläßt einen schlechten Eindruck bei unseren Klienten, wenn die Dinge einfach so herumfliegen.«

Thorn saß im Sessel vor Sugarmans Schreibtisch und sagte: »Darcy war wegen irgend etwas ein wenig durcheinander. Sie sagte, sie sei im Rahmen ihrer Arbeit auf etwas gestoßen. Es rief bei ihr ein seltsames Verhalten hervor: Sie war plötzlich ernst und sehr still. Das sah ihr überhaupt nicht ähnlich.«

Sugarman betrachtete eingehend Thorns Gesicht und schwieg. Er trug an diesem Tag ein weißes Oberhemd und einen orangefarbenen karierten Madrasschlips, der regelrecht zu tanzen schien, wenn das Licht auf ihn fiel. Sugarman stützte seine Unterarme auf die Schreibtischkante und verlagerte sein ganzes Gewicht darauf. Er spielte mit einem silbernen Brieföffner und klopfte mit der Spitze gegen seinen grünen Tintenlöscher.

»Durcheinander? Sie war durcheinander?«

»Richtig. Aber sie wollte nicht damit heraus, um was es ging.«

Thorn ließ seine Blicke über die Wände des Büros wandern. Hier gab es die gleiche Holztäfelung wie draußen. Eine Hutablage aus Holz in einer Ecke mit einigen von Sugarmans Baseballmützen darauf. An einer Wand hingen ein paar Fischtrophäen: Forelle, ein hübscher Fächerfisch, ein Tarpon. Und ein Aquarell von Thorns Haus, das Darcy gemalt hatte. Es zeigte ihren Viererclub, Gaeton, Sugarman, Thorn und Darcy, der auf der oberen Veranda saß.

Hinter Sugarman befand sich ein großes, dunkelgrau getöntes Fenster. Es bot einen ungehinderten Blick auf die Reihe von Drehstühlen im Hairport, dem Schönheitsladen nebenan. Das Fenster war ein Überbleibsel aus den besseren Tagen des Schönheitssalons, als die vorherige Eigentümerin des Ladens dort saß, wo Sugarman jetzt war, ihre Gewinne addierte und durch den Einwegspiegel ihre Angestellten im Auge behielt.

In Sugars Büro roch es nach Dauerwellenlösung und betäubenden Acryldämpfen aus der Manikürekabine im hinteren Teil. Der Lärm, der durch die Wand drang, war immer laut; ein Dutzend laute Aufmerksamkeit heischende Stimmen, Haarföne und Rasierapparate, dazu ein ständig klingelndes Telefon. Dennoch hatte Sugarman beschlossen, die Fensteröffnung in der Wand nicht zu schließen und zu isolieren. Er sagte, der Spiegel helfe ihm, die untätigen Stunden zu verbringen, indem er den Damen unter ihren Frisierhauben beim Haarewaschen und Haarschneiden zusah. Und außerdem war, wie er zugab, etwas leicht Erotisches dabei. Keine Nacktheit oder so etwas, aber eine Gelegenheit, in eine Welt zu schauen, die er niemals kennengelernt hatte. Ganz zu schweigen von der Tatsache, daß er durch die Glasscheibe eine Menge hochkarätigen Klatsch hörte. Sugarman glaubte, er sei nun über bestimmte Aspekte des Gesellschaftslebens von Key Largo besser informiert als jeder andere in der Stadt. Etwas, das jeder Quidnunc für wertvoll halten würde.

»Nun«, sagte Sugarman, und seine Augen interessierten sich ausschließlich für die Luft über Thorns Kopf. »Ich weiß nicht, was zum Teufel es sein könnte. Ich habe nur zwei Klienten. Murtha's Liquors und First Federal Savings. Und dort geht es nur um Angestelltenüberwachung. Ich muß mir unzählige Videokassetten ansehen, um sicherzustellen, daß niemand klaut. Ein Job für Blöde. Sie war unterwegs, verteilte unsere Werbebroschüren und redete mit Leuten, versuchte das Geschäft anzukurbeln, und ein- oder zweimal in der Woche sah sie sich einige der Videos an, die wir aufgenommen hatten. Das war alles.«

Sugarman klopfte mit dem Brieföffner gegen den Tintenlöscher und betrachtete dann den ausgestopften Tarpon an der Wand.

»Das war es? Zwei Klienten?«

»Ja, tut mir leid, das zuzugeben.«

»Die Frau, die gerade rausging? Ist sie eine der beiden?«

»Nein, Doris ist erst heute hergekommen. Ich habe mich noch nicht entschieden, ob ich sie annehme. Es ist ein seltsamer Fall. Sie möchte, daß ich ihren Ex-Ehemann suche. Ich erzähl' dir bei Gelegenheit mal davon.«

»Okay«, sagte Thorn. »Ich möchte jeden Laden wissen, in dem sie in den vergangenen Wochen war, und dann möchte ich mir die Videobänder ansehen.«

»Du machst Witze.«

»Wenn es das war, womit Darcy ihre Zeit verbracht hat, dann möchte ich darüber Bescheid wissen.«

»Du möchtest eine Liste aller Betriebe, die Darcy aufgesucht hat, um Visitenkarten und Prospekte zu verteilen?«

»Richtig.«

»Das ist bescheuert, Thorn. Ich habe keine Ahnung, wo sie gewesen ist. Wir haben keinen Reiseplan festgelegt, das Ganze nicht schriftlich festgehalten. Sie fuhr einfach herum. Hielt irgendwo an, unterhielt sich, mehr nicht. Alles völlig wahllos und willkürlich.«

Thorn trommelte mit den Fußspitzen auf dem Fußboden.

»Dann die Videos. Fange ich eben damit an.«

»Du willst dich in mein Wohnzimmer setzen und dir ansehen, wie Milly Pickles und Jane Etheridge Sozialhilfeschecks einlösen? Oder wie Murtha Republikanern Chivas Regal verkauft? Hast du das wirklich vor?«

»Ich komme heute abend zu dir.«

»Das sind Stunden, Thorn. Stunden um Stunden den gleichen Quatsch, grobkörnige Filme, in denen nichts passiert. Wenn du es unbedingt tun willst, okay. Aber nimm dir lieber was zu lesen mit.«

»Wann paßt es dir am besten?«

»Na schön«, sagte er. »Komm um sieben. Jeanne hat heute abend ihren Bonsai-Kursus.«

»Bonsai?«

»Du weißt schon«, sagte Sugarman, »wie man von den Bäumen und Pflanzen die Zweige abschneidet. Damit sie ganz klein bleiben. Damit beschäftigt sie sich jetzt. Unser Haus ist voll von diesen winzigen Eichenbäumchen und anderem Zeug. Ich denke schon daran, mir ein Suspensorium aus Stahl zu besorgen.«

Thorn zwang sich zu einem Grinsen. Sugarman lachte nicht.

»Was ist mit ihrem Ballettkursus?«

»Mein Gott, wo warst du die ganze Zeit? Das liegt doch schon Monate zurück. Seitdem hatten wir schon Gitarren- und Orgelunterricht und selbstgemachte Kerzen. Letzten Monat wurden Limericks gedichtet. Verdammt noch mal, sie hat sogar irgendeinen Wettbewerb gewonnen. Die Internationale Limerick-Gesellschaft hat ihr eine Urkunde geschickt. Eine ehrenhafte Erwähnung. Bist du ganz sicher, daß ich dir nichts davon erzählt habe?«

Thorn zuckte die Achseln. Er hatte bisher noch nichts davon gehört und wollte auch jetzt nichts davon hören, aber Sugarman trommelte nun schneller mit dem Brieföffner, attackierte den Tintenlöscher und atmete heftiger.

»Der Wettbewerb war ein einziger Schwindel«, erzählte Sugarman. »Diese Leute wollten ihr nur ein Exemplar des Buchs verkaufen, in dem ihr Limerick abgedruckt wurde. Fünfzig Dollar. Ist das zu fassen? Kauf eins für jeden deiner Freunde, damit sie sehen, wie schön die Dichtkunst sein kann.«

Thorn beobachtete die Vorgänge im Schönheitssalon über Sugarmans Schulter hinweg. Shirley Marx trug einen weißen Kittel und legte ihren Kopf nach hinten ins Haarwaschbecken. Ein junger Mann in geblümtem Hemd wusch ihr die Haare.

»Arschlöcher, die mit Limericks reich werden wollen, so ein Scheiß. Ich glaube, ich kann froh sein, daß Jeanne keine zwei Dutzend Freunde hat, für die sie das Buch hätte kaufen können. So hat sie nur drei Stück bestellt.«

Thorn gab einen mitfühlenden Laut von sich.

Sugarman kratzte sich am Kopf. »Nach der Limerick-Phase war noch was anderes, aber ich kann mich nicht mehr dran erinnern. Also wirklich, diese Frau hatte schon mehr Hobbies als der Papst Perlen an seinem Rosenkranz.«

Thorn betrachtete wieder das Aquarell. Sah die vier Freunde, lachend, Wein trinkend. Thorn streckte die Hand den letzten Resten eines grandiosen Sonnenuntergangs entgegen, der am Horizont verblaßte. Ein echter Tag. Nichts Zusammenphantasiertes. Kein romantisch verklärter Augenblick, den sie sich als Motiv für das Bild ausgedacht hatte. Ein realer Tag, ein echter Sonnenuntergang. Wahrscheinlich war sogar das Lachen auf den Gesichtern echt.

Sugarman folgte seinem Blick und sah auf das Bild. Dann senkte er die Augen und schüttelte den Kopf.

»Also«, sagte Sugarman, dehnte das Wort, wischte alle Erinnerungen weg, um wieder zum eigentlichen Thema zu kommen. »Wo fangen wir an?«

»Du bist der Detektiv.«

»Verarsch mich nicht, Thorn. Was hast du vor?«

Thorn stand abrupt auf und spürte, wie sein Kopfschmerz nun das Vorderhirn überfiel. Er ging hinüber zu Sugarman. Sugar schaute zu der Plastiknachbildung einer zehn Pfund schweren Seeforelle hinauf, die er an einem regnerischen Morgen in Tarpon Basin gefangen hatte. Thorn war an diesem Morgen ebenfalls dort gewesen. Im Grunde war Thorn bei allen Fischen beteiligt gewesen, die an den Wänden des Zimmers hingen.

»Ich dachte, ich fahre noch mal raus zum Riff. Sehe mich am Schauplatz des Verbrechens um. Willst du mitkommen?«

Sugarman verneinte, dann verlor er das Interesse an dem Fisch. Seine Stirn, die normalerweise so glatt war wie Toffeemasse, wies tiefe Falten auf.

»Paß mal auf, Thorn. Halt mich auf dem laufenden, Mann. Ich weiß, wie dir zumute ist. Du trauerst. Das tue ich auch. Aber mach keine Dummheiten. Lauf nicht los und tu irgend etwas, ohne vorher mit mir darüber zu sprechen. Laß mich dein Denker sein, okay? Können wir uns darüber einigen?«

Thorn nickte.

»Dann sag's, laut und deutlich.«

Thorn ging zur Bürotür.

»Ich verspreche dir«, sagte Thorn, »daß ich nichts überstürze.«

»Okay, dann erwarte ich dich um sieben. Wir sehen uns diese Videos an. Sugarman Cinematic Productions. Keine Autojagden, keine gesprengten Gebäude. Keine Leichen, die mit Kugeln gespickt sind. Sondern nur das Leben in der Bank in Key Largo, Florida, ein paar Wochen in der Acht-Stunden-Spur. Man kann nie wissen, Thorn, vielleicht gewinnst du jetzt ganz neue Erkenntnisse über die reale Welt.«

»Ich bringe das Popkorn mit.«

Sugarman bedachte ihn mit einem langen Blick und sagte: »Keine Dummheiten.«

»Ganz ruhig«, sagte Thorn. »Völlig ohne Hast.«

Sugarman schüttelte traurig den Kopf, während Thorn für einen Moment seinem Blick standhielt und dann hinausging.

Auf dem Weg zum Parkplatz trat Thorn eine Bierdose platt und kickte sie ein paar Schritte weit vor sich her. Dann nahm er einen kurzen Anlauf und beförderte sie in hohem Bogen ins Gras hinter der Amoco-Tankstelle.

Okay, er würde also nichts Übereiltes tun. Das hatte er versprochen. Aber was er Sugar nicht gesagt hatte, war, daß er nicht genau wußte, was übereilt, was dumm war. Tatsächlich bezweifelte er sogar, daß er irgend etwas als unbedacht ansehen würde, solange es ihm half, das Schwein zu finden, das Darcys Hand festgehalten hatte, bis sie keine andere Möglichkeit mehr sah, als eine Lunge voll Meerwasser einzuatmen.

Kapitel 8

Eine Fünfzehn-Knoten-Brise aus Südost wühlte das Wasser auf. Im Westen war der Himmel dunkel von Asche und Qualm eines Feuers, das in den südlichen Everglades schwelte. Die Wolken am Himmel hatten die Farbe von Eisen angenommen und stahlen dem Meer das kräftige Grün und Blau. Fischreiher und Möwen segelten über den Mangroveninseln umher, als Thorn durch den Hauptkanal am Pennecamp Park vorbeiglitt.

Er hatte heute das Dreißig-Fuß-Chris-Craft genommen, teils wegen des rauheren Seegangs, aber vorwiegend, weil er noch nicht soweit war, das Boot wieder zu betreten, er wollte nicht auf irgendeinen Gegenstand stoßen, der ihn an jenen Morgen erinnerte. Er wollte überhaupt nicht mehr an den Tag denken. Oder irgendwelche unerwarteten Abstecher in die Vergangenheit machen, Momente mit Darcy Richards nacherleben. Sie war nicht mehr da. Er hatte seine Chance gehabt und versagt. Nein, verdammt noch mal, diese Erinnerungen würden für immer im Schicksalsbuch seines Herzens eingeschlossen bleiben müssen.

Während er das schwerfällige Chris-Craft durch die letzte

Biegung des Kanals lenkte und Kurs aufs offene Meer nahm, kreischten die Seemöwen über seinem Kopf und tauchten auf seine Kiellinie hinunter. Seine Fahrt hatte einen Schwarm Elritzen an die Oberfläche gelockt, wo sie bereits erwartet wurden. Thorn schaute zu den aufgeregten Möwen empor, lauschte ihren hungrigen Schreien, sah sie, wie sie sich ganz schlank und stromlinienförmig machten und sich auf ihre silbrig glänzende Beute stürzten. Er wandte den Blick ab und konzentrierte sich auf die Bojen vor ihm.

Etwa eine halbe Stunde lang kreuzte Thorn langsam über dem Broken Conch Reef hin und her, ehe er die Stelle fand, zu der Darcy ihn geführt hatte. Er warf den Anker, und das Boot schwang langsam herum und drehte den Bug in den Wind. Es wurde von der Strömung erfaßt, aber der Anker hielt.

Er schaute hinüber zum seichteren Gelände, wo das andere Boot aufgetaucht war, und versuchte, es sich wieder vorzustellen. Sich an die Form seines Rumpfs zu erinnern, an irgendwelche Merkmale, an einen Namen vielleicht, alles aus dem Dunst der Erinnerung hervorzuholen. Aber er entsann sich nur der schlanken Umrisse des Grady White. Zwanzig oder zweiundzwanzig Fuß. In dieser Region dürften einige tausend ähnliche Boote registriert sein. Es gab nichts Besonderes an diesem Boot. An Bord eine Person, die einen Anker ins Wasser warf. Sonst nichts.

Thorn blickte ins Wasser, wurde eins mit dem Auf und Ab des Meeres. Er dachte, er könne sich selbst hypnotisieren, sich in die Vergangenheit versenken, den Moment zurückholen, irgendein unbeachtetes Detail zutage fördern. Am Ende dorthin vordringen, wo die Chemie des Erinnerns gärte, wo die schäumenden Zellen alles lebendig hielten, jede winzige Sekunde speicherten. Jeden Geruch, jeden Bruchteil einer Geste, jedes Lächeln, jedes Wort, jedes Augenzucken. All das für immer durch die Schaltkreise des Bewußtseins kreisen lassen.

Aber sosehr er sich auch bemühte, es gab nicht mehr, was ihm zu diesem Boot einfiel. Ein anonymes Boot, gesteuert von einer gesichts- und geschlechtslosen Person, die genau die richtige Distanz eingehalten hatte.

Thorn zog sich bis auf die Badehose aus, setzte seine Tauchmaske auf und schlüpfte in die Schwimmflossen. Und ohne noch länger nachzudenken, schwang er sich über die Reling und sprang mit den Füßen voran ins Wasser.

Er schwamm eine Stunde lang, zog gerade Bahnen vor und zurück und versuchte, sich einen genauen Überblick über das Riff zu verschaffen. Er tauchte, und jedesmal blieb er so lange unten, wie seine Atemluft es erlaubte, schob seinen Arm in die Wände aus Fels und Korallen, suchte nach einer Stelle, wo sie vielleicht hängengeblieben war. Aber nichts ließ diesen Schluß zu.

Zurück zur Oberfläche, um erneut Luft zu holen, dann wieder hinab für ein oder zwei Minuten. Er glitt über dem sandigen Grund dahin. Das Wasser war heute etwas dunkler, die Korallen hatten ihren Farbglanz eingebüßt. Er sichtete ein paar Hummer, kleinere Tiere, und einige Schwärme Goldschwanzbarsche und Papageienfische, aber sonst nichts.

Er stieg hoch, um wieder zu atmen, als er am Fuße eines Hügels Hirnkorallen einen Gegenstand entdeckte, der nicht in diese Umgebung paßte. Etwas Schwarzes, Regloses.

Und obgleich er fast keine Luft mehr hatte und seine Brust allmählich eng wurde, unterbrach er den Aufstieg, schlug heftig mit den Flossen und tauchte wieder abwärts. Als er sich dem Gegenstand näherte, erkannte er ihn, und er verspürte einen heftigen Stich in der Brust. Er drang weiter vor, und während er nach dem Objekt griff, gewahrte er zu seiner Rechten einen Hummer, der doppelt so groß war wie die, die er bisher gefunden hatte. Er beobachtete Thorn aus einer Felsspalte, winkte mit den Antennen. Tageslicht drang durch Felsöffnungen hinter ihm. Der Fluchtweg des Hummers war ein Schlitz, in den ein menschlicher Arm hineinpassen, das kapitale Tier ergreifen, vielleicht auch hängenbleiben könnte, um vielleicht sogar von der anderen Seite der Felswand gepackt zu werden.

Thorn spürte in den Schläfen die warnenden Stiche des Sauerstoffmangels. Sein Bewußtsein umwölkte sich und drohte in einem gelben Dunst zu verblassen. Er verharrte vor dem Versteck des Hummers und bewegte seine Hand auf das Tier zu, verfolgte, wie es im Loch verschwand. Dann schob er seine Hand hinterher, spürte das Scheuern und Kratzen des schartigen Gesteins auf seiner Haut, aber er drang weiter vor, ließ seinen Arm bis zum Ellbogen verschwinden, während seine Hand nichts ertastete. Keine Spur von dem Hummer. Nichts Festes, Solides.

Dann zog er den Arm heraus, schob sich dichter an die Spalte heran und blickte hinein. Und tatsächlich, ganz hinten war eine Öffnung zu erkennen, eine Art Höhle, die groß genug war, so daß ein Taucher hineinschwimmen konnte, ohne von Thorns Standort aus bemerkt zu werden. Die Öffnung war groß genug, so daß der Taucher sich umdrehen und abstützen und die Hand packen konnte, die den Hummer festhielt.

Thorn bückte sich und fand den schwarzen Gegenstand im Sand neben dem Loch und hob ihn auf und richtete sich auf und schlug mit den Flossen, stieg dann im Wasser hoch, so wie Darcy hochgestiegen sein mußte, dabei spürte, wie das Blut in ihren Adern stockte, wie die letzten Sauerstoffreste verbraucht wurden. Er stieg durch das graue Meer zu dem Boot auf, das oben auf den Wellen schaukelte.

Während er schwamm, streckte er die linke Hand aus und betrachtete die schwarze Plastikscheide, die Darcy immer an ihrem rechten Unterschenkel getragen hatte. Die Schnalle war verbogen, der Plastikgurt zerkratzt, als sei er wiederholt an den rauhen Felsen des Riffs entlanggescheuert worden. Die Messerscheide hatte sich gelöst, war in den Sand gefallen und hatte dort gelegen wie eine letzte Notiz, die sie ihm in ihrer Verzweiflung hinterlassen hatte. Eine letzte Nachricht an ihn über den Abgrund hinweg.

Sugarman parkte seinen Mustang auf einem freien Platz neben der Albright-Villa und stieg aus. Doris und Philip Albright wohnten in einem Pfahlhaus aus Beton in der Seahorse Lane 16. Dahinter befand sich ein Kanal, der zur Rodriguez Key und weiter in den Atlantik führte. Es war einer von mehreren Kanälen, die in den Kalkstein dieser baumlosen Gegend hinter dem Winn-Dixie gegraben worden waren. Gezeitenarme, schnurgerade wie mit dem Lineal gezogen, durchschnitten die gesamte Insel. Sie waren von den gleichen gedankenlosen Schweinen angelegt worden, die auch die Häuser gebaut hatten.

Überall in den Keys waren sie am Werk gewesen. Hatten den Wert der Grundstücke verdreifacht, indem sie Planierraupen gemietet hatten, die um Mitternacht ganze Mangrovenwälder niederwalzten, weil sie den Blick aufs Meer versperrten. Oder sie hatten während mehrerer Nächte einen Graben von einem weit landeinwärts liegenden Grundstück bis zum Meer gegraben. Es war ihnen gleichgültig, daß es verboten war oder daß dadurch kalkhaltiger Schlamm bis weit in die Bucht gelangte und die Meeresfauna vernichtete. Es war ihnen auch egal, daß die Kanäle die Landmasse schwächten, so daß es verdammt gut möglich war, daß eines Tages, wenn wieder mal der unvermeidbare Tornado über Key Largo hinwegraste, dieser das Land auseinanderreißen und die Trümmer ins Meer fegen würde.

Ihr Haus war weiß mit gelben Verzierungen. Zwei Kakteen in Porzellantöpfen, die wie kleine Esel geformt waren, standen am Fuß der Betontreppe, und der Hof war mit glänzendem Carolina-Flußkies bestreut. Wie so viele auf der Insel war auch dieses Anwesen extrem pflegeleicht. Es war ein Haus, das man abschließen und ein halbes Jahr sich selbst überlassen konnte, ohne jemanden bitten zu müssen, irgend etwas, das man zurückließ, zu gießen oder zu füttern. Es war nicht viel besser als eine Gepäckaufbewahrung.

Die Häuser auf dieser Parzelle waren alle gleich. Das Halbe-Million-Dollar-Ghetto. Hinter den meisten lagen Jachten vor Anker, große vernachlässigte Schiffe, die mindestens genauso teuer waren wie die Häuser. Die Architektur hatte in etwa den Charme eines Staatsgefängnisses. Große Betonwürfel auf großen Betonpfählen. Flachdächer, belegt mit Feinkies, verglaste Veranden, von denen man auf die Kanäle oder auf andere verglaste Veranden blickte. Jedes Haus hatte die gleiche mit Feinkies belegte Auffahrt, die gleiche Betontreppe, den gleichen Picknicktisch aus Beton. Alles hart und dauerhaft und weiß gestrichen, um das Sonnenlicht zu reflektieren. Wahrscheinlich wurde in dieser Gegend so viel verdammtes Sonnenlicht reflektiert, daß die Zugvögel meilenweite Umwege fliegen mußten, um nicht geblendet zu werden.

Von der Straße aus konnte Sugarman nicht feststellen, welche Häuser bewohnt waren und welche nicht. In solchen Gegenden gingen Lichter an und aus, drang endloser Benny Goodman-Swing aus Radios, aber niemand schien jemals herauszukommen. Sogar die Wagen in den Garagen konnten irreführend sein, weil viele Leute ihre Fahrzeuge zurückließen, wenn sie wieder in den Norden zurückkehrten. Offensichtlich hatten sie in Muncie oder Rochester die gleichen Lincolns stehen.

Sugar kannte zehn Straßen weit in jede Richtung niemanden. So hatte es sich in Key Largo entwickelt. Er hatte sein ganzes Leben auf der Insel verbracht, in einer Stadt mit nur zehntausend ständigen Einwohnern, und dennoch war er in bestimmten Vierteln ein Fremder. Man hätte ihn leicht für einen der

Tramper halten können, die von Zeit zu Zeit von der U.S. 1 herunterkamen, um nachzusehen, ob sie irgendwo eine offene Tür fanden.

Nichts rührte sich im Haus, als er am Fuß der Treppe die Klingel betätigte. Und als er hinaufstieg und an der Haustür klopfte, kam niemand, um zu öffnen. Daher ging er über die Rundumveranda, schaute durch die Spalten der Jalousien und erhaschte nur flüchtige Blicke in ein in Pastellfarben eingerichtetes Wohnzimmer.

Er wollte schon seine Versuche aufgeben und wieder wegfahren, als er unten an der Begrenzungsmauer am Kanal den Mann im Rollstuhl entdeckte.

Es war Philip P. Albright in einem blauen Frotteehemd, gleichfarbiger Shorts und einem pinkfarbenen Frotteehut. Der Mann hatte eine Angel in der Hand, und während Sugarman sich ihm näherte, spannte er die Leine mit einem geübten Ruck. Er angelte Barsche.

Sugar sagte hallo, aber Mr. Albright drehte sich nicht um. Deshalb zog er sich eine Bank vom Picknicktisch heran, setzte sich neben ihn und blickte hinunter ins dunkle Wasser des Kanals. Ein schwarz-weißer Engelsfisch war nicht weit von Albrights Ködergarnele entfernt. Der Fisch schlug mit den Seitenflossen, um in der Flutströmung stillzustehen. Philip Albright schien es gar nicht zu bemerken.

Vor fünfundzwanzig Jahren war Sugarman von dem Mann zutiefst eingeschüchtert worden. Als Eigentümer des einzigen Meeresfrüchteladens war Albright ein Berufsfischer von hohem Ansehen gewesen. Und von Zeit zu Zeit, wenn Gaeton, Thorn oder Sugar einen Goldschwanzbarsch oder einen anderen Fisch fingen, den sie und ihre Familien nicht gleich verzehren konnten, verhökerten sie ihren Überschuß an Albright's Fish House. Was bedeutete, daß sie sich mit dem erbittert feilschenden Philip P. auseinandersetzen mußten.

Nur Thorn beherrschte das. Gaeton war stets mit Albrights erstem Angebot einverstanden, und Sugarman nahm den Kampf halbherzig für ein oder zwei Runden auf. Aber Thorn lieferte sich mit dem hochgewachsenen, hageren Albright stets einen harten Kampf. Er wehrte sich gegen seine abfälligen Bemerkungen, seine vernichtende Kritik an ihren Fischen und ihren Angelfähigkeiten. Einmal hob Thorn einen dreißig Pfund schweren Schwarzbarsch von der Waage in Albright's Fish House und schleppte den toten Fisch hinaus auf den Pier und warf ihn lieber in den Snake River, als den Preis zu akzeptieren, den Albright anbot.

Nun war Philip P. nach einem Schlaganfall teilweise gelähmt. Und er hatte offenbar die Kontrolle über die Muskeln seiner rechten Gesichtshälfte verloren. Sein Mundwinkel war herabgesunken, das feuchte Glänzen von Speichel war dort zu sehen, und sein rechtes Auge wanderte nach unten, herabgezogen von der Schwerkraft und vom Gewicht der nutzlosen Muskeln seiner Wange.

Mit einiger Mühe blickte Philip zu Sugarman, knurrte leise, dann wandte er sich wieder seiner Angelei zu.

»Hallo, Mr. Albright.«

Der Mann knurrte erneut und suchte krampfhaft nach einem Wort, das durch die nutzlosen Muskeln seines Mundes als unverständliches Gebrabbel herauskam.

»Ich bin Sugarman. Ich habe Ihnen ab und zu Fisch verkauft. Aber das ist lange her.«

Erneut murmelte Albright etwas, und Sugar beugte sich vor, um zuzuhören. Es gab einige Fehlversuche, dann erklang ein Mischmasch aus Kehlkopfkrächzen und Schleimschmatzen, aber durch alles konnte Sugar das Wort verstehen.

»Philip«, sagte Sugarman.

Und Albright nickte mit dem Kopf, ja, ja, nenn ihn Philip.

Der Mann löste seine rechte Hand von der Angelrute und reichte sie Sugarman. Er schüttelte sie. Knochenlos und kühl.

»Schön, Sie wiederzusehen, Philip.«

Der Mann nickte. Danke gleichfalls.

Sugarman hatte ein flüchtiges Schwindelgefühl, und die Bilder der beiden Philip Albrights verschmolzen nicht miteinander. Der von vor langer Zeit, der grobknochige, angriffslustige, pennyfuchsende Fischer, der wochenlang mit der Ocean Fox, seinem alten Hatteras, auf dem Meer blieb und nur dann zum Land zurückkam, wenn das Schiff unter dem Gewicht seines Fangs zu sinken drohte. Der Mann, der diese Tausende und Abertausende Pfund Fisch nahm und im Laufe von dreißig Jahren den größten Betrieb in den Keys aufbaute. Der Philip Albright und dieser neue, der Mann im Bademantel, der triumphierend strahlte, als Sugarman ein einziges Wort verstand, das er hervorstieß.

»Ich bin hergekommen, um mit Doris zu reden«, sagte Sugarman nach einer Weile.

Philip lallte ein Wort, und Sugarman beugte sich zu ihm.

»Arbeit?« fragte Sugarman. »Doris ist auf der Arbeit?«

Philip drehte den Kopf und schenkte Sugarman ein schiefes Lächeln.

Während der nächsten Stunde saß Sugarman schweigend neben ihm. Der Engelsfisch umkreiste den Köder, biß aber nicht an. Das würde er niemals tun. Der Engel war ein Filtratfresser am unteren Ende der Nahrungskette. Er ernährte sich von dem, was in dem feinen Netz in seinen Kiemen hängenblieb. Algen oder winzige Partikel, die die fleischfressenden Fische übriggelassen hatten.

Um Viertel nach sechs tauchte ein kleiner Grauer Schnapper auf, schwamm heran und stibitzte die Garnele von Philips Haken. Er schien es nicht zu bemerken. Aber er spielte alle paar Minuten mit der Leine, eine Bewegung, die er mit derartig müheloser Eleganz ausführte, so daß Sugarman erkannte, daß er neben einem wirklich großen Könner saß.

Als Doris Albright bis halb sieben nicht nach Hause zurückgekommen war, fragte Sugarman den alten Mann, ob er bereit sei, ins Haus zurückzukehren. Philip schüttelte den Kopf, nein, und betrachtete weiterhin angestrengt das Wasser.

Dann äußerte der alte Mann irgend etwas tief in seiner Kehle, etwas, von dem Sugarman meinte, daß Philip P. Albright, Meisterangler, überzeugt war, daß die Angelei sich dramatisch besserte, da nun die Sonne unterging.

Während Sugarman es sich im Sitz seines Mustangs gemütlich machte, rollte Doris in ihrem goldenen Eldorado in die Auffahrt. Er stieg wieder aus und erwartete sie, während sie parkte. Öffnete die Tür auf ihrer Seite.

Sie schwang sich nach draußen, und sie standen auf der mit Kies bedeckten Auffahrt. Sie hatte sich umgezogen und trug nun eine weiße Shorts und ein Jeanshemd. Ein schwacher Fischgeruch hing in ihren Kleidern.

»Mrs. Albright, ich habe entschieden, daß ich Ihren Fall nicht annehmen kann. Ich bin nur hergekommen, um es Ihnen persönlich mitzuteilen.«

»Das tut mir sehr leid.«

»Es ist nicht so, daß ich den Auftrag nicht gebrauchen könnte. Nein, Ma'am. Aber es ist etwas passiert, eine persönliche Angelegenheit, die ich erst einmal klären muß. Bis dahin wüßte ich nicht, wie ich zeitlich Ihren Auftrag bewältigen soll.«

Sie blickte an ihm vorbei, betrachtete Philip am Kanal. Ihre Augen bekamen einen leeren Ausdruck.

»Mein Mann«, sagte sie, »ist ziemlich krank, wissen Sie. Und es ist auch kein Geld mehr da. Der Fischhandel ist so gut wie pleite. Die Krankenversicherung zahlt die Rechnungen nicht mehr.«

»Das tut mir leid. Ganz aufrichtig.«

»Aber wenn Sie mir helfen könnten, diesen Mann zu suchen«, sagte sie, »dann denke ich, daß er vielleicht bereit ist, mir Geld zu leihen. Mich über Wasser zu halten.«

»Dieser Mann war Ihr erster Ehemann.«

»Ja«, sagte sie und löste den Blick von Philip Albright und richtete ihn auf Sugarman. »Wollen Sie nicht hereinkommen?«

»Hier draußen ist es durchaus in Ordnung.«

Sie schritt hinüber zur Eingangstreppe und setzte sich. Ihre Beine glänzten kupferfarben im strahlenden Sonnenlicht. Sugarman folgte ihr.

»Ich bin verrückt, nicht wahr? Ernsthaft zu erwarten, daß der Mann, den ich verlassen habe, mir Geld leiht. Das ist schon pervers, nicht wahr?«

»Nun, ich weiß nicht, was pervers ist und was nicht.«

»Ich habe ihn geheiratet, als ich noch sehr jung war, noch nicht mal die High-School hinter mir hatte. Er war sehr elegant, ein Soldat. Unsere Ehe dauerte eine Weile, aber sie war schrecklich. Er erdrückte mich geradezu; ich war seine Gefangene. Deshalb lief ich weg. Das war vor fünfzehn Jahren. Und vor ein paar Wochen stand er plötzlich vor meiner Tür, sagte, er sei jetzt ein reicher Mann, und bat mich, zu ihm zurückzukehren. Fünfzehn Jahre, und dieser Mann sagt, ich solle zu ihm zurückkommen, als seien nur ein oder zwei Wochen verstrichen.«

»Sie haben nein gesagt.«

»Ich hab' sogar noch mehr gesagt.«

»Aber Sie haben es sich anders überlegt. Jetzt wollen Sie ihn suchen.«

Sie schlang die Arme um ihre Knie und sagte: »Ich finde es sehr nett, daß Sie hergekommen sind, Mr. Sugarman. Aber das ist eigentlich egal. Es war eine dumme Idee. Es würde nicht funktionieren. Ich war nur verzweifelt, hab' nicht richtig nachgedacht.«

Etwas plätscherte im Kanal, und Sugar drehte sich um und beobachtete, wie Philip sich beim Drillen abmühte, als er eine kleine Stachelmakrele aus dem Wasser zog.

»Nun«, sagte er. »Ich glaube, ich kann mich mal ein wenig umhören. Soviel Zeit habe ich immer noch. Mit ein paar Leuten reden, die ich kenne. Mal versuchen, ob ich ihn aufstöbern kann.«

»Würden Sie das tun?«

»Ich müßte seine letzte bekannte Adresse sowie seinen vollständigen Namen wissen. Sozialversicherungsnummer, Angaben über seine Militärzeit, falls Sie entsprechende Akten haben. Alles, was mir weiterhelfen kann.«

»Als wir heirateten, wohnten wir auf einer Farm in der Nähe von Naples. Es gab da draußen kein Telefon und keinen Briefträger. Es lag sehr einsam, keine Nachbarn oder sonstwen. Wir holten unsere Post in der Stadt. Die Farm ist sein letzter Aufenthaltsort, den ich kenne. Aber ich bezweifle, daß er noch immer dort ist. Es ist so lange her. Ich weiß einfach nicht, wo ich anfangen soll. Ich nehme an, ich könnte mal hinfahren und mich erkundigen. Mal sehen, wem er die Farm verkauft hat. Vielleicht wissen die neuen Eigentümer etwas über ihn. Aber ich habe mit Philip alle Hände voll zu tun. Ich weiß nicht, wie ich das anfangen soll.«

»Als Ihr Ex-Mann hier war, hat er nicht zufälligerweise eine Adresse hinterlassen?«

»Nein«, antwortete sie. »Diese Gelegenheit hab' ich ihm gar nicht gegeben. Ich hab' ihn sofort rausgeworfen.«

»Haben Sie schon mal versucht, die Auskunft anzurufen, um herauszubekommen, ob er ein Telefon hat?«

»Ja, das habe ich versucht. Er wird dort nicht geführt. Er könnte sich überall aufhalten.«

Sie ertappte Sugarman dabei, wie er einen verstohlenen Blick auf ihre Beine warf, und lächelte müde.

»Naja, ich denke, ich könnte ein oder zwei Stunden opfern, herumtelefonieren, mal sehen, was ich in Erfahrung bringen kann.«

»Sie sind ein netter Mensch, Mr. Sugarman.«

»Im Augenblick glaube ich, sollte ich lieber Mr. Albright dabei helfen, den Fisch vom Haken zu bekommen. Er scheint ein kleines Problem zu haben.«

Sie fixierte ihn noch für ein oder zwei Sekunden mit ihren tiefblauen Augen, dann ließ sie ihren Glanz verblassen, und tatsächlich, Sugarman kam es so vor, als habe die Sonne schlagartig die Hälfte ihrer Leuchtkraft verloren.

Kapitel 9

Es war kurz nach elf, als Thorn in Key Biscayne eintraf. Er parkte seinen VW vor dem Rosenfeld Science Building und trat durch die doppelten Glastüren in die rauhe gekühlte Luft. Zehn Minuten später, nachdem er durch vier verschiedene Büros geschleust worden war, versicherte Dr. Paul Ludkins Sekretärin ihm, daß, wenn ihr Chef nicht wisse, was eine Rote Tilapie ist, niemand diesseits des Saturns eine Ahnung davon habe.

Der Professor blickte nicht von seinem Computerschirm hoch, als seine Sekretärin Thorn hereinführte, und er blickte auch weiterhin auf den Bildschirm, während Thorn erklärte, was er wissen wollte.

»So etwas gibt es nicht«, sagte der Doktor, den Blick immer noch auf den Monitor gerichtet.

»Was meinen Sie?«

»Es gibt so etwas wie die Rote Tilapie nicht. Es gibt eine

Schwarze Tilapie und eine Weiße. Aber keine Rote. Sie existiert nicht. Es ist genauso, als würden Sie mich nach einem Roten Hai fragen. Ich müßte Ihnen die gleiche Antwort geben. Es gibt keinen Roten Hai. Ich könnte Ihnen erklären, was ein Hai ist, das gleiche könnte ich auch mit einer Tilapie, aber wenn das Wort ›Rot‹ davor steht, dann Fehlanzeige, dann kann ich nichts darüber sagen.«

»Okay«, sagte Thorn. »Dann erzählen Sie mir etwas von einer Tilapie.«

»Das kann ich tun.«

Dr. Paul Ludkin war ein kleiner Mann. Ein Meter sechzig und knapp über fünfzig Kilo schwer. Er trug ein weißes Oberhemd mit einer roten Fliege, darüber einen blauen Sportsakko. Seine wuchtige Hornbrille sah aus, als wiege sie mehr als seine gesamte Muskelmasse. Man hätte seinen Brustkorb leicht mit einem Finger durchstoßen können. Thorn fing an, über diese Möglichkeit nachzudenken. Offenbar hatte der Bursche vergessen, auch an seinen zwischenmenschlichen Umgangsformen zu arbeiten. Er saß hinter seinem von der Armee ausgemusterten grünen Stahlschreibtisch, hob seinen Kopf leicht, um anzudeuten, daß er Thorn zuhörte, und behielt weiterhin den Computerschirm im Auge.

Ludkin war der Chef des Meereswissenschaftlichen Zweigs der Universität von Miami. Ein Professor Emeritus, hatte seine Sekretärin Thorn erklärt. Offenbar sollte das heißen, daß Ludkin es für so selbstverständlich hielt, mit hundertfünfzig Leuten gleichzeitig zu reden, daß er die Fähigkeit eingebüßt hatte, mit nur einem Menschen zu sprechen.

Thorn beruhigte sich selbst, indem er das Panorama betrachtete, das sich ihm aus Ludkins Fenster bot. Der Blick ging nach Norden von Key Biscayne über das blau-grüne flache Meer bis hin zur scharf gezackten Skyline von Miami. Selbst an diesem heißen, dunstigen Tag sah die Stadt aus, als stünde sie unter

Hochdruck. Unter Spannung gesetzt mit kubanischem Kaffee, Energiefunken versprühend.

»Was soll das überhaupt heißen?« sagte Ludkin. »Sie kommen einfach in mein Büro, stellen sich kaum vor, und ich soll Ihnen unbegrenzt meine Zeit opfern.«

»Ich kann Ihnen verraten, worum es geht«, sagte Thorn. »Nämlich um einen Mord.«

Damit erkämpfte er sich zwei Sekunden von Ludkins Aufmerksamkeit, doch dann verloren die Augen das Interesse an Thorn und kehrten zum Computerschirm zurück.

Er gab zwei oder drei Worte ein, konzentrierte sich weiter auf seine Arbeit.

»Nun, um es gleich zu Beginn festzuhalten«, sagte er, »es geht nicht um einen bestimmten Fisch. Es gibt etwa hundertfünfzig bekannte Arten der Tilapie. Tilapia oreochromus aurea, hornorum, mossambica, nilotica und so weiter. Sie sind Süßwasserfische und sind als Spezies im Vorderen Orient, in Israel und Ägypten angesiedelt. Angeblich haben die Pharaonen sie zu Nahrungszwecken gezüchtet. Außerdem sind sie Maulbrüter. Das heißt, daß der weibliche Fisch die Eier zum Schutz im Maul behält. Selbst wenn sie schon größer sind, schwärmen die Nachkommen beim ersten Anzeichen von Gefahr ins Maul der Mutter zurück. Sie schwimmen dann durch ihre Kiemen hinein, soweit ihre Größe es ihnen erlaubt. Und wenn die Fische größer sind, werden sie von den Vätern beschützt. Die Folge ist, daß diese Fische eine höhere Überlebensrate haben als andere. Und zwar eine enorm höhere Rate.«

»Wie hoch?«

Ludkin sah ihn wieder an. Seine Augen wirkten hinter den dicken Brillengläsern eingeschrumpft und wässrig.

»Ein Mord?«

»Eine Freundin wurde getötet. Ich glaube, es hing mit einer Tilapie zusammen.«

»Das wäre höchst merkwürdig.«

»Sie sagten, diese Fische hätten eine höhere Überlebensrate?«

»Ja, nun, nehmen Sie zum Beispiel einen Barsch«, sagte er. »Bei jedem Zyklus produziert der weibliche Barsch im Durchschnitt fünftausend Eier. Davon wachsen höchstens zwei oder drei zur vollen Größe heran. Zwei von fünftausend. Keine besonders gute Vermehrungsrate, obgleich dieses Verhältnis für die meisten Fische gilt. Dank des Maulbrütens und ihrer allgemeinen genetisch bedingten Widerstandsfähigkeit überleben bei der Tilapie von fünftausend Eiern grob geschätzt dreitausend. Dreitausend ausgewachsene Fische. Damit sind sie ungefähr tausendmal produktiver als alle anderen Fische in freier Wildbahn. Wodurch sie für die Aquakultur von besonderem Interesse sind.«

»Aquakultur?«

Ludkin tippte ein paar Sätze in seinen Computer.

»Fischzucht«, sagte der Professor. »Die am schnellsten sich entwickelnde Methode der Nahrungsmittelproduktion der Welt.«

»Das wußte ich nicht.«

Ludkin warf Thorn einen kurzen, leicht verzweifelten Blick zu, dann konzentrierte er sich wieder auf seine Arbeit.

»Einige Kulturen betreiben schon seit Jahrtausenden Fischzucht, während wir im Westen diese Möglichkeit erst allmählich erschließen. Wir züchten ein paar Lachse, Forellen, Seewolf, versuchen unser High-Tech-Wissen bei ihnen anzuwenden. Aber wir hinken in diesem Bereich immer noch weit hinterher. Eines Tages werden alle Fische, die wir verzehren, aus Fischfarmen kommen. Milliarden und Abermilliarden Pfund Fisch aus Zuchtbecken. Im Augenblick findet ein weltweiter Wettlauf statt, wer die besten Techniken der Aquakultur entwickelt und den besten Fisch auf den Markt bringt.«

»Aber so etwas wie die Rote Tilapie gibt es nicht.«

»Genau das habe ich gesagt.«

Es klopfte an der Tür, und Ludkin brummelte seine Erlaubnis einzutreten.

Eine Frau um die zwanzig mit kurzem blondem Haar und einer Stupsnase öffnete die Tür, schob den Kopf durch den Spalt und teilte Professor Ludkin mit, es sei bereits halb zwölf. Die Teilnehmer an seinem Tutorium warteten bereits.

»Ja, ja«, sagte er und schrieb weiter.

Die junge Frau blieb an der Tür stehen.

»Vielleicht gibt es hier noch jemand anderen, mit dem ich mich unterhalten kann«, sagte Thorn.

»Professor Ludkin«, drängte die junge Frau. »Das Tutorium sollte schon um elf anfangen.«

»Rote Tilapien sind ein Mythos«, sagte Ludkin. »Schon seit Jahren machen immer wieder Meldungen über sie die Runde, die reinsten Legenden. So wie die Geschichte, daß jemand Blei in Gold verwandeln kann. Aber das ist nun mal nicht möglich. Man kann einen schwarzen Fisch nicht in einen roten verwandeln. Auch aus einem weißen kann man keinen roten machen. Es ist Unsinn. Wissenschaftlicher Quatsch.«

»Weshalb sollte denn jemand diesen Versuch machen wollen?«

Ludkin sah zu Thorn hoch. Der Mann nahm die Brille ab, holte ein Taschentuch aus der Brusttasche seines Sportsakkos und begann damit die Brillengläser zu polieren.

»Weshalb jemand den Versuch machen sollte?« Der Professor lächelte. Seine Augen waren milchig blau und sahen wahrscheinlich nicht viel weiter als bis zur Kante seines Schreibtisches. »Weshalb färben Schauspielerinnen sich die Haare blond? Weshalb geben Autohersteller Millionen Dollar aus, um mit neuen Lackschattierungen zu experimentieren?«

»Warum erzählen Sie es mir nicht einfach?«

»Weil, mein lieber Freund, eine Rote Tilapie viel gefragter wäre als eine Schwarze. So einfach ist das. Beliebtheit lautete das Wort. Gehen Sie mal auf einen Fischmarkt oder in ein Restaurant. Sehen Sie sich an, was die Leute kaufen, was sie bestellen. Sie wollen roten Fisch, Rotbarsch. Das sind zur Zeit die kommerziell beliebten Fischarten.«

»Das ist doch lächerlich.«

»Lächerlich?« Ludkin blickte zu Thorn hoch. »Ja, ich glaube, das ist es wohl. Aber es trifft trotzdem zu. Rote Fische sind gefragter als schwarze oder weiße. Seltsam, aber so ist es nun mal.«

»Moment mal. Was ist denn mit Lachs, Barsch, Forelle? Sie sind auch beliebt. Aber sie sind nicht rot.«

Ludkin musterte ihn eindringlich und schien innerlich bis fünf zu zählen.

»Sie sind ziemlich stur, nicht wahr, junger Mann?«

»Ja«, gab Thorn zu. »Das passiert mir immer, wenn ich mit einem Mord zu tun habe. Ich werde dann sehr stur. Stur und gewalttätig.«

Ludkin schrumpfte in seinem Sessel ein paar Zentimeter ein, und seine Haut wurde um einige Schattierungen blasser.

Schließlich räusperte er sich und sagte: »Lachs, Barsch und Forelle sind eingeführte Fische. Die Leute kennen sie. Sie bestellen sie von Speisekarten, kaufen sie auf dem Markt und in Fischläden. Ihre Eltern haben sie schon verzehrt, ihre Großeltern sogar, und sie verzehren sie ebenfalls. Aber unglücklicherweise nehmen die natürlichen Bestände dieser Fischarten rapide ab. Das Ende der kommerziellen Lachsfischerei werden wir wohl noch erleben. Die Zeit ist reif für Alternativen.

Aber Amerikaner kennen keine Tilapien. Der Name ist ihnen nicht vertraut. Und obgleich sie sich in phantastischen Anzahlen vermehren, faseriges weißes Fleisch haben, sich in jeder Hinsicht zur kommerziellen Nutzung eignen, haben Fischzüchter sie einfach deshalb nicht beachtet, weil sie häßlich sind. Aber wenn sie rot wären, eine Farbe, die bei Amerikanern die absolut beliebteste ist, wenn dieser rote Fisch auf Eis in den Fischläden Amerikas zum Verkauf angeboten würde, spielte es keine Rolle, wie er hieße – die Nachfrage wäre schwindelerregend. Wenn jemand über zuchtfähige Exemplare der Roten Tilapie verfügte, wage ich zu behaupten, daß er schon in ein oder zwei Jahren den Markt für Zuchtfisch beherrschen würde.«

»Das wäre dann wie die Verwandlung von Blei in Gold.«

»Genau«, sagte Ludkin. »Darin ist man sich allgemein einig. Wenn es einen solchen Fisch gäbe, wäre er überaus gewinnbringend.«

»Worum geht es denn nun genau? Um genetisches Engineering? Um Manipulation der DNS, um schwarz zu rot zu machen?«

»Leider ist das nicht möglich. Wir haben es selbst in unserem Labor versucht. Bei Seamark beschäftigt man sich schon seit Jahren damit. Ein totaler Fehlschlag. Es ist reines Wunschdenken.«

»Seamark?«

»Eine Regierungseinrichtung in der Nähe von Florida City. Dort wird Meeresforschung betrieben.«

»Die Regierung befaßt sich damit? Mit der Veränderung von Fischfarben?«

»Landwirtschaft, genetisches Engineering, Chemie. Einfach alles. Die Leute in Regierung und Verwaltung wollen auch Karriere machen, genauso wie alle anderen. Sie wollen befördert werden. Wenn jemand es schaffen würde, in einem regierungseigenen Labor eine Rote Tilapie hervorzubringen, hätte er für die Zukunft ausgesorgt. Sie würden ihn zum Präsidenten machen.«

Der Mann zeigte Thorn seine kleinen gelben Zähne.

»Professor Ludkin«, machte die junge Frau sich wieder bemerkbar. »Soll ich den Kursus einfach absagen?«

»Dann haben wir natürlich noch Peter Lavery«, fuhr Ludkin fort. »Ein Privatzüchter, der eine Tilapia-Farm in Thomasville, Georgia, betreibt. Er behauptet schon seit Jahren, dicht an der Roten Tilapie dran zu sein. Aber er ist ein Verrückter. Wie alle anderen auch. Winchester. Lavery. Die ganze Bande. Dilettanten, Amateure. Ähnlich wie die Typen, die vom Perpetuum mobile träumen.«

»Winchester?«

»Er hat eine Farm an der Westküste von Florida«, sagte Ludkin. Er setzte seine Brille wieder auf und betrachtete blinzelnd die Frau im Türspalt. »Was wollen Sie, junge Lady?«

»Sie an Ihr Tutorium um elf Uhr erinnern«, antwortete sie.

»Das fällt aus«, entschied er. »Ich habe zuviel zu tun.«

»Ja, Sir.«

Sie schloß leise die Tür.

»Studenten!« sagte er. »Verdammte Studenten.«

»Dieser Winchester«, sagte Thorn. »Er sucht auch nach der Roten Tilapie?«

»Alles, was ich von Winchester weiß, ist, daß er während der letzten beiden Jahre ein paarmal hier auftauchte. Stellte mir Fragen, löcherte mich geradezu, so wie Sie es tun. Und seinen Fragen nach zu urteilen interessiert er sich für die Rote Tilapie. Eindeutig.«

»Gibt es sonst noch jemanden?«

»Das sind die wichtigsten. Die wesentlichsten Irren.«

»Sie sagten, es wäre lukrativ«, sagte Thorn. »Wie lukrativ?«

Ludkin blickte Thorn für einen Moment ausdruckslos an. »Wenn Sie Blei in Gold verwandeln könnten«, sagte er, »wie lukrativ wäre das?«

»Können Sie das auch in Dollars ausdrücken?«

Ludkin seufzte. Offensichtlich verlor er allmählich die Geduld. Er nahm seine Brille wieder ab, wandte Thorn seine blinden Augen zu, während er die Gläser erneut mit seinem schmutzigen Taschentuch polierte.

»Alljährlich werden Milliarden Pfund Fisch verzehrt«, sagte Ludkin wie auswendig gelernt. »Tilapie kostet fünf Dollar das Pfund. Die Rote Tilapie dürfte etwas mehr einbringen. Sie können davon ausgehen, daß die Tilapie mit der veränderten Farbe einen beträchtlichen Teil des gesamten Fischmarkts ausmachen würde, sagen wir zehn bis vielleicht sogar zwölf Prozent. Und jetzt rechnen Sie mal nach, Mr. Thorn. Wieviel sind zehn Prozent von einer Milliarde Dollar? Das käme am Ende dabei heraus.«

Thorn erhob sich, blieb hinter seinem Stuhl stehen und schaute auf Ludkin herab.

»Und nicht nur das«, sagte Thorn, »sondern auch ein verdammt gutes Motiv für einen Mord.«

Es war Viertel nach eins, als Thorn vor einem Köderladen in Florida City anhielt und die ungefähr dreihundert Pfund schwere Frau hinter der Theke fragte, ob sie schon mal von einer Einrichtung namens Seamark gehört habe. Sie blickte von einem Garnelentank hoch, aus dem sie gerade die toten Tiere schöpfte, die auf der Wasseroberfläche trieben.

»Wir haben Bier und Würmer. Also was darf's sein?«

»Ich habe schon gegessen.«

»Na schön, wenn Sie sich verfahren haben, drüben in der Shell-Tankstelle gibt es Straßenkarten zu kaufen.« Offenbar drang der Miami-Stil immer weiter nach Süden vor.

In der Shell-Tankstelle hatte niemand je etwas von Seamark gehört, bei Texaco auch nicht. Der Ort war auch nicht auf der Karte von Homestead und Florida City und Umgebung verzeichnet. Thorn sah im Telefonbuch unter United States nach und fand nichts.

Er fuhr nach Westen, überquerte die schäbige Kreuzung, die das Zentrum von Florida City darstellte. Er lenkte den Wagen in ein Einkaufscenter, das aus einer Ladenzeile bestand. Eine Tierhandlung, eine Fernsehwerkstatt, eine Doughnutbäckerei. Zwei andere Läden am Ende der Zeile waren mit Brettern vernagelt. Das war also das Geschäftszentrum von Florida City. Er versuchte sein Glück zuerst in der Fernsehwerkstatt und in der Bäckerei. Allgemeines Kopfschütteln. Dann betrat er die streng riechende Tierhandlung. Er atmete das Ammoniak feuchten Katzendrecks und den vergorenen Obstgestank von Schlangenexkrementen ein.

»Sie müssen auf der Silver Palm nach links.« Das halbwüchsige Girl mit schwarzem Haar im Punkerstil säuberte gerade einen Papageienkäfig. »Fahren Sie weiter nach Westen, bis die Straße zu Ende ist. Dann schalten Sie auf Vierradantrieb und folgen dem Schotterweg, bis auch der abbricht. Aber dann sind Sie auch schon fast da.«

»Das klingt ja so, als wolle dort niemand, daß man die Adresse leicht findet.«

»Ich kenne den Platz nur, weil mein Freund und ich manchmal Motocross fahren und wir zufällig dort vorbeikamen. Das war vor etwa sechs Monaten. So lange dürfte es her sein. Danach waren wir nicht mehr dort. Die Leute waren nicht sehr freundlich. Überhaupt nicht. Was treiben die da überhaupt?«

»Keine Ahnung«, sagte Thorn. »Vielleicht sind es Alchemisten.«

Sie sah ihn an und nickte.

»So ähnlich ist es mir auch vorgekommen.«

Das VW-Kabrio hatte keinen Vierradantrieb. Als die Schotterstraße in schwarzen Matsch überging, lenkte er den Wagen daher an die Seite, parkte unter einem Okrastrauch und ging zu Fuß weiter. Er trug ein langärmeliges blaues T-Shirt und graue

Jeans und drei Jahre alte weiße Sandalen, die beschmiert waren mit Maschinenöl und Fischblut. Ungefähr das eleganteste an Kleidung, das Thorn besaß. Seine Ausgehkluft.

Die Moskitos ließen sich von seinem T-Shirt nicht abschrekken. Sie versammelten sich auf seinem warmen Fleisch an Hals und Rücken, während er dem Pfad in den dichten Wald folgte. Die immergrünen Eichen und Gelbkiefern waren mit Goldfeigen bewachsen, und ein verfilztes Dickicht aus Mahagoni, Eugenien, Weißmangrovensträuchern und ein paar Florida-Stechpalmen wucherte bis dicht an den Pfad heran. Dazwischen die eine oder andere Zypresse, aus deren Astgabeln Bromelien sprossen. Der Boden war nach dem Schotter triefnaß, ein Sumpf, oder der östliche Rand der Glades. Vogelgezwitscher erfüllte die Luft, dazwischen erklang das Schmatzen und Glucksen anderen Getiers, das Thorn nicht identifizieren konnte. Für einen kurzen Moment hatte Thorn ein eisiges Gefühl, als würde er von etwas Großem und Schnellem belauert. Von einem Panther vielleicht.

Es herrschte ein satter Schwefelgeruch von frisch aufgeworfener Erde, und die Luft erstrahlte in einem leicht grünlichen Schimmer. Er sah von der Sonne hartgebackene Motorradspuren, die auf eine Anhöhe führten. Nach der Anhöhe tauchte der Pfad in einen tiefen Graben, der mit schwarzem Wasser gefüllt war, und jenseits des Grabens verschwand er wieder zwischen Bäumen. Der reinste Geisterwald.

Er blieb stehen und lauschte, hörte jedoch nur das Summen der Moskitos an seinem Ohr. Er wedelte mit der Hand vor seinem Gesicht herum und stieg hinunter ins knietiefe Wasser, watete zum gegenüberliegenden Ufer, wo der Pfad offensichtlich weiterging. Während er sich durch den weichen Schlamm wühlte und sich Wasserpflanzen um seine Füße schlangen, stieg ihm das Wasser bis zu den Oberschenkeln. Thorn kämpfte sich weiter, ergriff den Ast eines Sapotillbaums und zog sich daran auf den schlüpfrigen Grabenrand hinauf. Als er wieder zu Atem gekommen war, schob er einen tiefhängenden Zweig Brasilianischen Pfeffer beiseite und drang weiter vor.

»Hallo«, sagte ein Mann hinter ihm. Thorn spürte den harten Druck einer Gewehrmündung in seinem Rücken. »Wohin, zum Teufel, willst du denn, mein Junge?«

Thorn rührte sich nicht. Der Mann tastete Thorn ab, fuhr mit den Händen geübt an den Beinen seiner Jeans entlang. Dann ging er um ihn herum und baute sich vor ihm auf. Ein paar Zentimeter größer als Thorn und vielleicht hundert Pfund massiger. Der Mann hatte lange graue Haare, die zu einem Pferdeschwanz zusammengebunden waren. Bis auf ein paar schlammbespritzte Cowboystiefel war der Mann nackt.

Sein dicker Bauch quoll über sein Schamhaar und versteckte beinahe seinen knubbeligen Penis. Er besaß die massigen Oberarme eines Mannes, der noch nie irgendwelche ernsthaften Kraftübungen gemacht hatte, der aber trotzdem einen Pickup-Truck beiseite räumen oder gar umwerfen konnte, wenn es unbedingt sein mußte. Seine Remington sah frisch geölt aus. Eine langläufige 375er mit Nußbaumkolben. Eine Safariwaffe.

»Nun«, sagte der Mann. »Du bist kein Schmetterlingssammler, denn du hast kein Netz.«

»Meinen Sie, Sie könnten mit Ihrem Freund ein wenig zur Seite zielen?«

»Könnte ich«, sagte der große Mann. »Aber ich will nicht. Jedenfalls nicht, bevor ich weiß, was dich verdammt noch mal hier in der Gegend herumschleichen läßt.«

»Ich suche nach einem Fisch«, sagte Thorn.

»Tatsächlich? Und wo ist deine Angel?«

»Die Rote Tilapie. Das ist der Fisch, nach dem ich suche.«

Der Name schien für den Mann keinerlei Bedeutung zu haben. Seine Augen blieben wachsam, aber nichts zuckte in ihnen.

»Sie sind nackt«, stellte Thorn fest.

»Ich bin ein Sonnenanbeter«, sagte der Mann. »Seit fünfundsechzig habe ich so gut wie keine Klamotten mehr getragen.«

»Und die Moskitos?«

»Die lassen mich in Ruhe.«

»Sie leben hier draußen?«

»Hey, wer stellt hier die Fragen, Freundchen?«

»Sehen Sie«, sagte Thorn. »Mir wurde erzählt, hier draußen gebe es eine Forschungseinrichtung. Eine Anlage, wo Fische gezüchtet werden. Ich interessiere mich für diese Sache. Ich dachte, ich sehe mir den Laden mal an.«

»Sie haben sich auf die Suche gemacht.«

»Das stimmt.«

»Sie interessieren sich für Fische.«

»Auch richtig. Nur für Fische.«

»Scheiße.«

»Hören Sie«, sagte Thorn. »Es interessiert mich einen Dreck, was Sie hier tun. Ob Sie eine Destille betreiben oder Marihuana anbauen, ist mir völlig egal. Ich suche nur diesen Betrieb. Seamark.«

»Seamark? Also, verdammt, warum hast du das nicht gleich gesagt?«

Der große Mann ließ das Gewehr sinken, drehte sich um und stapfte durch die Büsche davon. Thorn folgte ihm.

Es gab etwa zwei Dutzend von ihnen. Von sechzehn bis siebzig. Alle nackt. Auf einem Sandplatz neben dem Swimmingpool war ein Volleyballmatch im Gange. Ein paar Leute räkelten sich in Liegestühlen und verfolgten das Spiel. Ein Mann zog im Pool langsame, mühsame Kreise, während aus einem Radio auf einem hölzernen Picknicktisch ein Lawrence Welk-Titel drang. Es gab mehr Frauen als Männer. Mehr Blondinen als Brünette. Niemand schenkte Thorn besondere Beachtung, und Thorn bemühte sich, sie genausowenig anzustarren.

Rund um das Camp stand ein Dutzend kleiner Hütten, jede mit einer überdachten Veranda. SUNNY PALMS stand auf dem Holzbrett über dem Haupttor.

»Sweaty Palms«, sagte der große Mann, indem er auf das Schild deutete. »So nennen sie uns in der Stadt. Sie denken, hier geht es um Sex. Orgien und so weiter. Aber das stimmt nicht. Wir wollen nur natürlich leben. Mehr nicht.«

»Kommen viele Spanner her? Haben Sie deshalb die Flinte?«

»Die ist gar nicht geladen«, sagte der Mann. »Aber in neunundneunzig von hundert Fällen wirkt sie. Wir haben viele Jugendliche hier. Kommen auf ihren Motocrossmaschinen raus, diesen Dreirädern. Sie haben Ferngläser dabei. Das bringt mich ganz schön in Rage. Ab und zu mache ich eine Runde durch den Wald und sehe nach, wen ich alles aufscheuchen kann.«

Der Mann führte Thorn zur Haupthütte.

»Hey, Shelley«, sagte der Mann, als sie eingetreten waren. »Ich hab' diesen Vogel an der Ostgrenze gefunden. Behauptet, er wolle zu Seamark. Wenn es Probleme gibt, ruf mich.«

Der große Mann bedachte Thorn mit einem warnenden Blick und verschwand durch die Tür. Er ließ Thorn mit einer dunkelhaarigen Frau zurück, die etwa in seinem Alter war. Ihre Haut war von der Sonne so dunkel wie Pumpernickel. Dunkle Augen, lange Wimpern. Ihre Brüste waren voluminös und hingen so tief herab, daß die Warzen unter der Platte des schweren Eichentisches verschwanden.

»Sie wollen zu Seamark?«

»Das will ich.«

»Schön, Sie haben's gefunden.«

Thorn schaute sich in dem Büro um. Die Wände waren mit gelbem Zypressenholz getäfelt. Zwei Wände waren mit Bücherregalen bedeckt. Ein paar Zeichnungen waren mit Heftzwecken am Holz befestigt, kindliche Darstellungen von Vögeln und Alligatoren.

»Das hier?«

»Früher mal. Vor sieben Monaten. Die Regierung hatte das Land gepachtet. Jetzt haben wir es gepachtet. Wir haben die Hütten bezogen, in denen sie früher gesessen haben. Ein hübsches Anwesen. Herrlich abgelegen.«

»Ich vermute, meine Informationen sind ziemlich überholt.«

»Das glaube ich auch«, sagte sie. Sie erhob sich, zeigte ihm ihre schlanke sportliche Figur, einen üppig gekräuselten Busch Schamhaar. Sie umrundete den Schreibtisch und blieb direkt vor Thorn stehen.

»Wer sind Sie?«

»Ich bin jemand«, erwiderte er, »der herauszubekommen versucht, was mit der Frau passiert ist, die er geliebt hat.«

Sie musterte ihn einige Sekunden lang, und er glaubte erkennen zu können, wie in ihren dunklen Augen eine kleine Flamme hochzüngelte.

»Ich führe Sie rum. Fühlen Sie sich ohne Kleider wohler?«

»Wenn es Ihnen nichts ausmacht«, sagte Thorn, »behalte ich sie lieber an.«

»Wie Sie wollen.«

»Hier haben sie die Leichen gefunden«, sagte Shelley. Sie hatte Thorn zu den Überresten eines Betonbaus fünfzig Meter östlich des Volleyballfeldes gebracht. Das Gebäude war von einem Feuer verwüstet worden. Zwei Stahltische glänzten zwischen den Trümmern. Ein paar zerbrochene Glaskolben und ein verbogener Bunsenbrenner, daneben etwas, das aussah wie ein teilweise geschmolzenes Mikroskop sowie die Überreste von Holzmöbeln.

»Leichen?«

»Zwölf Stück. Das komplette Personal von Seamark. Einer

unserer Sunny Palms-Freunde, Andy Beam, war Mitglied der Freiwilligen Feuerwehr von Homestead. Sie sind auf den Notruf hin damals hergekommen, deshalb sah er die Leichen, als sie noch aufgestapelt waren.«

»Ich verstehe nicht.«

»Über Kreuz, wie bei einem Holzstapel. Füße auf Hälsen. Eine richtige Blockhütte aus Leichen. Andy sagte, es sei das Furchtbarste gewesen, was er je gesehen hat. Da hat sich irgend jemand einen Scherz erlaubt. Kein bißchen Blut. Keine Einschüsse, keine Stichwunden. Nur ein Stapel toter Menschen.«

»Davon habe ich nie etwas gehört.«

»Natürlich nicht, wie sollten Sie auch. Die guten Sachen kommen nie in die Zeitung. Ich meine die wirklich interessanten Nachrichten. Irgendwie schaffen sie es immer, sie geheimzuhalten.«

»Es sei denn, man hat einen Freund bei der Feuerwehr.«

Shelley wandte sich von dem Gebäude ab und ging mit Thorn über einen Sandweg bis zu einer Lichtung.

»Wir sind uns noch nicht darüber im klaren, was wir damit tun sollen. Es scheint, als sei es ganz nützlich.«

In der Mitte der Lichtung befand sich ein Betonbecken mit den Ausmaßen eines halben Basketballfeldes.

»Hier haben sie die Fische gehalten«, sagte sie. »Ein Zuchtbecken.«

»Die Tilapien.«

»Wie immer sie hießen.«

»Und was ist mit ihnen passiert?«

»Andy sagte, er habe so etwas noch nie gesehen. Hier wären so viele Fische gewesen, daß man auf ihnen hätte das Wasser überqueren können. Sie trieben allesamt mit dem Bauch nach oben. Vergiftet.«

»Hat Andy sich vielleicht auch dazu geäußert, welche Farbe sie hatten?«

»Farbe?«

»Ist Andy da?«

»Er spielt Volleyball«, sagte Shelley.

»Was dagegen, wenn ich kurz mit ihm rede?«

»Fragen Sie ihn.«

Andy Beam erinnerte sich noch deutlich daran. Er stand vor Thorn, sportlich und braungebrannt, den Volleyball unterm Arm. Die anderen Spieler betrachteten neugierig Thorns Kleider, und Andy Beam erklärte: »Rot.«

»Sind Sie sicher? Absolut?«

»Ja, rot. Ein helles Rubinrot.«

Kapitel 10

An diesem Montagabend kehrte Jeanne Sugarman gegen neun Uhr von ihrem Bonsaikursus zurück. Sie sah ihren Mann zusammen mit Thorn auf dem gelben Sofa sitzen, eine große Schüssel Popcorn auf dem Tisch vor ihnen, wie sie sich ein Videoband von First Federal Savings ansahen. Wortlos schüttelte sie den Kopf und zog sich in ihr Zimmer zurück.

»Sie haßt meinen Job. Sie sagt, er widere sie an.« Sugarmans Mund verzog sich zu einem schmerzlichen Lächeln.

»Weshalb?«

»Nun, zum einen bringt er nichts ein. Seit einem halben Jahr leben wir von unseren Ersparnissen. Zum anderen stecke kein Feuer darin.«

»Kein Feuer?«

»So nennt sie es. Sie hat dieses Wort aus ihrem Ballettunterricht oder wer weiß woher. Eines Tages fing sie plötzlich an, von Feuer zu reden. Was Feuer hat und was nicht.«

»Und dein Job hat keins.«

»Mein Job. Ich. Mein ganzes Leben. Laut ihrer Aussage hatte ich mehr Feuer, als ich noch einfacher Cop war. Jetzt, als Einzelkämpfer, habe ich auch noch das bißchen verloren, das in mir steckte.«

Thorn beobachtete das Flackern der digitalen Zeitmessung in der linken unteren Ecke des Bildschirms. Es durchlief die Stunden des Tages mit dreifacher Geschwindigkeit und machte aus einem achtstündigen Arbeitstag einen zweistündigen Stummfilm. Bankkunden trippelten umher wie unbeholfene Pinguine, vollführten spastische Gesten, Kassierer sprachen stakkatohaft mit Kunden, lächelten sie flüchtig an, rissen dann Telefonhörer ans Ohr und plapperten hinein.

Zu Beginn des Abends schaffte Thorn gerade die doppelte Geschwindigkeit, weil seine Augen sich noch nicht an den Videofilm gewöhnt hatten. Doch nun, nach nur wenigen Stunden, begann er sich nach einem aufgemotzten Videorecorder zu sehnen, sechsmal schneller als Echtzeit, sogar zehnmal. Um die eintönigen Tage noch schneller hinter sich zu bringen.

»Ich wette, ich stehe auf der Feuerskala auch ganz unten.«

»Nein«, sagte Sugarman. Dann senkte er die Stimme und fuhr fort: »Jeanne sagt, du hättest eine Menge Feuer. Aber du seist ein Asket.«

»Ein Asket?«

Thorn betrachtete drei Kunden, die ihre Sozialhilfeschecks einlösen wollten und sich miteinander unterhielten. Er sah sie mit den Köpfen wackeln, das Rucken und Zucken menschlicher Kommunikation. Menschen, die Thorn kannte, andere, die er nicht kannte. Die Kassiererin, bei der sie warteten, eine junge Frau, mit der er ein- oder zweimal während der High-School ausgegangen war, Judy Mueller, sah nach drei Ehemännern und drei Kindern sowie einem kurzen Abstecher ins Gefängnis wegen des Transports von ein paar Kilo Marihuana nach Miami hager und etwas verhärmt aus.

»Jeanne meint«, sagte Sugarman, »daß du dein Feuer tief in dir verborgen hast. Wie ein Mönch. Du gehst sparsam damit um. Verbrauchst es für innere Abläufe.«

»Diese Jeanne. Sie hat schon verrückte Ideen, nicht wahr?«

»Ja, sie schlaucht mich ganz schön.« Sugarman trank den Rest Cola in seinem Glas und stellte es auf den Tisch. Er raffte eine weitere Handvoll Popcorn zusammen, und Thorn beugte sich vor und machte es ihm nach.

Mit halbvollem Mund sagte Sugarman: »Tatsache ist, daß ich schon so lange in Habachthaltung herumrenne, daß ich völlig vergessen habe, wie man normal geht.«

Thorn klopfte ihm aufs Knie.

Die Wände ihres Wohnzimmers waren vollgehangen mit den Hinterlassenschaften von Jeannes diversen Hobbies. Makrameegebilde, gestrickte Lappen mit launigen Sprüchen, ein paar Schwarzweißfotos von Insekten. Ihre Käferphase. Eine ganze Wand war für religiöse Symbole reserviert: Kruzifixe, Marienfiguren, dunkle, ernste Schnitzereien von Heiligen. Und daneben ein paar gerahmte Ehrenurkunden, die sie mit dem erfolgreichen Verkauf von Kosmetika errungen hatte, daneben andere, die ihr Gesangverein gewonnen hatte, sowie eine Medaille für eine lobende Erwähnung bei einer örtlichen Kunstausstellung. Das betrieb sie schon seit Jahren, diesen sechswöchigen Wechsel von einer Freizeitbeschäftigung zur nächsten. Nichts fand ihr dauerhaftes Interesse.

»Hast du heute irgendwas Besonderes erlebt?«

Thorn verneinte, nichts Erwähnenswertes. Er spürte, wie Sugarman ihn von der Seite musterte, aber er drehte sich nicht zu ihm um.

Sie betrachteten das Videoband, unterhielten sich gelegentlich über die Leute, die darauf erschienen. Leute, die sie schon seit längerer Zeit nicht mehr in der Stadt gesehen hatten, andere, von denen sie einiges erzählen konnten. Leute, mit denen sie mal befreundet gewesen waren und die sie in den meisten Fällen immer noch zu ihren Freunden zählten. Sie hatten sich die letzten drei Wochen Bankbetrieb angesehen, und absolut nichts hatte Thorns Neugier geweckt.

Sugarman stand auf, um das erste Band von Murtha's Liquor einzulegen.

»Willst du dir heute noch mehr ansehen?«

Thorn sagte ja, er sei noch frisch.

»Naja, ich schlaffe ziemlich schnell ab, aber ich denke, ein Band schaffe ich noch.«

»Verrat mir mal eins, Sugar. Was, zum Teufel, haben die Leute erwartet, das du und Darcy auf den Bändern finden solltet?«

»Ach, das ist eine reine Routinesache. Sie haben meilenweise Bänder herumliegen, haben jede Menge Geld hineingesteckt und wollen sie nicht einfach wegwerfen, klar?«

»Deshalb bezahlen sie noch mehr Geld, damit jemand sie sich ansieht.«

»Viel Geld rücken sie nicht raus, nein.«

»Hast du schon mal was gefunden?«

»Einmal«, sagte Sugar. »Vor einem Monat hat Darcy sich ein paar Videos angesehen. Dabei hat sie einen jungen Kerl entdeckt, einen Kassierer, der einen Stapel Scheine aus einer Schublade fischte, als ein anderer Kassierer ihm gerade den Rücken zuwandte. Fast fünfhundert Dollar. Er legte das Geld auf den Rand seiner Schublade, und fünf Minuten später schob er die Scheine in seinen Pausenbrotbeutel. Er hatte es zu einer Wissenschaft entwickelt. Ich mußte mir das Band fünfmal, sechsmal ansehen, ehe ich überhaupt mitbekam, was er machte. Aber Darcy hatte es auf Anhieb entdeckt.«

»Davon hat sie mir nie etwas erzählt.«

»Vielleicht dachte sie, daß es dich nicht interessiert.«

»Ja, vielleicht.«

»Nun, Bill Getty war ganz heiß. Ich brachte ihm das Band, zeigte es ihm. Er wollte es sich immer wieder ansehen. Endlich hatte er einen dieser Scheißkerle dabei erwischt, wie er seine Bank beklaute. Seit ein oder zwei Jahren fehlten ihm im Monat bei der Abrechnung ein- oder zweimal etwas, und er konnte sich nicht erklären, wie es passierte. Er dachte, daß eine Verschwörung im Gange sei, daß jeder in der Bank dabei mitmachte. Aber nun hatte er endlich den Beweis, schwarz auf weiß. Er war begeistert. Und verlängerte den Vertrag mit mir um ein weiteres Jahr.«

»Und Murtha?«

»Murthas Laden ist eine andere Geschichte. Er ist ein alter Sack, über siebzig. Liquorland, du kennst seinen Schnapsladen, gleich gegenüber der High-School.«

Thorn nickte. Er wußte Bescheid. Er war selbst schon ein- oder zweimal dort gewesen, konnte sich allerdings nicht erinnern, den Eigentümer gesehen zu haben.

»Also, Murtha ist alleine im Laden, es gibt keine Angestellten, daher kann ihm auch niemand was aus der Kasse klauen. Aber er läßt die Kamera den ganzen Tag mitlaufen. Sie ist so programmiert, daß sie sich um neun ein- und um fünf wieder ausschaltet.«

»Und weshalb?«

»Der Kerl ist paranoid«, sagte Sugarman. »Er ist sich ganz sicher, daß die Penner zu ihm reinkommen und Flaschen rausschleppen. Mal einen Flachmann, mal eine Halbliterflasche. Murtha ist wie besessen. Ich muß jedes Bild markieren, auf dem ein Langhaariger oder ein Penner irgendwas unterm Hemd verstecken könnte, dann läßt er sich die Standbilder vergrößern und untersucht sie mit dem Vergrößerungsglas. Stößt wilde Drohungen aus, beschimpft die Leute, sagt, wenn er eins dieser Arschlöcher auf frischer Tat erwischt, reißt er ihm die Eier ab. Der alte Knabe ist ein bißchen unheimlich.«

»Sehen wir es uns mal an.«

Thorn machte es sich auf der Couch bequem, legte die Füße auf den Tisch, richtete die Fernbedienung auf den Videorecorder und fing an, sich im Zeitraffertempo einen Tag im Leben Roy Murthas anzusehen.

Für eine Weile war es eine angenehme Abwechslung nach all den Stunden in der Bank. Aber sehr bald war die Routine zu erkennen. Murtha war ein kleiner, gedrungener Mann mit dunkler Haut. Er hatte ein breitflächiges Gesicht, südeuropäisch, Türke oder Grieche. Er trug dunkle Kleidung, völlig untypisch für die Keys. Er war Anfang Siebzig, hatte volles weißes Haar und ging mit beinahe zaghaften Schritten. Er bewegte sich seltsam tastend vorwärts, als rechne er jeden Moment damit, daß unter ihm eine Falltür aufsprang.

Murtha schloß den Laden um neun Uhr auf, betrat ihn und suchte sofort das Hinterzimmer auf. Eine Minute später kam er wieder heraus. Dann trug er seine Schürze. Er fuhr mit einem Staubwedel über die Flaschen, und wenn alles zu seiner Zufriedenheit sauber war, begab er sich zum Safe, öffnete ihn und füllte die Kassenschublade auf.

Bis zehn Uhr hatte er zwei Tassen Kaffee getrunken und dreimal im Spiegel an der westlichen Ladenwand den Sitz seiner Haare überprüft. Er schloß die Tür auf, arretierte sie, warf einen Blick auf den Parkplatz und kam wieder herein. Er ließ sich in einen Sessel hinter der Theke sinken und begann die New York Times zu lesen, Artikel für Artikel, ohne eine Seite zu überschlagen. Jeden Tag gegen halb zwölf holte er unter der Theke eine Plastiktüte mit Knabberzeug hervor. Cheez Doodles oder Schweineschwarten, Thorn konnte es nicht genau erkennen. Der Mann aß eine Zeitlang, währenddessen er die Lektüre der Zeitung beendete, stopfte sich gefräßig den Mund voll, und wenn die Tüte leer war, knüllte er sie zu einem kleinen Ball zusammen und versuchte einen Zielwurf in den Abfalleimer an der Eingangstür. Meistens warf er daneben.

Thorn arbeitete sich durch die letzte Juliwoche, sah stets die gleichen weißhaarigen Leute regelmäßig ihre Gallonenflaschen Wodka kaufen, stets die gleichen Bauarbeiter ihre verschwitzten Dollarscheine für kleine Flaschen Rum und Bourbon auf die Theke legen. An einem Freitagabend tauchte eine Gruppe schwarzer Teenager im Laden auf. Sie schienen mehr zu wollen als nur Schnaps. Aber einer von ihnen schaute nach oben und entdeckte die Kamera, und sie drehten sich alle um, sahen zu der Kamera hoch und fingen an, vor der Kamera ihre Faxen zu machen. Wahrscheinlich genoß jeder von ihnen es, mal im Rampenlicht zu stehen. Wenig später verdrückten sie sich aus dem Laden, ohne etwas gekauft zu haben.

Und dann, einen Tag danach, kam eine magere junge Frau in den Laden. Sie hatte kurzes schwarzes Haar und einen blassen Teint. Sie war auf eine grelle, mißlungene Art und Weise hübsch. Sie und Murtha unterhielten sich ein paar Minuten lang. Das Gespräch dauerte länger als alle, die Thorn bisher gesehen hatte. Thorn drückte auf den Knopf und bremste den Bandlauf auf normale Geschwindigkeit herab.

Irgend etwas war mit Murthas Gesicht geschehen. Es war starr geworden und spiegelte etwas wider, das aussah wie Angst. Das Mädchen schob sich um das Ende der Theke herum und legte herausfordernd den Kopf schief und flatterte mit den Wimpern. Murtha kam zu ihr, und das Mädchen streckte die Hand aus und berührte ihn. Wo sie ihn berührte, wurde durch die Theke verdeckt, aber aus der Art und Weise, wie Murtha zusammenzuckte, vermutete Thorn, daß es ein intimer Griff war. Darauf reagierte Murtha sehr aufgeregt und drängte das Mädchen zur Ladentür und stieß sie regelrecht hinaus auf den Bürgersteig. Einen Moment lang blieb sie dort stehen, lächelte ihn an und entfernte sich.

Sugarman lag neben Thorn halb auf der Couch und schnarchte. Thorn sah sich einige weitere ereignislose Tage in Liquorland an. Dann, an einem Samstagvormittag, um Punkt zehn, war der erste Kunde des Tages die gleiche magere junge Frau, Anfang Zwanzig, bekleidet mit schwarzer Jeans und einem schwarzen T-Shirt. Sie trug eine Strohtasche über der Schulter.

Murtha legte die Tüte Chee tos beiseite, aus der er seinen Hunger gestillt hatte, kam hinter der Theke hervor und blieb dicht vor ihr stehen. Sie sagte ein paar Worte zu ihm. Dann blinzelte Murtha sie an, stand sehr still da, als habe er Mühe zu verarbeiten, was sie zu ihm gesagt hatte. Sie stellte sich auf die Zehenspitzen, beugte sich zu ihm und küßte Murtha auf die Wange. Dann griff sie in ihre Strohtasche, wandte der Kamera den Rücken zu, holte etwas heraus und hielt es Murtha hin. Er schüttelte den Kopf, traurig, aber mit Nachdruck. Er lehnte mit deutlichem Unbehagen ab.

Die junge Frau sagte wieder etwas, trat vor und legte den Gegenstand auf die Theke. Es war ein schwarzer, stumpfnasiger 38er. In diesem Moment schien Murtha sich an die Kamera zu erinnern, denn er schaute zu ihr hoch, streckte seine Hand nach dem Objektiv aus, und das Bild wurde schwarz. Als es sich wieder aufhellte, war die Frau verschwunden, und Murtha gab erneut das Bild des methodisch die Tagesstunden verbringenden Ladeninhabers ab, der seinen Gewohnheiten nachgeht. Verschwunden war der freundliche Ausdruck, der auf seinem Gesicht gelegen hatte, als die Frau in den Laden gekommen war.

Thorn richtete sich auf und beobachtete aufmerksam den Bildschirm. Aber an diesem Samstag war von dem mageren Girl nichts mehr zu sehen. Um fünf schaltete die Kamera sich aus und sprang am Montag um neun wieder an. An diesem Tag geschah nichts Ungewöhnliches, und auch diesmal war von dem Mädchen nichts zu sehen.

Das Band endete, und Thorn stand auf und legte die nächste Kassette ein. Es war Dienstag, auch diesmal der gleiche Ablauf. Auch am Mittwoch war alles normal wie sonst, und Thorn war schon entschlossen, Murthas Begegnung mit der jungen Frau als bedeutungslos einzuordnen. Dann brach der Donnerstag an, und die erste Person, die durch die Tür hereinkam, war Darcy Richards.

Thorn nahm die Fernbedienung in die Hand und ließ das Band zurücklaufen. Er schaltete auf normale Geschwindigkeit und verfolgte erneut, wie Darcy den Laden betrat. Murtha stand hinter der Theke, und Darcy redete einen Moment lang mit ihm. Sie trug Bluejeans, ein weißes Jerseyhemd und ihre lässige rote Jacke, deren Ärmel ein Stück hochgekrempelt waren. Über der Schulter hing ihr gehäkelter Baumwollsack mit Lederbesatz. Einen Daumen hatte sie unter den Tragriemen des Sacks gehakt und hielt ihn so fest.

Sie sagte ein paar Sätze, und Murtha verließ seinen Platz hinter der Theke, kam nach vorne und brachte seine Tüte Chips mit. Er blieb vor ihr stehen. Während sie weiterredete, ließ er den Blick sinken, und sein Kopf hing herab. Sie fuhr fort, redete auf seine Glatze ein. Dann verstummte sie. Sie veränderte ihre Haltung und beugte sich zu ihm vor. Sie sagte etwas anderes, nicht mehr als einen Halbsatz, etwas Heftiges und Endgültiges. Und sein Gesicht zuckte hoch. Er wich vor ihr zurück, schüttelte den Kopf, schüttelte ihn immer heftiger, redete jetzt zum erstenmal, geriet in Rage, entblößte seine Zähne, fletschte sie, dann senkte er den Kopf und legte ihn leicht zur Seite wie ein Boxer, der sich anschickt, in seinen Gegner hineinzugehen. Er redete weiter, schob sich vorwärts, und Darcy machte einen Schritt nach hinten. Sie sagte wieder etwas, dann stolperte sie, und dabei ließ Murtha die Plastiktüte mit den Chips fallen, holte mit der rechten Hand aus und schlug Darcy Richards brutal ins Gesicht.

Thorn drückte auf die Stopptaste.

Er holte tief Luft, atmete pfeifend aus. Er ließ das Band zurücklaufen. Dann betätigte er die Wiedergabetaste und drückte auf Zeitlupe. Er atmete leise durch, sah zu Sugarman, der immer noch schlief. Er konzentrierte sich wieder auf den Bildschirm und verfolgte, wie Murtha sie bedrängte, wie Darcy stolperte, Murtha reagierte, seinen Vorteil erkannte, die rechte Hand zurückriß und sie mit der offenen Handfläche gegen ihre linke Wange klatschen ließ. Thorn fror das Bild ein. Sah Darcys verkniffenes Gesicht, den zurückgeschleuderten Kopf, ihre fliegenden Haare.

Er stand auf, ging um den Tisch herum zum Fernseher. Er stand in Augenhöhe auf einem Wandbrett aus Holzimitat. Thorn verharrte vor dem Gerät.

Im Haus herrschte totale Stille, nur das Summen des Videorecorders war zu hören sowie das hohe Pfeifen der Elektronen, die den Bildschirm bombardierten. Darcys Gesicht flimmerte auf dem mit Silber beschichteten Glas. Einige Elektronen drangen ein, kamen durch, überwanden die Distanz zwischen Schirm und Thorn, sprangen über die fünfzehn oder zwanzig Zentimeter Luft hinweg. Es waren Elektronen, die Darcys Bild aus der Röhre schleuderten, es vom Schirm befreiten. Es auf Thorn abschossen, in seinen Körper brannten, seine Haare im Nacken knisternd aufrichteten.

Kapitel 11

Roy David Murtha, 218 Sandpiper Bay Road. Thorn fand die Eintragung im Küchentelefonbuch.

Er spurtete hinaus zu seinem Wagen, fuhr wild durch Sugarmans Wohnviertel und die zwei Straßen weiter bis zum Highway, rammte das Gaspedal aufs Bodenblech und lenkte den VW quer über die nördlichen Fahrspuren, hüpfte über den Mittelstreifen, kam einem Greyhoundbus nach Süden in die Quere, der wütend hupte und die Scheinwerfer aufblitzen ließ. Thorn nahm den Fuß nicht vom Gaspedal, es ging vorbei an Immobilienbüros und Bankgebäuden, Eisenwarenläden und Pizzabäckereien, Restaurants und Andenkenläden, durch Key Largo, am dunklen Einkaufscenter entlang, vorbei an Motels und Tauchershops, dann folgten ein Burger King und diverse Angelläden, Bars und Apartmenthäuser, und die warme Luft pfiff durch den Wagen, ergriff alte Zeitungen auf dem Rücksitz, wirbelte sie hinaus in die Nacht, und Thorn blieb auf dem Gaspedal stehen, bis die Tachonadel die hundertzwanzig erreichte. Er raste am Sheraton und an Popp's Motel vorüber, dann am Stoneledge, hielt das Tempo bis zur weiteren Kurve nach Tavernier hinunter, scherte aus, um andere nächtliche Personenwagen und LKWs zu überholen, dann bremste er scharf mit quietschenden Reifen, wobei der VW kurzzeitig mit zwei Rädern vom Boden abhob, während er auf den Parkplatz von Sandpiper Bay Village einbog. Thorn brachte den Wagen nur mit Mühe wieder unter Kontrolle, lenkte ihn auf eine mit Betonschwellen umfriedete Parkinsel zu und brachte ihn ruckartig zum Stehen.

Er unterbrach die Zündung und stieß die Tür auf. Halb zwölf. Alles war still. Nur vereinzelte Wagen auf dem Parkplatz. Die meisten Apartments gehörten Bürgern von Miami oder Schneegänsen. Den Kanadiern. Alle Schilder waren auf französisch.

Sugarman würde es ganz gewiß als überstürzt bezeichnen. Er hätte verlangt, daß Thorn sitzenbleibe und in Ruhe über alles redete und sie gemeinsam über ihre weitere Vorgehensweise entschieden. Wenn Thorn ihn geweckt hätte, wären sie wahrscheinlich zu der Entscheidung gelangt, wenigstens bis zum

Arbeitsbeginn am nächsten Tag zu warten. Sich erstmal zu beruhigen. Dann würden sie beide reingehen, Murtha in seinem Schnapsladen zur Rede stellen, in der Tür, wo er Darcy geschlagen hatte. Das wäre vermutlich das Vernünftige, die rationale, kontrollierte Taktik.

Thorn nahm immer drei Stufen auf einmal, stand schließlich vor 218, ehe sein Bewußtsein noch einen weiteren Gedanken äußern konnte. Er hämmerte gegen die Tür. Achtmal, zehnmal. Zerrte am Knauf, drehte sich dann um und trat mit dem Schuhabsatz gegen die Tür. Sieben, acht, neun. Machte wieder kehrt und trommelte mit beiden Händen. Schlug im Gleichtakt mit seinem Herzen.

Die Tür des Apartments neben Murthas ging auf. Augen erschienen in dem schmalen Spalt über einer goldenen Sicherheitskette. Thorn zögerte, hatte die Fäuste erhoben.

»Thorn?« Die Stimme einer Frau.

Er ließ die Hände sinken, sein Herzschlag verlangsamte sich.

»Bist du das, Thorn?«

Die Tür der Frau schloß sich. Thorn stand einen Moment lang unschlüssig da, dann klirrte die Sicherheitskette, und die Tür öffnete sich wieder. Rochelle Hamilton trat in den Flur. Sie trug ein langes weißes T-Shirt mit Schneewittchen im Kreis der sieben Zwerge auf der Vorderseite. Die Konturen von Rochelles Körper waren schemenhaft unter dem dünnen Baumwollstoff zu erkennen.

Rochelle hatte mehrere Jahre nach ihm die Coral Shores High besucht und war eher in Darcys Alter als in seinem. Sie war Cheerleader, Schönheitskönigin, Klassensprecherin gewesen und hatte die Abschiedsrede für ihren Abgangsjahrgang gehalten. Dann erhielt sie ein Stipendium für Harvard. Aber dort war etwas Geheimnisvolles mit ihr passiert, Thorn hatte nie erfahren, was genau. Nach nur einem Jahr in Boston war sie zurückgekehrt und hatte bittere Scherze über die dortige Welt, fern der Insel, gemacht. Nun betrieben sie und ihre Eltern eine Erfrischungstheke in einem der Einkaufszentren. Schön und klug, hatte Rochelle begonnen, über die Stränge zu schlagen, hatte sich in der Öffentlichkeit sinnlos betrunken und genoß schon bald den Ruf, sich jedem Heini an den Hals zu werfen, der einen Pickup-Truck und genug Geld für einen Sechserpack in der Tasche hatte. Er hatte ein paarmal mit ihr an der Theke gesprochen, wenn er mit Darcy einen Milchshake trank, aber das waren die einzigen Male gewesen, daß er mit ihr ein paar Worte gewechselt hatte.

Thorn ließ seinen Blick von ihr weiterwandern zum leeren Parkplatz.

»Suchst du Murtha?«

Thorn nickte. Ja, er wolle zu ihm.

»Weshalb? Hast du keinen Scotch mehr? Kann das nicht bis morgen warten?«

Thorn drehte sich um, sah ihr ins Gesicht und zwang sich, nicht auf den Schatten ihres Körpers zu achten.

»Tut mir leid, daß ich dich geweckt habe, Rochelle.«

»Ach, das hast du nicht. Ich habe nicht geschlafen. Ich gehöre zu dieser Sorte. Ich lege mich hin, schließe die Augen, aber es klappt nicht. Statt dessen denke ich über alles mögliche nach. Während jeder andere sich erholt, träumt, zerbreche ich mir den Kopf.«

»Nun«, sagte er, »träumen ist auch nicht immer so toll, wie allgemein behauptet wird.«

Sie lächelte und spielte mit den Fingern am Saum ihres T-Shirts herum.

»Du bist wegen Darcy hier, nicht wahr?«

»Weshalb sagst du das?«

»Ich habe davon gehört, was ihr passiert ist. Ich nehme an, deshalb spielst du auch den wilden Mann.«

»Was weißt du darüber, Rochelle? Erzähl's mir.«

Sie blickte hinaus in die Nacht, ließ sich ein paar Sekunden Zeit. Thorns Hände zuckten. Er spürte, wie der Schweiß ihm über den Rücken rann.

»Rede schon, Rochelle.«

»Es ist wirklich nichts«, sagte sie. Sie erwiderte seinen prüfenden Blick, und hinter ihren Augen schien sich etwas abzuspielen, fand eine Art Berechnung statt, so als entscheide sie, wie ehrlich sie sein könnte. »Murtha hat mich nach ihr gefragt, mehr nicht. Er erkundigte sich, was ich über sie weiß.«

»Ach, hat er das?«

»Und auch über dich. Wo du bist, wo du wohnst.«

»Wann war das?«

»Ich bin mir nicht sicher. Es ist schon eine Weile her. Zwei, drei Wochen.«

Sie ging zum Aluminiumgeländer, lehnte sich dagegen und schaute hinunter auf den Parkplatz. Während sie sich darüber beugte, rutschte das T-Shirt hoch und entblößte die Rückseite ihrer Oberschenkel.

»Er ist nicht zu Hause«, stellte sie fest und drehte sich zu ihm um. »Wenn sein roter Firebird nicht dasteht, dann ist er irgendwo unterwegs.«

Etwa hundert Meter entfernt donnerte ein Fernlaster auf dem Highway vorbei, und unter ihren Füßen erbebte der Beton.

»Weißt du, wo er mit seinem Firebird hinfährt? Wo er sich herumtreibt?«

»Soweit ich es beurteilen kann, hat er ebenfalls Probleme mit dem Schlafen«, sagte Rochelle. »Ich nehme an, er fährt gerne spazieren. Unternimmt nächtliche Spritztouren nach Miami und besucht dort irgendwelche Lokale.«

»Was für Lokale?«

»Das verrät er mir nicht. Ich höre ihn nur manchmal durch die Wand, wenn er kurz vor Sonnenaufgang nach Hause kommt. Und ich bin einige Male schon sehr früh spazierengegangen und habe gesehen, wie er den Wagen parkte. Dabei trug er Anzug, Mantel und Krawatte und ordentlich gewienerte Schuhe. Deshalb tippe ich auf Miami. Wenn man hier einen Anzug mit Krawatte trägt, riskiert man beinahe eine Tracht Prügel. Stimmt's?«

»Vielleicht war er in der Kirche. Bei einer Mitternachtsmesse.«

Rochelle lächelte. Sie schaute hinaus in die Dunkelheit, dann kehrte ihr Blick zu Thorn zurück. Sie atmete tief ein und stieß einen rauhen Seufzer aus. Sie lehnte den Oberkörper zurück, stützte die Ellbogen auf das Geländer. Thorn gestattete sich einen eingehenderen Blick. Neutral und klinisch. Sein gesamter Sexualapparat war außer Betrieb, erkaltet. Aber sie war noch immer eine Schönheitskönigin. Immer noch die aufreizende und kluge Frau, die die Fahne der Stadt in den grauen Nordosten getragen hatte, um sich in den großen Kampf zu stürzen. Den sie irgendwie verloren hatte.

»Okay, Rochelle. Tut mir leid, daß ich dich belästigt habe.« Er wandte sich zum Gehen.

»Weshalb kommst du nicht rein? Auf ein Bier. Vielleicht fällt mir noch mehr ein.«

Er machte kehrt.

»Wenn du noch etwas anderes wissen solltest, Rochelle, dann will ich es hören. Aber ansonsten habe ich kein Interesse.«

Rochelle straffte sich. Sie verschränkte die Arme unter ihren Brüsten. Ihr Gesicht, ihr Körper, eine wilde Mischung von Signalen. Trotzig, kokett, verlegen.

»Ich habe dir keinen unsittlichen Antrag gemacht, Thorn. Ich habe dich nur zu einem Bier eingeladen.«

»Tut mir leid, wenn ich dich mißverstanden habe.«

»Das hast du. Aber total.«

Sie hielt seinem Blick einige Sekunden lang stand, dann brach in ihren Augen irgend etwas zusammen. Ihr Gesicht verzog sich, als habe sie plötzlich einen fauligen Geruch in die Nase bekommen.

»Nun, dann gute Nacht, Mr. Pfadfinder. Schlaf gut.«

Thorn sagte nichts.

Sie ging zu ihrer Tür und schloß sich wieder in ihrer Wohnung ein. Er zählte vier Schlösser, die verriegelt wurden. Er ging zu seinem Wagen zurück, schlapp und benommen. Das Nachbeben seines Adrenalinhochs verging in der Glut von Rochelles Zorn.

Thorn fuhr nach Hause. Seine Augen waren schwer, und der Schlafmangel der letzten Tage lastete auf seinen Schultern. Er verwandelte sein Blut in einen trägen Sirup. Noch nicht einmal die Erinnerung an Murthas Schlag machte ihn wacher. Was er brauchte, war Schlaf bis drei Uhr nachmittags, mindestens, ein kräftiges Frühstück einnehmen und sich dann an den Schreibtisch setzen und einen Aktionsplan skizzieren.

Vielleicht war es nicht so schlimm, wie es aussah. Möglich, daß der Schlag eine völlig andere Ursache hatte. Vielleicht wußte Sugarman sogar längst über diesen Vorfall Bescheid. Eine Meinungsverschiedenheit wegen einer Rechnung oder etwas anderes, das zu ihrem Tod in keinerlei Beziehung stand.

Thorn nahm den Highway nach Norden am Meer entlang und verfolgte, wie das schwarze Asphaltband unter ihm durchglitt.

Nein. Der Schlag bezog sich nicht auf eine verspätete Zahlung. Dieser Schlag wäre Sugars Gedächtnis niemals entfallen. Ganz sicher nicht. Nicht einmal der friedliche, duldsame Sugarman hätte Murtha eine solche Tat verziehen.

Während der Heimfahrt blieb er deutlich unter der Geschwindigkeitsbegrenzung. Und obgleich seine Augen vor Müdigkeit brannten, weckte eine halbe Meile vor der kiesbestreuten Einfahrt zu seinem Haus etwas seine Aufmerksamkeit, und er drehte ruckartig den Kopf zur Seite, ehe er in seinem Bewußtsein überhaupt formuliert hatte, was er sah. Neben dem Little General Food Mart stand ein glänzender roter Wagen. Thorn nahm den Fuß vom Gas, verrenkte sich fast den Hals, um besser sehen zu können. Und tatsächlich, bei Gott, es war ein Pontiac Firebird.

Er trat auf die Bremse, schaltete herunter und lenkte den Wagen über den Mittelstreifen, hüpfte in den tiefen Straßengraben hinunter, kam auf der anderen Seite hoch und rollte schlingernd auf den Parkplatz des Lebensmittelladens.

Als Thorn die Flügel der Glastür aufstieß, schaute Abner Fellows hinter der Theke hoch. Abner war ein Schwarzer Mitte Siebzig, den Thorn durch Sugarman flüchtig kannte. Sie gingen in die gleiche Kirche, waren im selben Bowlingclub.

Abner schlug die Illustrierte zu, die er gerade durchgeblättert hatte. Ein Magazin mit Hollywood-Klatsch.

»Hallo, Mr. Thorn«, begrüßte Abner ihn. »Sind Sie schon so früh auf oder noch von gestern abend übriggeblieben?«

»Ein wenig von beidem.«

Thorn ging durch den vorderen Teil des Ladens und schaute in jede Regalreihe. Alles war grell beleuchtet und leer. Aber er setzte seine Suche fort, streifte durch jeden Gang, gelangte in den hinteren Teil des Ladens und stieß sogar die graue Doppeltür des Lagerraums auf. Auch dort fand er nichts.

Er kehrte langsam zur Theke zurück, wo Abner ihn mit einem freundlichen Lächeln erwartete.

»Dieser Firebird da draußen. Gehört der Ihnen, Abner?«

»Ich wünschte, es wäre so. So ein Wagen, das wär' schon toll.«

»Wer ist denn der Besitzer? Kennen Sie ihn?«

»Nicht dem Namen nach, aber ich kann Ihnen beschreiben, wie er aussieht.«

»Schon etwas älter?« fragte Thorn. »Eher klein, untersetzt, mit weißem Haar? Griechische Gesichtszüge? Dunkle Haut?«

»Genau, das ist er.«

»Wann hat er den Wagen hier abgestellt?«

»Vor einer kleinen Weile.«

»Und wohin ist er dann gegangen?«

»Über den Highway in nördlicher Richtung.«

»Zu meinem Haus.«

Abner sah ihn an und kratzte seine grauen Bartstoppeln.

Ein alter weißer Van rollte draußen auf den Parkplatz, und drei Männer stiegen aus, lange Bärte und struppiges Haar, Lederhüte und die Arme voller Tätowierungen.

»Keine Angst«, flüsterte Abner. »Das sind Stammkunden. Sie haben sich drüben in ihrer Bude ein paar Joints reingezogen und wollen jetzt was essen.«

Thorn verfolgte, wie die Motorradtypen hereinkamen und an den Regalen mit den Süßwaren entlangstrichen.

»Sind Sie immer noch mit Sugarman befreundet?«

Thorn bejahte.

»Ist der Junge noch bei der Polizei?«

»Nein, er hat sich selbständig gemacht.«

Die Höllen-Naschkatzen stellten sich hinter Thorn an, die Hände voller Mars-Riegel und Snickers. Thorn machte ihnen Platz, und Abner addierte ihre Einkäufe auf seiner Registrierkasse.

»Grüßen Sie Sugar von mir, okay? Ich hab' ihn schon seit fast einem Jahr nicht mehr in der Kirche gesehen.«

»Ich richte es ihm aus.«

»Ist er immer noch mit dem weißen Girl verheiratet?«

»Mit Jeanne, ja.«

Einer der Motorradtypen sah Thorn an, entblößte grinsend

die Zähne, als hätten sie sich einen geheimen Witz erzählt. Diese Doper waren auf der ganzen Welt gleich.

»Tja, das ist schlimm«, sagte Abner und drückte weitere Tasten auf der Kasse. »So ist das. Der Junge hat wirklich ein schweres Kreuz zu tragen.«

»Das sollten Sie ihm mal sagen. Vielleicht hört er auf Sie.«

»Scheiße. Niemand hört auf mich. Nee, Sir. Auf einen alten Schwarzen hört niemand, noch nicht mal ein anderer alter Schwarzer.«

Der größte der Motorradtypen kicherte, und damit steckte er die anderen beiden an. Sie lachten ebenfalls, ihre Bärte zitterten, und die Bäuche wabbelten unter den schmuddeligen T-Shirts. Auch Abner lachte, während er ein paar Tüten Reeses und einen Karton Doughnuts addierte. Die Motorradtypen lachten sich fast die breiten Ärsche ab. Alle sahen Thorn an, warteten darauf, daß er mit einstimmte.

Er nickte Abner ernst zu und ging hinaus.

Thorn bog in seine Auffahrt ein, lenkte den Wagen schräg nach rechts und blockierte so die Einfahrt. Er zog die Handbremse an, stieg aus und ging langsam durch das Gras am Rand des Kiesplatzes. Seine Augen suchten das Buschwerk ab. Dort rührte sich nichts. Zumindest konnte er nichts erkennen. Der dreiviertel große Mond versteckte sich hinter einer dichten Wolkenbank. Die Bucht lag tiefschwarz da.

Thorn tastete sich vorsichtig über den Weg zu seinem Pfahlbau. Er trat unter das Haus, blieb einen Moment lang stehen und lauschte. Ein leichter Wind raschelte in der Silberpalme, und das leise Rauschen der Brandung am Strand war zu hören. Sonst nichts. Er huschte rüber zur Treppe, starrte in die Dunkelheit, schaute hinüber zum Hibiskus und zum Oleander am Rand des Grundstücks. Auch dort sah er nichts. Auf dem Wasser war ebenfalls nichts zu sehen.

Über ihm erhob sich wuchtig sein dunkles Holzhaus. Er hatte es selbst entworfen und mühsam aus Brettern zusammengefügt, die er sich auf den Werften von Miami zusammengesucht hatte. Er hatte Monate damit verbracht, Transportkisten aus dem Fernen Osten und aus Afrika zu zerlegen. Ganze Wälder exotischer Hölzer wurden geopfert, um die schweren Güter zu schützen, die in den gierigen Schlund von Amerika gestopft wurden.

Thorn hatte das Haus vollständig aus diesem Abfallholz erbaut, hatte es abgefangen, ehe es auf der Müllkippe verbrannt wurde. Mit der Hilfe eines alten Schiffszimmermanns hatte Thorn jedes Brett ans nächste gefügt, hatte sie vernutet und verdübelt, abgehobelt, geglättet und sie geschliffen. Infolgedessen kannte er sein Haus durch und durch, kannte seine Geräusche, seine Gerüche, seine inneren Luftschwankungen. Seinen Rhythmus und seine jeweilige Verfassung.

Indem er zu den Fußbodenbrettern hochblickte, lauschte er auf das Scharren oder leise Knarren eines menschlichen Besuchers. Er verhielt sich so still er konnte, machte sich zu einem Teil der Dunkelheit. Verharrte. Schlich unter seiner eigenen verdammten Hütte herum, ohne Waffe, nur mit seinen Sinnen. Und die waren jetzt so empfindlich und wach, daß es ein Wunder war, daß er nicht leuchtete.

Er wartete und hörte nichts. Kein Knistern einer Papiertüte, kein Klicken, wenn ein Revolver gespannt wurde, kein Mann, der sich im Wäldchen in der Nähe herumtrieb. Er wartete noch etwas. Ließ sich Zeit. Eine Viertelstunde, zwanzig Minuten, fünfundzwanzig. Und dann hörte er es. Oben. Einen fast unverdächtigen Laut. Das leise Knirschen von Sand unter einer Ledersohle.

Er schob sich nach rechts, streckte die Hand aus und berührte das verknotete Ende des Seils, das dort hing. Ein zehn Meter langes Stück Ankertau, das von irgendeinem vorbeifahrenden Tanker über Bord geworfen worden war. Vor einem Monat war das dicke Seil an der Straße unten in Islamorada an Land gespült worden. Darcy hatte es entdeckt und nach Hause geschafft und auch gleich den richtigen Balken gefunden, um es daran zu befestigen. Es war ihr Gag. Tarzan, Jane, ihr Baumhaus, der mächtige Schrei, wenn man an der Liane hing und durch die Luft schwang. Aber seit Darcy es an dem Eichenast vor ihrem Schlafzimmer befestigt hatte, hatte Thorn es nur einmal benutzt. Betrunken von Chianti, hatte er sich vom Balkon weggeschwungen, seinen Tarzan-Schrei gekrächzt und sich dann beim Herunterrutschen die Hände verbrannt.

Nun jedoch, stocknüchtern, zog er sich Hand über Hand daran in die Bäume hoch. Drei Meter, fünf Meter, seine Trizeps und seine Rückenmuskeln brannten. Er unterdrückte sein angestrengtes Keuchen, kletterte höher, ließ die ersten niedrigen Äste unter sich und wuchtete sich dann mit einer letzten Anstrengung hoch und befand sich auf Augenhöhe mit der umlaufenden Veranda. Er hielt inne, seine Handflächen standen in lodernden Flammen. Er legte eine kurze Pause ein, dann zog er sich noch höher, bis seine Taille sich auf gleicher Höhe mit dem Holzgeländer befand.

Er verlagerte sein Gewicht und versetzte nach und nach das Seil in ein sanftes Schwingen. Weiter und weiter schwang er aus, bis er das Haus mit den Fußspitzen berühren konnte, dann noch einen Schwung, und er war soweit. Sein Fuß erreichte das Mahagonigeländer, und er blieb darauf stehen.

Er atmete langsam ein und aus und betrachtete die Seite seines Hauses. Er suchte sich seinen Landepunkt und sprang ohne einen weiteren Gedanken hinunter auf die Veranda: Er brauchte keine halbe Sekunde, um mit seinen Füßen nach der Landung Halt zu finden, und tauchte mit dem Kopf voran durch das offene Schlafzimmerfenster und zerriß das Fliegengitter. Er duckte sich noch im Fluge, wollte eine Judorolle vollführen, mit der linken Schulter auf die Matratze prallen und hochkommen und zuschlagen.

Aber ihr Schrei änderte alles.

Die Frau, auf der er landete, kreischte erneut auf und fing an, sich unter ihm hervorzuwühlen. In seinem Schreck zuckte Thorn für einen Moment zurück, dann versuchte er ihre Handgelenke zu packen und sie zum Schweigen zu bringen, aber nach nur einem winzigen Moment befreite sie sich. Sie war kräftig, bestand nur aus Muskeln und Sehnen, und ihre Haut war glatt wie eingeölt. Als sie sich unter ihm hervorschlängelte, bekam sie ein Bein frei, und während er bereits ihre Absicht erahnte, rammte sie ihm das Knie wuchtig in den Unterleib.

Thorn rollte sich hinüber auf Darcys Matratzenhälfte. Er stöhnte und rang nach Luft. Er schlug die Augen auf, wurde von einer Welle der Übelkeit überspült und sah um sich herum waberndes Licht. Hilflos beobachtete er, wie sie auf die Füße kam und um das Fußende des Bettes herumkam und am Fenster vorbeiging, durch das er kurz vorher gesprungen war.

Die Frau keuchte, kam näher.

Thorn verdrängte den quälenden Schmerz in seinem Unterleib und versuchte sich zu wappnen. Er spannte sich, während sie näher kam. Dieses Mädchen vom Video, aus Murthas Schnapsladen. Mit ihrem Haar, das so kurz und dunkel war wie ein Pantherfell. Sie trug ein weißes Herrenhemd, dessen Ärmel bis zum Ellbogen aufgekrempelt waren und dessen Schoß aus einer Jeans mit abgeschnittenen Beinen heraushing.

Sie streckte die Hände vor wie jemand, der sich an den Möbeln in einem dunklen, fremden Haus entlangtastet. Lange, schmale Finger. Keine Ringe. Nichts war an ihren Händen.

Sie kam näher, und während sie ihn im matten Dämmerlicht betrachtete, beruhigte sich ihr Atem. Bis sie fast neben ihm stand.

»Kommen Sie immer so ins Haus? Oder wollten Sie nur bei mir Eindruck schinden?«

Er schnaubte. Stützte sich auf die Ellbogen und raffte blitzartig ihre Hemdfront zusammen. Er zog sie zu sich heran. Diesmal wehrte sie sich nicht, sondern sie umklammerte sein Handgelenk mit beiden Händen, um nicht das Gleichgewicht zu verlieren.

»Wer, zum Teufel, sind Sie?«

Als sie nichts sagte, verstärkte er seinen Griff, drückte sie gegen die Wand neben seinem Bett.

»Sylvie«, sagte sie angriffslustig. »Sylvie Winchester.«

Thorn ließ sie los.

Und in der nächsten Sekunde wurde einen knappen halben Meter von der Stelle entfernt, wo sie vorhin noch gestanden hatte, ein faustgroßes Stück Holz aus dem Dielenboden gesprengt.

Kapitel 12

Zuerst rührten sie sich nicht.

Starrten nur auf den hellen Lichtstrahl, der durch das Loch im Fußboden drang und auf die nackten Balken traf. Dann eine weitere Holzexplosion, ein Stück näher bei Sylvie. Sie sprang mit einem Satz auf das Bett und landete neben Thorn auf dem Rücken.

Unter dem Haus konnte er den Schützen durch den Kies stapfen hören. Dann glitt der Strahl einer Taschenlampe über die Bodenbretter. Helles Licht drang durch Hunderte von Spalten. Thorn beugte sich über den Bettrand, verfolgte, wie das Licht die Bretter untersuchte, bis der Mann unterm Haus das neue Loch fand und den Lampenstrahl darauf richtete.

Sylvie beugte sich zu ihm und fragte mit einem heiseren Flüstern: »Ein Freund von Ihnen?«

Thorn richtete sich auf und kniete sich aufs Fußende des Bettes. Er schätzte die Entfernung durch den Raum. Seine 357er lag, in ein ölgetränktes Tuch eingewickelt, auf dem obersten Brett des vorderen Wandschranks, in der hintersten Ecke des Wohnzimmers. Höchst unwahrscheinlich, daß er auf Zehenspitzen über den Fußboden dorthin würde schleichen können, ohne daß der Lichtstrahl ihn erwischte. Und mein Gott, er wußte nicht mal mit Sicherheit, ob er noch Munition für das Ding besaß.

»Weshalb kommt er nicht rauf?« flüsterte sie. »Und bringt die Sache hinter sich?«

»Vielleicht hat er die Hosen voll«, sagte Thorn. »Vielleicht will er uns töten, ohne uns dabei ansehen zu müssen. Dieses verdammte Scheißarschloch.«

»Ist das Ihre Spezialität?« Sie musterte ihn tadelnd. »Daß Sie ausfallend werden, wenn Sie unter Druck stehen? Ist das etwa eine neue Hemingway-Masche?«

Er wandte sich um, starrte sie an. Eine seltsame Frau, die ihn fröhlich grinsend neckte, während heißes Blei durch den Raum schwirrte. Sylvie Winchester ließ sich jetzt auf den Rücken sinken und bettete den Kopf auf Darcys Kissen. Im Raum war es gerade hell genug, um ihre grinsenden Augen zu erkennen. Es war wie das Glitzern von Brillanten.

»Wir könnten durchs Fenster raus«, flüsterte er. »Am Seil, mit dem ich reinkam. Wir könnten ihn überrumpeln.«

»Das ist vielleicht eine dämliche Idee. Wenn er uns rauskommen sähe, hätte er uns vor sich wie in einer Schießbude.«

»Haben Sie einen besseren Vorschlag?« Er stellte die Frage,

während er das Zimmer nach einer Waffe absuchte. Er sah nur Haushaltsgegenstände, Dinge, mit denen man sich dem Gegner bis auf Armeslänge nähern mußte. Er war wütend auf sich, daß er so bequem geworden war, daß er die Lektionen vergessen hatte, die zu lernen ihn einiges an Blut gekostet hatte.

»Sie sollten die 911 anrufen.«

»Ich habe kein Telefon.«

»Naja, Scheiße, eins ist nun mal verdammt sicher«, sagte sie. »Diese Matratze bietet uns nicht gerade viel Schutz.«

Thorn verfolgte, wie der Strahl der Taschenlampe über die Risse glitt. An jedem anderen Ort der Welt hätten seine Nachbarn die Schüsse gehört und wahrscheinlich die Polizei gerufen. Aber an der Küste der Keys, wo sich der Schall ziemlich seltsam verbreitete, war es unmöglich zu entscheiden, aus welcher Richtung genau irgendwelche Geräusche erklangen. Die Schüsse hätten ebensogut in einer Entfernung von mehreren Meilen wie auch gleich nebenan fallen können. Und außerdem herrschte in Florida eine allgemeine Toleranz gegenüber dem Gebrauch von Schußwaffen. Es war eine Haltung des Schießen-und-schießen-lassens.

»Ich habe eine Idee«, sagte Sylvie. »Folgen Sie mir, Hemingway.«

Sie drehte sich nach rechts, reichte zu dem Wandbrett über dem Bett hinauf und nahm eine kleine Königsmuschel herunter, die Darcy als Buchstütze benutzt hatte. Sie sah Thorn an und begann rhythmisch mit dem Kopf zu nicken und sagte dabei: »Auf die Plätze – fertig…«

Auf Los! schleuderte sie die Muschel über den Fußboden zur gegenüberliegenden Wand, sprang im gleichen Moment aus dem Bett und rannte lautlos zur Tür des äußeren Zimmers. Für einen Moment blieb sie in der Türöffnung stehen und überdachte ihre Möglichkeiten.

Da draußen befand sich ein sechs mal sechs Meter großer

Wohnbereich mit einer Couch aus Korbgeflecht, zwei wackligen Schaukelstühlen. Rechts von ihr war eine Küche mit Kochherd, Kühlschrank, Frühstücksbar und zwei Hockern.

Thorn beobachtete, wie sie einen Entschluß faßte, sich nach rechts drehte und hinter der Wand verschwand. Er zögerte einen Moment lang, dann stieß er einen Fluch aus und folgte ihr. Drei schnelle Schritte, und er war durch die Tür. Hinter ihm explodierte der Fußboden, erst einmal, dann ein zweites Mal, und er wurde quer durch den Raum gescheucht. Er riskierte einen Blick zurück, stolperte dabei. Ein weiterer Treffer, nur wenige Zentimeter von seinem linken Schuh entfernt, jagte ihm ein paar Holzsplitter in den Knöchel. Der suchende Lichtstrahl wanderte weiterhin über die Spalten und Risse in den Bodendielen.

Als er sie entdeckte, saß sie auf dem Herd.

Eine Sekunde lang blieb er vor ihr stehen, während sie ihm aufgeregt zuwinkte und auf die Kochstelle neben ihr deutete. Einen Meter hinter ihm zerstob ein weiteres Bodenbrett. Das gab den Ausschlag, und er kletterte schnellstens auf die Kochstelle und zwängte sich neben die junge Frau.

»Das nennen Sie eine gute Idee?« erkundigte er sich. Schulter an Schulter neben ihr hockend, massierte er seinen Knöchel. »Auf dem verdammten Herd sitzen?«

»Noch sind wir nicht gargekocht«, sagte sie und lächelte. »Licht, Kamera, Action.« Sylvie hielt die Hände hoch und imitierte damit eine Filmkamera. Sie schwenkte quer durch den Raum und machte mit der rechten Hand neben ihrer linken Faust eine Kurbelbewegung. Der Lichtstrahl tastete sich weiterhin über die Risse im Holz und suchte nach den frischen Löchern. Sie konnten das scharfe metallische Klicken hören, als der Mann unter ihnen nachlud.

Sylvie ließ die Hände sinken, beugte sich vor und zog die Kühlschranktür auf.

»Was, zum Teufel, haben Sie denn jetzt vor?«

Zwei weitere Schüsse ließen Holzbrocken aus dem Wohnzimmerfußboden hochwirbeln. Ein Kissen auf der Couch zerriß, und eine Wattewolke stob in die Luft. Einige Flocken wurden vom Luftzug des Deckenventilators erfaßt und segelten in Richtung Küche. Ein paar Schritte entfernt schwankte einer der Schaukelstühle heftig.

Sich wieder vorbeugend, blickte Sylvie in den Kühlschrank, schob einen Milchcontainer beiseite. Sie untersuchte ein paar andere Artikel und richtete sich mit einem zufriedenen Lächeln auf. Sie hielt ein großes Glas Tomatensauce in der Hand.

»Das Zeug schmeckt viel besser, wenn man es frisch zubereitet.«

Thorn wischte sich den Schweiß von der Stirn und sah zu, wie sie den Blechdeckel abschraubte und die Nase an den Glasrand hielt.

»Ich selbst würde dieses Zeug niemals essen«, sagte sie leise. »Ich nehme an, Darcy war keine besonders gute Köchin, oder?«

Thorn holte tief Luft und verschluckte, was er spontan hatte erwidern wollen.

Sylvie nickte. »Okay, perfekt ist es nicht, aber unter den gegebenen Umständen dürfte es ausreichen.«

Eine weitere Kugel durchschlug mitten im Wohnbereich den Fußboden, flog zur Decke und prallte vom Deckenventilator ab. Einer der Ventilatorflügel zersplitterte, knickte nach unten ab, flatterte noch einen Moment matt weiter, während der Ventilator sich drehte, dann fiel er herunter. Aus dem Gleichgewicht gebracht, schrammten die übriggebliebenen Flügel an der Decke entlang. Die Achse stellte sich immer schräger, bis einer der heilen Flügel von der Decke gestoppt wurde und der Ventilator knirschend stehenblieb.

»Mein Gott«, sagte sie, »Ihre Bleibe fliegt nach und nach auseinander. Man sollte lieber schnellstens was unternehmen, sonst haben Sie bald kein Haus mehr.«

Sylvie beugte sich vom Herd herunter, hielt den Deckel des Saucenglases ein Stück über den Fußboden und schnippte ihn mit einer Drehung weg. Dann richtete sie sich auf und preßte sich neben Thorn an die Wand. Der Deckel drehte sich zwei-, dreimal wie eine Münze auf einer Ladentheke, dann schlug wieder eine Pistolenkugel in der Nähe ein und ließ den Deckel über den Fußboden tanzen.

»Schreien Sie«, flüsterte sie ihm ins Ohr. »Schreien Sie, verdammt noch mal!«

Als Thorn keinen Laut von sich gab, drängte sie aufgeregt: »Er hat Sie getroffen. Er hat Sie erschossen. Schreien Sie, Sie sterben!«

Thorn versuchte es. Stöhnte. Ächzte dramatisch.

»Das war ziemlich lahm«, flüsterte sie. »Sehr lahm sogar.« Sie sah ihn kopfschüttelnd an. Dann zuckte sie die Achseln. »Halten Sie mich fest«, verlangte sie.

Sie deutete auf den hinteren Hosenbund ihrer Jeans, und nach einem kurzen Moment der Ratlosigkeit packte Thorn zu, während sie sich gefährlich weit über den Herd hinauslehnte.

Sylvie verrenkte sich nach rechts, streckte den Arm so weit sie konnte aus und kippte den Inhalt des Glases auf das nächste Loch. Sie schüttelte das Glas, bis der letzte Rest herausrann. Dann verfolgten sie, wie der Sauceklumpen durch die Öffnung sickerte. Plötzlich richtete der Lichtstrahl sich darauf. Er verharrte, fixierte die hellrote Suppe.

»Wenn er davon kostet, sitzen wir in der Tinte«, murmelte sie und machte es sich wieder auf ihrer Kochstelle bequem. Sie brachte ihre Lippen dicht an sein Ohr. »Aber wenn er ein Feigling ist, wie Sie meinten, wird er seine Finger sicher nicht ins Blut seiner Opfer tauchen. Hm? Was meinen Sie?«

Thorn sagte nichts. Er ging zu der Frau auf Distanz, sah sie an, dann schaute er wieder auf das Loch. Der Lichtstrahl erlosch.

»Halten Sie mich vielleicht für verrückt? Na schön, warten wir ab. Mal sehen, was er tut, danach sagen Sie mir, ob ich wirklich verrückt bin.«

Sie verhielten sich still, wobei Thorn auf irgendein Geräusch von dem Schützen lauschte. Er spürte, wie die heiße Wut in seinen Eingeweiden rumorte. Er war wütend auf sich selbst, weil er so hilflos und unvorbereitet war, auf das feige Schwein unter dem Haus, und er raste geradezu vor Wut über die Frau neben ihm, die ständig grinste und ihre billige Nummer mit der Tomatensauce abzog. So etwas konnte eigentlich nur einem Kind einfallen, das mit Comics großgezogen worden war. Soweit er es beurteilen konnte, war sie tatsächlich eine Verrückte, mit diesem irren Funkeln in den Augen, diesem schwachsinnigen Grinsen. Sie stürzte sie beide aufgeregt kichernd ins Unglück.

Sie beugte sich zu ihm und flüsterte: »Er starrt es an, aber wagt sich nicht näher heran. Dazu hat er nicht den Mumm. Er mag kein Blut. Ich hasse solche Leute. Beschissene Waschlappen.«

Zwei weitere Schüsse fielen in kurzer Folge, die erste Kugel drang knapp einen halben Meter vor dem Herd durch den Fußboden, die zweite streifte die Backofenklappe. Sylvie hielt die Luft an und preßte sich mit dem Rücken an die Wand.

Thorn legte einen starren Finger auf ihre Lippen, dann ließ er seine Hand sinken und deutete mit dem Finger in Richtung des Knarrens auf der Treppe. Das Gewicht eines schweren Mannes, unter dem sich das Teakholz bog. Thorn rutschte vom Herd herunter, huschte zur Besteckschublade, zog sie behutsam auf und holte das erstbeste Messer heraus.

Er hielt am Rand des Wohnzimmers inne, blieb regungslos stehen. Erneut war draußen das Knarren von Holz zu hören. Der Schütze hatte die Treppe zur Hälfte überwunden, noch acht, neun weitere Stufen, aber er ließ sich Zeit. Nervös oder schlau. Thorn war sich nicht sicher, ob der Kerl tatsächlich die Hosen voll hatte. Ebensogut könnte er ein professioneller Killer sein, dem der direkte Angriff zu langweilig war und der auf einen ungewohnten Nervenkitzel aus war.

Thorn schlich durch den Raum. Umging die Löcher im Fußboden. Er legte eine Hand auf den Schaukelstuhl, um ihn anzuhalten. Er hielt das Messer locker in der Hand, näherte sich Stück für Stück der Türöffnung, drückte sich mit dem Rücken an die Wand. Spannte sich, drehte das Messer in der Hand mit der Klinge nach oben. Er hatte die Absicht, es dem Kerl in einen Hauptmuskelstrang zu bohren, ihm die Pistole aus der Hand zu schlagen. Er versuchte es sich vorzustellen, sich ein Bild zu machen, alles Unbeholfene daraus zu entfernen.

Er suchte sich einen festen Stand, lauschte dem Knarren der Stufen und dem Atmen des Mannes draußen. Ein langer Seufzer, für den Thorn keine Erklärung hatte. Er schaute nach rechts auf sein Messer und erkannte, daß er nicht nur das größte erwischt hatte, sondern auch das stumpfste, nutzloseste. Ein antikes Stück aus Darcys Aussteuertruhe. Ein Schmuckdolch aus angelaufenem Silber. Ein Andenken an ihre Urgroßmutter. Seine Klinge würde kaum mit einem Stück Käse fertig. Ein verdammtes Zierstück, das dazu gedacht war, in einer Glasvitrine zu liegen. Wenn die Muskeln des Schützen nicht weich wie Schlagsahne waren, wäre das Ding in Thorns Hand total wertlos.

Draußen bogen sich die Stufen wieder. Thorn glaubte, die fast unmerkliche Veränderung wahrzunehmen, die Reaktion des Hauses auf die Körpermasse des Mannes.

»Was haben Sie vor?« flüsterte Sylvie hinter ihm. »Wollen Sie ihn mit Butter bestreichen, bis er stirbt?«

Thorn fuhr herum, hätte sie beinahe mit dem Messer angegriffen. Sie huschte auf Zehenspitzen zum Seitenfenster und schaute hinaus.

»Er läuft gerade Ihre Auffahrt hinunter. Er hat die Tomatensauce gesehen und sich verdrückt. Genauso, wie ich es prophezeit hatte.«

Thorn eilte zum vorderen Wandschrank. Er holte die Smith & Wesson vom obersten Regalbrett. Sein Herz arbeitete heftig, ein schlimmer Kopfschmerz schlug die Krallen in seine Schläfen.

»Mann, Sie sollten sich ein verdammtes Telefon anschaffen. Wenn Sie noch mehr Feinde von dieser Sorte haben, wäre eine direkte Leitung zum Polizeipräsidium das einzig richtige.«

Er fuhr mit der Hand über das oberste Regalbrett, aber dort lagen keine Patronenschachteln. Sylvie folgte ihm rüber zum Schreibtisch, setzte sich in seinen Schreibtischsessel und faltete die Hände im Schoß. Er durchsuchte den Schreibtisch, fand jedoch nur eine Patrone, eine 22er von Gott weiß woher. Nutzlos.

Sylvie knipste die Schreibtischlampe an, streckte die Hand aus und sagte: »Hallo, Mr. Thorn. Freut mich, Ihre Bekanntschaft zu machen.«

Er behielt die Patrone in der Hand und betrachtete die junge Frau im Licht. Sie hatte ein schmales Gesicht mit einer geraden Nase und ausgeprägten Wangenknochen. Glänzendes schwarzes Haar, militärisch kurz geschnitten, an den Seiten knapp zwei Zentimeter lang, gerade genug, damit es glatt anlag, und im Nacken ein paar krause Locken. Die Augen waren wie schwarze Käfer und lagen etwas weiter auseinander, als perfekt gewesen wäre. Ihre Lippen waren für ein solch schlankes Gesicht zu üppig.

Es war ein Gesicht mit Feuer, mit der Lebendigkeit eines Hybriden. Mit zierlichen Knochen und elegant geformt, aber mit überdimensionierten Elementen, als wäre sie das Produkt zweier einander nicht vertragender Rassen, die aus irgendeinem Grunde eine Tochter von aufregend gutem Aussehen zur Welt gebracht hatten. Zu einem anderen Zeitpunkt und an einem anderen Ort wäre Thorn davon angezogen worden.

Sie gab ihren Versuch auf und ließ die Hand sinken.

»Wer sind Sie, und was haben Sie, zum Teufel, hier zu suchen?«

»Das habe ich Ihnen doch gesagt. Ich bin Sylvie.«

»Das habe ich gehört, verdammt noch mal, was geht hier vor?«

Sylvie stand auf, drängte sich an ihm vorbei, trat in die Mitte des Raums und betrachtete ihre Umgebung, als suche sie in der rustikalen Einrichtung, in dem minimalen Raumschmuck nach Hinweisen auf seinen Charakter. Als sie damit fertig war, ließ sie ihren Blick langsam zu ihm zurückwandern. Ihr herausforderndes Grinsen war verschwunden.

»Sie und Darcy, Sie waren nicht verheiratet?«

»Wovon reden Sie?«

»Sie tragen keinen Trauring.«

Thorn schaute hinunter auf seine linke Hand.

»Wir haben zusammengelebt. Wir waren nicht verheiratet.«

»Wie lange?«

»Zur Hölle, welche Bedeutung hat es für Sie, wie lange wir zusammengelebt haben?«

»Wie lange? Ein Jahr, drei Jahre?«

»Zwei Jahre.«

»Gut«, sagte sie. »Das reicht mir.«

»Was haben Sie in meinem Haus zu suchen?«

»Weshalb ich hier bin«, sagte sie und ließ den Blick über den von Pistolenkugeln durchlöcherten Fußboden schweifen. »Wenn Sie die simple, klare Wahrheit wissen wollen, dann sucht Sylvie jemanden, der den Mumm hat, in den Ring aus

Feuer zu springen und sie herauszuholen. Sie braucht einen Helden.«

Thorn schwieg.

»Meinen Sie, das könnten Sie schaffen?« fragte sie. »Glauben Sie, Sie könnten Sylvie retten? Sie aus dem Ring aus Feuer heraustragen?«

»Wie bitte?«

»Muß man Ihnen alles zweimal sagen? Ich bitte Sie, Sylvie das Leben zu retten. Ich biete Ihnen die Gelegenheit, den Drachen zu erschlagen und die Prinzessin zu erringen.«

Thorn studierte sie eingehend. Ein Lächeln spielte um ihren Mund.

Leise sagte er: »Ich habe keine Ahnung, was Sie wollen, aber eines kann ich Ihnen versichern, Lady – ich habe im Augenblick mehr als genug Drachen, mit denen ich mich herumschlagen muß. Auf Ihre kann ich gerne verzichten. Okay? War das klar genug?«

Sie atmete aus und schloß kurz die Augen, und als sie sie wieder aufschlug, hatte sich ein wenig des vorherigen Glanzes daraus verflüchtigt. Sie waren stumpfer und dunkler.

»Sind Sie sicher?«

»Das bin ich«, bekräftigte er. »Also, was hatten Sie mit Darcy Richards zu tun?«

»Ach, das erkläre ich Ihnen«, sagte sie knapp. »Ich erzähle Ihnen alles darüber. Aber zuerst sollten Sie an den Kerl denken, der uns umbringen wollte. Er macht sich aus dem Staub. Wollen Sie ihn nicht verfolgen?« Sie wandte sich von ihm ab und ließ die Schultern herabfallen. Sie machte einen Schritt zurück und sank in Thorns Schreibtischsessel.

»Okay«, sagte er. »Aber Sie kommen mit.«

»Ich glaube, jetzt streiken meine Nerven«, stellte sie fest. »Mir ist übel, als sei ich seekrank.«

»Stehen Sie auf, Sie begleiten mich.«

»Hören Sie, ich warte auf Sie. Keine Angst. Wenn Sie wollen, können Sie mich an Ihr Bett fesseln. Sylvie wird hier sein, wenn Sie zurückkommen. Sie möchte sich noch ein wenig mit Ihnen unterhalten. Ihr Anliegen vortragen.«

Thorn zögerte einen Moment lang, dann rannte er zur Tür. Stürmte die Treppe hinunter hinaus in den Garten. Spurtete am Rand der langen Kiesauffahrt entlang. Aber er entdeckte nichts. Und draußen auf dem Highway, wo er keuchend stehenblieb, war in beiden Richtungen niemand zu sehen. Er trabte zum VW zurück und fuhr zum Little General. Der Firebird war verschwunden. Er fuhr die zehn Meilen zu Murthas Wohnung, parkte unterhalb seines Apartments. Auch dort keine Spur von dem Firebird. Er ging hinauf zu Nummer 218, hämmerte fünf Minuten lang gegen die Tür, aber niemand öffnete ihm. Diesmal ließ noch nicht einmal Rochelle sich blicken.

Hinter dem Freizeitcenter fand er das Büro der Hausverwaltung. Eine verdrossen dreinblickende Frau um die Fünfzig in einem geblümten Nachthemd weigerte sich, für Thorn die Tür zu öffnen. Sie hielt sich einen Schritt von der goldglänzenden Sicherheitskette fern und erklärte ihm, nein, Sir, ganz gewiß werde sie Mr. Murthas Apartment nicht aufschließen, und er solle verdammt noch mal schnellstens verschwinden, sonst riefe sie die Polizei, und wenn sie genau darüber nachdenke, sei es wohl am besten, wenn sie gleich die Polizei hole.

Thorn trottete zurück auf den Parkplatz, stand einige Minuten lang herum und sah zu Murthas Wohnung hoch. Er überlegte, was zum Teufel er tun könne, aber ihm fiel nichts ein. Dann stieg er in seinen Wagen und fuhr nach Hause.

In seinem Haus waren alle Lampen gelöscht.

Einen Moment lang blieb er unter der Veranda stehen, hörte diesmal aber keinen Laut. Während er die Treppe hinaufstieg, entdeckte er etwas auf der untersten Stufe. Der Gegenstand schien im Mondlicht zu leuchten. Er bückte sich und hob seinen Fund auf, hielt ihn ins Licht. Er ähnelte einem winzigen menschlichen Finger, der von Arthritis verkrümmt war. Ein einzelner Chee to.

Er schnippte ihn in die Dunkelheit und schlich lautlos die Treppe hinauf. Kein Licht brannte. Er drückte behutsam die Tür auf und schlüpfte ins dunkle Haus. Er preßte sich mit dem Rücken an die Wand des Wohnraums und lauschte wachsam, hörte aber nichts. Nach ein paar gespannten Sekunden, in denen er sich innerlich für einen schnellen Sprung und eine Rolle in Deckung wappnete, knipste er die Deckenbeleuchtung an.

Aber der Raum war leer. Er betrat vorsichtig das Schlafzimmer, öffnete die Schranktüren, das Bad, die kleine Küche. Sylvie Winchester war verschwunden.

Er ging herum, knipste die restlichen Lampen an und entzündete sogar die Petroleumlampen. Während der nächsten Minuten begutachtete er den entstandenen Schaden. Dann bereitete er sich etwas zu trinken. Gerade genug Cola, um den Rum zu färben. Er setzte sich hinter seinen Tisch, auf dem er seine Köderfliegen bastelte, drehte sich auf dem Sessel und betrachtete wieder die Löcher im Fußboden und in der Decke.

Nachdem er das Glas geleert hatte, stand er auf, drehte die Sitzschale des Sessels und schob ihn unter den Tisch. Und entdeckte auf der Tischfläche einen Bogen liniertes Schreibpapier. Darauf befand sich eine mit violetter Tinte angefertigte kindliche Zeichnung. Ein Streichholzmädchen in einem dreieckigen Röckchen stand inmitten eines Flammenkreises aus krakeligen Strichen, streckte die Hände durch die Flammen, als warte sie darauf, umarmt zu werden. Am unteren Rand des Papierbogens war in der gleichen Kritzelschrift ein einziges Wort aufgeschrieben.

Bitte.

Kapitel 13

Es war schon weit nach Mitternacht, und Harden Winchester saß auf der Vorderveranda seines Motelapartments im Largo Lodge am Meilenstein 102. Das Apartment nebenan stand leer. Auf der anderen Seite lagen ein schmaler Strand und dahinter das Tarpon Bassin, das schwarz im Mondlicht glänzte. Sie hatten wieder das Zimmer, in dem sie immer wohnten. Zweimal im Monat kamen sie von Key Largo herüber. Hardens Hunger, Doris Albright zu sehen, schien stündlich heftiger zu werden.

Heute abend trug er eine graue Turnhose, kein Trikot oder Hemd, sowie seine alten weißen Adidas-Turnschuhe. Er rauchte eine Havannazigarre. Jeden Monat schickte ein Freund, der immer noch im Dienst war, eine Kiste davon. Ein Freund, der Harden sein Leben verdankte. Einer von vielen.

Als Sylvie einige Minuten später zurückkehrte, wollte sie nicht mit ihm reden. Sie ging an ihm vorbei in das Häuschen, duschte und schlüpfte in ihr ärmelloses Nachthemd. Nun saß sie in dem Korbsessel neben ihm und wedelte den Zigarrenrauch weg.

»Wohin bist du ausgerissen?«

»Ich habe einen Mondscheinspaziergang gemacht. Mit den interstellaren Radiowellen kommuniziert.«

»Wo warst du, Sylvie?«

Harden blies eine Rauchwolke gegen das Fliegengitter und auf eine Motte, die sich abmühte, hereinzukommen. Sie suchte die Nähe der Verandabeleuchtung, um sich daran ihre zarten Flügel zu verbrennen.

»Ich bin den Highway runterspaziert. Hab' eine Tasse Kaffee getrunken. Und bin dann zurückgekommen.«

»Ich weiß genau, wann du lügst. Ich merke es immer.«

»Na schön«, sagte sie. »Wenn du ein solcher Hellseher bist, dann laß mal hören, Daddy – wo war ich denn?«

Harden nahm einen Zug von seiner Zigarre. Ließ den Rauch aus dem Mund treiben.

»Die Polizei wird dir nicht helfen«, sagte er. »Das sollte dir mittlerweile klargeworden sein. Du hast deine Glaubwürdigkeit verloren, Kindchen. Du mit deinen verrückten Geschichten. Du schaffst es höchstens, daß sie zu mir kommen und mit mir reden, und am Ende geht es genauso peinlich aus wie immer. Sie schauen in deine Akte, entschuldigen sich bei mir für die Störung und machen sich kleinlaut durch die Hintertür aus dem Staub.«

»Du unterschätzt mich dauernd, Daddy.«

»Es klappt nicht, Sylvie. Nichts funktioniert. Ich werde die Winchester-Familie wieder zusammenführen, und das kannst du nicht verhindern, ganz gleich, was du versuchst.«

»Ich habe mich verliebt«, sagte sie.

Er sah sie fragend an.

»Der Blitz hat mich heute nacht getroffen, er zuckte vom Himmel herab. Ich habe endlich meinen Prinzen gefunden.«

»Ist das etwa eine neue Masche?«

Sie schüttelte den Kopf. »Jetzt kann ich genauso besessen sein wie du. Mich in Bäumen verstecken, den Geliebten mit dem Fernglas beobachten. Meine Zeit damit verbringen, Pläne zu schmieden, wie ich ihn in mein Bett locken kann. Wie der Vater so die Tochter. Verrückte aus dem gleichen Stall.«

»Du brauchst das nicht zu tun, Sylvie. Du kannst dir die Mühe sparen.«

»Es ist keine Mühe, Daddy. Überhaupt nicht. Es ist mein Job als deine Tochter, dir das Leben zur Hölle zu machen.«

Sie stand auf, ging zur Balustrade der Veranda und schaute hinaus auf das schwarze Wasser. Harden dachte an ihren langen, anmutig gebogenen Nacken, an ihren Hals, an die zarten

Knochen ihres Gesichts, den sanften Schimmer ihrer Augen. Sie wandte ihm den Rücken zu, und er konnte die Struktur ihrer Wirbelsäule, den sanften Schwung ihrer Lenden erkennen.

Während sie auf den schwarzen Schimmer der Bucht hinaussah, stellte Harden sich die Form ihrer Rückenwirbel, die Neuralbögen, die Knorpelverbindungen, die zarten Knochenplatten vor, die das Rückenmark schützten.

Und obgleich sie erst fünfundzwanzig Jahre alt und so dünn war wie ein Häftling im Arbeitslager und sich die Haare ungeachtet ihrer äußeren Erscheinung extrem kurz geschoren hatte, trotz all dem war sie, im fahlen Licht, genauso aufregend wie ihre Mutter. Ein aus starken Chromosomen geschaffenes Ebenbild, ein erbmassenbedingtes Echo. Die gleichen Knochen unter der gleichen mondweißen Haut. Das gleiche feuchtglänzende Licht in den Augen, die gleiche schwüle Hitze in der Stimme.

Ein andersgearteter Mann hätte Sylvie dazu benutzt, um die Liebkosungen, die Werbungs- und Verführungskünste zu üben, mit denen er eines Tages ihre Mutter überschütten wollte. Aber so etwas würde Harden Winchester niemals tun. Für ihn war die Normalität der eigenen Familie heilig. Er war kein gottverdammter Kinderschänder. Das war eine der wenigen Einschränkungen, denen er sich beugte.

Zwei Uhr, dann halb drei. Harden saß im Dunkeln mit seiner Zigarre auf der Veranda und beobachtete die Motten, die gegen die Fliegengitter flatterten. Schließlich hörte er das eintönige Rasseln von Sylvies Schnarchen, von der Lautstärke her kaum mehr als ein katzenhaftes Schnurren.

Er stand auf, schlängelte sich durch die Fliegentür nach draußen, schritt leise über den kiesbestreuten Parkplatz, stieg zum Highway hinauf, ging ein Stück an der leeren Straße entlang, im Schlendertempo, stapfte durch das hohe Gras des Mittelstreifens zum gegenüberliegenden Straßenrand, wandte sich dort nach Süden, wechselte auf den Motorradstreifen über und beschleunigte für eine Meile seinen Schritt, dann eine zweite, sein Atem frei und leicht, dann verfiel er in einen mäßigen Laufschritt, fühlte sich unbeschwert, locker, steigerte das Tempo während der letzten Meile, bis nur noch seine Fußspitzen den Boden berührten. Und so spurtete er in ihr Wohnviertel, bog in ihre Straße ein und drosselte dann sein Tempo und blieb vor ihrem Haus stehen.

Sein Atem ging schnell, aber nicht keuchend, während er das Haus betrachtete. Er stand im Schatten außerhalb des Lichtkreises der Straßenlaternen, lauschte dem leisen Ruf einer Eule in den Mangroven, dem fernen Bellen eines Hundes, der eine unerwartete Witterung aufgefangen hatte.

Als er sich auf die atmosphärischen Schwingungen der Gegend eingestimmt hatte, verließ er den Schatten und stieg die Treppe zu ihrem Haus hinauf. Die Haustür machte keine Schwierigkeiten. Ein wirkungsloses Yaleschloß, kein Sperrriegel. Sein Drahthaken drang ins Schloß, fand die Zylinder, schob sie beiseite. Er öffnete die Tür und trat in die dunkle Stille ihres Wohnzimmers.

Einen Moment lang blieb Harden stehen und atmete ihre Luft. Er lauschte auf ein Geräusch von ihr. Doch das Haus blieb stumm.

Erhitzt von seinem Lauf, stellte Harden sich nun vor, während er den Wohnzimmerteppich überquerte, daß dieses Haus morgen, wenn Doris aufwachte, von seinem verdunsteten Schweiß erfüllt wäre. Er würde in ihre Lunge eindringen, sein unsichtbarer Geruch würde sie einhüllen, in ihr sein und vielleicht sogar eine schwache Erinnerung an ihn wecken.

Er schlich durch die Diele zu ihrer Schlafzimmertür. Blieb stehen und hörte ihr Schnarchen, das genauso klang wie Sylvies. Harden dachte, wie einfach es wäre, die Tür aufzustoßen, sich auf sie zu werfen und eine kurze Ekstase auszukosten. Aber nein, das würde er nicht tun. Denn er wollte mehr als nur eine flüchtige Befriedigung. Viel mehr.

Er berührte das kühle Holz ihrer Tür, ließ seine Fingerspitzen für kurze Sekunden darauf liegen, hinterließ seine Fettspuren, seinen Geruch, dann atmete er aus und setzte leise seinen Weg zum Gästezimmer fort, wo der Mann schlief. Doris ließ alle Türen einen Spalt offenstehen, wahrscheinlich damit sie hören konnte, wenn der alte Mann aufwachte und Hilfe brauchte. Aber Harden machte sich deshalb keine Sorgen. Er war in Zimmer eingedrungen, die von speziell ausgebildeten Wächtern beschützt wurden, und er war über offenes Gelände geschlichen, während Dutzende von Augen nach ihm suchten. Teils Training, teils Instinkt, konnte er seinen Schritt so leicht machen, als gäbe es für ihn keine Schwerkraft, konnte er sich vorwärts bewegen, ohne Spuren zu hinterlassen, lautlos atmen, bis er genauso dunkel und ungewiß erschien wie die Schatten, durch die er glitt.

Indem er behutsam die Tür aufdrückte, schlängelte Harden sich ins Zimmer des Mannes. Näherte sich dem Bett. Ein breiter Balken Helligkeit lag auf der Decke, ein Widerschein von der Sicherheitslampe auf der anderen Seite des Kanals.

Aus der kleinen Gesäßtasche seiner Turnhose holte Harden den Papierumschlag hervor. Er war nicht größer als ein Portionspäckchen Würfelzucker. Er faltete den Umschlag auf, befeuchtete einen Finger und tauchte ihn ein. Er spürte, wie die Körnchen an der Fingerspitze klebenblieben.

Der Mann schlug die Augen auf. Er sah zu Harden hoch. Im Dämmerlicht konnte Harden es nicht genau erkennen, aber der Mann schien sich seinem Schicksal ergeben zu haben. Er hatte es aufgegeben, sich zu wehren, wußte er doch längst, daß es keinen Sinn hatte.

Dies war seine dritte Dosis. Und fast schien es, als freue der

Mann sich über Hardens Erscheinen. Vielleicht wünschte er sich sogar, daß er diesmal eine tödliche Menge erhielt. Vielleicht wollte er nicht mehr warten, endlich Schluß machen, es hinter sich bringen.

Aber nein, Harden maß genau ab. Er wußte genau, was er mit einer Prise erreichte. Er wollte nicht, daß dieser Mann starb. Er wollte, daß er litt. Daß er wenigstens einen Bruchteil der Schmerzen empfand, die Harden wegen ihm hatte erleiden müssen.

Er beugte sich über den alten Mann. Mit der linken Hand griff er nach Albrights Unterkiefer und zog den Mund auf. Er schob seinen rechten Zeigefinger in den Mund des Mannes, wischte die Körnchen auf der Zunge des Alten ab.

Während er den Finger herausziehen wollte, bäumte der alte Mann sich auf und biß kräftig in Hardens Hand. Es knirschte, während ein Laut aus der Kehle des Mannes drang. Es war ein mitleiderregendes Knurren.

Aber Harden wehrte den Schmerz ab, blieb still, diszipliniert. Ruhig tastete er nach der Halsschlagader des Mannes, unterbrach für ein, zwei, drei Sekunden die Blutzufuhr, bis der Mann seine Kaumuskeln entspannte, den Kopf nach hinten aufs Kissen sinken ließ und die Augen schloß.

Für ein oder zwei Sekunden verhielt er sich völlig still, schien sogar einzuschlafen, wobei seine Augenlider flatterten. Harden beobachtete ihn, wich zur Tür zurück. Er verharrte auf der Schwelle, preßte seine blutende Hand gegen die Hüfte, stillte die Blutung. Dabei betrachtete er den alten Mann in seinem gestreiften Schlafanzug. Er beobachtete ihn eine Minute lang, dann eine zweite, und schließlich setzten die ersten Krämpfe ein.

»Wo warst du?« fragte Frank Witty. »Du hast gesagt Mitternacht.«

»Ich bin da, Frank. Wo ist das Problem?«

Frank rieb sich die Augen, drehte sich von Sylvie weg und tappte ins Schlafzimmer. Es war ein kleines würfelförmiges Haus auf der Sunset Avenue. Ein Allerweltshaus. In dem es roch wie in einer Junggesellenbude. Nach Schweiß und Schnaps.

Er setzte sich auf die Kante seines ungemachten Betts. In dem Zimmer roch es nach Sex. Nach Sex und Schweiß. Sylvie begann ihr weißes Hemd aufzuknöpfen. Sie machte es langsam, erregte damit Franks Aufmerksamkeit, während es nach und nach auseinanderfiel.

»Du hast Mitternacht gesagt.«

»Quengelst du etwa, Frank? Habe ich richtig gehört, war das gequengelt?«

»Ich stand total unter Dampf. Aber das ist schon einige Stunden her.«

»Daran war mein Vater schuld«, sagte Sylvie. »Er hat mich wieder mal bewacht und wollte mich nicht gehen lassen.«

»Dein verdammter Vater, Mann.«

Sylvie gelangte zum untersten Knopf, zögerte, öffnete ihn dann und schlug das Hemd langsam zurück. Franks Schlafanzughose beulte sich immer stärker aus.

»Ist das, was ich da sehe, etwa eine Zeltstange, Frank?«

»Weshalb wohnst du eigentlich noch immer bei deinem Vater?«

»Ich habe keine andere Wahl.«

Sylvie zog den Reißverschluß ihrer Jeans auf, schob die rechte Hand hinein und massierte sich da unten. Das gefiel den Kerlen, wenn ein Mädchen mit sich selbst spielte. Gott wußte, warum.

»Dein verdammter Vater.«

»Er ist schrecklich, Frank. Du kannst es dir nicht vorstellen.«

Der hier war so einfach. Ein ganz klares Ja. Thorn hingegen konnte sie nicht so genau einschätzen. Man müßte es noch mal versuchen, aber wahrscheinlich würde er ihr nicht helfen. Man mußte trotzdem sein Ziel vor Augen haben und eines nach dem anderen erledigen. Sich erst mit dem einen zusammentun und den nächsten schon bereitstellen. Man durfte sich keine Ruhe gönnen.

Sie stieg aus ihrer Jeans, steckte sich einen Finger in den Mund und befeuchtete ihn mit der Zunge.

»Es kann gleich losgehen, Frank. Ich schmiere mich selbst. Wie steht's mit dir, Frank? Bist du bereit für die lange Flucht, bereit, dein Glück zu wagen, Frank?«

Er stand auf, streifte die Schlafanzughose ab. Sein Ding stand senkrecht. Es deutete zur Decke. Frank war längst reif. So einfach.

»Licht«, sagte Frank und lächelte. »Kamera.« Er imitierte mit seinen Händen eine Kamera mit Handkurbel und richtete sie auf Sylvie, während sie nackt auf ihn zuging.

»Action«, sagte Sylvie. »Action, Frank.«

Es war nach drei Uhr, als Sugarman seinen Mustang Thorns Kiesauffahrt hinauflenkte, dreimal kurz hupte, ihr Erkennungszeichen, neben dem VW parkte, die Treppe hinauflief, an den Türpfosten klopfte und eintrat. Ohne ein Wort mit Thorn zu reden, ging er durch das Haus, untersuchte die Schußspuren im Fußboden, an der Decke. Danach blieb er stehen, sah Thorn eine Sekunde lang an und schüttelte den Kopf, als sei er traurig, die Ereignisse versäumt zu haben und nicht zu wissen, wann als nächstes etwas Derartiges passieren würde.

»Du hast einfach den Fernseher laufenlassen. Ich wachte auf, sah Darcy. Ihr Gesicht war direkt vor mir. Mein Gott, ich dachte, ich bekäme einen Herzinfarkt.«

»Hast du das Band zurückgespult?« erkundigte Thorn sich. »Und gesehen, was sonst noch passiert ist?«

»Das meiste, glaube ich. Jedenfalls genug, um mich auf die gleiche Reise zu schicken, wie du sie heute nacht unternommen hast.«

»Warst du auch bei Murtha?«

»Bei seiner Wohnung, ja. Ich komme gerade von dort. Er war nicht zu Hause, aber ich habe mit Rochelle Hamilton gesprochen.« Sugarman nahm den Ventilatorflügel aus einem der Schaukelstühle und setzte sich. Einen Moment lang hielt er den Flügel in der Hand und wußte nicht, was er damit anfangen sollte. Schließlich ließ er ihn einfach auf den Fußboden fallen. »Mein Gott, Thorn, was hast du mit Rochelle gemacht, daß sie auf dich so sauer ist?«

Thorn sah zur Decke, dann wieder zu Sugarman.

»Das alles hier scheint dich nicht sonderlich zu interessieren.« Thorn deutete auf das Trümmerfeld.

»Ich wußte, daß wir irgendwann dazu kommen würden.«

»Das war Murtha. Ich hatte seinen Wagen eine halbe Meile die Straße runter entdeckt. Abner im Little General hat ihn ebenfalls gesehen. Ich hab' sogar einen seiner Chee tos auf der Treppe gefunden.«

»Er achtet nicht gerade sorgfältig darauf, keine Spuren zu hinterlassen, nicht wahr?«

Thorn ging in die Hocke, brach ein paar Splitter von den Fußbodendielen ab und warf die Holzstücke durch ein Einschußloch.

Er sagte: »Vielleicht hat Murtha niemals seine Doktorarbeit in der Kunst des einwandfreien kriminellen Verhaltens geschrieben. Er weiß vielleicht nicht, daß man seine Fingerabdrücke wegwischen und einen makellosen Tatort hinterlassen muß.«

»Schon möglich.«

Dann erzählte er Sugar von Sylvie, von der Tomatensauce, alles. Er zeigte ihm die Zeichnung, die sie zurückgelassen hatte, wiederholte ihre Worte.

Danach setzte Thorn sich hin. Sugarman schaukelte nachdenklich und blickte hinauf zu den Deckenbalken.

»Du hättest bei ihr bleiben sollen, Thorn. Hättest nicht einfach weglaufen sollen. Das meinte ich, als ich von Überstürzen sprach. Du hast nicht nachgedacht, Mann. Hast dich nicht von der Vernunft leiten lassen.«

»Hey, sieh dich doch mal um, Mann. Zwei Dutzend Kugellöcher im Boden. Du hast verdammt recht, daß ich nicht mehr klar dachte.«

»Jetzt mach mich nicht an, Thorn. Dreh nur nicht durch.«

»Es ist schon gut. Ich beruhige mich ja.«

»Hast du die Polizei angerufen?« Sugarman deutete auf die Löcher im Fußboden.

»Nein.«

»Dann sollten wir genau das als nächstes tun.«

»Wie du meinst«, sagte Thorn. »Rede mit ihnen, soviel du willst. Ich bin noch nicht in der Verfassung, mich mit dem Polizeiquatsch herumzuschlagen.«

»Moment mal, Partner. Ich weiß, woran du denkst.«

»Ja? Und woran?«

»Daran, die 357er einzustecken und Roy Murtha einen Besuch abzustatten.«

Sugar begegnete seinem Blick, und Thorn zuckte die Achseln. »Dann verrat mir doch mal, Buddy, was du verdammt noch mal an meiner Stelle tun würdest? Wenn jemand dein Haus zusammengeschossen und versucht hätte, dich zu töten, und wenn derselbe Bursche den von dir geliebten Menschen zwei Wochen vor seinem Tod geschlagen hätte. Würdest du all das der Polizei erzählen und ihr die Entscheidung überlassen, wie es weitergehen soll?«

»Ja, das würde ich. Ich habe eine hohe Meinung vom Gesetz.«

»Nun, ich respektiere das Gesetz sehr wohl«, sagte Thorn. »Es sind die verdammten Leute, die für die Einhaltung der Gesetze sorgen, an denen ich meine Zweifel habe.«

»Bleib hier, Thorn. Rede mit der Polizei. Ich garantiere dir, daß wir um Punkt neun im Laden sind. Dann unterhalten wir uns mit ihm.«

»Ja, ein zivilisiertes Gespräch«, sagte Thorn. »Nimm nur deine Miranda-Karte mit und sorge dafür, daß jeder seinen Anwalt dabeihat.«

»Thorn«, sagte Sugarman, und seine Stimme bekam einen schärferen Klang, gab etwas von der Nüchternheit wieder, die irgendwo in den Winkeln seiner Eingeweide verborgen war und nur selten ans Licht gelangte. »Glaube mir, Roy Murtha wird schon mit einer erschöpfenden Erklärung aufwarten müssen, weshalb er sie geschlagen hat, und mit einem absolut luft- und wasserdichten Alibi, wo er sich heute nacht aufgehalten hat, damit ich ihn nicht zum Blindman's Pass mitschleppe und ihn in so kleine Streifen schneide, daß nicht mal die Krabben was zum Kauen haben.«

Thorn betrachtete ihn für einen weiteren Moment. Sein Kumpel beugte sich vor, stützte die Ellbogen auf die Knie und musterte ihn mit wachen Augen.

»Okay, okay. Wir reden mit deinen alten Kollegen. Aber ich will verdammt sein, wenn ich mich alleine darauf verlasse, daß diese Scheißtypen sich der Sache annehmen.«

Sugarman fixierte Thorn für einen weiteren Moment, wobei die Falten auf seiner Stirn sich vertieften. Er und Thorn hatten schon früher, als Sugarman noch zur Truppe gehörte, ähnliche Meinungsverschiedenheiten gehabt. Nun, als Privatdetektiv, schien Sugar nur wenig von seiner alten Sturheit verloren zu haben. Es lag in seiner Natur. Es waren all diese unauslöschlichen Gewohnheiten, die man als hellhäutiges, aber schwarzes Kind gelernt hatte, das in beiden Welten als Außenseiter betrachtet wurde. Als Kind, das seine Kraft und seine kaum gezügelte Wildheit eingesetzt hatte, um an der High-School ein Footballstar zu werden, ein sehniger Fullback, der sich die widerstrebende Anerkennung seiner reaktionären Teamkameraden erkämpft hatte. Und später, als junger Mann, der jahrelang darum gekämpft hatte, Zugang zu der streng orthodoxen, ausschließlich weißen Welt des Sheriff's Department zu finden. In dieser Zeit hatten seine Geradlinigkeit und Vorschriftentreue Sugarman allgemeine Hochachtung und eine Position in der Hierarchie eingebracht, sie hatten ihm auf der Karriereleiter nach oben verholfen. Und obgleich er jetzt ein Einzelkämpfer war, hatte er sich von all dem nicht freimachen können. Er wollte die Fälle immer noch auf den engen, streng vorgeschriebenen Wegen der Polizistenwelt lösen. Er hatte seinen Vorschriftenkatalog geradezu in seine Zellen aufgenommen.

»Morgen leihe ich dir meine Säge«, sagte Sugar, erhob sich aus dem Schaukelstuhl, ging in die Hocke und strich mit den Fingern über den Rand eines Einschußlochs im Fußboden. »Du kannst für diese Löcher Holzflicken schneiden und sie mit Leim einfügen, dann sieht es so gut wie neu aus. Vielleicht sogar noch besser. Dann hast du eben ein hübsches Punktmuster auf dem Fußboden.«

»Ich finde das gar nicht witzig, Sugar.«

»Nein, witzig ist es nicht.«

Thorn stand auf, ging zu seinem Fliegentisch und betrachtete die krakelige Zeichnung, die Sylvie Winchester ihm zurückgelassen hatte.

»Ring aus Feuer, Drachen, Prinzessinnen, die gerettet werden«, sagte Sugar. »Die Lady scheint zu viele Märchen gelesen zu haben.«

Das Ganze bereitete ihm erhebliche Probleme, aber Thorn lächelte trotzdem.

Die Polizisten von Monroe County sahen sich gründlich im Haus und seiner Umgebung um, wühlten ausgiebig in Thorns Besitztümern herum, bewiesen dabei erheblichen Eifer, maßen sogar die Löcher im Fußboden aus. Ein Polizist unterhielt sich mit Thorn auf der Veranda und stellte ihm ein paar Dutzend Fragen. Dann wiederholte er seinen Fragenkatalog. Thorn nannte Murthas Namen trotzdem nicht.

»Kann es sein, daß Sie abends mit Ihren Freunden einen trinken waren, Thorn? Vielleicht hatten Sie ein paar zuviel. Kann es so passiert sein?«

Der Polizist beugte sich zu Thorn vor, um seinen Atem riechen zu können.

»O Scheiße, Earl, Sie haben mich erwischt. Genau das habe ich getan. Hab' 'ne halbe Flasche Rum gekippt, bin nach Hause gefahren, hab' in meinem Haus rumgeballert und dann aus Jux die Polizei gerufen.«

»So was kommt vor«, sagte der Polizist. »Mir sind schon seltsamere Dinge untergekommen.«

Thorn drehte sich um, ging ins Haus, ließ sich in einen Schaukelstuhl fallen und sagte nichts mehr.

Nachdem sie abgezogen waren, hing Sugarman noch einige Zeit herum und trank eine von Darcys Cola Lights.

»Bist du jetzt zufrieden?«

Sugarman bejahte.

»Dann schieb ab nach Hause und leg dich schlafen. Ich komme dich schon früh abholen.«

Er leerte die Coladose und beobachtete Thorn mißtrauisch. Dann stand er auf, warf die Dose in den Eimer für Recyclingmüll, klopfte Thorn auf die Schulter und ging hinaus.

Thorn legte sich, immer noch angezogen, auf Darcys Betthälfte. Er hatte die 357er in der Hand, barg sie an seiner Brust und lauschte dem Zirpen der Insekten und dem fernen Brummen von Fischerbooten auf den Kanälen landeinwärts. Er lag reglos da, hörte das lautlose Verstreichen der Sekunden. Er verfolgte, wie die Minuten ineinander übergingen, wie die Stunden sich mühsam durch die Dunkelheit dahinschleppten. Grillen wurden von Fröschen abgelöst, dann verstummten die Frösche. Und schließlich, der Kopf schwer auf dem Kissen, die Augen immer noch offen, erlebte Thorn, wie die Stille sich nach und nach zum grauen Summen des anbrechenden Tages steigerte.

Kapitel 14

Um sieben rollte er sich aus dem Bett, legte die Smith & Wesson auf die Kommode, stolperte ins Bad, und zehn Minuten später war er geduscht, rasiert und angezogen. Graue Jeans, blaues Jeanshemd und seine mit Ölflecken übersäten Sandalen.

Er nahm die Pistole wieder an sich und begab sich damit in den Wohnraum. Er hob sie hoch, spürte ihr Gewicht, packte sie fester, dann zielte er damit auf die Haustür. Er behielt diese Pose einige Sekunden lang bei, dann drehte er sich um, schwenkte sie durch den Raum, bis er aus dem Fenster zielte. Er spannte den Hammer und visierte einen Okrabaum unweit des Strandes an.

Dreißig Sekunden behielt er sein Ziel im Auge, dann eine Minute. Er hielt die Waffe hoch, bis ein Zittern seine Muskeln ergriff und seine Hand zu schwanken begann. Völlig außer Form. Keine Energie. Er hatte sich einen schlaffen Panzer der Häuslichkeit angefressen und sich darin verkrochen wie in einem heimeligen Schlafsack. Doch nun wurde es Zeit aufzuwachen, herauszukriechen und wieder mit brutalem Krafttraining anzufangen. Hoch die Pistole, zielen, stillhalten. Gegen das Zittern ankämpfen. Heben, zielen, heben, zielen. Bis es wieder zurückkam. Bis er wieder hart wurde. Hart und kalt und unbarmherzig.

Als seine Muskeln schließlich versagten, legte er die Pistole auf seinen Fliegentisch. An der Haustür blieb er für einen Moment stehen und begutachtete bei vollem Tageslicht den Schaden. In der Decke befanden sich ein paar faustgroße Öffnungen, durch die Speere von Sonnenlicht hereinstachen. Offenbar war das Holzdach ein Trümmerfeld, und die Teerpappe dürfte zerfetzt sein. Der Fußboden war noch schlimmer, gezackte Splitter ragten hoch, und überall lagen Holztrümmer herum. Bei jedem Schritt konnte man auf den Erdboden unterm Haus, fünf Meter tiefer, hinunterschauen. Beim nächsten Regen wäre der Raum ein einziges großes Sieb.

Er ging hinunter, stieg in den VW und fuhr zu Sugarmans Haus. Als er dort eintraf, stand Sugar in seinem Pyjama im Vorgarten und verkeilte ein Brett im Holzrahmen eines der Fensterflügel.

»Ich hatte ebenfalls heute nacht einen Besucher«, sagte er mit einem Blick zu Thorn. »Der Kerl hatte offenbar den Schlüssel vergessen, deshalb mußte er hier einsteigen.«

»Wann?«

»Als ich nach dir suchte.«

»Geht es Jeanne gut?«

»Sie hat geschlafen und überhaupt nichts mitbekommen.«

Sugarman schlug mit der Faust auf den Rand des Brettes, bis es fest im Fensterrahmen saß.

Er drehte sich um, und Thorn erkannte die Wut, die sich in den Augen eingenistet hatte.

»Dieses Arschloch hat meine Videosammlung durchgewühlt. Hat die wunderbaren Disney-Klassiker durcheinandergeworfen. Scheiße, er hat sogar meine Fantasia-Kassette zerbrochen.«

»Hat er gefunden, wonach er suchte?«

»Nein«, sagte Sugarman. Er winkte einem seiner Nachbarn zu, einem Angelführer, der mit seinem Boot auf einem Hänger zur Arbeit fuhr. »Meine Arbeitsbänder habe ich immer im Wagen. Ich muß wohl ein wenig unter Verfolgungswahn gelitten haben.«

Thorn folgte ihm ins Haus. Sugarman forderte ihn auf, sich ein Frühstück nach seinem Geschmack zusammenzustellen, und verschwand im Schlafzimmer, um sich anzuziehen.

Thorn fand ein Roggenbrot und bereitete sich zwei Scheiben Toast. Er bestrich sie mit Butter und schenkte sich eine Tasse Kaffee ein. So eine Art irische Pfefferminzmilch mit einem Hauch von Schokoladengeschmack. Jeannes Rezept. Es erinnerte einen mehr an Bonbons als an Kaffee.

Thorn trank das Zeug, saß an Sugars Servierwagen und beobachtete zwei Eichhörnchen, die sich gegenseitig an einer Eiche in Sugars Garten rauf und runter jagten. Schließlich erwischte das eine Tier das andere und bestieg es von hinten. Ihre Schweife zuckten, und für einen Moment waren sie völlig reglos. Während er sie betrachtete und ihren Moment tierischer Ekstase miterlebte, verwandelte der Kaffee in seinem Magen sich in scharfe, brennende Säure.

Thorn erläuterte, was er vorhatte, und sie fuhren mit Sugars Mustang nach Largo Park, eine Meile nördlich direkt am Meer. Eine Reihe teurer neuer Häuser stand direkt unten am Wasser, aber die restliche Siedlung bestand aus kleinen Zwei-Zimmer-Hütten, Arbeiterhäusern mit alten Pickups, den typischen rostigen Keys-Kreuzern, sowie Cadillacs und Chevys, lahmen Dinosauriern aus den Sechzigern, mit riesigen Karosserien und zähnefletschenden Kühlergrills davor.

Er lenkte den Wagen in die Auffahrt eines kleinen weißen Hauses. Rotes Ziegeldach, zwei armselige Palmen, ein verrostetes Dreirad lag umgekippt im Garten. Thorn stieg aus, ging zur Tür und hämmerte mit der Faust so laut dagegen, daß die vage Chance bestand, den Lärm der Zeichentrickfilme im Fernsehen zu übertönen.

Sugarman trat neben ihn. Er hielt die beiden Videokassetten in der Hand.

Eine schwarze Frau um die Dreißig kam zur Tür. Sie trug die Zimmermädchenuniform eines Motels, und ihr Haar war im Doris Day-Stil frisiert.

»Sieh mal an, Mr. Thorn und Mr. Sugarman«, sagte sie. »Was wollen Sie denn schon so früh am Morgen?«

»Hallo, Tonasha.«

Thorn räusperte sich. »Wir brauchen Eddie für etwas Wichtiges.«

Ein kleines Kind erschien hinter Tonasha und drängte sich an ihre Hüfte. Sieben oder acht Jahre alt, große Augen.

»Was wollen Sie von meinem Eddie?«

»Er soll sich für uns einen Film ansehen.«

Neben ihr hüpfte Eddie auf und ab, er war ganz wild auf diesen Job. Tonasha trat beiseite, um die Männer eintreten zu lassen.

»Was für ein Film ist es denn?«

»Ein Stummfilm.«

Eddie saß auf der Couch und sah sich das Video mit Murtha und Darcy an. Er las von den Lippen ab und gab das Gesehene per Zeichensprache an Tonasha weiter, die auf der Armlehne eines Fernsehsessels hockte und laut für ihre Gäste dolmetschte.

»Er muß sich dieses Stück noch mal ansehen«, sagte sie. »Dieser Mann redet für Eddie zu verdammt schnell.«

Thorn richtete die Fernbedienung auf den Videorecorder und ließ das Band zurücklaufen.

Der Junge hatte bereits die ersten Minuten von Darcys Besuch übersetzt. Gleich zu Anfang hatte Darcy Murtha gefragt, wer das Mädchen sei. Das Mädchen, das ihm die Pistole gegeben hatte. Murtha gab darauf keine Antwort, sondern starrte sie nur an. Und sie wollte weiterhin wissen, über was sie sich unterhalten hatten. Murtha sagte auch daraufhin nichts. Darcy fragte ihn, wo die junge Frau sich aufhalte. Murtha ließ den Kopf sinken und starrte auf den Fußboden. Darcy erklärte ihm, sie werde diese Sache nicht auf sich beruhen lassen. Sie werde nach dem Mädchen suchen, sich mit ihm unterhalten und herausbekommen, was eigentlich im Gange sei. Murtha hob den Kopf. Sah sie an.

Tonasha konzentrierte sich auf Eddies blitzartig gestikulierende Hände und sagte: »Der Mann meint, es gehe Miss Richards nichts an, was er mit den Leuten in seinem Laden spricht. Er nennt Miss Richards ein Biest und sagt, er bezahlt sie nicht, damit sie ihn ausspioniert. Und er werde ganz bestimmt den Scheißvertrag kündigen.«

»Vielleicht ist das für Eddie ein wenig zu hart«, sagte Thorn. »Wir sollten uns jemand anderen suchen.«

»Er hat schon Schlimmeres gehört«, beruhigte Tonasha ihn. »Und zwar jeden Tag in der Woche.«

Sugarman wandte dem Fernseher den Rücken zu.

»Jetzt verlangt der Mann von ihr, sie solle aus seinem Laden verschwinden und sich nie wieder blicken lassen«, sagte Tonasha.

Eddie gestikulierte weiter mit den Händen herum und gab Murthas abschließende Äußerungen weiter.

»Der Mann fragt, wem sie diesen Unsinn sonst noch erzählt. Er nennt es Verleumdung. Er fragt, ob sie Sugarman irgendwas erzählt hat.« Tonasha hielt inne und beobachtete Eddies

Hände. Dann sagte sie: »Und Miss Richards antwortet. Sie sagt etwas über Sie.«

»Über mich?« fragte Sugar und fuhr herum.

»Nein, über ihn. Thorn.«

Auf dem Fernsehschirm ging Murtha auf Darcy zu, sie stolperte, und er schlug sie. Thorn stand auf und schaltete den Fernseher aus. Er blieb vor dem dunklen Schirm stehen und sah Tonasha an. Es tat ihm jetzt leid, daß er hergekommen war. Daß er Darcys Worte aus Tonashas Mund hörte, wodurch sie diese unüberbrückbare Distanz überwanden.

Tonasha verlagerte ihr Gewicht auf der Armlehne des Sessels und behielt Eddies Hände im Auge.

»Miss Richards erklärte dem Mann, sie habe ihrem Freund von der ganzen Sache nichts erzählt, denn wenn sie es getan hätte, würde Thorn wahrscheinlich sofort rüberkommen und den Mann auf den Kopf stellen, um die Wahrheit aus ihm herauszuprügeln. Dann geriete Thorn in Schwierigkeiten. Und das wolle sie nicht. Danach hat der Mann sie geschlagen.«

Thorn atmete tief durch, holte die Videokassette heraus und schob die andere in den Schlitz. Er schaltete den Fernseher wieder ein. Er brauchte eine Minute, um die entsprechende Stelle zu finden, dann trat Thorn vom Fernsehgerät zurück, und sie alle konnten verfolgen, wie Murtha und Sylvie sich miteinander unterhielten. Sylvie griff hinter die Theke, um Murtha anzufassen. Dann drängte er sie aus dem Laden. Einige Sekunden später war Sylvie wieder da und gab Murtha die Pistole, Murtha schüttelte ablehnend den Kopf, dann streckte er die Hand aus und schaltete die Kamera aus.

Eddie machte während der beiden Szenen keine Handzeichen. Tonasha sah Thorn an.

»Was ist los?« fragte Thorn. »Ist was passiert?«

»Die haben wir schon gesehen«, sagte Tonasha. »Vor zwei Wochen.«

»Tatsächlich?«

»Ich dachte, das wüßten Sie. Darcy hat sie hergebracht, damit Eddie von den Lippen abliest, genau so, wie Sie es tun. Wir haben uns das Band des öfteren angesehen, immer wieder, sicher an die zwanzigmal. Mir brannten nachher die Augen davon. Weil sie nämlich ständig die Gesichter weggedreht haben, kann man nicht genau erkennen, was sie reden. Höchstens ab und zu mal ein Wort.«

»Welche Worte?« fragte Sugar.

»Zuerst sagt das Mädchen, daß der Mann ganz toll ist. Ein sehr gutaussehender Mann. Sie macht ihn irgendwie an. Dann wirft er sie raus. Beim zweitenmal redet das Girl von Geld. Und zwar von sehr viel Geld.«

Thorn spulte das Videoband zurück, und sie sahen sich Sylvies Besuch noch einmal in Zeitlupe an. Jetzt erst bewegte Eddie seine Hände.

»Eddie sagt, das Mädchen meint zu dem Mann, daß er eine ganze Menge Geld bekommen kann, wenn er die Waffe bei jemand Bestimmten benutzt.«

»Bei wem?«

»Genau das wollte auch Darcy wissen. Aber aus diesem Blickwinkel kann Eddie überhaupt nichts erkennen.«

»Sonst noch etwas?« fragte Thorn.

»Ja. Wie hieß das Wort, Eddie? Das Wort, das sie ausspricht, als sie von Geld redet?

Eddie buchstabierte es mit den Fingern, und Tonasha sagte: »T-I-L-A-P-I-A.«

»Tilapia«, sagte Thorn laut.

»Ja«, sagte Tonasha. »Rote Tilapia. Sie sagt etwas über Rote Tilapia und viel Geld.«

Sugarman stand auf und schaltete den Fernseher aus.

»Und was für ein verdammter Name ist Tilapia?«

»Das ist ein Fisch«, sagte Thorn. »Ein tropischer Fisch.«

Thorn und Sugarman fuhren schweigend zu der Ladenzeile gegenüber der Coral Shores High-School, wo Murtha's Liquors eingezwängt zwischen einem Ace Hardware und einer kleinen Videospielhalle residierte. Am anderen Ende der Zeile befand sich ein Schmuckgeschäft, und das Ladenlokal am Anfang der Zeile stand leer. Es war halb zehn, als sie auf den Parkplatz rollten. Murtha sollte jetzt eigentlich mitten in seinem täglichen Öffnungsritual sein.

»Er ist nicht da.« Sugarman stellte den Motor ab.

»Das überrascht mich nicht.«

»Naja, ich denke, wir warten. Vielleicht taucht er noch auf.«

»Fahren wir lieber zu seiner Wohnung«, schlug Thorn vor. »Und treten dort die verdammte Tür ein.«

»Ich war schon dort. Heute morgen, ehe du rüberkamst, Thorn. Ich dachte, es wäre ganz interessant, wenn ich mich mal mit ihm unterhalten würde, nur er und ich, unter vier Augen. Ganz persönlich. Wollte ihn fragen, weshalb er ausgerechnet meine *Fantasia*-Kassette demolieren mußte. Als er nicht aufmachte, ging ich zur Hausmeisterin und überredete sie, mir die Wohnung aufzuschließen.«

»Wie hast du das denn geschafft?«

»Ich glaube, ich habe der Lady den überzeugenden Eindruck vermittelt, ich sei immer noch beim Sheriff's Department und gehöre zur zivilen Truppe. Sie war sehr hilfsbereit. Bewies großen Respekt vor dem Gesetz.« Er warf Thorn einen vielsagenden Blick zu.

»Es freut mich, miterleben zu dürfen, daß du allmählich etwas lockerer wirst.«

Ein paar Minuten blieben sie im Wagen sitzen und beobachteten, wie im Eisenwarenladen ein reges Kommen und Gehen von Kunden herrschte. Dachdecker mit langem, zerzaustem Haar und korrekt gekleidete Pensionäre, Anstreicher und Frauen in Seidenblusen. Vertreter aller sozialer Schichten warteten in einer langen Schlange an der Kasse. Jeder war gezwungen, sich seinem Mitmenschen für ein paar unbehagliche Sekunden bis auf wenige Zentimeter zu nähern.

Thorn fragte, was er in Murthas Wohnung zutage gefördert hatte. Und Sugarman atmete tief ein und stieß einen vergnügten Seufzer aus.

»Der Kerl lebt wie ein Schwein. Die Bude riecht nach verfaultem Obst und Schimmel. Ich dachte, so wie er seinen Laden picobello in Schuß hält, wäre er auch zu Hause ein Ordnungsfanatiker. Aber nein, er hat dem Begriff Unordnung zu einer ganz neuen Dimension verholfen.«

»Ist das alles?«

»Ich habe auch noch etwas anderes gefunden.«

Sugarman reichte über ihn hinweg, öffnete das Handschuhfach und holte ein kleines, auf billigem Papier gedrucktes Magazin heraus. *Zauberhafte Nymphen*. Fünfzehn Seiten voller nackter Mädchen, noch nicht mal im Teenageralter, die zusammen mit erwachsenen Männern in verschiedenen aufreizenden Posen fotografiert worden waren. Es waren grobkörnige Schwarzweißfotos, allesamt vor grell ausgeleuchteten Hintergründen aufgenommen. Die Mädchen waren zwischen zehn und höchstens zwölf Jahre alt. Die Männer waren über vierzig, die meisten mit Brillantinefrisuren und langen Koteletten. Das Magazin verströmte einen feuchten, muffigen Geruch, und die Ecken der Seiten waren vergilbt und zerbröselten zwischen Thorns Fingern. Auf dem Umschlag stand kein Erscheinungsdatum, aber das Heft mußte fast hundert Jahre alt sein.

»Ich war etwa eine Stunde lang drin«, sagte Sugarman. »Hab' in den Schubladen herumgewühlt, hab' wirklich alles überprüft.«

»Und alles ohne Durchsuchungsbefehl«, sagte Thorn. »Mann, du mußt dich ja jetzt wer weiß wie schuldig fühlen.«

»Ich fühle mich prima«, sagte Sugarman. »Außer daß ich

den Wunsch habe, Murtha den Schwanz abzureißen, fühle ich mich ganz prima.«

»Dieses Magazin«, sagte Thorn und blätterte es vorsichtig durch. »Es ist eine Art Sammlerstück. Antike Pornographie. Diese Mädchen dürften sicherlich alle längst in irgendwelchen Altersheimen sitzen.«

»Ja«, sagte Sugar. »Falls eines überhaupt die Kindheit heil überstanden hat.«

Sie sahen einer Frau nach, die auf dem Bürgersteig an ihnen vorbeiging. Weißes Haar, weiße Shorts und eine ebenfalls weiße ärmellose Bluse. Sie ging zur Tür des Schnapsladens, betätigte erfolglos den Türknauf, schaute auf die Uhr, versuchte es erneut mit der Tür und gab ihre Versuche dann auf.

»Sieh dir noch mal Seite sechs an.«

Thorn musterte Sugarman einen Moment lang, dann schlug er wieder das Magazin auf und fand die Seite. Ein junges Mädchen stand vor einem weißen Vorhang. Es hatte schwarzes Haar, war dünn, hatte keine Brüste und die Arme hinter dem Kopf verschränkt, während ein ebenfalls nackter Mann vor ihr kauerte und ihren Schoß mit der Zunge erforschte.

»Kommt dir irgendwas bekannt vor?«

Thorn betrachtete eingehend das Foto.

»Mein Gott.«

»Ich hab's mir gedacht.«

»Ich meine, der Körper ist ähnlich, die Nase, sogar die Jochbögen, ja. Aber die Augen sind völlig anders. Sylvies sind größer, weiter auseinander.«

»Aber du gibst doch zu, daß sie dicht dran ist. Eine frappierende Ähnlichkeit.«

»Na und? Das Magazin ist hundert Jahre alt.«

»Mag sein, daß es nur ein Zufall ist. Ein Typ entdeckt ein Mädchen, das er sich seit Jahren immer wieder in einem Magazin ansieht. Sofort wird er heiß. Er muß sie haben.«

Thorn schüttelte den Kopf, fixierte weiterhin das Mädchen. Ihre Augen waren zur Decke gerichtet. Der Ausdruck ihres Gesichts, teils gespielte Ekstase, teils nackter Horror. Ihre Lippen waren zu einem schwülen Lächeln verzogen, aber es war nicht echt, es lag keine Hitze darin. Als habe sie diesen Ausdruck irgendwo abgeschaut, dann so lange vor dem Spiegel geübt, bis sie in der Lage war, eine Emotion zu zeigen, die sie noch niemals selbst empfunden hatte.

Sie wirkte schrecklich mager, ausgezehrt, vor dem kahlen, grellen Hintergrund, aber sie hatte trotzdem etwas Reizvolles an sich. In ihren Augen lag eine Erregung, die Thorn wilden Tieren zuordnete, ein hektischer Blick, als dächte sie an nichts anderes als an Flucht.

Thorn legte das Magazin in seinen Schoß, und sie verfolgten, wie ein paar Kinder von der High-School in weiten Shorts und T-Shirts in die Videohalle gingen. Ein anderer Junge erschien auf einem Fahrrad, rief der Gruppe etwas zu, ließ das Fahrrad einfach auf dem Bürgersteig liegen und folgte seinen Freunden.

»Möchtest du mal probeweise die einzelnen Punkte zu einem Gesamtbild verbinden?«

»Ich weiß nicht«, sagte Thorn. »Ich muß das alles erst mal verdauen.«

»Nun, ein paar Dinge wissen wir«, sagte Sugar. »Wir wissen, daß Darcy das Video mit Murtha und Sylvie gesehen hat. Sylvie gibt ihm eine Pistole, Murtha schaltet die Kamera aus. Darcy muß wie vom Blitz getroffen worden sein, als sie das sah. Sie denkt darüber nach und fährt zu Eddie und Tonasha. Für sie sah die Szene aus, als hätten Murtha und das Girl sich darüber unterhalten, jemanden zu ermorden.

Aber Darcy ist sich nicht sicher. Es hätte auch um etwas ganz anderes gehen können. Daher taucht sie im Schnapsladen auf, erzählt Murtha, was sie gesehen hat, und er schlägt sie. Sie zieht ab und fängt dann vielleicht an, sich zu überlegen, daß Murtha eigentlich damit recht hat, sauer zu sein. Nichts spricht immerhin dafür, daß es bei der Szene, die sie gesehen hat, um kriminelle Machenschaften ging. Sicher, es könnte ein Mordkomplott sein, aber genausogut könnte es auch völlig harmlos gewesen sein. Eddie kann nicht alles von den Lippen ablesen, also gibt es für Darcy auch keine letzte Sicherheit. Vielleicht haben sie darüber gesprochen, wie man Kakerlaken abschießt. Wer weiß?«

Die Augen immer noch geschlossen, ergriff Thorn nun das Wort. »Darcy ist verwirrt und ratlos. Vielleicht hat sie sogar ein schlechtes Gewissen, daß sie durch ihre Aktion deiner Firma einen Kunden weggenommen hat. Immerhin die Hälfte eures Klientenstamms. Und weil sie sich entschlossen hat, die Angelegenheit ganz allein zu verfolgen.«

»Wie bitte? Wie kommst du denn auf diesen Unsinn?«

»Darcy hat es mir gesagt. Auf dem Boot an dem Tag, an dem sie ermordet wurde. Sie deutete an, daß sie eine eigene Untersuchung durchführe.«

»Warum hat sie nicht mit mir darüber gesprochen?«

»Sie wollte ein wenig Unabhängigkeit, vermute ich. Sie wollte etwas ganz Persönliches.«

»O Mann!«

»Wie dem auch sei«, fuhr Thorn fort, »sie geht zu Murtha und erzählt ihm, was sie gesehen hat, und wenn es tatsächlich zutraf, das heißt, wenn er wirklich den Mord an jemandem plante, dann dürfte Darcy sich ziemlich tief in die Scheiße geritten haben.«

Sugarman starrte zu Murthas Schnapsladen hinüber und atmete schwer. Thorn betrachtete erneut das magere Mädchen auf dem Foto. Man konnte ihre Rippen, die Konturen ihres Skeletts erkennen.

»Verdammter Mist«, sagte Thorn.

»Was ist los?«

»Das ist meine Schuld. Ich wußte, daß etwas nicht stimmte. Aber ich bekam es nicht aus ihr heraus. Ich habe nicht die richtigen Worte benutzt.«

»Na klar, so ist es richtig, alter Freund. Gib dir nur selbst die Schuld. Stell alles auf den Kopf, begib dich selbst auf den Drehspieß im Emotionsgrill und schaff dir eine anständige braune Kruste schlechten Gewissens an.«

Thorn öffnete das Handschuhfach und stopfte das Magazin hinein. Er beobachtete durch die Windschutzscheibe Murthas vorderes Schaufenster.

»Eine Sache beschäftigt mich doch«, sagte Sugar. »Wie zum Teufel hat der Mörder es geschafft? Woher wußte er, daß du und Darcy genau zu jenem Zeitpunkt mit deinem Boot hinausfahren wolltet und daß Darcy irgendwann tauchen würde? Ich finde, das alles paßt einfach zu gut zusammen.«

Thorn schaute hinaus auf den endlosen Verkehrsstrom auf der U.S. 1.

»Sie wollte sich mit jemandem treffen.«

»Wie bitte?«

»Sie hatte sich an dem Morgen, als wir zum Riff rausfuhren, mit jemandem in der Snake Creek Marina verabredet. Ich weiß nicht,mit wem, aber es ist auch niemand am Treffpunkt gewesen. Deshalb wußte jemand sehr wohl darüber Bescheid, wo sie war und wann. Der Rest war vermutlich reine Improvisation, ergab sich sozusagen aus der jeweiligen Situation.«

Thorn sah durch das Fenster auf einen Wagen, der neben ihnen stoppte. Ein weißhaariger Gentleman in langer Madrashose und einem hellgrünen Oberhemd stieg aus und suchte den Eisenwarenladen auf. So sah also das abwechslungsreiche Pensionärsleben aus. Und die soziale Sicherheit.

Sugarman trommelte mit den Fingerspitzen auf dem Lenkrad. Sie konzentrierten sich beide auf einen fünfzehnjährigen

Jungen, der an der Tür der Videospielhalle stand und sehnsüchtig hineinsah.

»Paß mal auf, Sugar. Kommt Roy Murtha dir vor wie jemand, der an irgendeiner höheren Militärakademie ausgebildet wurde? Als Green Beret-Typ. Preßluftflaschen und tödliche Griffe. Ich finde, so wie der Typ in seinem Laden herumstolpert, sieht es aus wie ein Demonstrationsfilm über Herzinfarkte.«

Ein junges Paar in Bluejeans und zueinander passenden karierten Hemden näherte sich auf dem Bürgersteig. Er hatte den Arm um ihre Schultern gelegt, sie umschlang seine Taille. Sie gingen an den Läden der Zeile entlang, blieben vor dem Schmuckgeschäft stehen und betrachteten sehnsüchtig die Schaufensterdekoration. Thorn wandte den Blick ab und schaute statt dessen wieder auf den Verkehrsstrom draußen auf der U.S. 1.

»Etwas anderes würde ich auch noch gerne wissen«, sagte Sugar, »nämlich weshalb du mir diese Tilapia-Sache verschwiegen hast.« Er beugte sich vor, legte seine Wange auf die Hände, die das Lenkrad umklammerten. Thorn sah ihm in die Augen.

»Kurz bevor sie zum letztenmal ins Wasser sprang, fragte Darcy mich, ob ich schon mal von einer Roten Tilapie gehört habe. Als es mir später wieder einfiel, war ich mir nicht sicher, aber ich dachte, vielleicht hatte es mit dem zu tun, was sie störte. Also ja, ich mußte irgendwas unternehmen, deshalb schnüffelte ich herum und informierte mich gründlich über die Tilapien. Das tat ich gestern.«

»Aber du wolltest mir gegenüber nichts darüber verlauten lassen.«

»Ich hatte doch noch keine Ahnung, was das alles zu bedeuten hat. Oder ob es überhaupt von Bedeutung war.«

Sugarman setzte sich auf, deutete mit einem Finger auf Thorn.

»Keine Lone Ranger-Nummer, Thorn. Wir arbeiten im Partnersystem. Jeder paßt auf den anderen auf. Hast du gehört, was ich sage?«

Zusammengesunken im Schalensitz kauernd, streckte Thorn den Arm aus und drückte auf den Verriegelungsknopf der Handschuhfachklappe, dann schloß er sie wieder. Er räusperte sich, blickte auf Murthas Laden. Dann begann er Sugar von Ludkin, Seamark und den aufgestapelten Leichen zu erzählen. Er wiederholte, was der Professor ihm zu der Roten Tilapie gesagt hatte, daß sie eine Goldgrube sei, berichtete alles, Wort für Wort, Einzelheit für Einzelheit, soweit er sich erinnern konnte.

Als er damit fertig war, sagte Sugar: »Na schön, okay. Interessant das Ganze, aber wo ist die Verbindung zwischen Sylvie, den Tilapien und Murtha? Mir fällt dazu nichts ein.«

»Nun«, sagte Thorn, »da wäre erst einmal Sylvies Name. Es ist der gleiche wie der eines Burschen, der an der Golfküste Tilapien züchtet. Sylvie Winchester.«

»Nun ja.«

»Was Murtha betrifft, dazu kann ich nicht viel sagen. Vielleicht ist das nur eine falsche Meldung.«

»Eine was?«

»Einer von Darcys Ausdrücken. Aus ihrer Zeit als Wettertante. Eine Art falsches Echo, das zustande kommt, wenn der Radarstrahl von großen Bürogebäuden reflektiert wird. Dann sieht man auf dem Bildschirm Unwetterherde, die gar keine sind.«

»Murtha soll eine solche falsche Meldung sein?«

»Durchaus möglich.«

»Aber was ist denn mit dem Chee to unter deinem Haus? Das sieht mir nicht aus wie eine Falschmeldung.«

»Okay, Sugar, dann klemm dich hinter Murtha. Ich kümmere mich um Sylvie.«

Sugarman ließ den Motor an und setzte rückwärts aus der Parklücke.

»Du bekommst schon wieder diesen Blick, Thorn.«

»Und wie sieht dieser Blick aus?«

Er fand eine Lücke im Verkehrsstrom und fuhr auf den Highway auf, der die Inseln untereinander und mit dem Festland verband.

»Es ist der Blick«, sagte er, »als würdest du jemandem empfehlen, noch schnell ein Gebet zu sprechen.«

»Sie können beten, soviel sie wollen«, sagte Thorn. »Eines kannst du mir glauben, Sugar, helfen wird es ihnen kein gottverdammtes bißchen.«

Kapitel 15

Als sie wieder in Sugarmans Büro waren, rief Thorn Jimmy Pat Criswell, einen alten Freund bei der Florida Marine Patrol, an. Aber nein, Jimmy Pat wußte nichts über Fischzucht, Tilapien oder irgendwelche Leute aus dieser Branche, aber er nannte Thorn die Telefonnummer eines Mannes im Innenministerium oben in Atlanta, wo er im Richard Russell Federal Building saß. Jimmy Pat nahm an, daß das Innenministerium für Fischzuchtbetriebe zuständig sei.

Aber Jimmy Pats Bekannter war nicht an seinem Arbeitsplatz, und seine Sekretärin erklärte Thorn, er müsse sich sowieso an U. S. Fish und Wildlife wenden. Sie gab ihm die Nummer des Regionalbüros Südwest durch, das ein gewisser Jones leite, also wählte Thorn dessen Nummer, doch Jones war zwei Monate zuvor ins Büro in Sarasota versetzt worden, und die Frau, die sich gemeldet hatte, erkundigte sich, ob sie Thorn trotzdem behilflich sein könne. Die rauhe Stimme klang irgendwie vertraut, aber Thorn konnte sie nicht einordnen. Er erklärte der Frau, wer er sei und was er wolle. Sie zögerte einen Moment, dann sagte sie: Thorn? Köderfliegen-Thorn? Der Eremit von Key Largo? Thorn, der Hundertmeterläufer?

Nun, sagte er, er sei in letzter Zeit nicht mehr so viel gelaufen, aber ja, der Rest treffe zu. Du wirst es nicht glauben, sagte sie, aber hier ist Judy Nelson. Früher Judy Murphy. Dann schwieg sie, damit er reagieren konnte, aber verdammt noch mal, er konnte sich nicht an sie erinnern. Nach längerem verlegenen Schweigen sagte er: Aber ja, Judy Murphy, natürlich. Hi, Judy. Dabei hatte er noch immer keine Ahnung, wer sie verdammt noch mal war. Ja, ja, sagte sie, ich habe so einen Blindgänger namens Nelson geheiratet, die Ehe dauerte ein Jahr, dann habe ich ihn sitzenlassen, aber den Namen habe ich behalten, frag mich nur nicht, weshalb. Und ja, zur Hölle, sie kenne Winchester. Sie würde Thorn sogar hinfahren, wenn er mochte. Während der Fahrt könnten sie sich über die alten Zeiten unterhalten. Wann er denn rüberkommen wolle? Morgen, sagte er. Am frühen Mittwochmorgen. Prima, sagte sie, ich warte auf dich. Und Judy, fügte er noch hinzu, ich möchte diesen Typen überraschen, möchte nicht vorher angemeldet werden. Ist das okay? Judy überlegte einen Moment lang, dann sagte sie: Erzählst du mir denn, worum es überhaupt geht? Morgen, sagte Thorn. Morgen ganz bestimmt.

»Das ist vielleicht seltsam«, sagte Thorn, während er den Hörer auflegte. »Kennst du eine Judy Murphy?«

Sugarman schaute vom Schreibtisch hoch.

»Judy? Klar, natürlich. Na komm schon, Thorn, erinnerst du dich nicht an sie? Linker Halbsturm.«

Thorn mußte angestrengt nachdenken, aber am Ende hatte er ein undeutliches Bild vor sich.

»O Gott! Diese Judy!«

»Ja«, sagte Sugarman. »Big Jude.«

Judy Murphy war das einzige Mädchen in der Geschichte von Key Largo gewesen, das probeweise in der Footballmannschaft der Universität von Coral Shores aufgestellt worden war. Sie war kurz vor dem ersten Spiel der Saison wieder aus der Mannschaft genommen worden. Bis zu diesem Zeitpunkt hatte Judy ein halbes Dutzend Spieler des Angriffs schachmatt gesetzt. Der Trainer entschied, es sei für die Jungs zu demoralisierend, sie in der Mannschaft zu behalten. Thorn und Sugar und zwei andere meinten, Judy demoralisiere sie in keinster Weise. Sie hätten sie gerne in der Mannschaft. Aber der Trainer hatte seine Entscheidung getroffen. Judy wehrte sich nicht. Sie hatte im Grunde erreicht, was sie wollte. Und nachher ging sie zu allen Spielen, saß in der letzten Tribünenreihe, verfolgte das Geschehen aufmerksam, klatschte aber niemals Beifall.

Sugars Telefon summte. Er nahm den Hörer ab, dann sagte er klar, sicher, Andy, schicken Sie sie rein.

Thorn setzte sich in den Klientensessel und sah zu, wie Rochelle Hamilton durch die Tür hereinkam. Sie trug ein dunkelgrünes Baumwoll-T-Shirt und weit geschnittene weiße Jeans sowie Wildledersandalen. Sie hatte die Hände in den Taschen ihrer Jeans und blickte zwischen Thorn und Sugarman hin und her.

»Rochelle«, begrüßte Sugarman sie.

»Hi«, sagte sie verlegen und blieb kurz in der Türöffnung stehen, ehe sie sich umdrehte und die Tür schloß. »Hi, Thorn.«

Er beantwortete ihren Gruß in neutralem Tonfall.

»Ich bin hergekommen«, sagte sie, »weil ich über den Abend neulich nachgedacht habe. Wie ich reagiert habe. Ich wollte mich dafür entschuldigen.«

»Ist schon okay«, sagte Thorn. »Vergiß es.«

»Willst du dich nicht setzen?« fragte Sugarman.

»Ich habe etwas mitgebracht. Ich weiß nicht, aber ich dachte, es könnte vielleicht nützlich sein.«

Sie zögerte kurz, blickte zu Sugarman, ließ dann den Blick durch das Büro schweifen, als käme ihr plötzlich eine Erleuchtung, mit der sie nicht gerechnet hatte.

»Ich weiß nicht, ob ich es tun soll.«

»Was ist es denn, Rochelle?«

Sie holte einen Zeitungsausschnitt aus der Tasche, trat vor und reichte ihn Sugarman. Dann kehrte sie zur Tür zurück. Ihr Blick irrte ab zu Thorn und richtete sich dann auf die Wand.

»Möglich, daß du ein Vergrößerungsglas brauchst«, sagte sie. »Ich habe eins genommen.«

Sugarman betrachtete den Ausschnitt, las den Text, schaute Thorn an. Dann öffnete er die Schreibtischschublade, kramte einige Sekunden lang darin herum, fand schließlich eine Lupe. Er gab einen Knurrlaut von sich, beugte sich vor. Und ohne den Blick vom Ausschnitt abzuwenden, griff er nach der Schreibtischlampe und zog sie herüber und knipste sie an.

»Was ist?« fragte Thorn.

»Wo zum Teufel hast du das her, Rochelle?« Sugarman beugte sich noch immer über den Zeitungsausschnitt.

»Mit der Frage hatte ich gerechnet.«

Thorn stand auf und warf einen Blick auf den Ausschnitt. Er sah ein Foto von einem Mann, der mit dem Kopf in seinen Teller gefallen war. Das Gesicht war zur Seite gedreht. Die Schlagzeile lautete: DRITTER MAFIA-MORD IN VIER TAGEN.

»Nimm das Vergrößerungsglas, Thorn, und verrat mir, was du siehst. Ich meine den Typ in den Nudeln, mit dem Gesicht zur Kamera.«

Thorn nahm die Lupe, richtete die Lampe auf die Zeitung, suchte den günstigsten Abstand zum Papier und beugte sich vor.

»Nein... absolut nichts«, sagte er. Dann: »Hey, Moment mal!«

»Und? Was ist?«

Das Haar des Mannes war dunkler und voller, sein Gesicht um einige Pfund leichter. Aber mit den gleichen Kinnfalten, der gleichen fleischigen Nase, den gleichen Augenbrauen. Dazu dieser rauhe, dunkle Teint. Roy Murtha.

»Raymond Bianetti, so heißt er hier, wurde siebenmal getroffen, während er seine Fettucine Alfredo verzehrte.«

Thorn legte das Vergrößerungsglas beiseite.

»Könntet ihr mir mal etwas erklären?« bat Sugarman. »Weshalb, zum Teufel, tun sie das? Zeigen in den Zeitungen diese Nudelbilder. Das ist doch abscheulich. Es kommt einem so vor, als habe der Reporter sich einen Witz erlaubt. Diese verdammten Zyniker. Mr. Superman verstarb an einem Gehirnschlag, sein Kopf schwamm in seiner Campbell's Buchstabensuppe. An seiner Wange klebten ein *A* und ein *C*. Das ist doch eine ganz billige Methode, sich mit jemandem, der tot ist, einen Scherz zu erlauben, verdammt noch mal.«

»Nur ist dieser Typ«, sagte Thorn, »gar nicht tot. Er ist wieder aufgestanden und hat sich aus eigener Kraft aus dem Staub gemacht.«

»Aber nicht laut der *New York Times*. Er wurde am 10. Januar 1975 gegen vier Uhr achtundvierzig im Cedars Sinai Hospital für tot erklärt. Er war auch unter Raymond the Clink bekannt. Aus zuverlässigen Quellen verlautet, er habe zwölf Menschenleben auf seinem Mordkonto. Der alte Ray war ein fleißiger Bursche, er hat eine ganze Menge Jobs erledigt.«

»Wie bist du an den Ausschnitt geraten, Rochelle?«

»Murtha und ich...« Sie holte Luft und schüttelte angeekelt den Kopf.

»Ihr hattet ein Verhältnis«, stellte Thorn fest. »Du und dieser Schnapsladeninhaber.«

»Ja«, sagte sie. »Als er gerade eingezogen war. Es dauerte nicht lange. Eine Woche vielleicht.«

»Und du hast dies in seiner Wohnung gefunden?« fragte Sugarman.

»Ich suchte neulich ein Aspirin«, sagte sie. »Murtha schnarchte im Schlafzimmer. Ich befand mich gerade auf der Gästetoilette, öffnete die Schubladen, fand gar nichts, und dann sah ich es, in diesem Schrank unter Handtüchern und Waschlappen. Ein Sammelalbum. Dutzende von Zeitungsausschnitten, die gleiche Meldung aus verschiedenen Zeitungen. Ich zog eine raus und fing an zu lesen. Ich fing gerade an zu begreifen, als ich ihn im Schlafzimmer hörte. Ich war völlig verwirrt, ein wenig ratlos. Eigentlich brauchte ich nichts anderes zu tun, als den Ausschnitt wieder zu den anderen zu legen. Aber das tat ich nicht. Ich verstaute ihn in der Tasche meines Bademantels. Es war so dumm, aber mein Gott, ich hatte Angst. Ich wußte gar nicht richtig, was ich überhaupt tat.«

Rochelle schloß die Augen, ließ den Kopf sinken.

»Raymond the Clink?« fragte Sugarman und sah von dem Zeitungsartikel hoch. »Was für ein Name ist das denn für einen Mobster?«

»Keine Ahnung«, sagte Thorn. »Clink wie Knast vielleicht.«

»Naja«, sagte Sugar. »Viel Angst macht mir das nicht. Es klingt nur irgendwie seltsam.«

»Der Typ muß 'ne Menge bezahlt haben, um eine solche Nummer durchzuziehen«, sagte Thorn. »Krankenhauspersonal, Polizei, Angestellte des Restaurants. Der muß ja geradezu mit Geld um sich geworfen haben.«

»Oder er ist im Zeugenschutzprogramm. Möglich, daß das FBI diese Sache inszeniert hat. Die machen so was öfter.«

»Weißt du etwas darüber, Rochelle?«

»Nein«, sagte sie. »So nahe habe ich ihm nie gestanden. Eigentlich haben wir kaum miteinander geredet.«

»Mann«, sagte Sugar. »So etwas würde nur die verdammte

Regierung versuchen. Die guten alten Vereinigten Staaten von A. Bring ein Dutzend brave Mitbürger um – mein Gott, kein Problem. Du brauchst nur gegen irgend jemanden auszusagen, der bei Rot die Straße überquert hat. Anschließend richten wir dir in den Florida Keys einen hübschen kleinen Schnapsladen ein und vernichten deine Akte. Scheiße, nicht mal der Papst brächte eine solche Absolution zustande.«

Thorn sah sich noch einmal den fünfzigjährigen Murtha an und schob den Zeitungsabschnitt über den Tisch.

»Im Grunde ist es doch gleichgültig, oder? Ob er selbst dieses Schauspiel arrangiert hat oder ob es die Regierung war. So oder so steckt er mittendrin.«

Sugar nickte. »Nein, es macht keinen Unterschied. Nicht den mindesten.«

Rochelle räusperte sich. »Ich denke, ich verschwinde wieder.«

Thorn stand auf, ging zu ihr hinüber.

»Danke, Rochelle. Danke, daß du damit hergekommen bist. Das hättest du wirklich nicht tun müssen.«

»Könnte ich Schwierigkeiten bekommen?« wollte sie wissen. »Ich meine, wenn er den Ausschnitt vermißt, vielleicht darauf kommt, wer ihn haben könnte.«

»Wenn noch weitere in dem Album waren, die ähnlich aussahen wie der hier, bezweifle ich, daß er etwas merkt. Außerdem hast du ihn ja schon vor ein paar Monaten rausgenommen«, sagte Sugar. »Und bisher hat er ihn nicht vermißt.«

»Er ist es, der in Schwierigkeiten steckt«, sagte Thorn. »Mach dir mal keine Sorgen. Schließ nur immer deine Tür ab. Wenn er auftauchen sollte, dann ruf Sugar an.«

»In Ordnung«, sagte sie. »Ich glaube, ich sollte jetzt zur Arbeit gehen.«

»Ich komme später kurz vorbei«, versprach Thorn. »Nachsehen, wie es dir geht.«

»Wirklich?« fragte sie. Dann hielt sie abrupt inne, brachte ihre Emotionen unter Kontrolle und sagte: »Mach dir keine Umstände, Thorn. Ich komme schon zurecht.«

»Ich sagte, ich komme vorbei, also komme ich auch vorbei.«

Rochelle lächelte matt. Diesen Satz hatte sie schon zu oft gehört. Als sie hinausgegangen war, setzte Thorn sich wieder in den Sessel gegenüber dem Schreibtisch.

»Das könnte eine Erklärung dafür sein, daß er dein Haus unter Beschuß genommen hat. Der Typ glaubt, daß Darcy ihm auf den Fersen ist, daß sie seine wahre Identität aufdecken will. Er räumt sie aus dem Weg und nimmt dann ihren Freund aufs Korn.«

»Indem er durch den Fußboden schießt? Das klingt mir aber nicht nach Mafia. Sehr schlampig und unprofessionell.«

»Der Junge hat sich zur Ruhe gesetzt. Hat schon lange nicht mehr in dem Spiel mitgemischt. Vielleicht ist er auch gar nicht mehr so scharf aufs Blutvergießen.«

»Schon möglich«, sagte Thorn. »Aber wie dem auch sei, ich will auf jeden Fall dieser Winchester-Spur nachgehen. Ich habe das Gefühl, als bestünde da eine sehr enge Verbindung. Meinst du, du kommst mit Raymond the Clink zurecht?«

»Na klar«, versicherte Sugar. »Ich glaube, dazu reichen meine Fähigkeiten noch gerade so aus.«

Sugarman drehte sich mit seinem Sessel, lehnte sich zurück und schaute in den Schönheitssalon, wo eine hübsche junge Schwarze sich ein paar Schritte entfernt gerade die Haare tönen ließ.

Während er die Frau beobachtete, sagte er: »Eins solltest du wissen, Thorn, ich leide auch. Ich habe Darcy geliebt. Vielleicht nicht auf die gleiche Art und Weise wie du, aber genauso intensiv, auf meine Art. Genauso innig. Und eines kannst du mir glauben, Kumpel, es gibt nichts auf dieser Erde, was ich nicht tun würde, um diese Angelegenheit aufzuklären. Innerhalb des gesetzlichen Rahmens, versteht sich.«

Er atmete tief ein, hielt für einige Sekunden die Luft an, dann atmete er aus. Während er sich wieder zu Thorn umdrehte, spielte ein seltsames Lächeln um seine Lippen. Friedlich, aber intensiv und drängend. Ein dunkles Feuer lag in seinen Augen.

Er war ein Mann, der niemals gehaßt hatte. Er war offensichtlich ohne die notwendigen Organe geboren worden, die Bitterkeit oder Groll erzeugten. Das Äußerste, was Sugar zustande brachte, war ein leichter Unmut, ein ungehaltenes Knurren ab und zu. Wut und Raserei lagen ihm völlig fern.

Thorn erinnerte sich oft an einen bestimmten Freitag im Oktober, fünfundzwanzig Jahre zuvor, als Sugar und er hilflos unter einem wild verschlungenen Haufen Footballspieler auf dem Rasen lagen. Sugar hielt das Ei unterm Arm, nachdem er gerade das nächste Down geschafft hatte. Sie sahen einander durch die Schutzgitter ihrer Helme an, die Fans jubelten, die Pfeife des Schiedsrichters schrillte in ihren Ohren, und sie grinsten, ausgelassen, selig.

Und genau in diesem Moment erschien eine mächtige weiße Hand und schob sich durch das Gewimmel der Körper und wanderte nach unten, fand Sugars Gesichtsschutz, und irgend so ein brutaler Linebacker namens Langstaff von den Zuckerrohrfeldern um Clewistone bohrte einen Finger mitten in Sugarmans rechtes Auge. Verletzte ihn. Thorn schnappte nach dem Arm, um sich ein Stück rauszubeißen, aber er schlängelte sich weg und war außer Reichweite, als die Körper sich sortierten.

Sugar spielte mit seinem blutigen Auge weiter. Er schien nicht wütend zu sein, allenfalls konzentrierter, entschlossener. Präziser. Bis zum vierten Spielviertel, als er durch die Verteidigungsreihe brach und es bis aufs freie Feld schaffte. Und dort stand Langstaff, nahm ihn aufs Korn, galoppierte los, ein riesiger Bursche, einsneunzig groß, mindestens dreißig Pfund schwerer als Sugar, und diesmal reagierte Sugar nicht mit Eleganz, schlug er keinen Haken, wich nicht aus, sondern schien sogar zu bremsen, einen Gang zurückzuschalten, und beide Jungs senkten die Schultern, als sie sich dem Kollisionspunkt näherten, aber irgendwie drückte Sugar seine Schultern das entscheidende Stück tiefer hinunter und rammte seinen Helm dem Linebacker mitten in den Wanst, so daß er gerade hochkommen mußte, und dann rannte er einfach über ihn hinweg. Der Bauerntölpel war zwanzig Minuten lang bewußtlos, während Sugar an der Seitenlinie stand und in Ruhe eine Cola trank. Er war nicht wütend, sondern er feierte den Sieg. Er hatte nichts anderes getan, als nach den Regeln gespielt.

Sugarman stützte die Ellbogen auf das Löschblatt seiner Schreibtischauflage. In seinen Augen lag noch immer ein ernster Ausdruck.

»Versprich mir eins, Thorn, falls du drüben in Naples in den Bau wanderst, dann ruf mich sofort an, wenn man dich dein dir gesetzlich zustehendes Telefongespräch führen läßt, okay?«

Thorn blieb an der Bürotür stehen.

»Du weißt, daß sie dich geliebt hat, Sugar. Das weißt du, nicht wahr?«

Sugarman starrte auf das Löschblatt, atmete schwer.

»Ja«, sagte er schließlich wie aus weiter Ferne. »Aber irgendwie tröstet mich das im Augenblick nicht besonders.«

»Vielleicht nicht«, gab Thorn zu. »Aber es ist der einzige Trost, den wir haben.«

Thorn verbrachte den Dienstag damit, sein Hausdach zu flikken. Die Augustsonne brannte auf ihn herab, fünfunddreißig Grad. Die Luftfeuchtigkeit war so hoch, daß er mit einem Trinkglas nur einige Male hätte durch die Luft fahren müssen, um es voll zu bekommen.

Er riß jedes Holzbrett heraus, das beschädigt worden war, entfernte auch die anderen drum herum, bis er eine saubere Öffnung geschaffen hatte. Dann ersetzte er die zerstörten Schindeln und befestigte sie mit vernickelten Dachnägeln. Dreiundzwanzig Einschußlöcher. Achtundsechzig Zedernholzschindeln. Vierhundertzwölf Nägel.

Er arbeitete den ganzen Nachmittag hindurch und schwitzte jede Menge Tequila und Bier aus. Er wußte, daß das biologisch nicht ganz korrekt beschrieben war. Die Leber schied den Schnaps aus, aber der Schweiß schien ihn gleichfalls innerlich zu reinigen. Und als er die Arbeit beendet hatte, sein Haus wieder wasserdicht war und die Sonne sich gerade anschickte, im Blackwater Sound zu versinken, hatte er kaum genug Kraft, um vom Dach hinunterzuklettern. Er fühlte sich, als habe er wochenlang einen Konditionssprint nach dem anderen absolviert. Seine Knochen waren so matt wie nach einer schweren Grippe.

In der Küche trank er einen Liter Wasser, dann einen zweiten. Er ging mit einem Glas hinaus auf die Veranda und sah zu, wie die Sonne eine einzelne Wolke in Flammen setzte. Sie stand am Horizont wie ein riesiger Berg Zuckerwatte, der in allen Farben des Spektrums erstrahlte. Zuerst ein schwaches Rosa, dann kräftigere Rottöne, und nach einer Weile färbte die Wolke sich silbern, dann wurde daraus ein bleiernes Grau, ehe sie im Dickicht der Nacht untertauchte.

Thorn trank noch mehr Wasser, konnte aber den trockenen Schmerz in seiner Kehle nicht lindern. Er trank Wasser, bis die Sterne herauskamen, dann legte er sich in die Hängematte auf der Veranda, starrte in die Dunkelheit und lauschte dem Echo seines Hammers, mit dem er die Dachnägel eingeschlagen hatte. Die ganze Nacht lag er in der Hängematte, rührte sich nicht und schlief auch nicht.

Kapitel 16

Doris Albright wartete neben der Beifahrertür des goldfarbenen Eldorado, während Billy und Don Malton ihren Mann heraushoben und in den Rollstuhl setzten. Der Boß kam noch immer zur Arbeit, egal wie krank er war, wie schwach und weggetreten.

Die Malton-Brüder arbeiteten im Fischhaus, erledigten Hummer, sortierten Austern, filetierten Fische, erledigten alles, was gerade anfiel, seit fast fünfzehn Jahren. Eine verdammt lange Zeit, wenn man auf dieser Insel bei einer Sache blieb. Nach all den Jahren, die sie für Philip gearbeitet hatten, sprachen sie noch immer mit ihm auf jene unterwürfige Art und Weise, derer sie sich schon bedient hatten, ehe der Schlaganfall ihn zu diesem schlaffen Fleischklumpen degradiert hatte.

Philip war mal so grob und hitzig gewesen wie andere Männer, die Doris gekannt hatte. Aber nicht lange nachdem sie ihn kennengelernt hatte, begann sie zu begreifen, daß diese Barschheit lediglich eine Tarnung für eine zutiefst sentimentale Ader war. Insgeheim sorgte er sich um Billy und Don, betrachtete sie als seine Söhne, wie er auch alle anderen Männer und Frauen liebte, die für ihn arbeiteten, die sich genauso wie Philip jahrelang abgemüht und geschunden hatten, um Fisch auf Fisch aus den kalten Tiefen heraufzuschaffen.

Doris ging hinter Billy, während er Philips Rollstuhl die Betonrampe ins Fischhaus hinaufschob. Sie begrüßte das halbe Dutzend Angestellte, das zu beschäftigen sie sich gerade noch erlauben konnte. Keiner von ihnen wußte es offiziell, obgleich die meisten es wahrscheinlich ahnten, daß ihr Arbeitsplatz zum Verkauf stand. Eins Komma drei Millionen betrug der geforderte Preis. Kaum genug, um die beiden Hypotheken, die Berge von Arztrechnungen, die rückständigen Steuern zu bezahlen. Eine Million und dreihunderttausend. Eine unvorstellbare Summe.

Während jeder der Angestellten Philip gute Besserung wünschte, antwortete er mit dumpfen Lauten und nickte dabei mühsam mit dem Kopf. Sie übernahm den Rollstuhl und schob ihn ins rundum verglaste Büro, schloß die Tür und verriegelte sie. Dann begann sie die Jalousien herunterzulassen.

Sie mußte sich umziehen, ehe sie den Arbeitstag begann. Sie erledigte Philips Arbeiten: Buchführung, Verhandlungen mit Lieferanten und die endlosen Gespräche mit den ständig jammernden Hummer- und Krabbenfischern. Kontrolle der Reinigung und des Sortierens, des Verpackens, der Zubereitung und tausend anderer Dinge, die in einem Fischgroßhandel anfielen.

An diesem Morgen waren sie wieder mal im Baptist Hospital in Miami gewesen, wo wieder eine gründliche Untersuchung stattgefunden hatte. In der vergangenen Nacht war es zu einem weiteren Anfall gekommen, und als er vorbei war, hatte Philip auf seine undeutliche und atemlose Art erzählt, daß er erneut einen Besuch von diesem Traummann erhalten hatte, der ihn, wie Philip behauptete, allmählich vergiftete. Völlig normal, sagte der Neurologe. Während eines Anfalls sei es nicht ungewöhnlich, wenn der Patient Halluzinationen habe.

Doris trug noch immer ihre Straßenkleidung. Das weiße Baumwollkleid mit Zierbändern und Spitzenbesatz. Weiße Leinensandalen mit Absätzen, die mit Sisalschnur umwickelt waren und deren Bänder sich um ihre Fesseln wanden. Eine Gartenpartykluft so kühl und frisch wie ein Ananassorbet. Sie hätte lieber Shorts und ein Polohemd getragen, aber Philip liebte dieses Kleid so sehr, daß sie es mittlerweile jeden zweiten Tag anzog. Er hatte ihr dieses Kleid zwei Jahre zuvor während einer Kreuzfahrt durch die Karibik spontan gekauft.

Jetzt strahlten seine Augen immer, wenn er sie darin sah. Und um das zu erreichen, war Doris bereit, alles zu tun. Absolut alles.

Sie hatte sich bis auf Büstenhalter und Schlüpfer ausgezogen und griff nach ihrem ärmellosen Jeanskleid, das hinter der Tür an einem Haken hing, als sie bemerkte, wie Philip etwas murmelte, sich im Rollstuhl vorbeugte, ihr das Gesicht zuwandte und sehnsüchtig ihr nacktes Fleisch betrachtete.

Ein brüchiges Lächeln entstellte sein Gesicht, und er krümmte einen Finger, winkte sie zu sich. Sie hängte das Jeanskleid wieder an den Haken und ging zu ihm hinüber, überprüfte dabei die Jalousien. Sie knickte einige Lamellen gerade, dann näherte sie sich ihm, blieb vor ihm stehen, bot sich ihm an, bis er eine Hand hob und nach dem Gummibund ihres Schlüpfers tastete.

Seine Finger waren verkrümmt und schwielig, schabten rauh über ihre Haut, während er den Schlüpfer ein paar Zentimeter herunterzog und ein zufriedenes Grunzen aus seiner Kehle drang. Sie spürte, wie ein Schauder durch ihren Körper lief, ein seltsames Frösteln, Liebe und Mitleid, und, obgleich sie es nur ungern eingestand, eine Andeutung von Aversion gegen diesen Mann, der nun im Körper eines Fremden hauste. Philip beugte sich weiter vor, konzentrierte sich verbissen auf die Aufgabe, ihre Unterwäsche zu entfernen. Sie ließ die Arme an den Seiten herabsinken und gestattete ihm, seine Hände in die Seide zu schieben und zwischen ihren Beinen herumzutasten. War er früher so sanft und zart gewesen, wenn er sie erregte, war da jetzt nur noch Unbeholfenheit und spastisches Zucken. Es war, als stecke der Mann in einem eisernen Handschuh.

In den Jahren vor dem Schlaganfall hatten sie sich gewöhnlich am Sonntagvormittag geliebt und einmal in der Woche. Er war ein vitaler Vierundsechziger, sie viele Jahre jünger. Der Reiz war noch immer vorhanden. Das Vergnügen am Körper des anderen hatte in fünfzehn Jahren Ehe nicht abgenommen. Es war eine zuverlässige und mächtige Flamme, die die Verbindung festigte.

Doch nun hatte irgendeine Fehlschaltung in Philips Gehirn dafür gesorgt, daß er Tag und Nacht scharf war. Er war zwar nicht mehr zu einer Erektion fähig, doch er hatte noch immer eine unstillbare Lust auf sie, griff ständig nach ihr, hob ihr den Rock hoch, faßte ihr in die Bluse, um mit seiner defekten Hand ihre Brüste zu betasten und sich auf diese Art und Weise in eine fruchtlose, imaginäre Ekstase zu versetzen. Und sie ließ es zu, wann immer es möglich war, schenkte es ihm, ganz gleich wie tolpatschig und unangenehm es manchmal ablief. Sie gab ihm etwas, von dem sie hoffte, daß es für ihn ein Widerhall, ganz gleich wie schwach, dessen war, was sie einst gemeinsam erlebt hatten.

Gerade an diesem Morgen, als Philip im Wartezimmer saß, hatte Doris die Neurologin, eine Frau etwa in ihrem Alter, zu dieser neuen Lüsternheit befragt, und sie hatte ihren Kugelschreiber sinken lassen, Doris über den Tisch hinweg angestarrt und gesagt: »Wollen Sie sich etwa deshalb beklagen?«

Philip stöhnte vor sich hin, einer seiner gekrümmten Finger fand den Weg, drang in sie ein und wackelte jetzt hin und her, und Doris blickte hinab auf seinen Kopf, während sie durch sein schütteres Haar strich. Sie konnte hören, wie draußen auf der Laderampe ein Streit entbrannte, verstand so viel, daß die Orion-Waage angeblich nicht richtig geeicht sei.

Philip krallte seine freie Hand in ihr Gesäß, zog sie näher zu sich heran und tauchte ein in das verträumte Schwingen seiner Phantasie. Seine Finger führten in der vertrauten Hautfalte kurze Bewegungen aus, die ihnen früher so viel Lust bereitet hatten.

Draußen auf der Laderampe steigerte der Wortwechsel sich zu einer handfesten Schlägerei, und Tilly rief nach Doris, sie solle herauskommen und einschreiten. Sie klopfte an die Tür und rief Doris' Namen, während draußen auf der Rampe die Männer johlten und pfiffen.

Doris richtete den Blick wieder auf das schüttere weiße Haar ihres Mannes. Er wurde jetzt mit einem Erschauern und einem traurigen Wimmern fertig. Schwer atmend legte er den Kopf nach hinten und sah ihr in die Augen. Dabei blinzelte er, wie er es immer tat, wenn sie sich geliebt hatten, seine stumme Frage: Ob sie auch gekommen sei?

Sie nickte, ja, sie war. Kein Grund, nicht zu lügen. Dann trat sie zurück, löste sich aus seinem Griff und zog den Schlüpfer hoch. Sie nahm ihr Jeanskleid vom Haken an der Tür, schlüpfte hinein und knöpfte es zu.

Erneut klopfte jemand an die Tür. Mehrmals, hart, eine Pause und wieder.

Sie überprüfte ihr Gesicht im Spiegel, der an der Wand gegenüber den Fotos hing. Sie ordnete eine Strähne, die hinter dem linken Ohr verrutscht war, dann ging sie zur Tür und öffnete sie.

Roy Murtha stand vor ihr. Ein älterer Mann, dessen dunkle Augen sie anlächelten. Er trug eine anthrazitfarbene Hose, ein graues Hemd mit schwarzen Streifen aus glänzendem Stoff, Kunstseide oder irgendein anderes Synthetikmaterial, das unerträglich heiß aussah. Murtha kleidete sich immer so, eher wie der Buchmacher an der Ecke als wie der gewöhnlich etwas schlampige Keysbewohner. Er war dunkelhäutig, und seine Figur war klein und stämmig. Er hätte einer jener kräftigen Russen sein können, ein Grubenarbeiter oder Gewichtheber. Aufgeworfene Lippen, auf den Wangen ein dunkler Bartschatten. Weißes, dünnes Haar.

Während der vergangenen paar Jahre war er viermal in der Woche in den Fischladen gekommen. Ihr treuester Kunde. Soweit sie wußte, lebte der Mann alleine, aber er kaufte Lebensmittel für zwanzig. Er hatte immer ein Lächeln für sie, einen speziellen Gruß. Wollte ständig ein Schwätzchen halten, über die neuesten Ereignisse, übers Wetter reden. Er hatte ihr Angst eingejagt, als er vor Jahren aufgetaucht war, immer dieses Lächeln, dieser eindringliche Blick. Nun hatte sie sich daran gewöhnt, hatte erkannt, daß nichts Böses dahintersteckte.

»Hallo, Mr. Murtha.«

Er hielt ihr eine kleine Tüte Chee tos hin, bot ihr einen an. Sie schüttelte den Kopf.

»Was kann ich für Sie tun?«

Er zog die Tüte zurück, klaubte eine Handvoll Chee tos heraus, stopfte sie sich in den Mund, schenkte ihr ein Lächeln, dann drängte er sich an ihr vorbei in den Raum, während er kaute.

Es verschlug ihr den Atem.

»Was fällt Ihnen ein?«

»Wir brauchen ein wenig Ruhe, Doris. Sie und ich, wir müssen miteinander reden.«

Sie zögerte einen Moment lang, sah ihm zu, wie er durch ihr Büro schlenderte. Dann schloß sie die Tür hinter sich.

»Ich komme jetzt seit – wie lange eigentlich? – fast sechs Jahren her, nicht wahr?«

»Das stimmt in etwa.«

Er lächelte und ließ seinen Blick durch den Raum wandern, nahm jeden Gegenstand in sich auf.

»Dabei dürfte ich pro Woche hundert, wenn nicht zweihundert Dollar hiergelassen haben.«

»Manchmal sogar noch mehr«, sagte sie.

»Aber ich war noch nie hier drin. Im Allerheiligsten.«

Er ging hinüber zu Philip, bückte sich, um ihn eingehend zu betrachten. Die Augen ihres Mannes waren geschlossen, sein Kopf war auf die Brust gesunken. Er döste.

»Er sieht nicht sehr gut aus, nicht wahr?«

»Was soll das, Mr. Murtha?«

Er schaute zu ihr hoch, schenkte ihr sein vertrautes Grinsen.

»Das lustigste ist, Doris, die Wahrheit, daß ich überhaupt keinen Fisch esse. Das habe ich noch nie getan.«

»Wie bitte?«

»Ich hasse das Zeug. Alles, was im Wasser lebt, fand ich schon immer ekelhaft. Alleine schon von den Bezeichnungen, Kiemen, Flossen, Schuppen, all das, dreht sich mir der Magen um. Nein, Lady, ich halte mich lieber an das Snackzeug.« Er schüttelte seine Tüte, hielt sie ihr hin, bot ihr erneut einen Chee to an. Aber sie griff auch diesmal nicht zu. »Wissen Sie was, Doris, ich habe mir immer gewünscht, Sie wären in einem anderen Gewerbe tätig. Ich weiß nicht, wie oft ich herkam und dachte, mein Gott, wäre das schön, wenn Sie einen Blumenladen hätten oder ein Schmuckgeschäft. Irgendwas anderes, nur keinen Fisch.«

Er blieb vor der Wand mit den Fotografien stehen, betrachtete sie eingehend, während er sich eine Handvoll Chee tos aus der Tüte holte. Diesmal aß er sie einzeln, einen nach dem anderen.

»Diese Abneigung gegen Fisch«, fuhr er fort, »daran ist wohl meine Herkunft schuld. Mein Vater war in der Handelsmarine und liebte Schiffe. Während eines Landurlaubs nahm er mich einmal mit raus und wollte dem lieben kleinen Jungen beibringen, wie man fischt. Ich war sechs oder sieben, und ich hatte Angst. Das Wasser, die Wellen, all die riesigen Schiffe, die vorbeirauschten und unser Boot schaukeln ließen, das war mir alles so neu. Ich hab' mir fast vor Angst in die Hose gemacht.«

»Mr. Murtha, ich bin wirklich sehr –«

Er hob die Hand in einer beschwichtigenden Geste.

»Mein Dad und ich also in dem Boot. Ehe wir richtig vom Pier abgelegt hatten, mußte ich mich schon übergeben. Mein alter Herr hat es nicht geglaubt. Ich kotze mir die Seele aus dem

Leib und er lenkt das Boot, ruft *Raaaalph*, *Raaaalph*, macht jedesmal seine Scherze, wenn ich über den Rand spucke. Und nein, zum Teufel, er wollte mich nicht zurück an Land bringen, mußte den ganzen Tag im New Yorker Hafen rumfahren, wobei mir bei dem Seegang immer schlechter wurde und mein Vater dauernd sein *Raaaalph*, *Raaaalph* brüllte. Und er angelte weiter, fing diese Dinger, holte sie an Bord, dort sprangen die Fische rum, überall Blut auf dem Deck – ich brauchte es nur zu sehen, und schon kam es mir wieder hoch. Hab' den ganzen Tag an der Reling gekniet und mir blutige Knie geholt. Das war es dann endgültig, meinen Sie nicht? Wenn einem so etwas als Kind passiert, dann ist man gezeichnet. Man rührt keinen Fisch mehr an, man kann noch nicht mal daran denken. So ist es, wenn man noch ein Kind ist, man ist leicht zu beeindrucken. Dann entscheidet sich vieles für den Rest des Lebens. *Raaaalph*, *Raaaalph*, immer wieder. Ein lustiger Bursche, mein Vater. Sehr lustig.«

»Bitte, Mr. Murtha. Ich habe heute wirklich eine Menge zu tun. Wollen Sie etwas Bestimmtes?«

Während er weiterhin die Fotografien betrachtete, sagte er: »Nun, das ist eine ganz wesentliche Frage, nicht wahr, Doris? Ein Mann in meinem Alter, nicht gerade mittellos, also ich stelle mir diese Frage dauernd. Was will ich? Ich könnte mir dies oder das kaufen. Einen schönen Wagen, ein schnelles Motorboot. Aber was will ich eigentlich wirklich? Was fehlt in Roy Murthas Leben?«

Er drehte sich um, musterte sie. Steckte einen Finger in den Mund, lutschte an der orangefarbenen Kruste, die an ihm klebte. Sie seufzte ungeduldig.

»Die meisten Menschen, Doris«, sagte Murtha und leckte die letzten Spuren von den Fingern ab, »unternehmen etwas, tun etwas für sich. Sie heiraten, haben Kinder. Sie fragen nicht mehr, was sie wollen. Sie lenken sich ab, finden andere Beschäftigungen. All diese philosophischen Tagträumereien, sie schlafen regelrecht ein. Sie haben keine Zeit mehr dazu. Sie müssen jetzt daran denken, die Rate für den Wagen zu bezahlen, sie müssen arbeiten gehen, Milch holen, mit dem Baby den Arzt aufsuchen. Aber bei mir ist nichts daraus geworden, aus dem Heiraten. Ich habe zu viel gearbeitet, hatte niemals Zeit für Pralinen und Blumen. Hier bin ich also, in der Blüte meines Lebens, habe genug Zeit zur Verfügung, und ich stelle mir diese Frage jeden Tag immer wieder aufs neue. Was will ich eigentlich?«

»Hören Sie, Mr. Murtha, ich möchte nicht unhöflich sein, aber ich fürchte, Sie müssen jetzt gehen.«

Er räusperte sich und sagte: »Ich stamme von ziemlich ungehobelten, einfachen Menschen ab. Meine Eltern waren keine großen Denker. Eine richtige Ausbildung gab es nicht, außer auf der Straße. Ich bin in der Bronx aufgewachsen und stand meinen Eltern eigentlich nie sehr nahe. Ich hatte keinen Draht zu ihnen. Das klingt ziemlich schlimm, wenn man so etwas über die eigenen Eltern sagt, daß man nichts für sie empfindet. Aber so ist es nun mal. Genauso ist es mit mir gelaufen.«

Doris öffnete die Bürotür und hielt sie einladend auf.

Murtha verstummte. Sein stämmiger Körper bezog mitten in ihrem Büro Stellung. Er betrachtete Doris mit einem merkwürdigen Gesichtsausdruck, als sei sie soeben erst vor seinen Augen erschienen.

»Wissen Sie was, Schätzchen? Es klingt vielleicht gespenstisch, aber Sie beide haben tatsächlich die gleichen Augen. Die gleichen Jochbögen. Na schön, irgendwie ist alles unterschiedlich zusammengesetzt, aber es ist alles vorhanden. Die Farbe, sogar die Art und Weise, wie Sie die Augenbraue heben.«

Sie faßte sich fahrig an den Hals.

Mit gedämpfter Stimme sagte sie: »Die gleichen Augen wie wer?«

»Nun, Sylvie«, antwortete er. »Ihre Tochter, Sylvie Winchester. Sie beide gleichen sich aufs Haar.«

Doris machte einen Schritt nach hinten. Sie rang nach Luft.

Murtha wandte sich von ihr ab, durchquerte das Büro, streifte Philip mit einem Blick, dann schaute er auf die Wand mit den Fotos. Schwarzweißbilder von Fischen, die draußen auf dem Pier hingen. Marlin und Fächerfisch, auf deren Leib mit weißer Farbe ihr Gewicht aufgeschrieben war. Mexiko, die Karibik, Kalifornien, Nova Scotia. Auf allen waren Philip und Doris zu sehen. Sonnenverbrannt und ausgelassen nach einem herrlichen Tag auf dem Wasser. Und da waren auch noch andere Personen an der Wand, einige von den vielen, die durch ihr Leben gewandert waren, in der einen Hand ihre Angeln, einen Drink in der anderen. Gesichter, die jetzt namenlos waren, zeitlose Nachmittage an der Holzwand.

»Sind all diese Leute Freunde von Ihnen?«

»Ja«, sagte sie. Sie war nun ein wenig benommen, und ihre Knie zitterten leicht.

»Das ist gut«, stellte er fest. »Freunde oder Familie. Man sollte wirklich das eine oder andere haben. Am besten gleich beides.«

Murtha kam auf sie zu, schloß die Tür hinter ihr. Er streckte die Hand aus, streichelte mit dem Handrücken ihre Wange. Doris zuckte zurück, krümmte sich innerlich, als sie das Kitzeln seiner Haare auf den Knöcheln in ihrem Gesicht spürte. Sie wich aus.

»Siehst du, Doris, als ich heute herkam – geschah es nicht, um Fisch zu kaufen. Ich bin hergekommen, weil ich entschieden habe, daß wir endlich zur Sache kommen sollten. Ich erzähle von mir, aus meinem Leben, und du erzählst mir von dir, wir tauschen unsere Autobiographien aus, dann reden wir über die wichtigen Dinge, die unser beider Leben beeinflussen. Wie klingt das?«

Murtha fischte einen weiteren Chee to aus der Tüte, schob ihn sich in den Mund. Doris schwieg, ihr Puls hüpfte noch immer als Reaktion darauf, daß sie den Namen ihrer Tochter aus dem Mund dieses Mannes gehört hatte.

»In meinem Fall«, sagte Murtha, während er kaute, »braucht man nur die Jahre zusammenzuzählen, und dann bin ich nichts weiter als ein alter Mann. Aber die Wahrheit ist, Doris, daß ich mich kein bißchen alt fühle. Ich habe keine Probleme mit der Gesundheit, mein Herz schlägt gleichmäßig, und ich habe einen niedrigen Blutdruck. Was das Gesellschaftsleben angeht, so läuft es bei mir einigermaßen. Sicher, manchmal rede ich ziemlich ungehobelt, aber laß dich dadurch nicht abschrecken. Das kommt nur daher, daß ich zuviel Zeit mit den falschen Leuten verbracht habe. Persönlich bin ich nicht so grob. Ab und zu schleicht sich ein *Scheiße* oder ein *Verdammt* in meine Rede. Aber glaub mir, das ist dann nicht Roy Murtha, der da redet. Das kommt nur von den Männern, mit denen er sich im Laufe der Jahre hat abgeben müssen. Diese Leute haben nun mal auf mich abgefärbt.«

Während ein dumpfer Schmerz aus ihrem Schoß hochwallte, ging Doris zu den Jalousien und begann sie hochzuziehen. Die Schlägerei war vorüber. Alle befanden sich da draußen wieder an ihren Arbeitsplätzen. Ein paar Augen blickten in ihre Richtung, als sie weitere Jalousien öffnete.

Sie stand mit dem Rücken zu Murtha, blickte hinaus in den zementgrauen Innenraum der Fischhalle. Und spürte, wie in ihrem Innern die solide Mauer, die sie so mühsam aufgebaut hatte, zu zerbröckeln begann. Diese hohe, harte Trennwand zwischen ihrem alten Leben und ihrem neuen, zwischen dem Schmerz und der Verwirrung, die sie als junge Frau erlebt hatte, und der märchenhaften Freude ihres Lebens mit Philip. Und das nur, als sie den Namen Sylvies aus dem Mund dieses Mannes hörte. Ihr Name nach all den Jahren.

Sie machte kehrt und ging durch den Raum, um sich hinter ihren Mann zu stellen. Sie legte die Hände auf seine Schultern.

»Es sieht folgendermaßen aus«, sagte Murtha. Er fischte sich einen einzelnen Chee to aus der Tüte und betrachtete ihn liebevoll, als sei er eine besonders edle Zigarre. »Als ich vor sechs Jahren herkam, geschah es nicht, weil ich Fisch kaufen wollte. Wie ich schon sagte, ich hasse Fisch. Jeden Tag, wenn ich hier war, gehe ich rüber zur Snake River Bridge, wickle den Fisch oder die Krabben aus und werfe alles ins Wasser. Nein, ich bin nur hierhergekommen, um dich zu sehen. Um mit dir zu reden. Um dir nahe zu sein, Doris.«

Ihre Stimme bebte. »Ich verstehe Sie nicht.«

Er schob sich den Chee to in den Mund, zerkaute ihn, während er zu Philips Rollstuhl hinüberschlenderte. Er schaute auf Philips Kopf hinab, der mit dem Kinn nach vorne auf die Brust gesunken war. Ein rasselndes Schnarchen erklang.

Immer noch Philip betrachtend, sagte Murtha: »Ich will es mal anders ausdrücken, Doris.« Sein Blick hob sich, und er schaute ihr für einen Moment in die Augen. »Ich bin Sylvies Großvater.«

Der Raum schwankte. Doris verschlug es den Atem, und ein kalter Wind schien durch ihre Adern zu pfeifen.

»Sieh mal, Doris, deine richtige Mutter, die biologische, war Nachtclubsängerin. Eine Schnulzenkönigin. Sie hieß Jenny Marciano. Eine schöne Frau. Groß, schlank, sie konnte sogar sehr elegant aussehen, weißt du, wenn sie in der richtigen Stimmung war. Jenny trat für eine Weile im Copa auf. Dort sah ich sie zum erstenmal. Eine wunderschöne Stimme, eine Kreuzung zwischen Billie Holiday und Eartha Kitt.«

»Was soll das? Weshalb erzählen Sie solche Lügen?«

»Doris, bei einer solchen Geschichte würde ich niemals lügen. Ich bin kein Gauner. Es stimmt. Ich bin dein Vater. Dein alter Herr.«

Doris schluckte. Schluckte erneut.

Während er mit einem Chee to herumspielte, fuhr Murtha fort: »Als Jenny schwanger wurde, gab ich ihr das Geld, um die Sache zu regeln. Statt dessen, ohne vorher mit mir darüber zu reden, haute sie ab und verschwand. Sie versteckte sich in Tahoe, wo ich sie später aufstöberte. Sie brachte dort das Baby zur Welt. Dich, Doris. Dann, als du ein Jahr alt warst, entschied Jenny sich plötzlich, daß die Mutterschaft doch nicht das richtige für sie sei. Sie wollte wieder als Sängerin anfangen. Daher gab sie ihre kleine Tochter zur Adoption frei. Und so kamst du zu Mr. und Mrs. Glenn R. Carter in Tennessee. Sie haben dir doch erzählt, daß du von ihnen adoptiert wurdest, nicht wahr?«

Doris nickte, ja, sie hatten es ihr gesagt.

Ihr Mund stand offen, aber die Worte steckten in ihrer Kehle fest. Murtha ging durch das Büro, betrachtete die Fotos, schaute zu Philip, berührte die Gegenstände, als wolle er alles seinem Gedächtnis einverleiben.

»Früher, als ich noch jung und schön war«, sagte er, »haben ein paar Männer unter mir gearbeitet. Spezialisten. Es gehörte zu ihren besonderen Fähigkeiten, Leute ausfindig zu machen, deshalb, weißt du, ließ ich sie nach Jenny suchen, und danach war es nicht mehr schwierig, auch die Carters unten in Clarksville, Tennessee, zu finden.«

Doris wartete, beobachtete diesen stämmigen alten Mann dabei, wie er die Runde durch ihr Büro machte.

Er sagte: »Ich habe mich niemals bei den Carters blicken lassen. Ich erkannte sofort, daß sie von mir nicht gerade begeistert sein würden. Von der Art meines Lebens. Aber im Laufe der Jahre konnte ich ein paar Fäden ziehen, konnte deinem Vater bei seinen Geschäften behilflich sein. Ich habe dafür gesorgt, daß er seinen prächtigen neuen Autoladen bekam, den er sich so sehr gewünscht hatte.

Ich habe mich immer im Hintergrund gehalten, war stets diskret. Aber ich habe auf dich aufgepaßt, Doris. Ich habe über dich gewacht. In Clarksville, Fort Bliss, Lejeune, dann auf der Farm drüben an der Golfküste und schließlich hier. Ich prahle nicht damit – ehrlich, ich habe Schuldgefühle, weil ich nicht mehr getan habe. Weil ich dir all das nicht schon viel früher erzählt habe. Aber ich habe aus der Ferne für dich getan, was in meiner Macht stand.«

Sie ließ sich in den Sessel neben Philips Schreibtisch sinken.

»Als ich mich dann zur Ruhe setzte, beschloß ich, hierher zu ziehen. Ich stellte mir vor, daß ich dir vielleicht im Lebensmittelladen begegnen würde, daß ich dich ab und zu sähe, auf der Post oder wo auch immer. Daß es zu kleinen Augenblicken der Nähe käme. Ich könnte dich beobachten, dafür sorgen, daß es dir gutgeht. Eines Tages vielleicht, wenn der Moment günstig ist, würde ich dich ansprechen, mich dir zu erkennen geben. Aber dazu habe ich nie den Mut aufgebracht.

Dann, vor etwa einem Monat, wer kommt in meinen Schnapsladen und verlangt eine Flasche dunklen Ronrico-Rum? Ja. Niemand anderer als Sylvie.«

»In Key Largo«, sagte Doris. »Sylvie.«

»Richtig. Ich sah sie und wäre beinahe in Ohnmacht gefallen. Sie sah dir so ähnlich. Auch meiner Mom, wenn du die Wahrheit wissen willst.

Ich starre sie an, stehe hinter der Theke meines Ladens, höre, wie sie eine Flasche Rum verlangt, aber ich konnte mich nicht rühren. Ich starrte sie nur an. Und was tut sie? Sie bemerkt, daß ich sie etwas seltsam ansehe und kommt ganz langsam hinter die Theke. Drängt sich an mich. Fängt an, irgendwelchen Quatsch zu flüstern. Und, allmächtiger Gott, ich kann es kaum fassen, aber sie flirtet mit mir, klimpert mit den Augen, streichelt mein Bein. Meine eigene Enkeltochter, die nicht weiß, wer ich bin, steht da und bearbeitet meinen Oberschenkel.

Ich breche dieses Spiel abrupt ab und komplimentiere sie so schnell es geht nach draußen. Aber danach ruft sie mich in meiner Wohnung an. Wir unterhalten uns. Fünf- oder sechsmal meldet sie sich. Wir freunden uns an, ein wenig zumindest. Erzählen von uns selbst. Dann, ein oder zwei Tage später, taucht sie wieder in meinem Laden auf. Es stellt sich raus, daß sie glaubt, ich könnte ihr bei irgend etwas behilflich sein, bei einer persönlichen Angelegenheit. Sie suche schon die ganze Zeit jemanden in dieser Art, so etwas wie einen Ritter in strahlender Rüstung. Sie glaube, ich könnte derjenige sein. Bietet mir sogar Geld an, eine Menge Geld. Nennt mir irgendeinen verdammten Fisch, der soviel wert sein soll. Mein Gott, ich hatte keine Ahnung, wovon sie geredet hat.

Zuerst einmal war ich wie vom Donner gerührt, weißt du, sie meine Enkelin und ich ihr Großvater, deshalb sagte ich nein, so etwas würde ich nicht tun. Ich warf sie wieder raus. Wenn ich jetzt über diesen Tag nachdenke, mich an das erinnere, was sie mir erzählt hat, ist völlig klar, daß ich das Ganze viel zu wenig ernst genommen habe. Sie wurde wütend, und danach habe ich sie nicht mehr gesehen.«

Doris konnte nichts sagen. Sie starrte den Mann wortlos an, versuchte trotz des Rauschens in ihrem Kopf zu verstehen, was er erzählte.

»Sylvie meinte, ihr Vater, dieser Mann, den du geheiratet hast, Harden Winchester, mißbrauche sie sexuell. Er zwinge sie, bestimmte Praktiken bei ihm anzuwenden. Schlimme Sachen. Sie käme nicht von ihm weg. Ob ich ihr nicht helfen könne? Kam rein zu mir, ich irgendein Fremder in einem Schnapsladen, und liefert derartige Erklärungen. Ob ich ihr helfen würde, vor diesem Monster zu fliehen.«

Doris schüttelte den Kopf.

»Nachdem ich ein wenig Zeit zum Nachdenken hatte, überlege ich mir die Sache und erkenne, daß ich irgend etwas tun muß. Aber um handeln zu können, muß ich wissen, wo sie ist. Ich brauche ihre aktuelle Adresse. Deshalb bin ich hier. Deshalb mußte ich dir gestehen, wer ich bin.«

»Lügen«, sagte Doris. »Lügen, Lügen.«

»Die Wahrheit«, widersprach Murtha. »Die schlichte klare Wahrheit.«

»So etwas würde Harden nicht tun. Niemals. Sie belügen mich. All das, was Sie erzählt haben... nichts als Lügen.«

Doris schien die Arme nicht mehr heben zu können, eine gespenstische Taubheit ergriff ihre Gliedmaßen.

»Wo ist Sylvie, Doris? Sag mir nur, wo sie wohnt. Das ist alles. Ich schaue mich dann um, komme zurück und erzähle dir, was ich gefunden habe.«

»Ich weiß nicht, wo sie ist«, sagte sie. Ihre Stimme schien nicht mehr ihr zu gehören, sie klang wie eine billige Imitation.

Sie erhob sich mühsam von ihrem Platz, schaute aus dem Fenster in die Arbeitshalle. Eine weitere Ladung Hummer wurde auf der südlichen Rampe ausgeladen. Einige Männer tranken Bier, andere schaufelten Eis in die riesigen Kühlräume ihrer Schiffe, um für eine weitere Woche auf See hinauszufahren. Sie wandte sich um und fixierte Murtha. Philip war jetzt wach. Er brabbelte irgendwas wie ein Zweijähriger, der sich mit einem unsichtbaren Spielkameraden unterhält.

»Ich habe Sylvie seit fünfzehn Jahren nicht mehr gesehen, nicht seit ich die Farm verlassen habe.«

Langsam richtete er seinen Blick wieder auf sie, fixierte sie einige Sekunden lang, als versuche er, ihre Worte neu zu ordnen, eine gute Nachricht in ihnen zu entdecken. Dann runzelte er die Stirn und sagte: »Du bist ihre Mutter. Du solltest wissen, wo sie ist.«

»Ich habe schon vor langer Zeit aufgehört, Sylvies Mutter zu sein. Wenn du mich beobachtet hast, wie du behauptest, dann weißt du das sicherlich.«

»Okay, Doris. Wenn du das Ganze so siehst, muß ich eine andere Möglichkeit finden, sie zu suchen. Aber nun, da alles zwischen uns zur Sprache gekommen ist, können wir nicht mehr so tun als ob. Wir müssen uns unterhalten. Beruhig dich erst mal, laß dir durch den Kopf gehen, was ich dir erzählt habe, und wir reden wieder miteinander, versuchen in irgendeiner Weise einen Weg zu finden. Okay, könntest du das tun? Dich beruhigen?«

»Raus! Verschwinde! Hau ab!«

Einer der riesigen Hummerkähne draußen auf dem Kanal erwachte brummend zum Leben, und Murtha drehte den Kopf in die Richtung und lauschte. Er schaute für einen Moment zu dem Boot hinüber. Dann drehte er sich wieder zu Doris um. Sie hielt die Bürotür auf.

»Eines solltest du wissen, Schätzchen, der einzige Grund, weshalb ich mich all die Jahre von dir ferngehalten habe, weshalb ich nicht schon früher zu dir kam und dir all das erzählte, der einzige Grund war das Leben, das ich geführt habe. Ich wollte dich nicht damit vergiften, wollte nicht, daß du auch darin verwickelt wirst. Das war der einzige Grund. Um dich zu schützen, Doris. Nur um dich zu schützen.«

Als er gegangen war, schloß sie die Tür ab und trat ans Fenster. Sie beobachtete, wie das Hummerschiff in dem engen Kanal langsam und unter Mühen wendete. Erst liefen die Maschinen rückwärts, dann wieder vorwärts, dann rückwärts, dann vorwärts. Es war die *Deep Pleasures*, gelenkt von Jody Marcus, einer jungen Frau aus Big Pine Key. Doris sah, wie sie die silbern glänzenden Gasregler bediente, sie zurückzog, dann nach vorne schob, während von den Schrauben silberne Luftbläschen aufstiegen.

Doris beobachtete die junge Frau an den Instrumenten, bis ihre Sicht verschwamm und die Tränen zu fließen begannen und qualvolle Schluchzer ihre Eingeweide verkrampften. Sie ließ sich in den Sessel hinter Philips Schreibtisch fallen, legte den Kopf auf die Arme und weinte haltlos.

Kapitel 17

Es war kurz vor Mittag, und Harden verzehrte die Mahlzeit, die Sylvie zubereitet hatte. Er saß an dem runden Eichentisch, mit nacktem Oberkörper und in seiner hellgelben Turnhose und alten Turnschuhen und stopfte das Puterfleisch und den Schweizer Käse auf Pumpernickel mit Senf, Salat, Tomatenscheiben, Gewürzgurken sowie eine Handvoll Ruffles Kartoffelchips als Beilage in sich hinein, spülte mit Perrier aus der Flasche nach und begleitete alles mit genußvollen Grunzlauten zwischen den einzelnen Bissen. Sylvie stand am Spülbecken und säuberte ihren Teller. Sie konzentrierte sich auf ihre Arbeit, schaute nicht aus dem Fenster und gestattete sich nicht einmal einen flüchtigen Blick auf die Uhr.

Sie stellte den Teller auf das Abtropfgitter, wischte die Gabel und das Messer mit dem Küchenhandtuch ab, wandte dabei Harden den Rücken zu, verbarg ihre Augen vor ihm, erledigte die routinemäßigen Dinge, die nun mal zu einer Mahlzeit gehören. Sie bemühte sich darum, lässig und locker zu erscheinen, die Nervosität aus ihren Händen fernzuhalten, obgleich sie eine zunehmende warme Anspannung in ihrer Brust spüren konnte, dieses Gefühl der Ängstlichkeit, das beschleunigte Ticken ihres Pulses, während sie den Senf und den Salat und die Truthahnscheiben wieder im Kühlschrank deponierte und die Tür sich mit einem Zischen schloß.

Sie wischte die weiß geflieste Küchenanrichte mit einem Schwamm ab, bewegte sich dabei träge, gelangweilt, spülte den Schwamm aus und drückte das Wasser heraus. Und dann,

Herrgott im Himmel, schrie sie beinahe auf, als sie das Rumpeln des Lastwagens vernahm und kurz danach die beiden kurzen Hupsignale.

Harden schob seinen Stuhl zurück und stand auf. Als Sylvie sich an der Spüle umdrehte, stand er bereits an der Hintertür. Er nahm ein blaues Arbeitshemd vom Haken im Flur und zog es über.

»Wer ist da?« fragte Sylvie.

»Ein UPS-Wagen.«

»O wie schön«, sagte sie. »Wir bekommen ein Paket!«

»Hast du schon wieder irgendwas bestellt, Sylvie? Was ist es denn diesmal?«

Seine Stimme klang kalt, und er wartete gar nicht erst auf eine Antwort. Er war bereits durch die Hintertür nach draußen gegangen, überquerte den fünfzig Meter breiten sandigen Hof, als er zum Tor ging.

Sylvie folgte ihm, blieb ein Stück zurück und verspürte bereits die Vorahnung des Mißerfolgs, die sich von Sekunde zu Sekunde verdichtete.

Der UPS-Mann stieg aus dem Lastwagen. In der einen Hand hielt er einen kleinen Karton, in der anderen sein Klemmbrett. Seine braune Uniform umhüllte seine breiten Schultern und seine athletische Brust, auf dem üppigen blonden Haar saß eine braune Baseballmütze. Er sah echt aus.

Als sie sich auf Hörweite genähert hatte, sagte der UPS-Mann gerade: »Sie wohnen aber ziemlich weit draußen.«

Harden schwieg.

»Sind Sie Harden Winchester?«

»Der bin ich.«

Sylvie trat ein Stück zurück, schaute dem UPS-Mann nicht in die Augen, sondern fixierte das Paket in seiner Hand, dann Hardens Hände, die locker herabhingen. Ihr Vater schien völlig entspannt zu sein und keinen Verdacht zu schöpfen.

Frank Witty reichte Harden das Klemmbrett, damit er unterschreiben konnte. Frank Witty. Der Angelführer aus Key Largo. Es hatte sich herausgestellt, daß Frank bei den U. S. Marines gedient und an Desert Storm teilgenommen hatte. Zur Abwechslung mal ein halbwegs ernstzunehmender Gegner.

Sonntagabend, Montagabend und am Abend vorher hatte Sylvie Franks sexuelle Phantasien immer wieder erfüllt. Am Abend vorher war Frank nach Naples herausgekommen. Sylvie hatte sich hinausgeschlichen und ihn erwartet. Sie hatten sich nackt im Motelbett herumgewälzt, hatten sich ausgeruht, während der Schweiß auf ihrer Haut in der klimatisierten Luft trocknete. Sylvie hatte Frank Witty gefragt, ob er sie gern genug habe, um für sie in den Ring aus Feuer zu treten. Würde er sich hineinwagen und sie retten?

Und er sagte ja, natürlich, so gern habe er sie. Mehr als das. Sicher, erwiderte sie, das sagen alle.

»In was für einen Ring aus Feuer?« fragte Frank Witty sie.

»Vergiß es«, sagte sie. »Versprich Sylvie nichts, was du nicht halten kannst.«

»Versuch's mit mir«, sagte Frank. Blondes Haar, aufrichtige Augen. Sein Ringfinger mit diesem hellen Hautstreifen. Drei Nächte zusammen, und Frank war präpariert und bereit. Ein Rekord für Sylvie. Drei Nächte. Der vorherige Rekord stand bei sechs Nächten. Das war Mr. Joseph McCabe gewesen. Oder war es Mr. Tommy Matkov? Sie war sich nicht mehr ganz sicher. Seit kurzem verschwamm alles ein wenig. Männer, Männer, Männer.

Versuch's mit mir, sagte Frank Witty.

Deshalb hatte Sylvie ihm in der vergangenen Nacht von Harden erzählt, die Dinge beschrieben, die er ihr angetan hatte. Die Jahre, in denen er immer wieder mitten in der Nacht ihr Zimmer betreten, sich neben sie gelegt, ihr Fleisch gestreichelt hatte, in sie eingedrungen war, sie zum Schreien gebracht hatte.

Eine Minute lang sagte Frank Witty gar nichts.

Sylvie, der Kumulus, wurde für Frank die mißbrauchte Tochter. Sie achtete darauf, ob das in seinem Wertesystem eine besondere Bedeutung hatte. Ob es ihn mit Wut erfüllte. Wenn nicht, würde sie weitersuchen, bis sie die Geschichte fand, die ihn anrührte. Männer waren in dieser Hinsicht so einfach gestrickt. Es bereitete ihnen keine Mühe, an das Böse in anderen Männern zu glauben. Sie wußten, daß auch die schlimmsten Phantasien Realität werden konnten. Für Sylvie war es nur eine Frage der Zeit, des Suchens und Ausprobierens, des Vortastens und Zuhörens, ehe sie Frank Wittys kritischen Punkt fand. Aber dies war schnell gegangen, superschnell sogar.

»Dein Vater hat dich vergewaltigt?«

»Jahrelang«, antwortete Sylvie.

»Dieses verdammte Schwein!«

»Seit meinem vierten Lebensjahr. Vielleicht sogar schon vorher.«

»Wir gehen sofort zur Polizei.«

»Da war ich schon. Sie haben Angst vor meinem Vater. Er hat einige einflußreiche Beziehungen. Es hat keinen Sinn.«

Frank schwieg, starrte in die Dunkelheit. Sylvie hatte ihren Fischführer schon mit dem ersten Köder an den Haken bekommen.

Sie erzählte Frank Witty, wie einsam und abgelegen die Farm war, wie einfach es wäre, dort irgend etwas zu tun und die Spuren zu verwischen. Ihr Vater habe keine gesellschaftlichen Kontakte. Keine Freunde kämen zu ihm und würden nach ihm suchen, wenn er vom Erdboden verschwunden wäre.

»Du willst, daß ich deinen alten Herrn töte?« fragte Mr. Frank Witty in die Dunkelheit. Er lag nackt auf dem Laken neben ihr. »Ist es das, worum du mich bittest?«

Und Sylvie berührte ihn wieder zwischen den Beinen, ließ ihre Finger wandern.

»Ich bitte dich nicht, irgend etwas zu tun, Frank«, sagte Sylvie. »Solange es dir nichts ausmacht, mich mit meinem Vater zu teilen.«

Er schwieg, lag reglos neben ihr. Aber sein Penis schwoll in ihrer Hand allmählich an.

Und dann sagte sie, selbst wenn er ihr helfen wolle, gäbe es ein großes Problem. Ihr Vater sei ein ausgebildeter Killer. Die Regierung der Vereinigten Staaten habe ihn in spezielle Trainingslager geschickt, um ihm die besten Tötungsmethoden beizubringen. Danach sei er zwanzig Jahre lang um die Welt gereist, um Menschen auszuschalten, die die amerikanische Lebensart bedrohten. Als Sylvie aufwuchs, hatte er die meisten Jahre getarnt für das Außenministerium gearbeitet. Libyer, Iraner, Saudis, Nicaraguaner, Iraker, Vietnamesen, Kambodschaner, Franzosen, sogar Engländer. Er habe sie alle umgebracht. Harden hatte es Sylvie einmal in einem weinseligen Moment gestanden. Neunzehn Menschen. »Ich habe die Geschichte korrigiert, Kindchen. Diese Hände haben die Welt neu geschaffen. Sie haben verhindert, daß sie in die falsche Richtung abdriftet.« Sylvie vermischte die Wahrheit mit einigen Zutaten aus ihrer Phantasie und verlieh der Story so Glaubwürdigkeit und Überzeugungskraft.

Sylvie erzählte Frank Witty, daß Harden sehr gerne damit prahle, daß er und ein Dutzend anderer Männer mehr Einfluß auf Weltereignisse hätten als alle Präsidenten und geschwätzigen Senatoren und Kongreßmitglieder zusammen.

»Mein Gott«, sagte Mr. Frank Witty in der Dunkelheit. Sylvies Finger waren da unten fleißig. Sie fanden erneut seine empfindlichen Punkte, die heißen Stellen, den hundertprozentig sicheren Auslöser, diesen nun stahlharten Hebel. »Ich habe Typen wie deinen Vater im Marine Corps kennengelernt. Auf an die Front und stets die ersten in der Luft. Sie hätten wirklich alles für die Vereinigten Staaten von A getan.«

»Er ist jetzt ein alter Mann«, sagte Sylvie. »Schwach, langsam geworden.«

»Ich habe diese Typen gehaßt.«

»Meinst du, du schaffst es?« fragte Sylvie. »Einen sechzigjährigen Mann zu töten? Ihn zu erschießen, wenn er es überhaupt nicht erwartet? Sylvie vor einem Monster zu retten?« Sylvie kuschelte sich an ihn, fuhr mit der Hand an seinem leicht gekrümmten Penis auf und ab.

»Warum hauen wir nicht einfach ab? Wir könnten gleich heute nacht verschwinden«, sagte Mr. Frank Witty. »Er würde uns niemals finden.«

»Er findet mich. Ganz sicher. Das tut er immer. Es ist so, als habe ich einen kleinen Funkpieper im Bauch. Er folgt diesem Signal, den Wellen, sucht mich und bringt mich zurück nach Hause. Glaub mir, ich habe es immer wieder versucht.«

»Wir könnten in ein Flugzeug steigen. Uns irgendein Ziel aussuchen. Spurlos verschwinden.«

»Mein Vater würde es nie zulassen, daß du mich hast. Kein Mann darf mich ihm wegnehmen. So ist er nun mal. Es macht ihm nichts aus, wenn ich mit irgendwelchen Typen rumbumse. Aber er ließe mich niemals weggehen und mit jemand anderem zusammenleben.«

»Das kann er doch nicht tun. Du bist schließlich erwachsen.«

»O doch, das kann er tun. Er tut, wozu er Lust hat und was ihm gefällt.«

Sylvie verstummte. Benutzte während der nächsten Stunde ihren Mund, ihre Finger, ihren Hintern, um Frank Wittys Träume Wirklichkeit werden zu lassen.

»Ich habe ein Jagdgewehr«, sagte er, als sie wieder still nebeneinanderlagen. Er sagte es leise, mit veränderter Stimme. »Ein Jagdgewehr mit einem Zielfernrohr.«

Sylvie drehte sich um und stützte sich auf einen Ellbogen.

»Nicht so gut«, sagte sie. »Es muß auf kürzester Entfernung

passieren. Ich kenne meinen Vater. Wenn du ihn nur verwundest, also ihm alles andere als einen Schuß direkt durchs Hirn verpaßt, wird er es schaffen, zu verschwinden. Dann sind wir beide so gut wie tot.«

»Und wie zum Teufel soll ich so nahe an ihn herankommen?«

Sylvie sagte nichts. Er sollte seine Probleme lieber selbst lösen. Eine halbe Stunde lang lagen sie nebeneinander, ohne zu reden oder einander zu berühren. Sie konnte Frank geradezu denken hören. Schließlich drehte er sich zu ihr um.

»Ich habe einen Freund, einen Kumpel von der High-School«, sagte Mr. Frank Witty. Seine Stimme klang jetzt fest und entschlossen. Endlich war er soweit. Sylvie hatte ihn an diesen Punkt gebracht, war im Begriff, einen Helden aus ihm zu machen. »Mein Freund fährt in Key Largo einen UPS-Wagen. Ich glaube, den würde er mir leihen, wenn ich ihn darum bäte.«

»Was hast du vor? Willst du meinen Daddy mit einem UPS-Wagen überfahren?«

»Nein, ich habe eine Idee.«

»Wann tust du es?« wollte Sylvie wissen.

»Keine Ahnung. Wann wäre es am besten?«

»Mein Vater schläft praktisch jeden Tag mit mir«, sagte sie.

Sie konnte hören, wie Frank in der Dunkelheit schluckte.

»Dann morgen«, sagte er. »Ich hole mir morgen den Wagen.«

»Bist du dir ganz sicher?«

Und nun verfolgte Sylvie unter der heißen Mittagssonne, wie Harden seinen Namen auf das Formular auf dem Klemmbrett setzte und wie Mr. Frank Witty den Blick gesenkt hatte und Hardens Hände fixierte. Immer wieder hatte Sylvie ihn gewarnt, sie auf keinen Fall anzusehen, was immer er auch tat, und seinen Blick ausschließlich auf Harden zu richten. Genauso wie Lots Frau, egal was du tust, was auch geschieht, dreh dich nicht um! Laß nicht zu, daß mein Vater in deinen Augen liest, was du für mich empfindest.

Aber während Sylvie ihn ansah, tat Mr. Frank Witty genau das. Der Angelführer aus Key Largo blickte in ihre Richtung und lächelte, und in genau diesem Moment schaute Harden hoch und fing den Blick auf, und Mr. Frank Witty ahnte, was geschehen war, und stolperte zurück und verdrehte den Arm nach hinten, griff nach seiner Pistole, die auf dem Rücken im Hosenbund steckte, aber es war zu spät, eine weitere Tragödie nahm ihren Lauf, denn Harden hatte erkannt, was in Franks Augen lag, diese verzweifelte Liebe, hatte es registriert, und er reagierte eine Millisekunde schneller als Frank Witty, ließ die Hand vorschießen und umklammerte den Oberarm des Mannes, drehte ihn nach links, und in diesem Moment geschah es, der muskulöse Mann mit dem blonden Haar, der athletischen Brust, Frank Witty, der Ledernacken, der kürzlich geschiedene Angelführer, der sich in Form gehalten hatte, der gejoggt war, Gewichte gestemmt hatte, der Mann, der in drei Nächten zusammen mit Sylvie seine Sexphantasien hatte ausleben dürfen, dieser Mann wurde nun in Hardens Griff schlaff, sackte in die Knie, ging zu Boden. Der vulkanische Todesgriff. Knochen gaben nach, Muskeln wurden weich, Mr. Frank Wittys Gesicht zerfloß, leerte sich, wurde blutlos. Seine Augen waren auf Sylvie gerichtet, als er umkippte.

Und was als nächstes geschah, hatte Sylvie schon oft vorher gesehen. Ihr Vater machte einen schnellen Schritt, eine Tanzbewegung, dreh deinen Partner, eins-zwei-drei, gelangte hinter ihn, hob den Arm zu einem Tango des Todes, und Hardens sehniges Handgelenk drückte auf Mr. Frank Wittys Adamsapfel, würgte ihn, die Augen des Mannes wurden trübe, dann verbog ihr Vater den Selleriestengel von einem Hals, zerbrach ihn, und Frank war tot. Die Pistole rutschte aus seiner Hand, und der Mann im UPS-Anzug sank ihr reglos zu Füßen.

»Sylvie, Sylvie, Sylvie«, sagte Harden und betrachtete den Haufen Mensch. »Lieber Gott, Mädchen, dieser arme Teufel war so langsam, daß er noch nicht einmal ein Gebet sprechen konnte. Er war wie ein verdammtes Opferlamm. Du solltest dich schämen, Sylvie. Schäm dich.«

Er ging rüber zum Lagerschuppen und kam mit einer Schaufel zurück. Sylvie blieb dort und sah zu, wie ihr Vater die Spitze des Schaufelblatts genau über Mr. Frank Wittys Kopf hielt. Dann schaute sie hoch zu den Wolken, die sich über den Glades auftürmten. Kumuluswolken. Sie zwang sich, nach vertrauten Formen Ausschau zu halten, Santa Claus, Raumschiff, Gorilla, Segelboot, während Harden das scharfkantige Schaufelblatt auf Mr. Frank Wittys Hals niedersausen ließ, wieder und wieder.

Kapitel 18

Als Thorn am Mittwoch losfahren wollte, bog Sugarmans Mustang von der U.S. 1 in seine Auffahrt ein und versperrte ihm den Weg. Sie stiegen beide aus und trafen sich neben Sugars Wagen. Wortlos legte Sugarman einen Aktenordner auf die Motorhaube und schlug ihn auf. Ein warmer Windhauch vom Blackwater Sound fuhr zwischen die Seiten, aber Sugar legte die Hand darauf und hielt sie fest.

»Es steckte im Aktenschrank«, sagte Sugar. »Meine beiden Klienten, First Federal und Murtha's Liquors. Dann war da noch der hier. Mein dritter Klient, von dem ich keine Ahnung hatte. In alphabetischer Reihenfolge, wie es sich gehört – die Winchester-Akte.«

Obenauf lagen Fotokopien von zwei wissenschaftlichen Artikeln über Tilapien. Beide waren von Dr. Paul Ludkin geschrieben worden. Dann folgte ein gelber Bogen Konzeptpapier. Darauf standen einige Worte in Darcys Handschrift, *Tilapien, Ludkin, Seamark, Winchester*. Auf einem zweiten Bogen Konzeptpapier befand sich eine Kugelschreiberzeichnung, die aussah wie eine Straßenkarte von der Gegend um Naples. An einem Punkt landeinwärts und ziemlich weit vom Golf entfernt hatte sie einen Stern eingezeichnet.

»War sie dort?«

»Offensichtlich«, sagte Sugarman. »Blätter nur weiter.«

Die nächste Seite war mit Darcys Handschrift gefüllt. Es waren Stichworte, die sie als Gedächtnisstütze notiert hatte, während sie versuchte, die gewonnenen Informationen zu ordnen und sich einen Überblick über die derzeitige Lage zu verschaffen. *Sylvie redet von ständigem Mißbrauch durch Vater. Unklare Angaben zu Treffen mit Murtha. Sie ist wütend auf ihn. Will sich nicht dazu äußern. Wünscht sich sehnlichst, daß jemand sich für sie interessiert. Seltsames Mädchen. Lustig, pfiffig, aber ein wenig wirr im Kopf. Anfrage beim Gesundheitsdienst in Naples. Dorothy Hobson, zuständige Sachbearbeiterin. Führt eine Akte über Sylvie. Äußert sich nicht über Inhalt, deutet jedoch an, daß Akte umfangreich und daß Sylvie gewisse »Realitätsprobleme« hat.*

»›Realitätsprobleme‹«, sagte Thorn.

»Scheiße«, sagte Sugar. »Das ist es vielleicht, worunter ich leide.«

Ihre Notizen endeten mit einer kurzen Beschreibung Harden Winchesters. *Ein charmanter Mann. Clever. Manipulierend? Anfang Sechzig, wirkt jünger. Ständig auf Hochtouren. Reagierte geschockt bei Erwähnung Roter Tilapien, versuchte sofort, seine Überraschung zu überspielen, war aber deutlich erkennbar. Behauptet, keine Ahnung zu haben. Wenn Sylvie wirklich sexuell mißbraucht wird, weshalb geht sie nicht einfach weg? Antwort: totale Abhängigkeit. Klingt bescheuert, aber es könnte zutreffen. Einige Frauen können nicht einfach abhauen. Angst, Schwäche. Hörig. Aber wem soll man glauben? Vater oder Tochter? Und was ist mit der Pistole auf dem Videoband?*

Die letzten Zeilen lauteten: *Das Ganze kommt mir zunehmend vor wie eine Sackgasse. Vielleicht habe ich alles falsch angefangen. Wahrscheinlich sollte ich Sugar einweihen. Ihm das Video vorspielen. Überlegen, was zu tun ist, falls man überhaupt etwas unternehmen sollte. Sollte meine Phantasie bremsen, aufhören, Nancy Drew zu spielen.*

Thorn blickte auf die Seite, strich mit den Fingern über ihre elegante Handschrift, so präzise, akkurat. Dann hob er den Kopf und schaute hinaus auf das dunkle Funkeln der leeren Bucht. Ein einzelner Pelikan segelte drei Meter über dem Wasser dahin, schlug einmal mit seinen schweren Flügeln und war nicht mehr zu sehen.

Thorn fuhr mit seinem VW ungefähr zwanzig Meilen nach Norden bis zur Krome Avenue, dann weiter zum Tamiami Trail und brauchte für die friedlichen hundert Meilen nach Westen durch die Everglades gut zwei Stunden. Gegen drei Uhr erreichte er das Fish and Wildlife-Büro. Es befand sich in einem Zimmer im Holiday Inn unweit der Alligator Alley.

Er saß im Wagen auf dem Parkplatz des Hotels, und er kehrte in seiner Erinnerung zurück zum Broken Conch Reef, dann sprang er zurück in sein Haus, empfand noch immer diesen dumpfen, bohrenden Zorn, spürte die Erschütterungen der zwei Dutzend Kugeln, die sich durch den Fußboden gebohrt hatten. Dann war er wieder in seinem Angelboot, sah, wie der Tarpon den Köder schluckte und davonraste. Am Ende drehte Thorn den Kopf und sah ihren Körper im Wasser.

Seine Adern waren verstopft mit einem zähflüssigen Gebräu rasender Wut. Er wußte, er war kein Sugarman. Ihn interessierten die Rituale der Sportlichkeit nicht im geringsten. Hier ging es nicht mehr um Ritterlichkeit oder Tischmanieren. Wenn er Darcys Mörder fände, würde er ihm mit wachsender Begeisterung in den Arsch treten und, falls sich ihm die Chance bot, auch seine Visage nicht verschonen. Und wenn dieses Schwein aus seiner Bewußtlosigkeit erwachte, würde er sich gleich wieder auf ihn stürzen und ihn so lange bearbeiten, bis der Mann endgültig hinüber wäre. Und danach würde Thorn sich vielleicht in den VW setzen und ein Stück weiter die Straße rauffahren und diesen Linebacker, Mr. Langstaff, suchen, den Augendemolierer. Mal nachsehen, was er so trieb. Sich auch mal mit ihm ein wenig eingehender unterhalten.

Judy Nelson, Inspektorin der Abteilung Fish and Wildlife des Innenministeriums, war über einsachtzig groß, wog an die fünfzig Pfund mehr als Thorn, und während sie einander in der Tür zu ihrem Büro die Hand schüttelten, setzte sie Thorn davon in Kenntnis, daß sie im vergangenen Monat eine falsche Nase bekommen habe.

Die Ärzte hatten die echte Nase abschneiden müssen, weil sie vom Hautkrebs halb zerfressen war. Die neue Nase sei mit einem Gel gefüllt, erklärte sie ihm, und sie sei fast gar nicht zu erkennen, die Ränder glattzustreichen und dann die hypoallergene Creme darauf zu verteilen, so daß sie genau mit dem Farbton ihrer eigenen Haut übereinstimmte. Auf all das, so sagte Judy, habe sie jedoch an diesem Morgen verzichtet. Sie hoffe, daß Thorn durch den Anblick nicht allzusehr abgestoßen werde. Er beruhigte sie, das sei nicht der Fall.

Sie trug eine grüne Regierungsuniform mit goldenen Schulterstücken. Ein kleines silbernes Abzeichen. Ihr dunkelbraunes Haar hatte sie unter ihren Hut gestopft, kein Schmuck, wache, prüfende Augen und eine Stimme wie grobes Sandpapier.

Ein Krächzen, das auf mindestens drei Schachteln Zigaretten pro Tag schließen ließ. Vielleicht hatte Coach Hardy damals trotz allem wirklich recht gehabt. Judy hatte ein selbstbewußtes, einschüchterndes Auftreten, das eine ganze Reihe von Thorns Sportsfreunden, ob in der Vergangenheit oder Gegenwart, erheblich demoralisiert hätte.

Sie fuhren mit dem Lift nach unten, und Judy ging voraus nach draußen und stieg mit ihm in einen dunkelgrünen Regierungswagen. Die Fenster nach unten gekurbelt, ohne Klimaanlage, brummten sie auf der U.S. 41 nach Osten, während die heiße Nachmittagssonne die Ölspuren aus dem Asphalt brannte und die Luft vor ihnen flimmern ließ. Nachdem sie zehn Minuten lang gefahren waren, räusperte Judy sich bedeutsam und fragte, ob es Thorn etwas ausmache, wenn sie für eine Weile ihre verdammte Nase abnähme. Das Ding sei glühendheiß, ähnlich wie ein Toupet, nehme sie an, und er sagte, zum Teufel, nein, sie solle es sich nur bequem machen, er habe überhaupt nichts dagegen.

Daher drückte sie kräftig auf den Rücken ihrer künstlichen Nase, und Thorn hörte ein lautes Plastikschnappen. Sie zog sie ab und legte sie auf den Sitz zwischen ihnen, und während sie ihre Sonnenbrille zurechtschob, schaute sie geradeaus. Thorn tat es ebenfalls.

Sie verließen die 41 und fuhren auf einer Landstraße mit schadhafter Asphaltdecke nach Norden. Baumschulen, Rasenfarmen, ein paar Avocadohaine, ein verlassenes Industrieareal, eine heruntergekommene Kneipe, Häuser mit zugenagelten Fenstern, und die Straße lag leer und verlassen vor ihnen.

»Nun«, sagte Judy. »Willst du mal sehen? Es endlich hinter dich bringen?«

Thorn schwieg einige Sekunden lang, dann erwiderte er, okay, klar doch, bringen wir es hinter uns. Und Judy nahm die Sonnenbrille ab und drehte langsam den Kopf und ließ ihn das dreieckig geformte Narbengewebe mitten in ihrem Gesicht in Ruhe betrachten. Ein komplizierter weißer Plastikhalter ragte aus der dreieckigen Narbe heraus. An den Rändern war die Haut gerötet. Ein einzelnes Loch von der Größe eines Zehncentstücks war durch eine Wucherung glänzenden Fleisches dicht unterhalb der Haltevorrichtung geschnitten worden.

»Das hätten wir also hinter uns«, sagte Judy.

»Das sieht doch gar nicht so schlimm aus.«

»Natürlich nicht«, sagte sie. »Es sieht aus wie bei einem dieser beschissenen Star Wars-Monster. Ich denke an die Szene in der Bar, wo sie alle eine Kühlflüssigkeit oder wer weiß was trinken. Es sieht beschissen aus.«

Thorn dachte nach und sah hinaus. Sie fuhren gerade an einer Baumschule vorbei. Lange Wasserfontänen ergossen sich auf die Palmenreihen.

»Mußt du dich übergeben?« fragte Judy.

Thorn schüttelte den Kopf.

»Denn so etwas ist mir schon mal passiert, weißt du. Ein Typ aus Washington war vor zwei Wochen hier, um Inventur zu machen. Er sollte sich vergewissern, daß keiner der Agenten zum Beispiel eine Schreibmaschine oder anderes Bürogerät hat mitgehen lassen. Wir fuhren durch die Gegend, und er belaberte mich ständig, er wolle mich mal ohne die Nase sehen. Ich zeigte es ihm, und einen Augenblick später kotzte er aufs Armaturenbrett. Wir haben ihn einigermaßen gesäubert, und dann verbrachte das Arschloch den Rest des Tages damit, sich bei mir zu revanchieren. Am Ende bat er mich sogar um ein Rendezvous. Er wolle mit mir tanzen gehen, mein Gott. Ich sagte: ›Wissen Sie, Schätzchen, glauben Sie im Ernst, ich gehe mit einem Typen tanzen, dem es hochkommt, wenn er mich ansieht? Ich bitte Sie, machen Sie keine dummen Witze.‹«

Sie sah wieder zu Thorn.

»Bist du ganz sicher, daß dir nicht schlecht ist?«

»Mir geht's gut«, versicherte Thorn ihr. »Ich habe nur über etwas nachgedacht.«

»Ganz bestimmt, Schätzchen, ich glaub's dir sogar.«

»Ich dachte an all die Sonne, die ich schon abbekommen habe. Und dauernd ohne Schutzbrille, ohne Mütze oder Hut.«

Judy Nelson schwieg.

»Und daran, daß sie uns in der Schule dauernd erzählten, daß Sonnenschein gesund ist. Je sonnengebräunter unsere Haut sei, desto mehr Vitamin A bilde sich im Körper.«

»Vitamin Melanoma würde wohl besser passen«, sagte Judy. »Teufel noch mal, ich habe so viele Jahre in der Sonne zugebracht, daß ich nicht einmal wußte, daß ich eigentlich brünette Haare habe, bis diese Sache mit der Nase passierte und ich mich wieder öfter im Schatten aufhielt. Ich hatte immer angenommen, ich sei naturblond. Es war eine verdammte Enttäuschung.«

Thorn stimmte in ihr Kichern mit ein,

»Was für ein Glück für mich«, sagte sie. »Auf diese Weise war ich niemals eine willige Sklavin der Männer.«

Sie verstummte für einen Moment, scherte aus der Fahrspur, um einen Traktor zu überholen, der einen großen Wassertank hinter sich herschleppte. Als sie wieder auf ihre Fahrspur zurückgekehrt waren, sagte sie: »Kannst du mir wenigstens jetzt verraten, weshalb du Winchester besuchen willst?«

»Ich interessiere mich für Fischzucht.«

»Tatsächlich? Hast du vor, in dieses Geschäft einzusteigen?«

»Vielleicht.«

»Und du willst dir nur mal deine Konkurrenz ansehen? Nicht wahr?«

»Eigentlich nicht. Ich wollte mir nur einmal ansehen, ob die ganze Prozedur nicht zu kompliziert ist für jemanden wie mich, um sein Glück damit zu versuchen.«

Er spürte, wie sie ihn anstarrte, aber er wich ihrem Blick aus.

Sie legten eine weitere Meile schweigend zurück. Sie fuhren jetzt nach Osten, ließen das Farmland hinter sich. Das Gelände wurde feuchter, kahler, die Bäume spärlicher, dafür um so mehr Riedgras und Palmitos, Brauntöne dominierten die Landschaft. Die weite, öde Region der Everglades.

Seine Schönheit war so eigenwillig, so versteckt, daß die meisten Menschen sie nicht erkannten und würdigen konnten. Häufig war Thorn Touristen begegnet, die stundenlang durch die Glades gefahren waren und nach besonders spektakulären Panoramen gesucht und nichts Besonderes gesehen hatten, so daß sie glaubten, sich verfahren zu haben.

Sicher, dies war nicht der Grand Canyon. Aber eigentlich konnte jeder Heini aus dem Wagen steigen und sich an den Rand dieser unglaublichen Schlucht stellen und hinunterschauen und ein seltsames Kribbeln in der Magengegend verspüren. Aber diese weite leere Fläche war verdammt viel beeindruckender. Ein öder, strenger Ort, auf den ersten Blick absolut monochromatisch. Es war ein Ort, den man sich erwandern mußte. Man mußte seine Ohren trainieren, um die schwachen Laute zu entdecken, die Augen schärfen, um eine Grauschattierung von der anderen unterscheiden zu können. Das war eins der Probleme. Die Menschen waren derart von allem Grellen überfüttert, verschlangen die lauten Attraktionen von Disney World, die Neonorgien des neuen Florida, daß sie Graues und Braunes nicht mehr würdigen konnten. Ebensowenig die matten Grüntöne.

Die Folge war, daß die Menschen leichten Herzens bereit waren, sich von dem zu trennen, was sie als nichts anderes als eine Brutstätte für Moskitos betrachteten. Sie ließen es von den Maschinen verschlingen, Quadratmeile für Quadratmeile trockenlegen, mit Asphalt zudecken, ließen zu, daß sich die Spielzeughaussiedlungen immer weiter ausdehnten und dorthin vordrangen, wo sich der größte Teil der Niederschläge Floridas und die Hälfte seines Wildbestandes sammelte. Dorthin, wo das gütige, fruchtbare Herz des Staates schlug.

Thorn betrachtete Judy Nelsons mit Gel gefüllte Kunstnase.

»Dann erzähl mir doch mal was über diesen Fisch«, sagte er. »Was zum Teufel ist so außergewöhnlich daran, daß die Regierung ihre schärfste Agentin zur Inspektion hinschickt?«

Sie quittierte dieses Kompliment mit einem Lächeln, packte das Lenkrad fester und sah aus dem Fenster auf einen alten gelben Schulbus, der sich gerade bemühte, sie zu überholen. Er war voll besetzt mit schlafenden Arbeitern.

»Diese Fische werden nach und nach verdammt lästig.«

»Wie das denn?«

»Sie sind zu erfolgreich als Art«, sagte sie. »Die Priele hier sind mittlerweile voll von ihnen. Einige wurden vor ein paar Jahren von der Florida Freshwater Fish and Wildlife Commission ausgesetzt. Sie glaubten, die Tilapien könnten eine Nische im Ökosystem besetzen. Einen Teil der Algen verzehren, die die Wasserarme zuwucherten. Statt dessen entpuppte sich dieser verdammte Fisch als noch schlimmer als die Algen. Er machte sich im gesamten System breit. Jetzt, zehn Jahre später, sind es die Tilapien, die die Kanäle verstopfen. Sie sind die absolute Plage der Meeresfauna. Unkraut mit Augen, so betrachte ich sie. Fingergras mit Kiemen.«

»Und Winchester? Was für ein Typ ist der?«

»Harden Winchester«, sagte sie und lächelte. »Verdammt, manchmal, wenn ich mich langweile, wenn mein Gehirn mal wieder weich wird, fahre ich raus, um mich für einige Zeit bei Harden aufzuhalten. Der Mann hat diese träge, texanische Art, nuschelt sogar ein wenig, aber er hat anstelle eines Gehirns das reinste Kraftwerk.«

»Ist er verheiratet?«

Sie wandte sich zu ihm um, und in ihren Augen lag ein Ausdruck, wie man ihn manchmal bei Leuten beobachten kann, deren Geheimnissen man zu nahe gekommen ist.

Judy konzentrierte sich wieder auf die Straße.

»Man muß schon eine ganz besondere Frau sein, um mit Harden zusammenzuleben«, sagte sie. »Dieser Mann gibt ein regelrechtes elektrisches Summen von sich, und das Tag und Nacht. Neben ihm zu stehen, ist genauso, als befände man sich in nächster Nähe von zweihundert Pfund Uran. Er strahlt ständig Energie ab, daß man es beinahe knistern hört.«

Während sie den Wagen vor einer scharfen Kurve abbremste, sagte Judy: »Wenn es darum ging, Männer zu suchen, war ich eigentlich nie besonders zurückhaltend. Aber eins kann ich dir flüstern, wenn Harden Winchester zu haben wäre, würde ich mich auf ihn stürzen wie die Katze auf die Eidechse. Leider sind die Gedanken des Mannes weit weg, jenseits des Horizonts. Er jagt hinter etwas Besserem her als Judy Nelson.«

»Das klingt ja fast wie eine Schwärmerei.«

»Mehr als eine Schwärmerei«, sagte sie. »Viel mehr.«

Thorn beobachtete einen Schwarm Ibisse, der sich über einer Reihe Sumpfkiefern sammelte und nach Süden davonzog.

Für ein oder zwei Meilen schwieg Judy wieder. Sie verlangsamte stetig das Tempo. Mittlerweile war rechts und links der Straße Vieh zu sehen. Mächtige Angusrinder lagen im Gras, sonnten sich, und auf ihren Rücken stolzierten weiße Reiher umher und pickten ihnen genüßlich allerlei Insekten aus dem Fell.

Sie bremste und lenkte den Pick-up von der schmalen zweispurigen Straße hinunter auf eine noch schmalere Straße, die tiefer in die Glades hineinführte. Es war eine weiche Sandstraße mit tiefen Reifenspuren.

»Die Tilapie wird im Volksmund auch Jesusfisch genannt. Wußtest du das?«

Thorn schüttelte den Kopf. Nein, das hatte er noch nie gehört.

Sie streifte ihn mit einem Seitenblick. »Bist du religiös, Thorn?«

»Mitunter. Es kommt auf die Umstände an.«

Sie lächelte, und ihre Züge wurden weicher.

»Nach einer Legende war die Tilapie der Fisch, mit dem Jesus die fünftausend speiste. Bei der Brotvermehrung.«

»Ein Wunderfisch.«

»Ja. Für viele Menschen scheint er das zu sein.«

Thorn schaute aus dem Fenster. Weit und breit war nichts Künstliches zu erkennen. Nur Gelbkiefern, Weihrauchkiefern, Eugenien, Palmitos, Riedgras, ein paar knorrige Zypressen, darüber Falken, die ihre weiten Kreise zogen. Im Osten mächtige Wolkengebirge, die sich an den Rändern verdunkelten.

»Ich glaube, ich weiß, woran es liegt«, sagte Judy, »es ist damit wie mit so vielen anderen Dingen. In ihrer vertrauten Umgebung ist an den Tilapien nichts Besonderes zu beobachten. Dort fallen sie gar nicht auf, gedeihen völlig durchschnittlich. Aber sobald man sie dort herausholt, verändert sich alles. Andere Umwelteinflüsse, andere Faktoren bestimmen ihr Leben. Neue Temperaturen, eine andere Intensität des UV-Lichts, was auch immer. So kommt es, daß sie in ihrer neuen Umgebung entweder krank werden und eingehen oder daß sie bestens gedeihen und sich geradezu rasend vermehren. Genau das ist mit den Tilapien in Florida geschehen. Diese Fische vermehren sich hier wie Schimmel in einem Treibhaus. Niemand weiß, welche Auswirkungen das auf lange Sicht haben wird. Deshalb müssen wir sie aufmerksam beobachten.«

»Hast du schon mal eine gegessen?«

»Habe ich.« Sie nahm ihre Nase vom Sitz, warf Thorn einen warnenden Blick zu – damit er wegsehen konnte. Dann befestigte sie die Nase wieder an ihrem vorgesehenen Platz.

»Schmeckt sie einigermaßen?«

»Wahrscheinlich hast du sie auch schon gegessen, nur weißt du es nicht. Die Tilapie schmeckt ähnlich wie Barsch. Als das wird sie heutzutage auch schon mal in Restaurants angeboten. Faseriges weißes Fleisch, das sich gut kochen läßt. Es hat keinen besonders typischen Eigengeschmack. So ähnlich wie Tofu. Letzten Endes schmeckt Tilapiafleisch immer so wie die Gewürze, mit denen man es zubereitet.«

»Mit Tofu habe ich mich nie richtig anfreunden können.«

»Naja, ab und zu mal etwas Fades ist nicht schlimm. Es ist typisch amerikanisch. Wenn man es schafft, daß es wenigstens halbwegs nach Huhn schmeckt, kann man Millionen damit verdienen.«

Thorn schaute aus dem Fenster auf das weite Regierungsland. Zypressen und Kiefern, Palmitosträucher. Wolken am östlichen Horizont. Eine Baumgruppe in der Ferne, in der sich eine ganze Kolonie Ibisse niedergelassen hatte. Die großen weißen Vögel saßen auf den Ästen wie riesige Blüten.

»Ich mag meinen Fisch lieber aus freier Wildbahn«, sagte er. »Alles, was unter Zuchtbedingungen aufwächst, ist dümmer, langsamer, als wenn es aus der Wildnis kommt. Wenn ich ein Tier verzehre, dann soll es eins sein, das sozusagen kämpfend gestorben ist.«

»Hey, denk ans Programm, Thorn. Wir müssen uns für das einundzwanzigste Jahrhundert wappnen, mein Freund. Es wird das Zeitalter, in dem alles von Menschenhand geschaffen wird. Die freie Wildbahn kannst du vergessen.«

Er ließ seinen Blick über die sich meilenweit erstreckende braune Landschaft schweifen.

»Ich bin noch nicht mal soweit, daß ich das Jahrhundert verdauen kann, in dem wir zur Zeit noch leben.«

»Ich will dir einen Rat geben, Kleiner, wenn du mit Harden gut zurechtkommen willst, dann äußere dich lieber nicht über das Thema freie Wildbahn gegen Zuchtstationen. Er kommt sich, was diesen Fisch betrifft, wie der Verkünder einer neuen Lehre vor. Er verfolgt die Sache mit missionarischem Eifer.«

Sie näherten sich einem tiefen Graben und sie lenkte den Pick-up schräg darüber und beschleunigte.

»Wenn du zu ihm rausfährst«, sagte Thorn, »was gibt es da für dich zu inspizieren?«

»Es sind reine Routinebesuche«, sagte sie. »Ich muß nur darauf achten, daß er nicht mehr Zuchtteiche anlegt, als ihm offiziell gestattet ist. Harden hat eine Lizenz für sieben Becken. Die genaue Wassermenge habe ich vergessen, aber die wird er wohl nicht überschreiten. Die Hauptsache ist, daß alles sorgfältig abgesichert ist.«

»Abgesichert?«

»Ach, weißt du, einige dieser Freizeitfischzüchter haben schon mal eine Brut, die ihnen zu mickrig ist. Dann legen sie eine Abflußleitung rüber zu einem Kanal und pumpen die Jungtiere einfach raus. Es ist genauso, als würde man Alligatoren durch die Toilette wegspülen. Damit sind die Tiere aber nicht weg, sondern der Staat hat wieder ein neues Problem, das ihn viel Geld kostet.«

»Werden in Florida etwa Fische getötet?«

»Noch nicht, aber wenn es so weitergeht, werden wir es eines Tages wieder tun müssen. Das Problem mit Fischgiften ist, daß sie alles angreifen, nicht nur Tilapien. Zur Zeit müssen wir nur darauf achten, daß die Fischzüchter ihre junge Brut ordnungsgemäß entsorgen und kein Risiko besteht, daß Fische in die freie Natur gelangen und die Probleme, mit denen wir uns ohnehin schon herumschlagen müssen, noch verschlimmern.«

Judy lenkte sie durch eine scharfe Kurve. Der Wagen verlor beinahe die Bodenhaftung, aber sie arbeitete gekonnt mit dem Gaspedal und schaffte es ohne weitere Schwierigkeiten, ihn wieder unter Kontrolle zu bekommen. Als sie die Kurve hinter sich hatten, lag vor ihnen ein kurzes gerades Straßenstück, das vor einem Stahltor endete. »Also, wer bin ich?« wollte Thorn wissen.

»Wie bitte?«

»Welche Rolle soll ich spielen?«

»Ach ja«, sagte Judy. »Mal überlegen.« Sie ließ den Wagen im Schrittempo weiterrollen, während sie nachdachte. Dann sah sie ihren Beifahrer grinsend an. »Wie wäre es mit Bezirksaufseher? Du kommst aus der Regionalzentrale in Atlanta. Hast für einen Tag deinen Schreibtisch verlassen, um dich mal selbst in der Gegend umzusehen. Um dir einen Überblick zu verschaffen.«

»Mit anderen Worten, ich bin dein Boß.«

»Meinst du, das könntest du schaffen, mein Junge?«

»Judy, ich glaube, das schafft niemand.«

»Da hast du recht, Thorn. Da hast du verdammt recht.«

Sie hielt vor dem Tor an und stieg aus dem Wagen. Im Gebüsch neben dem Tor hatte jemand ein kleines Holzbrett an einen Giftbaum genagelt. In schwarzer Sprayfarbe war darauf zu lesen: THE FUNNY FARM.

Judy Nelson stieß das Tor auf, kehrte zum Wagen zurück und stieg ein.

»Funny Farm?«

»Diese Winchesters«, sagte sie kopfschüttelnd. »Die sind wirklich zum Totlachen.«

Sie fuhren eine lange holperige Straße hinunter, der Sand wurde immer weicher, verwandelte sich fast in Wasser. Schließlich schwang Judy den Truck um eine scharfe Linkskurve, und plötzlich sahen sie Sylvie Winchester und einen Mann, der ihr Vater sein mußte, vor sich.

Sylvie in Jeans mit abgeschnittenen Beinen und einem schwarzen langärmeligen Raiders-Trikot und schlammbespritzten Cowboystiefeln. Der halbnackte Mann hatte einen athletischen Oberkörper und eine Glatze. Silbergraue Bartstoppeln zierten sein von der Sonne verbranntes braunes Gesicht. Die wenigen Haare, die er noch besaß, waren kurzgeschoren. Alles, was er am Leib trug, waren eine gelbe Turnhose und Tennisschuhe. In der Hand hielt er eine Schaufel.

Während Judy den Motor ausschaltete, verlor das Gesicht des Mannes seinen gespannten Ausdruck und verzog sich zu einem breiten Lächeln. Dann, eine halbe Sekunde später, bemerkte Thorn etwas anderes, einen prüfenden Blick in seine Richtung, der das Lächeln des Mannes zumindest halb verdrängte. Harden Winchester schien auf Alarmbereitschaft umgeschaltet zu haben.

Etwa hundert Meter hinter den beiden gewahrte Thorn mehrere von Erdwällen umgebene Teiche, die so lang und breit waren wie Footballfelder. Und im Westen befand sich ein halbes Dutzend kleiner Becken, die nicht größer waren als Gartenswimmingpools. Aluminiumgestänge spannten sich über die kleinen Becken wie die Aufbauten eines Treibhauses. Außerdem führte ein kompliziertes System von weißen PVC-Rohren auf dem mit Unkraut überwucherten Land von Teich zu Teich und vereinigte sich in einer kleinen Wellblechbaracke.

Östlich von ihnen und umgeben von einem leuchtend grünen Rasen stand ein kleines Haus aus grauem verwittertem Holz. Ein typischer Pionierbau, eine Holzhütte im Cape Cod-Stil, wahrscheinlich vor einem Jahrhundert aus Bäumen zusammengehämmert, die mittlerweile längst vernichtet waren. Tiere sterben aus, aber Bäume? Es verfügte über eine verglaste Veranda, die sich über die ganze Vorderseite erstreckte, und ein steiles Blechdach mit Kuppeln und Erkern. Und Thorn bemerkte außerdem, daß vor einem einzelnen Fenster der Hausfront ein Gefängnisgitter befestigt worden war.

Neben dem Wohnhaus ragte ein Windrad aus Eisenträgern in die Luft. Seine Flügel drehten sich träge in einer kaum wahrnehmbaren Brise. Im Osten füllte der Himmel sich mit dicken Klumpen grauen Knetgummis. Es waren die nachmittäglichen Gewitterwolken, die sich dunkel und drohend über den Everglades sammelten. Obgleich sie noch an die fünfzig Meilen entfernt waren, verliehen sie dem Licht am Himmel bereits einen silbrigen Schimmer.

Sylvie ließ ihren Vater stehen und kam mit beschwingten Schritten zu Judys Fenster und sagte hallo. Sie drückte ihre Wange gegen Judy, zwinkerte und grinste Thorn verstohlen zu, dann zog sie den Kopf wieder nach draußen.

»Daddy, komm her!« rief sie. »Schau dir mal an, wen Judy mitgebracht hat.«

Harden Winchester kam zum Pick-up, wechselte die Schaufel von der einen in die andere Hand. Judy und Thorn stiegen aus. Winchester ging zu Judy Nelson, gab ihr einen flüchtigen Kuß auf die Wange, dann richtete er den Blick über das Dach des Trucks hinweg auf Thorn. Der Mann hatte blaßgraue Augen. Seine Haut war so zäh und verwittert wie das Holz des Hauses. Ein attraktiver Mann, jedoch lag in seinen Augen ein hinterhältiges Funkeln. Sein Lächeln wirkte irgendwie verzerrt, als sei es zum Teil eine Grimasse.

»Und wen haben wir hier?«

Sylvie stand hinter Harden und grinste Thorn schelmisch an. Sie ließ ihn ein paar Sekunden lang schmoren.

»Errätst du es nicht, Daddy? Wen erwarten wir denn schon die ganze Zeit?«

Thorn ging um das Führerhaus des Trucks herum. Sein Magen verkrampfte sich. Dieser athletische Mann packte die Schaufel fester. Er beobachtete lauernd, wie Thorn auf ihn zukam.

»Sei nicht so unhöflich, Kind. Wenn du den Mann kennst, dann stell ihn gefälligst vor.« Während Thorn ihm näher kam, ließ Harden seinen Blick mit professioneller Aufmerksamkeit an ihm auf und ab gleiten, als registriere er ein Dutzend nebensächlicher Details, über die er erst später nachdenken würde.

»Das ist Mr. Lavery, Daddy«, sagte Sylvie und grinste Thorn an. »Mr. Peter Lavery.«

Judy schickte Thorn einen ratlosen Blick zu, und er wandte sich von den Winchesters ab und antwortete ihr mit einem hilflosen Schulterzucken. Dann drehte er sich um, während Harden ihm die Hand gab. Thorn schüttelte sie, ein Stück schwieliges Fleisch, härter und unnachgiebiger als alles, was er bisher berührt hatte.

»Sie kommen ein oder zwei Tage zu früh, Mr. Lavery.«

Thorn entzog seine Hand dem kraftvollen Griff.

»Meine Pläne haben sich geändert«, sagte er. »Die Entwicklung in Thomasville war nicht zufriedenstellend, deshalb dachte ich, ich sollte lieber herkommen.«

Sylvies Kopf zuckte herum, und sie starrte ihn an.

Thorn lächelte sie an. »Ich habe meine Hausaufgaben gemacht, Sylvie. Sie die Ihren auch?«

Harden ließ seinen Blick zwischen den beiden hin und her wandern, seine Augen spiegelten Unsicherheit wider.

»Zwei an einem Tag, Sylvie?« fragte er. »Etwa noch ein UPS-Bote?«

»Jetzt hör schon auf, Daddy, glaub mir einfach, okay? Dieses eine Mal?«

Harden wandte den Blick von ihr ab, als habe er entschieden, diesen Punkt einstweilen auf sich beruhen zu lassen. Er nickte Judy zu und fragte sie gedehnt, ob es sich um einen offiziellen Besuch handle.

»Eigentlich nicht«, antwortete sie. »Ich habe nur...« Sie sah Thorn an. »...Mr. Lavery geholfen und ihm den Weg hier heraus gezeigt. Er rief im Büro an, und ich tat ihm den Gefallen.«

»Er hat im Büro angerufen?«

»Ein reiner Höflichkeitsanruf«, sagte Thorn. »Ich melde

mich meistens zuerst bei den örtlichen Fish and Game-Leuten.«

»Nun, es tut mir leid, daß er Sie belästigt hat, Judy. Lavery hätte eigentlich Bescheid sagen sollen, sobald er in seinem Hotel war. Wir hätten ihn dann abgeholt und hierhergebracht. Zumindest war das vereinbart, soweit ich mich erinnere. Aber da Sylvie alles arrangiert hat, ist es durchaus möglich, daß einiges schiefgelaufen ist.«

»Daddy benutzt mich als Privatsekretärin«, erklärte Sylvie ihren Besuchern. »Außerdem als oberste Flaschenspülerin und Ganztags-Faktotum für Winchester Aquaculture Incorporated.«

»Sie lernt noch«, sagte Winchester. »Langsam, aber sicher. Nur das Übernehmen von Verantwortung will noch nicht so recht klappen.«

Sylvie erhob sich auf die eckigen Spitzen ihrer Cowboystiefel. Sie legte den Kopf nach hinten, blickte lächelnd in den sich allmählich verdunkelnden Himmel und preßte die Lippen aufeinander.

Nach ein oder zwei Minuten gezwungen klingender Höflichkeitsfloskeln lehnte Judy zum zweitenmal Hardens Angebot, ihr ein Glas Limonade zu bereiten, dankend ab, verabschiedete sich reihum bei jedem, lächelte Thorn dabei verschwörerisch zu, stieg in ihren Pick-up und fuhr davon.

Thorn stand mitten auf der langen sandigen Zufahrt mit Darcys fuchsiafarbenem Wochenendkoffer neben sich und sah den Staubwolken nach, die hinter Judys Pick-up-Truck in den Himmel stiegen.

Kapitel 19

Harden warf einen vielsagenden Blick auf den Wochenendkoffer, dann sah er Thorn wieder an.

»Sie reisen aber mit leichtem Gepäck, Lavery.«

Sylvie stand neben ihrem Vater. Sie spielte mit ihrem Hemdzipfel, und ein besorgter Ausdruck trat in ihre Augen.

»Eigentlich«, erwiderte Thorn, »hatte ich nicht vor, lange zu bleiben.«

»Aber Sie haben das Geld mitgebracht, oder?«

Thorn sah zu Sylvie, doch sie hatte den Kopf gesenkt und starrte zu Boden, von ihrer Verspieltheit keine Spur mehr.

Thorn ließ den Blick über die lange Straße schweifen. Meilenweit nichts als Niemandsland. Er war mindestens eine halbe Tagesreise von seinem Zuhause entfernt.

»Na«, sagte Harden, »haben Sie?«

Sylvie scharrte mit ihrer Stiefelspitze im Sand.

Thorn hob die Augenbrauen. »Hören Sie, Winchester, glauben Sie im Ernst, ich hätte den weiten Weg zurückgelegt, mich dieser Mühe unterzogen und nichts mitgebracht?«

Sylvie hob das Gesicht, entfernte sich mit ein paar vorsichtigen Schritten aus dem Gesichtskreis ihres Vaters, wobei ihr koboldhaftes Lächeln zurückkehrte. Nun lag noch etwas anderes darin, etwas Neues, Respekt vielleicht oder Erregung. Das Lächeln wurde breiter, offener, während sie ihm in die Augen schaute.

»Na schön«, sagte Harden und entspannte sich ein wenig. »Ich denke, wenn Sie schon mal hier sind, wollen Sie sich den Betrieb sicherlich auch mal ansehen.«

»Natürlich.«

»Danach kann ich Mr. Lavery in die Stadt zurückbringen. Damit er sich ein Hotelzimmer suchen kann.«

Harden drehte sich zu seiner Tochter um, schaute dann wieder Thorn an.

»Dürfen wir Sie Peter nennen?« fragte Sylvie.

»Klar«, antwortete Thorn. »Warum nicht?«

Harden sagte: »Und Sie wohnen noch im Ritz Carlton, Peter? Oder hat sich daran auch etwas geändert?«

»Nein. Das Ritz ist ganz in Ordnung.«

Harden zögerte, betrachtete Thorn eingehend.

»Gibt es irgendein Problem, Mr. Winchester?«

Harden lächelte und hob die Hand in einer beschwichtigenden Geste.

»Verzeihen Sie mir«, sagte er. »Sie entsprechen überhaupt nicht dem Bild, das ich mir von Ihnen gemacht habe.«

»Daddy meint, daß reiche Leute sich auch immer luxuriös kleiden.«

»Nun, das tut mir leid«, entschuldigte Thorn sich. »Aber von Seidenhemden bekomme ich immer Hautjucken. Und außerdem habe ich noch keine Reithose gefunden, an der ich mich nicht irgendwo wundscheuere.«

Harden zögerte einen Moment, dann lächelte er und schlug Thorn kräftig auf die Schulter.

»Na prima, okay, Sie gehören jetzt zu uns.«

»Ja«, sagte Sylvie. »Da hat er aber Glück gehabt.«

Während der nächsten Stunde unternahm Harden Winchester mit Thorn einen ausgedehnten und gemächlichen Rundgang über die Fischfarm. Zu dritt wanderten sie um jeden der großen Zuchtteiche herum. Jeder wurde von einem knapp einen Meter hohen Erdwall umgeben. Thorn blieb stehen, um die Fische zu betrachten, die an der Oberfläche des dunklen Wassers umherschwammen. Sie waren teigig weiß und sahen aus wie Barsche, jedoch bewegten sie sich so träge wie halbbetäubte Meeräschen.

Mit verhaltenem Stolz führte Harden den Belüfter vor, ein

großes elektrisch betriebenes Schaufelrad, das sich am Rand jedes größeren Teichs auf und ab bewegte, um Luftbläschen unter das stehende Wasser zu mischen. Thorn hörte sich die Erklärungen an, gab interessierte Laute von sich, sagte aber ansonsten wenig. Sylvie ging am Ende, und wenn ihr Vater es nicht bemerkte, stieß sie Thorn spielerisch mit einem Finger in den Rücken.

An einem der kleineren Teiche, das Brutbecken, sagte Harden, blieben sie stehen, und er machte auf das Filtersystem aufmerksam, das er erfunden hatte, sehr einfach und wirkungsvoll, wie er mit sichtlicher Genugtuung feststellte. Er habe für diese komplizierten Innenkammern aus Glasfiber nichts übrig. Sein Filter bestand aus Bestattungswannen aus Beton, ein mal zwei Meter fünfzig große Kisten, die er mit Sand gefüllt hatte, um die Algen und andere Verunreinigungen herauszufiltern. Das Wasser floß durch sie hindurch, und die Tausende Jungfische gediehen prächtig.

»Daddy mag keine Verunreinigungen«, sagte Sylvie. »Aber er hat etwas übrig für diese Bestattungsbehälter. Sie erinnern ihn an seine erfolgreiche Militärzeit. Nicht wahr, Daddy? Ich denke an all die Bestattungskisten mit deinen Feinden.«

Harden führte sie weiter.

»Daddy mußte vor ein paar Tagen zehntausend Jungfische in diesem Brutbecken töten. So was nenne ich einen großen Spaß. Zehntausend Exemplare von irgend etwas zu töten macht richtig Laune. Meinen Sie nicht auch, Mr. Lavery?«

Sie standen auf dem schlammigen Rand eines dunklen Teichs. Zwanzig Meter entfernt befand sich eine Gruppe Australischer Kiefern, und zwischen den Bäumen hindurch konnte Thorn das Funkeln fließenden Wassers erkennen.

»Weshalb haben Sie das getan?«

»Der Begrenzungswall, auf dem wir gerade stehen«, sagte Winchester und fixierte Sylvie mit einem eisigen Blick, »hatte einen Riß. Ich hatte den Eindruck, daß er jeden Moment zerbrechen würde, deshalb mußte ich die Fische töten. Vögel könnten herkommen, einen Fisch vom Teichgrund greifen und ihn vielleicht in einem anderen See oder einem Kanal fallen lassen. Am nächsten Tag kämen dann die Leute von der Fish and Game-Abteilung und würden mir die Schuld daran geben.«

»Ich verstehe«, sagte Thorn.

Sylvie wußte noch mehr zu erzählen. »Er hat die Fische mit Natriumfluoracetat getötet. Das ist ein Gift. Vor längerer Zeit wurde es eingesetzt, um Ratten zu töten, aber jetzt ist es gesetzlich verboten. Stimmt's, Daddy? Es ist verboten, weil es so wirkungsvoll ist. Aber Daddy läßt es noch immer aus Südamerika hierher schmuggeln. Mit einem Fingerhut voll kann man ein Pferd töten, und wenn ein Hund sich etwas von dem Pferdefleisch holt, dann dürfte auch der Hund eingehen. Danach sind die Flöhe auf dem Hund an der Reihe und so weiter und so fort. Daher wurde es per Gesetz verboten. Ist es nicht so?«

»Es ist ein verdammt gutes Fischgift«, sagte Harden und winkte sie weiter. »Aber wir langweilen Sie sicherlich, Peter. Sie sind Tilapia-Spezialist. All das wissen Sie längst.«

»Mein Betrieb sieht etwas anders aus.«

»Ja? Und wie?«

»Er hat mehr High-Tech«, ergriff Sylvie schnell das Wort. »Alles ist überdacht. Verchromte Tanks, alles sehr sauber. Daddy weiß das. Er hat einiges über Sie gelesen, Mr. Lavery. Er spielt nur mit Ihnen, nicht wahr, Daddy? Er testet Sie.«

Sie standen vor dem größten Teich. Thorn drehte sich um und ließ seinen Blick zwischen den beiden hin und her springen.

»Stimmt das, Winchester? Spielen Sie mit mir?«

Harden hielt seinem Blick stand, gab jedoch keine Antwort.

Sylvie sagte: »Bei Menschen verursacht Natriumfluoracetat Herzflimmern. Wenn man jemandem nur ein wenig davon ins

Essen mischt, sollte man sich vorsehen und rechtzeitig auf Distanz gehen, sonst flimmert der Betreffende einen von oben bis unten voll.«

Harden nickte ihr mit eisigem Blick zu.

»Sylvie«, sagte er mit mühsam unterdrückter Wut in der Stimme. »Bereite uns frische Limonade. Wir trinken sie auf der Veranda.«

»Ich bin ja schon still«, versprach sie.

»Tu, was ich gesagt habe, Mädchen. Und zwar sofort. Ich bin es leid, von dir geärgert zu werden.«

»Ach, Daddy.«

»Auf der Stelle!«

Sie zog den Kopf ein, blieb noch einen Moment lang stehen, dann machte sie mit finsterer Miene kehrt und entfernte sich zum Haus. Auf halbem Wege warf sie einen Blick über die Schulter, sah, daß Harden sie nicht beobachtete, und sie wirbelte herum, tat so, als halte sie eine Maschinenpistole in der Hand, brachte sie in Hüfthöhe in Anschlag und jagte begeistert einige Feuerstöße in den Rücken ihres Vaters. Dann lächelte sie, schickte Thorn einen Kuß und setzte den Weg zum Haus fort.

Thorn beendete unter Hardens Führung den Rundgang und hörte den Rest des Evangeliums nach Harden Winchester über die Tilapie. Die sechzig Morgen ihres Anwesens waren fast vollständig von Nationalparkland umgeben, und es gab keinerlei Zufahrtsstraßen.

»Wir leben ganz gerne mitten in der Wildnis«, erzählte Harden. »Das ist uns ganz recht. Manchmal vergehen mehrere Wochen, ohne daß wir hier einen Fremden sehen. Abgesehen von den Besuchen Judy Nelsons natürlich.«

Thorn verhielt sich schweigsam, während Harden mit ihm an der Werkstatt und einem Vorratsschuppen vorbeiging. Hinter dem Werkstattbau konnte er das Ende eines Bootsanhängers erkennen, sah jedoch nicht, ob sich auch ein Boot darauf befand.

Schließlich gelangten sie zu dem mit Steinplatten ausgelegten Patio neben dem Haus, und sie ließen sich im Schatten des verglasten Balkons in der Nähe des großen Swimmingpools in Stahlsesseln nieder. Eine geschwungene blaue Rutschbahn war neben dem Becken aufgestellt worden, und ein kleiner Wasserfall plätscherte an einem Ende auf ein paar Korallenbecken herab und ergoß sich ins Becken. Der Pool erschien seltsam seicht und schien nicht mehr zu sein als ein Planschbecken.

»Weshalb so viele Lampen?« erkundigte Thorn sich und deutete auf einen von einem Dutzend Masten, die auf dem Gelände verteilt waren. Auf jedem war eine Traube von Scheinwerfern befestigt. Weitere Scheinwerfer befanden sich an den Schuppen und auf dem Dach des Wohnhauses.

»Manchmal müssen wir auch mal eine Nacht durcharbeiten«, sagte Winchester. »Sie kennen das ja, nicht wahr? Wenn es zum Beispiel Schwankungen im Bereich des Ph-Wertes gibt. Oder wenn eine Kaltfront im Anmarsch ist. Die Wassertemperatur darf nämlich nicht zu sehr sinken.«

Thorn spürte seinen mißtrauisch prüfenden Blick, sagte aber nichts.

Sylvie brachte die Limonade auf einem Coca Cola-Tablett nach draußen, und sie tranken und schwiegen eine Zeitlang.

Sylvie leerte ihr Glas und schnalzte genießerisch mit der Zunge. Eine Lachmöwe segelte am Sonnenschirm vorbei und landete am anderen Ende des Swimmingpools. Sie hüpfte bis an den Rand des Beckens und blickte ins seichte Wasser. Harden sprang abrupt auf und ruderte mit den Armen, so daß der Vogel sich gleich wieder in die Luft erhob.

»Manchmal schießt Daddy auf die Vögel. Er holt seine Uzi raus und deckt sie mit einem Kugelregen ein. Anhingas, Kormorane, Möwen. Nicht wahr, Daddy? Du ratterst sie einfach tot.«

Harden setzte sich wieder und nahm einen weiteren Schluck von seiner Limonade. Er schaute nach Osten, wo am Himmel ein kleiner Möwenschwarm heranschwebte und damit begann, den größten der Fischteiche zu umkreisen. Schließlich löste der Schwarm sich auf, und die Vögel landeten und verteilten sich auf dem Erdwall am östlichen Ufer.

»Verdammte Geier«, schimpfte Harden, erhob sich wieder aus seinem Sessel und sah wütend zu ihnen hinüber. »Warten Sie. Ich bin gleich wieder da.« Er ging ein paar Schritte, dann fiel er in einen Trab und entfernte sich in Richtung Teich.

Als er den Hof halb überquert hatte, stand Sylvie auf und sagte: »Kommen Sie schnell, ich zeige Ihnen, mit was Sie es zu tun haben.«

Thorn erhob sich widerwillig und folgte ihr wortlos durch die Hintertür des Hauses.

Durch das Küchenfenster beobachtete Sylvie ihren Vater, der am anderen Ufer des größten Fischteichs entlanglief, mit den Armen ruderte und die Vögel aufscheuchte. Sylvie nahm einen Schlüssel von einem Hakenbrett an der Hintertür und schloß eine schmale Tür neben dem Küchentisch auf. Sie öffnete sie, zog an einer Lampenschnur und trat zurück.

Der Vorratsraum hatte eine Grundfläche von drei mal drei Metern. An den Wänden hing eine umfangreiche Kollektion militärischer Hardware. Uzis und M-16's, Lugers, 45er Brownings, ein kleiner Granatwerfer, etwas, das aussah wie eine Panzerabwehrkanone. Und es gab auch einige zivile Waffen, eine MAC-10, eine Reihe automatischer Handfeuerwaffen. Thorn war kein Experte für ungewöhnliche Waffen, kannte auch nicht die Namen aller Exemplare, die er vor sich sah, aber es war ganz gewiß eine verdammt beeindruckende Sammlung.

Auf dem Fußboden gleich an der Tür standen vier Holzkisten. In Stroh gebettet lagen in akkuraten Reihen dunkelgrüne Handgranaten darin. Thorn kniete sich hin und strich mit den Fingern sacht über den kalten, massiven Stahl. Nicht größer als Tannenzapfen, waren sie so konstruiert, daß sie ihre Schrapnellsplitter in einer großen Wolke verteilten, um größtmöglichen Schaden zu verursachen.

»Kawumm!« rief Sylvie schrill. Thorn riß den Kopf herum.

In der Tür der Speisekammer stand Winchester hinter seiner Tochter. Er atmete heftig, und seine rechte Hand ruhte schwer auf ihrer Schulter. Das Glas Limonade hatte er in der linken.

»Du verrätst Mr. Lavery all unsere Geheimnisse, Sylvie.«

»O nein, Daddy«, sagte sie, »nicht alle. Das würde viel zu lange dauern.«

»Sie haben sich aber ein ganz schönes Waffenarsenal angelegt, Winchester.«

Harden schaute Thorn bohrend in die Augen.

»Wir müssen hier draußen auf alles vorbereitet sein. Man kann nie wissen. Man kann eigentlich nie zu gut bewaffnet sein. Meinen Sie nicht auch, Mr. Lavery? Oder sind Sie einer von diesen Waffenkontroll-Fanatikern?«

»Ich besitze einen Sechsschüsser, mehr nicht. Für automatische Waffen habe ich nie viel übrig gehabt.«

»Ja. Und weshalb?«

»Ich habe mir immer gedacht, wenn man jemanden nicht mit einem einzigen Schuß töten kann«, sagte Thorn, »dann hat man eigentlich nicht das Recht, überhaupt zu töten.«

Winchester lächelte. Thorn streifte Sylvie mit einem verstohlenen Blick. Sie lächelte ihm ermutigend zu.

»Sehen Sie«, sagte Winchester, »bei meiner früheren Tätigkeit habe ich mir viele Feinde gemacht. Einige sind ausgesprochen gewalttätig veranlagt. Und ich fürchte, daß ausgerechnet diese Leute ein besonders gutes Gedächtnis haben. Natürlich benutze ich im Kampf Mann gegen Mann überhaupt keine

Waffen. Aber wenn sie als Gruppe auftauchen, Mr. Lavery, in größerer Anzahl also, könnte dieser Raum sich als sehr nützlich erweisen.«

»Einige Leute würden meinen Daddy vielleicht als paranoid bezeichnen«, sagte Sylvie. »Aber nicht ich. Für mich ist er einfach nur Daddy.«

Harden versperrte weiterhin die Türöffnung, studierte dabei Thorns Gesicht, als versuche er, das Kleingedruckte seiner Persönlichkeit zu entziffern. Thorn spürte, wie der Druck sich in seiner Kehle aufbaute, und für einen kurzen Moment stellte er sich vor, wie er herumwirbelte und eines dieser Sturmgewehre an sich riß. Und ausprobierte, ob es vielleicht geladen war.

Sylvies Seufzer löste die Spannung dieses Moments. Sie drehte Thorn den Rücken zu, drückte mit den Fingerspitzen gegen die Brust ihres Vaters und schob ihn aus dem Weg.

»Nun, Peter, vielleicht möchten Sie schwimmen gehen«, sagte sie lässig über die Schulter, während sie in die Küche zurückkehrte. »Sich nach Ihrer langen Fahrt ein wenig abkühlen.«

»Sylvie«, sagte ihr Vater. Eine Warnung.

»Schon gut, schon gut. Beinahe hätte ich es vergessen. Daddy mag es nicht, wenn jemand den Swimmingpool benutzt. Das Wasser könnte dadurch schmutzig werden.«

Den Blick immer noch prüfend auf Thorn gerichtet, leerte Harden sein Glas Limonade. Dann setzte er ein leeres Lächeln auf, machte kehrt, ging zur Spüle und stellte sein Glas hinein.

»Okay, Mr. Lavery«, sagte er. »Was schlagen Sie vor, wie wir unser Geschäft abwickeln sollen?«

Er setzte sich halb auf den Rand der Spüle und verschränkte die Arme vor der Brust. Thorn kam aus der Speisekammer und blieb an der Hintertür stehen.

Sylvies Lippen formten ein feines Lächeln. Sie blickte mit

ihren dunklen Augen aus dem Fenster zum düsteren Himmel im Osten. Sie wartete auf Thorns Antwort.

»Um ganz ehrlich zu sein, Winchester«, sagte er, »ich dachte im Augenblick eher daran, ins Hotel zu fahren. Und ein kleines Schläfchen zu halten. Ich denke, unsere Geschäfte können noch ein wenig warten.«

Harden ließ die Arme sinken und fing an, die Knöchel seiner Finger knacken zu lassen. Er schien seinen aufwallenden Zorn mühsam zu unterdrücken. Schließlich war er jemand, der daran gewöhnt war, zu bestimmen, was zu geschehen hatte. Es gefiel ihm überhaupt nicht, wenn er nicht das Kommando führte.

»Na schön«, sagte er, löste seinen Blick von Thorn, als beschäftige sein Geist sich plötzlich mit ganz anderen, wichtigeren Gedanken. »Sie wollen in Ihr Hotel. Dann wollen wir Sie hier auch keine Sekunde länger festhalten.«

Sylvie brachte ihn nach draußen und über den Hof zu einem Schuppen, in dem ein roter '83er Oldsmobile geparkt war.

»Sie haben ihn getäuscht«, sagte sie. »So weit, so gut.«

»Das gefällt mir nicht, Sylvie«, sagte Thorn. »Aber überhaupt nicht.«

»Oh, ja, Sie haben ihn wirklich getäuscht. Anderenfalls wären Sie jetzt tot.«

Thorn schwieg und folgte ihr dicht auf.

»Wissen Sie, diese ganze Farm«, sagte sie und suchte sich ihren Weg an einem schlammigen Stück Land vorbei, »ist ausschließlich Marschland. Wir liegen hier nur drei bis fünf Zentimeter über dem mittleren Flutwasserstand. Und da drüben zwischen den Bäumen fließt der Okahatchee River. Es ist eigentlich ein Seitenarm des Golfs. Wir sind nur ein paar Meilen Luftlinie von der Küste entfernt. So kommt es, daß immer, wenn Flut und Vollmond zusammenfallen, der Golf ansteigt, desgleichen der Okahatchee, der dann über die Ufer tritt, so daß wir bis zu den Knien im Wasser stehen. Einmal im Monat ist der Hof überflutet, und der Fluß überspült die Eingangstreppe. Das Wasser reicht mir bis zum Schoß, wenn ich draußen rumwate. Es sieht ganz toll aus, Sie müßten es mal miterleben. Fast bis zu Sylvies Schoß. Können Sie sich das vorstellen?«

»Kommen Sie, fahren wir endlich, Sylvie.«

Sie schenkte ihm ein schwüles Lächeln, während sie den Wagen aufschloß.

Sylvie ging mit dem Olds um wie jemand, der gerade zum erstenmal mit einer modernen Maschine in Berührung gekommen war. Sie ließ den Motor an, gab mehrmals Vollgas, dann drückte sie das Gaspedal für eine halbe Minute aufs Bodenblech, ehe sie es wieder hochschnellen ließ. Sie schob den Ganghebel in Fahrtposition, umklammerte das Lenkrad bei drei und neun Uhr und lenkte den großen Wagen mit grimmiger Konzentration.

Als sie schließlich auf die Hauptstraße gelangten, trat Sylvie jeweils fast eine halbe Minute aufs Gaspedal, um dann wieder den Fuß wegzunehmen. Danach verlangsamte das Ungetüm von einem Wagen die Geschwindigkeit von hundertvierzig Stundenkilometern bis etwa zum Tempolimit.

Sie verlangsamte die Fahrt noch ein wenig mehr, als ihr zwei Fahrzeuge entgegenkamen, und sie beschleunigte wieder, als ein weißer Installateurwagen überholen wollte. Sylvie veranstaltete für fast eine Meile mit dem Lieferwagen ein Wettrennen, nagelte ihn auf der Fahrspur nebenan fest und drängte ihn beinahe von der Straße. Dann nahm sie plötzlich den Fuß vom Gaspedal und sah zu, wie der Lieferwagen an ihnen vorüberjagte.

Thorn zog seinen Sicherheitsgurt fester an.

Einige Sekunden nach dem Intermezzo mit dem Lieferwagen, auf einem schnurgeraden Stück Highway, rammte Sylvie plötzlich beide Füße auf das Bremspedal, stemmte sich dagegen, und die riesigen Reifen des Olds radierten quietschend über den Asphalt.

Thorn flog nach vorne, knallte mit den Händen gegen das Armaturenbrett und fluchte. Als sie standen, drehte Sylvie sich zu ihm um und deutete auf einen Wagen, der nicht weit vor ihnen auf einem Seitenweg stand.

»Sehen Sie den denn nicht?« fragte sie. »Er hat Vorfahrt.«

Sie winkte den erstaunten Fahrer vor ihnen auf die Hauptstraße.

»Sie hatten die gottverdammte Vorfahrt, Sylvie. Wir befinden uns hier auf einem Highway, einer Hauptstraße.«

»Aber sicher, was wissen Sie denn schon? Sie kommen aus Georgia. Und da oben fährt jeder wie ein Verrückter.«

Sie lächelte ihn an, gab dem Olds die Sporen, holte zu dem vorausfahrenden Wagen stetig auf und rauschte dann daran vorbei.

Sie brauchten fast eine Stunde bis zum Ritz Carlton. Ohne die unnötigen Stopps und das mehrmalige falsche Abbiegen hätten sie es durchaus in der halben Zeit schaffen können. Sie unternahm eine ziemlich verschlungene Stadtrundfahrt, fuhr mehrmals dieselbe Straße rauf und runter, leugnete, sich verfahren zu haben, überfuhr Stoppschilder, wobei ihr Blick immer wieder von der Straße abirrte, um die Vorortsidylle zu betrachten.

Soweit Thorn es feststellen konnte, hatte Naples sich erheblich verändert, seit er das letzte Mal als Teenager dort gewesen war. Aber es hatte nicht den Weg eingeschlagen, den die meisten Städte Floridas gegangen waren. Die Leute dort hatten offenbar ihre Lincolns und Rolls-Royce zur Abwehr aufgebaut und gegen die Imbißrestaurants, die Massagesalons und die Pornobars Front gemacht. Jedes Gebäude und jede Wohnsiedlung schien jünger als zehn Jahre zu sein. Alles war frisch geschrubbt und gestrichen, alles war in rotem Klinker gehalten, in einem pseudo-mediterranen Stil, selbst am großen Platz in der City wimmelte es von Boutiquen, die aussahen, als seien sie von Palm Beach direkt hierher verlegt worden. Krawattenläden, Taschentuchboutiquen, Charme, Charme, Charme! Es war die Art von bildschöner Sterilität, die nur ein stetiger Geldfluß schaffen und erhalten konnte.

Überall Golfplätze, und jeder Vorgarten war so glatt geschoren wie ein Putting Green. Sorgfältig gestutzte Hecken, perfekt beschnittene Bäume. Offenbar breitete der perfektionistische Disney World-Virus sich nach Süden aus. Die Stadtväter importierten wahrscheinlich sogar gepflegte Teenager mit Kehrschaufeln und -besen, um jedes Fitzelchen Abfall einzusammeln, ehe es auch nur den Erdboden berührte.

Während er die Szenerie vorbeigleiten sah, erinnerte Thorn sich an eine Story, die er vor ein oder zwei Jahren in einer Zeitung in Miami gelesen hatte. Es ging darin um einen Polizeieinsatz in Naples. Anscheinend hatte der Geschäftsführer eines Restaurants, das eine der luxuriösen Altensiedlungen mit Country Club-Atmosphäre mit Essen versorgte, in der Küche eine einzelne Idaho-Kartoffel gefunden, in deren Schale ein obszönes Wort eingeritzt worden war. Er rief die Polizei. Streifenwagen wurden abkommandiert, und eine gründliche Untersuchung folgte, aber der Schuldige wurde nicht entlarvt. »Wir finden diesen Perversling«, sagte ein Police Detective. »Machen Sie sich keine Sorgen. Es dauert vielleicht eine Weile, aber wir beschäftigen uns mit der Sache.«

Als Sylvie das Ritz Carlton erreichte, hungerte Thorn geradezu nach etwas Schäbigkeit. Nach einem Köderladen, dessen Front grellviolett gestrichen war und dessen Gestank nach verwesendem Fisch man schon Straßen vorher riechen konnte. Einem Familienmotel mit einer Neonreklame, die den ganzen Tag im Sonnenschein flackerte und für kostenlose Telefone und Magic Fingers für einen Vierteldollar warb. Selbst eine einzelne Seite einer alten Zeitung, die vom Wind die Straße hinuntergeweht wurde, hätte ihm zu einem heimischen Gefühl verholfen.

Sylvie fuhr vor dem eleganten Haupteingang des Hotels vor und verfehlte die offene Tür eines Range Rover nur um wenige Zentimeter. Während zwei Türsteher in schwarzen Shorts und weißen Oberhemden zum Olds hinausrannten, schaltete sie den Motor aus, drehte sich in ihrem Sitz um, damit sie ihm in die Augen sehen konnte.

»Sie sind wegen mir gekommen.«

Sie klatschte in die Hände und lächelte. Dabei preßte sie die Handflächen zusammen, als sei sie in irgendein verrücktes Gebet vertieft. Sie blickte über die Schulter auf den Türsteher an ihrem Fenster, verriet aber mit keinem Zeichen, daß sie bereit war zum Aussteigen.

»Kommen Sie, gehen wir rein, Sylvie. Wir müssen uns über einige Dinge unterhalten.«

»Sie sind gut, Thorn. Verdammt gut«, sagte sie. »Ich nenne Ihnen meinen Namen, und zwei Tage später sind Sie schon da. Wissen sogar, wer Peter Lavery ist, wo er wohnt. Thomasville Georgia. Mann o Mann, was für ein schlauer Bursche! Da habe ich mir einen ganz Intelligenten angelacht. Wir gehen das ganz langsam an. Treiben das Spiel noch einige Zeit weiter.«

Sie stieß einen Freudenruf aus und schaute strahlend durch die Windschutzscheibe.

Draußen stand ein junger Mann mit roten Haaren und wartete darauf, daß sie ihr Gespräch beendete, damit er die Tür öffnen konnte.

»Endlich«, sagte Sylvie und drehte sich wieder grinsend zu Thorn um, »habe ich jemanden gefunden, der meinem Daddy ordentlich Kontra geben kann.«

»Und was bedeutet das?«

»Wenn der Betreffende gut genug ist«, sagte Sylvie, »dann schafft er es vielleicht sogar, dieses Schwein zu töten.«

Kapitel 20

»Das ist Peter Lavery«, sagte Sylvie. »Für ihn wurde ein Zimmer reserviert, aber erst ab der zweiten Wochenhälfte.«

Hinter dem geschwungenen Marmorpult tippte der Rezeptionsangestellte den Namen in den Computer und trat zurück, um auf den Monitor zu schauen. Ein gutaussehender junger Mann um die fünfundzwanzig mit weißem Oberhemd. Sonnengebräunt, ordentlich frisiertes blondes Haar, wie ein Surfer, der bürgerlich geworden war.

»Das ist aber seltsam«, sagte der junge Mann.

»Seltsam?« Sylvie hing an Thorns linkem Arm, rieb ihre Nase verliebt an seiner Schulter. Sie spielte die Jungverheiratete. Thorn ärgerte sich darüber, ertrug es jedoch mit Fassung.

»Laut meiner Angaben sind Sie bereits eingezogen, Mr. Lavery.«

»Sind Sie sich ganz sicher?« fragte Sylvie und ließ Thorns Arm fallen.

»Ja, Ma'am, da steht's, Peter S. Lavery.«

»Na prima«, sagte Thorn. »Je mehr Laverys hier sind, desto lustiger wird's.«

Mit verletzter und tonloser Stimme fragte Sylvie, welches Zimmer der andere Lavery bewohne. Der Angestellte entschuldigte sich, aber ihm sei nicht gestattet, diese Information weiterzugeben.

»Nun, um welche Zeit ist er hier angekommen, können Sie uns verdammt noch mal wenigstens das mitteilen?«

Der Angestellte musterte sie einige Sekunden lang, dann

drückte er auf zwei Tasten seines Computers und erklärte, Lavery habe sich vor einer Stunde eingetragen.

Sylvie fragte den jungen Mann, wo das Haustelefon stehe, und er deutete auf einen Tisch vor der Foyerwand. Sie ging hinüber. Köpfe drehten sich, um dieser mageren jungen Frau mit ihrer Kettensägenfrisur, ihren schlammbespritzten Stiefeln und ihrem Raiders-Trikot nachzublicken.

Thorn drehte sich wieder zum Pult um und begann die Meldekarte auszufüllen. Laut Auskunft des jungen Mannes war das einzige noch freie Zimmer im ganzen Hotel eine Suite mit Blick auf den Golf. Thorn meinte, das sei ja günstig, und der Angestellte bat ihn um die Kreditkarte eines der größeren Unternehmen.

»Ich habe noch nicht einmal eine von einem kleineren«, gestand Thorn.

»Bezahlen Sie demnach in bar?«

»Es sei denn, ich kann Ihnen ein paar Köderfliegen zum Tausch anbieten.«

Der junge Mann lächelte gequält.

»Das wären dann zweihundertfünfundachtzig Dollar.«

»Mein Gott, ich brauche das Zimmer nicht für einen Monat.«

Der junge Mann gab sich Mühe, sein Lächeln beizubehalten. Jawohl, Sir, er hatte schon genug Witzbolde, reiche Verrückte mit fünfzehn Zentimeter langen Fingernägeln und bauchnabellangen Bärten kennengelernt. Und er war ausgebildet, zu allen stets höflich zu sein. Man wußte ja nie, ob man es mit Mr. Ritz oder Mrs. Carlton persönlich zu tun hatte. Daher, bei Gott, wenn man sich in diesem Laden eintrug, dann wurde man anständig behandelt, ganz gleich welcher Irrenanstalt man gerade entsprungen war.

»Es kostet zweihundertfünfundachtzig pro Nacht, Sir.«

Thorn sah sich in der Halle um.

»Zur Hölle, ich habe Autos besessen, die viel weniger gekostet haben.«

»Sie wollen das Zimmer nun doch nicht?«

Thorn schaute rüber zu Sylvie. Sie saß in einem Ledersessel, hatte sich regelrecht um den Telefonhörer gerollt und deckte die Sprechmuschel halb mit einer Hand ab. Sie war vollkommen in ihr Gespräch vertieft. Ihm gefiel dieses Hotel nicht, und ihm gefiel schon gar nicht, daß Sylvie ihn in diese Lage gebracht hatte. Aber er hatte das untrügliche Gefühl, daß er weitaus mehr über den Winchester-Clan erfahren würde, wenn er seine Rolle als Peter Lavery weiterspielte, als wenn er versucht hätte, die Wahrheit Stück für Stück mit Gewalt aus ihnen herauszuprügeln.

Für einen Moment gewann er einen flüchtigen Eindruck davon, wie Darcy sich vielleicht in ihrem Leben mit ihm vorgekommen war. Eingezwängt in ihre begrenzte Rolle. Von jemand anderem abhängig, der ihr die Art ihres Lebens vorschrieb. Thorn hatte einfach angenommen, daß sein Tempo ihr durchaus gefiel. Daß Stille und Zurückgezogenheit für Darcy genauso angenehm waren wie für ihn. Er hatte sie als sein Ebenbild betrachtet, eine ihn ergänzende zweite Hälfte, daß alles, was von ihm kam, sogleich von ihr aufgenommen würde, daß sie nach und nach zu ihm wurde. Aber wahrscheinlich hatte sie monatelang innerlich gelitten, während sie nach einer Herausforderung, einer Aufgabe suchte, die ihr die eigene Identität zurückgeben könnte, ähnlich wie Thorn jetzt litt, eingesperrt in seine Rolle als Peter Lavery.

Er wandte sich wieder an den Rezeptionsangestellten.

»Nehmen Sie die Golf-Suite?«

»Hören Sie«, sagte Thorn, »haben Sie wirklich nichts Billigeres? In der Fünfzehn-bis-zwanzig-Dollar-Kategorie vielleicht?«

»Mr. Lavery, den einzigen Schlafplatz für zwanzig Dollar

pro Nacht finden Sie in dieser Stadt in der Unterkunft der Heilsarmee. Ich kann gern dort anrufen und mich erkundigen, ob sie etwas frei haben.«

Thorn blickte so freundlich wie möglich drein.

Der junge Mann sagte: »Aber was Hotelzimmer betrifft, können wir Ihnen nur die Suite mit Blick auf den Golf anbieten. Für zweihundertfünfundachtzig plus Steuer.«

Thorn holte ein Bündel zerknautschter Geldscheine aus der Tasche. Ein paar Zehner und Zwanziger, hauptsächlich Einer und Fünfer. Seine Ersparnisse der letzten beiden Jahre. Ungefähr vierhundert Dollar. Es war ihm vorgekommen wie ein kleines Vermögen, als er es zu Hause aus der Schublade genommen hatte. Fast war es ihm albern vorgekommen, soviel in die Tasche zu stecken.

Er zählte die Summe für eine Übernachtung ab und machte sich nicht einmal mehr die Mühe, den Rest, der ihm geblieben war, zu zählen. Wahrscheinlich reichte es gerade noch aus, um dem Portier ein Trinkgeld zu geben.

»Sie bleiben nur für eine Nacht?«

»Mein Gott, wenn ich zwei Nächte hier verbringen wollte, müßte ich ja glatt eine zweite Hypothek aufnehmen.«

Der Angestellte lächelte verständnisvoll und betätigte die silberne Glocke auf dem Pult. Thorn sah Sylvie durch die Halle auf sich zukommen. Das Funkeln war in ihre Augen zurückgekehrt. Auch waren ihre Schritte wieder schwungvoll. Sie ergriff Thorns Arm und nickte ihm entschlossen zu.

»Licht, Kamera, Action«, sagte sie.

Sie folgten dem jungen Schwarzen in blauen Shorts und weißem Oberhemd, der Thorns Koffer zum Fahrstuhl trug. Der Page betrachtete Sylvie verstohlen, während sie in die Liftkabine traten. Er drückte auf den Knopf ihres Stockwerks und grinste vor sich hin, während er Sylvie aus den Augenwinkeln begaffte.

Mann, du glaubst nicht, was ich heute hatte, ein knochiges kleines Ding, nicht schwerer als neunzig Pfund, und ihr Haar, heilige Scheiße, das sah aus, als sei sie gerade in einen Haarspray-Tornado geraten.

»In letzter Sekunde«, sagte Sylvie, als die Tür seiner Suite geschlossen war, der Page sein Trinkgeld erhalten und sich zurückgezogen hatte. »Eine Minute später hätte Lavery mit Daddy telefoniert. Und Sie und ich hätten gerade noch den Nachmittag damit verbringen können, uns passende Särge auszusuchen.«

»Setzen Sie sich hin.« Thorn holte einen Stuhl von dem mit Leder bezogenen Tisch herüber. »Wir müssen uns unterhalten.«

»Weshalb haben Sie es so eilig, großer Meister?«

Sie begann durch die Suite zu schlendern. Thorn folgte ihr ungeduldig. Diesmal würde er sie nicht aus den Augen lassen, ehe er in Erfahrung gebracht hatte, was sie über Darcy wußte.

Die Suite war farblich in zueinander passenden Grün- und Gelbtönen eingerichtet. Sofas, Ledersessel. Ein dicker Teppich aus einem weich geknüpften Goldfaden. An den Wänden hingen wunderschöne Aquarelle von Vögeln und Pflanzen, botanische Zeichnungen, die an die Bilder Audubons oder die Werke anderer naiver Naturalisten Floridas erinnerten. In den Ecken des Zimmers standen Blumenkübel mit Seidenpflanzen, die überaus echt aussahen. Die Ritz-Direktion hatte das Zimmer außerdem mit sechs Telefonen ausgerüstet. Ein drei Meter hoher verglaster Schreibsekretär voll Briefpapier mit Hotelkopf, eine doppelte Verandatür, die auf den Balkon führte, eine weitere Doppeltür, die den Wohnbereich vom Schlafraum abtrennte. Vier Frotteebademäntel hinten in einem geräumigen Wandschrank, und im Badezimmer beobachtete Thorn, wie Sylvie ihre Finger über eine bunte Sammlung von Badezusätzen gleiten ließ, so viel, daß eine Person mindestens ein halbes Jahr damit ausgekommen wäre.

»Haben Sie schon gesehen?« fragte sie. »Sogar neben der Scheißtoilette gibt es ein Telefon. Wenn einem das Papier ausgeht, braucht man nur am Empfang anzurufen. Hey, Jeeves, bringen Sie mir schnellstens eine frische Rolle Klopapier.«

»Okay, Sylvie, genug von diesem Quatsch. Ich will jetzt endlich was hören. Fangen Sie von vorne an. Die ganze Geschichte. Wie Sie Darcy kennengelernt haben, alles.«

Thorn ging hinter ihr her ins Schlafzimmer, und er setzte sich aufs Fußende des Bettes.

Sylvie trat an die gläserne Doppeltür und schaute hinaus auf den breiten Strand und den blauen Golf. Sie wandte sich zu ihm um, wobei ihre Blicke durch den Raum huschten. Seit sie in der Halle mit Lavery gesprochen hatte, schien sie auf einen neuen Kanal umgeschaltet zu haben, der nun weitaus hektischere Musik als gewöhnlich in sie hineinpumpte und ihren Pulsschlag noch beschleunigte.

»Und was hat Peter Lavery hier zu suchen? Was ist mit ihm vereinbart?«

Ein gespielt ernster Ausdruck huschte über ihr Gesicht, und sie erwiderte: »Peter Stuyvesant Lavery, das sind Sie. Enkel von Junius Lavery aus Atlanta. Den Zeitungs-Laverys. Sie sind ein Treuhandvermögen-Kind. Ein Umweltheini, spenden für Windmühlenforschung und Gezeitenkraftwerke und für andere Spinnereien dieser Art. Vor ein paar Jahren sind Sie auf die Tilapie gekommen und haben eine Menge Geld in eine Fischfarm in Thomasville gesteckt.

Viele Leute halten Sie für einen kompletten Spinner. Sie glauben, Sie hätten nur Flausen im Kopf. Sie seien völlig durchgedreht. Wenn man es genau betrachtet, ist das vielleicht sogar der Grund, weshalb wir uns schon am Telefon so gut verstanden haben. Sie und ich, wir kommen sozusagen aus einem Stall.

Wir haben seit etwa drei Monaten intensiveren Kontakt miteinander. Haben über unser Geschäft verhandelt. Das hat mein Dad mir überlassen. Er ist ganz groß darin, mir Verantwortung zu übertragen. Er schließt mich in seine Pläne mit ein. Er glaubt, das würde mich ihm gewogen stimmen. Ich würde mir richtig erwachsen vorkommen.«

»Und wie sieht das Arrangement aus?«

»Sie sind hergekommen, um meinem Daddy eins Komma drei Millionen in bar zu geben.«

Thorns Herz geriet kurz aus dem Takt.

»Ich habe keine Ahnung, weshalb Harden einen solchen krummen Betrag genannt hat. Wenn es nach mir gegangen wäre, dann hätte ich auf glatt zwei Millionen aufgerundet.«

»Und wofür ist das Geld? Verkauft er Lavery seine Farm, sein Land?«

»O nein. Keine Chance. Das Haus draußen in der Prärie gehört uns. Das ist unser gemütliches Zuhause.«

Sylvie ging zur Verandatür und stieß die Türflügel auf. Ein warmer Strom Seeluft drang in den Raum. Und er hörte das leise Plätschern der Golfwellen am langen flachen Strand unter ihm. Thorn machte einen tiefen Atemzug, die Luft hier unterschied sich erheblich von der Brise an der anderen Küste. Das war nicht der salzige, strenge Geruch der Atlantikküste. Die Luft zu Hause war ständig in Bewegung, wurde von den Passatwinden umhergewälzt, jenen reinen afrikanischen Winden, die jeden Tag gekühlt und erfrischt nach ihrer langen Reise über den weiten Ozean ankamen.

Die Luft an der Golfküste war strenger, ein schwefeliger Hauch, versetzt mit den Sumpfdämpfen aus den Gezeitenmarschen in der Nähe. Und von den Millionen Seesternchen und Winkerkrabben und Kaurimuscheln, die die Flut jeden Tag an den Strand spülte und die jeden Morgen als dicke, knirschende Masse im Sand lagen und tagsüber in der Sonne verfaulten. Die

Fleischreste in den Schalen gaben einen durchdringenden Gestank von sich.

Das war die Küste, wo der Ozean kein Ozean mehr war, sondern nur eine weite, seichte Bucht, die steil dalag und nicht von starken Strömungen aufgewühlt wurde. Hier hielt kein Golfstrom die Wassermassen in Bewegung. Nur ein riesiger träger Teich, gesäumt von Yucatan, der Cajun-Küste und von Texas. Da draußen, jenseits des Horizonts, standen Ölbohrinseln und die Töpfe vor sich hin köchelnder Krebssuppe, die hohen Pyramiden der Azteken. All das gab seinen Duft an die Luft ab, die nun sein Zweihundertfünfundachtzig-Dollar-Zimmer erfüllte.

Am Fenster drehte Sylvie sich um und wandte dem hellen Nachmittagssonnenschein den Rücken zu.

»Mein Daddy hat Darcy ermordet«, sagte sie. »Oder sind Sie auch darauf schon von selbst gekommen?«

Sein Körper verkrampfte sich, und er starrte Sylvie an, konnte sie aber für einen kurzen Moment nicht klar und deutlich erkennen aufgrund des blendend hellen Sonnenscheins, des zunehmenden Drucks in seinem Herzen.

»Ich war bei ihm«, sagte sie. »Wir befanden uns auf dem anderen Boot, das ein paar hundert Meter entfernt vor Anker gegangen war. Haben Sie uns etwa dort gesehen?«

»Ich sah ein Boot, ja.«

»Es tut mir leid«, sagte sie. »Es war nicht meine Idee. Ich habe Darcy gemocht, sie war nett. Sie hat nur versucht, mir zu helfen. Ich weiß nicht, wie sie es geschafft hat, aber sie hatte herausbekommen, wo die Farm lag. Und eines Tages kam sie einfach hin, so wie Sie vorhin.

Ich war für einige Zeit mit ihr allein und erzählte ihr, was Harden trieb. Seine Pläne und alles andere. Dann lernte sie ihn kennen, und die beiden unterhielten sich. Aber er führte sie an der Nase herum. Knipste seinen verdammten Charme an. Deshalb ließ sie mich dort zurück, fuhr davon, war völlig verwirrt, wer von uns beiden die Wahrheit sagte, ich oder Daddy. Aber auch wenn sie mich nicht gerettet hat, muß ich doch sagen, daß sie eine sehr nette Lady war. Und jetzt wünschte ich, ich hätte ihr gar nichts erzählt. Sie nicht mit hineingezogen. Vielleicht wäre sie noch am Leben. Ich fühle mich deswegen schuldig.«

Thorn kam auf die Füße. Er ging auf sie zu, schubste sie nach hinten, preßte sie neben der Schiebetür an die Wand. Drückte ihr Kinn hoch und nagelte sie mit der anderen Hand auf dem Brustbein fest.

Sie sah ihn finster an, und ihre Augen schienen zum erstenmal, seit er sie getroffen hatte, klar zu werden.

»Es tut Ihnen leid?« fragte er. »Es tut Ihnen verdammt noch mal leid?«

Sie wollte etwas sagen, suchte nach Worten.

»Erzählen Sie mir keinen Quatsch, Sylvie. Ich drehe Ihnen den mageren Hals um, wenn Sie es tun. Ich will die verdammte Wahrheit hören. Und zwar jede Einzelheit.«

Sie nickte, schluckte krampfhaft. Er verminderte den Druck.

»Harden hat sie getötet. Er war es. Das ist die Wahrheit. Genauso wie ich es gesagt habe. Mehr gibt es nicht. Keine Einzelheiten. Sie schnüffelte herum, Harden wurde unruhig, deshalb brachte er sie um. Er ist Ihnen bis zum Riff gefolgt, hat seinen Preßlufttank umgeschnallt, ist ins Wasser gesprungen, rübergeschwommen und hat sie getötet. Er wollte auch Sie umbringen, hat es sich dann aber doch anders überlegt.«

Thorn ließ sie los. Trat zurück.

»Mein Gott«, sagte sie und massierte ihr Brustbein. »Bin ich froh, daß Sie endlich richtig wach geworden sind. Denn, bei Gott, Sie müssen hellwach und stets auf der Lauer sein, wenn Sie es mit meinem Daddy aufnehmen wollen.«

»Ich bin wirklich hellwach.«

»Sind Sie entschlossen? Meinen Sie, Sie werden mit einem

Sechzigjährigen fertig? Mit einem alten Knacker in vorgerücktem Alter?«

»Wenn ich muß.«

»Oh, Sie schaffen es, ich weiß, daß Sie es schaffen. Sie sind genau der richtige für diesen Job.«

»War Harden bei der CIA, Agent oder so etwas?«

»Donnerwetter«, sagte sie. »Woher um alles in der Welt wissen Sie das denn?«

Sylvie lehnte sich an die Wand, massierte weiterhin ihre Brust. Thorn, kaum einen Meter von ihr entfernt, fixierte sie.

»Was haben Sie Darcy erzählt, weswegen sie umgebracht wurde?«

»Nur von dem Fisch, von dem, was Harden vorhat, von seinem großen Plan.« Sylvie stieß sich von der Wand ab und trat dicht an ihn heran.

»Und wie sieht der aus?«

»Ich glaube, ich kenne Sie noch nicht gut genug, um Ihnen das zu erzählen. Jedenfalls noch nicht.« Dabei legte sie ihren Kopf leicht schräg, als wolle sie mit ihm flirten. Mit einschmeichelnder Stimme fuhr sie fort: »Hören Sie, Sie brauchen keine Angst vor Harden zu haben. Er ist gefährlich, aber ich kann dafür sorgen, daß er Ihnen gegenüber keinen Vorteil hat. Machen Sie sich keine Sorgen. Sylvie hat einen Plan. Er wird funktionieren.«

Sie ging an Thorn vorbei, bewegte aufreizend die Hüften und verschwand im Badezimmer. Sie kam mit einer Miniflasche Mundwasser zurück, schraubte den Verschluß auf und kippte sich die blaue Flüssigkeit in den Mund. Sie wanderte durch das Zimmer, spülte ihren Mund aus, dann trat sie hinaus auf den Balkon und spuckte das Zeug in den Wind. Dann schleuderte sie die Flasche vom Balkon hinunter und kehrte ins Zimmer zurück.

»Nun, Thorn, was würden Sie gerne tun? Ich meine in Ihrem

geheimen Leben, was haben Sie sich da immer von einer Frau gewünscht?«

»Was für ein Boot war es, Sylvie?«

»Boot?«

»Mit was für einem Boot waren Sie und Harden draußen beim Riff?«

Sie wandte sich von ihm ab, ging zur Balkontür.

»Sie sind schwierig, Thorn. Sylvie muß sich bei Ihnen ganz besonders anstrengen.«

»Was für ein Boot, Sylvie?«

»Ich weiß es nicht. Es war gemietet. Ich habe keine Ahnung von Booten.«

»Okay, hören Sie zu«, sagte Thorn. »Wir gehen zur Polizei. Und zwar jetzt gleich.«

Sylvie fuhr herum.

»Sie machen wohl Witze!«

»Ich mache keine Witze. Wir gehen zur Polizei.«

»Hey! Was ist passiert? Wo ist Ihr Heldenmut? Schon verflogen? Wo sind denn Ihre primitiven Rachegelüste abgeblieben?«

»Wir informieren die Cops. Sie erzählen Ihre Geschichte, und das wär's dann.«

»O mein Gott, Thorn. Passen Sie mal auf, zuerst einmal habe ich niemals behauptet, ich hätte irgend etwas gesehen. Ich bin im Boot geblieben, während er rüberschwamm und wieder zurückkam. Das ist alles, was ich konkret sagen kann. Ich war bei dem, was unter Wasser geschehen ist, keine Augenzeugin.«

»Sie erzählen, was Sie wissen, und ich liefere den Rest. Das dürfte reichen, um ihn aus dem Verkehr zu ziehen.«

Thorn ergriff ihren Oberarm und begann sie zur Tür zu zerren. Sie riß sich los. Sie hatte einen wilden Ausdruck in den Augen.

»Das fasse ich nicht. Sie lassen einen Haufen Anwälte entscheiden, was mit Harden geschehen soll? Sie wollen einfach aufgeben, kapitulieren?«

»Das ist richtig. Genau das werde ich tun.«

Sie ging für einen Moment im Zimmer auf und ab, murmelte vor sich hin. Dann brach sie ihre Wanderung ab und setzte sich in den Ledersessel, und Thorn kam zu ihr hinüber und schob sich den anderen Sessel zurecht und nahm ihr gegenüber Platz. Sie fingerte an den Fransen ihrer abgeschnittenen Jeans herum, dann hob sie den Kopf und sah ihn an, in den dunklen Augen einen mürrisch herausfordernden Ausdruck.

»Haben Sie *Casablanca* gesehen, Thorn? Mit Humphrey Bogart und Ingrid Bergman?«

Thorn gab darauf keine Antwort.

»Es war der erste Film, den ich jemals sah. Ich war erst acht oder neun. Meine Mutter nahm mich mit. Ich erinnere mich, wie sie in der Dunkelheit geweint hat. Auf der einen Seite saß ich, auf der anderen meine Schwester, Gwyneth, und meine Mutter weinend zwischen uns.«

Thorn beobachtete, wie Sylvies Augen sich trübten, wie sie anfing, durch den Mund zu atmen.

»Wir sahen uns den Film ein zweites Mal an. Diesmal weinten wir alle. Humphrey Bogart war nach außen so verbittert und hart, aber am Ende entpuppte er sich als Held. Ingrid Bergman brachte ihn dazu, sie zu lieben. Sie verwandelte ihn in einen Helden, der genau das tat, was sie von ihm verlangte. Alle drei saßen wir da und weinten, und ich entschied in diesem Moment, Thorn, in genau dieser Sekunde, daß ich lernen müsse, eine solche Frau zu sein, wenn ich irgendwie in der Winchester-Familie überleben wollte. Ich würde lernen müssen, wie Ingrid Bergman zu sein. Das dachten wir drei damals. Wie zum Teufel könnten wir es schaffen, Harden in Humphrey Bogart zu verwandeln?

Aber sehen Sie, jetzt verstehe ich etwas, was ich damals nicht wußte. Es gibt Männer, die sind so böse und gemein und so kalt durch und durch, daß niemand ihre Liebe wecken kann. Niemand schafft so etwas. Ingrid Bergman nicht. Niemand. Ganz gleich, was man tut und wie sehr man sich anstrengt.«

Thorn stand auf.

»Gehen wir, Sylvie. Wir reden mit der Polizei.«

»Ich kann nicht«, erwiderte sie leise.

»Und weshalb nicht?«

»Wenn ich noch einmal bei der Polizei von Collier County erscheine und erzähle, was Harden getan hat, binden sie mich sofort auf eine Tragbahre. Ich war nämlich schon so oft dort, daß sie bereits einen Stuhl mit meinem Namen darauf haben. Sie bringen mich sofort zum Bezirkspsychologen und lassen mich noch nicht mal eine Aussage machen. Letztes Mal meinten sie, das wäre es dann, nun sei Schluß. Nächstes Mal käme ich schnurstracks in die Gummizelle.«

Sie lächelte bitter.

»Deshalb würde ich meinen, als Zeugin brächte ich Ihnen keinen besonders großen Nutzen. Und selbst wenn Sie tatsächlich hingingen, würden sie meinen, ich hätte Sie irgendwie beeinflußt. Daß Sie genauso bescheuert sind wie ich. Es wird nicht funktionieren. Sie werden Sylvie vertrauen, werden sich Ihr Recht selbst holen müssen. Das nimmt Ihnen niemand ab.«

»Und diesen Blödsinn soll ich glauben? Mein Gott, bis jetzt ist noch nichts aus Ihrem Mund gekommen, was auch nur entfernt nach der Wahrheit klang.«

Ihr Gesicht verzerrte sich, als wolle sie jeden Moment schreien, doch die Worte kamen mit einem leisen Zischen heraus, so wie Dampf aus einem Ventil.

»Okay, Sie glauben Sylvie also auch nicht. Genauso wie die Cops, wie jeder. Na schön, es interessiert mich einen Scheiß, was Sie glauben, Mr. Thorn. Sie werden Sylvie doch nicht helfen, oder? Sie sind eben auch ein Arsch ohne Mumm in den

Knochen wie der ganze Rest. Spielen sich auf wie Hemingway persönlich, aber sobald es ernst wird, kommt nur noch warme Luft. Dann rutscht Ihnen das Herz in die Hose.«

Sie schnaubte, senkte den Kopf, und ihre Lippen begannen zu zucken, als sie wortlose Flüche hervorstieß. An ihren Schläfen pulsierten die Adern.

Thorn stand auf und ging ins Badezimmer. Er wusch sich die Hände und spritzte sich kaltes Wasser ins Gesicht. Er trocknete sich ab und blickte in den Spiegel. Sein Gesicht schien sich verändert zu haben, die Augen waren schwer, und die Mundwinkel hingen herab. Als ob die Trauer sich tief in sein Fleisch eingegraben und begonnen hätte, ihre unauslöschlichen Spuren zu hinterlassen.

Indem er sein Spiegelbild betrachtete, ging er in Gedanken noch einmal Sylvies Geschichte durch und verglich sie mit den Fakten, die er bereits kannte. Oberflächlich betrachtet paßte alles zueinander. Aber Sylvies sprunghafte, verdrehte Art ließ ihn am Wahrheitsgehalt zweifeln. Wahrscheinlich hätte sie mit der gleichen Selbstverständlichkeit auch eine Geschichte von kleinen grünen Marsmenschen erzählt, die sie zu einem Spazierflug in ihrem Raumschiff aus Schweizer Käse entführt hätten.

Vielleicht hatte auch Darcy etwas Derartiges angenommen. Vielleicht hatte genau das sie so intensiv beschäftigt. Vielleicht hatte sie anfangs Sylvies abenteuerliche Behauptungen nicht ernst genommen und sich danach gefragt, ob ihre Entscheidung richtig gewesen war. Vielleicht hatte sie sich mit einer stetig wachsenden Furcht herumgeschlagen, daß irgend jemand etwas zustoßen, er vielleicht sogar sein Leben verlieren würde, wenn sie nicht schnellstens etwas unternahm.

Aber vielleicht hatte Sylvie recht. Er sollte Sugarmans Empfehlung, den juristisch korrekten Weg einzuhalten, in den Wind schlagen, die Polizei vergessen, zu Hardens Farm hinausfahren, aus dem Mann herausholen, was er konnte, und sich dann einen Weg überlegen, ihn für seine Taten büßen zu lassen. Er könnte natürlich auch zu Judy Nelson zurückkehren, seinen Wagen holen und zurück zur anderen Küste fahren. Einfach nach Hause zurückkehren und alles vergessen. Sich wieder hinter seine hohe, stabile Mauer der Abgeschiedenheit zurückziehen.

Er ließ das Wasser laufen, bis er halbwegs sicher sein konnte, daß es nicht mehr kälter würde, dann spritzte er sich wieder zwei Hände voll ins Gesicht, trocknete sich ab und kehrte ins Hotelzimmer zurück.

Sie war nicht mehr da.

Er ging auf den Balkon und blickte ein paar verwirrende Sekunden lang in die Büsche acht Stockwerke unter ihm. Nichts.

Er trat ins Zimmer zurück. Und entdeckte Darcys fuchsiafarbenen Koffer offen auf dem Bett. Hastig ging er hin, wühlte seine Sachen durch. Sylvie hatte die freie Wahl unter drei Garnituren Unterwäsche, zwei zerknautschten Hemden, seinem Gilette-Rasierapparat, einer abgenutzten Zahnbürste, einem noch halbvollen Roll-on-Deodorant oder seiner geladenen 357er Smith & Wesson Magnum.

Sie hatte sich für die Smith entschieden.

Kapitel 21

Kein so schönes Zimmer wie Thorns. Dieses war viel kleiner, hatte keine hübschen Bilder an den Wänden, und es ging nach Osten auf den Parkplatz hinaus. Dieser geizige Bastard. Laut *Fortune* war er neun bis zehn Millionen Dollar schwer, aber Peter Lavery hatte sich für das billigste Pauschalarrangement entschieden.

Lavery telefonierte, dem Klang nach mit seinem Börsenmakler. Er scherzte mit seinem Partner herum, allerdings mit einem ernsten Unterton, denn es ging um Geld. Als Sylvie angeklopft hatte, war er an die Tür gekommen, das Telefon zwischen Wange und Schulter eingeklemmt, hatte die Sprechmuschel lange genug abgedeckt, um sich zu erkundigen, wer sie sei, und hatte sie dann hereingewunken. Seitdem telefonierte er. Ließ sie umhergehen, aber Sylvie spürte sehr wohl, daß er sie beobachtete, während er sich am Telefon einen herunterholte, indem er kaufte, verkaufte, erst die eine Firma, dann eine andere.

Lavery war hochgewachsen, mager, hatte ein schmales, knochiges Gesicht. Dazu einen dieser schnell wachsenden Bärte, die, ganz gleich wie oft man sich rasierte, stets einen Schatten erzeugten, was nach Sylvies Erfahrung gewöhnlich bedeutete, daß der Typ in anderen Körperregionen über unerwünschten Haarwuchs verfügte. Von diesem Typ wurde Sylvie nicht gerade angezogen. Nicht daß es allzuviel ausmachte. Sie hatte nicht vor, sich mit diesem Burschen intensiver zu beschäftigen. Aber es sprach auf jeden Fall gegen ihn.

Sie bemerkte, daß er im Begriff war, sein Gespräch zu beenden, nachdem er für heute genug Geld gescheffelt hatte, sein Blut von der Erregung erhitzt war, die dadurch erzeugt wurde, daß er all das viele Geld von Haufen A zu Haufen B bewegte.

Sie setzte sich aufs Fußende des Bettes, so wie Thorn es in seiner Suite getan hatte. Sie sah ihn in ihrem Kopf, wie ruhig er zu sein schien, wie klar seine Augen blicken konnten. Dabei dachte sie, wenn sie ihren Körper dazu brachte, sich genauso zu bewegen wie er, würde ihr Geist vielleicht folgen, ähnlich wie diese Pawlow-Sache bei Hunden. Zuerst handelte der Körper, dann erst reagierte der Geist.

Tatsache war, daß dieses ganze Kumulusspiel allmählich zu einer Strapaze wurde. Dieses ständige sich verändern, um dem Mann gerecht zu werden, mit dem sie jeweils gerade zusammen war. Dieses Suchen nach seinen Schaltknöpfen, um sie lange und gründlich zu betätigen. Das schnelle Geplapper, die witzigen Antworten. All das war nichts anderes als reine Verteidigung gewesen. Wie dieser Schirm, den sie in *Star Trek* benutzten, um die *Enterprise* vor feindlichen Laserkanonen zu schützen, lediglich ein Energiefeld, eine bestimmte Form hektischer Aktivität, um die ständig eingehende Scheiße abzublocken. Das war alles, was sie tat, sie ließ ihre Libellenflügel flattern, erzeugte eine Menge statische Elektrizität in der Luft und versteckte sich dahinter.

Die Wahrheit war, wenn sie jemanden wie Thorn kennenlernte, jemanden, der offenbar seine eigenen massiven Traumen besaß, sie jedoch verarbeitet, bewältigt und einen geräumigen, ruhigen Mittelweg gefunden hatte, dann fühlte Sylvie sich dadurch seltsam berührt, dann kam ihr schon mal der Gedanke, daß es am Ende vielleicht doch möglich war, daß sie es schaffen könnte, jemanden wie Thorn nachzumachen, sich per Imitation selbst zu einer halbwegs normalen Existenz zu verhelfen.

Aber andererseits ging es wahrscheinlich doch nicht. Wahrscheinlich war sie verflucht. War sie geschwächt bis hinunter in die Spiralstruktur ihrer DNS. Wie Schaltkreise, die irgendwann mal mit derart starkem Strom überladen worden waren, daß sie nun die richtige Spannung nicht mehr transportieren konnten.

Ja, Sylvie war verdammt. Niemals würde sie ein normales Leben führen. Sie hatte zu lange mit ihren transparenten Flügeln geschlagen, und nun gab es keine Möglichkeit mehr, aus dem Kreis auszubrechen. Sylvie war Sylvie und würde für immer und ewig Sylvie sein. Sylvie der Kumulus, die Libelle. Und sie müßte sich jede Sekunde ihres Lebens weitaus mehr anstrengen als normale Menschen, um sich auch nur über Wasser zu halten.

Schließlich legte Lavery den Hörer auf, drehte sich zu ihr um und taxierte sie ganz offen von oben bis unten ab. Ein reicher Mann, dreist und überheblich, der sich vor nichts fürchtete. Wahrscheinlich kommandierte er bereits seit seinem zweiten Lebensjahr die Menschen herum und hatte es mittlerweile zu einer Meisterschaft entwickelt.

»Ich vermute, daß ich Ihren Vorstellungen nicht entspreche, oder?« sagte sie.

»Ich hätte Sie für älter gehalten. Fünfunddreißig, vierzig.«

»Das liegt wahrscheinlich an meiner reifen Telefonstimme«, sagte sie. »Die hat bisher noch jeden getäuscht.«

»Na schön, was ist weiter geplant? Fahren wir jetzt zur Farm? Treffen dort den König der Fische?« Der Mann trat durch und durch geschäftlich auf, sprang von einer Frage zur anderen, als ginge er systematisch die Punkte seiner Tagesordnung durch.

»An Ihrer Stelle«, sagte Sylvie, »würde ich mich nicht über Harden lustig machen, wenn Sie bei ihm sind. Er nimmt sich selbst nämlich sehr ernst.«

»Ich werde versuchen, das nicht zu vergessen«, sagte er. »Also fahren wir jetzt oder was?«

»Weshalb diese Eile? Sind Sie nicht müde nach Ihrem langen Flug?«

»Ich bin gefahren«, sagte er. »Und nein, ich bin nicht müde.« Er verzog sein Gesicht zu einer hochmütigen Grimasse. Der Kerl war noch nie in seinem Leben müde gewesen. Ständig scharrte er mit den Hufen auf dem Boden, als warte er auf das Startzeichen.

Der zweite Fehler.

Er trug ein grünes geblümtes Hemd. Es hatte den typischen Hawaii-Schnitt und zeigte in Herzhöhe einen einzelnen grünen Papagei. Dazu trug er eine Khakishorts und Bootsschuhe ohne Socken. Sylvie haßte Bootsschuhe, vor allem, wenn sie auf Hochglanz poliert waren wie diese. Sie verspürte dann stets den Drang, mit ihren schlammigen Cowboystiefeln darauf herumzutrampeln, sie zu demolieren.

Sylvie trat etwas näher auf ihn zu.

»Nun, Peter, verraten Sie mir mal eins – Haben Sie früher schon mal jemandem das Leben gerettet? Haben Sie für jemanden den Drachen erschlagen, sind auf einen Turm geklettert, haben die Prinzessin befreit?«

Er kicherte verhalten.

»Nein, nicht daß ich wüßte. Ganz bestimmt nicht absichtlich.« Er kicherte wieder, amüsierte sich über seinen eigenen Scherz.

»Schon mal jemanden getötet? Im Zweikampf? Oder jemanden schwer verletzt? Jemanden in Ihrem Lincoln Continental fertiggemacht vielleicht?«

»Ganz bestimmt nicht. Wovon reden Sie überhaupt?«

»Das habe ich auch nicht erwartet.«

Er musterte sie unwirsch.

»Was soll das sein? Irgendein seltsames Verhör?«

»Ja«, sagte sie, »genau das ist es. Und so, wie es aussieht, werden Sie den Job nicht bekommen. Ich habe schon einen Peter Lavery, und der entspricht eigentlich eher dem, was ich im Sinn hatte.«

»Passen Sie mal gut auf.«

Dritter Fehler. Viel zu sachlich.

Abrupt machte Sylvie kehrt und ging hinaus auf den Korridor. Sie ging ihn ein Stück hinunter, bis sie einen Glaskasten an der Wand fand. Sie griff unter ihr Raiders-Trikot und holte Thorns Pistole hervor. Schaute sichernd in beide Richtungen des Ganges. Niemand zu sehen. Sylvie holte mit dem Pistolengriff aus, zertrümmerte die Glasscheibe und zog den Griff des Feuermelders herunter.

Nach ein oder zwei Sekunden heulten die Sirenen auf dem Dach los, gaben ihre beiden Töne ab, tief und hoch wie diese europäischen Krankenwagen, die sie stets an *Das Tagebuch der Anne Frank* erinnerten, und zwar an die Stelle, wo die Nazis kamen, um sie und den Rest der Familie vom Dachboden herunterzuholen. Anne Frank – das war endlich mal ein Mädchen, mit dem Sylvie sich identifizieren konnte, ein Mädchen mit einem eigenen Satz Libellenflügel. Die sich schon furchtbar abmühen mußte, um nur die ganz gewöhnlichen Dinge zu tun.

Sylvie kehrte zu Laverys Zimmer zurück. Lavery trat in die Türöffnung, sah sie kopfschüttelnd an und versperrte ihr den Weg.

Sie hob die Pistole hoch, zeigte sie ihm, dann zielte sie damit auf sein Gesicht, und er wich ins Zimmer zurück. Der Korridor begann sich mit Menschen zu füllen, aber sie glaubte nicht, daß jemand sie gesehen hatte.

Sie trat ins Zimmer und schloß die Tür hinter sich.

»Haben Sie die eins Komma drei Millionen mitgebracht?«

Lavery starrte auf die Pistole.

»Dann war das Ganze nichts als ein Trick? Ein Raub? Sie haben das ganze Theater nur inszeniert, um mich zu berauben?«

»Haben Sie es mitgebracht? Das Geld, wie wir es besprochen hatten?«

»Ich soll soviel Bargeld mit mir herumschleppen? Halten Sie mich für verrückt?«

»Ich habe es Ihnen doch erklärt, Lavery, und zwar klipp und klar, es müsse in bar sein. Dollarscheine, nichts sonst.«

»Das Geld liegt auf der Bank«, sagte er kühl. »Wenn wir uns einig sind, daß die Transaktion stattfinden kann, erhalten Sie Ihr Bargeld.«

Lavery wich weiter zurück, ließ dabei die Pistole nicht aus den Augen. Sie warf einen kurzen Blick auf seine glänzenden Bootsschuhe, dachte dabei, daß sie ihm vielleicht mal in den

Fuß schießen sollte, damit er begriff, daß sie es ernst meinte. Dann sah sie wieder hoch, und Laverys Blick irrte nach rechts ab. Zu dem schwarzen Plastikkoffer auf dem Bett.

»Scheißkerl!« sagte sie. »Sie haben es mitgebracht, genau wie ich es von Ihnen verlangt habe. Sie sind ein richtig braver Junge, gehorchen wirklich aufs Wort.«

Er ging zum Bett, blieb vor dem Koffer stehen, verschränkte die Arme vor seiner mageren Brust. Er versuchte mutig aufzutreten. Dabei sah er immer noch aus wie eine quengelige Rotznase, der typische verwöhnte Bursche, der als Kind, wenn jemand mit ihm Streit anfing, sofort nach seinem Butler schrie und ihm befahl, hinzugehen und den anderen Jungen zu verprügeln.

Zu dem Zeitungsartikel über den Typen, den sie gefunden hatte, hatte kein Foto gehört. Wäre eins dabei gewesen und hätte sie sehen können, was für ein magerer Bastard er war, hätte sie wahrscheinlich ihre Pläne gleich fallengelassen. Was sie brauchte, war jemand, der Kraft hatte, der mit den Muskeln spielen konnte. Jemand, der ein oder zwei Runden mit ihrem Daddy im Ring durchstehen und ihm eine halbwegs anständige Tracht Prügel verabreichen würde. Eher jemand wie Thorn.

»Die Fischproben«, sagte Lavery, »die Fotos, die wochenlangen Verhandlungen. War das nur ein abgekartetes Spiel, um mich herzulocken und zu bestehlen?«

»Sagen Sie mal, Mr. Lavery, haben Sie irgendwelche geheimen Phantasien, die niemals wahr geworden sind?« Sie hatte beschlossen, zum Teufel, geben wir dem Heini noch eine Chance. Das war das mindeste, was sie tun konnte, nachdem er den weiten Weg zurückgelegt und das ganze Geld mitgebracht hatte. Und überdies war sie sich nicht hundertprozentig sicher, ob sie Thorn würde überreden können, sich an ihrem Spielplan zu beteiligen. Dieser Kerl hier reichte vielleicht als Notreserve.

Sie sagte: »Gibt es etwas, das Sylvie für dich tun könnte und wozu keine andere Frau bereit wäre? Irgend etwas Sexuelles? Einen Finger im Hintern oder so etwas in dieser Richtung?«

»Passen Sie mal gut auf, junge Dame. Das ist kein Spaß mehr. Legen Sie endlich die Pistole aus der Hand. Sie können das Geld haben. Nehmen Sie es und verschwinden Sie. Ich werde ganz bestimmt nicht mein Leben wegen ein paar armseligen Dollars riskieren.«

Armselige Memme. Viertes Manko.

Lavery schaute zur Tür, lauschte einen Moment lang auf die Unruhe draußen auf dem Gang. Dann ließ er seine Blicke durch den Raum irren, als versuchte er sich einen Aktionsplan zurechtzulegen. Vielleicht sollte er eine seiner Platinkreditkarten rausholen und sie mit Dollars totschmeißen.

Während der Feueralarm immer noch lärmte, spannte sie die verchromte Pistole. Um Laverys Augen herum setzte ein nervöses Muskelzittern ein. Sie war sich ziemlich sicher, daß er gleich zu plärren anfangen würde.

»Okay, in Ordnung«, sagte sie. »Sie werden jetzt folgendes tun, Peter Lavery. Zuerst einmal reichen Sie mir den Koffer. Danach setzen Sie sich ins nächste Flugzeug nach Georgia und bleiben dort und vergessen, daß all das hier wirklich geschehen ist. Wenn Sie versuchen sollten, die Polizei zu alarmieren oder sonst etwas zu unternehmen, werde ich Sie finden und töten. Haben Sie verstanden, Peter? Haben Sie gehört, was ich gesagt habe?«

Peter Lavery nickte und wurde geradezu unterwürfig.

Sylvie redete jetzt knapp und entschlossen, beobachtete die Wirkung ihrer Worte auf Lavery, meinte aber nichts davon ernst. Sie benutzte die Worte genauso, wie sie es immer tat, nur um irgendwelche Dinge in Bewegung zu bringen. So war es immer bei ihr. Die Wahrheit, Lügen, wo war da der Unterschied? Man sagte, was man sagen mußte, um das zu erreichen, was man wollte. Zum Teufel, das tat doch jeder. Vom Präsidenten, der alles unternahm, um wiedergewählt zu werden, bis zu dem Typen, der Sylvie zu sich ins Bett locken wollte. Man mußte sagen, was nötig war. Jeder legte jeden aufs Kreuz. Worte, Worte, Worte.

Lavery starrte weiterhin auf die Pistole.

»Heben Sie ihn hoch«, sagte Sylvie. »Heben Sie den Koffer hoch und reichen Sie ihn mir. Aber schön vorsichtig.«

Eine einzige Träne erschien in seinem linken Auge. Lavery atmete ein und wieder aus. Dann machte er einen zweiten Atemzug. Dann drehte er sich um, packte den schwarzen Koffer und wirbelte damit herum, streckte sich und schleuderte den Koffer auf Sylvie und sprang hinterher. Wahrscheinlich wagte er zum erstenmal in seinem jämmerlichen Leben etwas Tapferes. Wollte sich auf Sylvie stürzen, sie niederschlagen, ihr die Pistole abnehmen und sie der Polizei übergeben.

Aber Sylvie schoß, traf den Koffer mitten in der Luft und brachte ihn von seiner Flugbahn ab. Und die Kugel mußte ihn durchschlagen haben, denn Peter Lavery wurde rücklings aufs Bett geschleudert.

Eine Schußwunde in seiner Brust. Die Augen waren noch geöffnet, das rechte Bein zuckte, so lag er da und blickte auf nichts Bestimmtes, wie ein Fisch auf dem Trockenen. Ein silberner Haken steckte in seinem Herzen, aber das Ding zuckte noch immer. Der Fisch war tot, hatte es aber noch nicht so richtig begriffen.

Sylvie näherte sich ihm, erschrak, als sie das heraussickernde Blut sah. Viel Blut, mehr als man einem derart mageren Burschen zugetraut hätte. Sie haßte es. Haßte alles. All das Blut, den Feueralarm, der wie ein mörderischer Kopfschmerz pulsierte.

Sylvie trat dicht an Laverys Körper heran. Sie beugte sich vor und drückte die Mündung gegen sein geblümtes Hemd, zielte auf den Schnabel des grünen Papageis, kniff die Augen zu und wandte sich ab. Eine Sekunde verstrich, eine weitere. Sie kniff die Augen noch krampfhafter zu, und dann drückte sie ab. Genau in dieser Sekunde verstummte der Feueralarm, wobei der letzte Sirenenton den lauten Knall der Pistole zudeckte.

Nun zuckte nichts mehr. Peter Lavery war tot.

Sylvies Herz wußte nicht, wie es reagieren sollte, ob es losrasen oder ganz stehenbleiben sollte. Eine Minute lang verharrte sie, versuchte einen klaren Gedanken zu fassen. Ihr statisches Schutzschild schien zusammengebrochen zu sein, und sie spürte, wie sich ein dumpfer Schmerz in ihrem Leib ausbreitete, als habe sie eine halbe Flasche Kognak getrunken. Jemanden zu töten, auch wenn es nur zu ihrem Schutz geschah, erzeugte bei ihr ein unangenehmes Gefühl. Selbst ein solcher Heini würde von irgend jemandem vermißt, wahrscheinlich von einem anderen Heini irgendwo in Georgia. Es hätte einen besseren Weg geben müssen, wenn sie nur genug Zeit gehabt hätte, sich einen zu überlegen.

Aber Lavery hatte ihr überhaupt keine Zeit gelassen, und nun war es passiert. Sie stand neben der Leiche, während ihr eigener Körper von Sekunde zu Sekunde starrer wurde. Eine emotionale Leichenstarre ergriff von ihr Besitz. Und sie wußte, sie mußte sich schnellstens aus dieser Position befreien. Sie mußte sich gegen dieses erste Stadium der Paralyse wehren, es abschütteln, ehe es sich bei ihr festsetzte und sie zwang, reglos dazustehen wie eine Zementstatue, bis die Tür aufflog und sie entlarvt wurde, das Ergebnis ihres Verbrechens auf dem Bett vor ihr. Aber Sylvies Fleisch verhärtete sich weiter, ihre Brust versteinerte, und die Luft wurde herausgepreßt. Die Adern verstopften, die Augen büßten ihre Sehkraft ein, das Gehirn verschwand unter einer dumpfen Glocke. Die transparenten Flügel wurden müde, verlangsamten ihren Schlag. Sylvie, die Libelle, taumelte durch den Himmel. Haltlos stürzte sie ab.

Sie bäumte sich innerlich auf, wehrte sich gegen den Zustand. Sylvie federte auf den Zehenspitzen nach vorne. Dann zurück. Sie bemühte sich, innerlich locker zu werden. Schweiß bildete sich in ihren Achselhöhlen, kalter Schweiß, eisig. Ein zweites Vor- und Zurückfedern. Ein kurzes Einatmen. Sie stieß die Luft langsam aus. Sie federte, schaukelte immer stärker, löste sich nach und nach aus dem lähmenden Griff, kam allmählich zurück in die Welt des Beweglichen.

Schließlich konnte Sylvie ausatmen, die Luft ausströmen lassen, konnte sich kraft ihres Willens nach vorne beugen, in der Hüfte einknicken und mit den Fingerspitzen ihre Zehen berühren. Und dann war sie wieder da. Unbeeinträchtigt, vollständig. Sylvie, sei geschickt, Sylvie, beeil dich.

Sie ging hinüber zum anderen Bett, ließ sich auf die Kante sinken und atmete erneut tief durch. Dann drehte sie sich um, klappte den Deckel des schwarzen Koffers auf, und da war es. Grüne rechteckige Pakete Geldscheine in braunen Papierbanderolen. In einem Paket klaffte ein ausgefranstes Loch. Wahrscheinlich waren ein paar tausend zerfetzt worden, aber es war noch immer genug da, um Harden zu täuschen. Mein Gott, wie würde ihm das gefallen. Das würde ihre bisher beste Nummer.

Sie holte den silbernen Eiskübel aus dem Sekretär und ging damit hinaus auf den Korridor. Leute standen vor ihren Zimmertüren und unterhielten sich aufgeregt. Sie fragten sich, ob tatsächlich ein Feuer ausgebrochen war oder ob es sich nur um einen falschen Alarm handelte. Ob sie wohl die Zimmer verlassen sollten? Sylvie ging zu der Nische, wo der Eiswürfelbereiter stand. Niemand beachtete sie. Sie füllte den Kübel und kehrte damit in Laverys Zimmer zurück.

Sie hängte das Schild mit der Aufschrift BITTE NICHT STÖREN an den Türknauf und stellte den Eiskübel auf der Toilette im Badezimmer ab. Dann rief sie an der Rezeption an, erklärte, daß Mr. und Mrs. Lavery sich auf ihrer Hochzeitsreise befänden und nicht gestört zu werden wünschten. Und zwar von absolut niemandem. Es brauchte noch nicht einmal jemand zu kommen, um die Betten aufzuschlagen, ihnen abends ein Bonbon aufs Kopfkissen zu legen oder frische Handtücher zu bringen, egal aus welchem Grund. Ob das klar sei? Aber ja, Ma'am, völlig klar. Wie Sie wünschen.

Dann schob sie ihre Hände in seine feuchten Achselhöhlen, zerrte Lavery vom Bett und schleifte ihn ins Badezimmer und legte ihn in die Badewanne. Sie streute die Eiswürfel auf seinen Oberkörper.

Sie würde dreißig bis vierzig Ausflüge auf den Gang und zur Eismaschine machen müssen, um den Verwesungsprozeß der Leiche entscheidend zu verzögern. Sie brauchte nur dafür zu sorgen, daß zwei Tage lang kein Verwesungsgeruch entstand. Danach wäre die Spur, die zu Sylvie führte, derart abgekühlt, daß niemand sie aufnehmen, geschweige denn verfolgen konnte.

Sie stand im Vorraum, hielt sich die linke Faust vors Auge, schaute wie durch einen Kamerasucher hindurch und begann mit der rechten Hand zu kurbeln. Sie schwenkte die Kamera herum, dann richtete sie das Objektiv auf die Badewanne, auf Peter Lavery. Er sah jetzt sehr entspannt aus. Ein verträumter Ausdruck lag auf seinen Zügen. Sylvie näherte sich ihm weiter, spulte den Film durch die Kamera. Kurbelnd fing sie diesen Moment ein, den Tod, bannte ihn für alle Zeit, für die Ewigkeit. Tod.

Kapitel 22

Sugarman hatte für die Everglades eigentlich nie viel übrig gehabt. Sicher, er wußte wohl, wie wichtig die Region war, daß dort das Grundwasser verdunstete, sich in schwere Regenwolken verwandelte, die von der über der Stadt aufsteigenden warmen Luft nach Osten gesogen wurden und im Sommer nachmittags um Punkt vier Uhr über Miami abregneten. So geschah es jeden Tag, ohne Ausnahme. Und die Glades waren nicht nur eine Regenquelle für Miami und die Keys, sondern auch Brutplatz für eine Million verschiedene Vogel- und sonstige Tierarten. Sie waren wichtig, sicher. Aber Sugarman hatte stets ein schlechtes Gewissen, wenn er durch diese Gegend fuhr, denn er schaffte es einfach nicht, so etwas wie Zuneigung zu ihr zu entwickeln. Für ihn sah die Landschaft braun und öde aus. Dort konnte man nichts anderes tun, als durch den Schlamm zu waten und Alligatoren aus dem Weg zu gehen.

Tatsache war, daß er kein besonders ausgeprägter Naturfreund war, außer daß er gerne angelte. Er war ganz gewiß nicht wie Thorn, der ohne Klimaanlage, fließendes Warmwasser, Fernseher, Videorecorder, Mikrowellenherd lebte und nichts von alledem zu vermissen schien. Der einzige Grund, weshalb Thorn sein Haus ans Stromnetz angeschlossen hatte, war sein Kühlschrank, und den brauchte er eigentlich nur, um sein Bier zu kühlen. Das war nichts für Sugarman. Er gab es gerne zu. Er hatte sich verkauft, er war ein verweichlichter moderner Zeitgenosse, der an gewissen Annehmlichkeiten hing. Der zum Beispiel Popcorn aus der Mikrowelle liebte.

Das beste, was Sugarman über die Everglades sagen konnte, war, daß man für rund hundert Meilen keine Reklametafeln zu sehen bekam. Man fuhr quer durch Florida und sah keine einzige Werbung. Wahrscheinlich war es das einzige Hundert-Meilen-Stück im ganzen Staat. Das heißt, wenn man die Hinweisschilder für Alligatorenkämpfe oder Luftkissenbootfahrten oder Bingohallen nicht mitzählte. Sie alle waren von den Miccosukees aufgestellt worden, den einzigen Leuten, die das Recht hatten, Werbung zu treiben, da es sich zum größten Teil um Reservatsland handelte.

Im Grunde machten die Everglades ihn nur schläfrig. Zwei

Stunden schnurgerader, leerer zweispuriger Asphaltstraße. Man konnte das Lenkradschloß arretieren, man brauchte den Steuerknüppel zwei Stunden lang keinen Deut zu bewegen. Eine Gelbkiefer sah aus wie die nächste, eine offene Savanne glich der vorhergehenden bis auf den letzten Grashalm. Es war so, als bewegte das Auto sich gar nicht richtig vorwärts, wie man es manchmal im Kino sehen konnte, wenn irgendwer hinterm Lenkrad saß, aber gar nicht richtig fuhr, sondern nur Landschaften an den Autofenstern vorbeihuschten, langweilige Gegenden, denen man keinerlei Beachtung schenkte.

Nur heute, als er durch die Glades fuhr, war er hellwach. Ein elektrischer Strom schien durch seinen Körper zu fließen. Er hatte während der letzten zwanzig Meilen mit Doris Albright kein Wort gewechselt, aber trotzdem kam es ihm so vor, als hätten sie soeben eine intime, enthüllende Unterhaltung beendet. So fühlte es sich in seinen Adern an, so wach war er, so bewußt spürte er, daß sie neben ihm im Mustang saß, während er fuhr. Ihr Geruch füllte seine Nase, aus den Augenwinkeln nahm er jede ihrer noch so sparsamen Bewegungen wahr, während irgendein verrückter Schlagzeuger seinen Puls auf das Dreifache zu beschleunigen versuchte.

Sugarman war zu höflich, um sie unverblümt anzustarren, zu nervös, um zu ihr hinüberzusehen. Er befürchtete, daß sie ihn dabei ertappte und er irgendeine Erklärung liefern müßte. Er hielt den Blick starr auf die Straße gerichtet, riskierte höchstens mal ab und zu einen Blick aus dem Seitenfenster. Aber die ganze Zeit hatte er ein deutliches Bild von ihr vor seinem geistigen Auge, wie er sie an diesem Nachmittag zu Hause abgeholt hatte, die Beifahrertür für sie geöffnet und von Doris einen erstaunten Blick geerntet hatte, weil sie nicht daran gewöhnt war, daß Männer sich ihr gegenüber derart galant zeigten. Was eigentlich schwer zu glauben war, wenn man bedachte, was für eine aufregende Frau sie war und in welchen gesellschaftlichen Kreisen sie verkehrte.

Sie war mit einem lindgrünen Leinenjackett und einer türkisfarbenen Bermudashorts sowie einem weißen Seiden-T-Shirt unter dem Jackett bekleidet. Dazu trug sie beigefarbene Ballettschuhe mit kleinen Schleifen darauf. Einen goldenen Flechtgürtel. Ihr weißblondes Haar trug sie heute offen, locker und frisch. Er konnte ihr Parfüm riechen, als er ihr die Tür aufhielt, ein reiner dezenter Duft, mit einem spritzigen Citrusaroma.

Nach all dem Ärger, den er im Laufe der Jahre mit Jeanne gehabt hatte, spürte er, wie das Band zwischen ihnen sich zu lokkern begann, und seit kurzem mußte er sogar zugeben, daß er andere Frauen weitaus interessierter betrachtete als je zuvor. Er nahm bewußt ihre Kleidung wahr, beobachtete interessiert, wie sie sich bewegten, roch sie und ließ manchmal seine Phantasie auf die Reise gehen.

Aber gleichzeitig hielt er die Beziehung mit Jeanne aufrecht und war ihr hundertprozentig treu. Trotz ihres ständigen Zorns über ihn, ihrer Art, ihn ständig zu maßregeln und lächerlich zu machen, trotz ihrer Dauerdepression. Und trotz ihrer verdammten Hobbys, die meisten davon auf die eine oder andere Art ziemlich kostspielig, die ihre Ehe zusätzlich belasteten. Und dann war da natürlich auch noch jenes ganz bestimmte Hobby vor zwei Jahren, ihr kleiner Ausflug in die Gefilde des Ehebruchs.

Das hatte sich als erhebliche Belastung erwiesen. Sugarman mußte sich plötzlich mit dem Prinzip der offenen Ehe auseinandersetzen. Dabei fand er heraus, daß Jeanne eine Sonderform bevorzugte, nämlich die nur halb offene Ehe. Und zwar ihre Hälfte. Sie erklärte ihm, sie sei zu der Überzeugung gelangt, die religiöse Erlösung nur noch durch vaginale Orgasmen zu erlangen. Gottes Antlitz zu sehen, wenn der Penis eines Mannes in ihr herumkreiste. Allerdings nicht unbedingt Sugarmans Penis.

Sie hatte Orgasmen mit allen möglichen Männern, darunter auch dem Geistlichen in ihrer Kirche. Es war übrigens derselbe, der sie auf diese bescheuerte Idee gebracht hatte. Außerdem mit zwei Männern in ihrer Glaubensgemeinschaft. Sie alle trafen sich jeden Mittwoch und Samstag zu privaten Betstunden. Jeanne gab gegenüber Sugarman sogar zu, daß sie es bei einigen dieser Anlässe auch mit ein oder zwei Frauen und weiß Gott was sonst noch alles versucht habe. Sugarman weigerte sich, darüber auch nur kurz nachzudenken. Verdammt noch mal, er war immer noch wütend, dabei lag diese Episode schon drei Jahre zurück.

»Möchten Sie nicht Radio hören?« fragte Doris.

»Es funktioniert nicht. Tut mir leid.«

Er sah zu ihr hinüber, blickte ihr in die Augen. Sie lächelte wieder, und er erwiderte das Lächeln, dann schaute er wieder auf die Straße, mußte eine winzige Lenkbewegung ausführen, brachte den Wagen wieder in seine Fahrspur zurück.

»Ich bin Ihnen sehr dankbar, daß Sie das tun, wissen Sie? Es wäre wirklich nicht nötig gewesen. Ich hätte meinen eigenen Wagen nehmen können. Ich kenne den Weg zur Farm. Es ist nur so, daß ich keine Ahnung hatte, daß er noch immer dort wohnt. Ich dachte, er sei längst von dort weggegangen.«

»Ach, ich mußte sowieso herkommen. Ein Freund von mir erledigt für mich etwas in Naples. Der Typ, den Sie vor ein paar Tagen in meinem Büro gesehen haben. Thorn. Ein alter Freund aus der High-School-Zeit. Wir betreiben gemeinsam eine Ermittlung, und im Zusammenhang damit mußte er zufälligerweise ebenfalls hierherkommen, deshalb dachte ich, warum nicht selbst herfahren?«

Er erzählte ihr nicht die ganze Wahrheit, nämlich daß er hergekommen war, weil Doris ihm schließlich den Namen ihres

Ex-Mannes genannt hatte. Winchester, Harden Winchester. Bingo, Volltreffer. Derselbe Name wie von dem Mädchen auf dem Video und derselbe wie von dem Mann, der Tilapien züchtete. Sugarman hatte eigentlich überhaupt keine Wahl. Da er bei seinen Bemühungen, Murtha zu suchen, kein Glück gehabt hatte, beschloß er, die heißeste Spur zu verfolgen, und erklärte sich bereit, mit Doris zur Westküste zu fahren.

»Eigentlich kannten Thorn und ich uns schon lange vor der High-School. Wir sind alte Freunde. Ich ging immer mit ihm Angeln, als ich sechs oder sieben war. Es passiert nicht oft, daß man derart alte Freunde hat. Aber Thorn ist einer. Er und ich, wir sind wie Brüder.«

Sugarman dachte dabei, Scheiße, da fing er schon wieder an zu labern, Unsinn zu reden, um seine Nervosität zu verbergen. Wie in der High-School, wenn sie mit irgendwelchen Girls ausgingen und er daneben saß und nie wußte, wovon er reden sollte, und schließlich zu der Überzeugung gelangte, verdammt noch mal, offenbar reichte sein IQ nicht ganz aus, zumindest was seine Kommunikationsfähigkeiten betraf. Dann, nachdem er Jeanne in dem Jahr nach ihrem Schulabgang geheiratet hatte, störte es ihn nicht mehr so sehr. Damals hatte Jeanne zu neunzig Prozent für sie geredet. Und sie tat es immer noch.

Aber jetzt ging es wieder los. Sugar, der sprachgestörte Trottel, der in fünfundzwanzig Jahren nicht den geringsten Fortschritt gemacht hatte.

Lange Zeit sagte sie nichts, und Sugarman spürte, wie sie ihn ansah.

Dann sagte sie: »Haben Sie in Erfahrung bringen können, womit Harden jetzt seinen Lebensunterhalt verdient?«

»Er betreibt eine Fischfarm. Soweit ich es verstanden habe, züchtet er eine Fischart namens Tilapie.«

»Eine Fischfarm?« Sie starrte ihn von der Seite an. »Man kann reich werden, wenn man Fische züchtet?«

»Reich? Ich wüßte nicht wie.«

»Aber er sagte, er sei reich. Als er mich im vergangenen Jahr besuchte, erzählte er mir, er habe eine ganze Menge Geld verdient, und er nahm an, ich wäre derart beeindruckt, daß ich sofort zu ihm zurückkäme.«

»Aber das waren Sie nicht.«

»Richtig. Ich war's nicht.«

»Ich nehme an, es gibt sicherlich Frauen, die wären es gewesen.«

»Nun«, sagte sie. »Deswegen habe ich ihn nicht verlassen. Es hatte überhaupt nichts mit Geld zu tun. Geld ist nämlich nur der geringste Teil vom Glück.«

»Haben Sie ihm das erklärt, als er bei Ihnen war?«

»Nein, ich habe ihm geraten, seinen verdammten Arsch von meiner Veranda zu bewegen, ehe ich die Schrotflinte meines Mannes hervorholen und ihm eine Ladung Kaninchenschrot auf den Balg brennen würde.«

Sugarman schickte ihr einen erstaunten Blick.

»Meine Ausdrucksweise erschreckt Sie wohl ein wenig«, stellte sie fest.

»Nun ja, aus Ihrem Munde schon ein wenig.«

»Ich mag meine Kleider zwar bei Neiman-Marcus kaufen, aber in mir steckt noch immer das Girl aus den Bergen Tennessees. Und ich weiß außerdem verdammt gut, wie man mit einer Schrotflinte umgeht.«

Sugarman achtete einige Zeit auf die Straße. Sie überholten einen langsameren Winnebago Caravan. Als er wieder auf seiner Fahrspur war, sagte Sugar: »Wenn Sie Ihren Mann auf diese Weise verscheucht haben, dürfte er jetzt nicht allzu freundlich reagieren.«

Eine weitere langweilige Meile glitt vorbei.

»Um ganz ehrlich zu sein«, sagte sie, sah aus dem Fenster und wählte ihre Worte sorgfältig, »es ist nicht Harden, zu dem ich will. Ich sollte Ihnen das nicht verschweigen. Eher mache ich meinen Laden zu, als daß ich von diesem Mann Geld annehme. Ich hasse es, auch nur in seiner Nähe zu sein. Ich verabscheue ihn, sogar nach dieser langen Zeit. Nein, ich möchte eigentlich meine Mädchen sehen. Möchte mit ihnen reden, mich vergewissern, daß es ihnen gutgeht.«

»Mädchen?«

»Meine beiden Töchter.«

»Wohnen sie noch bei ihm?«

»Soweit ich weiß ja.«

Sie klang, als wollte sie sich zu diesem Thema nicht weiter äußern, daher verfiel Sugarman wieder in Schweigen. Er achtete nun verstärkt auf den Verkehr, der lebhafter wurde, als sie die Everglades verließen und sich den Außenbezirken von Naples näherten.

»Sind Sie verheiratet?«

Sugarman sagte ja, das sei er.

»Überzeugend klingt das aber nicht.«

Sugarman sah sie an, dann konzentrierte er sich wieder auf die Straße.

»Ich glaube, man nennt so etwas eine dysfunktionale Ehe.«

»Mein Gott, ich hasse dieses Wort«, sagte Doris. »Man hört es ständig. Aber was bedeutet es? Haben Sie schon mal eine funktionierende Ehe gesehen? Ich meine, ist das wirklich so gut, soll so eine Ehe aussehen, wie eine gut geölte Maschine oder so was ähnliches? Weshalb redet man nicht einfach von einer guten oder von einer schlechten Ehe? Dysfunktional, so ein Quatsch.«

Sugarman betrachtete sie von der Seite. Die Frau trommelte mit den Fingerknöcheln gegen das Seitenfenster, starrte wütend hinaus, weil sie sich über ein Wort ärgerte. Jemanden wie sie hatte er noch nie kennengelernt.

»Meine Frau benutzt diesen Begriff«, sagte Sugarman. »Er

stammt aus ihren Büchern, die sie immer liest, um zu erfahren, weshalb sie so unglücklich ist. Sie erzählte mir, sie versuche herauszubekommen, wie sie nur einen solchen Fehler habe machen können, eine weiße Frau, schön wie sie, voller Talent und Pep, heiratet einen schwarzen Mann völlig ohne Feuer. So etwas könne niemals klappen. Was sie eigentlich erwartet hätte? Sie benutzt eine ganze Menge Wörter aus diesen Büchern, um sich das zu erklären.«

»Feuer?«

»Ja, so redet sie. Feuer. Dysfunktional. Addiktive Persönlichkeit. Milieugeschädigt.«

»Milieugeschädigt!« Sie wischte das Wort mit einer heftigen Geste weg, als rieche es schlecht.

»Ich weiß, ich weiß. Es ist alles ziemlich seltsam.«

»Und Sie reagieren erstaunlich gleichgültig«, sagte sie. »Ich würde rasen vor Wut, wenn mein Ehepartner so mit mir reden würde.«

»Ich bin ihr nicht böse«, sagte Sugarman. »Auch nicht traurig. Was ich empfinde, liegt irgendwo dazwischen. Ich weiß nicht, wie man es bezeichnen soll.«

Eine halbe Meile weiter stand die erste Verkehrsampel, die sie seit zwei Stunden, nachdem sie in die Everglades gekommen waren, zu Gesicht bekamen. Sugarman bremste und blieb stehen. Es war eine Erleichterung, wieder einige Anzeichen von Zivilisation zu sehen. Häuser, 7-Eleven Supermärkte, Wohnwagensiedlungen.

»Ich glaube«, sagte er, »das Wort für das, was ich bin, heißt einsam.«

Sie schwieg, aber er brauchte sie nicht anzusehen, um festzustellen, ob sie ihn gehört hatte. Er spürte das an ihrem Schweigen, das intensiver, dichter war als vorher. Sie dachte über das nach, was er gesagt hatte. Sie hatten sich rein zufällig getroffen, sie beide, hatten sich unterhalten, ziemlich gut sogar, und Sugarman kannte diese Frau überhaupt nicht, stand ihren Kreisen unendlich fern. Trotzdem fiel es ihm auf einmal leicht, mit ihr zu reden. War er plötzlich von seiner Sprachhemmung kuriert?

Einige Zeit später lenkte er den Wagen in eine Tankstelle. Als er vor den Zapfsäulen stoppte und die Zündung ausgeschaltet hatte, reichte Doris Albright zu ihm hinüber und legte eine Hand auf seine, die auf dem Sitz zwischen ihnen ruhte. Er schaute nach unten, ihre Hand war kühl und schlank und weiß, die Nägel unlackiert. An ihrem Ringfinger ein schlichter Brillant.

»Ich führe auch so eine«, sagte sie.

»Was für eine?«

»Eine dysfunktionale Ehe«, sagte sie und ließ ihre Hand immer noch auf seiner liegen. »Sie war es nicht, ehe Philip krank wurde. O nein, genau das Gegenteil. Aber jetzt ist sie es.«

Der Ausdruck in ihren Augen blieb für einen Moment, betrübt, voller Sorge, dann entspannte sich ihr Gesicht, und ihr Mund verzog sich zu dem Anflug eines Lächelns.

»Ich hasse dieses Wort«, sagte sie.

»Ja«, pflichtete Sugarman ihr bei. »Ich auch. Ich hasse es verdammt noch mal bis aufs Blut.«

Thorn verlangte den Manager. Nach einigen Sekunden kam ein dreißigjähriger Mann mit krausen roten Haaren und einem blauen Seidenanzug lächelnd aus seinem Büro, winkte Thorn herein, wartete, bis er Platz genommen hatte, und erklärte ihm dann, daß er ihm auf keinen Fall die Zimmernummer eines anderen Gastes nennen dürfe. Es sei die Geschäftspolitik des Hotels, die Privatsphäre seiner Gäste unter keinen Umständen zu verletzen. Und wenn dieser Gast nun in Gefahr schwebe? Das Lächeln des Managers erstarrte. In welcher Art von Gefahr? Darauf hatte Thorn keine Antwort. Er konnte sich nicht eingehender dazu äußern, ohne die örtliche Kavallerie zu alarmieren, und dazu war er noch nicht bereit, er wollte erst noch einiges in Erfahrung bringen, ehe diese Angelegenheit an die Öffentlichkeit gelangte.

Während er das Büro verließ, ertönte irgendwo im Hotel eine Alarmsirene. Die Angestellten an der Rezeption sahen einander unruhig an, und der Manager kam aus seinem Büro gestürzt, streifte Thorn mit einem zornigen Blick, dann griff er nach dem Telefon auf dem Rezeptionstisch und begann auf jemanden einzureden.

Thorn fand das Treppenhaus und eilte die Stufen zum zweiten Stock hoch. Er marschierte durch einen langen gelben Korridor. Das gleiche tat er im dritten Stock, dann im vierten, bis ins oberste Stockwerk. Nirgendwo eine Spur von ihr. Er fuhr mit dem Lift nach unten, sah im Schönheitssalon, im Souvenirladen, in der Bar, im Restaurant nach. Fehlanzeige.

Als er sich entschloß, auch die Umgebung des Hotels abzusuchen, verstummte der Alarm, und Thorn spürte, wie ein Kopfschmerz von hinten seine Augäpfel zu attackieren begann.

Er trat hinaus auf die großzügige mit Terrakottafliesen ausgelegte Veranda, ließ seinen Blick kurz über das Gelände schweifen, sah Sylvie nirgendwo, dann trabte er los, vorbei am Putting Green und einen Weg hinunter, der in ein dichtes Wäldchen führte.

Es war ein kleiner Dschungel aus Zwergkiefern, Lederfarn, Eugenien und Feigenbäumen. Mangroven, schwarz und rot, wuchsen aus einem Teich, dessen Oberfläche mit einem hellgrünen Schleim bedeckt war. Offenbar hatte man diesen kleinen Flecken Marschland in seinem natürlichen Zustand belassen, um das Informationsbedürfnis der Hotelgäste zu befriedigen, denn entlang des Weges waren kleine Holztafeln aufgestellt worden, auf denen Erläuterungen zur Vegetation nachzulesen waren.

Aber niemand interessierte sich dafür. Und auch Thorn blieb nicht stehen. Er eilte durch das Dickicht und hinaus auf den breiten Streifen gelben Sandes und ging am Wasser ein Stück nach Süden. Blinzelnd suchte er den Strand in dieser Richtung ab. Dann machte er kehrt und bewegte sich ein paar hundert Meter nach Norden. Auch dort keine Spur von einem Raiders-Trikot.

Er durchquerte das Dickicht auf einem anderen Weg, umrundete die Freiluftbar, und da saß sie auf einem Hocker an der Theke. In der Hand hielt sie ein schlankes, mit Feuchtigkeit beschlagenes Glas, das zur Hälfte mit etwas Pinkfarbenem gefüllt war. Sylvie hatte ihre Lippen um den Strohhalm gespitzt und schlürfte gerade die andere Hälfte der Flüssigkeit.

Und sosehr es ihn erschreckte, es zuzugeben, Sylvie sah aufregend aus. Sie strahlte eine ungezähmte Wildheit aus. Unterstrichen wurde dieser Eindruck durch die scharfen Linien ihrer Wangenknochen, die porzellanweiße Haut, die intensiven schwarzen Augen. Sogar ihr zerzaustes Haar, aus dem einige widerspenstige Locken herausragten, schien den Reiz noch zu verstärken. Bis zu diesem Moment hatte er sie nie als sexuelles Wesen betrachtet. Und sogar in diesem Moment empfand er diese Anziehungskraft als etwas zutiefst Perverses. Sie war kaum mehr als ein Kind und sicherlich ziemlich verrückt. Darcy war erst ein paar Tage tot. Doch da war es. Als er auf sie zuging, während sie ihren Cocktail trank, spürte Thorn jenes vertraute Ziehen in der Magengegend, als bewegte sich irgend etwas in ihm, als sei irgendein inneres Organ plötzlich aus tiefem Schlaf erwacht.

Kapitel 23

Als Thorn neben ihr auftauchte, stellte sie ihr Glas auf die Theke, tupfte sich die Lippen mit einer Cocktailserviette ab und empfing ihn mit einem unbeschwerten Lächeln.

»Wo waren Sie?«

»Hier«, antwortete sie. »Ich habe meinen Durst gelöscht.«

»Wo ist meine Pistole, Sylvie? Was haben Sie damit getan?«

»Sie brauchen nicht zu schreien.«

»Wo ist sie?«

»An einem sicheren Ort, machen Sie sich keine Sorgen.«

»Wo, Sylvie?«

Langsam lüftete sie ihr Raiders-Trikot und gestattete ihm einen kurzen Blick. Die 357er schmiegte sich an ihren Bauch.

»Ihre Pistole ist gerade im Begriff, Sylvie sehr intim kennenzulernen.«

»Geben Sie sie her.«

Sie verzog trotzig das Gesicht und schaute über die Schulter auf die anderen Gäste.

»Nun?«

Er hielt fordernd die Hand auf, und nach kurzem Zögern holte sie die 357er aus dem Hosenbund und legte sie klappernd auf die Bartheke.

Der Barkeeper und zwei Gäste blickten bei dem Lärm hoch, aber Thorn beugte sich schnell nach vorne, stützte den Ellbogen auf die Bar und schaffte es so, die Waffe vor ihren Blicken abzuschirmen. Er versteckte die Waffe in seinem Schoß und öffnete die Trommel. Zwei Kugeln fehlten. Er schob die Waffe unter sein Hemd und stopfte sie in den Hosenbund seiner Jeans.

»Was meinen Sie, Thorn? Wollen Sie nicht den Nachmittag frei nehmen, Ihre Suche für eine Stunde unterbrechen, sich ein wenig mit Miss Sylvie amüsieren? Die Himmelsleiter erklimmen?«

»Nein danke.«

»Wir haben Zeit. Sylvie braucht nicht lange dafür. Und ich bin sicher, daß ich Sie ziemlich schnell auf und davon fliegen lassen kann.«

Sie nahm ihr Glas hoch, hielt es an die Lippen und leckte sich mit der Zunge ein wenig von dem pinkfarbenen Schaum in den Mund.

»Es sieht so aus, als seien auf dieser Leiter ein paar Sprossen lose.«

Sylvie knallte das Glas auf die Bar.

»Verdammt noch mal, Thorn! Sie sagen dauernd solche Sachen. Sylvie ist verrückt. Sylvie spinnt. Aber habe ich irgend etwas getan, das schiefgelaufen ist? Ich habe Sie in Ihrem Haus vor dem Amokschützen in Sicherheit gebracht. Es war mein schnelles Schalten, das Sie auf der Farm gerettet hat, das Sie zu Peter Lavery gemacht hat. Wenn Harden erfahren hätte, daß Sie Darcys Freund waren, wären Sie längst tot.«

»Was haben Sie getan, Sylvie? Wo ist Lavery?«

»Ich habe ihn verscheucht«, sagte sie. »Ein richtiges Baby. Ich brauchte ihm Ihre Pistole nur einmal zu zeigen, und schon fing er an zu packen.«

»Sie haben zwei Schüsse damit abgefeuert.«

»Ich weiß. Ich ging runter zum Strand, eine Meile weiter, wo es einsam ist. Ich hab' eine Blechdose von einem Baumstumpf geschossen, ein paar Zielübungen gemacht. Ich denke, daß ich Harden wahrscheinlich selbst erschießen muß. Es sieht nämlich so aus, als seien alle Männer, von denen ich umgeben bin, richtige Waschlappen.«

»Ich glaube Ihnen nicht.«

»Ich habe ihn weggeschickt, mehr nicht. Wir können es schließlich nicht zulassen, daß er hier herumhängt, nicht wahr?

Er würde alles verderben. Am Ende ist er auch noch an unserem Tod schuld.«

»Sie lügen.«

»Hören Sie. Ich habe einen Plan«, sagte sie. »Ich denke schon lange darüber nach, und jetzt weiß ich endlich, wie wir es schaffen.«

Sie drehte sich auf dem Barhocker herum und betrachtete die Kinder, die im seichten Planschbecken spielten, und die Liegestuhlreihen voller älterer Leute, die sich in der Spätsommersonne allmählich rot färbten. Thorn stand neben ihr.

»Wir ziehen es durch wie ein Drogengeschäft«, sagte Sylvie. »In gewisser Weise ist es das ja auch. Es läuft folgendermaßen: Wir packen die eins Komma drei Millionen in einen Reisekoffer und mieten ein Gepäckfach im Flughafen von Naples. Dort treffen Sie sich mit Harden, lassen ihn einen Blick auf das Geld werfen, dann schließen Sie das Fach wieder ab und stecken den Schlüssel in die Tasche. Bei all den vielen Menschen dort wird er nichts versuchen. Danach fahren Sie beide in getrennten Wagen zur Farm hinaus. Das nur, damit er Sie nicht irgendwohin bringen, Sie zusammenschlagen und Ihnen den Schlüssel abnehmen kann. Wenn Sie auf der Farm sind, übergibt er Ihnen den Fisch. Sie geben ihm den Gepäckfachschlüssel, gehen zu Ihrem Wagen zurück und fahren los.«

»Und woher soll das viele Geld kommen?«

»Für solche Kleinigkeiten sorgt Ihre Sylvie schon.«

»Das ist aber eine verdammt große Kleinigkeit. Eine Million dreihunderttausend.«

»Ich hab's, Thorn.«

»Ja? Und wann soll ich ihn töten?«

Sylvie brachte ihn mit einem Zischlaut zum Schweigen, schaute sich sichernd um, ob jemand sie belauscht hatte.

»Das kommt als nächstes«, antwortete sie ruhig.

Sie verfolgten, wie ein athletisch gebauter Rettungsschwimmer vorbeiging und Sylvie mißtrauisch musterte. Er war sich nicht sicher, ob sie dorthin gehörte, denn sie war gekleidet wie einer der Freaks, die gerade aus Oklahoma eingetroffen waren.

»Wir werden ihn«, fuhr Sylvie fort, »auf der langen, einsamen Straße kurz vor der Farm überfallen. Sie verlassen die Farm und fahren in Richtung Stadt. Irgendwo steht Sylvie und winkt Ihnen zu. Sie fahren von der Straße herunter, und wir warten, bis Daddy vorbeikommt, um das Geld zu holen. Sobald wir ihn sehen, hole ich Laverys Wagen aus dem Seitenweg und versperre ihm den Weg. In diesem Moment springen Sie aus dem Graben und mähen ihn nieder. Feuern aus allen Rohren auf ihn. Das ist der einzige Weg. Ein Hinterhalt. Alles andere ist zu gefährlich.«

»Das meinen Sie ernst.«

»Sie etwa nicht?«

Thorn starrte in ihre schwarzen Augen und sagte nichts.

»Glauben Sie mir, Thorn. Sie müssen genau schießen, müssen ihn schnell töten, sonst findet er eine Möglichkeit, Sie aus dem Weg zu räumen. Sie auszuschalten. Der Mann ist ein ausgebildeter Mörder. Sie müssen schnell sein. Blitzschnell. Er ist der beste von allen.«

Ihre Stimme klang aufgekratzt, und sie lächelte, als habe sie ihn gerade eingeladen, sie auf einen festlichen Ball zu begleiten, wo sie als Ehrengäste erwartet wurden.

Er schloß für einen kurzen Moment die Augen, massierte seine Stirn. Als er die Augen wieder aufschlug, lächelte sie ihn erwartungsvoll an.

»Vergessen Sie's«, sagte er. »Ich werde mich auf diesen Quatsch ganz sicher nicht einlassen.«

»Weshalb?«

»Weil es dumm ist.«

»O nein, ich kenne den wahren Grund. Sie sind ein typischer verdammter Mann. Einer von denen, die immer die Befehle geben müssen. Sie können nicht zugeben, daß auch Frauen etwas im Hirn haben. Deshalb wollen Sie nicht, oder? Sie sind ein sexistischer Scheißkerl, Thorn. Geben Sie's zu. Sie müssen alles unter Kontrolle haben.«

Sie drehte sich auf ihrem Hocker zur Bar, nahm einen Schluck von dem Rest ihres Drinks. Dann stellte sie das Glas wieder mit einem lauten Knall zurück.

»Es stimmt«, sagte Thorn. »Ich behandle Frauen anders als Männer.«

»Ich wußte es.«

»Denn wenn Sie ein Mann wären, Sylvie, hätte ich Sie schon längst in den Wald geschleift und Ihnen Ihr dämliches Grinsen aus der Visage geprügelt, und ich hätte nicht aufgehört, Sie zu versohlen, bis Sie mir die Wahrheit über das erzählt hätten, was hier vorgeht. So sexistisch bin ich. Aber wissen Sie, wenn ich eingehender darüber nachdenke, glaube ich, daß mir allmählich die Augen aufgehen. Ja, ich werde plötzlich wach. Ich sehe einen Lichtstreifen. Und wissen Sie was? Ich fange bei Ihnen an, Sylvie. Sie können die erste Frau sein, die ich völlig geschlechtsneutral behandle.«

Sie musterte ihn einen Moment lang. Dabei erstarb der leicht irre Gesichtsausdruck und machte einem kalten, lauernden Blick Platz. Es war das erste Mal, daß sie ihr wahres Gesicht hinter dem albernen Grinsen zeigte. Sie senkte den Blick, richtete ihn auf den pinkfarbenen Schaum in ihrem Glas.

»Ich brauche Beweise«, sagte Thorn. »Wenn Sie wollen, daß ich glaube, was Sie über Ihren Vater erzählen, dann muß ich dafür einen absolut sicheren Beweis haben.«

»Den Beweis, daß er ein Mörder ist?«

Thorn beugte sich zu ihr vor und senkte die Stimme.

»Den Beweis, daß er Darcy ermordet hat.«

»Den Beweis?« sagte sie. »Sie trauen Sylvie nicht? Ihnen reicht ihr Wort nicht?«

»Nein, es reicht nicht.«

»Ganz sicher?« Sylvie glitt vom Barhocker.

Sie zog am Saum ihres Raiders-Trikots, spannte den Stoff über ihrer Brust. Zeigte ihm ein wenig von dem, was ihm entging. Dann gähnte sie, reckte die Arme in die Höhe, eine aufreizende kleine Demonstration, damit er alles begutachten konnte.

»Weißt du, ich bin furchtbar sinnlich«, sagte sie. »Mein Fleisch ist voller Nervenenden. Ich kann im Bett wie ein wildes Pferd sein. Einige Leute haben es kaum geschafft, oben zu bleiben.«

Sie verschränkte die Arme und schob die Hände unter ihre Brüste.

»Kein Interesse?«

Sylvie ließ los und setzte sich wieder auf den Hocker.

»Hast du vielleicht irgendwelche Sexprobleme, von denen Sylvie wissen sollte? Eine vergrößerte Prostata oder so was?«

»Ich bin völlig gesund.«

»Hey, ich wette, ich weiß, woran es liegt, daß du zu Sylvie so kühl bist.« Sie lehnte sich zu ihm, ihre Lippen waren nur wenige Zentimeter voneinander entfernt, und flüsterte: »Du willst vor dem großen Ereignis keinen Sex haben. Das ist es doch, nicht wahr? Du hast gar keine Probleme mit mir. Es ist nur die Sache mit dem Plan. Du sparst deinen Saft für den großen Kampf auf.«

»Haben Sie Roy Murtha ebenfalls gebeten, Ihren Vater zu töten?«

Sie zuckte vor ihm zurück. Senkte den Kopf, spielte nervös mit dem Strohhalm herum.

»Hat er Ihnen das erzählt?«

»Schon möglich.«

»Roy ist ein verdammter Lügner«, sagte Sylvie und betrachtete starr ihren Drink. »Er hat Sylvie erzählt, er mache sich Sorgen um sie, aber das stimmte gar nicht. Sylvie hat ihm einen Scheißdreck bedeutet.«

»Er hat abgelehnt, hat gesagt, daß er damit nichts zu tun haben wolle.«

Sie rührte mit dem Strohhalm im Schaumrest ihres Drinks herum. Sie sagte nichts, blickte ihm in die Augen, aber diese Augen wurden leer, als sie begann, sich in sich selbst zurückzuziehen.

Mit träger Stimme sagte sie: »Ich bringe nachher den Gepäckfachschlüssel vom Flughafen in Ihr Zimmer. Seien Sie um drei Uhr am Gepäckfach. Kommen Sie nicht zu spät. Harden ist ein Pünktlichkeitsfanatiker.«

Sie wandte sich von ihm ab, gab dem Barkeeper mit der Hand ein Zeichen und verlangte ihre Rechnung.

»Sie wollen mir den Schlüssel zu einem Fach mit über einer Million Dollar darin geben?«

»Richtig.« Sie drehte sich auf dem Hocker und sah ihn an. »Ich traue Ihnen, Thorn. Auch wenn Sie mir nicht trauen.«

»Ich tue es nicht«, entschied er. »Ich mache Ihr Spiel nicht mit. Ich besorge mir den Beweis selbst.«

»Morgen erhalten Sie den Schlüssel. Dann können Sie entscheiden, ob Sie mitspielen wollen oder nicht. Um drei Uhr am Flughafen. Ich sage Harden, daß Peter Lavery dort sein wird. Bis dahin haben Sie Zeit nachzudenken.«

»Erzählen Sie ihm, was Sie wollen.«

Sie summte vor sich hin und betrachtete Thorn mit einer Mischung aus leicht überstrapaziertem Mitleid und Respekt.

Kühl sagte sie: »Wenn ich mir ansehe, wie Sie leben, Thorn, dieses Haus, kein Telefon, Sie sind ein echter Naturfreak, nicht wahr? Weizenkeime, Sojabohnen. Ein richtiger Gesundheitsapostel, stimmt's?«

Thorn schwieg, sah, wie ihre Lippen sich wieder zu einem boshaften Grinsen verzogen.

»Hören Sie gut zu, Mr. Tier- und Menschenfreund, vielleicht interessiert es Sie, was mein Vater tun wird. Wollen Sie es hören?«

»Ich höre.«

»Sobald Daddy Laverys Geld in den Händen hat, will er alle Tilapien freilassen. In den Teichen sind ein paar Millionen Fische, die Jungtiere und die Larven mitgezählt, und denen schenkt er die Freiheit. Er entläßt sie in den Okahatchee.

Zwei Tage später gelangen sie in den Golf, und an Thanksgiving haben sie den südlichsten Zipfel des Staates erreicht und sind im Atlantik. Und ehe das Jahr vorüber ist, so sagt er, wird der einzige verdammte Fisch, den man noch antrifft, die Tilapie sein. Sie vermehren sich so schnell, sie sind so aggressiv, daß sie allen anderen Fischen überlegen sind, und es dauert gar nicht lange, ein oder zwei Jahre vielleicht, da fangen sie an, den gesamten Ozean zu ersticken, mit sich selbst zu ersticken. Das ist es, was Harden tun wird, so sieht sein Plan aus. Er will den gesamten Ozean vernichten. Eine Riesenkatastrophe auslösen. Was halten Sie denn davon, Mr. Naturschutz?«

»Weshalb sollte er so etwas tun?«

»Warum fragen Sie ihn nicht?«

»Ich glaube Ihnen nicht, Sylvie.«

»Das ganze Meer«, sagte sie, die Augen düster. »Tilapien, Tilapien, Tilapien. Denken Sie mal darüber nach, Thorn. Denn genau das wird passieren, wenn Sie sich nicht mit Miss Sylvie zusammentun. Das gesamte verdammte Meer.«

Ihr Blick irrte ab über seine Schulter. Sylvie stellte ihr Glas hin.

»O Scheiße. Ende der Unterhaltung.«

Ihr Gesicht wurde bleich, während sie vom Hocker aufstand.

»Wenn er uns so sieht, dann weiß er sofort, daß irgend etwas im Busch ist. Dann sind Sie so gut wie tot.«

Sie schob sich zum Ende der Bar.

Thorn drehte sich um, folgte ihrem Blick, und es dauerte ein oder zwei Sekunden, bis er Harden aus der Hotelhalle kommen sah. Er bog auf den gewundenen Weg ein, der zum Swimmingpool führte. Thorn drehte sich nach Sylvie um, aber sie befand sich bereits am anderen Ende der Bar und eilte die Holztreppe zum Strand hinunter.

Kapitel 24

Thorns Kehle war wie zugeschnürt. Er konnte das schrille Klingeln von Blut hören, das gegen seine Trommelfelle drückte, als versinke er tief und schnell in einem sonnenlosen Meer. Er blieb an seinem Platz und zwang sich einzuatmen, hielt die Luft an, dann ließ er sie langsam ausströmen, versuchte zu dekomprimieren, rief sich ins Gedächtnis, wer er jetzt war, erinnerte sich an die Rolle, die er zu spielen hatte. Nicht die eines Mannes, der auf Rache sann, sondern er war Peter Lavery. Ein reicher Knabe aus Georgia. Ein Geschäftemacher in Sachen Umwelt.

Winchester hatte sich umgezogen und trug nun ein weißes Polohemd, burgunderrote Tennisshorts und Ledersandalen. Auf seinem Kopf saß ein weißer Panamahut mit einem hellroten Zierband. Ein eleganter Bursche. Aber er bewegte sich mit einer fließenden Geschmeidigkeit, die, wie Thorn jetzt erkannte, mehr war als reine Sportlichkeit.

Als er an diesem Morgen neben ihm gestanden hatte, hatte Thorn die Vitalität des Mannes gespürt, doch er hatte nicht versucht, ihr einen genaueren, zutreffenderen Namen zu geben. Nun, als er ihn aus hundert Metern Entfernung erblickte, war es offensichtlich. Wahrscheinlich trainierte er mit Gewichten, machte Stretching-Übungen und lief möglicherweise. Aber das war nicht der Punkt. Absolut einmalig bei ihm war die Tatsache, daß die gesamte Kraft sich um einen undefinierbaren Kern angesammelt und konzentriert hatte. Es war der träge Gang eines Tigers. Elegant und tödlich.

Als Winchester am Schwimmbecken vorbeiging, entdeckte er Thorn und kam auf ihn zu, und jede seiner Bewegungen war leichtfüßig und präzise. Er schritt überaus vorsichtig aus, als könnte die geringste unkontrollierte Erschütterung dazu führen, daß die in ihm eingeschlossenen instabilen Gase explodierten. Und alles im Umkreis von mehreren Meilen dem Erdboden gleichmachten.

Sie schüttelten sich die Hand, lächelten, nickten sich stumm zu. Eine Pantomime der Höflichkeit. Winchester erkundigte sich, was Thorn trinken wolle, dann ging er zur Bar, kam mit zwei Gläsern zurück und nahm Thorn gegenüber Platz. Harden hob sein Glas und trank auf Peter Laverys Gesundheit und auf den Erfolg ihres Vorhabens. Thorn rührte sein Bier nicht an, verfolgte jedoch, wie Harden einen kleinen Schluck von seinem Whisky trank.

»Der Page meinte, ich träfe Sie hier draußen an. Mein Gott, Lavery, Sie sind gerade erst zwei Stunden hier, und schon haben Sie einen bleibenden Eindruck bei den Leuten hinterlassen.«

»Das liegt sicher an meinem Pepsodent-Lächeln.«

Harden nahm die Streichholzschachtel vom Tisch und schüttelte sie in der Faust wie einen Satz Spielwürfel.

»Ich habe das Gefühl, Sie bereits zu kennen, Peter. Dieser Artikel über Sie, den Sylvie in *Fortune* gefunden hat, sehr gründlich recherchiert.«

Thorn beugte sich vor, wischte mit einem Finger über das feuchte Etikett auf seiner Bierflasche, dann pellte er es ab, rollte es zu einer feuchten Kugel zusammen und legte diese in die Mitte des Tisches.

Er bemühte sich um einen leichten Georgia-Akzent voll Geißblattblüten und schwarz gebranntem Schnaps.

»Lassen Sie es sich vom Sohn eines Zeitungsmannes gesagt sein, Mr. Winchester, trauen Sie niemals einem Journalisten. Diese Leute sind ganz beschissene Zuhörer. Gewöhnlich sind sie derart von sich eingenommen, daß sie nur jedes dritte Wort mitkriegen, das Sie sagen. Und die Fakten, die sie nicht ganz falsch aufschnappen, die verdrehen sich auch noch irgendwie.«

Harden lächelte und signalisierte Verständnis, wie es zwischen zwei abgeklärten Skeptikern herrschte. Thorn atmete so unauffällig und lässig wie möglich aus. Sie saßen gemütlich im Schatten eines der kleinen Sonnenschirme. Sie blickten auf das Strandvolk, auf den vorbeischlendernden Strom gutaussehender Leute. Dreihundert-Dollar-pro-Tag-Leute, allesamt geradezu kriminell schlank und fit. Während sich im Westen weiße Wolken auftürmten, ein dickes weißes Gebräu, auf dem das Sonnenlicht spielte.

»Erzählen Sie mal, Peter, stimmt es, daß Sie und Warren Beatty befreundet sind?«

Thorn betrachtete weiter die Wolken.

»Jeder möchte am liebsten über Filmstars reden.«

»Nun, stimmt es denn?«

»Genau das, Harden, ist der Grund, weshalb ich nicht mehr lese, was man über mich schreibt. Es ist eine Unmenge Blödsinn.«

»Kennen Sie ihn etwa noch nicht mal?«

»O, ich habe ihn mal getroffen. Bei irgendwelchen Empfängen. Wir haben uns unterhalten, aber ich würde Warren kaum als Freund bezeichnen.«

»Sie haben nicht in einen seiner Filme investiert? Einen Film über Gangster?«

Thorn musterte ihn prüfend.

»Spielen wir schon wieder ein Spiel?«

»Wie bitte?«

»Denn falls es so ist, dann sagen Sie es mir lieber. Nennen Sie mir ein paar Regeln, und ich spiele mit. Ich mag Spiele. Ich bin darin ganz gut. Aber ich möchte auch die Regeln kennen.«

»Hey, hey. Ich wollte nur, daß wir einander etwas besser kennenlernen. Keine böse Absicht. Ich wollte nicht aufdringlich sein.«

»Dann lassen Sie's auch.«

Harden behielt sein Lächeln bei, ein offenes, hundertprozentig echtes Grinsen. Es schien aus irgendeinem tief verborgenen Vergnügen gespeist zu werden, das er kaum im Zaum halten konnte. Als wolle er jeden Moment aufspringen, irgendein patriotisches Lied schmettern und die gesamte Bar auffordern, mit einzustimmen.

Thorn erhaschte einen Blick auf einen Streifen Heftpflaster, der um die Fingerknöchel von Winchesters rechter Hand gewickelt war, und mit brutaler Klarheit sah er vor seinem geistigen Auge erneut die weißen, blutlosen Schwellungen auf dem Rücken von Darcys lebloser Hand. Und dieses Bild löste sich zu einem anderen auf, zu Darcy unter Wasser, wo sie sich aufbäumte, kämpfte, mit dem Messer die Hand des Bastards attakkierte, die ihre Hand umklammerte.

Thorn faltete seine Hände im Schoß. Ballte sie zu Fäusten und preßte sie gegen die Unterseite des Tisches. Bei Gott, am liebsten hätte er den Tisch umgeworfen, sich auf diesen anmaßenden Mistkerl gestürzt und ihm die Haut in Streifen abgezogen. Aber nein, er hielt sich zurück, zwang das Zittern aus seinem Gesicht, war entschlossen, diese Sache bis zum Ende durchzuziehen.

»Ich bin heute ein sehr glücklicher Mensch, Peter. Das ist die letzte Station auf einer sehr, sehr langen Reise. Der Lohn für jahrelange Arbeit. Ein Festtag.«

Thorn trank einen Schluck Bier und löste seinen Blick von

Winchester. Dabei versuchte er die heiße Wut im Zaum zu halten, die brennend in seiner Kehle hochstieg.

»Wissen Sie, Peter, ich würde Ihnen gerne meine Geschichte erzählen, wie ich bis zu diesem Punkt gelangt bin. Möchten Sie sie hören?«

Thorn blickte ihm kalt in die Augen.

»Nein«, sagte er. »Eigentlich nicht.«

Winchesters Lächeln wurde hohl, aber sein Mund behielt seinen Ausdruck bei, und während seine Blicke lauernd auf Thorn blieben, nahm er sein Glas hoch, trank einen kleinen Schluck Bourbon und stellte es wieder zurück.

»Natürlich wollen Sie.«

Harden öffnete die Streichholzschachtel und schüttete die Stäbchen auf den Tisch. Er rührte mit den Fingern zwischen ihnen herum.

»Ehe ich meine Frau kennenlernte«, sagte er, während sein Blick zu den heranziehenden Wolken wanderte, »dachte ich nur an eine Karriere beim Militär. Mein Gott, ich bin in einem zugigen Blockhaus mit Lehmboden aufgewachsen. Ich war ein primitives Landei aus West Texas. Ich konnte keine zwei Worte sagen, ohne daß eins davon Scheiße oder verdammt war. Ich war ein ungehobelter, unzivilisierter Hurensohn. Aber in dem Moment, als ich Doris Carter kennenlernte, änderte sich alles. Ich verliebte mich so wild und heftig in dieses Girl, daß auf einmal alles anders wurde. Allmächtiger Gott, ich fing an, für sie Gedichte zu schreiben, unfaßbar, ein Gedicht nach dem anderen. Ich feilte an meinen Manieren, meinem Benehmen. Himmel noch mal, für sie hätte ich alles getan.«

»Aber sie hat Sie trotzdem verlassen.«

Sein Lächeln verdüsterte sich, und der Ausdruck seiner Augen wurde stechend, als er Thorn wieder ansah.

»Woher, zum Teufel, wissen Sie das?«

»Nach dieser Einleitung lag es für mich auf der Hand, daß dies als nächstes kommen würde.«

Thorn reichte über den Tisch und berührte Winchesters bandagierte Finger.

»Wie ist das passiert?«

Harden warf einen Blick auf seine Knöchel und zuckte die Achseln.

»Es ist nichts. Ich kann mich nicht mal mehr daran erinnern.«

Harden nahm zwei Zündhölzer von dem Häufchen und legte sie parallel hinter sein Glas. Er ließ seinen Blick in die Ferne wandern, legte den Kopf zurück, und ein verträumtes, selbstzufriedenes Lächeln legte sich auf seine Züge.

»Ja«, sagte er. »Es stimmt, Doris hat mich am Ende verlassen. Und ich muß jetzt zugeben, daß sie dazu wirklich jeden Grund hatte. Ein halbes Leben beim Militär hat mich durch und durch kalt werden lassen. Hinzu kam, daß ich sehr viel unterwegs war, Doris wochenlang alleine ließ, manchmal sogar für mehrere Monate, und sie dann auf diesem einsamen Stück Land zurückblieb. Und wenn ich wieder nach Hause kam, brauchte ich meine Eingewöhnungszeit. Die Art meiner Arbeit, das Brutale darin, machte es mir doppelt schwer, die weibliche Welt zu verstehen, geschweige denn darin zu leben.«

Thorn nippte wieder an seinem mittlerweile lauwarmen Bier. Er konnte den Blick nicht vom Heftpflaster abwenden. Harden lehnte sich in seinem Sessel zurück, holte tief Luft und schickte seinen Blick erneut in die Ferne.

»Als ich Doris Carter zum erstenmal sah, war sie erst fünfzehn Jahre alt. Ich war dreißig. Stationiert in Fort Campbell an der Grenze von Kentucky und Tennessee.

Ich erinnere mich, daß ich mit einigen Jungs aus unserem Bataillon auf der Tribüne saß. Pickelgesichter, nicht viel älter als sie. Wir vertrieben uns an jenem kalten Oktobertag ein wenig die Zeit, sahen uns an, wie die örtlichen Bauerntölpel über das Footballfeld trabten. Und da war sie, bekleidet mit einem Pullover und einem kurzen Röckchen. Doris Carter. Langes blondes Haar und lange schlanke Beine. Alle achteten nur auf sie. Sie war so. Kam aufs Spielfeld, und jeder auf der Tribüne starrte sie an.

Tja, mein Gott, ich hab' das Girl ihrem dämlichen Freund weggenommen, desgleichen ihrem Vater, einem Cadillac-Händler, und ihrer kaffeeklatschseligen Mutter. An diesem Tag im Oktober pfiffen all meine Jungs hinter ihr her und trampelten mit den Füßen, und ich wußte in dem Augenblick, als ich Doris Carter erblickte, daß ich alles daransetzen würde, daß diese Frau mich liebte.«

»Hören Sie auf«, sagte Thorn.

Harden wandte Thorn sein verträumt grinsendes Gesicht zu. Er strich sich mit einer Hand über die grauen Haarstoppeln am Hinterkopf, als kämmte er eine imaginäre Entenschwanzfrisur.

»Was ist los, Peter?«

Thorn leerte sein Bierglas, stellte es auf den Tisch und schaute sich suchend nach der Serviererin um. Er wußte, daß er mehr gewinnen würde, wenn er Harden ermutigte, mit seiner Autobiographie fortzufahren. Vielleicht erfuhr er auf diese Weise etwas Nützliches, hörte er vielleicht irgendeine Bemerkung, die ihm den letzten Beweis für seine Schuld lieferte. Aber Thorn konnte es nicht ertragen, er haßte diesen Ausdruck selig verträumter Emotion in Winchesters Stimme. Sein Gerede von Liebe. Er haßte den fieberhaften Glanz in seinen Augen, diesen warmen Schimmer, wenn er von seiner ehemaligen Frau sprach.

»Ersparen Sie mir das, ja? Ich will Ihre gottverdammte Lebensgeschichte nicht hören.«

»Was ist los? Machen persönliche Geständnisse Sie nervös?«

»Sehen Sie, Winchester, wenn vorne kein Dollar-Symbol

draufsteht, dann will ich nichts darüber hören. Okay? Es ist mir gleich, wer Sie sind oder wie Sie mit Ihren Frauen zurechtkommen. Wir schließen unser Geschäft ab, bringen alles unter Dach und Fach, und dann geht jeder seiner Wege. Verstehen Sie? Wir werden anschließend keine Busenfreunde sein, wir verraten einander nicht unsere intimsten Geheimnisse, entblößen nicht unsere Seelen oder tun irgend etwas anderes in dieser Richtung. Ich habe schon genug Freunde. Wir sind Geschäftspartner, mehr nicht.«

»Nun, wissen Sie«, sagte Harden, »ich habe da einen etwas komplizierteren Standpunkt. Ich würde mit Ihnen überhaupt keine Geschäfte machen, Peter, wenn es nicht ausschließlich aus Liebe geschähe. Liebe und Arbeit gehören für mich irgendwie zusammen. Will sagen, der einzige Grund, aus dem ich mit der Zucht von Tilapien begonnen habe, ist Doris. Wegen ihr und wegen des Kerls, mit dem sie abgehauen ist.«

»Ich sage es Ihnen noch einmal, wer mit Ihrer Frau durchgebrannt ist, Ihre Lebensphilosophie und was sonst noch für Sie von Bedeutung ist, interessiert mich einen Scheiß. Ist das klar?«

Hardens Lächeln war ein wenig starr geworden. Er blickte auf die Streichhölzer, nahm ein drittes von dem Häufchen und legte es hinter sein Whiskyglas.

»Sind Sie zufällig Angler, Peter?«

Thorn blickte hinaus aufs Wasser und sah am Horizont ein Krabbenboot, das langsam vorbeiglitt.

»Ich hab' früher mal den ein oder anderen Fisch gefangen.«

»Und weshalb haben Sie es getan? Um Ihren Fang zu verzehren oder aus rein sportlichen Gründen?«

»Aus keinem von beiden«, erwiderte er. Er schaute seinem Gegenüber in die Augen. »Ich fische, um herauszufinden, was unten im Meer ist.«

Der letzte Rest von Hardens Grinsen verflüchtigte sich. Thorn hatte eindeutig irgendein spezielles Ritual verletzt. Essen oder Sport waren offenbar die einzigen zulässigen Alternativen.

»Meine Frau«, sagte Harden, sehr akzentuiert und mit kontrollierter Miene, die nichts von seinen Gefühlen verriet, »Doris hat mich verlassen und einen Berufsfischer geheiratet.«

Thorn schwieg dazu.

»Dieser Mann«, sagte Harden und beugte sich leicht nach vorne, »hat Doris mit irgendwelchen romantischen Spinnereien den Kopf verdreht. Er hat ihr eingeredet, er sei eine Art großer strahlender Jäger der Meere.«

»Ich muß mir einen frischen Drink holen.« Thorn schob seinen Sessel zurück.

»Nein, Sie bleiben hier«, befahl Winchester. »Ich erzähle Ihnen eine Geschichte. Sie müssen sie sich anhören. Sie müssen wissen, mit wem Sie Geschäfte machen und weshalb.«

Thorn zögerte, dann ließ er sich wieder zurück in seinen Sessel sinken, richtete den Blick auf den Swimmingpool, wo eine alte Frau auf dem Rücken trieb und zu den vorbeiziehenden Wolken am Himmel hinaufschaute.

Winchester sagte: »Dieser Mann hat mir die Frau gestohlen. Die wunderschöne Doris. Er hat sie verführt, kurz nachdem sie mich verlassen hatte, als sie sehr verletzbar war, und dann nahm er sie mit und versteckte sie in einer Festung aus Geld. Dort sperrte er sie ein und hielt sie von mir fern.«

Seine Augen verdunkelten sich, füllten sich mit einem brennenden Zorn.

»Ich war immer der Meinung«, sagte er, »daß es ungleich befriedigender ist, einen Konkurrenten auf dem von ihm ausgesuchten Feld zu schlagen. Ihm den Heimvorteil zu lassen, jeden Vorteil, und ihn dann zu zerquetschen. Das ist viel lohnender. Meinen Sie nicht auch?«

Thorn schwieg, blickte in die bitteren grauen Augen.

Winchester sagte: »Kurze Zeit, nachdem Doris mich verlassen hatte, stürzte ich mich auf das Studium der Fische. Ich dachte über sie nach, las über sie und wurde so etwas wie ein Experte. Und ich erkannte etwas, Peter, was sicherlich auch Sie erkannt haben. Nicht mehr lange, und Fischer kommen einem genauso albern vor wie heutzutage die Pelztierjäger oder Büffeljäger. Albern, unwichtig, altmodisch.«

Thorn verfolgte, wie im Osten ein silbrig glänzendes Passagierflugzeug in den Himmel stieg. Harden nahm wieder einen Schluck von seinem Bourbon und stellte das Glas zurück, zog zwei weitere Streichhölzer aus dem Häufchen und legte sie vorsichtig auf das Gebilde, das er hinter seinem Glas schuf.

»Der Mann, der mir Doris gestohlen hat, ist jetzt ein Krüppel. Ein kranker, sterbender alter Narr.« Winchester schaute von seinen Zündhölzern hoch. »Aber das reicht als Strafe für ihn nicht aus. No, Sir, ehe er stirbt, werde ich ihm Doris vor seinen Augen wieder wegnehmen, und dann, sozusagen als Zugabe, werde ich die Welt dieses Mannes vernichten. Ich werde dafür sorgen, daß er die Zerstörung seines Lebensstils mit ansieht.«

»Ja? Und wie wollen Sie das schaffen?«

Winchester blickte Thorn einige Sekunden lang durchdringend an, hatte den eindeutigen Wunsch, seinen Plan zu offenbaren, kämpfte jedoch gegen diesen Drang an. Er wandte sich ab, verfolgte einen Schwarm Sandhühner, die über der Brandung umhersegelten. Das Licht hatte seinen harten Glanz eingebüßt, bekam einen gelblichen Farbton, als die Sonne durch einen Schlitz in der Wolkendecke herabschien.

»Oh, Sie werden schon sehen, Mr. Lavery. Zum gegebenen Zeitpunkt wird jeder es sehen. Merken Sie sich meine Worte. Jeder wird davon erfahren. Ich werde der Welt meinen Namenszug aufprägen. In riesigen Großbuchstaben. Sie könnten sogar sagen, daß ich im Begriff bin, die nächste Büchse der Pandora zu öffnen.«

Harden lachte verbittert, dann schloß er plötzlich die Augen und kniff sich in die Nase. Er ließ seinen Kopf nach vorne sinken und erschien plötzlich sehr müde.

Während der letzten Jahre hatte Thorn mit einer ganzen Reihe von Verrückten zu tun gehabt. Männer mit gehetzten Augen und verrückten Gedanken in ihren Köpfen. Mit solchen Leuten redete man nicht. Vernunft und Logik hatten keinen Platz in ihrer Welt. Man ging ihnen aus dem Weg, man benutzte, was immer man gerade zur Hand hatte, um sich vor ihnen zu schützen. Stühle, Tische, stumpfe Gegenstände.

Thorn stand auf und schob seinen Sessel um den Tisch herum und setzte sich wieder, Schulter an Schulter mit Winchester.

Indem er sich zu ihm vorbeugte, sagte er: »Wann bekomme ich denn zu sehen, was ich kaufe?«

Harden trank den restlichen Bourbon und stellte das Glas hin. »Bald. Sehr bald.« Er lächelte schmerzlich und massierte das geschwollene Fleisch rund um das Heftpflaster.

Während er seine Kehle freiräusperte, schwankte Winchester in seinem Sessel hin und her. Der Alkohol schien seine Wirkung schlagartig bei ihm entfacht zu haben. Sein Unterkiefer war wie umklammert, sein Blick wurde zunehmend trüber.

»Erzählen Sie mir eins, Peter. Glauben Sie, daß ein Mann die Verhältnisse seiner Familie überwinden kann? Daß er ein besserer Vater sein kann als sein eigener Vater? Vielleicht sogar ein besserer Mensch?«

Thorn schwieg. Darauf wußte er die Antwort nicht. Er bezweifelte es ohnehin. Natur, Nahrung. Eltern waren beides. Man konnte unmöglich all den Botschaften entfliehen, die im eigenen Blut enthalten waren.

»Nun, ich kenne die Antwort genau«, sagte Harden. »Sehen Sie, mein eigener Vater war ein sehr brutaler Mensch, Mr. Lavery. Er befahl immer meinem Bruder und mir, daß wir uns im

Blockhaus bäuchlings auf den Lehmboden legen sollten, und dann verprügelte er uns vor den Augen unserer Mutter mit Dornenzweigen. Er wolle uns damit den Unterschied zwischen Gut und Böse beibringen, sagte er. Aber es war eine Folter, schlicht und einfach. Eine Folter zu seinem ganz persönlichen Vergnügen. Ich habe zugesehen, wie er auf diese Art und Weise meinen Bruder zu Tode geprügelt hat. Wie er seinen eigenen Sohn ermordete, weil er in der Scheune eine lächerliche Maiskolbenpfeife geraucht hatte. Ich habe gesehen, wie mein Vater Stewart Winchester verprügelt hat, bis er an seinem eigenen Blut erstickte.

So sieht die Familie aus, aus der ich stamme, Lavery. Nicht so wie Ihre. Nicht wie die anständigen zivilisierten Leute aus dem Zeitungsgeschäft. Mit Tee und Gebäck um vier. Französischer Kunst an den Wänden. No, Sir. Ich mußte eine längere Reise unternehmen, mußte mich viel mehr anstrengen, um endlich triumphieren zu können. Ein Leben, das härter war, als Sie es sich ausmalen können, Lavery. Sie mit Ihrem lässigen Grinsen, Ihren seichten Scherzen. Sie wissen nicht, wie es ist, seine eigene Existenz schaffen zu müssen. Alles aufbauen zu müssen, Brett für Brett, bis man endlich einen Ort geschaffen hat, an dem man leben kann. Einen Ort, den eine anständige, zivilisierte Frau als Zuhause bezeichnen kann. Aber ich habe es jetzt geschafft. Ich habe mich selbst in einen Mann verwandelt, den Doris lieben kann. Und wenn ich Ihr Geld in der Tasche habe, Peter, dann wird die Verwandlung vollkommen sein. Ich habe dann sämtliche alten Rechnungen beglichen und kann von vorne anfangen.«

Harden lächelte ihn jetzt an, wackelte vom Schnaps leicht berauscht mit dem Kopf, aber seine Augen starrten Thorn an, als brauche er nur noch eine winzige Membrane zu überwinden, um Thorn mitten ins Gehirn zu blicken.

Abrupt stand Thorn auf, ging zur Bar, bestellte für sich einen frischen Krug eiskalten Biers und für Harden einen zweiten Whisky. Er gab dem Barkeeper seinen letzten Zwanziger und brachte die Gläser zum Tisch, stellte sie hin, während Harden in den Himmel im Westen schaute.

Er kehrte zur Bar zurück, um sein Wechselgeld zu holen, und der Barkeeper redete mit einem Stammgast, während er Thorns Geld auf die Theke legte. Er mußte zweimal ansetzen, bis er endlich die richtige Summe ausgerechnet hatte. Als Thorn zum Tisch zurückkam, war Winchester nicht mehr da.

Thorn stand für einen Moment unschlüssig da und ließ seinen Blick über die Rasenfläche schweifen. Ein Volleyballmatch zwischen kreischenden Elfjährigen war im Gange, der Swimmingpool war leer, und unter dem Vordach eines Freiluftcafés waren ein paar Tische besetzt. Aber von Winchester war nirgendwo etwas zu sehen.

Er schaute nun auf den Tisch, und dort, neben Hardens leerem Glas, befand sich eine säuberlich zusammengefügte Blockhütte aus Streichhölzern. Der Kopf des einen Holzes ruhte auf dem Fußende eines anderen, bildete ein Quadrat, dann lag darauf das nächste Holz. Fünf Etagen hoch. Zwanzig Leichen.

Thorn suchte erneut die Umgebung ab, fand aber von Harden keine Spur. Er atmete zischend aus, ließ sich am Tisch nieder und setzte den Bierkrug an die Lippen. Dann zuckte er mit dem Kopf zurück. Verschüttete die Hälfte auf seinen Schoß.

Auf der schaumigen Bieroberfläche schwamm ein Fingerling, ein kleiner Fisch, nicht länger als fünf Zentimeter, tot. Er sah so aus wie die Tilapien, die Thorn auf Winchesters Farm gesehen hatte. Der Fisch sah in jeder Hinsicht genauso aus – bis auf einen Punkt.

Diese Tilapie war hellrot.

Kapitel 25

Thorn fuhr mit einem Taxi zum Fish and Wildlife-Büro im dritten Stock des Holiday Inn in der Nähe des Eingangs zur Alligator Alley. Als er dort eintraf, war es kurz nach sieben, und Judy Nelson und alle anderen Angestellten der Behörde hatten Feierabend und sich auf den Heimweg gemacht. Er entdeckte einen Nachtwächter an der Theke des Cafés im Erdgeschoß und erklärte ihm, was er wollte. Der Mann streifte Thorn mit einem kurzen Blick und konzentrierte sich wieder auf seinen Kaffee.

»Sie wollen einen Fisch hierlassen?«

»Diesen Fisch.«

Thorn hielt das Tier am Schwanz hoch.

Der Wächter betrachtete es. Kein Interesse. Er war Ende Sechzig und sah aus, als habe er vor seiner Pensionierung ein paar Jahrzehnte als Citycop in einem rauhen irischen Wohnviertel gearbeitet. Er hatte eine Nase, die groß und rot genug war, um von einem phantasievollen Meisterkoch abgenommen und auf einem Tortenboden, garniert mit einem Löffel Schlagsahne, serviert zu werden. Und von der Gourmetkritik gefeiert zu werden.

»Ich kenne eine Lady aus dem Büro oben«, sagte Thorn. »Aber sie ist schon nach Hause gegangen. Ich denke, sie will den Fisch gleich morgen früh auf dem Tisch haben.«

»Und welche Lady ist das?«

»Judy Nelson.«

Der Wächter nahm einen Schluck von seinem Kaffee. Er knurrte etwas Unverständliches. Wahrscheinlich erzeugte Judy diese Reaktion bei zahlreichen Männern. Auf jeden Fall bei all denen, die dachten, daß Frauen nicht mehr sein sollten als verspielte Schoßhündchen. Daß sie stets Männchen machen und zum Amüsement der Gäste Pirouetten drehen sollten. Immer reizend und hübsch anzuschauen. Und danach nichts wie zurück in die Küche und endlich das Dessert serviert.

»Was hindert Sie daran, das Ding während der normalen Bürostunden herzubringen?«

»Ich wollte, daß sie es gleich morgen früh vorfindet.«

»Das überzeugt mich nicht, mein Freund. Aber auch nicht annähernd.«

»Ist der Kaffee hier so gut? Daß Sie nicht aufstehen, Ihren Hauptschlüssel rausholen und den Fisch oben in den Kühlschrank legen können?«

»Der Kaffee ist wirklich gut, ja.« Er lächelte die rothaarige Serviererin an, die hinter der Theke vorbeiging. Reinstes Schoßhundmaterial.

»Ich glaube, ich weiß, was passiert ist«, sagte Thorn. »Sie haben hier einen Job gefunden, der Ihnen gestattet, mit einem Colt um den fetten Wanst herumzustolzieren, wobei Sie sich vorkommen wie der Obermacker des gesamten Reviers.«

Der Mann stellte die Tasse auf die Theke. Er wischte sich den Mund mit einer Papierserviette ab und legte diese neben die Tasse. Träge drehte er sich halb um und richtete seine gelblichen Augen auf Thorn.

»Haben Sie in dem Hotel etwas zu erledigen, mein Junge, oder lungern Sie nur herum?«

Die rothaarige Serviererin kam herüber und schüttelte frischen Kaffee in seine Tasse. Sie sagte: »Hören Sie, ich könnte den Fisch in eine Tüte stecken und hinten in den Kühlschrank legen. Wenn ich morgen meine Frühschicht antrete, sorge ich dafür, daß Judy ihn sofort bekommt. Wie wäre das? Sicherlich besser, als in einem Hotelcafé eine Prügelei anzufangen, oder?«

Der Nachtwächter starrte Thorn an. Irgend etwas spielte sich in seinen Augen ab, Lichtreflexe zuckten, als sähe er plötzlich die Wiederholungen von Hunderten von Nächten in dunklen Seitenstraßen, wo er sich mit irgendwelchen unverschämten Halbwüchsigen herumschlagen mußte. Alles war erlaubt. Mit allem war zu rechnen, aber dafür besaß man auch das entsprechende Geschick, kannte alle Tricks, um damit fertig zu werden.

»Tut mir leid«, sagte Thorn zu der Serviererin. »In letzter Zeit spielen meine Hormone ein wenig verrückt.«

Sie nickte.

»Sie sollten mit rotem Fleisch vorsichtig sein«, sagte sie. »Das ist voll von diesem Hormonzeug. Davon bekommt man seltsame Anwandlungen. Zum Beispiel das Bein zu heben und fremde Bäume anzupinkeln. Sie wissen, was ich meine, oder?«

Der Polizist hörte gar nicht zu. Er starrte immer noch ins Dunkel dieser hundert Gassen. Alles, was ihn damals hinausgetrieben hatte auf die windigen Straßen, war vor ihm aufgetaucht und sah genauso aus wie Thorn, konzentrierte sich in seiner Person.

Thorn reichte ihr die Rote Tilapie und bedankte sich. Er fragte sie, ob sie etwas habe, worauf er eine Notiz hinterlassen könne, und sie riß ein Blatt von ihrem Rechnungsblock ab. Thorn schrieb ein paar knappe Hinweise für Judy auf. Dazu seine Zimmernummer im Ritz und das Versprechen, am nächsten Tag anzurufen.

Er reichte den Zettel der Serviererin, bat sie, ihn zu dem Fisch zu legen, und bedankte sich noch einmal. Er wünschte dem Cop eine gute Nacht, aber der Mann reagierte gar nicht.

Draußen auf dem Parkplatz blickte Thorn durch das Fenster des Imbißrestaurants hinein, und der Polizist starrte hinter ihm her. Tausend Nächte, tausend Hunde, die seine Bäume anpißten, jeder von ihnen geisterte durch das Gedächtnis des Cops, verfolgte ihn, war immer noch frisch und lebendig vorhanden. Thorn wußte genau, wenn er sich nicht in acht nahm, könnte er genauso enden, als verbitterter und unfreundlicher Einzelgänger, der irgendwo vor seinem Kaffee hockte und nur auf irgendeinen jungen Schnösel wartete, der eine dumme Bemerkung machte und ihn auf hundertachtzig brachte. Nachdem die Männlichkeitshormone jahrzehntelang immer auf kleiner Flamme vor sich hin gebrodelt hatten, bis sie zu einer zähen Schmiere ätzender Säure reduziert worden waren.

Es war fast Mitternacht, als Thorn seinen VW am Rand einer Viehweide parkte und durch das Fenster auf den Okahatchee blickte, der sich golden glänzend zwischen den fernen Bäumen dahinschlängelte. Ein fast voller Mond überstäubte das Riedgras und die Marschlandschaft, die Büsche und die vereinzelt aus dem Sumpf aufragenden Kalksteingebilde mit einer feinen weißen Mehlschicht.

Er stieg aus dem Wagen und ging zum Zaun. Er drückte mit einem Finger gegen den Stacheldraht und prüfte die Spannung. Auf einem Drahtstachel neben seiner Hand war ein Grashüpfer aufgespießt, und in jeweils dreißig Zentimeter Abstand hingen eine Grille und ein Tausendfüßler an anderen Stacheln. Thorn blickte zur Stromleitung hoch. Dort, genau über seinem Kopf, hockte die vom Mondlicht umflossene Silhouette eines Schafskopfwürgers. Der Vogel befand sich offenbar auf der Jagd, beobachtete sein Revier. Es waren seine Insekten, sowohl seine Reviermarkierungen wie auch seine morgige Verpflegungsration. Ein verdammt geiziges Tier, ungemein diszipliniert. Und konzentriert.

Thorn überkletterte den Zaunpfahl, achtete dabei darauf, die Grille und den Grashüpfer, diese köstlichen Mahlzeiten, nicht vom Zaun zu schütteln. Er sprang hinunter auf das Feld des Würgers und schlug auf dem weichen nassen Untergrund die Richtung zum Okahatchee ein.

Am Flußufer ging er nach Osten. Er wußte nicht genau, wie weit er gehen mußte. Eine Meile, vielleicht auch drei. Aber er konnte sich dafür die ganze Nacht Zeit nehmen, daher war es im Grunde gleichgültig. Er würde schon hinkommen. Er würde sehen, was er sehen wollte. Finden, was zu finden war.

Das einzig Bemerkenswerte, woran er in der ersten halben Stunde vorbeikam, war ein verlassenes Pumpenhaus. Ein alter Betonbau mit verrosteten Überresten von Entwässerungspumpen und -rohren. Er betrat für einen kurzen Moment das Gebäude, um sich von seinem Fußmarsch auszuruhen, und entdeckte auf dem nackten Erdboden eine durchgelegene Matratze. An der vom Mond beschienenen Wand befand sich eine krakelige Zeichnung. Offensichtlich ein geheimes Liebesnest.

Thorn setzte seinen Weg durch die Sumpfeichen und das Palmitogesträuch und das wuchernde Unkraut fort, das üppig am Flußufer gedieh. Zweige peitschten gegen sein nacktes Fleisch, Dornen stachen in seine Fußknöchel. Besser käme er wahrscheinlich vorwärts, wenn er sich durch den Okahatchee arbeitete. Der Boden war schlüpfrig, das Wasser überspülte stellenweise das Ufer, während der Fluß sich allmählich tiefer landeinwärts schlängelte wie ein goldener Lavastrom.

Nach einer weiteren halben Stunde schwitzte er heftig, und die Moskitos hatten sich in dicken hungrigen Wolken versammelt, um bei ihm zu trinken. Schließlich konnte er es nicht mehr ertragen und bückte sich neben dem Fluß, schöpfte zwei Hände voll Schlamm auf und schmierte ihn sich auf Gesicht, Hals und Ohren. Eine weitere Handvoll für sein Hemd, vorne und hinten, und noch eine für die Haare.

Er ging weiter, begleitet von einem Schwarm Moskitos und Stechmücken, die an seinen Ohren ein wüstes Summkonzert veranstalteten. Es waren Tausende. Und Thorn, der Sumpfwanderer, ihre einzige Hoffnung auf frisches Blut, lockte sie weiter flußaufwärts. Er mußte noch einmal innehalten, um mit weiteren Ladungen schwefelig stinkender Erde ein paar Stellen zuzudecken, die er übersehen hatte. Dann setzte er seinen schweißtreibenden Marsch fort.

Ein oder zwei Meilen später verdunkelte die Nacht sich plötzlich, und Thorn blickte zum Himmel und sah den Mond hinter einer dicken Kumulusmauer verschwinden. Von ihr verhüllt, verlieh der Mond den Wolken ein graues Leuchten.

Während er sich durch diese neue Finsternis vorwärts tastete, stolperte er. Er kippte nach links, und sein Fuß rutschte vom Uferrand ab. Er warf die Arme nach vorne, um sein Gleichgewicht zu halten, und durch reines Glück bekam er einen rauhen Ast zu fassen. Er hielt die Luft an und hievte sich zurück auf sicheren Grund.

Thorn wühlte sich durch das Dickicht. Zweige zerrten an seinem Hemd, hölzerne Fingernägel gruben blutige Furchen in seine Wangen. Er war völlig blind, bewegte sich mit ausgestreckten Armen und Händen vorwärts, kam sich ziemlich dämlich vor und dachte, daß das, was er versuchte, wahrscheinlich ein gefährlicher Fehler war. Er hatte sich verirrt und war sicherlich längst an der Farm vorbeigelaufen. Er würde wohl umkehren, die mühsamen Meilen zurückgehen und etwas besser aufpassen müssen.

Er kroch geduckt unter einem tiefhängenden Ast durch, schlängelte sich durch einen Vorhang aus Schlingpflanzen und Astwerk und gelangte stolpernd auf eine Lichtung. Er orientierte sich kurz, dann schickte er sich an weiterzugehen, als der Mond hinter der Wolkenwand auftauchte und das Gelände vor ihm erhellte. Thorn blieb abrupt stehen, rührte sich nicht. Er wagte kaum zu atmen.

Etwa drei Meter vor ihm mitten auf der Lichtung waren zwei riesige Alligatoren. Der eine war auf den Rücken des anderen geklettert und befriedigte sich mit kleinen Stößen. Eine Riesenbestie mit zwei Rückenpanzern. Sie beide sahen Thorn an, bemerkten ihn nicht. Der untere Alligator hatte irgendwelche blutigen Mahlzeitbrocken zwischen den Zähnen und zermalmte die Überreste eines Anhingas oder irgendeines anderen unglücklichen Vogels. Wahrscheinlich ein Geschenk ihres Gefährten.

In genau diesem Moment verschwand der Mond wieder, und Dunkelheit erfüllte aufs neue die Lichtung. Thorn wartete einige Sekunden, dann machte er einen halben Schritt zurück, und unter seinem Fuß knackte es, als ein Zweig zerbrach. Er wartete nicht ab, wie die beiden Bestien reagierten. Er machte kehrt, wischte mit den Armen störende Äste und Zweige aus dem Weg, eilte auf dem Weg zurück, den er gekommen war, achtete nicht mehr darauf, möglichst wenig Lärm zu verursachen, sondern zog sich nur so schnell wie möglich zurück, um die beiden ihren Sekunden ekstatischer Seligkeit zu überlassen.

Er legte etwa fünfzig oder sechzig Meter am Flußufer zurück, bis er stehenblieb, abwartete, daß sein Atem sich beruhigte, und in die Dunkelheit lauschte. Und kein Rascheln in den Büschen vernahm, kein Knirschen oder Knacken in der Nähe, nur den einlullenden Nachhall der Stille. Da war nichts als reglose, leere Dunkelheit. Er stand einen Moment lang dort, wartete ab, daß sein Herz sich auf die Stille einstimmte. Es war friedlich, vollkommen ruhig, und Thorn spürte, wie sich in diesem Moment in ihm die Worte eines unwillkürlichen Gebets formten. Einer Danksagung an die Göttin des Mondes und der Wolken dafür, daß sie in einem solchen glücklichen Moment an ihn gedacht und ihm Licht für seinen Weg gespendet hatte. Immer noch erregt und stoßweise atmend lehnte Thorn sich gegen eine kleine Sumpfeiche. Der Schlamm auf seiner Haut war mittlerweile eingetrocknet. Er war verhärtet und brüchig. Er konnte weder lächeln noch reden, ohne in der steifen Maske sein eigenes Gesicht zu foltern, es zu kneifen und zu verformen. Während er sein ganzes Gewicht gegen den Baumstamm sinken ließ, lauschte er in die Nacht und hatte das Gefühl, in dieser absoluten Stille zu versinken.

Als in ein paar hundert Metern Entfernung eine Nadel kratzend durch die Rillen einer Schallplatte glitt, dauerte es einige Sekunden, bis Thorn es hörte, so tief war er in seine Meditation versunken. Aber dann straffte er sich und stieß sich vom Baumstamm ab. Es war eine Oper, die er nicht kannte, eine alte Schallplattenaufnahme. Der einsame Sopran bewegte sich stetig einen steilen Pfad zu einem emotionalen Höhepunkt hinauf.

Er ging ein paar Meter auf die Musik zu, schlich durch die Ausläufer des Kiefernwaldes und blieb neben einer Gruppe Baumfarn und Strohpalmen stehen. Er lauschte dem Gesang der Frau und starrte in die schwarze Dunkelheit, bis schließlich die Umrisse des lichtlosen Hauses zu erkennen waren.

Vorsichtig näherte er sich der Sängerin, wobei die anderen Gebäude allmählich Form annahmen. Die großen Tilapienzuchtteiche glitzerten im Schatten des Sternenlichts. Die Augen auf das dunkle Haus gerichtet, stolperte Thorn erneut, diesmal über einen Wurzelstrang oder ein Rohr, und stürzte lang auf den morastigen Boden. Diesmal blieb er dort liegen, hielt den Atem an, drückte sich flach auf den Boden und versuchte irgendwelche Anzeichen wahrzunehmen, daß er entdeckt worden war.

Aber die Diva sang weiter, ihre Arie klang getragen und wehmütig. Er lag auf dem Bauch und lauschte dem Lied noch für ein paar Sekunden, dann kam er mit einem leisen Ächzen auf die Füße und steuerte auf den nächsten Lagerschuppen zu.

Etwa in der Mitte des langgestreckten Gebäudes stieß er auf drei Fünfzig-Gallonen-Fässer. Er hebelte einen der Deckel auf, dann riß er sein Gesicht aus den beißenden Dämpfen zurück. Eine weiße körnige Chemikalie füllte das Faß, wahrscheinlich das Zeug, von dem Sylvie gesprochen hatte, das Fischgift. Mit brennenden Augen legte er den Deckel wieder auf seinen Platz und ging weiter zum nächsten Schuppen und fand, weshalb er den weiten Weg hinausgekommen war. Den Bootsanhänger, den er am Nachmittag entdeckt hatte.

Thorn wischte sich die Tränen aus den Augen und lauschte einige Sekunden lang der Opernmusik. Nun stritten zwei Tenöre sich um die Gunst der Sopranistin. Er näherte sich dem Boot und strich mit den Händen über den glatten Rumpf. Ein neues Grady White, zweiundzwanzig Fuß lang. Er spürte die Salzkruste von einem kürzlich auf dem Meer verbrachten Tag. Er ging zum Heck, kletterte auf die Tauchplattform und schwang sich an Bord.

Der Schuppen verdeckte den Blick auf das Haus, aber die Opernaufnahme erklang weiterhin, und Thorn fühlte sich von ihr seltsam angerührt, von der Tragik, der Sehnsucht in der Stimme der Frau. Er spürte, wie etwas in ihm, das in der voraufgegangenen Woche zu Eis gefroren war, allmählich weich und warm wurde.

Er öffnete das Aufbewahrungsfach unter dem Steuersitz. Er fand orangefarbene Schwimmwesten und ein Preßluftsignalhorn. Eine Trillerpfeife aus Plastik, Bootshaken, Erste-Hilfe-Kasten. Standardausrüstung. Und in den vorderen Fächern war nichts anderes als Ankertau, Angelgerät und ein halb vermodertes Handtuch. Er ging zurück zum Heck, hockte sich hin und öffnete das letzte der Aufbewahrungsfächer des Grady White. Darin lagen zwei Schwimmflossen und eine einzelne Tauchmaske. Er hielt die Flossen hoch in das schummrige Licht und schlüpfte mit der Hand in den Schuhteil einer Flosse. Dann preßte er die Maske gegen sein Gesicht.

»Mein Gott«, flüsterte er. »Herrgott im Himmel.«

Beides war zu klein für Harden, sowohl die Maske wie auch die Flossen. Er ließ sich auf dem Bootsrand nieder, blickte zum düsteren Himmel und verarbeitete diese Erkenntnis. Versuchte diese Familie zu verstehen, die Antriebskräfte ihres Wahnsinns. Kam damit nicht weiter. Aber es war sowieso egal. Die Verworrenheit von Winchesters Psychologie, die Ursachen für die speziellen Ausdrucksformen in ihrer Abnormität. Das alles interessierte ihn einen Scheiß. Mit einem ausreichend gewieften Anwalt, einer ganzen Latte professioneller Gutachter konnte man auch die schrecklichsten Handlungen irgendwie rechtfertigen. Jeder Täter konnte dargestellt werden als Opfer der ein oder anderen Gehirnwäsche, als hilfloses Produkt einer negativen Konditionierung. Armut, Rasse, Drogen, sexueller Mißbrauch. Die großen Ausfluchtmöglichkeiten dieser Zeit. Aber soweit es Thorn betraf, war das alles Quatsch. Nur Wohlverhalten zählte. Benehmen war alles.

Mit flatterndem Herzen packte Thorn die Maske und die Flossen ins Fach zurück und hockte sich neben den einzelnen Preßlufttank in der Heckhalterung. Er schloß die Schnalle des geflochtenen Gürtels und überprüfte den Umfang. Weniger als ein halber Meter. Natürlich. Natürlich.

Er richtete sich auf, lehnte sich an die Haltestange und hörte die Musik wieder aufbranden. Die Oper schien eine schmerzliche Liebesbeziehung zu schildern, in der die Leidenschaft versiegt war und sich in Haß verwandelt hatte. Der Mond am Himmel wurde immer wieder von einzelnen Wolken verdeckt, und in einem Moment relativer Helligkeit bemerkte Thorn den Schimmer von poliertem Metall auf der Ablage über dem Armaturenbrett. Er kam um die Haltestange herum und blieb vor dem Ruder stehen.

Er bewegte sich nicht gleich, atmete nur, spürte, wie die Luft in seiner Lunge brannte, kostete diesen Augenblick aus. Darcys Medlon-Tauchermesser mit der Sägeklinge und dem Gummigriff. Ein bizarres Souvenir von einem Bootstrip an einem Augustnachmittag. Keine Mordwaffe, daher hatte niemand sich die Mühe gemacht, sie zu verstecken. Thorn konnte Sugarmans unvermeidliche Reaktion hören. Das Messer sei als Beweismittel völlig bedeutungslos. Und ja, sogar Thorn mußte dem zustimmen. Ganz gleich, wessen Fingerabdrücke sich darauf befanden, ganz gleich, ob das Messer eindeutig als Darcys

Eigentum identifiziert werden konnte, es gab keine Jury, die jemanden nur deshalb verurteilen könnte, weil das Messer sich in seinem Besitz befand. Das Ding war völlig nutzlos. Allerdings nicht in Thorns Augen.

Schließlich streckte er die Hand aus und ergriff es, hielt es ins Mondlicht, sah, wie die Klinge einen Lichtstrahl einfing und in die Dunkelheit reflektierte. In der Ferne litt die Sopranstimme, überwand ihre menschlichen Grenzen, als strebe sie irgendwelchen ekstatischen Gefilden jenseits von Leid und Zweifel entgegen. Sie schwang sich jenem goldenen Garten entgegen, dem Paradies vor dem Sündenfall, einer idyllischen Sommerkindheit, einem zeitlosen, friedlichen Ort, der nur in der Musik und im Märchen zu existieren schien.

Thorn probierte die Klinge auf seinem Handrücken aus, rasierte sich damit einige Haare ab. Sie war noch immer rasiermesserscharf nach Stunden auf Darcys Wetzstein. Und während Thorn die Klinge an seinem Hosenbein säuberte, stieß jemand die Tonabnehmernadel über die Schallplatte, erzeugte ein Kratzen, dann wurde die Nadel angehoben, und der Sopran verstummte mitten in einer hochdramatischen Crescendopassage. Erneut erfüllte das lastende Schweigen die Nacht.

Thorn eilte zum Heck, lehnte sich hinaus, um um die Ecke des Aluminiumschuppens herumzublicken. Das Haus war noch immer dunkel. Er machte kehrt und stieg die Tauchleiter hinunter, wollte gerade auf die Erde hinunterspringen, als das Klicken eines Gewehrschlosses erklang und eine halbe Sekunde später ein helles Loch in die Rückwand des Schuppens gerissen wurde.

Er spurtete zum Wald hinüber, während weitere Schüsse in das Laub um ihn herum einschlugen. Mit dem Messer in der rechten Hand und während ihm dünne Zweige ins Gesicht peitschten, rannte er zum Fluß hinunter. Er beschleunigte seine Schritte, dachte an die verliebten Alligatoren, die vor ihm irgendwo im Wald herumlagen, und beschrieb einen Schwenk nach Westen.

Scheinwerfer erhellten die Winchester-Farm hinter ihm. Ein Lichtstrahl strich zitternd und ruckartig über den Wald hinweg. Ein paar tausend Watt beleuchteten den Erdboden um ihn herum, dann wanderten sie über seinen Rücken und entfernten sich. Weitere Schüsse, mehrere hintereinander, eine automatische Waffe, zerfetzten die Kiefern ein paar Meter links von ihm.

Thorn schlug einen Haken nach rechts, schlich durch eine Palmengruppe und gelangte wieder auf die Lichtung. Die Alligatoren hatten ihr mühsames Liebesspiel beendet. Sie sahen ihn vor sich auftauchen und stehenbleiben, dieses seltsame mit Schlamm bedeckte Wesen. Der größere, das Männchen, machte zwei schnelle Schritte und gelangte an Thorns rechte Seite. Das Weibchen blieb an Ort und Stelle. Eine Zangenbewegung. Keiner der beiden schien von den Nachwirkungen erlebter Leidenschaft sonderlich benommen oder träge zu sein.

Ein paar tausend Watt Lichtleistung suchten das Buschland im Osten ab, näherten sich allmählich der Stelle, wo Thorn den Alligatoren gegenüberstand. Er sah den Lichtschein herankommen, ging in Startposition und faßte seinen Entschluß. Er holte tief Luft, dann sprintete er los, täuschte einen Haken nach rechts an und wandte sich statt dessen nach links – eine lehrbuchmäßige Footballaktion – und rannte direkt auf den kleineren Alligator zu, beobachtete dabei, wie er seinen schweren Körper vom Erdboden hochstemmte und das riesige Maul aufklappte, und Thorn vollführte einen Satz über seinen Rücken, stolperte bei der Landung, während weitere Schüsse hinter ihm erklangen. Seine Füße fanden wieder sicheren Halt, und er jagte auf den Fluß zu.

Ein paar Schritte vom Ufer entfernt stolperte er wieder und konnte sich an einem Baumstamm abstützen. Sein rechter Fuß hatte sich in einem dichten Gewebe verfangen. Er riß und zerrte, verlor beinahe seinen Schuh, ging in die Knie und versuchte, das Gewebe, das sich wie Stoff anfühlte, zu zerreißen.

Der Lichtstrahl geisterte durch die Baumwipfel über ihm, tanzte dabei im gleichen Rhythmus der Schritte seines Verfolgers. Thorn durchtrennte einen weiteren Stoffstreifen und befreite seinen Fuß endgültig. Und der Lichtstrahl huschte plötzlich über den Erdboden, wo Thorn kauerte, beleuchtete für eine halbe Sekunde ein zerrissenes braunes Hemd zu seinen Füßen. Ein Hemd mit einem aufgenähten UPS-Emblem. Und als der Lichtstrahl das nächste Mal vorbeikam, enthüllte er unter der Abdeckung einen sorgfältig aufgeschichteten Stapel Leichen in unterschiedlichem Verwesungszustand. Der Gestank von Kalk und Fäulnis breitete sich sofort in Thorns Bauch aus, und brennende Säure stieg in seiner Kehle hoch.

Er tauchte ins Buschwerk ein und stand plötzlich am Flußufer. Für eine Sekunde wog er seine Möglichkeiten gegeneinander ab. Schütze gegen Alligator. Er sah, wie der Lichtstrahl das gegenüberliegende Ufer erhellte, hörte die Schritte, die ständig näher kamen.

Indem er seinen Körper so schlank wie möglich machte, ließ er sich in den Fluß rutschen, erzeugte dabei kaum ein Plätschern und versank im Wasser, und ja, o ja, die Göttin des Mondes und der Wolken hatte auch diesmal sein Gebet erhört und die Erde während der letzten Stunde so weit um ihre Achse gedreht, daß nun wieder Ebbe herrschte und die Wassermassen in Richtung Meer strömten.

Er schlug mit den Beinen und ruderte mit den Armen und hielt sich in der dunklen Strömung, blieb dabei mit dem Kopf so tief wie möglich unter Wasser. Eine Minute, zwei Minuten, mitgerissen von den lauwarmen Wellen, wobei er nichts anderes tat, als die Kraft des Wassers so gut wie möglich auszunutzen und unten zu bleiben.

Schließlich, als seine Brust zu schmerzen begann, stieg Thorn zur Oberfläche hoch, machte einen tiefen Atemzug und lauschte. Er konnte ein Stück flußaufwärts deutlich eine Stimme hören. Dann einen Schuß, kurz darauf einen zweiten. Er ließ sich ein, zwei Meilen weit an der Wasseroberfläche treiben. Lag auf dem Rücken und schaute hinauf zu den unzähligen Sternen. Und am Ende, durchnäßt und erschöpft, kletterte er am Rand der Viehweide, wo er seinen Wagen stehengelassen hatte, über die schlüpfrige Uferböschung aus dem Wasser. Dabei hörte er den ungehaltenen Schrei des Schafskopfwürgers. Trotz allem war dies immer noch sein Revier. Und Thorn drang schon zum zweitenmal unbefugt in seine Welt ein.

Wieder im Ritz verzichtete Thorn auf eine Dusche. Der Okahatchee hatte den Schlamm im wesentlichen abgewaschen, und er war außerdem viel zu müde, um etwas anderes zu tun, als sich auszuziehen und in das riesige frische Bett fallen zu lassen, auf die Uhr zu schauen, zwanzig nach zwei, sein Kopf aufs Kissen sinken zu lassen und zu entschwinden.

In den beiden letzten Nächten hatte er keinen Schlaf gehabt, und davor war es nur ein alkoholbedingter Blackout gewesen. Thorn stürzte ab in die undurchdringliche Dunkelheit und spürte dabei seinen Körper wie ein enormes totes Gewicht um sich herum. Es war eher ein Koma als normaler Schlaf. Er war zu müde, um zu träumen, zu müde, um seine Lage zu verändern, zu betäubt, um richtig wach zu werden, selbst als er Stunden später die Tür seines Hotelzimmers knarren hörte. Im Zimmer wurde es hell, dann gleich wieder dunkel.

Er spürte, daß es geschah, oder träumte es, aber er kämpfte sich nicht hoch in einen Wachzustand. Das Blut war ein zäher Sirup in seinen Adern, die Muskeln nichts als totes Gewicht. Er war zu müde und schwerfällig, um zu widersprechen, als das Bett sich bewegte, jemand zu ihm kam, sich neben ihn schob.

Er steckte zu tief in der narkosehaften Benommenheit. Es war ihm sogar gleichgültig, als die Hand ihn berührte, die Finger, kühl und knochenschlank, über seinen Leib wanderten, sich in seinen Schoß vortasteten, sich durch sein Schamhaar wühlten, seinen Penis fanden und ergriffen, ihn streichelten, so daß er zum Leben erwachte.

Wach, aber doch nicht wach, schlafend, aber tiefer als normaler Schlaf, ließ Thorn sich von diesem Traum entführen, sich von seinem Magnetismus einfangen, gab er sich ihm hin, spürte sie neben sich, erlebte, wie sie ihn in den Mund nahm und ihn so für einige Sekunden hielt, sich dann wieder bewegte, ihn ganz bis tief in die Kehle in sich aufnahm, kein Traum, ganz sicher kein Traum, da so real, und er blieb dort, meilentief unter der Oberfläche seines Körpers. Im Inneren eines düsteren Sarges auf dem Meeresboden des Schlafs.

Er wünschte sich, daß es Darcy wäre, wollte, daß sie bei ihm sei, daß sie es tat, ihn in ihrem Mund hin und her bewegte, während der weiche, empfindliche Kopf seines Penis wundgescheuert wurde. Es mußte Darcy sein, und er fühlte sich emporgetragen durch warme Meilen ozeanischer Schwärze, spürte, wie er aufstieg und wieder die Herrschaft über seinen Körper zurückgewann, der nun auf dem Bett trieb, wo sie ihn in ihrem Mund festhielt, ihn losließ, sich auf seine Oberschenkel schwang und ihn in ihren festen Körper einführte, wo es viel zu eng war für ihn, wo er eingezwängt wurde, wo es ihm Schmerzen bereitete, so daß er vor Pein und Lust gleichzeitig zu stöhnen begann. Sie bewegte sich an ihm auf und ab, ließ die Hüften kreisen, schaukelte vor und zurück.

Und schließlich warf sie sich auf ihm hin und her, unternahm einen sattellosen Galopp über ein unwegsames Feld. Thorn reagierte, beteiligte sich nun, schlug die Augen auf, erblickte sie, sah sie über, auf sich, ihre jungenhafte Brust, ihr zerzaustes Haar, nicht Darcy, nicht Darcy, aber diese andere, deren Namen aus dem dichten Nebel des Schlafs auftauchte.

Sylvie.

Sie wollte ihn in ihrem Körper haben aus Gründen, die nichts mit Liebe zu tun hatten, wollte die Kreisbahn seiner Atome ändern, wollte sich in ihm festsetzen, ihn neu formen, ihren Handel besiegeln – Sylvie, die ihren Körper von links nach rechts und wieder zurück warf, eine Korkenzieherdrehung ausführte, einen Arm über den Kopf hielt wie ein Rodeoreiter, alles, was sie konnte, aus ihm herausholte, was alles war, das er gesammelt, vor Darcy versteckt hatte, alles, was er aufgespart hatte, all die Reserven, die er aus Tugendhaftigkeit oder Angst zurückgehalten hatte, aber es erschien verrückt, Darcy all das vorenthalten zu haben, vor allem diese Wildheit, diesen wilden Schrei der Lust und die tierhaften Stöße seiner Hüften, all das Sylvie zu schenken, während er versuchte, sie von sich abzuwerfen, aber sich genauso bemühte, sie auf sich festzuhalten.

Bis er sich selbst dafür haßte, daß er dies zuließ, und Darcy, weil sie nicht gespürt hatte, daß soviel noch in ihm verborgen war, Schichten, die sie nicht entdeckt hatte, und er haßte Sylvie, weil sie wußte, daß es da war, wußte, wie sie es anzapfen mußte, und erlebte, wie es sich aus ihm ergoß. Und er haßte sie dafür, daß sie von ihm herabrutschte und durch die Tür nach draußen verschwand, in ihre Kleider schlüpfte, ehe er fertig war.

Er kam nun selbst zum Höhepunkt, das Sperma spritzte zähflüssig auf seinen Bauch, und sie, keine Erscheinung, kein Traum, sondern Sylvie, rannte durch die Tür hinaus, schlug sie hinter sich zu, floh vor ihm, und Thorn, gelähmt auf dem Rücken liegend, noch immer in heftigen Zuckungen, haßte sich selbst und Sylvie und sogar Darcy, aber am meisten sich selbst, schämte sich wegen seiner Dummheit, seiner sinnlosen Erektion.

Thorn klammerte sich an die Bettlaken, bis er völlig leer, völlig ausgepumpt war.

Kapitel 26

Thorn erwachte bei flirrendem Tageslicht und blickte in sechs Pistolenmündungen. Er brauchte ungefähr eine Minute, um sie zu zählen, und es dauerte eine weitere Minute, bis er erkannte, daß es ganz eindeutig kein Traum war.

Um sein Bett drängten sich zwei Männer in Uniformen und zwei andere Männer in Zivil. Hinter ihnen standen zwei weitere Leute. Ein Mann, eine Frau. Revolver und Automatiks, 38er und 9 mm. Niemand sagte etwas, während er aufwachte, sich aufrichtete und auf die Ellbogen stützte. Dann räusperte sich ein Bursche um die Dreißig in einem oxfordblauen Oberhemd und dunkler Hose und mit John F. Kennedy-Frisur. Er hielt Thorn eine Glock dicht unter die Nase und sagte: »Ist er das, Judy?«

Judy Nelson, die in ihrer adrett gebügelten grünen Uniform einen sehr amtlichen Eindruck machte, trat ans Fußende des Bettes und ließ ihren Blick über seinen nackten Körper wandern.

»Das ist er.«

»Okay«, sagte John Kennedy. »Ziehen Sie sich an, Mr. Thorn. Wir müssen uns unterhalten.«

»Na prima«, sagte Thorn. »Unterhaltungen sind mein liebstes Hobby.«

Während er sich aus dem Bett rollte, entdeckte er etwas im Aschenbecher auf dem Tisch neben seinem Bett. Er beugte sich in diese Richtung vor und erblickte einen kleinen silbern glänzenden Schlüssel. Offenbar ein Geschenk, das seine Besucherin zurückgelassen hatte. Der Schlüssel zu einem Gepäckschließfach auf dem Flughafen.

»Wir stellen hier die Fragen, Mr. Thorn.«

»Stehe ich unter Arrest?«

»Noch nicht.«

»Wie zum Teufel wollen Sie diese Aktion denn nennen?«

»Das ist eine amtliche Untersuchung«, sagte der junge Mann mit der Kennedy-Frisur. »Schon mal was davon gehört?«

Judy stöhnte, und die FBI-Typen sahen sie an.

Sie faßte sich an die Nase, löste sie und drückte sie dann wieder in die Halterung, wobei ein lautes Knacken zu vernehmen war. Ihr ganz eigener Bronx-Charme. Sie wandte den Blick von den Männern ab, ließ Thorn erkennen, daß sie zwar nicht uneingeschränkt auf seiner Seite stand, daß sie jedoch von diesen Typen auch nicht gerade begeistert war.

Die restlichen Angehörigen des Kommandos vertrieben sich draußen auf dem Flur die Langeweile. Man war wieder im Holiday Inn, im dritten Stock, im Hinterzimmer des Fish and Wildlife-Büros. Thorn saß am Kopfende eines langen Konferenztisches aus Nußbaum. Durch ein Fenster zu seiner Rechten konnte er hinausblicken auf die Marschlandschaft. Silberreiher stolzierten durch das Riedgras, blieben dann stocksteif stehen, bereit, mit ihren spitzen Schnäbeln einen Leckerbissen fürs Frühstück aufzuspießen.

Die FBI-Leute schlenderten durch das Zimmer, wobei ihre Blicke immer wieder an Thorn hängenblieben, als versuchten sie, ihn dabei zu erwischen, wie er bei einer Examensarbeit pfuschte. Die beiden trugen identische blaue Oberhemden und Baumwollhosen mit Bundfalten. Die eine war marineblau, die andere khakifarben. Der Blonde hieß Bill und der Braunhaarige Joe. Oder Bob und Tom. Thorn war sich nicht ganz sicher. Austauschbare Namen, Haarschnitte, Kleider, Gesichter. Pfadfinder, die sofort in die Klon-Bank des FBI übernommen worden waren. Beide hatten schwarze Gürteltaschen aus schwarzem Leder, in denen sich ihre Handfeuerwaffen befanden. Irgendwie wirkte das ziemlich umständlich, mußten sie doch erst einen Reißverschluß öffnen, um schießen zu können.

An einer Wand hing eine Tafel, darüber eine Uhr im amtlichen Einheitsstil. Es war zehn nach zehn. Ungefähr eine halbe Stunde befanden sie sich nun schon in dem Zimmer. An der anderen Wand waren zahlreiche Poster befestigt. Bilder des Sierra Club und zwei Schwarzweißfotos von Ansel Adams. Schneebedeckte Sierragipfel und ein einzelner Saguaro-Kaktus, Wanderfalken im Flug, Präriehunde, die aus ihren Bauten herauslugten. Man befand sich hier schließlich in einem Hauptquartier professioneller Naturfreunde, das durfte man nicht vergessen. Wenn doch, könnten sie durchaus ihre Glocks zücken und einen daran erinnern.

»Rede endlich, Thorn, woher hast du diesen Fisch?« Judy saß drei Sessel von Thorn entfernt und blickte aus dem Fenster. »Wenn uns die Antwort gefällt, kannst du gleich verschwinden.«

»Na schön«, sagte er. »Du hast gewonnen.«

Die Männer bauten sich gegenüber Thorn auf. Ihre Augen funkelten.

»Erzählen Sie«, verlangte einer von ihnen. »Lassen Sie mal hören.«

»Ich fand das Ding in meinem Bier.«

Die FBI-Beamten sahen einander ausdruckslos an.

»Ich saß im Ritz an der Bar und hatte vor mir ein Bier vom Faß stehen. Ich glaube, es war Michelob, aber es könnte auch eine andere Marke gewesen sein. Ich bin nicht sehr wählerisch. Aber es war ein hiesiges Bier. Dessen bin ich mir ziemlich sicher. Und kalt war es. Sehr kalt. Der Krug war beschlagen und so weiter.«

»Was denken Sie, Mister? Daß wir hier eine Amateurshow im Humoristenclub veranstalten? Glauben Sie, wir lassen Sie laufen, wenn Sie uns zum Lachen bringen?«

»Hey, das ist die Wahrheit. Ich will schließlich nicht ewig festgehalten werden.«

»In deinem Bier, Thorn?« fragte Judy. »Jetzt hör aber auf.«

»Es war aber so, Judy. Wo ist denn das verdammte Problem? Bin ich so gefährlich, daß du diese ganze Kompanie Heinis alarmieren mußt, damit sie mich schnappen und mir ein paar Fragen stellen? Verrat mir, worum es hier überhaupt geht, dann erzähle ich dir alles, was ich weiß. Wie wäre das? Ist das ein fairer Vorschlag?«

»Du weißt, was für ein Fisch das ist, Thorn?«

»Miss Nelson, es ist nicht nötig, daß Sie diesem Gentleman alles erklären. Er hat uns Rede und Antwort zu stehen, nicht wir ihm.«

»Er sieht aus wie eine Tilapie«, sagte Thorn.

»Tilapia nilotica«, sagte sie.

»Nur daß sie rot ist.«

»Das ist dir also aufgefallen.«

»Miss Nelson, wir müssen Sie bitten, das sofort zu unterlassen. Wir haben Ihnen zwar gestattet, dem Verhör beizuwohnen, aber lediglich in der Funktion eines Beobachters. Wir können nicht zulassen, daß Sie sich mit dem Verdächtigen ausführlich über die Angelegenheit unterhalten.«

»Als Beobachter«, sagte Thorn. »Genau das, was du dir immer gewünscht hast, Judy.«

»Sehen Sie«, sagte Judy zu dem ihr am nächsten sitzenden Klon, »ihr habt wirklich sehr geholfen. Prima. Wir sind dankbar für eure Unterstützung. Ich werde das in meinem Bericht an meinen Freund Shanks in D.C. sicherlich lobend erwähnen.

Ihr bekommt dafür auch bestimmt eure Belobigungen. Aber, wißt ihr, das hier ist mein Zuständigkeitsbereich. Im Augenblick haben wir es mit einem Verstoß gegen Umweltschutzbestimmungen zu tun. Es sind meine Beweise, meine Verhaftung. Die ganze Angelegenheit ist überhaupt ganz und gar meine Sache.«

»Jetzt hören Sie mal zu, Miss Nelson«, begann einer der Männer. Aber Judy erhob sich, und der Agent verschluckte, was er sagen wollte.

»Ich will mich mit euch auf keine Kraftprobe einlassen«, sagte sie, »aber wenn es sein muß, dann stampfe ich dreimal auf den Fußboden, und dann erscheinen meine Jungs und wir probieren aus, wer von uns im Judo besser ist. Vielleicht solltet ihr ganz einfach rausgehen, eine Tasse Tee trinken, zehn, fünfzehn Minuten Pause machen. Ich wette, Thorn und ich werden bis dahin um einiges weitergekommen sein.«

»Sie können uns nicht drohen.«

»Okay, dann betrachtet das Ganze doch mal von einer anderen Seite«, sagte Judy. »Vielleicht ist es jetzt soweit, daß eine Frau mal ihr Glück versuchen sollte. Ihr habt ja offenbar nichts aus ihm herausbekommen. Gebt mal dem anderen Geschlecht eine Chance.«

»Was soll eine Frau besser können?« fragte John Kennedy. Er schien für einen Moment über eine spöttische Entgegnung nachzudenken, musterte Judy dann eingehend und besann sich eines Besseren.

Die Pfadfinder sahen einander an. Dann nickte der in der Khakihose Judy zu, und die beiden Agenten bedachten anschließend Thorn mit einem warnenden Blick voll amtlicher Machtbefugnis und gingen hinaus.

»Mein Gott, waren das etwa Androiden?« fragte Thorn, als die Tür ins Schloß gefallen war. »Sind wir schon soweit? Stellen wir jetzt Robot-Knilche her?«

Judy stand auf und setzte sich auf den Sessel neben Thorn.

»Paß mal auf, alter Freund, eines sollten wir klarstellen. Ich kannte dich ein oder zwei Jahre, als wir Teenager waren. Aber gestern auf der Farm kam mir alles ein wenig seltsam vor. Nachdem ich dich abgesetzt hatte, habe ich ein wenig in der Gegend herumtelefoniert. Ich habe unter anderem mit Sheriff Rinks in Key West und mit einigen Leuten von der Marine Patrol in Key Largo gesprochen. Ich hab' mich nach dir erkundigt, was für einer du denn geworden bist.«

»Diese Leute, Judy – also ich würde die auf meiner Zuverlässigkeitsskala nicht sehr weit oben einordnen.«

»Ich habe herausgefunden, daß du dir einen Ruf als ziemlich verdrehte Kreuzung aus Daniel Boone und Bozo der Clown erworben hast. Scheinst die Neigung zu haben, ständig in irgendeine Scheiße zu treten, und hast dir offenbar angewöhnt, nicht danach zu fragen, an wessen Teppich du sie abwischen kannst. Mit Vorschriften und Gesetzen scheinst du nicht viel anfangen zu können. Bist nicht sozialversichert, hast keinen Führerschein, gehst noch nicht einmal wählen. Und du bist dafür bekannt, es mit der Sicherheit und dem Wohlergehen deiner Mitbürger gelegentlich nicht allzu genau zu nehmen.«

»Ach, das ist es«, sagte Thorn. »Ihr seid in mein Hotelzimmer gestürmt, habt mit euren Pistolen herumgefuchtelt, weil ich noch nie gewählt habe und keine Versicherungskarte besitze.«

Judy schwang in ihrem Sessel herum und fixierte ihn mit ihren blauen flackernden Augen. Sie preßte die Lippen aufeinander. Dann entspannten ihre Züge sich allmählich, als ein Gedanke hinter ihren Augen entstand. Sie knurrte etwas, wandte den Blick ab, dann stand sie auf, ging zum Fenster und betrachtete die Reiher, die hinter ihrer Beute herstolzierten.

»Du hast versucht, Harden Winchester Rote Tilapien zu

verkaufen. Das ist es, nicht wahr? Du willst mit Harden ein Geschäft machen.«

»Zum Teufel, nein«, wehrte er ab. »Ich habe es dir doch erklärt, ich hab' das Ding in meinem verdammten Bierglas gefunden. Weshalb hätte ich es denn in deinem Büro deponieren sollen, wenn ich etwas Illegales getan hätte? Ich habe ihn dir gegeben, Judy, diesen gottverdammten Fisch. Glaubst du im Ernst, daß Kriminelle so etwas tun? Daß sie den Beweis für ihre Verbrechen den Behörden aushändigen?«

»Ich weiß nicht, was für eine Nummer du hier abziehst, Thorn. Aber ich bekomme es noch heraus, so oder so.«

»Laß mich mal raten«, sagte Thorn. »Das alles hier hat mit dem zu tun, was bei Seamark passiert ist, nicht wahr?«

Sehr langsam drehte Judy sich am Fenster um.

Sie ging zur Tür, öffnete sie, schaute hinaus auf den Korridor, dann schloß sie sie, kam zum Tisch und setzte sich ihm gegenüber. Sie holte tief Luft, atmete aus. Tat das gleiche ein zweites Mal.

»Sieh mal da, ich glaube, jetzt habe ich endlich das richtige Zauberwort ausgesprochen.«

Ihre Stimme war nur noch ein Flüstern, als Judy sagte: »Rede mit mir.«

Thorn schaute für einen Moment in diese Augen. Sah darin das Mädchen, das sture Ding, das die halbe Footballmannschaft der Coral Shores High-school schachmatt gesetzt hatte und dann gezwungen worden war, für den Rest seines Lebens oben auf der Tribüne sitzen und zusehen zu müssen, wie die Jungs den ganzen Ruhm einheimsten. Diese Mädchenaugen im Gesicht dieser Frau.

»Vor einer Woche«, sagte Thorn, »wurde eine sehr gute Freundin von mir ermordet, Darcy Richards. Vielleicht erinnerst du dich noch an sie, Gaeton Richards kleine Schwester.«

Sie nickte flüchtig. Immer noch mißtrauisch, aber sie hörte zu.

»Kurz bevor sie starb erwähnte sie einen Fisch, eine Rote Tilapie. Daher fing ich an herumzuschnüffeln und folgte der Spur. Ich bekam heraus, daß es so etwas wie die Rote Tilapie gar nicht gibt. Aber ich machte weiter, und irgendwann tauchte der Name Seamark auf. Ich erkundigte mich nach der Adresse und fuhr einfach hin. Heute ist es ein Nudistencamp.«

»Das habe ich gehört.«

»Dort wurde mir erzählt, was passiert ist. Zwölf Tote hat man gefunden, die Leichen säuberlich aufgestapelt, alle Fische vernichtet, Gebäude und Einrichtungen in Brand gesetzt.«

»Haben sie dir auch erzählt, daß der gesamte Zuchtstamm gestohlen wurde?« fragte Judy. »Ein paar hunderttausend rote Tiere.«

Er stand auf. Ging hinüber zum Fenster und schaute hinaus auf das Marschland. Das Kassentor für die Alligator Alley war durch die Zypressen zu sehen. Eine Schlange von Fahrzeugen stand davor, um die zweispurige schnurgerade Straße quer durch den Staat unter die Räder zu nehmen. Die Straße dämmte das saubere klare Wasser der Everglades schon seit Jahrzehnten ein. Das Wasser der Glades floß schon lange nicht mehr so, wie sie es eigentlich sollte, nämlich etwa hundert Meilen weit durch das natürliche Filtersystem des rauhen Riedgrases und der Krüppelkiefern. Eine Selbstreinigung fand nicht mehr statt. Und nun sammelte sich das verschmutzte Abwasser der Farmen und Zuckerrohrplantagen da draußen und vergiftete das jungfräuliche Naß. Mit Quecksilber, Schwefel, Blei. Einige der Kaimanfische und Barsche und Sonnenfische entwickelten dritte Augen, zusätzliche Flossen. Alligatoren gingen ein an Magenkrebs, Reiher und Fischadler litten an Grauem Star. Lediglich ein Kompromiß. Das Paradies wurde geopfert, damit die Chrysler und Nissans Wettrennen durch die zum Untergang verurteilten Überreste des Staates veranstalten konnten.

Thorn wandte sich vom Fenster ab, betrachtete kurz den Präriehund auf dem Ansel Adams-Foto, der in der Wüste von New Mexico, West Texas oder Arizona aus seinem Loch lugte. Verdammt, genau das gleiche fand wahrscheinlich auch dort draußen statt. An Florida war nichts Einmaliges. Höchstwahrscheinlich gab es auch Präriehunde mit Tumoren. Kein Ort blieb so, wie er früher gewesen war. Nicht so rein und voller Überfluß. Ätzmittel sickerten mittlerweile in jedes Grundwasserreservoir. Und sich darüber aufzuregen und zu Felde zu ziehen nutzte überhaupt nichts. Es gab Leute, die jahrelang auf Holzkisten gestanden und dagegen gewettert hatten, weitaus redegewandter als Thorn, und doch hatte sich nichts geändert. Selbst die guten, die klugen Leute hatten es am Ende nicht mehr hören können. Sie waren ausgestiegen. Waren zu Zynikern geworden. Schon wieder eine Sache verloren gegeben. Schwamm drüber und erledigt.

Alles, was der Mensch tun konnte, war, sich damit abzufinden. Seine Stirn zu betasten, nach der Schwellung zu suchen, die dort entstand. Nach diesem dritten Auge.

Er schaute zu Judy.

»Gibt es irgendeine Möglichkeit festzustellen, ob der Fisch, den ich dir gebracht habe, aus der Brut stammt, die in Seamark gestohlen wurde?«

»Im Labor wird soeben eine Elektrophorese durchgeführt.«

»Tut mir leid, aber ich kenne mich mit so komplizierten Worten nicht aus. Du mußt mir auf die Sprünge helfen.«

»Sie schicken einen elektrischen Strom durch eine Probe Fischgewebe auf einer Gelplatte und untersuchen die Muster der sich bewegenden geladenen Teilchen.«

»Danke, jetzt weiß ich genau Bescheid.«

»Es ist wie ein Fingerabdruck«, erklärte sie. »Das DNS wird analysiert. Es ist zwar nicht hundertprozentig genau, aber das Ergebnis verrät uns doch eine Menge.«

»Reicht es denn nicht aus, wenn man sich den Fisch genau ansieht? Seine äußeren Merkmale?«

»Nicht bei einem Jungtier, so wie du es mitgebracht hast. Wenn es ein ausgewachsener Fisch wäre, dann ja, vielleicht, dann könnten wir möglicherweise etwas feststellen.«

»Und wie?«

»Die Seamark-Fische hatten schwarze Ringe auf ihren Schwanzflossen. Beinahe wie ein ganz normaler roter Fisch, eine Art falsches Auge. Sehr klar und deutlich. Keine andere Tilapie hat diese Markierung. Offenbar ist sie ein Produkt des Kreuzungsverfahrens. Es wurde zu einem Erkennungszeichen.«

»Mit anderen Worten, jeder Fisch mit diesem Zeichen müßte ein Seamark-Fisch sein?«

»Ich behaupte nicht, daß es vor Gericht Beweiskraft hätte«, sagte sie. »Aber ja, Fische mit dieser augenförmigen Markierung dürften mit ziemlicher Sicherheit über den Genbestand der Seamark-Zucht verfügen.«

»Dann laß uns rausfahren zu Winchesters Farm, damit wir uns dort mal umsehen.«

»Willst du behaupten, daß du diesen Fisch von Harden Winchester erhalten hast?«

»Ich sage, wir sollten hinfahren und uns umsehen.«

»Jetzt hör mir mal zu, Thorn. Ich habe mir jeden Quadratzentimeter von Hardens Farm an die hundertmal angesehen. Ich habe Proben genommen, überall herumgesucht.Es ist völlig unmöglich, daß er da draußen Zuchtstämme hat, von denen ich nichts weiß. Absolut undenkbar.«

»Vielleicht hast du dich von deinen Gefühlen beeinflussen lassen. Du magst den Burschen. Du magst ihn sogar sehr. Vielleicht hat er dich stärker manipuliert, als du angenommen hast. Vielleicht hat er dich nur sehen lassen, was du sehen durftest und solltest.«

Sie schaute ihm prüfend in die Augen. Trommelte mit den Fingern auf der Tischplatte. Trommelte heftiger.

»Erklär mir mal eins, Judy...«

Sie hielt seinem Blick stand, sagte jedoch nichts, trommelte.

»Tilapien sind doch Süßwasserfische, nicht wahr? Teichfische, so hat Ludkin es mir beschrieben. Sie können im Meer nicht existieren, oder?«

Sie hörte auf zu trommeln.

»Weshalb fragst du?«

»Es ist mir gerade eingefallen.«

»Nun, du irrst dich. Tatsache ist, daß die Fische mit beidem zurechtkommen. Sie sind salzverträglich. Sie gedeihen überall, wo sie genug Wasser vorfinden.«

»Tatsächlich?«

»Ein Wunderfisch«, sagte sie. »Extrem anpassungsfähig.«

»Und wenn sie in die freie Wildbahn gelangen? Und zwar sehr viele. Eine ganze Million, von mir aus, zum Beispiel in den Okahatchee. Was würde geschehen?«

»Sie gelangen nicht in Freiheit. Es gehört zu meinem Job, darauf zu achten, daß so etwas nicht geschieht.«

»Aber wenn sie es schafften. Wenn sie freikämen und zum Golf hinunterschwimmen würden.«

»Wenn es genug sind, hätten wir ein sehr ernstes Problem.«

»Wie ernst?«

»Sie sind tausendmal produktiver als andere Fische, Thorn, vergiß das nicht. Vier Brutzyklen pro Jahr. In Nullkommanichts wären diese Fische eine Plage. Und danach würde es nicht mehr lange dauern, bis wir miterleben müßten, wie andere Arten völlig verdrängt werden.«

»Auch vernichtet?«

»Auch das. Wenn eine Tilapie einen Fisch aus seinem natürlichen Lebensraum vertreibt, ihn in eine ungeschützte Umgebung abdrängt, wird er sich dort nicht lange halten können. Und wenn Tilapien im Salzwasser genauso gut gedeihen wie in den Süßwasserkanälen, dann, so denke ich, werden sie in ein paar Jahren sämtliche Lebensräume beherrschen. Man würde im gesamten Golf von Mexiko außer der Tilapie wohl kaum eine andere Fischart antreffen.«

»So schlimm wäre es?«

»Sogar noch schlimmer. Ganz übel.«

Judy preßte die rechte Hand gegen ihre Stirn und versuchte die ersten Anzeichen heftiger Kopfschmerzen zu vertreiben. Sie sah zu ihm hoch, musterte eingehend sein Gesicht, als versuchte sie, auf diesem Wege Aufschluß über seinen Charakter zu gewinnen. Schließlich stand sie auf, bat ihn, auf sie zu warten, und verließ das Zimmer.

Ein paar Minuten später, als sie zurückkam, brachte sie zwei Fotografien mit. Sie legte sie vor ihm auf den Tisch. Die erste war eine Luftaufnahme von der Küste in einer tropischen Gegend. In satten Farben waren saftig grüne Palmen-, Bambus- und Farnwälder zu sehen, die bis dicht ans Wasser heranreichten. Das Wasser selbst wies mindestens sechs verschiedene Grün- und Blauschattierungen auf.

»Brasilien«, sagte sie. »Sechshundert Meilen südlich von Rio. Regenwald, der bis an die Küste reicht.«

»Und?«

»Vor fünf Monaten kam es fünf Meilen den Sangre de Christo Fluß hinauf zu einem Dammbruch. Eine brasilianische Fischfarm befand sich eine Meile unterhalb des Dammes. Dort wurden Tilapien gezüchtet. Die gesamte Fischfarm wurde in die Meeresbucht gespült. Ein paar hunderttausend Fische. Jetzt sieh dir das nächste Foto an.«

Auf der zweiten Fotografie war dieselbe Bucht zu sehen. Die

Palmen waren immer noch da, aber der Bodenbewuchs war verschwunden. Es sah aus, als sei Agent Orange über dem Dschungel versprüht worden oder als habe ein Tornado tagelang an der Küste getobt und neunzig Prozent der vorher vorhandenen Fauna vernichtet. Was übriggeblieben war, ähnelte eher einer Wüste als einem Dschungel. Das Wasser war nun kalkweiß. Durchzogen wurde es von mehreren blaßgrünen Adern.

»Das haben Tilapien angerichtet?«

»Ja, Tilapien.«

»Wie?«

»Wenn du eine wissenschaftliche Erklärung wünschst, dann mußt du jemand anderen fragen«, sagte sie. »Aber in meinen Worten haben sie folgendes getan, sie sind durch den Fluß zum Meer hinunter geschwommen. In nur sieben Monaten haben sie sich im Wasser vor der Küste ausgebreitet. Dabei haben sie sich derart zahlreich vermehrt, daß sie das gesamte System aus dem Gleichgewicht gebracht haben. Der Stickstoffgehalt ist durch ihre Ausscheidungen in gefährliche Höhen angestiegen. Und dieser Stickstoff hat einen Algenwuchs von gigantischen Ausmaßen ausgelöst. Algen lieben Stickstoff, aber das ist auch schon alles, was sie tun.

Schwämme gingen ein, Seegräser und Garnelen. Die Möwen haben sich zurückgezogen, und auch die anderen Strandvögel sind nach und nach verschwunden. Diese Vögel haben den Insektenbestand in Grenzen gehalten. Nun hatten die Schädlinge keine Feinde mehr. Termiten, Rüsselkäfer, was du willst. Sie haben sämtliche Vegetation an der Küste vertilgt und sind dann abgewandert.

Du kennst doch die Geschichte, nicht wahr, Thorn? Alles hängt miteinander zusammen. Wenn ich in Florida in die Hände klatsche, fällt in Hongkong ein Spatz aus dem Nest. So wird es erzählt. Jede noch so kleine Handlung hat Auswirkungen, die man nie selbst bemerkt. Auswirkungen, die niemand begreift. Wenn wir damit anfangen, an Mutter Natur herumzupfuschen, zum Beispiel einen Fisch aus seinem natürlichen Lebensraum in irgendeine andere Umgebung zu verpflanzen, können schlimme Dinge eintreten.«

Er blickte auf die beiden Bilder. Schob sie hin und her und prägte sie sich ein.

»Was hat man denn in diesem Fall hier getan?«

»Nun, es war schon ein wenig spät, als sie endlich reagierten. Die Brasilianer haben Gift in die Bucht geschüttet. Sie haben sie, so gut es ging, abgesperrt, dann haben sie auf einer Fläche von sechstausend Quadratmeilen jedes Leben ausgelöscht, damit die Tilapie sich nicht noch weiter ausbreitet. Das war es, was sie taten.«

»Mein Gott.« Er sah Judy wieder an. »Das würden deine Leute auch tun? Oder könntet ihr überhaupt irgend etwas tun?«

Judy zuckte die Achseln. »Hast du zufälligerweise in der Zeitung den Bericht über die Garnelenfarm oben in South Carolina gelesen? Das Parker-Projekt?«

Thorn sagte nein, das sei ihm wohl entgangen.

»Na okay, nun, Fish and Wildlife hatte da oben eine riesige Forschungsstation, und all die Jungs in ihren weißen Kitteln arbeiteten an einer Art Designer-Garnele. Riesendinger. Sie haben diese verdammten durch Kreuzung hervorgebrachten genetischen Monster in Teichen und Käfigen und großen Betonbecken großgezogen, in vieler Hinsicht ähnlich, wie Harden und einige andere es mit Tilapien tun. Aber dann kam der Hurrikan Hugo, nahm Charleston aufs Korn, und die Leute aus dem Innenministerium flippten völlig aus und machten sich vor Angst in die Hose. Ein paar Stunden, ehe der Sturm zuschlug, kamen sie angerauscht und vernichteten alle Garnelen. Zündeten zwei Zuchtanlagen an.«

»Sie haben sie verbrannt?«

»Ja, denn wenn die vom Sturm erzeugte Flutwelle so weit landeinwärts vordränge, könnten einige der Hybriden ins Meer mitgerissen werden. Und keiner der Wissenschaftler konnte mit letzter Sicherheit voraussagen, was zum Teufel geschähe, wenn diese Garnelen auf die Meeresbewohner losgelassen würden. Und eins kann ich dir verraten, diese Jungs von der Umweltkontrolle lieben keine Überraschungen. Sie sind ein total paranoider Verein. Sie haben schon zahlreiche Bilder wie die gesehen, die da vor dir liegen. Deshalb haben sie die Anlage in Flammen aufgehen lassen. Sie haben praktisch ein ganzes Jahrzehnt wissenschaftlicher Forschung zerstört, wie ich hörte.«

Thorn stand auf und ging zum Fenster, schaute hinaus auf die Wagenschlange, die darauf wartete, endlich quer durch die Everglades brausen zu dürfen.

»Erzähl mir alles, Thorn.«

»Ich weiß nicht, ob es stimmt. Hinsichtlich der Zuverlässigkeit meiner Quelle bin ich mir nicht so sicher.«

Judy fixierte ihn eindringlich. »Worüber reden wir, Thorn? Sag mir präzise, worum es geht.«

Mit dem Rücken ihr zugewandt beobachtete er einen Schwarm Geier, die in etwa einer Meile Entfernung am Himmel ihre Kreise zogen. Er sagte: »Ich glaube, Harden läßt seine Tilapien frei. Und zwar alle. Und auf einmal.«

»Quatsch.«

»Ich gehe davon aus, daß er einen entsprechenden Plan verfolgt. Nämlich sie in den Okahatchee zu leiten.«

»Und weshalb zur Hölle sollte er so etwas tun wollen?«

»Keine Ahnung. Um sich bei jemandem zu revanchieren. Und weil er voller Haß ist, ich weiß es nicht. Vielleicht will er nur ein ganz persönliches Zeichen hinterlassen. Sozusagen auf die Welt pinkeln.«

Sie ließ sich das für einen Moment durch den Kopf gehen, dann schüttelte sie den Kopf.

»Jetzt paß mal auf, Thorn. Ich weiß zwar nicht, was du gegen Harden Winchester hast, aber das ist lächerlich. Ein großer Haufen Scheiße.«

»Er wird es tun.«

»Zuerst einmal ist seine Zuchtanlage ringsum von Land umschlossen.«

»Und was ist mit dem Okahatchee?«

»Seine Teiche sind mindestens zweihundert Meter vom Fluß entfernt«, sagte Judy. Sie stand auf und kam zu ihm herüber, und sie standen nebeneinander am Fenster und blickten auf die Ausläufer der Glades. »Er müßte mehrere verdammt tiefe Rinnen durch massiven Kalkstein graben, um diese Fische bis in den Fluß gelangen zu lassen. Dazu braucht er größere Erdbewegungsmaschinen. Und es würde Monate dauern. Zudem bin ich mindestens zweimal in der Woche bei ihm draußen. Ich würde es sofort bemerken, wenn er etwas Derartiges vorhätte. Das schafft er unmöglich. Nie und nimmer.«

»Er hat einen Weg gefunden. Glaube mir, Judy, er weiß genau, wie er es schaffen kann.«

Kapitel 27

Als Sugarman aufwachte, verweilte sein Traum noch einige Augenblicke wie ein fremdartiger Duft, satt und erdig, voll warmen Sonnenscheins. Im Traum war er hinter einer hochgewachsenen geschmeidigen Frau hergerannt. Wildblumen wuchsen überall, reichten ihnen bis zur Hüfte. Er jagte sie in Zeitlupe, folgte dem Weg, den sie bahnte, indem sie die dicken grünen Blumenstengel teilte. So hatte er es mal in einem Kinofilm gesehen. Es war das Bild von zwei jungen Verliebten auf einer Blumenwiese. Der Titel des Films tauchte wie aus einem Nebel auf, obgleich er sich normalerweise niemals an irgendwelche Filme erinnerte, erst recht nicht an ihre Titel. *Elvira Madigan*, irgendein ausländischer Film, den er vor langer Zeit gesehen hatte, weshalb und wo, wußte er nicht mehr zu rekonstruieren. Vielleicht im Zusammenhang mit einem jener kurzlebigen Hobbys, die Jeanne gepflegt hatte, ein Kulturtrip, zu dem sie ihn in französische Filme in irgendeinem Filmkunsttheater in Miami mitgeschleift hatte, wo er dann in der Dunkelheit des Saales hockte, mühsam Untertitel entzifferte und krampfhaft versuchte herauszubekommen, um was es verdammt noch mal überhaupt ging.

Und selbst als er an Jeanne dachte, seine Frau, mit der er fast zwanzig Jahre verheiratet war, während er Doris Albright betrachtete, die neben ihm unter den hellblauen Laken lag und schlief, verspürte Sugarman auch nicht den leisesten Anflug eines schlechten Gewissens.

Er schaute Doris an und hörte, wie das Haus allmählich erwachte, wie der Kaffee im Parterre durch die Maschine lief, wie die Toilettenspülung betätigt wurde und wie die Dusche rauschte. Das Olde Island Inn, eine Frühstückspension in einem zweistöckigen Holzhaus, einen Block vom Naples Pier entfernt, die Doris zufällig kannte. Als sie am Vorabend gegen acht Uhr eingetroffen waren, hatte die junge Frau am Empfang ihnen erklärt, sie habe nur noch ein freies Zimmer anzubieten. Dabei hatte sie hilflos die Achseln gezuckt und sie unsicher angesehen. Und ohne eine Sekunde zu zögern, hatte Doris erklärt: »Wir nehmen es.«

Der erotisch aufregendste Moment in Sugarmans Leben. Wir nehmen es. Es war aus dem totalen Nichts gekommen. Vorher hatte es nichts anderes gegeben, als daß ihre Hand die seine im Wagen berührt hatte. Und dann stand plötzlich Doris

Albright vor ihm, öffnete ihre Handtasche und holte das Geld heraus. Füllte sogar den Anmeldeschein aus, während Sugarman im Tagesraum des wunderschönen alten Strandhauses mit seinem Kupferdach wie ein Idiot herumstand und ihre Koffer in der Hand hielt.

Wir nehmen es.

Mein Gott.

Und auf der Treppe hinauf zu ihrem Zimmer hatten sie nicht geredet. Sie hatten auch nichts gesagt, als er die Tür schloß, hatten geschwiegen, als sie sich umdrehte und auf ihn zukam und er die Koffer abstellte und sie an ihn herantrat, ihren Kopf an seine Brust legte, die Arme um seine Taille schlang und er sie festhielt und ihren süßen Orangenduft einatmete, seine Lippen gegen ihr Haar preßte, sie auf diese Weise lange festhielt, wortlos, bis sie schließlich, viele Minuten später, zurücktrat und damit begann, ihre Bluse aufzuknöpfen.

Wir nehmen es.

Und sie hatten es genommen. Das Messingbett und die Laken und die Kissen. Hatten in ihrer Hast gerungen und gekämpft, ungeschickt umhergetastet. Alles so, wie es beim erstenmal sein sollte. Und so, wie es eigentlich auch danach noch bleiben sollte. Sie rangen miteinander, stöhnten, ächzten, aber immer noch ohne ein Wort darüber, über die Sünden, die sie begingen, oder über die Zwänge, die sie sich auferlegten. Keine Gedanken waren in Sugarmans Kopf, dort war es absolut leer. Zum erstenmal in seinem Leben war sein Geist genauso nackt wie sein Körper. Wortlos. Was für eine Erlösung! Was für ein instinktives Zusammenwirken ihrer fremden und einander so fernen Körper!

Während er sie nun betrachtete, konnte er sehen, wie sich in ihrem Atem etwas veränderte, wie sie allmählich durch die Schichten des Schlafs aufzusteigen begann und nach und nach wieder Herr über ihren Körper wurde. Und am Ende zuckten ihre Augen, und sie öffnete sie, schaute einen Moment lang zur Decke, dann richtete sie ihren Blick auf ihn.

»Ich habe geträumt«, sagte sie. Es war ihre kehlige Stimme.

»Ja. Ich auch.«

»Erzähl du zuerst.«

»Wenn wir unsere Träume noch vor dem Frühstück schildern, werden sie vielleicht wahr«, sagte Sugarman.

Sie lächelte.

»Ich glaube, meiner ist es bereits geworden.«

»Dann erzähl«, sagte er. »Jetzt wäre es sowieso egal.«

»Ich habe von Bermudaglühwürmchen geträumt.«

»Was ist das denn?«

»Es sind Tiere, die vor Bermuda auf den Korallenriffen leben. Garnelenähnliche Lebewesen. Möglich, daß sie auch woanders vorkommen, aber dort habe ich sie vor langer Zeit mal gesehen.«

»Oh.« Sugarman sank nach hinten, ließ den Kopf auf das Kissen fallen. Er blickte zur Decke. »Du hast also von Würmern geträumt.«

»Nun, das sind ganz besondere Würmer. Sie haben ein einzigartiges Paarungsritual.«

»Okay«, sagte er. »Das ist schon besser.«

»Es passiert folgendes. Wenn die Weibchen soweit sind, steigen sie nachts in einer riesigen Masse zur Meeresoberfläche hoch. Dort fangen sie an zu leuchten. Versuch mal, es dir vorzustellen. Immer neue Schwärme leuchtender weiblicher Würmer, die durch das dunkle Wasser nach oben kommen. Sie treiben dann auf dem Meer. Und während die Männchen sie dort oben sehen und zu ihnen hinschwimmen, fangen sie ebenfalls an zu leuchten.«

»Das ist gut«, sagte Sugarman.

»Es kommt noch mehr.« Sie legte den Kopf ins Kissen und schloß die Augen. »Am Ende finden sie einander und beginnen sich zu paaren, und genau in dem Augenblick, wenn die Pärchen in der Dunkelheit zusammenkommen, erzeugen sie einen Lichtblitz wie ein Feuerwerkskörper oder eine explodierende Blitzlichtbirne. Sofort danach wird jeder Wurm dunkel, und zwar total. Danach kehren die Eier und der Samen und alle erschöpften Würmer auf den Grund des Ozeans zurück.«

Sugarman sah sie verblüfft an. Sie hatte die Augen geschlossen, ihr Haar lag wie ein blonder Schleier auf dem Kissen.

»Das hast du geträumt?«

Sie nickte, schlug die Augen auf.

»Dann laß mal deinen hören.«

»Der kommt mit deinem nicht mit.«

Er griff nach ihr, schob seine Hand unter das Laken, berührte ihre Hüfte, dann ihren Bauch, eine Schicht weichen Fleisches dort, aber mit Festigkeit darunter. Nicht wie Jeanne, die nur noch aus Knochen und scharfen Kanten zu bestehen schien. Eine Folge der Stunden im Fitneßstudio, wo sie sich selbst zu stählerner Vollkommenheit geformt hatte. Sugarman bewunderte ihre Form, aber in letzter Zeit hatte er ihren Körper mehr und mehr als etwas Unwirtliches, Unbewohnbares betrachtet, wie unfruchtbares Farmland. Erdreich, das so hart und öde war, daß dort kein Samen Wurzeln schlagen konnte. Doris hingegen besaß eine frauliche Weichheit, Üppigkeit. Ähnlich der würzigen Erde eines frisch gepflügten Feldes.

Es waren vielleicht nicht gerade die schönen Worte, die eine Frau über ihren Körper hören möchte, aber für Sugarman waren sie ein großes Lob. Doris war stark und nachgiebig zugleich, eine Frau, die fruchtbar und unerschöpflich erschien, eine Frau, die ihm zum erstenmal in seinem Leben das Gefühl vermittelte, ebenfalls fruchtbar zu sein.

»Erzähl mir endlich deinen Traum«, sagte sie. »Das ist nur fair.«

Ihre Hand wanderte zu ihm hinüber, Fingernägel kraulten

die spärlichen Haare auf seiner Brust. Kratzten über seine linke Brustwarze, dann strich die Fingerspitze über die empfindliche Erhebung, spielte damit, bis sie hart war.

»Wildblumen«, sagte er. »Eine Blumenwiese.«

»Wir waren dort, du und ich?«

»Ja«, sagte er. »Wir waren dort.«

Sie folgte dem Schwung seines Schlüsselbeins, dann kehrte die Hand wieder zu einer Brustwarze zurück, ließ sie erneut hart werden.

»Was haben wir auf der Blumenwiese getan?«

»Ich habe dich gejagt. Wir waren nackt.«

»Ich verstehe.«

»Ich bin aufgewacht, ehe ich dich einholen konnte.«

»Aber dann war ich bei dir.«

Sugarman blickte durch das Zimmer auf den antiken Schminktisch aus Eiche, auf eine kleine weiße Blumenvase, die darauf stand. Drei Rosen steckten darin, jede in einem anderen Rotton. Und die Tapete war mit kleinen Wildblumensträußen bedruckt. Sein Traum war gar kein Traum gewesen.

»Ich hatte noch nie viel Phantasie«, sagte er. »Ich habe es nie gelernt, zu träumen.«

»So etwas braucht Übung«, sagte sie. »Wie alles andere.«

Ihre Hand glitt weiter nach unten, während sie näher an ihn heranrutschte. Nach unten zwischen seine Beine. Sie fand ihn, diesen Körperteil, über den er in jüngster Zeit nachzudenken begonnen hatte. Diesen Körperteil, der ihm mehr und mehr vorkam wie eine alte Kriegsauszeichnung, die dort immer noch völlig bedeutungslos herumhing.

»Würmer«, sagte Sugarman. »Ich habe noch nie eine Frau gekannt, die von leuchtenden Würmern träumt.«

»Nun«, sagte sie, »du bist mein erster Blumenwiesen-Mann.«

»Sehr schön.«

»Natürlich bin ich in dieser Hinsicht sehr unerfahren.«

»Ich auch.«

»Zwei Ehemänner und jetzt du.«

»Mehr nicht?«

»Keine besonders lange Liste nach heutigen Maßstäben, denke ich.«

»Naja«, sagte Sugarman. »Du bist mir immerhin noch einen voraus.«

Im Parterre war der Kaffee durchgelaufen. Die Toiletten waren wieder frei, und die Dusche war zugedreht. Jetzt erklangen dort Stimmen, eine Frühstücksunterhaltung. Das Rascheln von Zeitungen. Das melodische Klirren von Messern und Gabeln, Fremde, die zusammenkamen, sich zum erstenmal bei Toast und Speck mit Eiern miteinander unterhielten, während Sugarman und Doris die Laken wegschoben und im seidigen ersten Tageslicht das zu vertiefen begannen, womit sie am Abend vorher so gut angefangen hatten.

»Ich habe die verdammte Sony-Kamera bezahlt, habe die hochempfindlichen Maxell-Kassetten ausgesucht, habe teures Geld dafür bezahlt, diese ganze verdammte Anlage in meinem Laden einzubauen. Ich denke, dann habe ich verdammt noch mal auch jedes Anrecht auf diese Videokassette.«

»Sugarman hat nein gesagt. Also ist die Antwort nein.«

Roy Murtha schaute hoch zu einer flackernden Leuchtstoffröhre. Er atmete aus, dann ließ er sich auf der grünen Ledercouch gegenüber Andy Stutmeyer nieder. Der magere junge Mann hatte fast eine Minute gebraucht, ehe er hochsah, als Murtha sein Büro betrat, und er hatte sich eine weitere halbe Minute Zeit gelassen, um seine Kopfhörer abzunehmen. Murtha trug sein schwarzes Oberhemd, eine graue Hose und ein beigefarbenes Sportsakko.

»Ich verstehe nicht ganz. Soll das heißen, daß Sugarman Ihnen gesagt hat, Sie sollten mir das Band nicht aushändigen? Hat er ausdrücklich meinen Namen genannt?«

»Das ist kor-rekt.« Er hatte wieder seine kindergartenhafte Singsang-Stimme.

»Ich will ihn sprechen.«

»Geht nicht«, erwiderte Andy. »Er hat außerhalb zu tun.«

»Hat er vielleicht erwähnt, wo?«

»Drüben in Naples.«

»Und Sie sollen hier die Stellung halten.«

»Sie haben's erfaßt.« Andy wackelte rhythmisch mit dem Kopf, lauschte immer noch der Musik aus dem Kopfhörer, der um seinen Hals hing. Dabei huschten seine Blicke wachsam durch den Raum.

»Eine ganze Menge Verantwortung für einen jungen Mann, ein Büro zu leiten.«

»Ich schaffe das schon.«

»Ich möchte wissen, wo in Naples er ist.«

»Damit kann ich beim besten Willen nicht dienen. Er hat nur von Naples gesprochen.«

»Na schön, weshalb ist er denn hingefahren?«

Murtha schlug die Beine übereinander, legte die Arme rechts und links auf die Rückenlehne der Couch, machte es sich bequem und war entschlossen, sich vorerst nicht vom Fleck zu rühren. So viele Fragen wie nötig zu stellen.

»Sugarman unterrichtet mich nicht über jeden Pups, den er vorhat.« Der Junge grinste überheblich.

»Kennen Sie Doris Albright, Andy?«

Andy murmelte etwas, was wie ein Ja klang.

»Als ich drüben in Albright's Fish House anrief«, fuhr Murtha fort, »war jemand so nett, mir zu erklären, Mrs. Albright sei mit Mr. Sugarman irgendwohin gefahren. Man schien aber keine Ahnung zu haben, wohin genau.«

»Nach Naples«, sagte Andy.

»Ja, ich denke, das haben wir schon geklärt.« Mit einer Fingerspitze berührte Murtha den Griff der Ruger in seiner Sakkotasche und holte sich dort moralische Unterstützung, wodurch seine Laune sich ein wenig besserte.

Er sagte: »Aber wir haben noch nicht die genaue Adresse in Naples in Erfahrung gebracht. Deshalb habe ich Mrs. Albrights Namen erwähnt. Ich dachte, daß Sie sich als schlauer junger Mann, der hier die Vertretung macht, vielleicht an irgend etwas im Zusammenhang mit Mrs. Albright erinnern, an etwas, das Sie gehört haben, möglicherweise über Naples, woraus wir dann gemeinsam irgendwelche Schlüsse darüber ziehen könnten, wo die beiden sich verdammt noch mal aufhalten.«

»Ich wüßte nicht, was Sie das angeht.«

Murtha stellte die Beine wieder gerade. Er konnte den durchdringenden Geruch chemischer Substanzen aus dem Schönheitssalon nebenan wahrnehmen. Die Dämpfe drangen vor bis in seinen Magen, legten sich auf den Kaffee und die sechs Doughnuts, die er zum Frühstück verzehrt hatte. Und durch die halboffene Tür von Sugarmans Büro konnte er auch durch den Trickspiegel blicken, sah er das geschäftige Treiben im Salon und hörte das Durcheinander von Stimmen, klingelnden Telefonen, summenden Haarfönen und surrenden Haarschneidemaschinen.

»Andy«, sagte er. »Bist du bereit zum Sterben? Hast du deinen Frieden geschlossen?«

Der junge Mann sah hoch. Sein Kopf hörte abrupt auf zu zucken. Sein überhebliches Grinsen zerfiel, und in diesem Moment konnte Murtha sich deutlich das Gesicht des Mannes vorstellen, zu dem Andy sich entwickeln könnte. Wenn nämlich sein Grinsen sich in seiner Miene festsetzte und sich in eine Maske der Ablehnung, des Hochmuts verwandelte. Murtha erkannte diesen Ausdruck sofort.

Den gleichen Ausdruck hatte er jahrelang in den Gesichtern

von Männern gesehen, mit denen er zusammenarbeitete, den Kleinkriminellen, den Straßengangstern, die dieses Grinsen nur dazu einsetzten, ihre Dummheit, ihre Ungehobeltheit zu überspielen. Jahr für Jahr war Ray Bianetti auf dem Haufen ihrer grinsenden Leichen höher und höher gestiegen, bis er einer der drei Männer an der Spitze seiner Organisation war und sein persönliches Hoheitsgebiet sich von New York bis nach Detroit und im Süden bis nach Baltimore ausdehnte. Ein Sumpf aus Rauschgift und Gewalt. Und dann, im Juni 1975, fiel Ray Bianetti in den Augen seiner Männer etwas auf. Sie hielten seinem Blick eine halbe Sekunde länger stand als sonst. Sie forderten ihn heraus. Eine halbe Sekunde, mehr nicht. Aber es reichte aus, um ihm klarzumachen, daß es vorüber war. Ray the Clink war zu fett geworden. Er hatte nachgelassen, hatte die Kontrolle verloren. Er stand auf der Abschußliste. Daher hatte er beschlossen, daß er seinen Abschied auch ganz gut selbst inszenieren könnte. Und am Abend des dreißigsten Juni wurde Ray Bianetti ermordet. Im großen Stil. Mit dem Gesicht in den Nudeln, ein Dutzend Kugeln im Körper.

Kurz danach wurde Roy Murtha geboren, wobei er Bianettis Bankkonto mit über sieben Millionen Dollar an Einnahmen aus seinen früheren schmutzigen Unternehmungen zurückließ. Alles, was er mitnahm, waren zweihunderttausend. Er entlohnte einen Fotografen der *Post*, zwei Kellner im Tulipano und einen jungen Arzt, den er im Cedars Sinai kannte, und dann tauchte er unter in dem riesigen Gewirr von Highways, Kirchen und Imbißstationen, aus denen Amerika bestand. Er reiste umher, war für eine Woche dort, für einen Monat woanders, bis er sich entschieden hatte, was er wirklich tun wollte. Nämlich der einzigen Familie nahe sein, die er noch hatte. Seiner Tochter. Und vielleicht brächte er sogar eines Tages den Mut auf, wenigstens versuchsweise irgendwelche Ansprüche anzumelden.

Murtha zog die Ruger aus der Sakkotasche, packte sie mit sicherem Griff und hob sie, bis sie auf Andys Gesicht zielte.

»Weshalb denkst du nicht mal nach, Andy? Versuchst dich an irgend etwas zu erinnern, das auf einen bestimmten Ort in Naples hinweisen könnte, einen Ort, den Sugarman und Doris Albright aufgesucht haben könnten.«

Andy öffnete den Mund, schien ein Wort auszusprechen, dann ein zweites, aber kein Laut drang aus seiner Kehle. Er versuchte es noch einmal und sagte diesmal: »Fischfarm. Es hatte irgend etwas mit einer Fischfarm zu tun.«

»Mit einer Fischfarm?«

»Mrs. Albright wollte jemanden aufsuchen, der auf einer Fischfarm lebt. Das ist alles, was ich gehört habe.«

»Hast du eine Adresse für diese Fischfarm?«

»Mein Gott, wie viele Fischzuchtbetriebe wird es da draußen geben?« Andy warf einen Blick auf die Pistole, erbleichte und sagte: »Nein, tut mir leid, ich habe keine Adresse.«

»Könntest du vielleicht mal diese verdammte Musik abstellen?«

In einem Anflug unterwürfiger Eifrigkeit raffte Andy seinen Walkman an sich, suchte nach dem Ein- und Ausschalter und betätigte ihn. Murtha betrachtete den jungen Mann ein paar Sekunden lang. Er hatte sein Teenageralter schon lange hinter sich, sah jedoch nun, nachdem das Grinsen in seinem Gesicht erstarrt war, weitaus jünger aus.

»Vielen Dank«, sagte Murtha. Aber er hielt die Pistole weiterhin auf Andy gerichtet. »Ist das nicht seltsam, Andy, ist es nicht ein verdammter Witz, daß erst eine Pistole nötig ist, damit die Leute sich ein wenig auf Anstand besinnen? Wie du, zum Beispiel. Jetzt bist du ein guter Junge. Jetzt zeigst du endlich dein bestes Benehmen. Hast ordentliche Manieren. Und das nur, weil du weißt, daß ich dich töte, wenn du nicht parierst. Ist das nicht seltsam? Ich meine, manchmal fahre ich in

Miami spazieren. Und es erstaunt mich immer wieder, wie höflich jeder ist. Niemand hupt. Niemand flucht im Straßenverkehr oder macht irgendwelche obszönen Gesten, ganz gleich, wie idiotisch andere Verkehrsteilnehmer sich verhalten. Weshalb ist das so, Andy? Liegt es daran, daß die Menschen in Miami höflicher sind als die Menschen anderswo? Nein, ich glaube nicht. Nein. Es liegt daran, daß jeder in Miami eine Pistole im Wagen hat. Jeder ist bewaffnet. Man muß schon höflich sein, sonst wird man getötet. Waffen, Waffen, Waffen. Sie haben Miami in die höflichste Stadt Amerikas verwandelt.«

Andy starrte auf den Schreibtisch, befeuchtete seine Lippen und sah aus, als sei ihm furchtbar übel.

»Jetzt erinnere ich mich«, sagte Andy. »Es war eine Fischfarm, die Doris Albrights erstem Ehemann gehört. Winchester heißt er. Es ist mir gerade eingefallen. Winchester.«

»Ist es nicht erstaunlich, daß Waffen auch so etwas vollbringen? Sie können die Erinnerung enorm auffrischen. Sie sorgen dafür, daß uns Dinge einfallen, die wir längst vergessen haben. Wie eine Wunderdroge.«

Murtha schwieg einen Moment lang. Er betrachtete Andy, spürte, wie das Gewicht der Pistole seine Hand nach unten drückte.

Mit schwacher Stimme sagte Andy: »Ich habe Ihnen erzählt, was ich weiß. Eine Fischfarm in Naples.«

»Weißt du, wer ich bin?« fragte Murtha.

»Mr. Murtha.«

»Sugarman hat es dir erzählt, nicht wahr? Er hat dir meinen richtigen Namen genannt.«

»Nein«, erwiderte Andy. »Er erzählt mir nichts.«

»Ich fürchte, dieses Risiko kann ich nicht eingehen, Andy. Ich fürchte, ich muß dich aus dem Weg räumen.«

Murtha bückte sich leicht, legte die Ruger auf den Fußboden und versetzte ihr einen Stoß. Sie rutschte polternd bis dicht vor

Andys Schreibtisch. Zwei Schritte von Andy und sechs oder sieben von Murtha entfernt blieb sie liegen.

Andy blickte auf die Ruger, dann zu Murtha. Danach huschte sein Blick durch das Zimmer. Streifte die Unterwasserfotos, Sugarmans polizeiliche Belobigungsurkunden. Er holte tief Luft, wobei sein Kinn leicht zitterte, dann richtete er den Blick wieder auf Murtha. Andys Gesicht hatte jegliche Farbe und Ausdruck verloren.

»Da liegt sie«, sagte Murtha. »Geladen. Entsichert.«

Der junge Mann pendelte auf seinem Sessel hin und her, als müsse er dringend auf die Toilette.

»Sie wollen mich austricksen. Sie haben noch eine zweite Pistole.«

»Nein, Andy. Ich bin nur ein alter Mann. Ein alter Mann, der Pistolen und Kugeln leid ist. Sie gehört dir, wenn du sie willst. Na los doch, Andy, heb sie auf. Wehr dich gegen einen alten pensionierten Mobster.«

Andy stand auf, kam um den Schreibtisch herum, berührte zaghaft mit einem Zeh die Waffe. Sein Gesicht zeigte einen schläfrigen Ausdruck. Der junge Mann schluckte immer heftiger. Sein Blick wanderte nach oben zur Decke und verharrte dort. Er blinzelte, als ob er im Begriff sei, Blut zu spenden und als könne er es nicht ertragen, die Nadel in seine Haut eindringen zu sehen.

»Weshalb machst du nicht weiter und erschießt mich?«

Tränen traten in seine Augen. Die Jahre blätterten von seinem Gesicht ab. Er sah aus wie siebzehn, fünfzehn. Ein frierendes Kind.

»Das Videoband«, sagte Andy. »Es ist in seinem Büro. Ich zeige Ihnen, wo.«

»Dafür ist es ein wenig spät, meinst du nicht, Andy? Ein wenig spät für Küßchen und Wiedergutmachen.«

Andys Gesicht löste sich auf. Der Junge schwankte, stand

unsicher auf den Füßen, während er auf die Pistole hinabschaute.

»Na schön«, sagte er, und jetzt flossen die Tränen. »In Ordnung.«

Aus dem Schönheitssalon nebenan drang das schallende Gelächter einer großen Frau herüber. Andere stimmten mit ein. Das Telefon des Salons summte. Jemand ließ einen schweren Metallgegenstand fallen.

Unbeholfen bückte Andy sich nach der Pistole, fummelte damit herum. Der Junge war kein Sportler, besaß keine natürliche Geschicklichkeit. Roy Murtha war aus seinem Sessel aufgesprungen und stand hinter dem jungen Mann, ehe Andy sich aufrichten konnte. Gleichzeitig legte sich die Schlinge aus einer Harfensaite um seinen Hals, die Murtha nun zuzog.

Es gab welche, die benutzten nichts anderes als Klaviersaiten. Junior Monk, Mr. Sun Lee. Das waren die Berühmtheiten. Aber Murtha bevorzugte Harfensaiten aus rein ästhetischen Gründen. Er liebte Harfenmusik, so sanft, nicht das Klavier, diesen lauten vierbeinigen Holzkasten, auf dem Männer in Smokings herumhämmerten. Aber eine Harfe mit ihrem geisterhaften Klang, gespielt von langfingrigen Frauen in schimmernden Abendkleidern, indem sie mit ihren Fingern über die Saiten huschten, das war das wahre Musikinstrument der Engel.

Seine Saite war gut einen halben Meter lang mit Stahlkugellagern, die an den Enden befestigt waren. Ähnlich den Stahlkugeln, mit denen Humphrey Bogart am Schluß des Meutereifilms spielte, die er aus der Tasche nahm und in seiner Hand klickend rotieren ließ und so allen verriet, daß er verrückt war. Kugeln wie bei Bogart, die Murtha packen konnte und die es ihm ermöglichten, den Draht wenn nötig wie eine Bolo zu verwenden und ihn um den Hals seines Opfers zu schlingen.

Murtha konnte Bogarts Faszination für die Stahlkugeln

nachvollziehen. Für ihr Gewicht, ihre perfekte Form, das sichere Gefühl, das sie ihm vermittelten, wenn er sie in seiner Hand hin und her rollte. In seiner Sakkotasche klirrten die Kugeln leise, wenn er ging. Daher hatte er auch seinen Spitznamen. Wenn er erschien, hörte man gleichzeitig das Klingeln des Todes. Natürlich gab es auch einige, die meinten, es seien die Stahlkugeln zwischen Ray Bianettis Beinen, die das Geräusch erzeugten.

Indem er den Draht über den Adamsapfel des jungen Mannes spannte, dabei spürte, wie Andy sich aufbäumte, dann allmählich nachgab, hielt Murtha die Kugeln fest, hatte die Arme hinter dem Kopf des Jungen gekreuzt, zog die Drahtschlinge noch einige Sekunden länger zu, wobei der Junge völlig erschlaffte und sein ganzes Körpergewicht schließlich von der Drahtschlinge getragen wurde. Murtha lockerte den Griff und ließ den jungen Mann zu seinen Füßen zusammenbrechen.

Es war Ray Bianetti, der einen Moment lang still dastand und lauschte, um sich zu vergewissern, ob von den Geräuschen etwas in den Schönheitssalon hinübergedrungen war. Ray Bianetti wartete, bis endlich eine Frau lachte und die anderen fröhlich einstimmten. Er lehnte sich nach links und blickte durch den Einwegspiegel und sah die Frauen und Friseusen um einen der Friseursessel versammelt, wo sie jemandem zuhörten, der offenbar eine besonders spaßige Geschichte erzählte.

Es war Ray, der sich umdrehte und die Bürotür schloß. Der hinüberging zu dem jungen Mann auf dem Fußboden und sich bückte, um Andy Stutmeyers Leiche auf den Rücken zu drehen. Und der ins schlaffe Gesicht des Jungen starrte.

Gleich würde Ray sich die Videokassette holen und sie vernichten, aber vorher wollte er Andy noch einige Sekunden lang betrachten. Denn er erkannte nun, an wen der Junge ihn erinnerte. An ein anderes verbittertes Kind vor langer Zeit, einen Jungen aus der Bronx, der immer gut sein wollte, der um die

Liebe seiner Eltern kämpfte und der verzweifelt an die goldenen Versprechen Amerikas glauben wollte. Aber irgend etwas war mit dem Jungen geschehen, irgend etwas, das in seinem Leben fehlte, hatte ihn verdorben, hatte ihn böse werden lassen, hatte sein Herz vergiftet.

Ray Bianetti konnte sich entsinnen, Stunden über Stunden damit zugebracht zu haben, das Gesicht dieses anderen Jungen zu betrachten. Er war fasziniert gewesen von diesem Grinsen, das sich allmählich darin abzeichnete, von der Bitterkeit, dem kalten Glanz des Ehrgeizes, der in seinen Augen entstand. Wenn der Junge schon keine Liebe gewinnen konnte, dann, verdammt noch mal, würde er sich zumindest Achtung verschaffen.

Stunden über Stunden hatte Ray das Gesicht des Jungen in seinem eigenen Schlafzimmerspiegel betrachtet.

Kapitel 28

Sugarman drückte das quietschende Stahltor zu Winchesters Farm auf. Er hielt für einen kurzen Moment inne und schaute die zwanzig Meter Sandstraße hinunter, die eine scharfe Kurve beschrieb und dann außer Sicht verschwand. Er machte einen seufzenden Atemzug, dann wandte er sich um, kehrte zu seinem Mustang zurück. Er ging neben dem offenen Seitenfenster auf der Beifahrerseite in die Hocke.

»Bist du ganz sicher, daß du es tun willst?« fragte er.

Doris berührte seinen nackten Arm mit einer Fingerspitze, ließ die Hand liegen, als wolle sie die Temperatur seiner Haut messen. Sie sah ihn an, sagte aber nichts.

»Schließlich hat diese alte Mühle auch einen Rückwärtsgang«, fuhr er fort. »Aber egal, was du möchtest, es ist okay. Es macht mir nichts aus, zu wenden und wieder nach Key Largo zurückzufahren. Ich kann genausogut hierbleiben und diesem Burschen einen Besuch abstatten. Es hängt einzig und alleine von dir ab.«

»Liegt es daran, daß ich die Klientin bin? Daß du tun mußt, was ich von dir verlange?«

»Doris, Doris.« Sugarman schüttelte den Kopf und lächelte sie an. »Du bist etwas völlig anderes als eine Klientin.«

»Ich nehme an, das bedeutet, daß es für mich noch teurer wird.«

»Wahrscheinlich«, sagte er. »Wahrscheinlich sogar erheblich teurer.«

Sie lächelte ihn an und schien bereit zu sein, dieses Risiko einzugehen.

Sie hatte ihr Haar mit einem pinkfarbenen Band zu einem Pferdeschwanz zusammengerafft. Der Farbton des Bandes paßte zu dem Streifenmuster ihrer weißen Bluse. Der Lippenstift war etwas dunkler. Dazu trug sie eine dunkelblaue Hose und weiße Leinenschuhe. Ihre Augen wirkten heute frischer, entspannter. Sie schien mehr zu sehen als am Vortag, als sie gefangen war in ihren eigenen Gedanken. Heute war sie hellwach und voll und ganz anwesend. Und genauso fühlte auch Sugarman sich. Er sah alles klar und deutlich, nahm alle Details wahr. Er führte keine Selbstgespräche mehr. Seine Sinne reagierten viel schneller. Er genoß jeden Atemzug.

»Nein, einen Rückzieher gibt es nicht«, sagte sie. »Ich muß herausbekommen, was los ist. Irgend etwas stimmt nicht.«

»Menschen ändern sich«, gab Sugarman zu bedenken. »Vielleicht ist Winchester gar nicht mehr der üble Kerl, als den du ihn damals verlassen hast. Vielleicht ist er umgänglicher geworden.«

»Oder«, sagte sie, »er ist noch viel schlimmer.«

Sugar ergriff den Finger, mit dem Doris seinen Arm berührte, zog ihn an seine Lippen und hauchte einen Kuß darauf. So hatte er sich früher noch nie gesehen, als jemanden, der Finger, Hände küßte. Aber er tat es, küßte die Fingerspitze, den mittleren Knöchel, und Doris wollte die Hand wegziehen, aber Sugar hielt sie fest, küßte alle Knöchel, bis Doris plötzlich ihren Arm anspannte und ihre Hand losriß.

Sugarman erhob sich und trat zurück. Doris starrte auf die Windschutzscheibe.

»Was ist?« fragte er. »Möchtest du nicht, daß man dir die Hand küßt?«

Sie saß stocksteif da, sah ihn nicht an, und Sugarman spürte in sich plötzlich eine tiefe, kalte Leere, glaubte in Doris' Stimmungsumschwung seine Frau Jeanne zu erkennen, die Art und Weise, wie ihre gute Laune sich so schnell und oft änderte und zu einem Schmollen wurde.

»Was habe ich getan? Was ist los?«

Doris' Augen blinzelten nicht. Sie schien wie erstarrt im Scheinwerferlicht einer Erinnerung dazusitzen. Dann drehte Sugar sich um, folgte ihrem Blick und sah, in der Kurve, einen Mann in enger Jeans und Sweatshirt mit abgeschnittenen Ärmeln. Sein kahler Schädel war sonnengebräunt, und er hatte die Arme vor der Brust verschränkt. Er stand mit gespreizten Beinen da. Ein attraktiver Mann um die Sechzig mit der ebenmäßig definierten Figur eines Athleten. Ein Turner, der vielleicht im Laufe der Jahre etwas von seiner Gelenkigkeit eingebüßt hatte, der sich jedoch seine stählerne Spannkraft erhalten hatte. Sein Gesicht war zur Hälfte mit den silbergrauen Stoppeln eines eine Woche alten Bartes bedeckt.

Die Augen des Mannes waren blaß, ob grau oder blau, war aus dieser Entfernung unmöglich festzustellen, aber er konnte erkennen, daß Winchesters Blick nicht auf die Frau gerichtet war, seine Ehefrau bis vor fünfzehn Jahren, sondern auf ihn, Sugarman. Er betrachtete konzentriert Sugars Mund, seine

Lippen, wo der Geschmack und der Geruch von Doris Albrights Hand immer noch haftete.

Ray Bianetti verließ mit seinem Firebird Key Largo, legte die fünfzig Meilen bis nach Miami zurück, verließ die Schnellstraße und fuhr auf dem Dixie Highway nach Norden. Er blieb innerhalb der Geschwindigkeitsbeschränkung. Dabei hielt er Ausschau nach einem bestimmten Laden in den Dutzenden von heruntergekommenen Einkaufszentren an der Straße. Es war eine arme Gegend, farbiges und weißes Strandgut, Scheckeinlöseschalter, zahlreiche Schnapsläden. Er hatte eine Woche vorher von dem Laden gehört, als er in einem der Clubs in Miami Beach erwähnt wurde, wo er gelegentlich verkehrte. Er hatte sich den Namen für alle Fälle eingeprägt. Wenn man schnell eine Waffe brauche und keine Lust habe, die vorgeschriebene Wartefrist von drei Tagen einzuhalten, dann sollte man es mal bei Gun B' Us in Perrine versuchen.

Er parkte den Wagen, betrat den Laden und suchte zwei weitere Pistolen aus, dazu ein Hochleistungsgewehr. Er blieb der Marke Ruger treu, entschied sich für das Modell Nummer 1 H Tropical mit Nußbaumkolben und ließ sich von der stämmigen weißen Frau hinter der Theke in knappen Worten den Gebrauch der Waffe erklären.

Bianetti zählte die Banknoten von einem Stapel ab, reichte sie der Frau. Wollen Sie keine Munition? fragte sie. Ja. Ja, natürlich will ich welche. Ray legte noch ein paar Geldscheine dazu. Sind Sie okay? erkundigte die Frau sich. Sie sehen nicht so gut aus. Und Bianetti erwiderte, ist es wichtig, wie ich mich fühle? Wenn ich nicht in Ordnung wäre, wenn ich zum Beispiel total durchgedreht wäre, würde das für Sie einen Unterschied machen? Würden Sie sich dann weigern, mir diesen ganzen Scheiß zu verkaufen? Wieviel Kartons Munition wollen Sie? fragte die Frau.

Dann fragte Ray, ob sie zufälligerweise irgendwelchen Draht führe. Draht? fragte sie. Klaviersaiten, Harfensaiten, Material, um daraus eine Garotte herzustellen. Nein, Draht ist gerade aus. Die letzte Garotte habe sie gerade am Vormittag verkauft. Dabei blieb die Frau so ernst, daß Ray sich nicht ganz sicher war, ob sie sich über ihn lustig machte oder ob sie die Wahrheit sagte. Schließlich war man in Miami, und da war einfach alles möglich.

Normalerweise benutze ich Draht, sagte Ray, ich war dafür berühmt. Aber Pistolen sind manchmal auch ganz nützlich. Wenn man nicht nahe genug herankommt, dann kann eine Kanone genau das richtige sein. Aber ich ziehe auf jeden Fall Draht vor. Draht ist besser als ein Messer, nicht so schmutzig. Mit einem Messer besudelt man sich die Klamotten schon mal von oben bis unten mit Blut. Auf diese Art und Weise habe ich mir mal ein teures Seidenhemd ruiniert. Sie wissen ja, Blut auf Seide ist das reinste Gift.

Die Frau starrte ihn an, vergaß ihre Schlagfertigkeit, ihren Humor, sah nur diesen Kerl in ihrem Laden, entweder ein total Verrückter oder was sonst, ein Killer möglicherweise, jemand, der in seinem bisherigen Leben nur daran gearbeitet hatte, seine Mörderqualitäten zu verfeinern.

Dann war Ray Bianetti wieder unterwegs, zurück auf dem Dixie, fuhr ein oder zwei Straßen weit, dann stoppte er vor einem Lebensmittelladen und besorgte sich Proviant für die Reise. Chee tos, drei Tüten, eine Dose gemischte Salznüsse, ein paar Ding Dongs, drei Milky Ways, eine kleine Flasche Miller, ein Karton Kokos-Doughnuts, frisch aus dem Backofen und noch warm. Dann, mit dem Bier zwischen den Beinen, die Chee tos offen auf dem Beifahrersitz, sie mit einer Hand in den Mund stopfend, mit der anderen Hand lenkend, gelangte er auf den Palmetto Expressway, fuhr einige Zeit nach Norden, dann runter in die Southwest Eighth Street und verließ Miami in westlicher Richtung ins kahle Sumpfland. Dabei klirrten die Pistolen leise, und Bianetti hielt sich sorgfältig an das Tempolimit. Die Hände fettig und voller Salz, knabberte er sich so quer durch Florida.

Weiter und weiter, hinaus, bis weit weg von den Häusern und Geschäften und Tankstellen und Waffenläden auf dieser leeren zweispurigen Asphaltstraße und in die Wildnis, die Everglades. Das Bier begann seine Gedanken zu lockern, und da es nichts gab, was er hätte betrachten können, nichts, was seinen Geist davon hätte abhalten können, sich mit sich selbst zu beschäftigen, begann er über alles mögliche nachzudenken, und endlich, nach einer Stunde Fahrt durch die kahle Sumpflandschaft, nach einer Stunde Bier und Chee tos spürte er, wie er durch eine endlos lange Röhre hinunterrutschte bis in die Küche im Haus seiner Mutter vor vierzig Jahren.

Die enge, stickige Küche seiner Mutter. Wo sie ihre Tage und die meisten Nächte verbrachte, ständig kochend, bakkend und Köstlichkeiten aus Fleisch und Käse zubereitend und in Suppen herumrührend, deren Geruch von Zwiebeln und Knoblauch das ganze Haus erfüllte. Bianetti stieg durch dieses 40-Jahre-Rohr hinab, landete in der Küchentür, stand dort und betrachtete sie wieder, seine Mutter, kurze stämmige Beine und Arme, die Strümpfe bis auf die Knöchel heruntergerutscht, nicht fähig, die Sprache ihrer Nachbarn zu sprechen, aber den ganzen Tag kochend, sich selbst in dieser Küche vergrabend, in all den Speisen, sich in dem Fett versteckend, bis, wenn er ihr um den Hals fiel, es genauso war, als umarme er einen uralten Baum.

Seine Mutter steckte irgendwo da drin, aber der Stamm um sie herum war sehr dick geworden. Die Frau fühlte sich noch nicht einmal lebendig an. Und es gab keinen Vater, den zu erwähnen sich gelohnt hätte. Er war bei der Handelsmarine, schickte ab und zu Geld nach Hause. Aber er war immer unterwegs.

Daher blieb Ray jahrelang in seinem Zimmer, wuchs in seinem Zimmer auf, las immer wieder seine Comichefte, böse Menschen, gute Menschen, fühlte sich immer mehr zu den bösen hingezogen, weil sie lustiger, interessanter waren. Die Bösen hatten Phantasie, sie waren die Kreativen. Die Guten wollten nur, daß die Dinge so blieben, wie sie waren.

Dann, an einem Nachmittag im Winter, als er im Haus herumstöberte, entdeckte er etwas, dessen Existenz er schon immer vermutet hatte. Er fand es, indem er das ganze Haus nach irgendwelchen Hohlräumen abgeklopft hatte. Er konnte nicht genau erklären, woher er wußte, wo er nachsehen mußte, aber an diesem Nachmittag fand er ein loses Bodenbrett im Wandschrank seines Vaters, der wieder mal auf Reisen war. Und da war es, ein einzelnes Magazin.

Die Schwarzweißfotos auf dem billigen Papier zeigten ausnahmslos sehr junge nackte Mädchen. Sie waren noch jünger als Ray zu dieser Zeit. Bianetti starrte sie an, Mädchen mit älteren Männern. Männern im Alter seines Vaters. Fotos in Zimmern mit einem weißen Laken als Hintergrund. Und Ray hörte seine Mutter im Parterre in der Küche herumwirtschaften, und sein Gesicht wurde ganz heiß, während er das Magazin voller junger Mädchen durchblätterte. Als er sie alle gesehen hatte, blätterte er wieder zurück und ließ sich diesmal Zeit beim Betrachten. Auf Seite sechs hielt er schließlich inne. Das Mädchen auf Seite sechs war magerer als die anderen, es sah halb verhungert aus, dunkel und wie eine Polin, und es schien sich furchtbar wegen des Mannes zu schämen, der sein Gesicht zwischen ihre Oberschenkel gezwängt hatte.

Ray wußte, wer dieses Mädchen war. Ein ausgezehrtes Bauernkind, das durch halb Europa und schließlich nach Amerika gewandert war. Und dabei getan hatte, was es hatte tun müssen, um am Leben zu bleiben. Das seine Nacktheit in den Straßen von New York verkauft hatte, bis es Rays Vater kennengelernt und geheiratet und anschließend angefangen hatte, den mißbrauchten Kinderkörper unter enormen Fleischmassen zu verstecken. Das Magazin gehörte ihr, nicht ihm. Es war eine Erinnerung an das, wovor sie sich versteckte. An das kleine Mädchen in ihr. Verborgen, aber nicht vernichtet. Das Magazin genauso wie alles Schlimme, das im Leben eines Menschen geschah, versteckt, verdrängt, aber nicht weggeworfen.

Während er diese hundert Meilen quer durch den schmalen Staat Florida zurücklegte, verzehrte Ray das gesamte Knabberzeug. Dabei verließ seine Mutter niemals die Küche, überließ niemals den Herd mit den blubbernden Töpfen, den Backofen voller Pasteten und Kuchen und Fleisch und irgendwelchen auftauenden und zerfließenden Dingen sich selbst. Und Ray, mit klarem Gesicht, sah alles durch die Fenster seines Firebird, hörte das Klirren von Metall, das Gewehr und die Munition auf dem Beifahrersitz neben ihm. Ray Bianetti mit seinem mächtigen Bauch unterwegs nach Naples. Er verschlang Nüsse und Chips und Süßigkeiten und kam allmählich der Ursache seines chronischen Hungers auf die Spur, seiner nahezu grenzenlosen Aufnahmefähigkeit für Speisen. Er vergrub sich im Essen, versteckte sich vor sich selbst. Genauso wie seine Mutter.

Aber die Ursache zu kennen, das auslösende Moment – klärte überhaupt nichts. Psychologie war totale Scheiße. Ray hatte noch immer Hunger, nachdem er die Doughnuts aufgegessen, das Bier getrunken, die drei Milky Ways, Hände voll Nüsse verzehrt, die Salzkruste von jedem Finger abgeleckt und sie sauber gelutscht hatte. Nachdem er alles, was er gekauft hatte, vertilgt hatte, jeden Krümel, und sein Bauch voll war und eine angenehme Wärme in seinen übrigen Körper abstrahlte, hatte Ray Bianetti immer noch Hunger, sehnte er sich noch immer nach etwas anderem, nach einer Speise, deren Namen er nicht nennen konnte.

»Das ist doch Ihr Wagen, Mr. Lavery. Nicht wahr?«

Der Portier hielt für ihn die Tür auf.

»Ja«, sagte er. »Ich glaube schon.«

Thorn betrachtete die burgunderrote Limousine noch einige Sekunden länger, dann ging er hinüber zur Fahrerseite, drückte dem Portier seinen letzten Fünfer in die Hand, stieg ein und machte es sich in dem tiefen Ledersitz bequem. Es war ein Jaguar XJ-6.

Er ließ seinen Blick über das polierte Holzarmaturenbrett, die Anzeigeninstrumente, ein Gewimmel von Schaltern und Knöpfen gleiten, orientierte sich, dann schaltete er in den ersten Gang. Er ließ die Kupplung kommen, und der Wagen machte einen Satz nach vorne, wobei die Reifen auf dem teuren Pflaster qualmend durchdrehten und der Wagen Thorn das pulsierende Gefühl unbändiger Kraft vermittelte. Er lenkte den Wagen über den Parkplatz, verließ völlig übersteuernd die Ausfahrt und glitt schon durch den fließenden Verkehr.

Er hatte nie viel für Automobile übrig gehabt. Selbst als Teenager, als alle seine Freunde von Autos geträumt hatten, schien ihm das dafür zuständige Gen zu fehlen. Automobile waren lediglich Transportmittel und eigentlich eher lästig.

Aber nach der ersten butterweich gefahrenen Meile in diesem Jaguar war er bereit, seine Haltung noch einmal gründlich zu überdenken. Diesen Wagen zu lenken hatte weniger etwas mit Autofahren zu tun als damit, dorthin zu schweben, wohin Geist und Auge einen dirigierten.

Um Viertel vor drei war er am Flughafen, viel zu früh, um zu parken und hineinzugehen, daher umrundete er das Gebäude und kehrte auf die Zufahrtstraße zurück, um noch ein wenig herumzukutschieren. Vielleicht war es reine Ablenkungstaktik, daß er das Fahren mit diesem Wagen so gründlich auskostete. Etwas, um sich dem unausweichlichen Blick in die düsteren Abgründe der ganzen Situation zu entziehen. Oder etwas, um seine Wut halbwegs unter Kontrolle halten zu können.

Aber es funktionierte. Dieser Wagen gab sich ihm genauso willig und total hin wie eine Tausend-Dollar-Hure. Bildschön und heiter flüsterte die Karosse ihm zu, daß sie nur ihm allein gehörte, daß sie ihm schon immer gehört habe und ihm auch in Zukunft gehören würde, daß sie bereit sei zu tun, was immer er wünsche, jede seiner Phantasien befriedigen würde. Ihn umschmeicheln und ihn jeden anderen Wagen vor ihr vergessen lassen würde, jeden traurigen und unvollkommenen Moment, den er jemals hinter einem Lenkrad erlebt habe.

Thorn fand das Gepäckschließfach Nummer 276, öffnete es, holte den Aktenkoffer heraus und warf einen Blick hinein. Er ließ seinen Blick umherschweifen, aber niemand achtete auf ihn. Die eins Komma drei Millionen schienen mehr oder weniger vollständig zu sein. Gebrauchte Scheine, vorwiegend Hunderter. Bei einigen Leuten hätte es sicherlich den Pulsschlag beschleunigt, aber so viel Geld vor sich zu sehen, ließ Thorn völlig kalt. Vielleicht deprimierte es ihn sogar ein wenig. Der Verdienst eines ganzen Lebens für einige Leute, triste Jahre voller Mühsal und Schweiß. All diese Arbeit, dieses Streben nach etwas Besserem, war vor ihm aufgestapelt, zu ordentlichen Bündeln verpackt. Bedeutungslos. Nichts anderes als eine Bühnenrequisite für die Phantasien eines Verrückten.

Er stellte den Aktenkoffer zurück, fand einen freien Platz auf der gepolsterten Sitzbank ein paar Meter von den Schließfächern entfernt, und beobachtete die Halle. Drei Uhr. Dann halb vier. Und niemand kam.

Er dachte für einen Moment daran, die Polizei anzurufen, sie auf den Leichenhaufen am Rand von Winchesters Land aufmerksam zu machen und dann das Geld an sich zu nehmen und jemandem zu geben, dessen Leben es versüßen würde. Ein verführerischer Gedanke. Einfach beiseite treten und den amtlichen Vertretern das Feld überlassen. Aber er war sich nicht ganz sicher, was am Ende dabei herauskommen würde, welche Anklagen erhoben, welche rechtlichen Schritte unternommen würden. Und er hatte keine Vorstellung, welche Beziehungen aus seiner Zeit im Regierungsdienst Winchester noch pflegte. Ob sein Einfluß bis nach Tallahassee oder bis nach Washington oder vielleicht sogar noch weiter reichte. Nein, der einzige unbestreitbare Beweis für die Schuld des Mannes waren diese Roten Tilapien, die von Seamark stammten. Und um herauszubekommen, wo die versteckt waren, sah Thorn keine andere Möglichkeit, als seine Rolle als Peter Lavery bis zum Ende zu spielen.

Er ging hinüber zur Cocktailbar, holte sich ein Bier vom Faß und aß drei Hände voll Erdnüsse, seine einzige Mahlzeit bisher. Er spülte die Nüsse mit ein paar Schlucken Busch hinunter, dann ließ er den Rest im Glas stehen und kehrte zu seinem Platz auf der Bank zurück.

Viertel vor vier. Eine Reisegruppe älterer Frauen in fast identischen pastellfarbenen Hosenanzügen und mit leuchtendweißen Handtaschen schwatzten auf den Bänken in der Nähe. Ein paar lächelnde japanische Teenager saßen gesittet in den Plastiksesseln ein paar Schritte hinter den Frauen, und zwei schlanke Frauen mit auftoupierten Haaren, roten Cowboystiefeln und Hemden mit Perlmuttknöpfen rauchten Camel-Zigaretten in der Nichtraucher-Abteilung, von der aus man auf die Rollbahn hinausschauen konnte.

Thorn entschied, noch fünf Minuten zu warten, um vier Uhr seine Zelte abzubrechen, zur Farm hinauszufahren und nachzusehen, was zum Teufel im Gange war. Selbst aktiv in das Geschehen einzugreifen. Er wollte gerade aufstehen, um sich eine weitere Handvoll Nüsse zu holen, als Harden Winchester am Ende der langen Verbindungshalle auftauchte. Er trug Bluejeans, ein ärmelloses graues Sweatshirt und weiße Turnschuhe.

Er grinste, als er Thorn entdeckte, und beschleunigte seinen Schritt. Wieder dieser Raubkatzengang, langsam, locker, jederzeit sprungbereit.

Thorn ging hinüber zu der Wand mit den Gepäckschließfächern und wartete.

»Peter, Peter, entschuldigen Sie bitte«, sagte er und streckte seine Hand aus, während er herankam. Thorn ergriff und schüttelte sie, und Harden klopfte ihm auf den Rücken. Für einen kurzen Moment ließ er seine Hand auf Thorns Schulter liegen, als wolle er sich von Menge und Beschaffenheit der Muskelmasse überzeugen. Eine Überprüfung von Thorns Fähigkeiten zur Gegenwehr.

»Ich weiß, daß Sie von drei Uhr gesprochen haben, aber auf der Farm ist etwas dazwischengekommen, und ich kam nicht früher weg. Ich hätte Sie anrufen oder per Pieper erreichen können, aber ich dachte mir, daß es Ihnen sicher nicht recht wäre, wenn Ihr Name im Flughafen herumposaunt würde. Es tut mir wirklich leid.«

»Es ist schon okay«, sagte Thorn. »Sehen wir zu, daß wir endlich zum Geschäftlichen kommen. Ich will meinen Fisch.«

»Bezahlen Sie, dann bekommen Sie den Fisch.«

Thorn fischte den Schließfachschlüssel aus der Tasche, und mit Winchester neben ihm öffnete er das Fach und holte den schwarzen Koffer heraus. Ein ausgefranster Riß klaffte in einer Hälfte. Grüne Dollarscheine waren durch die Öffnung zu erkennen. Thorn ließ die Schlösser aufschnappen, überzeugte sich durch einen schnellen Blick in die Runde, daß niemand sich für sie interessierte, und klappte den Deckel auf.

Winchester streckte die Hand aus und berührte zwei der zerfetzten Päckchen Tausenddollarscheine. Die Kugel hatte den Koffer durchbohrt und ein paar hunderttausend Dollar perforiert.

»Was zum Teufel?«

»Keine Sorge. Es ist noch zu gebrauchen.«

Thorn klappte den Koffer zu. Ließ ihn im offenen Fach liegen.

»Jetzt wissen wir es«, sagte Thorn. »Es sind schon mehr als eins Komma drei Millionen nötig, um eine Kugel aufzuhalten.«

Harden ließ die Arme locker herabhängen, die Hände halboffen, angespannt, trat dann fast bis auf Tuchfühlung an Thorn heran, wobei sein Lächeln sich verflüchtigte. Thorn stellte sich in Positur, blieb wachsam.

»Da ist Ihr Geld.«

»Ja, da ist es«, sagte Winchester. Seine Augen waren völlig leer.

»Und jetzt kommt der nächste Schritt.«

»Ja«, sagte er. »Aber vorher müssen Sie mir noch etwas verraten. Ist das möglich?«

»Natürlich.«

Harden schaute zuerst nach rechts, dann nach links, dann wieder auf Thorn.

Er beugte sich vor und fragte: »Ist Thorn Ihr Vorname oder Ihr Nachname?«

»Wovon reden Sie?«

Harden lächelte und tat so, als beobachte er einen Mann, der in einem elektrischen Rollstuhl durch den Hauptgang fuhr. Er schien Thorn damit zu einer Attacke animieren zu wollen.

»Für eine Weile haben Sie mich hinters Licht geführt«, sagte Winchester. Er betrachtete Thorn wieder mit träger Wachsamkeit. »Ich bin tatsächlich drauf hereingefallen, Gott weiß warum. Das muß ich Sylvie lassen, die Kleine versucht es wirklich immer wieder.«

Thorn sah sich suchend um. Keinerlei Hilfe im Warteraum.

»Wissen Sie«, sagte Harden und trat einen Schritt näher an Thorn heran, »ich habe schon immer Weiße bewundert, die schwarze Freunde haben. Ich selbst habe es nie so weit gebracht. Ich habe nie einen getroffen, den ich etwas näher hätte kennenlernen wollen. Obgleich ich annehme, daß Sugarman mindestens zur Hälfte Weißer ist, nicht wahr?«

»Sie verdammter Hurensohn.«

»Aber, aber. Halten wir unsere Gefühle lieber im Zaum. Wir sollten das Ganze so geschäftsmäßig wie möglich betrachten.«

»Was haben Sie mit ihm gemacht?«

»Lassen Sie es mich mal so ausdrücken«, sagte Winchester. »Ich hoffe, Ihr Mr. Sugarman hat Ihnen nicht allzuviel bedeutet.«

Thorn warf sich nach links und zielte mit der Faust auf Hardens Gesicht, aber Winchester wich dem Schlag aus, tauchte unter dem Arm hinweg und setzte einen lähmenden Griff an Thorns rechtem Trizeps an. Er spürte, wie seine Nerven erschauerten, und dann starb sein Arm mitten in der Bewegung regelrecht ab, seine Faust wurde schlaff, entspannte sich, so daß er nicht mehr zustande brachte als einen matten Klaps auf Winchesters Schulter.

Harden hielt Thorns Arm weiterhin in seinem brutalen Griff, während er sich den Koffer angelte, dann drehte er Thorn um in Richtung Hauptgang und schob ihn vor sich her. Er steuerte ihn mit der rechten Hand zum Ausgang und trug den Aktenkoffer in der linken. Die beiden Cowgirls pafften ihre Zigaretten und drehten die Köpfe und schauten zu Thorn herüber. Sie verfolgten das Geschehen, schienen sich aber wegen Thorns Wohlergehen keinerlei Sorgen zu machen. Sie hatten schon zuviel Thekenprügeleien gesehen, um sich über ein derart harmloses Handgemenge aufzuregen.

»Es wird viel einfacher sein, wenn Sie bei Bewußtsein bleiben,

Thorn. Also tun Sie uns beiden den Gefallen und versuchen Sie keine dämlichen Heldentaten mehr. Sie haben dafür nicht genug Klasse, mein Freund. Aber auch nicht annähernd genug.«

Kapitel 29

Sogar nach den fünfundzwanzig Meilen Fahrt bis zu Winchesters Farm hing Thorns rechter Arm noch immer leblos herab. Nerven unter Schock. Als der Wagen über die zerfurchte Zufahrtstraße holperte, wackelte und schwankte sein Arm, aber es war jetzt ein Phantomarm, dessen Bewegungen nicht mehr von seinem Willen gesteuert wurden.

Das Gefühl der Taubheit erinnerte ihn an einen Revolverschuß, der seinen Arm vor einigen Jahren getroffen hatte. Abgefeuert wurde der Schuß von einem Waffennarr, der in Darcy Richards verliebt war und glaubte, Thorn stünde zwischen ihnen. Thorn entsann sich jetzt dieses Burschen, Ozzie, erinnerte sich an diese Schußwunde, wie die Taubheit in seinem Arm sehr schnell verflogen war und wie der heftige Schmerz einsetzte. Aber wenigstens hatte er damals den Arm bewegen können. Diesmal hätte Thorn diesen Tausch dankbar angenommen, Schmerzen gegen Bewegungsfähigkeit.

Dieser Schaden schien weitaus schlimmer zu sein als der Revolverschuß. Viel elementarer, gründlicher. Winchester wußte genau, auf welchen Punkt er mit dem Daumen drücken mußte, wie tief er ins Fleisch eindringen, wie lange der Druck andauern mußte. Die Nerven in Thorns Arm fühlten sich an, als seien sie irreparabel beschädigt worden.

Am stählernen Einfahrtstor brachte Winchester den Wagen zum Stehen. Er stieg aus, öffnete das Tor, stieg wieder ein, lenkte den Wagen hindurch und stoppte erneut dicht dahinter.

Dumpf erkannte Thorn, daß sich jetzt eine Möglichkeit zur Flucht ergab, eine Chance, die Tür aufzustoßen, stolpernd durch das Riedgras und den Morast davonzurennen, sich so weit wie möglich zu entfernen, bis der Mann ihn einholte, zu Boden warf und für immer seine sämtlichen Gliedmaßen stilllegte.

Aber er rührte sich nicht. Beobachtete im Rückspiegel, wie Winchester das Tor schloß und zum Wagen zurückkam und schließlich hinter der schweren Chromstoßstange des Oldsmobile auftauchte. Thorn beugte sich nach links, legte mit der heilen Hand den Rückwärtsgang ein und trat mit dem linken Fuß aufs Gaspedal. Der Motor heulte auf. Der Wagen ruckte, blieb aber stehen, wobei die Räder tiefe Gräben in den Sand wühlten.

Thorn hebelte den Vorwärtsgang ein und trat erneut aufs Gaspedal, versuchte, den Wagen freizuschaukeln, aber der Wagen rührte sich noch immer nicht. Seine Räder rotierten rasend, schleuderten Erdreich in Hardens Gesicht, während er sich dem Wagen näherte, dabei weder sein Tempo noch die Richtung veränderte, die Augen blinzelnd zusammenkniff und in die Staub- und Sandwolke eindrang, als sei sie nicht mehr als eine leichte Brise.

Thorn nahm den Fuß vom Gaspedal, und Harden tauchte neben der Fahrertür auf und klopfte sich den Staub von der Kleidung. Er stieg ein. Blickte durch die Windschutzscheibe.

»Ich wäre enttäuscht gewesen«, sagte er, »wenn Sie nicht irgend etwas versucht hätten.«

Er legte den Gang ein, ließ den Wagen vor und zurück federn, bis er sich aus dem Loch befreite, das Thorn geschaffen hatte.

»Sie wissen ja, was das heißt«, sagte Thorn. »Jetzt können Sie verdammt noch mal vergessen, daß ich Sie mit Warren Beatty bekannt mache.«

Harden blickte konzentriert geradeaus, während er sie zur Farm brachte.

»Das waren Sie in der vergangenen Nacht, nicht wahr? Der durch den Wald schlich. Das waren Sie.«

»Ja, ich war es. Und ich habe Ihren kleinen Friedhof da draußen gefunden. Ich kenne jetzt all Ihre Geheimnisse.«

»Das dürfte Ihnen nicht viel nutzen.«

Harden sah ihn von der Seite an, schüttelte den Kopf, und grinste belustigt.

»Ihr Freund Sugarman hat sich viel heftiger gewehrt als Sie. Er war ein echter Kämpfer. Ein würdiger Gegner.«

»Sie sind ein verdammtes Schwein.«

»Wenn man mein Niveau erreicht hat, Thorn, ist es unmöglich, echte Konkurrenz zu finden. Dann kann man sich nur noch durch Schattenboxen in Form halten. Mit Leuten wie Ihnen zu üben schadet meinem Können eher.«

»Sie sind schon hinter Ihnen her, Winchester. Sie wissen, was Sie getan haben, jede Kleinigkeit. Es ist vorbei. Sie können genausogut schon jetzt Schluß machen und die Hände heben.«

»Wer weiß es?«

»Die Leute mit den Pistolen. Mit den Dienstmarken.«

Die nachmittäglichen Regenschauer hatten eingesetzt. Es nieselte vor sich hin. Ein eher symbolischer Regenguß, ohne Substanz. Der nach und nach dichter wurde und allmählich auf das Dach des Olds trommelte.

»Waffen machen die Leute dumm«, sagte Harden. »Und Dienstmarken genauso. Wenn jemand eine Dienstmarke und eine Pistole dazu hat, dann hält er sich für unbesiegbar. Aber lassen Sie mich Ihnen eins versichern, es braucht viel mehr als das, um jemanden unbesiegbar zu machen.«

»Wie zum Beispiel eine Spezialausbildung?«

Harden warf ihm einen Seitenblick zu, während sie auf den Hof rollten. Sugarmans Mustang stand unweit des Hauses.

»Wer zum Teufel sind Sie eigentlich?«

»Ich bin Thorn.«

»Ich kenne Ihren verdammten Namen. Aber weshalb sind Sie hier? Sie sind doch nicht einer von Sylvies Typen, oder? So dumm sind Sie nun auch wieder nicht.«

»Ich bin wegen Darcy Richards hier. An die erinnern Sie sich doch.«

Hardens Augen verdrehten sich, bekamen einen leeren Ausdruck, als ob sie für einen Moment nach innen blickten, um eine Bibliothek von Namen durchzugehen. Seine persönliche Galerie von Opfern.

Thorn spürte ein Kribbeln, als erste Andeutungen von Nervenströmen in seinen rechten Arm zurückkehrten. Er bewegte einen Finger, so daß Winchester nichts davon bemerkte. Öffnete die Handfläche und preßte sie kräftig gegen den Sitz.

»Darcy Richards?«

»Die Frau in Key Largo. Die ertrunken ist.«

Er schüttelte seinen attraktiven sonnengebräunten Kopf. Fuhr mit den Fingern über die Bartstoppeln auf seinen Wangen, als spiele er auf den Zähnen eines Kamms.

»Da waren so viele«, sagte Thorn. »Wie soll man die alle im Gedächtnis behalten?«

»Normalerweise würde ich Ihnen das Genick brechen«, sagte Winchester. »Und Sie zu dem anderen Abfall werfen. Aber ich glaube, ich möchte mich mit Ihnen noch ein wenig unterhalten. Mir genau anhören, was Sie sonst noch über mich wissen. Ich denke an einen kleinen Informationsaustausch. Deshalb werde ich Sie wohl etwas netter behandeln.« Er lächelte Thorn entwaffnend an.

»Das läuft nicht, Winchester. Judy Nelson ist Ihnen schon auf den Fersen.«

»Ach, Judy«, sagte er. »Ja, ja, Sie haben mir Judy auf den Hals gehetzt.«

Thorn spürte, wie er den Kopf hängen ließ.

»Ja, Judy war heute nachmittag hier. Wir hatten ein kleines Schwätzchen, und ihre Leute haben hier nach Herzenslust herumgestöbert. Als sie abzog, hat sie sich sogar bei mir entschuldigt. Es täte ihr leid, mich gestört zu haben, da ich offenbar Besuch hätte. Doris war nämlich mittlerweile eingetroffen, wissen Sie. Wenn die es waren, von denen Sie glauben, sie würden Ihnen das Leben retten, die Männer mit den Pistolen und den Dienstmarken, nun, ich spucke Ihnen wirklich ungern in die Suppe, Mr. Thorn, aber Judy Nelson wird für Sie keinen Finger rühren. Niemand wird es tun.«

Winchester lächelte freundlich, streckte die Hand aus und packte Thorns linken Ellbogen, um ihm eine weitere Schmerzdosis zu verabreichen. Aber ehe seine Finger sich um den Arm schließen konnten, riß Thorn sich aus seinem Griff los. Dann zog er den Arm an seinen Körper heran und streckte ihn mit aller Kraft und schlug Harden mit der Rückhand auf die Nase. Er traf, und augenblicklich sickerte Blut aus der Nase, aber Winchester fing Thorns Handgelenk auf, stoppte die Bewegung und starrte Thorn unverwandt in die Augen, während er Thorns Faust aufbog, Finger für Finger, dann Thorns Hand nach hinten zwang, so daß der Ellbogen gerade durchgedrückt war. Dabei fixierte er ihn und schickte ihm mit den Augen eine Warnung, ja nichts Unvernünftiges zu versuchen.

Thorn krümmte sich, bäumte sich auf, konnte sich aber nicht aus dem Griff befreien.

Während er mit der linken Hand Thorns Arm gerade hielt, tastete Harden mit der rechten Thorns linken Trizeps ab. Nach einem kurzen Augenblick fand er den Druckpunkt, den er suchte. Thorn verspürte einen leichten elektrischen Schlag. Sein Gesichtsfeld verdunkelte sich, dann wurde es wieder hell, als Harden den Druck lockerte. Und mit ihm spielte.

Dann, mit einem hinterhältigen Grinsen und während ein

Blutstropfen aus seiner Nase rann, griff Winchester wieder kraftvoll zu, gab ein verhaltenes lustvolles Stöhnen von sich und grub seine Finger in das Ellbogengelenk, zerquetschte Synapsen und Schaltkreise und bewegte seine Finger wie ein Pianist beim Greifen eines komplizierten Akkords, zerdrückte wichtige Verbindungen, Sehnen, Bänder, die hundert Stränge, die diesen Arm intakt und funktionsfähig machten.

Thorn brüllte auf und sackte nach hinten gegen die Tür. Eine dunkle Woge überspülte seine Augen, und sein Magen vollführte einen Salto. Als er schließlich die Augen wieder aufschlug, erkannte er nur noch einen gelblichen Dunst.

Er blinzelte und kniff die Augen krampfhaft zu. Wie durch einen Nebel konnte er mehr ahnen als sehen, wie Harden Winchester aus dem Wagen stieg, im Nieselregen die Motorhaube umrundete und die Beifahrertür öffnete. Er fing Thorn auf, als er nach draußen kippte, richtete ihn auf, schlang einen Arm um Thorns Taille, legte seinen toten linken Arm auf seine Schulter und trug ihn wie einen betrunkenen Gast in die Mitte des Hofs.

Thorn schaute zum schwankenden Himmel empor, wobei ein silbrig glänzender Regen in seinen Augen brannte. Er machte einen mühsamen Atemzug und schaute vorsichtig nach unten. Harden lächelte ihn an. Er stand einen knappen halben Meter von ihm entfernt. In seinen Händen befand sich eine Schaufel, die er hielt wie einen Baseballschläger.

Thorn stolperte los, startete zu einem unsicheren Lauf, schlug die Richtung zum Fluß ein, wollte durch den Sommerregen zum Okahatchee jenseits des Kiefernwaldes rennen, aber er kam nur ein paar Schritte weit, ehe er stolperte und sich fing und ein lautes Dröhnen vernahm, Stahl gegen Knochen, und einen Schauer goldener Funken herabregnen sah. Und sein Kopf verwandelte sich in eine riesige Kirchenglocke, kalt und hart und dreißig Tonnen schwer. Und dröhnend.

Mit absoluter Klarheit schaute er auf seine Füße hinunter,

aber sie waren nicht mehr da, nur schwarzes Wasser, Wasser stieg hoch, ihm entgegen, immer schneller, die Erde schien von einer dünnen Schicht schwarzen Wassers bedeckt zu sein, Wasser, das an ihm hochbrandete, in sein Gesicht spritzte, seine Nasenlöcher mit einem strengen Geruch füllte, dem Gestank urzeitlicher Sümpfe, von Gezeitentümpeln weit landeinwärts, jenen Gewässern, wo die ersten winzigen Organismen entstanden, die einzelligen Lebewesen, die einander verschlangen und größer wurden und wieder einander auffraßen und wuchsen, bis sie groß genug waren, um sich aufzurichten, zu stehen, groß genug, um zu laufen, über die Erde zu streifen, groß und bösartig genug, um alles auf ihrem Weg zu verschlingen.

Er stürzte ins Wasser, tauchte ein in die urzeitlichen schwarzen Fluten.

»Casablanca«, sagte Sylvie. »Erinnerst du dich noch an den Nachmittag, als wir uns *Casablanca* angesehen haben, Mommy? Wie wir alle weinten. Erinnerst du dich daran?«

Doris saß auf der Kante von Sylvies Bett und betrachtete die junge Frau, ihre Tochter. Ihr kurzes schwarzes Haar war wild zerzaust, sie trug Bluejeans, die an den Knien und an den Oberschenkeln zerrissen war, und ein zerknautschtes langärmeliges cremefarbenes Trikot mit dicken Schmutzstreifen und dazu schwarze Tennisschuhe. Sylvie bevorzugte ein kaputtes, groteskes Äußeres, aber für Doris war sie trotzdem immer noch bildschön. Sie war immer noch das lächelnde kleine Mädchen, das lausbübische kleine Ding, das so aufmerksam ihren Gutenachtgeschichten lauschte. Das sich so sehr anstrengte, ihr Freude zu machen.

»Ich erinnere mich noch sehr gut an diesen Nachmittag.«

»Erinnerst du dich auch noch, wie ich kurz danach Daddys Super 8-Kamera in die Finger bekam und ständig irgendwelche Familienfilme drehte?«

»Ich erinnere mich.« Sie sagte es leise. Es war kaum mehr als ein Flüstern.

»Licht, Kamera, Action. Erinnerst du dich noch, wie ich das ständig rief? Licht, Kamera, Action. Licht, Kamera, Action. Ich hab' dich damit verrückt gemacht. Du hast mir verboten, es noch einmal zu sagen. Licht, Kamera, Action.«

»Ich erinnere mich an alles, Sylvie. Wirklich an alles. Als wäre es erst gestern passiert. An jede Sekunde.«

»Nein, das tust du nicht. Du erinnerst dich an überhaupt nichts. Wie könntest du auch?«

Die Tür von Sylvies Zimmer war abgeschlossen, die Fenster waren mit Gittern gesichert. Es war eher eine Zelle als ein Zimmer. Und Sylvie empfand es als völlig normal, als Harden sie eine Stunde zuvor zusammen mit Doris eingesperrt hatte. Ihnen erklärt hatte, sie sollten dort bleiben, er habe einiges zu erledigen.

Was hast du mit Mr. Sugarman getan? wollte Doris von ihm wissen.

»Noch nichts. Es geht ihm gut. Wir unterhalten uns später alle miteinander.«

Und Harden verließ sie, schloß die Tür ab. In diesem Moment sagte Sylvie: Hallo, sieh mal, wer hier ist, Mommy. Endlich war sie zurückgekommen, wie sie es versprochen hatte. Endlich.

Doris probierte den Türknauf aus, rannte zum Fenster, rüttelte an den Gitterstäben.

Nun, Mommy, wo warst du?

Doris riß und zerrte an den massiven Gitterstangen. Sie unterdrückte die Tränen und versuchte, einen klaren Gedanken zu fassen.

Weißt du was, sagte Sylvie. Ich habe eine wundervolle Idee, wie wir uns die Zeit vertreiben können. Ja, ja. Wir sehen uns einen Film an. Wär' das nicht was für dich? Erinnern uns an die alten Zeiten. Sehen uns an, wie Sylvie zu Sylvie wurde. Lernen einander wieder kennen. Einen Familienfilm, ja.

Nun wandte Doris sich vom Fenster ab, beobachtete, wie ihre Tochter im Zimmer umherging, einen Projektor aus einem Schrank holte, ihn auf einen kleinen Tisch stellte, eine Leinwand aufrichtete. Sie erzählte Doris, daß sie sich diesen Film sehr oft ansehe, daß es ihre Art und Weise sei, sich daran zu erinnern, wie es einmal gewesen war, sich an ihre Mommy zu erinnern, wie mit einem Fotoalbum.

»Weißt du noch, wie Humphrey Bogart am Schluß des Films richtig weich wurde? Wie Ingrid Bergman ihn um den Finger gewickelt hat? Hast du deshalb geweint, Mutter? Als du an Daddy dachtest und dir gewünscht hast, daß du ihn genauso weich machen könntest? Ich weiß, daß dies der Grund war, weshalb ich geweint habe.«

»Sylvie, wir müssen miteinander reden. Hier geschieht etwas Furchtbares.«

»Furchtbar ist noch harmlos, Mommy. Viel zu harmlos.«

Sylvie fädelte den Film in den Projektor ein und wickelte ihn auf die Spule, dann richtete sie den hellen Projektionslichtstrahl auf die Leinwand, die schräg an der Zimmerwand lehnte. Dann knipste sie die Deckenbeleuchtung aus und schaltete den Projektor ein, und plötzlich füllte sich die Leinwand mit grellen Farben.

»Licht, Kamera... Action!«

Zwei Mädchen in dünnen Frühlingskleidern und breitrandigen Hüten standen unter einem Jacarandabaum, der in violetter Blütenpracht erstrahlte. Sylvie mit zehn oder elf Jahren, ein hochaufgeschossenes Kind mit vollem schwarzem Haar, das bis auf ihren Rücken herabfloß. Und ihre blonde Schwester, ein paar Jahre älter, aber bereits mit dem gerundeten Körper einer Frau, nicht lächelnd wie Sylvie, sondern düster in die Kamera schauend. Die Szene lief mit den zeitrafferhaft ruckartigen Bewegungen eines Super 8-Films ab, der ähnlich grobkörnig war wie ein alter Stummfilm.

Die Winchester-Familie bei einem ihrer seltenen Ausflüge von der Farm, unterwegs zum Ostergottesdienst. Sylvie, die selig war über die Aufmerksamkeit, die ihr Vater ihr schenkte, die sich drehte und wendete und kleine Tanzschritte machte, so daß ihr Röckchen flog. Während ihre Schwester sich nicht rührte, außer daß sie einmal ihren Hut festhielt, damit er ihr nicht durch einen Windstoß vom Kopf geweht wurde.

»Gwyneth und ihre kleine Schwester, zwei Mädchen unterwegs in die Kirche«, sagte Sylvie. »Ein Kind glücklich, das andere traurig. Rate mal, wer was ist.«

»Sylvie«, sagte Doris. »Bitte, laß uns miteinander reden.«

Sylvie ließ sich nicht unterbrechen. »Das Mädchen mit dem schwarzen Haar, sie ist glücklich, oder sie glaubt zumindest, daß sie es ist. Natürlich stellt sich am Ende heraus, daß man niemals genau weiß, wie glücklich man ist, sondern erst später, wenn man sich an die Zeit erinnert. Man glaubt, daß man glücklich ist, aber das stimmt gar nicht. Oder man denkt, daß man traurig ist, und erst viel später begreift man, daß diese Traurigkeit eigentlich ein Glückszustand war, wie man ihn nie wieder erlebt hat.

Aber wie dem auch sei, die kleine Sylvie ist schick angezogen, neue Schuhe, neues Handtäschchen, neue Wäsche. Sie glaubt, daß die Welt allein für sie geschaffen wurde. Aber ihre Schwester weiß es besser. Sieh sie dir an, achte auf Gwyneth. Sie weiß genau, was los ist. Sie weiß, was passieren wird.«

Doris seufzte und ließ sich auf Sylvies Bettkante nieder.

Der Ostermorgen flackerte und verschwand, verwandelte sich in ein Picknick an einem sonnigen Nachmittag auf einer Wiese. Eine dreißigjährige Doris saß auf einer karierten Tischdecke, die im Gras ausgebreitet war. Doris mit langem blondem Haar, in einem schlichten weißen Kleid, öffnete einen

Picknickkorb und verteilte kaltes Hühnerfleisch auf Porzellanteller. Ihre Augen blickten traurig, unterlagen im Kampf gegen die Depression. Dann veränderte sich die Kameraeinstellung, und man konnte Sylvie und Gwyneth auf der Wiese hinter ihrer Mutter sehen, Sylvie in Jeans und T-Shirt und mit einer Drachenschnur in der Hand, Gwyneth in einem weiten, formlosen Kleid neben ihr und zu Boden starrend. Die Kamera wanderte hoch und zeigte den Drachen, der im Wind tanzte.

»Manchmal, wenn ich mir das ansehe, versuche ich mir eine andere Geschichte dazu auszudenken, die ein glückliches Ende hat, aber das ist meistens zu schwierig. Gewöhnlich gebe ich diesen Versuch sehr bald auf.«

Der Projektor surrte. Doris spürte, wie sie in die Bilder auf der Leinwand eintauchte, als sei sie durch einen Riß im Hier und Jetzt geschlüpft und wieder dorthin gelangt und vollends darin aufgegangen.

»Sieh dir mal diese glückliche Familie an«, redete Sylvie weiter. »Das war im Juni, Gwyneths Geburtstagsfeier. Ein Picknick am Okahatchee, dort wo jetzt die Fischteiche sind.«

Sylvie ließ noch für ein oder zwei Sekunden ihren Drachen steigen, dann leerte sich die Leinwand für einen kurzen Moment, wurde weiß und füllte sich erneut mit Farbe. Die Kamera hatte den Standort gewechselt, und zu sehen waren Gwyneth und Doris, die nun auf der karierten Tischdecke saßen, ein sportlicher Harden in mittlerem Alter zwischen ihnen, die Arme um seine Frauen gelegt. Ein robuster, gutaussehender Mann. Der Mann, der Doris aus ihrer kleinen Heimatstadt in Tennessee herausgeholt und nach Florida mitgenommen und sie dort auf dieser Farm versteckt hatte. Sie von ihren Eltern, ihren Freunden abgeschnitten hatte. Der den Mädchen verboten hatte, die Schule zu besuchen. Der total paranoid war. Ihnen keinerlei Kontakt mit der Außenwelt gestattet hatte, ständig erklärt hatte, sein Job beim Militär habe ihm viele Feinde geschaffen. Sehr gefährliche Feinde. Die einzige Möglichkeit, seine Familie zu beschützen, bestünde darin, sie von der Welt abzuschotten. Doris gehorchte. Aus Angst, daß alles, was er erzählte, der Wahrheit entsprach, daß sie ständig in Gefahr schwebten, entdeckt zu werden, und aus einer ähnlich tiefen Furcht vor Hardens Zorn, wenn sie ihm nicht gehorchte.

Sie hatte sowieso kaum eine Wahl. Wenn Harden zu Hause war, gingen sie nirgendwo anders hin als zum Einkaufen. Und wenn er außer Haus war, versteckte er die Wagenschlüssel und ließ eine Speisekammer voller Vorräte zurück.

In dem Film saß Doris' dunkler Prinz zwischen zwei seiner Frauen, wobei Harden als einziger lächelte. Sein schwarzes Haar war kurzgeschoren. Doris redete mit Sylvie hinter der Kamera, ermahnte sie wahrscheinlich, mit der teuren Kamera vorsichtig umzugehen. Gwyneth schaute weg, in eine andere Richtung, dorthin, wo sich der Drachen befände, wenn er noch am Himmel stünde.

»Das war kurz nachdem wir *Casablanca* gesehen haben. Du hast herausbekommen, wo Daddy die Wagenschlüssel versteckte, und wir sind in die Stadt gefahren, als er weg war. Erinnerst du dich? Das war ein schöner Tag. Der Tag, an dem du die Schlüssel gefunden hast. Und danach wurde ich zu Sylvie, der Filmemacherin. Sylvie, die Filmmagnatin. Erinnerst du dich? Licht, Kamera, Action.«

Die Kamera blieb auf Gwyneth gerichtet, die ins Nichts starrte. Und dann leerte sich die Leinwand wieder, wurde erneut weiß. Und füllte sich mit einem anderen Bild, auf dem der Rasen hinter dem Haus zu sehen war, darauf ein weißer Ford. Ein viertüriger 63er, dessen Kofferraumklappe offenstand. Mehrere Reisekoffer im Gras davor und Doris in steifer Haltung neben ihnen.

»Also, wer ist das denn?« fragte Sylvie. »Ist das etwa

meine Mutter? Doris Winchester? Ja, ich glaube, sie ist es. Wir haben jetzt August. Der Tag der großen Flucht.«

»O mein Gott, Sylvie«, sagte Doris. »Bitte, tu das nicht.«

»Die Kameraführung ist ein wenig ungeschickt, das gebe ich zu. Aber Sylvie hatte an diesem Tag leichte Probleme, die Hände ruhig zu halten.«

Die Kamera schwenkte zur Seite, und dort, im Schatten der Veranda, stand Harden, in seiner kurzärmeligen Marineuniform, den linken Arm um Gwyneth gelegt und sie festhaltend. Sie trug ihr Frühlingskleid, und zwei kleine Reisekoffer standen am Rand der Veranda vor ihr. In Hardens rechter Hand befand sich sein 45er Dienstrevolver. Er zielte damit genau auf seine Frau.

Kapitel 30

Die Kamera wanderte langsam herum und richtete sich auf Doris, die etwa zwanzig Meter vom Auto entfernt stand. Dann explodierte das Heckfenster des Fords. Eine Sekunde später zersprang der Rückspiegel und segelte durch die Luft davon. Doris weinte. Sie trug ein weißes Sommerkleid.

»Daddy ist ein toller Schütze, nicht wahr? Er hätte dich treffen können. Er hätte dir das Herz herausschießen können, Mommy, aber er hat es nicht getan. Er hätte die Reifen treffen können, hätte den Benzintank in die Luft jagen können, aber er hat auch das nicht getan. Er hat dich am Leben gelassen, Mommy. Frag mich nicht, weshalb.«

Das Seitenfenster des Fords zerschellte, verwandelte sich in tausend funkelnde Diamanten und regnete ins Gras.

»Eine tolle Sequenz, nicht?« sagte Sylvie. »Licht, Kamera, Action.«

Die Kamera schwang herum und fing Harden ein, der nun an der Kante der Veranda stand. Er zielte immer noch mit der Pistole, brüllte seine Frau an. Sein Gesicht war verzerrt, die Muskeln seines Halses traten wie dicke Stränge hervor. Selbst nach so vielen Jahren konnte Doris seine Stimme, seine Verwünschungen hören.

»Daddy hat dich überrascht. Er kam schon einen Tag früher aus dem Iran zurück. Hat seine drei Mädchen erwischt, ehe wir abhauen konnten. Du hast es vermasselt, nicht wahr? Gründlich vermasselt, Mommy. War es nicht so?«

»Oh, Sylvie«, stöhnte Doris. »Schalte es aus, bitte.«

»Nein«, erwiderte sie. »Ich kann es nicht ausschalten. Der Schalter funktioniert nicht. Sobald der Film anläuft, Mommy, kann man ihn nicht mehr anhalten. Licht, Kamera, Action. Licht, Kamera, Action.«

»Ich wollte dich mitnehmen«, sagte Doris. »Ich wollte es. Das weißt du. Deine Koffer waren gepackt. Wir wollten zusammen weggehen.«

»Aber du hast uns nicht mitgenommen, Mommy, oder? Du hast es nicht getan. Genau das ist nicht geschehen, oder? Du hast es dir anders überlegt.«

Auf der Leinwand stand Doris vor dem Wagenheck und lud ihr Gepäck in den Kofferraum. Und selbst aus dieser Entfernung, selbst bei dem grobkörnigen Film und dem schlechten Licht konnte sie ihr rechtes Auge sehen, das dunkel und geschwollen war, nachdem Harden sie geschlagen hatte. Es war nicht das erste Mal, daß er sie verprügelt hatte.

Doris stand auf, wandte der Leinwand den Rücken zu.

»Warte doch, sieh mal«, sagte Sylvie. »Da kommt jemand. Wer ist das? Wer kann das sein? Ach ja, sieh mal, es ist die traurige kleine Tochter. Ja, da kommt sie schon.«

Langsam drehte Doris sich um und verfolgte, wie die Kamera sich auf Gwyneth richtete, die zum Wagen rannte. Sie stürzte sich auf ihre Mutter, und als sie sie erreicht hatte, ballte sie die Fäuste und begann damit auf Doris einzuschlagen. Ließ die Arme fliegen, Schlag auf Schlag. Doris rührte sich nicht, wehrte sich nicht gegen die Schläge.

Nach fünfzehn Jahren spürte Doris noch immer die Schläge, war ihre Erinnerung immer noch präzise, ganz scharf. Sie trat vor die Leinwand. Die Farben huschten über ihr Gesicht, als stünde sie vor einem riesigen Scheiterhaufen.

»Ich mußte uns dort wegbringen, Sylvie. Wir waren dort dem Tod geweiht, sind regelrecht vertrocknet. Ihr Mädchen hattet keine Freunde, ich hatte in all den Monaten keinen Erwachsenen, mit dem ich mich hätte unterhalten können. Er hat dafür gesorgt, daß wir jedem mißtrauisch begegneten. Daß wir immer auf der Hut waren. Daß wir glaubten, jeder Fremde sei darauf aus, uns zu ermorden. Es war eine schreckliche Art zu leben. Ich bin innerlich verwelkt. Du auch, Sylvie. Ihr beiden.«

»Weg da«, sagte Sylvie. »Geh weg.«

Doris zögerte, starrte hilflos ins flackernde Licht. Dann machte sie einen Schritt zur Seite, sank wieder auf das Bett.

Auf der Leinwand kauerte die junge Doris in ihrem weißen Kleid vor dem weißen Ford und hielt Gwyneth im Arm. Das Mädchen weinte. Sie blieben einige Sekunden lang so sitzen, bis Harden ins Bild kam und Gwyneth packte und sie aus Doris' Armen riß. Er zerrte sie zurück zur Veranda, brüllte etwas über die Schulter, während er auf die Kamera zuging.

»Er stellt dich vor die Wahl, Mommy. Das ist es, was er dir zuruft. Geh weg oder bleib bei deiner Familie. Erinnerst du dich, Mommy?«

»Ich erinnere mich«, sagte sie leise.

Die Kamera wackelte und schwankte. Für einen Moment wurde das Bild unscharf, dunstig, dann wurde es wieder scharf, so daß man etwas erkennen konnte.

Doris stand auf dem Hof zwischen dem Haus und dem Wagen. Die Sonne befand sich genau über ihr, nirgendwo war ein Schatten zu sehen. Doris' Arme hingen an ihren Seiten herab, ihre Augen waren voller Tränen, während sie redete. Sie erinnerte sich. O ja, sie hatte diesen Augenblick tausendfach durchlebt. Hatte ihn rekonstruiert, sich vorgestellt, etwas anderes gesagt zu haben, andere Worte gefunden zu haben, die ihrem Leben vielleicht eine andere Richtung gegeben hätten.

»Jetzt erklärt Mommy Gwyneth und Sylvie, daß sie in ein paar Tagen zurückkommen und ihre Töchter holen wird. Sobald alle juristischen Schritte unternommen und geregelt worden sind, die Scheidungsangelegenheiten, so sagt sie, dann kommt sie zu ihren Töchtern zurück und nimmt sie mit in ihr neues Leben. Aber dazu ist es nicht gekommen. Das ist nicht geschehen. Oder etwa doch, Mommy?«

Die junge Doris beendete ihre Rede, ließ einen langen Blick über das Gelände schweifen, dann schaute sie düster zur Veranda, wo die drei anderen Personen standen. Schließlich ließ sie den Kopf sinken und machte kehrt und ging zum Wagen und stieg ein. Fast eine Minute stand der Ford reglos da, ehe er langsam davonrollte.

»Ich war beim Gericht, Sylvie, um das Sorgerecht für euch zu bekommen. Aber ich hatte kein Geld, und Harden hatte sehr viel. Und er hatte Beziehungen. Einflußreiche Leute in der Regierung. Leute in Washington, denen er Gefälligkeiten erwiesen hatte. Sie zogen für ihn die Fäden. Fanden einen Richter, der mich für unfähig erklärte. Der mir den Umgang mit euch verbot. Ich habe Einspruch eingelegt, habe es wieder und wieder getan. Ich habe alles versucht, was ich konnte. Jahre über Jahre habe ich gegen ihn gekämpft, um euch zurückzubekommen.

Aber es hatte keinen Sinn. Er hat gewonnen, Sylvie. Er hat mich erniedrigt. Hat dafür gesorgt, daß ich euch ohne seine ausdrückliche Erlaubnis nicht wiedersehen durfte. Das war seine Art, sich zu revanchieren, Sylvie. Seine Art, mich zu zwingen, zu ihm zurückzukehren. Das hat er mir gesagt. Er hat es mir an jenem letzten Nachmittag vor dem Gerichtsgebäude genauso erklärt. ›Wenn du deine Mädchen haben willst, dann mußt du auf allen vieren angekrochen kommen und um Vergebung bitten.‹«

»Aber du hast es nicht getan«, sagte Sylvie leise. »Du bist nicht zurückgekrochen gekommen. Du bist überhaupt nicht mehr gekommen.«

»Nein. Nein, ich habe es nicht getan. Jahrelang habe ich alles mögliche versucht, habe jeden juristischen Weg beschritten.«

»Du bist nicht zurückgekommen«, wiederholte Sylvie. »Du hast uns aufgegeben.«

Die Leinwand war nun grellweiß, ein langer Streifen unbelichteten Films voller Flecken und Farbtupfer. Sylvie starrte die Leinwand an. Sie schwieg einige Zeit, dann räusperte sie sich heftig, als schlucke sie ihre Wut oder ihre Qual herunter.

»Das war also der siebte August«, sagte Sylvie, nun mit hohler Stimme. »Und was jetzt kommt, war etwas später. Ich weiß nicht mehr genau, wann, im August, glaube ich. Eine Woche danach, vielleicht auch mehr. Die beiden kleinen Winchester-Mädchen sorgen für sich selbst. Die eine ist etwas weniger glücklich, die andere ist etwas trauriger.«

Die Farben auf der Leinwand waren nun ein wenig blasser. Eine Innenaufnahme, schlechtes Licht. In der Küche herrschte ein totales Chaos. Der runde Eichentisch war umgekippt, Töpfe, Pfannen, Schüsseln auf der Anrichte und in der Spüle, hochgestapelt, offene Marmeladengläser, Erdnußbutter. Umgekippte Konservendosen. Eine große graue Katze hockte vor einer Dose und leckte ihren Inhalt auf.

»Das ist Mr. Boots«, sagte Sylvie. »Am frühen Morgen.«

»Was ist passiert?« wollte Doris wissen. »Was ist das?«

»Das ist an dem Tag, als Daddy dir gefolgt ist«, sagte Sylvie.

»Er hat versucht, dich gleich nach deiner Abreise zu suchen. Dich aufzustöbern und zurückzuholen. Uns wieder zu einer Familie zusammenzubringen.«

»Er hat dich alleine gelassen?«

»O ja«, sagte Sylvie. »Das wußtest du gar nicht, oder, Mommy? Du bist weggegangen und nicht zurückgekommen, wie du es versprochen hast. Deshalb wußtest du gar nicht, was mit uns geschah.«

»Ich habe euch jeden Tag geschrieben. Jahrelang.«

Sylvie schüttelte heftig den Kopf.

»Du sagst jetzt alles mögliche, Mommy. Du lügst, erfindest jede Geschichte, damit es klingt, als hättest du alles richtig gemacht.«

»Du hast die Briefe nie gesehen, nicht wahr? O mein Gott, ich wußte, daß er sie abgefangen und dir nicht gegeben hat.«

»Du hast uns verlassen, Mommy. Das ist die ganze Geschichte. Du bist nicht zurückgekommen. Wir haben es gelernt, ohne dich zurechtzukommen. Wir haben es ganz gut ohne dich geschafft.«

Doris ging auf sie zu, starrte Sylvie im flackernden Licht an.

»Wie lange hat er euch alleine gelassen? Wie lange, Sylvie?«

»Das erste Mal eine Woche.«

»Und danach?«

»Ach, das habe ich vergessen«, sagte Sylvie fröhlich. »Das zweite Mal war es ein Monat, vielleicht auch zwei. Er hat eine Menge Lebensmittel dagelassen. Genug für ein paar Wochen. Das heißt, wenn wir beim erstenmal nicht so viel vergeudet hätten.«

»Dieser Bastard. Dieses miese Schwein.«

»Er wollte dich suchen«, sagte Sylvie. »Er wollte dich zurückholen, wollte, daß du wieder unsere Mommy bist.«

Es folgte eine Totale vom Hof auf das Haus. Alles sah normal aus. Ein langsamer Schwenk über das Anwesen. Es war ein windiger Tag. Hinter den Kiefern türmten sich Wolkenberge auf.

»Licht, Kamera, Action.«

Ein holperiger Gang über den Hof, die Haustreppe hinauf und auf die Veranda, dann ins Haus, wobei das Bild sich verdunkelte und kaum etwas zu erkennen war, und dann das Wohnzimmer mit all den Möbeln, die auch jetzt noch dort standen. Ein Stück durch die dunkle Diele, dann schwenkte die Kamera herum, um einen kurzen Eindruck von der Küche zu zeigen. Nun sehr aufgeräumt. Alles war gespült, in die Schränke gestellt, der Tisch war aufgerichtet worden. Auf der Anrichte neben der Spüle stand ein Bratentopf. Der Deckel lag daneben, ein großes Stück Fleisch befand sich im Topf.

»Mr. Boots«, sagte Sylvie, »er schmeckte so ähnlich wie Hühnerfleisch.«

Doris spürte brennende Tränen in den Augen.

»Kein Telefon, zwanzig Meilen zu Fuß bis in die Stadt. In der ersten Woche hätten wir die Strecke schaffen können, aber später hatten wir nicht mehr die Kraft dazu. Und außerdem durften wir die Farm nicht verlassen, denn wir hätten ja Mommy verfehlen können, wenn sie uns abholen kam. Deshalb blieben wir dort. Wir blieben dort, um auf unsere Mutter zu warten. Wir hatten keine Ahnung, daß sie uns aufgegeben hatte. Obgleich Gwyneth vielleicht etwas ahnte. Sie wußte vermutlich, daß du uns aufgegeben hattest.«

Für ein paar Sekunden wurde die Leinwand weiß, dann erschien ein Holzstuhl. Er lag umgekippt auf der Seite.

»Ich glaube, dazu brauche ich nichts weiter zu bemerken.«

Die Kamera fing ein Paar nackter Füße ein, die etwa einen Meter über dem Fußboden schwebten, und dann wanderte sie langsam an dem Frühlingskleid hoch, das Gwyneth bei der vorherigen Einstellung getragen hatte. Gwyneths Kopf war seitlich abgewinkelt, die Zunge hing aus dem Mund, die

Schlinge war an einem Deckenventilator befestigt. Die Kamera blieb auf ihrem Gesicht, blieb in dieser Einstellung, bis die Punkte und Flecken ankündigten, daß die Spule gleich zu Ende war, und dann schlug der lose Filmstreifen gegen den Projektor, und die schräg an der Wand lehnende Leinwand wurde wieder weiß.

»Ich habe sie beerdigt«, sagte Sylvie. »Aber irgend etwas hat sie immer wieder ausgegraben. Etwas großes, ein Bär vielleicht oder ein Panther, ich weiß es nicht. Es war draußen in der Dunkelheit, und ich konnte es im Erdreich scharren hören. Ich konnte nichts anderes tun als mich hinzulegen und zu lauschen. Ich mußte Gwyneth fünfmal neu beerdigen, bis sie endlich in ihrem Grab blieb, ehe das, was immer sie ausgegraben hatte, alles von ihr geholt hatte, was es sich wünschte. Fünfmal.«

Doris hörte einen Automotor aufheulen, dann, ein paar Sekunden später hörte sie, wie der Wagen auf den Hof rollte. Eine Tür schlug zu, dann eine zweite. Sie spürte, wie der Raum sich allmählich zu drehen begann, und das Bett schien unter ihr wegzusacken.

»Sylvie«, sagte sie, und ihre Stimme klang halberstickt. »Du bist hier eine Gefangene, nicht wahr? Er hat dich all die Jahre hier festgehalten.«

»Was hätte ich denn anderes tun sollen? Daddy verlassen? Hätte ich das tun sollen? So wie du es getan hast, Mommy? Weglaufen?«

»Ja«, sagte sie. »Um dich zu retten.«

»Aber, Mommy«, entgegnete Sylvie, »du hast uns erzählt, du würdest zurückkommen. Ich konnte nicht weg. Ich hätte dich möglicherweise nicht gesehen.«

Doris hörte etwas von draußen vom Hof, ein scharfes scharrendes Geräusch, und sie erhob sich schwankend und ging zum Fenster. Die Sonne beleuchtete von hinten die Wolken im Westen, so daß sich über dem Horizont ein rosiger Schimmer ausbreitete. In einiger Entfernung sah sie Harden mit einer Schaufel arbeiten. Sie konnte nicht erkennen, was er tat. Er hob die Schaufel hoch und stieß sie wuchtig nach unten, als ob er einen Wurzelstrang durchhacken wollte. Doris umklammerte das Stahlgitter am Fensterrahmen und rüttelte daran, aber es bestand aus massivem Stahl und war fest verankert.

Kapitel 31

Total lahmgelegt. Füße und Hände auf dem Rücken zusammengebunden. Thorn lag auf der Seite, wobei seine linke Schulter in nasser Erde ruhte. Wasser bedeckte zur Hälfte sein Gesicht und stieg weiter an.

»Bist du wach?«

Thorn hörte die Stimme, konnte jedoch nicht entscheiden, aus welcher Dimension, welchem Jahrhundert sie zu ihm drang. Er erkannte sie, aber irgend etwas hatte die Leitungen in seinem Kopf durcheinandergebracht, hatte rote Drähte mit blauen, grüne mit gelben verbunden. Nichts wurde verarbeitet, Lichter blinkten, irgendwo ein Laut, wie das Plätschern von Fischen, die aus dem Wasser springen, um eine Fliege zu schnappen, die durch die Oberfläche brechen und mit den Schwanzflossen schlagen.

Er spürte das Wasser an seinem Gesicht, Wasser in der Nähe seines Mundes. Und er dachte, daß er vielleicht schwamm, daß er hinaustrieb auf den Ozean. Einen schaurig verformten Ozean, wo eine Stimme sagte: »Thorn, hörst du mich? Bist du wach? Komm schon, Mann. Steh auf, wir müssen unsere Ärsche bewegen.«

Lahmgelegt. Nach hinten verkrümmt, die Wirbelsäule verdreht, die Wange im Wasser, gezwungen, den Kopf anzuheben, damit er nicht das Meerwasser einatmete. Er hatte Fischgeruch in der Nase, den Gestank der grünen Schlammbrühe der Everglades. Eine Stimme redete, aber Thorn war diesmal nicht in der Lage, die Worte zu entzerren. Eine vertraute Stimme, aber ohne einen ihr zugeordneten Namen, wie ein alter Song, den man summt, ohne sich an den Text erinnern zu können, oder ein Parfüm, eines von Darcys Parfüms, an deren Namen er sich niemals entsinnen konnte und zu denen Darcy ihn immer fragte, welches er am liebsten habe, aber zum Teufel, er mochte sie alle, wenn sie sie nahm, liebte sie. Darcy verlieh den Parfüms mehr Aroma als die Parfüms ihr.

Thorn entspannte sich, bettete den Kopf in den Morast, das Gesicht halb unter Wasser, hielt den Atem an und erzeugte Blasen im Wasser.

»Thorn! Wach auf, verdammt noch mal! Wach auf!«

Ja, jetzt wußte er, wessen Stimme es war. Die seines alten Freundes. Wie hieß er noch? Der Polizist. Hier draußen im Dämmerlicht, das Wasser bis zur Nase, über dem Mund. Als lägen sie wieder unter dem Footballgetümmel, wo sie einander durch ihre Gesichtsmasken ansahen. Selig grinsten. Unendlich glücklich, bis dieser Arm sich nach unten tastete. Dieser Arm, der irgendeinem Arschloch gehörte, das jedem anderen den Erfolg neidete. Des Arschlochs, das jeden mißhandeln wollte, der in irgend etwas besonders gut war.

»Ich höre dich«, sagte Thorn. »Ich höre dich, Sugar.«

»Jesus, Gott sei Dank.«

Thorn hörte ein Plätschern und spürte, wie das Wasser um sein Gesicht spülte. Es war beinahe Nacht, und er hatte die Augen nun offen, und die Augen sahen. Dämmerung. Nur noch wenige Minuten Tageslicht. Thorn kroch herum, um seinen Freund zu suchen, und Sugarman war ebenfalls gefesselt, lag ein paar Schritte entfernt, auf halbem Weg zwischen den Teichen und dem Farmhaus.

»Wir müssen uns irgendwie befreien, Mann«, sagte Sugar. »Wir müssen schnellstens irgend etwas tun. Dieser Kerl versteht keinen Spaß.«

Thorn rollte sich auf den Rücken, wälzte sich herum, so daß er auf seinen Armen lag. Sein Körper schmerzte an Stellen, die er nicht genau lokalisieren konnte. Sugarman drehte sich ebenfalls auf den Rücken. Das Wasser spülte ihnen über die Brust. Aber höher kamen sie in dieser Stellung nicht. Sie standen ebenso dicht vor dem Ertrinken. Zumindest Thorns Geist klärte sich, die beschädigten Nerven erholten sich, das empfindliche Programm des Bewußtseins nahm seine Arbeit wieder auf.

»Das Messer«, sagte Thorn. »Es ist an meinem Fußknöchel.«

»Du hast ein Messer?«

»Darcys Messer. An meinem Unterschenkel. Versuch mal, ob du herankommst.«

Sugarman schlängelte sich auf Thorn zu. Sugar hatte eine tiefe Platzwunde an der Stirn, und ein Auge war zugeschwollen.

»Was ist los, Mann? Ist das eine Hochflut oder was?«

»Wir haben Vollmond«, sagte Thorn. »Der Okahatchee tritt über die Ufer.«

»Das ist aber eine verdammt hohe Flut. Wie hoch steigt sie noch?«

Sugarman kam näher. Thorn rollte sich auf die Schulter, schob Sugar seine Füße entgegen.

»Möglich, daß sie gerade erst eingesetzt hat. Einen guten Viertelmeter wird das Wasser wohl noch steigen.«

»Na prima«, sagte Sugar. »Das ist aber eine gute Nachricht.«

Er spürte, wie Sugar gegen ihn stieß. Wie seine Finger den Strick betasteten. Sugar lag Rücken an Rücken neben ihm, benutzte nur seinen Tastsinn. Er hörte ihn ins Wasser blasen. Dann richtete er sich auf und holte tief Luft.

»Ich komme nicht dran.« Sugar atmete keuchend. »Der Winkel stimmt nicht. Warte einen Moment. Ich versuche etwas anderes.«

Während Sugarman keuchte und hustete und spuckte, blickte Thorn zum Horizont und sah vor dem letzten grauen Lichtschein am westlichen Himmel die Silhouette von Harden Winchester mit seiner Schaufel. Dreißig, vierzig Meter entfernt. Harden wandte ihnen den Rücken zu, riß die weichen Erdwälle eines der Fischteiche ein. Das Wasser strömte heraus.

Und er hörte, wie Sugar dreimal tief durchatmete, die Luft anhielt und untertauchte. Dann spürte er, wie sein Freund sich an seinen Füßen zu schaffen machte.

Ganz deutlich erkannte Thorn nun, wie das Wasser sich auf dem Hof ausbreitete, wie es im Mondschein glänzte und die glatte Oberfläche hier und da von zappelnden Fischen durchbrochen wurde. Tilapien gelangten hinaus in den Hof. Ein Plätschern an Thorns Gesicht, ein kleiner Fisch, verscheucht durch die riesigen Männer, die ihm den Weg versperrten, drehte ab zum Fluß.

Harden schleuderte schaufelweise nasses Erdreich über die Schulter, vertiefte die Rinne, die er bereits durch den Begrenzungswall des größten Fischteichs gegraben hatte. Das Wasser floß über seine Schuhe. Fische wurden von der Strömung ergriffen, sprangen und zappelten, trieben dorthin, wohin das Wasser sie mitriß. Zum Okahatchee, zum Golf, zum Atlantik und zu den Riffen und Meeresströmungen, die die Fische in jeden Wasserarm, jede Bucht, jede Meerenge, zu jedem Futterplatz und jeder Sandbank mitnahmen. Pandora öffnete ihre Büchse.

Sugarman würgte und spuckte hinter ihm.

»Bist du in Ordnung?«

Sugar hustete, und Thorn hörte, wie er sich im Wasser herumwälzte. Er verrenkte sich und rollte sich nach rechts und sah hilflos zu, wie Sugar mehr Wasser aushustete. Als er wieder zu

Atem kam, sagte er: »Beinahe hätte ich's gehabt. Ich hab's gefühlt. Ich konnte das Messer beinahe fassen.«

»Ganz ruhig, Sugar. Immer langsam.«

»Na klar. Wenn ich zu langsam bin, saufen wir hier ab.«

Sugarman sog Luft in seine Lungen, lag auf dem Rücken, spannte seinen Hals und hielt mühsam den Kopf über die einströmende Flut.

»Was tut dieser Hurensohn? Was soll das?«

»Er läßt die Fische schwimmen.«

»Mein Gott. Wie sind wir nur mit diesen Leuten aneinandergeraten?«

»Wir müssen an das Messer rankommen, Sugar. Und zwar schnellstens.«

»Ich weiß, ich weiß. Es ist nur so, daß es Leute gibt, die nicht so lange unter Wasser bleiben können wie gewisse andere, okay?«

Thorn drehte sich zurück auf die andere Schulter und beobachtete, wie Harden fortfuhr, die Uferwälle des Fischteichs einzureißen.

»Warum mußtest du verdammt noch mal die Scheide zuknöpfen? Wenn du sie offengelassen hättest, wäre das Messer längst draußen.«

»Tut mir leid«, sagte Thorn. »Das nächste Mal werde ich daran denken. Das verspreche ich dir.«

Doris und Sylvie standen am vorderen Fenster von Sylvies Zimmer und schauten durch das Gitter hinaus. Sylvie konnte in einiger Entfernung ihren Vater erkennen, wie er die Fische in die Freiheit entließ. Und zwei Männer, die gefesselt auf dem Hof lagen, um sie herum das steigende Wasser. Es würde noch dreißig Zentimeter höher steigen, ehe die Ebbe wieder einsetzte. Bis zur oberen Stufe der Verandatreppe würde es kommen, dann erst würde es wieder zurückweichen.

Sylvie wußte nicht mehr, wie sie sich fühlte, einerseits sehr jung, gleichzeitig aber auch sehr alt. Ihre Mutter befand sich wieder in ihrem Zimmer genauso wie vor fünfzehn Jahren, als sie jeden Abend auf Sylvies Bett saß und dem Mädchen Gutenachtgeschichten vorlas. Abend für Abend, Geschichten über Riesen, Kobolde, Prinzessinnen, Geschichten über Kinder, die sich in den Schränken ihrer Eltern verkrochen, alle Mäntel und Pelze beiseite schoben und eine geheime Tür fanden, sie öffneten und plötzlich an einem ganz anderen Ort waren, in einer viel farbigeren, abwechslungsreicheren Welt voller Gefahren und Aufregung, voller Helden und Krieger, Narren und Monster. Sylvie hatte in ihrem eigenen Haus nach dieser Geheimtür gesucht. Hatte die Wände abgeklopft, alles abgetastet. Sie aber nie gefunden.

Sie liebte diese Geschichten, liebte die Erinnerung daran, den Klang der Stimme ihrer Mutter. Aber in dem Augenblick, als ihre Mutter weggegangen war, hatten die Geschichten aufgehört. Alles andere war auch zu Ende gewesen. Ihr Herz blieb stehen. Der Körper, die biologische Entwicklung, alles. Alles, was Sylvie tun konnte, war, in Gedanken alles noch einmal durchzugehen, sich diese paar Jahre noch einmal in Erinnerung zu rufen, ehe ihre Mutter sie verlassen hatte. Sich diese Zeit immer wieder zu vergegenwärtigen, nach dem zu suchen, was schiefgelaufen war, was Sylvie getan hatte. Sich an die Geschichten zu erinnern, zu versuchen, sie zu verstehen. Diesen Film zu deuten, *Casablanca,* auch ein Märchen. Das würde es vielleicht erklären. Als ob ihre Mutter versucht habe, ihr ein Geheimnis mitzuteilen, eine verborgene Botschaft hinter diesen Geschichten zurückzulassen, einen Hinweis in diesem Kinofilm.

Nun stand ihre Mutter neben ihr am Fenster, und die beiden Frauen schauten durch die Dunkelheit zu den Männern hinüber. Zu Thorn und dem anderen, die gefesselt da draußen lagen und jeden Augenblick ertrinken würden. Sylvie war keine so gute Geschichtenerzählerin wie diejenigen, die die Märchen erfanden, die ihre Mutter vorlas. Die Helden dieser Geschichten waren schlau und schillernd und erfinderisch. Sie entkamen der Gefahr und fanden Wege, die Monster zu töten. Diese Helden retteten die Kinder in jener furchteinflößenden Welt auf der anderen Seite des Schranks. Nicht die Helden Sylvies. Ihre lagen gefesselt im Hof und würden jeden Moment ertrinken. Ihre Helden waren dumm und schwerfällig und langweilig.

Aber das war Sylvies eigene Schuld. Männer schafften nur die Dinge, zu denen Frauen sie drängten. Wenn nicht Ingrid Bergman erschienen wäre, hätte Humphrey Bogart die Bar niemals verlassen. Er war innerlich kalt und tot geblieben. Sylvie hatte es versucht. Wirklich. Immer und immer wieder hatte sie sich bemüht, Männer zu Helden zu machen. Ihre Freunde, ihren Vater. Aber sie hatte versagt. Sieh nur auf den Hof. Wenn sie sie doch nur dazu hätte bringen können, sie ein wenig mehr zu lieben.

»Dieser Kerl da draußen, der neben deinem Freund, das ist Thorn. Er ist gekommen, um mich aus dem Ring aus Feuer herauszuholen. Aber er wird es nicht schaffen. Niemand hat gegen Daddy eine Chance.«

Doris umklammerte die Gitterstäbe, starrte hinaus in die Dunkelheit.

»Gibt es eine Möglichkeit rauszukommen? Weißt du, wie man sich aus diesem Zimmer befreien kann?«

»Es gibt immer eine Möglichkeit zur Flucht.«

Sylvie verfolgte, wie ein Wagen auf den Hof rollte.

»Ich nehme dich mit«, sagte Doris. »Wir gehen nach Key Largo. Ich habe dort eine Wohnung. Dort wären wir sicher.«

Nein, es war kein Wagen. Es war ein Pickup-Truck.

»Weshalb bist du jetzt zurückgekommen, Mommy? Wegen

des Geldes, nicht wahr? Daddy ist reich geworden, deshalb bist du zurückgekommen. Das ist der Grund, nicht wahr?«

»Nein, Sylvie, nein. Ich bin wegen dir hergekommen.«

Sylvie beobachtete, wie der Kleinlaster durchs Wasser pflügte. Seine Scheinwerfer beleuchteten die Fischteiche und fingen ihren Vater ein, der sich mit der Schaufel durch das Erdreich wühlte. Der Truck stoppte, ließ die Scheinwerfer eingeschaltet, und Harden hielt für einen kurzen Moment inne und setzte dann seine Arbeit fort. Die vom Truck verursachten Wellen fächerten über den Hof, funkelten silbern wie Wunderkerzen am Unabhängigkeitstag. Der ganze Hof sprühte Funken.

Judy Nelson stieg aus dem Laster.

»Sylvie, antworte endlich. Wie kommen wir hier raus?«

Die Hand ihrer Mutter legte sich auf ihre Schulter, schüttelte sie sanft, als versuchte sie, sie aufzuwecken. Genauso wie an jenem Morgen, als sie fortging und Sylvie aus dem Schlaf schüttelte, um ihr einen Kuß zu geben, dabei auf der Bettkante saß und Sylvie, noch warm vom tiefen Schlaf, zu ihrer Mutter aufsah, die ihr erklärte, sie würden jetzt wegfahren, Sylvies Koffer sei bereits gepackt. Sie brauche nur aufzustehen. Sie würden irgendwohin fahren, wo es viel schöner sei. Dabei schüttelte sie sie an der Schulter, um sie ganz wach zu bekommen.

»Wie kommen wir von hier weg, Sylvie? Was müssen wir tun?«

»Du schaffst es niemals«, erwiderte Sylvie. »Du kommst niemals raus. Du bist jetzt hier und gehst nie mehr fort.«

»Zeig mir, wie es geht. Bitte, Liebling. Bitte.«

Sylvie drehte sich um und ging zu ihrer Kommode und wühlte zwischen ihrer Wäsche und ihren Strümpfen herum und fand den Schraubenzieher, den sie dort versteckt hatte, und sie ging zum Fenster und reichte mit einer Hand durch das Gitter und begann eine Schraube zu lösen.

»Irgend etwas Großes hat sie immer wieder ausgegraben«,

sagte Sylvie, während sie arbeitete. »Ich habe niemals feststellen können, was es war. Ich konnte nur jede Nacht im Bett liegen und es mir anhören. Daliegen und dich hassen, Mommy. Ich habe dich gehaßt, wirklich und wahrhaftig.«

»Ich weiß, Sylvie. Ich weiß, daß du so empfunden hast. Es ist in Ordnung.«

»Wir brauchen dich nicht mehr, Mommy. Du brauchtest auch nicht zurückzukommen. Daddy und ich kommen ganz gut alleine zurecht. Wir haben dich nicht nötig. Du hättest nicht herkommen sollen.«

»Das sollten Sie nicht tun, Harden. Es geht nicht. Ich kann es nicht zulassen.«

Judy Nelson stieg auf den Erdwall, wo Harden grub. Sie war zwanzig Meter von ihm entfernt und näherte sich ihm.

Thorn beobachtete Judy und Harden, und er spürte Sugarman hinter sich, der immer noch an den Stricken herumsäbelte, sie nun schon seit einer Minute oder länger bearbeitete, der unter Wasser die Luft anhielt, und Thorn konnte die Luftblasen, die er ausstieß, an der Wasseroberfläche zerplatzen hören, während Sugarman so lange wie möglich durchzuhalten versuchte.

»Bitte legen Sie die Schaufel weg, Harden.«

Aber der Mann grub weiter, während das Wasser um seine Füße spülte.

»Weshalb sind Sie zurückgekommen, Judy?«

Sie lachte bitter.

»Um mich zu entschuldigen«, antwortete sie. »Für meine Unfreundlichkeiten heute nachmittag. Können Sie das verstehen? Ich habe für Sie und Sylvie einen Kuchen gebacken. Er liegt im Wagen. Und jetzt tun Sie so etwas. Unfaßbar.«

»Gehen Sie weg, Judy. Zwingen Sie mich nicht, Ihnen weh zu tun.«

»Legen Sie die Schaufel weg, Harden. Ich will, daß Sie sofort aufhören.«

Thorn sah das matte Glänzen von Judys Pistole.

Das Wasser war bis zu Thorns Mund angestiegen. Er strengte sich an, irgendwie darüber zu bleiben, streckte sich hoch, atmete durch die Nase ein, durch den Mund aus, erzeugte Blasen im Wasser und spürte, wie die Stricke sich lokkerten.

Harden hörte auf zu graben und drehte sich zu Judy um. Thorn wollte ihr zurufen, vorsichtig zu sein, wollte sie warnen, daß ihre Gefühle für Harden sie viel zu nahe an ihn herangehen ließen, daß die Verliebtheit ihre wachen Sinne benebelte, sie dazu brachte, diesem Mann zu trauen, sie weich machte. Aber das Wasser bedeckte nun seinen Mund, und er konnte nur hilflos zusehen, wie Harden mit Judy redete, etwas Leises sagte, das Thorn nicht verstehen konnte. Und im gleichen Moment, als Judy Nelson die Pistole sinken ließ, sah Thorn, wie das Schaufelblatt einen Lichtreflex aussandte, als es einen Halbkreis beschrieb und auf Judys Gesicht zuraste, gegen ihren Schädel krachte und Judy rücklings von dem Erdwall herunterschleuderte.

Hinter sich spürte Thorn, wie die Stricke endlich nachgaben, herunterfielen, und er wand sich herum und zog die letzten Knoten eigenhändig auf. Gleichzeitig hob er den Kopf über Wasser.

»Gleich helfe ich dir, Sugar. Ich komme sofort.«

Aber Sugarman gab keine Antwort.

Thorn kam mühsam auf die Füße und drehte sich um und sah Sugar mit dem Gesicht nach unten auf dem Wasser schwimmen. Sein Körper blieb am Ast einer Weißen Sumpfeiche hängen, während das Wasser ihn umfloß wie flüssiges Silber.

Kapitel 32

Ächzend nach Luft schnappend, hievte Thorn Sugars Gesicht aus dem Wasser und zerrte ihn von dem Baum weg. Sein Körper wurde von den Stricken nach hinten gebogen, und er hielt noch immer Darcys Messer fest. Thorn hebelte das Messer frei, schnitt Sugars Hände und Füße los, schob das Messer wieder in die Lederscheide. Er lud sich Sugar auf die Arme und watete dann, so schnell sein Körper es ihm erlaubte, durch das knietiefe Wasser über den Hof. Sein Herz schlug mehrmals hart gegen seinen Brustkorb. Müde und bis ins Mark geschwächt, strebte er zur Terrasse des Swimmingpools hinüber, die sich gut einen Meter über dem Wasserspiegel befand. Der Steinpatio leuchtete weiß und trocken im Mondlicht.

Er legte Sugar auf die Steinfläche und bog seinen Körper nach hinten, wobei er darauf achtete, daß sein Mund frei war. Er warf einen kurzen Blick über den Hof auf Harden. Der Mann war immer noch in seine Wühlarbeit vertieft, und der Spalt im Erdwall war schon viel breiter. Dann drehte er sich wieder zu Sugar um und preßte seinen Mund auf Sugars Lippen und blies kräftig. Und diesmal würde er den Körper nicht für eine Sekunde alleine lassen, er würde nicht per Funk um Hilfe rufen, er würde bei ihm bleiben, bis er selbst keinen Atem mehr zum Weitergeben hätte. Er würde auf die Tilapien und auf die Meere dieser Welt pfeifen. Er würde tun, was er konnte, um das einzige zu retten, das zu retten in seiner Macht stand, das einzige, was für ihn in dieser verrückten und verdrehten Welt noch zählte.

Doris war nach Hause zurückgekommen. Sie befand sich wieder in ihrem gemeinsamen Heim.

Harden lauschte dem rauhen Scharren seines Spatens, als er

ins Erdreich fuhr, und diesem einen Satz, der ständig in seinem Kopf wiederholt wurde. Doris war daheim, wohin sie gehörte. Doris war zu Hause.

Vor ihm strömten die Tilapien hinaus, Tausende und Abertausende von Fischen, die nicht mehr eingesperrt waren. Für einen kurzen Moment stützte er sich auf die Schaufel und beobachtete, wie die Tilapien über den Rasen schwammen, wo die Scheinwerfer des Pickups ihnen einen geisterhaften weißen Schimmer verliehen. Sie wimmelten hin und her wie Samen, der den großen weiten Bauch des Ozeans suchte. In alle Richtungen schossen sie, einige sogar landeinwärts, aber mehr von ihnen, viel mehr, wurden zum Fluß und in die Freiheit geschwemmt.

Millionen von Fischen ergossen sich aus ihren Teichen, eine Fischlawine. Er spürte die Macht, mit der sie hinausstrebten, die Lust an ihrer Flucht, ein gigantischer Organismus von Fischen, weißen Fischen und schwarzen Fischen, seine Jahre der Bußarbeit, in denen er sie gefüttert, gepflegt, sie vor den Raubvögeln, dem Algenwuchs beschützt hatte. Und die mühsame Plackerei, mit der er die Fische von einem Teich zum anderen transportiert hatte, während sie heranreiften, bis sie schließlich bereit waren, um sich zu vermehren.

Das war der Schlüssel. Vermehrung. Die weiblichen Tilapien gruben Vertiefungen im sandigen Untergrund der Teiche, dann legten sie ihre Eier hinein, wobei die männlichen Tiere Wache hielten, zusahen, wie die Larven ausschlüpften und heranwuchsen, und sie in jedem Stadium verteidigten. Deshalb waren sie tausendfach produktiver als andere Fische, war die Wahrscheinlichkeit, daß sie ihr Erbgut weitergaben, daß sie eine Zukunft hatten, unsterblich wurden, um das Tausendfache wahrscheinlicher. Und all das nur, weil die Väter wachsam waren, ihre Familien beschützten, weil die männlichen Exemplare entschlossener, kämpferischer, umsichtiger waren als alle anderen Fische.

Das Wasser rauschte durch die Lücke in dem letzten der Teichwälle, und alles, das dort gefangen gewesen war, gelangte nun in die Freiheit. Und Doris war daheim, Doris war wieder in ihrem Haus. Doris, die ihn zu etwas Besserem gemacht hatte, als er je gewesen war. Selbst während ihrer grausamen Abwesenheit hatte sie ihn weiter verändert, hatte sie ihm eine neue Identität geschenkt. Er war nicht mehr der Sohn eines Kleinfarmers aus Texas, war kein beamteter Mörder mehr, sondern ein Schöpfer, ein Künstler, der der Welt etwas Neues beschert hatte. Eine neue wundervolle Idee.

Harden hob den Kopf und sah, wie ein weiterer Wagen durch das Tor fuhr, verfolgte, wie die Scheinwerferstrahlen über den Hof und das Haus strichen, als er einen Bogen beschrieb, als sein Fahrer Judy Nelsons Pickup gesehen haben mußte, dessen Scheinwerfer immer noch auf Harden und die Fische gerichtet waren, die in einer einzigen großen Woge aus dem Teich herausschwappten.

Das andere Paar Scheinwerferstrahlen verband sich mit denen von Judy Nelsons Pickup, und ein Mann stieg aus dem Fahrzeug. Ein dicker Mann mit einer Schrotflinte. Harden packte wieder den Schaufelstiel und grub weiter, wobei er den Mann, der sich näherte, im Auge behielt.

»Hey, Sie!« rief der Mann.

Harden grub.

Der Mann trat in den Lichtkegel der Scheinwerfer und richtete die Schrotflinte auf Harden.

»Sind Sie Sylvies Vater? Ja, Sie! Antworten Sie!«

»Ich bin ihr Vater, ja.«

Der untersetzte Mann watete durch das Wasser und blieb wenige Schritte vor dem Erdwall stehen, den Harden bearbeitete.

»Haben Sie das Mädchen angefaßt?«

»Wie bitte?«

»Sie wissen genau, was ich meine, Winchester. Hatten Sie Sex mit Sylvie?«

»O Gott! Lieber Herr Jesus! Ist das der Quatsch, den sie euch Typen dauernd erzählt? Schafft sie es so, euch derart in Rage zu bringen? Weil ich mit ihr Sex haben soll? Herrgott, was für Idioten!«

Harden stieß die Schaufel wieder ins Erdreich, und der Mann hebelte eine Patrone in die Kammer seiner Schrotflinte.

»Hören Sie zu, Winchester. Ich nehme das Mädchen mit, hole sie von hier weg. Und Sie werden mich nicht daran hindern.«

Harden schleuderte eine weitere Schaufel voll nassen Lehms zur Seite, und er schaute zu dem Mann hinüber, der mit der Schrotflinte auf ihn zielte.

»Sie ist meine Enkelin«, sagte der alte Mann. »Ich nehme sie mit. Sobald ich mit Ihnen fertig bin.«

Harden lachte über ihn, über diesen Mann mit seiner Schrotflinte.

»Sylvies Großvater! Passen Sie mal auf, Partner, ich habe Doris' Vater einige Male getroffen, und glauben Sie mir, Sie sind es nicht. Und ganz bestimmt sind Sie auch nicht mein alter Herr.«

Harden lachte, dann lachte er noch heftiger, als er sah, wie sich der Gesichtsausdruck des Mannes veränderte, wie er bitter wurde, und er verfolgte, wie der Mann das Gewehr fester packte und in Anschlag brachte.

»Verschwinde lieber von hier, Großvater, solange du noch durch die richtige Körperöffnung atmen kannst.« Harden lachte wieder schallend. »Sylvie geht nirgendwohin. Sie und ich und ihre Mutter sind wieder eine Familie, und wir fangen ganz von vorne an. Ende der Durchsage.«

Der Mann trat ein paar Schritte vor, hob den Gewehrlauf, preßte den Kolben gegen die Schulter, zielte halb nach oben auf den Erdwall.

»Lachen Sie mich etwa aus? Sind Sie verrückt?«

Hardens Gelächter erstarb, aber sein Grinsen behielt er bei. Er stand ganz still.

»Verrückte töte ich nicht so gerne«, sagte der alte Mann. »Ich tue es, aber es gefällt mir nicht.«

Harden suchte sicheren Stand, beobachtete die Augen des Mannes im schwachen Licht.

»Verschwinde, alter Mann, verzieh dich von meinem Grund und Boden. Ich habe heute zu viel zu tun, um mich mit solchem Unsinn abzugeben. Es dauert nicht mehr lange, bis die Gezeiten wechseln.«

Der Mann nahm das Gewehr ein wenig höher und visierte Harden an. Aber Harden glaubte erkennen zu können, daß der Lauf zitterte.

»Du schaffst es ja doch nicht«, stellte Harden fest. »Du bist genauso wie alle anderen. Glaub mir, ich hab' schon eine ganze Reihe von Narren so wie dich gesehen. Sylvie hat dir völlig den Kopf verdreht. Die Kleine ist darin ein Genie. Das ist die größte Begabung ihres Lebens. Männer in Idioten zu verwandeln.«

»Ich bin Ray Bianetti«, sagte der Mann. »Haben Sie den Namen schon mal gehört?«

»Nein.«

»Nun, sollten Sie aber. Ray Bianetti aus der Petrosino-Familie. Der Vater von Doris Carter. Sylvies Großvater.«

»Sag das noch mal.«

Bianetti machte einen weiteren Schritt vorwärts.

»Sie haben sie mißbraucht«, sagte der alte Mann. »Sie haben Sex mit Ihrer eigenen Tochter.«

»Einen Teufel habe ich.«

»Weshalb sollte Sylvie lügen? Welchen Grund sollte sie dazu haben?«

»Gott weiß, weshalb das Girl überhaupt irgendwas tut. Fragen Sie sie doch. Sie ist drüben im Haus. Gehen Sie hin, fragen Sie sie, weshalb sie solche Lügen erzählt.«

Bianetti zögerte, schaute zum Haus, dann richtete er seinen Blick wieder auf Harden. Der alte Mann machte einen halben Schritt vorwärts, und Harden sah, wie der Finger am Abzug zuckte, und er wartete nicht mehr ab, um sich zu vergewissern, ob der Lauf zu zittern aufgehört hatte. Er machte einen Hechtsprung, schleuderte gleichzeitig dem Mann die Ladung nasser Erde entgegen und vollführte einen Purzelbaum den Erdwall hinunter. Er hörte den Explosionsknall der Waffe und gleich darauf einen zweiten, während er über die Erde rollte, dann kam er auf die Füße und tauchte unter dem heißen Gewehrlauf hoch und riß dem Mann die Waffe aus der Hand und schleuderte sie hinaus auf den glitzernden Teich, in den sein Farmhof sich verwandelt hatte.

Bianetti stolperte nach hinten, stürzte beinahe. Schlamm verklebte sein Gesicht, hatte sein dunkles Sportsakko besudelt.

Er schnappte nach Luft, wischte sich hastig den Schlamm aus den Augen. Ein Mann um die Siebzig, mit grauem Haar, fettleibig. Und als er die Hände von seinem Gesicht herabsinken ließ, konnte Harden erkennen, daß seine Augen benommen und verwirrt blickten. Er rang nach Atem, dann richtete er einen qualvollen Blick auf Winchester.

»Irgend etwas mit dem Mädchen ist nicht in Ordnung. Etwas stimmt nicht mit ihr. Sie haben irgend etwas mit ihr angestellt.« Schaumiger Speichel klebte an Bianettis Lippen, zitterte, wurde vom Scheinwerferlicht angestrahlt. Er tauchte mit den Händen in seine Sakkotaschen.

»Das liegt daran, daß sie nie eine richtige Familie hatte«, sagte Harden. »Aber all das ändert sich jetzt grundlegend.«

»Nein«, widersprach Ray. Seine Stimme klang plötzlich heiser.

Die Hände des alten Mannes tauchten aus den Taschen auf. Eine der Hände wanderte hoch zu seinem Hals. Harden wich zurück und schaute zu, wie Bianettis Knie nachgaben. Dann stolperte der alte Mann nach rechts, warf den Kopf zurück, als wolle er den Mond anheulen. Er krampfte die Finger beider Hände in seine Brust, als sei sein Herz zerrissen. Harden beobachtete ihn wachsam. Dann fing der alte Mann sich wieder, schwankte und änderte die Richtung, als wolle er in sich zusammensinken.

Aber schon im nächsten Moment war Bianetti nicht mehr alt, nicht mehr langsam und hilflos, kam er aus seiner stolpernden Bewegung hoch, senkte den Kopf und stürmte vorwärts. Er brüllte wie ein Wahnsinniger, zielte auf Hardens Beine, warf sich gegen ihn und hob ihn vom Erdboden hoch, um ihn wuchtig auf den Rücken zu schleudern. Harden wirbelte schnell herum, spuckte Wasser, befreite sich aus Bianettis Umklammerung und versuchte sich zu ihm heraufzuwerfen. Während ihre Körper ineinander verschlungen durch den Morast rollten, suchten Hardens Finger nach den empfindlichen Punkten.

Aber etwas stimmte nicht. Harden Winchester war nicht vollständig wach, war nicht konzentriert, seine Muskeln erschlafften so schnell, als habe er einige Schrotkugeln abbekommen, ohne es zu bemerken. Er spürte nicht die warme Feuchtigkeit einer Wunde, wußte dennoch, daß etwas nicht richtig war, etwas, das ihn daran hinderte, seinen Kopf nach links oder rechts zu drehen. Das ihn davon abhielt, Luft zu holen, während sein Gesicht sich erhitzte und anschwoll. Und schließlich erkannte er es, fühlte es, ein scharfes Brennen, das in seinen Adamsapfel schnitt. Etwas, das er früher schon mal gefühlt hatte. Etwas Schlimmes.

Einen Draht um seine Kehle. Einen gottverdammten Draht!

Sylvie hatte recht. Doris hatte zu breite Hüften, um sich durch die Öffnung zu schlängeln. Aber Sylvie schaffte es so wie immer, indem sie eine Ecke des Gitters nach draußen bog, dann ihren Körper an der scharfen Stahlkante vorbeischob. Die Lücke war nur ein paar Zentimeter breit.

Sie sprang hinunter ins Wasser, und Doris sagte: »Jetzt mach die Tür auf, Sylvie. Komm, schließ auf.«

Sylvie blickte zu den beiden Männern, die am Rand des Fischteichs miteinander kämpften. Einer würgte den anderen. Ein lautes Knurren ertönte. Sie erkannte Murthas Automobil, den roten Firebird. Murtha war also den weiten Weg hierhergekommen, um zu kämpfen, um sie zu erringen. Donnerwetter!

»Mach die Zimmertür auf, Sylvie. Mach schnell! Beeil dich!«

»Nein, Mommy. Du bleibst hier. Ich muß erst etwas holen, etwas Wichtiges erledigen.«

Sylvie rannte über den Hof dorthin, wo ihr Vater und Murtha im Kegel der Autoscheinwerfer miteinander rangen. Sie hatte eine Idee. Sah eine Möglichkeit, dafür zu sorgen, daß die Dinge genau so wurden, wie sie früher gewesen waren.

Kapitel 33

Ein Schwall sauren Wassers schwappte aus Sugars Mund, gefolgt von einem dünnen Strom Erbrochenem. Thorn wich mit den Lippen hastig zurück, versuchte, seinen Magen zu beruhigen, aber es dauerte einige Sekunden, bis er wieder seine Aufgaben als Lebensretter fortsetzen konnte. Er kniete rechts neben Sugars Körper, bedeckte mit der rechten Hand seine linke, deren Ballen er auf das weiche Fleisch wenige Zentimeter unter

Sugars Brustbein drückte. Eins-Druck, zwei-Druck, drei-Druck, so massierte er Sugarmans Herz von außen, dann beugte er sich hinunter, hielt ihm die Nase zu und blies drei kräftige Luftstöße in seinen Mund.

Hinter sich hörte er das Plätschern von jemand, der auf ihn zuwatete, aber er drehte sich nicht um. Eins-Druck, zwei-Druck, drei-Druck.

Er hörte, wie die Person aus dem Wasser stieg und die Terrasse zum Patio hochkletterte. Dann vernahm er das Klicken mehrerer Schalter. Und um ihn herum flammten Scheinwerfer auf, die an den Masten hingen, die auf dem Hof verteilt standen, und die auf dem Hausdach und den Nebengebäuden installiert waren.

Thorn blickte kurz auf und sah eine weite Fläche grellweißen Lichts, sah die beiden Wagen, die auf dem Hof standen, sah Judys Körper auf dem Uferdamm des Teichs liegen, etwas unterhalb einen zweiten Körper mit dem Kopf im Wasser. Mittlerweile ein wenig benommen und mit schmerzenden Knien bückte Thorn sich wieder und blies erneut dreimal kräftig in Sugars Mund. Hörte, wie die Schritte hinter ihm innehielten, wandte jedoch nicht den Kopf. Eins-Druck, zwei-Druck, drei-Druck.

Und dann spürte er, wie Sugars Körper reagierte, nahm ein schwaches Zittern unter seinen Händen wahr. Aufgeregt vor Freude und deshalb überhastet reagierend, rutschten Thorns Hände ab, und er fiel quer über Sugars Brust.

Sugarman schlug die Augen auf, blinzelte, blickte zu Thorn hoch.

»Verdammt.« Seine Stimme klang zittrig und heiser. »Du mußt dich mal rasieren, Mann. Das ist ja so, als würde man von einem Stachelschwein geküßt.«

Thorn richtete sich auf und bog Sugars Hals gerade.

Sugarman schloß für einen Moment die Augen, atmete nun

aus eigener Kraft. Er holte tief Luft, und seine Augen öffneten sich wieder.

»Und die Zähne mußt du auch mal putzen«, fügte Sugar hinzu.

»Sei still«, befahl Thorn. »Entspann dich einfach.«

»Erdnüsse. Hab' sie in deinem Atem geschmeckt. Und habe dann von Baseball geträumt.«

»Red nicht soviel. Bleib nur ganz ruhig, Sugar.«

Sugarmans Blick wanderte langsam über Thorns Schulter. Seine Augen unternahmen die weite Reise aus seinem Baseballtraum zurück in diese furchtbare Augustnacht am Rande der Everglades. Er betrachtete jemanden, der hinter Thorn stand, starrte diese Person an, als sei sie eine Cottonmouthschlange, die ihm den Weg versperrte.

Thorn kam auf die Beine und fuhr herum. In einer Hand trug sie einen silbern glänzenden Eimer, in der anderen eine Schrotflinte. Sylvie stellte den Eimer ab und hielt die Flinte locker in beiden Händen.

»Jetzt haben Sie Ihre Chance, Thorn. Mein Daddy ist da drüben. Er ist im Augenblick leicht angeschlagen.«

Thorn näherte sich ihr und sagte:

»Was ich wissen möchte, Sylvie, ist, was haben Sie mit seiner Leiche getan?«

»Welcher Leiche?«

»Laverys.«

Sie wurde wachsam, bedachte ihn mit einem langen, ausdruckslosen Blick.

Schließlich erklärte sie mit sachlich nüchterner Stimme: »Es war reine Notwehr.«

»Oh, ich bin überzeugt, daß es das war. Alles, was Sie tun, ist Notwehr. Nicht wahr? Das ist Ihre Rechtfertigung für alles, was Sie tun.«

»Wenn Sie mein Leben hinter sich hätten, Thorn, dann würden Sie mich verstehen. Wenn Sie so wie ich in Schuhen voller Glasscherben hätten laufen müssen, dann würden Sie alles begreifen.«

»Was ist denn mit Ihnen geschehen, Sylvie? Was war denn so gottverdammt schrecklich, daß es Ihnen erlaubte, andere Menschen umzubringen?«

»Bei Lavery war es reine Notwehr. Das sagte ich bereits. Er wollte sich auf mich stürzen, hat versucht mich zu töten. Deshalb hatte ich keine andere Wahl.«

»Haben Sie auch ihn gebeten, Sie zu retten? Das tun Sie doch immer, nicht wahr? Sie suchen die Roy Murthas, die Laverys, schwenken Ihren kleinen strammen Hintern vor ihren Nasen hin und her und versuchen sie aufzustacheln, indem Sie ihnen weismachen, was für ein böser Mensch Ihr Vater ist.«

»In der vergangenen Nacht scheinen Sie mit Sylvies kleinem strammen Hintern aber viel Spaß gehabt zu haben. So wie Sie sich im Bett herumgewälzt haben. Ich habe noch nie einen Kerl gesehen, der so in Fahrt war wie Sie.«

Thorn drehte sich zu Sugarman um, gab seine Schuld mit einem Achselzucken zu. Sugar nahm diese Freveltat kopfschüttelnd zur Kenntnis.

»Darcy ist rein zufällig in die Sache verwickelt worden, nicht wahr, Sylvie? Sie hat etwas gesehen, das nicht in Ordnung schien, und wollte helfen. Und Sie haben gedacht, hey, warum nicht? Vielleicht sollte ich der Frau eine Chance geben, bei dem Spiel mitzumischen. Das wäre doch mal eine nette Abwechslung.«

Sylvies Augen bekamen einen fernen Ausdruck, blickten ins Leere.

»Niemand kann Sylvie helfen.«

»Vielleicht wollen Sie gar keine Hilfe. Vielleicht ist es das gar nicht, wonach Sie die ganze Zeit suchen.«

»Sylvie ist in großer Not«, sagte sie. »Sie braucht jemand, der sich in den Ring aus Feuer wagt und sie rettet.«

»Oder vielleicht möchte sie etwas ganz anderes«, sagte Thorn. »Vielleicht möchte sie einfach nur zusehen, wie die Menschen verbrennen, die es versuchen. Vielleicht ist es genau das, worauf sie abfährt. Typen in die Flammen locken und dann erleben, wie sie verschmoren. Es muß ein erhebendes Gefühl sein, daß alle sich derart aufregen, daß sie bereit sind, für Sie zu sterben. Das muß Sie ja enorm anmachen.«

Sylvies Augen wurden wieder lebendig. Sie legte den Kopf schräg, und ein eisiges Lächeln erschien auf ihren Lippen.

»Sie sind aber ein großer Denker vor dem Herrn, nicht wahr? Es gibt sicher keinen größeren.«

»Noch nicht groß genug.«

»Ich mag Sie nicht, Thorn. Ich kann nicht begreifen, wie Darcy sich jemals mit einem solchen Nabelschauspezialisten wie Ihnen zusammentun konnte. Sie hatte wirklich etwas Besseres verdient. Jemanden, der sie ausführt, der ihr die Welt zeigt. Nicht irgendeinen verdammten Einsiedler. Einen Typen, der es schon für sensationell hält, wenn er sich unten an seine Ausfahrt stellt und zusieht, wie der Verkehr vorbeifließt.«

Sugarman bewegte sich nach rechts, aber Sylvie bemerkte es und richtete die Schrotflinte in seine Richtung, und er hielt inne.

»Und dieser Drachen, der die Höhle bewacht«, sagte Thorn und schaute hinüber zu den Fischteichen, wo knapp außerhalb des Lichtkreises ein Mann auf das Haus zutaumelte. »Das ist alles Quatsch. Sie wollen gar nicht von Harden weg. Denn Sie und der Drache haben eine hübsche kleine Vereinbarung, nicht wahr? Sylvie versorgt ihn mit soviel rotem Fleisch, wie er will, und er beweist ihr, wie sehr er sich um sie sorgt, was er alles für sie zu tun bereit ist. Wie eine Katze, die ihre Jagdbeute nach Hause schleppt, um von ihrem Herrn gelobt zu werden. So funktioniert es doch, richtig? Eine verdammt glückliche kleine Familie.«

Ihre Augen sprangen zwischen Thorn und Sugarman hin und her.

»Sie kennen meinen Daddy nicht«, sagte sie. »Er ist nicht so wie Sie, Thorn. Ein Mann wie er langweilt sich schnell, wenn er sich keiner Herausforderung mehr stellen muß. Er braucht Action. Auf diese Weise bleibt er jung.«

»Das ist also Ihr Job, was? Sie schlagen ein paar simple, gemütliche Bälle, und er darf losrennen und sie fangen.«

Thorn machte jetzt einen weiteren Schritt auf sie zu, war jetzt kaum zwei Meter von ihr entfernt. Sylvie faßte die Schrotflinte fester, stoppte ihn und hielt ihn in Schach.

Er sagte: »Und es war auch kein gemietetes Boot. Nicht wahr?«

»Wovon reden Sie?«

»Das waren Sie in dem Grady White. Es waren Ihre Schwimmflossen, Ihr Bleigürtel. Er war viel zu klein, um Ihrem Vater zu passen. Das waren Sie draußen auf dem Riff.«

»Ich habe Ihnen doch erklärt, was passiert ist. Mein Daddy hat sie ermordet. Wie er es mit allen anderen ebenfalls getan hat.«

»Sie konnten Darcy nicht unter Kontrolle bekommen. Sie ist Ihrem Zauber nicht erlegen. Sie war nicht so leicht steuerbar wie die Männer. Das machte Ihnen Sorgen. Vielleicht würde sie es tatsächlich schaffen, Ihren Vater vor Gericht zu bringen. Sie bekamen es mit der Angst zu tun, dachten, daß das ganze schöne Märchen, das Sie sich ausgedacht hatten, am Ende auffliegen würde. Deshalb haben Sie sie umgebracht, nicht wahr, Sylvie?«

Als sie darauf nichts erwiderte, fuhr Thorn fort: »Sie haben ihr vorgeschlagen, sie in der Snake Creek Marina zu treffen, um sich mit ihr zu unterhalten, aber Sie sind nicht hingegangen.

Statt dessen haben Sie uns verfolgt und auf eine günstige Gelegenheit gewartet. Wahrscheinlich haben Sie sogar ein Gewehr mitgenommen. Waren bereit, uns beide zu töten, falls es sich nicht vermeiden ließ. Aber dann erkannten Sie Ihre Chance, schwammen unter Wasser zum Riff und wendeten bei ihr den Spezialgriff an, den Sie von Ihrem Vater gelernt hatten. Ich kann es mir ganz genau vorstellen. Sie und Harden sitzen nach dem Abendessen noch ein wenig am Tisch, und der Vater lehrt seine kleine Tochter ein paar seiner alten Tricks vom Militär, für den Fall, daß sie eines Tages einen ihrer Gespielen außer Gefecht setzen muß.«

Sylvie hob das Gewehr leicht an, während ihr Finger den Abzugshebel streichelte.

»Ich hätte mich niemals mit Darcy einlassen sollen.«

»Ja. Und weshalb?«

»Man kann sich auf Frauen nicht verlassen«, sagte Sylvie. »Man steht am Fenster, hält nach ihnen Ausschau, Stunde für Stunde, Monat für Monat, aber sie kommen nie zurück. Sie tun so, als läge ihnen etwas an einem. Aber das stimmt nicht. Es liegt ihnen nichts daran. Überhaupt nichts. Sie lassen einen im Stich.«

»Deshalb mußten Sie sie töten, nicht wahr?«

»Okay«, sage sie, »ich hab's getan. Ich tat es, ehe sie mir schaden konnte. Frauen stoßen einem das Messer in den Rükken. Sie tun so, als liebten sie einen, dann tun sie sowieso, wonach ihnen gerade der Sinn steht. Sie verlassen einen, machen sich aus dem Staub. Sylvie mußte sich wehren, ehe man ihr erneut weh tat.«

Sylvie trat von einem Fuß auf den anderen, richtete den Lauf der Flinte auf Thorns Brust. Ein paar Schritte rechts von ihr schob Sugarman sich allmählich auf sie zu, fächerte ihre Ziele so weit wie möglich auseinander. Sugars rechtes Auge war geschwollen, sein weißer Augapfel war durch einen dünnen

Schlitz zu erkennen. Sylvie schickte ihm einen warnenden Blick, dann konzentrierte sie sich wieder auf Thorn.

Er verlagerte sein Gewicht auf die Fußballen, so daß sein Körper sich leicht nach vorne neigte, und rechnete sich seine Chancen für einen Hechtsprung auf ihre Füße aus. Am Rand seines Gesichtsfeldes gewahrte er Sugar, der ihm mit einer flüchtigen Bewegung seiner rechten Hand irgendeine Botschaft zu schicken schien, eine Art Countdown für einen Angriff oder so etwas, aber Thorn konnte es nicht verstehen.

Sylvie schluckte und wollte weiterreden, aber ein Schrei ließ die Worte in ihrem Hals steckenbleiben. Die gequälte Stimme einer Frau. Dann drang ein weiterer Schrei vom Haus herüber. Die Frau schrie erneut, und Sugarman fluchte und rannte die Terrasse hinunter.

Ehe Thorn reagieren konnte, war Sylvie schon herumgefahren und feuerte in seine Richtung. Doch der Rückstoß lenkte ihren Schuß nach oben ab, und Sugar trabte unversehrt weiter durch das knietiefe Wasser. Thorn wollte sich auf Sylvie stürzen, versuchte sie mit einem Satz zu erreichen, doch Sylvie stolperte rechtzeitig zur Seite und wich ihm aus. Dabei riß sie das Gewehr herum, so daß er aus knapp einem halben Meter Entfernung in die Mündung starrte.

Kapitel 34

»Zurück«, zischte sie. »Bleib verdammt noch mal stehen!«

Thorn gehorchte.

Sie schien von dem Knall ihrer Waffe leicht betäubt zu sein. Aber nach ein paar Sekunden klärten ihre Augen sich, und sie legte den Kopf schräg, betrachtete Thorn mit einem seltsamen Ausdruck, als sei sie gerade erst auf diese Bühne gestolpert und als erinnerte sie sich nicht mehr an die Rolle, die sie spielen sollte, als habe sie sogar den Titel des Stücks vergessen, in dem sie auftrat. Und als warte sie darauf, daß Thorn endlich ihr Stichwort aussprach.

Aber er sagte nichts, und während sie ihn ansah, erschien ein gewinnendes Lächeln auf ihren Lippen und geisterte über ihr Gesicht wie eine dahintreibende Rauchwolke. Es schien ihr nun wieder einzufallen. Eine alte Rolle, die sie schon vor so vielen Tagen gespielt hatte.

»Ach, ich bitte dich, Hemingway. Sei ehrlich«, sagte sie, und ihre Stimme bekam einen einschmeichelnden, seidigen Klang. »All das Schreien und Stöhnen in der vergangenen Nacht, all diese wilde Action. Ich bitte dich, Thorn, sag's schon. Liebst du Sylvie nicht doch, ein kleines bißchen vielleicht?«

Er löste seinen Blick von den schwarzen Mündungen der Schrotflinte, ließ ihn hinaufwandern zum dunstigen Himmel über den Scheinwerfern. Die Nacht war klar geworden, der Mond stieg auf den steilen Schienen seiner Umlaufbahn höher, rotierte von der Erde weg, entfernte sich mit einer Geschwindigkeit von Tausenden von Meilen in der Stunde, dieser kalte, kahle Felsen, der nun seinen Griff lockerte, mit dem er die Gezeiten und die Liebenden und die hoffnungslos Verrückten kontrollierte.

Dann sah er sie wieder an und sagte: »Warum legst du dieses Gewehr nicht weg, du kleiner Scheißer, und dann zeige ich dir, wie sehr ich dich liebe.«

Sylvie funkelte ihn für einen kurzen Moment an, dann schienen ihre Augen das Interesse zu verlieren und blickten plötzlich nach innen wie die Augen eines Schläfers, der zurückgezogen wird in die übermächtige Strömung seines Traums. Nach einigen weiteren Sekunden war Thorn ziemlich überzeugt, daß sie nicht einmal ihn mehr bewußt wahrnahm. Höchstens als undeutliche Schemen, als Silhouette eines Menschen. Er war nicht mehr einer von Sylvies Söldnern, war nicht mehr von Nutzen, sondern ganz einfach lästig. So mußte sie am Ende auch Darcy betrachtet haben. Im Laufe der Zeit hatte sie es gelernt, auf diese Weise mit dem Verrat fertig zu werden, der an ihr begangen wurde.

Entweder verschrieb man sich Sylvie mit Haut und Haar, oder man existierte nicht für sie. Entweder man huldigte ihr auf dem Altar ihres wahnsinnigen Lächelns, erfüllte ihr jeden Wunsch, versuchte jedes Leid, das ihr widerfuhr, zu mildern, hatte totales Vertrauen zu ihr, bewies absolute Loyalität, oder Sylvie verbannte einen in irgendeinen toten Bereich ihrer Persönlichkeit, deponierte einen auf dem Friedhof ihres Herzens, wo man, genauso wie Thorn gerade, zu einem Gespenst wurde.

Thorn wandte sich von ihr ab und lauschte dem Lärm, der aus dem alten Farmgebäude herausdrang, dem Stöhnen und Ächzen und Poltern von umkippenden Möbeln, darüber die Stimme einer Frau, die flehte, sie sollten endlich aufhören. Eine große Glasscheibe ging zu Bruch.

»Du kannst es gleich wieder vergessen, Thorn. Du bleibst bei mir. Sylvie hat eine Menge Arbeit für dich.« Ihre Stimme klang gedämpft, die Augen wirkten wie mit Rauhreif bedeckt, als sie in die Luft über seinem Kopf starrten. »Die Fische sind das Geld, und es ist das Geld, das sie hierher zurückgeführt hat, deshalb werden wir die Fische vernichten.«

Sylvie hielt die Schrotflinte weiter auf Thorn gerichtet, während sie sich am Poolrand hinhockte und den Arm bis zum Ellbogen ins Wasser tauchte. Ein paar Sekunden lang mühte sie sich mit irgend etwas ab, wobei sie Thorn im Auge behielt, dann zog sie den Zipfel eines Plastiktuchs hoch. Es schien eine blau gefärbte Plane zu sein, die an Klammern in der Beckenwand gut einen halben Meter unter der Wasseroberfläche befestigt war.

»Du bringst das jetzt zu Ende, Thorn. Mach sie los und zieh sie raus. Das ist Männerarbeit.«

Thorn zögerte noch einen Moment. Im Haus herrschte jetzt eine unheilvolle Stille. Dann ging er am Beckenrand in die Knie und tastete die Innenwände ab, bis er die Haken fand und sie löste. Während er um das Becken herumging und die Plane losmachte, zog Sylvie die Plastikfolie ein und legte sie als unordentlich zusammengefalteten Haufen auf die Steinplatten des Patios. Die Plane war leuchtend blau, eine Art undurchsichtige Tarnfolie, die dem Becken sein seichtes Aussehen verliehen hatte.

Als Thorn fast fertig war, ging Sylvie zu einer Schalttafel an einer der Stützpfeiler des Aussichtsturms und knipste die Bekkenbeleuchtung an, und dann erblickte Thorn sie, die Fische, von denen es im Becken wimmelte. Tilapia nilotica schwammen aufgeregt herum, aufgescheucht durch die unerwartete Aktion mit der Plastikhaut. Da waren Tausende, alle hellrot und alle mit jenen eindeutigen Zeichen auf ihren Schwanzflossen, den dunklen Augenmarkierungen.

»Und jetzt schütte es in den Pool.«

Sie deutete auf den Eimer, der randvoll mit weißem Granulat gefüllt war.

»Natriumfluoroacetat.« Ihre Stimme erklang von weit her, tief aus ihrem Körper.

Thorn hob den Eimer hoch, und Sylvie trat drei, vier Meter zurück.

»In den Pool damit. Schütte es rein.«

Er blickte auf die Fische, ein einziges rotes Gewimmel. Sie alle hatten die Farbe, auf die der Markt offensichtlich so scharf war. Es war nur Haut, lediglich eine oberflächliche Illusion. Denn diese Fische waren identisch mit all den anderen Tilapien, den schwarzen und weißen, die genauso schmeckten, die das gleiche faserige Fleisch besaßen wie diese roten. Aber Menschen waren für diese Fische gestorben. Vor allem die schönen blauäugigen Blonden. Die Märchenprinzessinnen. Die glücklich Geborenen, die Arierinnen des Meeres.

Thorn schleuderte die Chemikalie in das Becken und verfolgte, wie die Fische hochkamen, weil sie glaubten, sie würden gefüttert. Sie schnappten nach der sich im Wasser auflösenden Substanz, wichen dann schnell zurück und schwammen eilig zum Beckenrand.

»Es dauert eine Weile«, sagte Sylvie. »Es sind ganz schön zähe Tiere.«

Vor ihren Augen begannen die Tilapien schneller umherzuschwimmen, folgten dabei einem immer hektischeren Zickzackkurs, als sei irgendein Raubfisch mitten zwischen ihnen aufgetaucht. Sie schossen hin und her, prallten gegen die Bekkenwand, hüpften aus dem Wasser und fielen wieder zurück.

»Jetzt bist du an der Reihe, Thorn. Ich bin mit dir fertig. Steig ins Wasser.«

Er sah sie an. Die Muskeln ihres Gesichts waren schlaff, ihr Mund kraftlos. Alles Blut war aus ihrem Gesicht gewichen, die Haut war zombiehaft weiß. Eine fahle Imitation Sylvies zielte mit der Schrotflinte auf ihn. Hatte den Finger schußbereit am Abzug.

Er machte einen Schritt in Richtung Swimmingpool, während Sylvie mit dem Gewehr im Anschlag zurückwich. Er überlegte, was er unternehmen müßte, um sie zu entwaffnen. Eine Finte vielleicht, ein schneller Griff, sie dabei unter Umständen sogar zu Fall bringen. Oder eine Bruce Lee-Nummer, ein Sprung, ein Tritt, und schon flöge die Waffe durch die Luft. Aber Thorn hatte das nicht gelernt, besaß einfach nicht die notwendige Gewandtheit und Körperbeherrschung für derartige Techniken. Er war ein eher verbissener Kämpfer, der stets bedingungslos frontal angriff, der Typ, der, wenn überhaupt, nur dadurch Sieger bleibt, daß er auch mal zurückweicht, um sein

Glück sofort aufs neue zu versuchen. Sein einziges Talent war eine ausgeprägte Sturheit.

»Es gibt auch noch einen anderen Weg, um das zu regeln, Sylvie. Niemand muß sterben. Aber du mußt zuerst das Gewehr abgeben.« Er versuchte, seiner Stimme Wärme zu verleihen, die den Selbstmörder davon abhalten sollte, aus dem Fenster zu springen. Aber Sylvie hörte nicht zu. Ihre Augen waren kalt wie Eis.

»Steig endlich ins Wasser«, befahl sie. »Aus dieser Sache windest du dich nicht raus.«

»Wenn du gegen deinen Vater aussagst, Sylvie, werden sie bei dir nicht so streng sein. So wird es laufen.«

»Ich sage gegen niemanden aus. Harden und ich werden so weiterleben wie früher. Mehr tue ich gar nicht. Es bleibt alles beim alten.«

Hinter Sylvie kam Harden von der Veranda herunter. Er hatte einen Arm um Doris Albrights Taille geschlungen und schleifte sie mit sich. Sie bewegten sich auf den Swimmingpool zu.

»Sylvie, es wird nie mehr so sein. Was früher war, ist endgültig vorbei. Du mußt mir das Gewehr geben. Und zwar auf der Stelle, Sylvie. Es wird allmählich Zeit.«

Thorn machte ein paar Schritte vorwärts, blieb dabei in der Schußlinie. Es dauerte nur noch ein paar Sekunden, bis Harden sich auf Hörweite genähert hatte.

»Halt, Thorn. Bleib stehen.«

Er atmete zischend ein. Es war zu spät. Harden stieg schwerfällig über die Terrasse zum Swimmingpool hoch, und Sylvie hörte ihn, ging ein wenig zurück, richtete aber weiterhin das Gewehr auf Thorn. Sie drehte den Kopf und sah sie herankommen, dann richtete sie den Blick wieder auf Thorn.

»Gut gemacht, Sylvie«, sagte Winchester. »Braves Mädchen.«

Blut sickerte aus Winchesters Hals. Ein glänzender Metallfaden schien dort eingebettet zu sein, das Fleisch seines Halses war um den Faden herum aufgeworfen und geschwollen. An jedem Ende des Drahtes baumelte eine Stahlkugel, etwas größer als Glasmurmeln. Sie hingen bis auf Hardens Brust herab und schwangen wie groteske Uhrenpendel hin und her, während er mit Doris den Patio betrat und die Frau dann losließ.

»Das muß ein übler Anblick sein«, sagte er, und seine Stimme war ein feuchtes Krächzen. »Dieses Ding hier.« Er berührte mit einem Finger seinen blutenden Hals. »Ich würde es ja am liebsten rausziehen, aber ich glaube, daß es im Augenblick das einzige ist, was mich zusammenhält. Es geht, bis ich ins nächste Krankenhaus komme und mich behandeln lasse. Die Drosselvene ist unversehrt. Darauf hatte er es wohl abgesehen. Das Schwein hat lediglich ein paar Halsmuskeln durchtrennt. Den Venter superior, den Sternohyoideus. Aber ich hab' schon Schlimmeres überstanden. Viel Schlimmeres.«

Harden holte tief und mühsam Luft, und es brodelte in seiner Kehle, als trinke er durch einen Strohhalm die letzten Reste eines Milchshake.

Er ging zur Treppe des Swimmingpools, tastete sich unbeholfen die ersten beiden Stufen hinunter. Das Blut hatte sein graues Sweatshirt besudelt und dabei einen Schatten hinterlassen, der Thorn an einen Tarpon erinnerte, der in Panik auf den Meeresboden hinabtauchte.

»Doris, komm her, ganz nahe.« Er winkte ihr zu. »Du sollst dir ansehen, was ich getan habe. Was ich für uns geschaffen habe.«

»Was ist mit Sugar?« wollte Thorn von Doris wissen.

»Ihr Freund«, sagte Harden, »blutet mir gerade den Wohnzimmerteppich voll.«

Doris schluckte. »Er lebt«, sagte sie. »Noch ist er am Leben.«

»Daddy, geh nicht ins Wasser. Es ist gefährlich. Du blutest, du bist verletzt.«

Harden warf Sylvie einen drohenden Blick zu.

»Verdirb jetzt nicht alles, Mädchen. Mach deinem Vater diesen Tag nicht kaputt. Hast du gehört?«

Er watete in den Pool, ging ein Stück hinein, bis das Wasser ihm bis zur Taille reichte, und er beugte sich vor, tauchte die Arme ins Wasser und schöpfte ein halbes Dutzend Fische heraus und hielt sie zappelnd fest. Hellrote Tilapien, die er hochhob. Dann breitete er die Arme aus und ließ sie ins Wasser zurückfallen.

Während stetig das Blut aus seiner Halswunde quoll, schöpfte er erneut Fische auf, diesmal fast ein ganzes Dutzend, drückte sie in einer Art Umarmung an sich, lächelte Doris selig an und ließ die Fische nacheinander frei und ins klare Wasser zurückgleiten.

»Sieh mal, Doris«, sagte er. »Sieh, was ich erreicht habe. So viele Leute haben es versucht, Leute mit unbegrenzten finanziellen Mitteln, Wissenschaftler mit ihren Titeln und Diplomen. Aber ich habe Erfolg gehabt. Und das nur, weil ich einen Grund hatte, Doris, ein erstrebenswertes Ziel. Ich habe etwas das Leben geschenkt, das bisher auf der Erde nicht existiert hat.«

Doris schien gebannt zu sein von dem Swimmingpool, den Fischen, von Harden Winchester, der darin herumpaddelte, jetzt zwei größere Exemplare ergriff, sie zum Himmel reckte wie Goldbarren, die in der Dunkelheit glänzten. Er strahlte Doris an, während die Fische hilflos in seinen Händen zappelten.

»Sie gehören uns, Doris«, sagte er. »Die schönsten, die fruchtbarsten Fische der Welt. Sind sie nicht wunderbar?«

Ihre Stimme kaum ein Flüstern, gab sie einen Laut von sich, der wohl eine Antwort sein sollte.

»Sag es, sprich die Worte aus, Doris. Es sind wunderbare Fische.«

»Das sind sie«, sagte sie in einem Zustand mutloser Trance. »Wunderbare Fische.«

Die Nacht war schwül, und eine träge Brise brachte den schwachen Duft von Kiefern und vermoderten Pflanzen heran. Der Mond über ihnen setzte die Wanderung auf seiner vorgeschriebenen Bahn fort und geriet allmählich außer Sicht.

»Ist dir eigentlich klar, Doris, daß es Menschen gibt, die Riesensummen für diese Fische bezahlen würden? Millionen Dollar. Genug, um all deine Schulden abzutragen und dir zu gestatten, deinen sterbenden Ehemann zu verlassen, ihn und dieses gescheiterte Unternehmen, dieses jämmerliche Leben. Soviel sind diese Fische wert. Das ist es, was ich für dich getan habe. Für uns. Um dich von all deinen Schulden und Verpflichtungen zu befreien, um für dich reinen Tisch zu machen, damit du genauso wieder zu uns zurückkehren kannst, wie du weggegangen bist.«

»Ich will, daß du diese Menschen laufen läßt, Harden«, erklärte Doris. »Sie haben nichts getan. Sie haben nur versucht, mir zu helfen.«

Harden rührte mit einer Hand im Wasser, scheuchte die Fische auf. Einige befanden sich bereits im Todeskampf. Sie hatten sich in den Ecken des Pools versammelt, reckten die Köpfe hoch, als bemühten sie sich verzweifelt, ein wenig unvergiftete Luft einzuatmen.

»Was bedeuten sie dir, Doris? Wer sind diese Leute?«

»Sie sind meine Freunde. Sie wollten mir helfen.«

»Freunde? Wofür brauchst du Freunde? Du hast eine Familie. Das ist alles, was du brauchst. Das ist alles, was man haben muß.«

»Er hat diese Fische nicht erschaffen.« Thorn trat an den Rand des Swimmingpools.

Hardens Hand wedelte durch das Wasser. Er schaute zu einer Ecke des Beckens, wo einige der sterbenden Fische sich zusammendrängten.

»Er hat diese Fische der Regierung gestohlen«, fuhr Thorn fort. »Dabei hat er ein Dutzend Menschen ermordet.«

Winchester blickte zu Thorn.

»Oh, er prahlt damit, behauptet, er habe alles selbst geschaffen. Dabei hat er überhaupt nichts getan. Er hat geschwindelt, betrogen. Er hat Menschen ermordet, die ihm im Weg standen, wie er es schon sein ganzes bisheriges Leben lang getan hat. Stets hat er irgendeine edle Rechtfertigung dafür parat. Er hat getötet, weil es seine patriotische Pflicht war, danach hat er gemordet, um seine Familie zu retten. Aber der Mann ist nichts anderes als ein verdammter Killer. Ein ganz simpler Hurensohn, der von einem mörderischen Hurensohn aufgezogen wurde und selbst ein mörderischer Hurensohn wurde.«

Harden schleuderte einen zornigen Blick in Thorns Richtung, dann huschten seine Augen weiter, und er sah wieder Doris an. Sein Mund verzog sich zu einem einschmeichelnden Schwindlerlächeln.

Und er sagte mit sanfter Stimme zu ihr: »Weißt du, Liebling, Pink ist deine Farbe. Das habe ich schon immer gedacht. Sie paßt zu deinem Haar und deinem Teint. Es sieht aus wie Erdbeeren mit Schlagsahne. Alles kommt bestens zur Geltung. Erst kürzlich habe ich mit Sylvie darüber gesprochen. Pink ist bei weitem die für dich kleidsamste Farbe.«

»Harden, das reicht jetzt. Du hast genug getan. Laß dich von uns ins Krankenhaus bringen. Du bist schwer verletzt.«

»Diese Fische«, sagte Harden und sah Thorn an, während er die Treppe heraufkam. Dann schaute er wieder Doris an. »Ist dir klar, Doris, daß niemand jemals wieder auf See hinausfahren muß? Ich habe dafür gesorgt, daß eine ganze Berufssparte und deren Leben total bedeutungslos wurden. Keine Fischer mehr. Denn nun können wir so viel Fisch, wie wir wollen, an Land erzeugen. Wohlschmeckend und bildschön. Ich habe sie für dich geschaffen. Sie sind mein Heimkehrgeschenk. Gewidmet einer gewissen Doris Winchester. Meiner Frau. Diese Gabe.«

Offensichtlich war das vergiftete Wasser nicht in Hardens Wunde eingedrungen. Er schien völlig in Ordnung zu sein. Der Tiger in ihm war noch am Leben und kampfbereit. Währenddessen drängten sich im Swimmingpool die Fische klumpenweise zusammen und verfielen in ihre letzten Zuckungen, als das Gift seine Wirkung entfaltete. Harden verharrte auf der Treppe und betrachtete sie beunruhigt. Dann sah er zu Sylvie hoch.

»Was ist mit den Fischen los?« fragte er. »Was hast du getan?«

Sylvie rang nach Worten. Sie kam näher an den Rand des Pools heran, eine Träne perlte über ihre Wange.

»Ich möchte, daß alles so bleibt, wie es war, Daddy. Wir hatten eine gute Familie. Dich und mich. Das reicht. Wir brauchen sie nicht.«

Aber Harden schien sie nicht zu hören, der Mann interessierte sich nur für seine Fische, und Sylvie achtete nur noch auf ihn. Das war für Thorn so günstig, wie es günstiger nicht sein konnte.

Er sprang nach vorne, stieß Sylvie zur Seite, entriß ihren Händen die Schrotflinte, doch ehe er sich umdrehen konnte, hämmerte der große Mann ihm die Handkante in den Nacken, und Thorn ließ die Waffe fallen. Vor seinen Augen wurde es dunkel, und er spürte, wie er zusammenbrach, aber Harden fing ihn am Arm auf, zerrte ihn herum und starrte ihm ins Gesicht.

Brutal legte er Thorns mittlere Finger über Kreuz und drückte mit dem Daumen auf diesen Knoten aus Synapsen und

Nervensträngen, und Thorn spürte, wie sein Arm taub wurde, wie seine Lungen sich krampfartig zusammenzogen. Harden benutzte Dr. Ralph Mellons Spezialgriff – Mellon, der Pathologe im hellen Anzug. Der massige Mann, der Thorns Hand im Büro des Bestattungsunternehmens ergriffen und sie in ähnlicher Weise lahmgelegt hatte.

Thorn war völlig gelähmt. Seine Beine gaben nach, während er in Hardens Augen schaute, und sein Bewußtsein flackerte nur noch sporadisch auf. Es war wie das Zwielicht vor dem Einsetzen ewiger Finsternis. Hardens Griff verstärkte sich, und Thorn taumelte seitwärts zum Beckenrand, wohin sein Peiniger ihm folgte.

Während er auch den letzten Luftrest aus seinen Lungen pumpte, tauchte Thorn immer tiefer in sich selbst hinab. Er schloß krampfhaft die Augen. Er spürte den Druck in seinen Ohren, ein heißes Zerren in seiner Brust, kam sich vor, als ertrinke er draußen in der sommerlichen Luft, als würden die letzten Sauerstoffmoleküle von seinen Muskeln verbraucht, während sein Arm zugleich taub und von einem rasend pulsierenden Schmerz erfüllt war.

Mit der linken Hand tastete er um sich, fand Hardens Hand, die wie eine Stahlkammer erschien, versuchte die Finger hochzubiegen, aber es war hoffnungslos, der Mann war viel stärker als Thorn. Und abrupt erhöhte Harden den Druck. Thorn krümmte sich, sah einen funkengleich aufsprühenden Lichtregen, wie Kohlensäurebläschen einer Brausetablette, explodierende Gehirnzellen, die typische Lightshow vor der Ohnmacht.

Thorn war sich nicht ganz sicher, aber es kam ihm so vor, als hörte er auf zu atmen. Er verlor sich im Verfall seiner inneren chemischen Prozesse, erlebte die Selbstvernichtung seines Blutes. Mit der linken Hand, geblendet vom Schmerz, unternahm er einen neuen Versuch, während die letzten Sekunden verstrichen, streckte sie aus, die Augen geschlossen, tastete damit an Hardens Arm entlang, klopfte auf seine Brust.

Der Mann übte mit dem Daumen zunehmenden Druck aus, zerrte Thorn nach links, dann nach rechts, schüttelte ihn wie ein Hai seine Beute, um einen Fleischbrocken loszureißen. Thorn berührte erneut Hardens Brust, beinahe sanft. Er hatte keine Luft mehr, trieb in einem Dämmerzustand hinüber. Stand schwankend am Rand des vergifteten Schwimmbeckens.

Dann streifte Thorn es mit den Fingern seiner linken Hand. Erkannte es zuerst gar nicht. Sein Geist hatte jeden Kontakt zur Gegenwart verloren. Er dachte nicht länger nach, zerschellte in unzählige Trümmer. Und er berührte es ein zweites Mal, das kalte Ding, das runde Ding.

Er dachte darüber nach, versuchte es sich vorzustellen, während sein Bewußtsein sich mit einem grauen Schleier überzog. Und ja, natürlich. Er ertastete es, eines der Pendel, eine Stahlkugel. Thorn sah sie nun mit geschlossenen Augen, schmiegte seine Hand darum, während ein elektrischer Strom in Thorns Geist aufflackerte und erstarb, erneut zuckte und zu fließen begann. Er packte zu, schloß die Faust. Harden ahnte, was im Gange war, und lockerte seinen Griff um Thorns Arm, milderte den Druck, ließ völlig los, aber es war zu spät, um zurückzuweichen, zu spät, um Gnade zu erhoffen, zu spät, um zu verhandeln. Sie waren weit außerhalb der Reichweite jeglicher Gesetze, hatten die Schranken zivilisierten Verhaltens längst überwunden.

Thorn zog ruckartig. Wie an einer Fallschirmreißleine, und spürte, wie Harden von ihm wegkippte, fühlte auch sich selbst nach hinten fallen, durch einen seltsam wäßrigen Himmel, kippte, trieb dann durch blauen, gefährlich erscheinenden Dunst, hatte das Gefühl eines Fallschirms, der sich über ihn öffnete, ihn bremste. Und er stürzte, bis er mit dem Rücken auf den Steinplatten aufschlug.

Mit krampfhaft geschlossenen Augen ließ Thorn die Stahlkugel los, gab sie frei. Und blieb lange Zeit im trägen Dämmerzustand des Schocks liegen. Er hörte nur noch das Summen der Nachtinsekten, das elektrische Knistern der hundert Scheinwerfer. Die unwiderstehliche Unterströmung seiner eigenen Erschöpfung riß ihn mit in eine totale Stille. Er entspannte sich, genoß die Ruhe. Und dann spürte er, wie er sich selbst von seiner Wut löste, wie er schließlich sogar Darcy Richards aufgab, sich von dem bohrenden Schmerz ihres Verlustes befreite.

Thorn lag auf dem harten Steinboden des Patio, während die dunkle Nachtluft über sein Gesicht fächelte und seine Lungen füllte.

Kapitel 35

Längere Zeit später wurde Thorn durch den klagenden Schrei einer Frau unsanft geweckt. Und begann eine lange mühsame Reise zurück ins Bewußtsein. Er kämpfte sich hoch zum Licht. Er brauchte jede Faser seiner Konzentration, um die Augen aufzuschlagen, den Kopf zu heben, sich hochzustemmen.

Einen Moment lang saß er da und versuchte den verwirrenden Wirbel in seinem Kopf zu bremsen. Er blinzelte, rieb sich die Augen, und die Umgebung nahm nach und nach Gestalt an. Am Ende des Swimmingpools hatte Sylvie Doris Albrights rechte Hand gefaßt. Sie hatte die Finger ihrer Mutter genauso angeordnet, wie Harden es bei ihm getan hatte, und sie benutzte den gleichen tödlichen Griff. Es war der gleiche Griff, den Sylvie nur wenige Tage zuvor bei Darcy eingesetzt hatte. Und nun drängte Sylvie Doris rückwärts zum Wasser. Das Mädchen schluchzte stumm, während sie sich gegen Doris stemmte.

»Du hast gelogen«, sagte sie. »Du bist nicht zurückgekommen. Du hast uns aufgegeben.«

Doris wehrte sich verzweifelt gegen Sylvies Attacke, schlug mit der freien Hand nach ihr. Sie hatte die Augen geschlossen, krümmte sich vor Schmerzen. Thorn kämpfte sich auf die Füße und stolperte zu ihnen hinüber. Benommen, verwirrt, ein Säufer, der zur Bar taumelt, um seinen letzten Drink zu kippen.

Den Blick starr auf den Swimmingpool gerichtet, schrie Sylvie erneut auf und warf sich mit ihrem ganzen Gewicht gegen Doris, stieß sie zum Wasser. Aber Thorn war da, packte nach dem Kragen von Doris' Bluse, riß sie herum. Doris stieß einen schrillen Schrei aus, und Thorn spürte, wie der Baumwollstoff in seiner Hand zerriß. Gleichzeitig bekam er mit, wie sie von ihm wegtaumelte.

Er streckte die andere, die lädierte, Hand aus und fing damit ihren Arm ein, als sie zu stürzen begann. Er packte brutal zu und warf sich selbst nach hinten, hielt Doris Albright verzweifelt fest, gab ihrem eigenen Schwung mit einem heftigen Ruck eine andere Richtung und zog sie mit sich, so daß sie auf ihn stürzte.

Doris landete auf seiner Brust und blieb weinend liegen. Dann hörte er ein lautes Plätschern. Hörte Sylvies Stimme, ein Gestammel der Qual. Er rollte Doris vorsichtig zur Seite, legte sie auf den Rücken und stand auf. Im Swimmingpool wühlte Sylvie sich durch die zappelnde Masse sterbender Fische, strebte dorthin, wo ihr Vater auf dem Bauch am Ende der blauen Rutschbahn im Wasser trieb.

Als sie ihn schließlich erreichte, packte sie nach dem Kragen seines Hemdes und zog seinen Körper herum. Sie wirkte schrecklich müde, ihre Bewegungen wurden von Sekunde zu Sekunde schwerfälliger. Der Film, in dem sie spielte, schien stetig langsamer zu werden.

Sylvie schlang die Arme um die Brust ihres Vaters, eine unbeholfene Umarmung, und wälzte ihn mühsam auf den Rükken, dann machte sie einen unendlich trägen Schritt in Richtung Treppe. Aber sie schaffte es nicht, und ihr Kopf versank im Wasser, und sie schlug mit den Armen. Als sie wieder auftauchte, hustete sie und spuckte Wasser. Während sie zu Thorn hinaufsah, der am gegenüberliegenden Beckenrand stand, schien sie sich bereits in sich selbst zurückzuziehen.

Ihr Blick war leer und ins Nichts gerichtet, als hätte sie die Balance verloren und stürzte rückwärts von einem hohen Mauervorsprung ab. Ihr Blick fixierte ihn, schien sich an ihn zu klammern, während Sylvie ihren langen, langsamen Abstieg in jene grundlose Schlucht begann.

Nur Sekunden später trieb Sylvie Winchesters Körper mit dem Gesicht nach oben neben dem Körper Hardens. Beide rührten sich nicht und waren umgeben von den Kadavern seiner Roten Tilapien. Thorn betrachtete sie einige Minuten lang im rot gefärbten Wasser. Er wartete, bis er ganz sicher war, daß sie sich nie mehr bewegen würden, dann drehte er sich um, sah nach, wie es Doris ging, und stolperte dann hastig zum Haus.

»Das kannst du nicht tun. Ich lasse es nicht zu, Thorn. Auf keinen Fall.«

Thorn setzte mit Winchesters Oldsmobil zurück, schob dabei den Bootsanhänger schräg aufs Ufer des Okahatchee zu. Judy Nelson watete am offenen Seitenfenster neben ihm her durchs Wasser.

»Ich sage es dir noch einmal, Thorn, das kann ich nicht erlauben.«

»Und was schlägst du vor, Judy? Soll die Natur sich ihren eigenen Weg suchen, sollen diese verdammten Tilapien den Golf in die gleiche Wüste verwandeln wie diese Bucht in Brasilien? Willst du die Fische ihre fünftausend Eier pro Tag legen lassen? Willst du das, Judy?«

Blut sickerte aus ihrem Ohr, an ihrer Schläfe klaffte eine Platzwunde. Ihr Haar war mit Morast verschmiert. Sie hatte Mühe, sich auf den Beinen zu halten, und mußte sich mit einem Arm auf dem Dach des Olds abstützen.

Thorn zog die Handbremse an und stieg aus dem Wagen. Hinter ihnen schaltete Sugarman, ebenfalls im knietiefen Wasser stehend, die elektrische Winde ein und ließ das Grady White behutsam ins Wasser gleiten. Da seine beiden Hände mehrfach gebrochen waren, betätigte er den Schalter mit dem Ellbogen.

»Ich wiederhole es noch einmal. Du darfst nicht einfach rausfahren, Thorn, und alles mögliche Getier töten. Fische, Vögel, Reptilien. Das darfst du nicht. Dieser Flußarm ist voll von allen möglichen Fischen und anderen Tieren. Darunter gibt es auch eine ganze Reihe vom Aussterben bedrohte Arten. Zum Beispiel die Seekühe, aber an den Ufern wimmelt es auch von brütenden Vögeln. Ich kann das nicht zulassen, Thorn. Es geht nicht.«

Sie schlug mit der Hand auf ihr leeres Pistolenhalfter.

»Ich mag es ebensowenig wie du, Judy. Aber ich sehe keine andere Möglichkeit. Wenn wir bis zum Morgen warten und die Entscheidung den Wissenschaftlern und den Politikern überlassen, dann passiert überhaupt nichts. Das weißt du. Sie werden anfangen, das Problem genau zu untersuchen, werden irgendwelche Berichte oder irgendeinen anderen Unsinn produzieren. In nur einem Monat, Judy, haben diese Fische den Golf erreicht. Dort ist es warm, das Wasser ist nicht allzu tief und reich an Nährstoffen – und dann ist das Unglück perfekt, Judy, dann haben wir es mit einer Riesenkatastrophe zu tun. Entweder unternehmen wir noch heute nacht etwas, und zwar umgehend, oder es passiert gar nichts. Das weißt du genau. Du weißt, daß ich recht habe.«

Judy hob eine Hand und betastete ihre Haare in der Nähe

der Platzwunde. Sie schwankte. Dann fand sie an der Motorhaube des Wagens Halt und blickte hinaus auf die silbernen Fluten, die nach Westen in Richtung Golf strömten. Fische zappelten an der Oberfläche. Überall auf dem Hof wimmelte es von Fischen. Es sah aus, als ginge auf der Erdoberfläche ein unsichtbarer Regen nieder.

Ein Fischadler hoch oben in einer Kiefer schrie dreimal, dann ein viertes Mal. Er machte keinen Hehl aus seinem Zorn. Der schrille Ton übte seine Wirkung auf irgendeiner vorzeitlichen, biologischen Ebene aus und teilte jeder lebenden Kreatur auf dem Erdboden mit, daß er nicht erfreut war. Daß er im Begriff war, sich herabzuschwingen, den Schnabel angriffslustig vorgereckt und die rasiermesserscharfen Klauen gespreizt.

»Das Boot liegt im Wasser!« meldete Sugarman. »Beeilst du dich jetzt oder nicht?«

Thorn schob sich dicht an Judy heran. Ihr Mund klappte auf, aber sie sagte nichts.

»Ich hasse es, Judy. Und wie ich es hasse, verdammt noch mal. Aber wir müssen irgend etwas tun. Das weißt du ganz genau. Und bis jetzt habe ich keine bessere Idee gehört.«

Sie schloß die Augen und wandte sich von ihm ab. Sie schloß den Mund, kniff die Lippen zusammen und schluckte hinunter, was sie hatte erwidern wollen.

Thorn ließ sie stehen und watete zum Boot.

»Das wirst du alleine erledigen müssen, Thorn. Ich kann dir kaum helfen.«

Sugar hielt seine blutenden lädierten Hände hoch.

»Bring Judy ins Haus. Sorge dafür, daß sie sich irgendwo hinlegt. Doris soll sich um sie kümmern. Vielleicht ist in dem Truck ein Funkgerät. Du könntest dann versuchen, Hilfe zu holen.«

»Hast du eine Ahnung, wie man mit so einem Ding umgeht?«

»Eigentlich nicht«, antwortete Thorn. Er kletterte über den Bootsrand und gelangte an Deck. »Aber so schwierig dürfte es nicht sein.«

»Na dann viel Glück, Kumpel.«

Thorn kippte den Motor nach unten, startete ihn und lenkte das Grady White rückwärts in tieferes Wasser.

Er drehte das Ruder und ließ sich im Leerlauf flußabwärts treiben. Im hinteren Schrank fand er einen Handscheinwerfer, stöpselte ihn ein und leuchtete damit ins Wasser. Die schwarzen und weißen Tilapien flitzten dicht unter der Wasseroberfläche herum. Er ließ den Lichtstrahl über den Fluß von einem Ufer zum anderen wandern und sah die Fische überall.

Er schob den Gashebel nach vorne bis auf zweitausend Umdrehungen pro Minute. Fast wie ein Flugzeug. Er richtete weiterhin den Scheinwerfer aufs Wasser und rauschte stromabwärts, beobachtete die Fische, bis sie immer spärlicher wurden. Am Ende, ungefähr eine Meile westlich von Winchesters Zuchtfarm, war im Fluß nichts von ihnen zu sehen.

Zur Sicherheit fuhr er noch eine halbe Meile weiter, dann wendete er mit dem Boot in dem engen Kanal und bewegte sich nun zurück flußaufwärts. Er stellte den Gashebel auf Leerlauf, knipste die Ankerbeleuchtung an und hockte sich neben die Kisten voller Handgranaten.

Wahrscheinlich gab es durchaus eine andere Möglichkeit. Ein vernünftiger Mann wäre ganz ruhig und gelassen geblieben und hätte nach kreativen Alternativen gesucht. Vielleicht ein Netz, das über den Fluß gespannt wurde, etwas, um die Fische einzusammeln, um sie davon abzuhalten, weiter flußabwärts vorzudringen. Irgendeine geniale Lösung, die nicht vorsah, jedes Lebewesen flußaufwärts wie flußabwärts zu töten.

Ein besonders kluger Mensch hätte möglicherweise auch einen Weg gefunden, um die Tilapien von den anderen Fischen wegzulocken, sie von den Schlangen und Alligatoren, den Fröschen, Schildkröten, Flußottern und Waschbären, den Seekühen und den Löfflern, den Nachtreihern, den schneeweißen Fischreihern, den Fischadlern zu trennen. Die Unschuldigen zu verschonen und nur die Schuldigen zu exekutieren.

Aber Thorn war nicht so ein Mensch. Es war für ihn keine Frage, daß er die Flußtiere als biologisch gleichwertig mit dem Menschen ansah, natürlich war für ihn deren Leben genauso wichtig und heilig wie das eines jeden zweibeinigen Säugetiers an Land, aber es gab keine Wahl. Es blieb keine Zeit, um die Guten von den Bösen zu trennen. Der Wasserlauf war infiziert, die Pest war ausgebrochen. Gott helfe ihm, aber auch die Unschuldigen würden sterben müssen.

Der erste Stift ließ sich leicht herausziehen. Thorn packte den mit einer Sprungfeder versehenen Auslösehebel, suchte sich einen Punkt in der Flußmitte. Er spreizte die Beine, um einen besseren Stand zu haben, und schleuderte die Handgranate hinaus auf den Fluß. Sie landete ein paar Schritte vor dem angepeilten Punkt platschend im Wasser und versank.

Thorn wartete. Sekunden verstrichen.

Aber nichts geschah. Ein paar weitere Sekunden. Vielleicht ein Blindgänger. Das Ding hatte so viele Jahre in Winchesters feuchter Speisekammer gelegen, daß der Zünder feucht und unbrauchbar geworden war.

Dann formte das Wasser plötzlich eine riesige silbern glänzende Blase, die die Wasseroberfläche aufwölbte und das Deck des Grady White erzittern ließ, und eine Sekunde später explodierte sie in einer dicken Fontäne, die die Luft mit Tausenden von Glassplittern erfüllte. Thorns Blut schien zu vibrieren, und Flußgischt regnete noch Minuten später vom Himmel wie ein kurzer, heftiger Sommerregen. Das Wasser in dem Kanal wogte, als ob ein Tanker mit fünfzig Knoten vorbeigerauscht und eine mächtige Kiellinie hinterlassen hätte.

Ehe er eine zweite Granate werfen konnte, trieben die Fische und eine Tonne anderer Wassertiere an die Wasseroberfläche. Ihre Kadaver bedeckten den Fluß wie das Treibgut der gestrandeten Arche Noah. Er schleuderte eine weitere Granate. Und danach eine dritte und eine vierte. Auf diese Weise kehrte er langsam zu Winchesters Farm zurück.

Er tötete in dieser Nacht eine Million Fische. Ein paar Millionen anderer Tiere. Und füllte die Dunkelheit mit unverzeihlichem Donnerhall.

Kapitel 36

Thorn kannte eine Frau, die einen Einkaufstrip nach New York City unternommen und unter anderem eine Halskette aus schwarzen Perlen nach Key Largo mitgebracht hatte. Die Frau deponierte die Halskette in einer Schublade, wo sie monatelang herumlag, bis sie sich wieder an sie erinnerte.

Als sie die Schublade öffnen wollte, gab sie nicht nach. Schließlich, als sie einen Schraubenzieher zu Hilfe nahm, um sie aufzuhebeln, stellte sie fest, daß die Schublade mit Ranken und Wurzeln einer seltsamen Pflanze vollgestopft war. Ihre Halskette hatte gekeimt. Sie war aus Samenkörnern hergestellt worden.

Was in den gemäßigten Klimazonen für immer geschlummert hätte, war in den Subtropen ausgeschlagen. Wenn sie für ein Jahr weggegangen wäre, hätte die Pflanze möglicherweise von dem ganzen Haus Besitz ergriffen.

Dann waren da die Welse, denen Beine gewachsen waren, damit sie aus den Kanälen steigen und die angrenzenden Einkaufszentren erforschen konnten. Und die Landkrabben, die jedes Frühjahr aus der Biscayne Bay auftauchten und sich meilenweit an der Küste in den Wohngebieten breit machten. Tagelang wanderten sie klickend und klackend über Patios, in Schlafzimmer, verursachten Auffahrunfälle auf dem Highway. Und da waren auch die Termiten, die Zement fraßen, und die Glühwürmchen. Die sich in dichten schwarzen Wolken an den Straßenrändern paarten und den Verkehr zum Stehen brachten. Männliche und weibliche Tiere hingen aneinander, lauerten dort mit all ihren Millionen von Angehörigen in allernächster Nähe und zerplatzten an jeder Windschutzscheibe zu einer gummiartigen Paste. Und da waren auch noch die Kakerlaken, so groß wie Fäuste. Und die fliegenden Ameisen, die plötzlich auftauchten und in den Häusern auf ihrem Weg die Luft mit ihrem Schwirren erfüllten und genauso plötzlich und unerklärlich wieder verschwanden.

Die Liste war viel zu lang, um vollständig aufgezählt zu werden. Süd-Florida war voll von kurzlebigen Naturphänomenen. Kahle Zweige, die man in die Erde steckte, entwickelten sich über Nacht zu Bäumen, Schimmel und Moder und Blütenpollen sättigten die Luft, bis sie erstickend und so dicht wurde, daß man sie nicht mehr atmen konnte. Das Klima war einfach zu angenehm, zu paradiesisch. Die gesamte Region war eine einzige gigantische Petrischale, in der alles, ob schwach oder stark, hervorragende Lebensbedingungen vorfand.

Und es war diese Welt, in die Winchester eine Million Tilapien entlassen hatte. Thorn hatte das einzige getan, was er konnte. Er hatte eine Katastrophe gebändigt, hatte dem Staat Florida ungeahntes Leid und schreckliche Not erspart.

Weshalb konnte er dann nicht schlafen? Weshalb hörte er jedesmal, wenn er die Augen schloß, das Echo jener Handgranatenexplosionen?

Es war Anfang Dezember, die Temperatur war auf zwanzig Grad Celsius gesunken. Die Touristen hatten von den Straßen und den Restaurants wieder Besitz ergriffen. Thorn und Sugarman und Rochelle Hamilton waren auf Thorns Chris-Craft unterwegs, dem breiten Dreißig-Fuß-Boot. Sie hatten an einer Ankerboje am Carysfort Reef festgemacht und ließen sich von der Dünung wiegen wie ein Ozeandampfer im Trockendock. Sie waren elf Meilen rausgefahren und damit für die meisten Party- und Vergnügungsboote zu weit vom Land entfernt. An diesem Montagnachmittag hatten sie das Riff praktisch für sich allein. Nur zwei andere offene Fischerboote waren zu beiden Seiten des Leuchtturms zu erkennen.

Während der vergangenen halben Stunde war Sugarman nicht müde geworden, Thorn ins Wasser zu locken. Aber Thorn schüttelte eigensinnig den Kopf. Er saß in einem Liegestuhl am Bug, hatte eine Flasche Dos Equis in der Hand und schaute Rochelle zu, die an der Spüle stand und einen Barsch abschuppte und ausnahm, den sie ein paar Minuten vorher mit der Harpune erlegt hatte. Immer wieder warf sie eine neue Ladung Gräten, Schuppen und Eingeweide ins Meer.

»Ich weiß nicht, warum«, sagte Thorn. »Ich habe einfach keine Lust auf Schwimmen. Okay? Kannst du das nicht akzeptieren und mich endlich in Ruhe lassen?«

Es war ein leicht bewölkter Nachmittag. Das Wasser wurde von einer leichten östlichen Brise gekräuselt. Für Dezember war die Luft ziemlich feucht und schwül.

Sugarman stand auf der obersten Sprosse der Tauchleiter. Er hatte die Tauchmaske nach oben auf die Stirn geschoben. Beide Hände waren noch in Gips und für den Tauchausflug dieses Tages zusätzlich mit Plastikfolie umwickelt. Die chirurgischen Maßnahmen waren mittlerweile abgeschlossen. In Winchesters Haus hatte Harden in jener Nacht beide Hände Sugars zertrümmert. Hatte große und kleine Knochen gebrochen und Sugar in seinen Schmerzen auf dem Wohnzimmerteppich liegengelassen.

Das war die Strafe dafür gewesen, daß er die falsche Frau angerührt hatte, so hatte Harden ihm erklärt, während er Doris durch die Tür nach draußen schleifte.

Seine Bewegungsfähigkeit würde Sugar zum größten Teil zurückgewinnen. So hatten es ihm die Knochen- und Nervenspezialisten im Baptist Hospital erklärt. Sugarman hatte dann gefragt, ob sie das irgendwie in Zahlen ausdrücken könnten. Achtzig Prozent, neunzig, vielleicht sogar hundert? Hundert Prozent Beweglichkeit? fragte einer von ihnen. Was zum Teufel ist das denn? Nicht einmal ich habe hundert Prozent, und ich bin Chirurg. Der andere meinte, lassen Sie es mich mal so ausdrücken, Mr. Sugarman, Ihre Karriere als Konzertpianist dürfte wohl zu Ende sein. Die reinsten Komiker. Sugarman lächelte höflich und sagte, und wie steht es mit Kronkorkenverschlüssen auf Bierflaschen? Meinen Sie, damit würde ich jemals wieder fertig werden?

Thorn trank wieder von seinem Bier.

Judy Nelson war auf einem Ohr taub. Sie hörte das Dröhnen der Schaufel gegen ihren Schädel jede Minute. Und Philip Albright war in der Woche vor Weihnachten gestorben. Thorn hatte ein schlechtes Gewissen, es zuzugeben, aber Doris Albright hatte ganz in Schwarz aufregend ausgesehen. Das blonde Haar, die helle Haut, dazu die makellosen Beine. Mal sehen, wenn Sugarman sie nicht zum Tanzen ausführte, würde Thorn es wohl tun müssen.

»Da unten schwimmt ein zweieinhalb Meter langer Hammerhai. Dazu ein Leopardenrochen. Und ein ganzer Schwarm Goldschwanzbarsche, wie du sie noch nie gesehen hast.«

»Ich bin ganz zufrieden hier, Sugar. In diesem Liegestuhl. Ich tanke ein wenig Sonne. Und schütte mich gemütlich zu.«

»Es ist wegen Darcy, nicht wahr?«

Rochelle blickte auf. Thorn riß das Papieretikett von der feuchten Bierflasche ab. Er knüllte es zu einer Kugel zusammen, die er in den Abfalleimer schnippte.

»Du willst nicht ins Wasser«, sagte Sugar, »weil du Angst vor Geistern hast, nicht wahr? Du kannst es nicht, weil du dauernd an sie denkst. Daran, daß du nicht rechtzeitig bei ihr warst. Die ganze Sache sitzt in deiner Erinnerung fest und sie sorgt dafür, daß du Dinge aufgibst, die dir immer wichtig gewesen sind.«

»Mein Gott.«

»Es stimmt«, sagte Sugarman. »Du weißt, daß es stimmt. Ich habe meinen Therapeuten gefragt. Den Typen, zu dem ich wegen meiner Probleme mit Jeanne und Doris gehe.«

»Du hast dich mit deinem Seelenklempner über mich unterhalten?«

»Das habe ich, Thorn.«

»Schickt er mir jetzt auch eine Rechnung?«

»Was er dazu gesagt hat, klang recht einleuchtend. Du bestrafst dich selbst. Indem du nicht die Dinge tust, die du liebst. Es ist ähnlich wie Masochismus. Marquis de Sade und so weiter.«

»Marquis de Sade?«

»Masochismus, Sadismus«, sagte Sugarman. »Die beiden Seiten ein und derselben Münze. Aber so genau weiß ich es auch nicht. Kann sein, daß ich das Ganze nicht richtig verstanden habe.«

Rochelle lächelte vor sich hin. Sie trug einen schwarzen Einteiler. Sehr konservativ. Sie versuchte, einen großen Teil ihres Körpers zu verhüllen, allerdings funktionierte es nicht ganz. Sie hatte sich ein Handtuch über die Schultern drapiert, während sie geschickt mit dem Filetiermesser arbeitete. Sie hatte Sommersprossen auf dem Rücken. Allerdings nicht so viele wie Darcy.

»Ich tue mir selbst weh, damit ich mich wohl fühle. Etwa so?«

»Ja. Das ist es. Genauso wie ich es mit Jeanne tue. Indem ich zu ihr zurückkehre, um mir noch mehr abzuholen, immer und immer wieder, obwohl die ganze Sache total im Eimer ist. Wie ein Hund, der zu seinem Herrn zurückkriecht, der ihn ständig verprügelt. Genauso ist es mit dir.«

»Demnach haben wir das gleiche Problem? Du und ich?«

»So ist es.«

»Dann geh du tauchen, Sugar. Und ich sitze hier und trinke mein Bier. Mal sehen, wer von uns beiden das Problem als erster auskuriert hat. Ein kleines kontrolliertes Experiment.«

Sugar nahm die Maske ab, spuckte auf die Glasscheibe, verteilte den Speichel darauf, setzte die Maske auf und schob sie sich wieder auf die Stirn.

»Was denkst du, Rochelle?«

Sie hob ruckartig den Kopf und sah zu Sugarman.

»Du willst wissen, was ich denke?«

»Ja. Du bist schließlich eine kluge Frau.«

»Oh, klug«, sagte sie. »Ja, und wie klug ich bin.«

»Ich habe das als Kompliment gemeint«, sagte Sugar.

»Das Problem ist nur, Sugar, daß Klugheit einem bei solchen Dingen nicht viel weiterhilft. Das sind Herzensdinge. Zum Teufel, ich finde sogar, daß Klugheit bei solchen Dingen ein großer Nachteil ist. Denn in deinem Kopf herrscht ein solches Durcheinander, daß man kaum versteht, was das Herz einem zuflüstert.«

»Nun, damit habe ich ganz sicher keine Probleme«, sagte Sugar. »Ich bin noch nie mit einem besonders hohen IQ belastet gewesen.«

»›Gebietet es vorübergehend Einhalt diesem Chaos‹«, sagte Thorn.

»Wie bitte?«

»Es ist eine Zeile aus einem Gedicht.« Thorn verschob den Liegestuhl, so daß er nicht mehr in der Sonne stand. »Ich weiß nicht mehr, worum es in dem Gedicht ging, aber mir gefällt dieses Zitat.«

»Ihm gefällt das Zitat«, sagte Sugar. »Sieh mal an, er mag es.«

»Gebietet es vorübergehend Einhalt diesem Chaos«, wiederholte Thorn. »Das ist das äußerste, das wir uns erhoffen können. So zu tun, als sei das Vorübergehende von einiger Dauer. Denn wir wissen verdammt genug, daß es irgendwann vorübergehen wird, ganz gleich was wir unternehmen, um es möglichst lange dauern zu lassen.«

»Verstehst du, wovon er redet?« wollte Sugarman von Rochelle wissen.

»Ja«, sagte sie. »Ich denke schon.«

Thorn lächelte, sah zu Rochelle hoch, und sie erwiderte seinen Blick, lächelte nicht, runzelte aber auch nicht die Stirn.

»Ich habe in letzter Zeit nachgedacht«, sagte Sugarman und schaute über das Riff hinweg zum Leuchtturm. »Vielleicht sollte ich aus dem Detektivgeschäft aussteigen. Mir eine weniger schmutzige Arbeit suchen. Was hältst du davon?«

»Du willst Quidnunc Enterprises aufgeben?«

»Vielleicht kehre ich wieder zum Sheriff's Department zurück. Fange wieder in meinem alten Job an. Das würde Jeanne glücklich machen.«

»Was ist mit Doris, was hält sie davon?«

»Ihr ist es egal. Sie ist glücklich, wenn ich glücklich bin.«

»Eine vernünftige Einstellung.«

»Also sag deine Meinung, Thorn. Ich möchte wissen, wie du über diese spezielle Angelegenheit denkst. Meinst du, ich sollte aufhören?«

Thorn ließ sich das kurz durch den Kopf gehen.

»Ich habe dich nie glücklicher erlebt als in deinem Büro, während du in den Schönheitssalon hineinlauschst.«

Sugarman schob sich die Tauchmaske vor die Augen. Drehte sich dann um und blickte aufs Wasser.

Thorn stand auf, reckte sich. Sugarman nahm den Schnorchel in den Mund, suchte den richtigen Biß.

»Mein Gott, Sugar, du willst Quidnunc an den Nagel hängen, wo ich mich gerade als dein Sancho Pansa anbieten wollte.«

Sugar spuckte den Schnorchel aus, drehte ruckartig den Kopf herum und starrte Thorn an.

»Mein was?«

»Dein Partner.«

»Nimm mich nicht auf den Arm, Thorn. Du? Einen Job?«

Er lächelte Sugarman an.

»Nun ja. Wenn du es so ausdrückst, klingt es nicht gerade reizvoll.«

»Ich brauche ohnehin keinen Partner. Mein Gott, ich komme ja kaum selbst über die Runden.«

»Und noch etwas anderes«, sagte Thorn. »Falls es dich interessiert, ich stimme für Doris.«

Rochelle gab einen Laut von sich. Es klang wie eine Warnung.

»Ja, ich weiß. Das brauchst du mir nicht eigens zu sagen. Aber es ist für mich doch ein wenig komplizierter. Ich meine, zum Teufel, auch wenn ich mit Jeanne unglücklich bin, und so besonders toll ist es eigentlich niemals gewesen, liebe ich die Frau aus irgendeinem Grund immer noch. Es ist eben keine einfache Angelegenheit.«

»Das ist Liebe selten.«

Rochelle konzentrierte sich bewußt auf den Barsch, den sie säuberte. Sugarman schob seine Tauchmaske zurecht.

»Also«, sagte Thorn. »Wie groß war der Hammerhai?«

»Groß«, antwortete Sugarman. »Verdammt groß.«

»Na schön. Dann laß uns runtergehen, mal schauen, ob er stärker ist als wir.«

»Jetzt wirst du endlich vernünftig, Thorn. Endlich redest du wieder wie ein normaler Mensch.«

Er verfolgte, wie Sugar mit den Füßen voraus ins Wasser

sprang. Sekunden später tauchte Sugar wieder auf und blickte hinunter auf die Korallen und die Fische. Dann holte er tief Luft und tauchte ab.

Thorn saß auf dem hinteren Dollbord, streifte seine Schwimmflossen über und spülte seine Tauchmaske aus. Dann drehte er sich um und sah zu den anderen Booten hinüber, die über dem Riff auf den Wellen schaukelten. Ein Teenagerpaar in weißen T-Shirts saß nebeneinander im Bug eines der offenen Fischerboote. Sie küßten einander, umarmten sich.

Er schaute zu Rochelle. Sie beobachtete die Kinder ebenfalls.

»Kommst du mit?«

»Gleich«, antwortete sie. »Wenn ich hiermit fertig bin.«

»Wann du willst. Ich warte.«

Der leichte Wind war warm und duftete nach Gewürznelken und Muskat und nach dem süßen betäubenden Eukalyptus ferner Länder. Die Sicht war nahezu unbegrenzt. Er schaute wieder zu den Teenagern, gefangen in ihrer Umarmung und ineinander verschmelzend. Dieser Morgen würde ewig dauern. Dieser Kuß. Nichts Schlimmes würde diesen beiden jemals zustoßen. Nichts. Niemals.